KB079049

ZERO

그 책에
마음을
주지 마세요

3

문시현 장편소설

동아

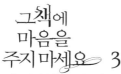

그 책에
마음을
주지 마세요 3

초판 1쇄 인쇄일 | 2019년 03월 07일
초판 1쇄 발행일 | 2019년 03월 14일

지은이 | 문시현
펴낸이 | 박성면
펴낸곳 | (주)동아

출판등록 | 제406-2012-000056호
주소 | 경기도 파주시 문발로 115, 세종출판벤처타운 201-A호
전화 | (031)8071-5201
팩스 | (031)8071-5204
E-mail | bear6370@hanmail.net

정가 | 12,800원

ISBN 979-11-6302-157-5 (04810)
      979-11-6302-125-4 (set)

✻
Contents

9. 짐승의 가면

내 생각이 짧았다. 반성한다.

그래, 솔직히 말해서 나는 더 이상 놀라지 않을 거라 생각했다. 더는 백마 탄 왕자님을 바라지 않듯이. 무엇보다 내 죽음 이상으로 놀랄 일이 생기겠어? 그런데 아니었다.

내가 아는 사람이 범죄자란다.

헤르난이 누구인가. 싱그러운 잎사귀가 살랑대는 숲이나 눈부신 호수에 어울릴 법한 사람이었다.

<대장.>

그렇게 깜깜하고 낡은 다 스러져 가는 가게에서 잔뜩 흐트러진 차림새로 나오던 남자를 잊을 수가 없다.

<물량은 이게 다인가?>

내 상상력이 빈곤했던 것일까. 그 시간 그 공간에서 온실이나 꽃밭이 아닌 기묘하고 퇴폐적인 향기 속에서 단추를 잔뜩 풀어 헤친 헤르난이라니.

단정한 귀족의 표본 같았던 아주 완벽하고 훌륭했던 예장은 어디 가고, 평민들이 입을 법한 상의에 가죽으로 된 바지를 입고 있던 그의 모습에 소름이 돋았다.

아름답지 않은 건 아니었다. 그러나 내가 알던 모습은 아니었다.

"……대단하네."

"뭐라고?"

"아니에요. 우리 어디로 가는 거죠?"

메타가 어깨를 으쓱였다.

"서쪽 지구야. 가축 시장이 있는 곳이지."

오늘 함께하는 파트너는 메타였다.

어제도 그랬지만 오늘 행선지 또한 내가 원하던 곳과는 거리가 멀다. 그래도 함께하는 순찰대원에 따라서 구역이 계속 변한다고 하니 조금만 기다리면 내가 원하는 곳으로도 갈 수 있겠지.

나는 제국에서 '가장 큰 광장'에 가고 싶다.

그곳에는 아주 은밀한 샛길이 하나 있는데, 그건 첨탑으로 가는 길이다. 울퉁불퉁한 계단을 올라가면 첨탑 옥상에 도착한다. 야경이 끝내주게 멋있다나. 가 본 적은 없지만 루스벨라가 그렇게 표현했으니 그러리라. 로맨스 속에서 첫 만남 삼기 딱 좋은 장소겠지.

시간이 가면 갈수록 나는 '루스벨라'에게 크나큰 감탄과 경외를 느낀다. 대체 이 여자는 무슨 수를 써서 이 제국의 비정상적인 사람만 골라낸 다음 자신에게 반하게 만든 걸까.

루스벨라의 성격은 나랑 정반대에 가까운 사람, 현대인의 감각으로 보자면 대학에서 가장 인기 많은 여자애일 법한 성격이었다. 고난에도 굴복하지 않는 꿋꿋한 아가씨라고 할까. 불합리한 일에는 죽어도 할 말 다하는 당찬 캔디 같은 아가씨였다.

거기다 바르고 고운 말 학원에 VIP 코스라도 밟았던 건지 한마디가 사랑스럽고 얼굴이 쩔어 주게 예쁘니 더 효과적이었다. 나는 그런 루스벨라와 카스토르가 처음 만나는 곳에 가야 한다.

이 사랑스러운 아가씨와 카스토르의 로맨스는 뭐랄까. 전형적인 내 뺨을 때린 여자는 네가 처음이야 로맨스다.

"클리셰 같지만 원래 클래식한 게 잘 먹히는 법이지."

"뭐?"

"아니에요."

물론 이 소설이 그냥 클리셰라기에는 엄청 하드한 면이 있지만, 그거야 희대의 폭군이 상대라서 그런 것이고. 솔직히 수없이 생명을 위협받고도 그를 불쌍하게 여긴 루스벨라의 멘탈을 존경하는 바이다.

폭군이 사랑을 거부하기 위해 루스벨라를 괴롭혔을 때는 참 세상 살기 힘들겠다 동정했으니까.

"듣고 있어, 피피오?"

"네."

"흠흠. 그래. 사실 놈들이 사람을 대거 납치해서 숨길 만한 곳은 몇 없어."

"네."

"오래전부터 순찰대가 주시하는 곳이 있었는데 어제 피피오 덕분에 좋은 단서를 찾았거든."

눈앞에 열주로 둘러싸인 커다란 광장이 펼쳐진다.

상인과 가축. 흥정하는 사람들까지 얼기설기 엮인 시장, 가축을 보호하기 위해 울타리를 세우고 그 위에 천을 얹은 지붕도 보인다.

"와, 이러다 놓쳐 버릴지도 모르겠네. 미리 미아보호소 위치를 알아 둬야겠는데?"

"미—아? 지금 미아라고 했어요?"

다들 깜빡 잊곤 하는데 나는 성년식만 치르지 않았을 뿐 엄밀히 말해서 이곳의 성인이다. 성년이란 말이다.

"사람 더럽게 많네. 피피오, 나 잃어버리지 않게 조심해."

"챙겨 주지 그래요. 나 작아서 저 사이에서 금방 사라질 걸요."

"어라, 본인 입으로 할 얘기는 아니지 않아?"

"뭘. 사실인걸."

메타가 키득키득 웃었다.

제국에서 가장 큰 가축 시장이라더니 소음과 악취가 어마어마하다.

"근거지를 찾는다면서. 내가 함께해도 되는 거예요?"

"걱정하지 마."

메타가 씨익 웃었다.

"네가 있는데 위험한 일을 하겠어? 우린 네 안전을 최우선으로 움직여. 도움을 구하는 입장에서 당연한 거니까."

천막은 내리쬐는 태양을 적절하게 가렸다. 그늘진 이곳은 복잡한 개미굴처럼 이리저리 길이 얽혀 있었다. 몇 걸음 걷다가 메타는 깔끔하게 인정했다.

"실례할게. 피피오."

메타는 대수롭지 않게 웃으며 내게 양해를 구하곤 내 손목을 잡아서 들어 올렸다. 이럴 때 보면 이곳 남자들 은근히 매너가 좋단 말이지. 절대 동의 없이 내게 손대지 않는다. 거칠게 손목을 잡아끄는 드라마 속 가벼운 폭력에 익숙한 현대인으로서는 꽤 놀랍다.

"내 신은 거짓과 양치기와 목동, 도둑과 사기꾼의 수호자. 한 번 목표로 한 것을 놓치지 않는 능력을 갖추고 있지. 소릭스의 탐색 능력과 짝을 이루는 내 능력은 뭘까?"

난 눈을 살짝 찡그리며 막 생각난 것을 말했다.

"추적?"

"빙고."

그의 갈색 눈동자로 작은 빛무리가 스치더니, 금빛으로 화려하게 피어났다.

"이렇게 표시를 해 두면 이 많은 사람 사이에서도 피피오를 바로 찾을 수 있지."

메타의 손끝에서 튀어나온 기운이 내 팔목을 휘휘 감았다. 신기하네. 손을 들어 만져 봤지만 어떤 느낌도 들지 않았다.

"나는 소릭스와 달리 거리에 구애를 받지 않아."

"그래요?"

"응."

팔목에 뭉친 기운은 꼭 붉은 실 같기도 했는데 길게 이어진 끝은 메타의 가슴과 연결되어 있었다.

"대신 아쉬운 건 말이지. 이 능력에 제한이 좀 있거든."

"제한이요?"

"응. 추적에 능하지만 발현 조건이 꽤 까다롭다고."

메타가 눈을 찡긋했다.

"장점이 있으면 단점이 있기 마련이니까. 대신 안심해. 어제와 같은 일은 없을 거라고."

그는 웃었는데, 나도 어제와 같은 일은 당연히 없었으면 하는 바람이다. 루스벨라를 찾고 싶을 뿐이지 위험한 건 나도 별로라고.

"그래서 여기에서 뭘 찾는 거예요?"

"일단은 '발할라'라는 가게를 찾고 있어."

"여기 있는 게 확실해요?"

"아마도. 아가씨가 알려 준 곳에서 유통망으로 보이는 장부를 찾았거든."

일단 잠시 쉬자고 말해 볼까? 천천히 손을 올려 그의 옷자락을 잡으려고 할 때였다.

"윽!"

관자놀이를 대바늘로 푹 쑤신 것 같은 고통이 관통했다. 아득한 고통에 참지 못하고 쪼그려 앉았다. 시끄러운 가축 울음소리가 나를 스쳐 지나가며 모든 것들이 멀어진다.

"으윽……!"

"피피오!"

"괜찮아, 요. 그냥, 현기증……."

"알았으니까 좀 쉬었다 가자. 저기!"

커다란 손이 허리를 아래에서 단단히 받쳐 준다. 그러나 괜찮냐 묻는 소리가 아주 멀어서. 나는 팔순 먹은 노파처럼 허리를 구부렸다.

메타가 나를 번쩍 들었다. 이내 그가 시장 구석 투박한 대리석 중에 하나에 나를 앉혔다. 이것은 의자인 듯 곳곳에 놓여 있었다.

"기다려! 시원한 걸 사 올게!"

메타는 마실 것이라도 좀 사 오겠다며 사람들 속으로 사라졌다. 어쩐지 어제의 소릭스가 떠올랐지만 단 5분이면 나를 찾을 수 있다는 그의 능력을 믿기로 한다.

"으윽······."

등을 기대고서 눈을 감았다. 젠장. 머리가 아프다. 또다. 관자놀이를 지압하며 달래 보지만 좀처럼 사그라지지 않는다.

'스트레스인가?'

이게 스트레스일 리 없다. 겨우 스트레스 따위로 고통받았을 나약한 정신이었으면 40번 죽는 동안 한 번쯤 미쳐 죽었겠지. 결정적으로 왜 까. 분명 고통에 익숙한 몸일 텐데 이 고통만큼은 면역되지 않았다.

특별한 이유가 있는 걸까?

생각해 본들 답이 나오겠냐만. 중요한 건 더는 앉아서 카스토르가 찾아오지 않기만 바라던 내가 아니라는 것이다. 스스로 움직인다는 것. 이건 정말 중요했다. 나는 손을 겹쳐 꽈악 움켜잡고 눈을 떴다.

희망을 쥔 나는 굴복하던 그때와 다르다.

"고통이 중요한 게 아니지."

어차피 오늘 가축 시장으로 온 이상 루스벨라가 나타날 장소로 가기엔 글렀다. 그러므로 메타가 하는 일에 최대한 도움을 주자. 그가 말하길 이곳에 단서가 있다고 했으니 운이 좋다면 뭐든 찾아내지 않을까?

"몸은 좀 괜찮아?"

"네. 단순한 현기증이었나 봐요."

그가 내 어깨를 토닥였다.

"조금만 참아. 가게를 찾았어. 저쪽이야."

길은 혼잡했다. 몇 번 넘어질 뻔했지만, 오히려 사람이 너무 많아

넘어지지 않을 수 있었다. 넘어질 공간조차도 없었다. 막 안심한 순간 누가 어깨를 확 밀치고 지나갔다.

윽, 진짜! 휘청거리다가 치고 지나간 사람을 노려봤다.

"거, 비리비리하긴. 주의하쇼!"

그리고 난 얼어붙었다. 코끝에 엉겨 붙는 이 끈적한 향기. 예고 없이 훅 들어오는 강력한 충격에 그대로 멈춰 섰다. 얼른 눈으로 돌아서는 사람을 훑는다. 크지도 작지도 않은 체격의 남자.

난 빠르게 메타를 잡아당겼다.

"메타! 저 남자!"

쥐처럼 야비하게 수염을 기른 남자. 분명 그곳에서 봤던 남자다. 소리 죽여 외쳤다.

"나를 끌고 간 남자와 흥정했던 사람이에요!"

잠깐 있었는데도 짙게 배여 향수를 뿌린 것처럼 아찔한 향기. 이 냄새를 잊을 수가 없다.

"방금 나를 치고 간 남자. 어제 그 남자예요!"

"……확실해?"

"네. 맞을 거예요. 내 직감을 믿어요."

메타는 점차 멀어지는 남자를 보다가 끙 소리를 내며 앓았다.

"이것 참. 피피오 미안하지만 잠깐 나와 함께해도 괜찮아?"

다급하면서도 곤란함을 숨기지 못한 얼굴이었다.

"당장 아가씰 소릭스에게 데려다주고 싶지만 그랬다간."

"놓치겠죠."

그들은 분명 헤르난을 향해 대장이라고 불렀다. 어째서일까? 왜 그렇게 불렀지?

헤르난은 늘 난제였다. 그래서 알고 싶었다. 남자를 쫓아가면 지금까지 풀지 못한 수수께끼의 답을 알 수 있다. 헤르난이 숨기고 애타게 바라보는 것의 정체를. 저 남자를 잡으면 실마리를 알 수 있을 듯한 기분이었다.

"가요!"

결정의 시간은 짧았고 우리는 은밀하게 남자를 쫓았다. 사람이 많아 들킬 염려는 없었지만 몇 번 남자를 놓칠 뻔한 위기에 처했고, 그럴 때마다 메타가 솜씨 좋게 남자를 찾아냈다.

"잘 들어. 피피오. 남자에게 '추적 능력'을 쓰려면, 내가 저 남자의 얼굴을 똑바로 보고 한 번이라도 말을 걸어야 해."

"그게 조건이군요. 내가 가서 붙잡을까요?"

"아니. 그건 안 돼. 아가씨의 얼굴이 알려지면 위험해진다고."

남자의 움직임을 쫓아서 우리는 한적한 골목에 접어들었다. 좁긴 했지만 사람도 있고 밝은 골목이었다. 널찍해지는 사거리 골목 중간에서 남자가 방향을 꺾었다.

"어디로 간 거지?"

"저기에요!"

그러나 남자가 사라진 곳은 어제와 마찬가지로 어둑하면서 인적이 드문 샛길이었다. 메타가 난처한 얼굴을 했다.

"저긴 아가씨와 갈 수 없겠어."

아무래도 내 안위가 걱정되는지 그가 나를 봤다.

"여기서 기다려 줘."

당연한 결정이었다.

"금방 데리러 올게. 무서우면 큰길에 있어도 좋고."

"알았어요."

궁금했지만 나와 메타, 두 사람의 위험을 감수하고 보고플 만큼 절실하지는 않았으니까.

"여긴 사람이 꽤 다니는 길이에요."

솔직히 내가 도움이 되지 않을 것이 뻔했기에 고개를 끄덕였다.

"메타야말로 몸조심해요."

"……만약, 해가 질 무렵까지 나타나지 않으면 혼자 소릭스와 만나기로 한 곳으로 가. 물론 그럴 일은 없겠지만 만약이란 게 있으니."

"네. 잘 물어서 잘 찾아갈게요."

찝찝한 얼굴을 숨기지 못한 메타가 내 머리를 한번 쓰다듬고는 남자를 쫓아 사라졌다.

그가 사라지기 무섭게 벽에 기대고 작게 숨을 내쉬었다.

"하아. 겨우 버텼네."

어찌어찌 메타와 함께 걸었지만 사실 체력이 이미 바닥이 났던 터였다.

"정말. 돌아가면 운동이라도 할까……."

문득 고개를 들어 골목을 바라보았다. 잠깐이지만 소름이 돋았다. 어제의 기억 때문이었다. 메타에게는 사람이 꽤 다닌다고 너스레를 떨었지만 사실 내가 있는 골목도 고요한 편이었다. 그러나 타이밍을 맞추기라도 하듯 요란한 웃음소리가 들렸다.

"꺄하하하! 거기 서!"

"꺄악!"

낡은 옷가지를 걸친 아이들이 와르르 옆으로 뛰어간다. 술래잡기라도 하는지 한 아이가 여러 명을 쫓는 모양새였다.

"잡아라!"

마지막 아이가 거칠게 부딪쳤다.

"윽!"

실수로 놓친 가방이 와르르 물건들을 토해 냈다.

"앗! 죄송해요! 너 거기 서!"

이런. 애들의 놀이터였나.

"……놀라라."

일기장이며 떨어진 것들을 주워 넣고 가방을 들어 올렸다. 그러다 미처 줍지 못했는지 작은 병이 툭 떨어졌다.

"어라? 이건 아모르의……."

며칠 전 아모르가 건넸던 병이었다. 위험해지면 쓰라는 말에 챙기긴 했는데 어제는 겨를이 없어서 쓰지 못했던 거였다.

병을 들어 올리자 유리가 빛을 반사하며 존재를 뽐냈다. 안에 든 액체는 음울한 녹색. 꼭 녹조를 갈아 만든 것 같은 색이다. 마시라고 준 건데, 좋지 못한 비주얼에 인상이 절로 찌푸려지는 건 왤까. 먹고 싶진 않은데…….

"이건 어디 쓰이는 약일까?"

그는 허투루 말하는 사람이 아니었다. 그러니 어디든 쓸 만할 거다. 막 일어났을 때였다. 발소리가 들렸다.

'사람?'

멀리 떨어지지 않은 곳 막 골목으로 들어오는 남자를 본 순간 그대로 꽝꽝 얼어붙고 말았다.

헤르난.

헤르난이었다.

그가 흰머리를 숨기지도 않고 당당하게 이쪽으로 걸어오고 있었다. 나는 황급히 쓰고 있던 모자를 깊게 잡아당겼다. 저벅저벅. 걸음 소리가 옆을 스쳐 갔다.

이곳에서 그를 만난 건 우연일까?

<일단 '발할라'라는 가게를 찾고 있어.>

고개를 들자 뒷모습이 작아지고 있었다. 홀린 듯이 벌떡 일어나 그를 쫓았다. 걸음걸음이 떨렸고 본능이 이성이 끊임없이 싸우고 있었다.

내가 쫓아가서 뭘 어쩔 셈인데?

헤르난. 카스토르의 하나뿐인 수호자. 최측근. 황태자를 위한 행정 기구의 수장. 그리고 연일 이어지는 실종 사건의 관계자. 납치범의 소굴에서 나타났다. 카스토르와 관련 없다고 할 수 있을까?

입술을 꾹 깨물고 손가방을 꽉 껴안았다. 직감이지만 뭔가 있다. 샛길은 아니었지만 여전히 한적한 골목길이었다. 긴장으로 목뒤가 축축했다. 손끝에 스치는 일기장의 감촉. 어쩌면 카스토르의 영역에 제 발로 걸어가는지도 모른다. 하지만 걸음을 멈추지 못했다.

내게는 하나의 보험이 있다.

'죽으면 돼.'

하지만 이상하게 가슴이 울렁였다. 어제 스치듯 보았지만 헤르난의 낯이, 무심한 표정이 낯설어서. 그건 내가 죽던 날 나를 내려다보던 얼굴과 비슷해서 두려웠다.

아니. 생각하지 말자. 중요한 건 헤르난이 어떤 얼굴이냐가 아닌, 왜 이곳에 있느냐니까.

그가 모퉁이를 돌았다. 그를 쫓아 나도 휙 돌았다.

"……누구냐."

그리고 검이 바로 앞에 있었다.

"나를 쫓는 이유가 뭐지?"

얼굴 바로 앞에 놓인 검 끝, 내 모자는 금방이라도 벗겨질 것같이 흔들렸다.

"들키고 싶어 안달이 난 것 같은데."

어떡하지?

"……말이 없군. 벙어리인가?"

붕, 눈앞을 스치는 날카로운 바람에 나도 모르게 히끅, 하는 숨소리를 내 버렸다.

"어설픈 동작을 보아하니 훈련받은 신관은 아니겠고."

말을 할 순 없다. 말을 하면 들킨다. 내가 여기 있는 사실을 알려선 좋지 않다. 그런데 당장 정체를 밝히지 않으면 목숨이 위험해질 것이다.

등 뒤가 축축해졌다. 사람들이 왜 헤르난을 두고 뛰어난 신관이라고 했는지 알았다. 바늘처럼 콕콕 쑤시는 살벌한 위압감은 장난이 아니었다.

"대답해. 가시나무의 왕관 쪽 신관인가?"

가시나무? 뭘 말하는 거지? 손에는 아직 아모르에게 받았던 병이 있었다. 믿을 건 이것밖에 없었다.

"……대답하지 않겠다면, 직접 듣는 수밖에."

이걸 마시기 위해선 약간의 틈이 필요했다. 바닥만 보면서 떨리는 손을 뒤로 숨겼다. 바닥에 구르던 돌멩이를 지그시 누르다가 발로 차 버렸다. 단 한순간이지만 굴러가는 눈동자. 충분했다.

휙. 타닥. 타다닥.

나는 뒤로 돌아 무거운 다리를 이끌고 뛰었다. 이미 한차례 뛴지라 체력이 바닥나 현저하게 느린 속도였다.

흘끔 돌아본 곳에 천천히 걸어오는 그가 보였다. 나는 얼른 아모르가 준 유리병의 뚜껑을 열었다. 밑져야 본전이란 생각으로 삼켰다. 액체가 식도를 타고 넘어가자 순간 앞이 핑 돌며 그대로 털썩 주저앉았다. 속이 울렁거리는 느낌이 들었다.

"우욱! 웩!"

"이봐!"

잠깐, 이게 뭐야.

아모르가 먹였을 땐 이런 느낌이 아니었는데?

"하아. 하아."

숨을 몰아쉬었다. 욱신욱신 땀이 얼굴을 적신다. 고통 속에서 얼굴에 강한 열감이 느껴졌다. 뼈가 쑤시고 한 달에 한 번 찾아오는 생리통처럼 허리며 온몸이 아프다.

그와 동시에 그가 나를 붙들었다. 나는 끌려가면서도 독하게 모자를 부여잡았다.

"너 방금 뭘 먹은 거야? 자살인가?"

그러게. 나야말로 묻고 싶다. 설마 독약은 아니겠지? 얼굴이 뜨겁다.

"하, 가끔 자살을 해서라도 나를 죽이고자 하는 미친 작자들이 있지."

억지로 올라가는 시야. 안타깝게도 목으로 서늘한 예기가 느껴졌다.

"그쪽인가?"

카스토르와 느낌이 다르나 그럼에도 위협적인 공기였다. 오금이 저린 시선이 굶주린 육식 동물처럼 나를 덮쳤다.

"정신 차려."

정신은 덤덤했음에도, 몸이 파르르 떨고 만다. 아마도 이건 저절로 느끼는 생존 본능이었다.

"미안하지만, 공기 중으로 퍼지는 독 또한 내게 통하지 않아. 그리고 이런 행태를 보일 거라면……."

"……."

"깔끔하게 죽여 주지."

내가 이런 사람을 알던가? 아. 알았던 것 같기도. 이제는 잊고 싶었던 기억 속에서 그는 꼭 저런 서늘한 목소리를 냈었다.

<……카스토르. 네 뜻대로.>

지금 보는 모습은 하베르미아의 달 그대로. 한파가 찾아온 겨울 같다.

"얼굴이라도 보여."

검이 쇄도했다. 아픈 느낌은 들지 않았다. 반으로 쪼개진 천이 나풀거리며 떨어지고, 하나로 묶인 머리가 한들거리며 떨어지는 것이 느껴진다.

고개를 들고 싶지 않았다가 다 포기하고 싶은 심정으로 천천히 고개를 들었다. 마침내 환한 빛 아래에서 우리는 서로를 바라봤다.

"……여자?"

그는 몹시도 놀란 표정으로 나를 바라보고 있었다. 나는 헤르난의 얼굴을 찬찬히 훑어보았다. 내게서 눈을 떼지 못하는 그는 놀라움을 잠재우면서 다시 의아한 얼굴이었다.

"괜찮습니까?"

뭐? 나는 눈을 깜빡였다.

"미안합니다. 내가 착각했던 모양이군요."

그가 천천히 검을 검집에 집어넣었다. 그가 나를 일으켜 세우는 동안 나는 무슨 영문인지 몰라 아무 말도 못했다. 그는 날 일으켜 세우다가도 한참 무심한 낯으로 내려다보다가 머리를 쓸어 올렸다. 짜증스럽게 가늘어졌다가 감겨지는 눈이 낯설었다.

"착…… 각?"

"예."

얼굴에 분칠을 한 것도 아니고, 가발을 쓰거나 가면을 쓴 것도 아니다.

"제가 찾던 사람이 아니군요."

아무것도 하지 않았는데 그가 나를 모른다.

"저기."

"네."

오싹 소름이 돋았다. 뭐야. 뭐지? 왜 나를 못 알아보는 거야?

"……나 몰라요?"

수작 거는 여자의 대사 같지만 이거 말고는 생각이 안 났다. 그가 나를 빤히 보는가 싶더니 가벼운 미소를 담았다.

"죄송하지만 처음 뵙는 분인데. 나를 본 적 있습니까?"

모르는 척하는 것이라기엔 너무 태연하다. 오히려 선을 긋는 것같이 벽이 느껴지는 미소였다. 그래. 이건 꼭, 소릭스나 펜네를 대하던 낯과 비슷하다.

바로 사무적인 친절함.

"아니요. 처음 봤어요."

나는 눈을 깜빡이다가 천천히 고개를 저었다. 왜인지 이렇게 대답해야만 할 것 같았다.

"그렇다면, 다른 사람과 착각했던 모양입니다."

처음엔 어리벙벙한 심정에 몰랐는데, 그는 내 허리를 안다시피 잡고 있었다.

"저기, 무겁지 않으세요?"

"그쪽은 그리 크지 않은 편입니다."

"아니, 무게가……."

"부축하는 데 무게는 상관없습니다."

그가 날 보지 않고 말했다.

"나는 신관이니 그쪽이 성인 남성보다 무겁더라도 들 수 있습니다."

아무래도 나는 변신한 것 같다. 많이. 일단 시야가 높다. 그리고 뼈마디가 미친 듯이 쑤신다. 키가 자랐나? 아닌 게 아니라 길었던 소매가 위쪽으로 짧아져 있다.

그리고 나는 이마 위에서 한들거리는 것을 보고 말았다.

"……저기요. 제 머리색이 무슨 색이죠?"

헤르난은 별 해괴한 것을 묻는다는 듯한 표정을 했지만 순순히 대꾸해 주었다.

"검은색입니다만."

시장을 훌쩍 벗어나 그는 작은 광장에 나를 데려다주었다. 작은 분수대가 있었다. 나는 가장 먼저 분수대 수면에 비친 모습을 확인했다.

"어…… 어어?"

눈을 깜빡이면서 입을 쩍 벌린다. 하나로 동여맨 검은색 머리. 특별한 특징 없이 평범한 눈에 조금 노랗다 싶은 피부색.

"……말도 안 돼."

수면 안에 처음 보는 여자가 나를 바라보고 있었다.

아모르, 내게 뭘 준 거야?

헤르난을 올려다봤다. 친절하게도 나를 데려다주었지만 그 뒤로 대화는 없었다. 그와 무어라 대화를 할 만한 상태가 아니었다.

아모르가 준 약이 내 외모에 변화를 일으킨 게 분명하다. 그렇다면 왜 이런 약을 내게 건넸지? 그는 이런 상황을 예상했나? 애초에 아모르가 말한 위험이 대체 뭐지?

"진정되셨습니까?"

"네? 아, 네에……."

난 황급히 정신을 차렸다.

"도와주셔서 감사합니다."

일단 이렇게 말해야겠지?

"별말씀을."

헤르난이 내가 있는 벤치 옆 그늘 쪽으로 다가왔다.

"어째서 나를 쫓아왔습니까?"

네가 헤르난이라서요.

대체 왜 네가 납치범의 소굴로 추정되는 곳에 있었는지 궁금했다. 왜 아랫사람으로 보이는 남자가 당신을 대장이라 불렀는지 모르겠어서 쫓았다.

"으음……."

사실 연일 이어지는 실종 사건은 나와 관계없는 일이라 치부하고, 신경 쓰지 않은 채 넘겨 버릴 수 있다. 하지만 그러면 안 될 것 같았다. 그냥 넘겨서는 일기장을 보지 않고 쉼포시온을 맞이했던 그때처럼 중요한 것을 놓칠 것 같은 기분이다.

그때 나는 후회했다. 그러니까 지금 그가 왜 여기 있는지 알고 싶었다. 비슷한 후회를 남기지 않기 위해서라도.

"꼭 말해야 하나요?"

"네."

"왜죠?"

헤르난이 픽 웃었다.

"대답 여하에 따라 당신의 처우가 달라질 것 같으니까요."

그는 간편한 셔츠에 가죽조끼를 걸치고 있었다. 평소와는 정반대의 느낌을 물씬 풍긴다. 정돈되지 못한 머리칼은 조금 느른하고 방탕해 보였다.

꼭 아버지와는 다른 삶을 살아 보겠다며 떠났던 부잣집 막내아들이 세파를 겪고 찌들어 지금이 된 것 같달까. '이 세상은 쓰레기야.' 하고 외치면 딱 어울릴 것 같은 느낌이다.

"미안합니다. 사실 거짓말했어요."

"예?"

"사람 착각한 거 아니고 뒤쫓은 거 맞아요."

그가 잠시 침묵했다.

"왜죠?"

수 초간의 적막 뒤로 물었다.

"거울도 안 보세요?"

난 의문과 경계로 가득한 눈을 빤히 바라보다가 가볍게 미소했다.

"그쪽이 너무 잘생겨서요."

그는 도리어 피식 웃으며 고개를 기울였다.

"제가 듣고 싶은 말은 아니로군요."

그가 다시 물었다.

"다시 묻죠. 왜 나를 쫓았습니까? 내겐 중요한 질문입니다."

"잘생겨서라니까요? 당신을 쫓아가면 안 되는 이유라도 있나요?"

나는 항복하듯 양손을 들어 보였다.

"어처구니가 없군."

그가 머리칼을 쓸어 넘긴다. 그러다 귀찮은 듯 소매의 단추를 풀어헤쳤다. 눈이 빠지도록 놀라운 변신에 혀를 찰 지경이다. 이빨로 단추를 풀어헤치는 헤르난이 정녕 내가 아는 인물이 맞는 건가.

"이봐요."

금욕적이고 경건하기까지 하던 사람이 이렇게 변할 수도 있나.

"내가 누군지 알고 쫓습니까?"

"몰라요. 알고 싶으니까 쫓았죠. 이름이 뭐에요?"

그가 픽 미소하며 고개를 기울였다. 난 그가 왜 이곳에 있는지 떠들어 주길 바랐지만 그가 먼저 내 질문을 차단했다.

"당신. 피부색으로 보아 중앙 대륙에서 오신 분이시군요. 이쪽에 오신 지 얼마 되지 않으셨죠?"

"……그걸 어떻게 아세요?"

"당신에게 노예의 인장이 없으니까요. 무엇보다 당신이 있었던 골목 길은 성인 여성이라면 절대 가지 않았을 길입니다. 수도에 대해 잘 모른다는 증거겠죠."

"……."

"이주민은 보통 생활고에 시달리다가 노예가 되는 일이 비일비재합니다. 당신은 아직 괜찮아 보이지만."

헤르난이 생각보다 더 똑똑하다. 아니 당연한가. 매일 내게 간이며 쓸개며 전부 빼다 바칠 것처럼 굴어서 잠시 잊었다.

"그쪽의 말대로예요."

제국은 이민에 냉정했다. 그들의 안온한 삶을 보장해 주지 않았다. 하여 넘어온 이들은 전부 외성 쪽에서 힘든 노역을 하곤 했다.

"저는 외성에서 허드렛일을 하는 말단 하녀랍니다. 아직은 무사하지만 어떻게 될진 모르겠네요. 제국 물가는 너무 비싸요."

헤르난이 꾸며 준 상황은 내게 득이 됐다. 난 잽싸게 휴가를 맞이해 놀러 나온 이주민인 척했다.

"어째서 혼자 다니죠?"

그의 질문에 목소리에 좀 더 힘이 들어갔다.

"수도 구경하려고요! 건국제잖아요?"

건국제가 처음이란 말은 거짓이 아니니까. 발랄하게 대꾸하면서도 머리는 이 상황을 어찌하면 좋을지 계산하고 있었다. 지금이 내게 도움이 될 상황인가?

"장도 보고 싶고. 신관들의 공연도 보고 싶고 또…… 「프리모 살바티오」도 보고 싶고요."

「프리모 살바티오」에서 그가 움찔했다.

"……"

그가 어떤 얼굴인지 모르겠다. 사실 이쪽이 『루스벨라의 빛』 속 헤르난 같은 느낌이었다.

책 속 카스토르의 비호 세력으로서 카스토르의 사랑을 돕는 조력자. 그렇다면, 카스토르를 위해서 꽤 더러운 일들도 할 법했다. 납치라거나, 감금까지도 말이다.

물론 수도의 여자들을 납치해서 어디다 쓰려 하는지는 모르겠지만.

"저기요. 자꾸 물어도 내 대답은 같아요. 당신이 잘생겼고, 한눈에 반했는데. 이걸 논리적으로 어떻게 설명하란 말인가요?"

"그렇습니까? 첫눈에 반했다라. 납득이 갈 이유로군요."

그는 내 말을 전혀 믿지 않는다는 눈으로 가벼이 웃었다.

"좋습니다."

이 순간 그는 처음 봤던 모습도, 행정청에서 무수히 보았던 모습도 전부 아닌 또 다른 모습으로 서 있었다.

"괜찮다면 제가 수도를 안내해 드릴까요?"

"네?"

그는 악당에는 전혀 어울리지 않는 얼굴로 웃었다.

"제대로 된 길을 몰라서 그런 '한미한 골목'에 있으셨던 것이 아니었나요?"

"아……."

큰일이다. 이거 대답 잘해야 할 것 같은데. 이미 얼굴에 홀딱 빠져서 쫓아갔다는 뉘앙스를 풍겼다. 거절하면 안 될 것 같잖아. 그렇지만 리스크가 너무 큰데? 헤르난과 수도 구경이라니?

"어떠신가요?"

그가 미지근한 미소를 지었다. 슬그머니 고개를 내린 그가 작게 속삭였다. 조금 전 놀라울 정도로 위협적이었던 기세를 다시 뿜어냈다.

"제 대가 없는 친절을 거절하신다면 조금 슬플 것 같군요."

이 기세로 보아 그는 날 죽이거나 죽을 정도로 곤란한 일을 만들 수도 있다. 미친, 하다 하다 헤르난에게 죽을까 봐 걱정을 하게 될 줄이야.

"저야 좋지만……, 갑자기 친절을 베푸는 이유가 뭐죠? 조금 전까지 제게 검을 겨누셨잖아요."

"그거야 아가씨를 암살자로 착각했으니까요. 오해를 부를 행동이었습니다."

"당신, 암살자가 쫓을 만큼 위험한 사람이에요?"

"글쎄요."

그는 선선히 웃었다.

"어딜 가고 싶으신가요?"

정말 안내하겠다고? 나를?

머리를 팽팽 굴리며 계산해 봤지만, 솔직히 거절할 만한 구색이 없다. 냉정하게 생각해 보면 그리 나쁜 제안은 아니다.

"그럼 절 수도에서 가장 큰 광장으로 데려다주세요."

나는 수도 지리를 몰라.

"좋습니다."

정말, 삶은 아무도 모르는 것인가 보다. 루스벨라와 카스토르가 처음 만나는 곳에, 다른 누구도 아닌 헤르난과 가게 될 줄 누가 알았을까.

* * *

여전히 사람이 많았다. 나는 찡그리며 사람들의 흐름을 견뎌 냈다.

"조금만 더 가면 됩니다."

당연하겠지만 그와 함께하는 길은 전혀 편하지 않았다. 헤르난은 앞장설 뿐 소릭스처럼 배려가 없었는데 오히려 이쪽이 좋았다.

"저기. 저곳에서 황녀님이 춤을 추신다지요?"

나를 스치고 간 행렬의 여자가 한 말에 나도 모르게 시선이 그녀에게로 향했다. 연인으로 보이는 남녀는 큰길 반대편으로 사라졌다.

흘끔, 헤르난을 보자 그도 멀어지는 연인 쪽을 향해 있다. 그리고 곧 그는 몸을 다시 돌려 걷기 시작했다.

사람들을 헤치며 한참 걸었을까. 점점 숨쉬기 편해졌다고 느낄 무렵에 주변을 보았다. 숨쉬기 편해진 건 사람이 사라졌기 때문이 아니었다. 나는 아주아주 거대한 광장에 서 있었다.

"보이십니까."

"네."

찬찬히 고개를 돌리고, 광장을 눈에 가득 담았다.

"이곳이 포룸 아우구세스입니다."

신전들이 늘어선 거리 끝에 오래전 초대 황제가 세웠다는 개선문이 보였다. 개선문의 반대편으로 거대한 콜로세움이 위용을 드러내고 있다.

와아아아―

꽤 멀법한 거리에 있는데도 희미한 관중의 고함 소리가 들린다. 걸어가던 몇몇 사람들도 콜로세움 쪽을 바라본다.

"저를 놓치지 마세요. 길을 잃어도 책임지지 않습니다."

"알았어요."

수도에서 가장 밀집된 구역이라더니 넓디넓은 광장은 사람들이 끊임없이 오간다.

300년 전 태양 황제가 세웠다던 평화의 첨탑을 향해 걸음을 옮기는 동안 곳곳에서 큰 목소리로 활발하게 토론을 벌이는 남자들을 심심찮게 볼 수 있었다.

토가의 색으로 보아 학자나 철학자쯤 되어 보이는 남자들은 젊고 늙고를 떠나 설전에 열심이었다. 꼭 역사책 속에서 볼 법한 그리스의 토론 광장을 고스란히 옮겨 놓은 것 같네.

"저긴 뭔가요?"

호기심을 느껴 무심히 던지면 그는 그런 내게 알 수 없는 시선을 던지면서도 설명을 그만두지는 않았다.

"성스러운 재판장 바실리카 율리아입니다. 1년에 한 번 대집회가 열리는 곳이지요."

그는 세심하게도 이곳이 언제 설치되었는지, 재판장을 완공했던 불카누스의 대장장이 이야기 등을 담담한 목소리로 풀어놓았다. 그의 꿍꿍이가 궁금하면서도 거대한 광장의 위용에 마음을 쏙 빼앗겼다.

"꽃이 내리네요."

꽃이 팔랑팔랑 떨어지고 있었다.

"축제가 끝날 때까지 이곳에는 비가 내립니다. 꽃으로 된 비지요."

사실 밟히고 터진 잎이나 웅덩이에 젖어서 지저분한 잔해가 곳곳에 널려 있었다. 말 끝나기 무섭게 거리의 잔해들이 공중으로 떠올라서 깜짝 놀랐다.

"공기와 깃털의 신관들입니다."

이곳을 청소하는 신관이라는 말에 다시 공중에 뜬 잔해들을 바라봤다. 정말 제국 곳곳에 신력이 스며 있다는 느낌을 받았다.

"안내에 굉장히 성실하시네요. 왜죠?"

"왜 성실하냐는 말은 이상하군요. 약속이니까요."

"당신은 약속을 잘 지키는 분인가 봐요?"

막 생각난 건데 나와 그는 아직 통성명조차 하지 않았다. 물론 나야 헤르난인 걸 알지만은. 그는 궁금하지도 않나보다.

"말의 무게라는 게 있으니까요."

헤르난이 가볍게 대꾸했다.

"말의 무게?"

"네. 신관은 약속한 것을 반드시 지켜야 합니다. 그래서 함부로 맹세를 하면 안 됩니다."

그러고 보면 제국의 언약에는 유독 말에 관련된 금기들이 많다. 헤르난이 멈춰 섰다.

"식사하셨습니까?"

무어라 말하려다 말고 그는 미간을 찌푸렸다.

"……그러고 보니 이름을 묻지 않았군요."

"그랬죠."

"식사하기 전에 여쭤 보죠. 저는 헤르난입니다."

이렇게 쉽게 이름을 밝혀도 되는 건가? 아니면 내가 들어도 상관없는 걸까.

이름이라……. 나는 대충 생각난 이름을 대구했다.

"'안'이에요."

"안? 외자입니까."

"네. 편히 안이라고 불러 주세요."

"그러지요. 안."

지금만 해도 족히 수십 쌍의 시선이 그를 바라보고 있는데 참으로 태연한 모습이다. 물론 전부 여성이고 더러 남성도 있다. 그는 아는 건지, 알고도 그냥 넘기는 건지 참 애매했다. 옆에 있던 내가 부담스러울 정도였으니 모르는 건 말도 안 된다. 나도 구경하느라 바빠 신경 쓰지 않아서 아주 다행이었지만.

그가 나를 데려간 곳은 광장 옆으로 난 작은 샛길이었다.

'또 샛길이라니. 트라우마가 생길 것 같네.'

그를 쭉 따라가던 중에 묘한 느낌이 드는 길을 발견했다.

"계단?"

"아. 평화의 첨탑으로 가는 계단입니다."

고개를 들자 커다란 첨탑이 멀지 않다. 탑을 눈에 담았다. 드디어 발견한 것 같다. 루스벨라가 걷게 될 길을 말이다.

대충 옆의 가게나 간판 따위를 기억해 둔다. 이제 메타가 돌아오기만 하면 되는데. 소식이 없네. 한창 바쁜가.

"이곳에서 먹죠."

그가 데려온 곳은 자그만 식당이었다.

"어서 오세요. 앗! 오랜만에 오셨네요?"

점원이 헤르난과 아는 사이인지 2층 테라스 자리로 안내했다. 주문을 마치고 가게를 쭉 둘러보자 가족 단위의 손님도 있지만 대개가 연인들이었다.

잠깐만 여기 데이트하러 오는 곳 아냐?

"어머, 여보. 저길 봐! 너무 예쁘다!"

한 여자의 감탄을 따라 고개를 돌린 순간 왜 이런 구석 식당이 만석인지 알 수 있었다.

"와……."

눈앞에 보이는 거대한 황금빛 건물에 입을 쩍 벌린다.

"멋지지 않습니까?"

천천히 고개를 돌리자 헤르난이 차지도 따뜻하지도 않은 얼굴로 나를 바라보고 있었다.

"초대 황제의 기념관입니다."

그가 느릿하게 입을 읊조렸다.

"여기 자주 오셨나 봐요."

"그랬죠. 예전에."

푹신한 카우치, 아기자기한 테이블보. 꼭 그와 데이트라도 하는 것 같은 느낌이 들어서 기분이 묘했다.

"저도 오랜만에 오는 곳입니다."

참 밝은 한낮에 바람에 나부끼는 새하얀 머리칼. 마찬가지로 하얀 눈썹. 느릿하게 감았다 뜬 눈 사이로 보이는 청명한 눈동자. 궁전에서 보던 그와 이곳에서 만난 그는 전혀 다른 느낌이었다.

"참 잘생겼네요."

솔직히 한 번은 말해 보고 싶었다. 그동안은 굳이 말할 필요를 느끼지 못했지만 모르는 사람이 된 지금은 뭐 어떤가.

"그래서 나를 쫓아왔습니까?"

"네."

"그것뿐?"

난 턱을 괸 채 웃었다.

"그럼 뭐가 더 있어야 하나요?"

그가 살짝 찌푸렸다.

어쩌다 식사까지 하게 됐는지는 몰라도 일단은 내말을 믿기 시작한 것 같다. 비록 내가 그의 얼빠로 찍히기는 했지만. 어차피 상관없지 않나? 오늘 지나면 다시 안 볼 테니까.

"그럼요. 당연한 거야."

습관적으로 입꼬리를 끌어 올리다가 문득 깨달았다. 왜 예쁘게 웃지? 나는 지금 공주가 아니다. 정숙한 숙녀가 아니다. 어느 것도 아닌 새 껍데기를 쓰고 있다. 굳이 교양 있게 보일 필요 없잖아. 시야 너머로 아름다운 풍경이 새롭게 보였다.

햇살. 소란스러운 소음. 고소한 먹거리의 냄새. 창문으로 보이는 거대한 광장.

밖이다.

찌르르. 놀랍도록 짜릿한 전율이 느껴졌다. 지금 나는 누구도 아니야. 누구의 눈치도 보지 않아도 돼. 하고 싶은 대로 해도 되는 거라고. 자유롭다. 참을 수 없이 유쾌해졌다.

"당신은 미남이고."

"……"

"당신을 본 누구라도 인생에 한 번 볼까 말까 한 미남을 놓치고 싶지 않을 거예요."

시간 속에 무뎌졌던 낮은 즐거운 기분에 맞춰 환한 미소조차도 제대로 짓지 못했지만 그래도 좋았다. 이 하늘 아래서 그렇게나 싫어했던 화창한 날씨마저 좋아질 것 같다.

"도와주셔서 감사해요."

"무엇을요?"

"안내요."

헤르난은 대꾸 대신에 나를 물끄러미 응시했다.

"당신을 보면 자꾸만, 묘한 기분이 듭니다."

"수상해서요?"

"글쎄. 그것과는 다르군요. 기분이…… 이상하네요."

그가 고개를 갸웃했다.

"그다지 좋지는 않습니다."

나를 보면 기분이 팍 상한다 이 얘긴가? 이 얼굴이 어때서. 설마 외모로 차별하나?

잠시 후 음식이 나왔다. 육즙이 자르르 흐르는 요리는 썩 맛이 좋았다. 거기다 음료까지 꽤 달달하니 쉽게 마실 수 있었다. 아니, 기분이 좋아서인가. 지금이라면 돌도 씹을 수 있을 것 같다.

"참, 이건 제가 사 드릴게요."

"사양하죠."

헤르난이 단호하게 답했다.

"빈곤한 여성에게 얻어먹을 만큼 빈곤하진 않습니다."

"꽤 실례되는 발언인데 잘생겼으니까 못 들은 척해 드릴게요."

"……."

잘게 자른 조개를 먹으며 우물거렸다.

"더 안 드세요?"

"글쎄. 그쪽이 먹는 것만 봐도 배부른 느낌이라."

내가 그렇게 허겁지겁 먹었나? 헤르난이 팔짱을 풀며 등을 바로 세웠다.

"받으시죠."

나는 그가 건네는 천을 의아하게 바라보다가 넙죽 받았다. 그가 뺨을 툭툭 친다. 그를 따라 뺨에 천을 가져가자, 갈색 소스 자국이 묻어 났다. 이런, 레베카가 알았으면 기함을 했겠네.

"빨리 알려 주지 그러셨어요."

"그렇게 밝게 웃으니 말하기 곤란해져서."

하긴. 귀족인 그가 이런 말을 할 일이 얼마나 있을까. 그의 곤란함을 이해하는 한편 이런 칠칠맞지 못함마저 기분 좋았다.

내가 정말 나로 있었던 시간이 언제였지?

자유롭다. 나는 늘 자유롭기를 바랐다. 전생에는 퇴사를 외치며 세계

여행을 상상했고, 환생한 뒤에는 언젠가 궁을 나서서 자유롭게 거니는 나를 꿈꿨었다.

여주인공을 찾는 여정에서 선물과도 같은 자유가 주어졌다. 어찌 기쁘지 않을 수가 있을까.

"안."

헤르난이 날 불렀다.

"갑자기 기분이 좋아진 이유가 뭐죠?"

"아. 수도를 구경할 생각을 했더니 좋아졌어요."

이 평범한 음식마저도 내게는 플뢰온이 자랑하는 조리장의 요리보다 맛이 좋다.

"즐거운 일이 많잖아요."

이 순간, 모든 게 아무렇지 않게 느껴진다. 그래서 다른 사람 같은 그가 반가웠다.

"내가 아는 분이 꼭 당신처럼 웃어 줬으면 좋겠네요."

"웃어 주지 않나 봐요?"

그가 느릿하게 웃었다.

"네. 그분은 항상 한 표정이라."

"그럼 웃어 주면 어떤 기분일 것 같아요?"

그는 물끄러미 나를 보다가 고개를 저었다.

"글쎄요. 어떨까."

어떻게 고개를 젓는 것마저 한 폭의 화보가 되는 걸까. 순수하게 감탄했다.

"당신을 보면서 생각이 났습니다."

"그분이요?"

"네."

그는 잔잔하게 가라앉은 눈으로 나를 훑었다. 혹시 또 뭐가 묻었나 싶어 내 뺨을 감쌌다. 아, 반창고. 얼굴이 변하면서도 여전히 뺨에 달라붙어 있는 모양이었다. 설마 이걸로 의심하진 않겠지?

상처도 없어졌을까? 확인해 보고 싶은데 엄두가 나질 않았다.

가게를 나온 후 그와 나는 함께 거리를 걸었다. 광장 동쪽에는 커다란 분수가 있었고 그 주변으로 어린아이들이 뛰어놀았다. 한참 사이가 좋은 연인들은 분수대 앞에 서서 흠뻑 빠진 눈으로 달콤한 귀엣말을 속삭였다.

"제국에서 가장 큰 분수대입니다."

분수는 힘차게 물을 뿜어냈다. 신의 현신을 본떠 만든 크리스털 분수는 햇빛에 온갖 아름다운 빛을 반사하고 있었다.

"……저기요. 헤르난. 좀 오그라드는 소릴 해도 될까요?"

"오그라들다?"

헤르난은 뜻을 모르겠다는 듯 중얼거렸다. 그러더니 가볍게 끄덕였다.

"얼마든지."

나는 막 달려가는 어린아이를 바라보면서 진정으로 활짝 웃었다.

"너무 아름다워서 눈물이 날 것 같아요."

무척이나 웅장하고 고고한 아름다움에 넋을 놓고 바라봤다. 왜 나는 이제껏 이런 것들을 전혀 모르고 살았을까 하고.

예전부터 나는 낯간지러운 감상은 좀처럼 입에 담지 않던 사람이었다. 전생에서부터 무척이나 담담한 성격이라 회사 다니던 시절에도 몇 번이나 듣곤 했다. 무신경하다고.

친구는 내가 진득한 연애 한 번 못 해 본 이유가 이 정 없는 성격 때문이라고 했다. 이렇게 생각하니까 가슴이 아프다. 나는 나름 주변 사람을 많이 아끼는데 살갑지 않다고 해서 속마음이 왜곡되어야 하나.

솔직하지 못해 조금은 감춰 두고 참았을 뿐인데.

아빠가 죽고 나서 솔직해 본 적이 드물었다. 이런 종류의 말을 굳이 먼저 나서서 하는 사람도 아니었다. 그리고 지금. 황궁에서는 생각도 못했던 일이기도 했다.

뺨이 달아올랐다. 우습다. 모처럼 감상적이 돼서는. 뺨을 감싼 손이 뜨거운 걸 보니 혹시나 새빨갛게 달아오르지 않았을까.

"끙, 그렇게 보지 말고 못 들은 걸로 해요."

어쩌면 이건 전부 나를 온도 없이 바라보는 시선 앞이라서 가능했던 걸지도 몰랐다. 그는 사심 없이 나를 바라본다.

그러나 그의 시선이, 열기를 품은 것은 순간이었다.

"안."

선선히 웃는 헤르난. 미소가 걸린 뒤로 담담한 목소리로 이었다.

"낯선 남자 앞에서 잘도 그리 웃는군요."

시선이 집요했다. 팔랑팔랑. 그의 손이 광장 중앙에서 날아온 꽃잎을 잡았다.

"사내 앞에서 무방비하게 웃으면 안 됩니다."

벚꽃을 닮은 연분홍색 꽃이 그의 손에서 바닥으로 떨어진다. 그는 뜨겁지도 차갑지도 않은 눈으로 나를 물끄러미 바라봤다.

"짐승이 발톱을 내밀지도 모르니까요."

꽝! 거대한 소리가 들렸다. 사람들의 환호성. 차가운 감각에 고개를 들면 분수가 힘차게 물을 뿜어내며 무지개를 그려냈다. 꼭 샤워기, 아니 스프링클러 같다.

"아."

참으로 오랜만에 보게 된 무지개가 참 예뻤다. 형형색색 꽃이 만발한 풍경보다도 소박한 이쪽이 예쁘고 마음에 들었다. 나는 노래가 흠뻑 귀를 적시는 풍경 속에서 고개를 들었다.

"무지개가 예뻐요."

가슴에 무지개가 있다는 건 어떤 느낌일까. 나는 무지개를 눈에 가득 담았다. 흠뻑 젖을 뻔했지만, 한 번쯤 푹 젖었어도 재밌었을 것이다.

"……그만 가지요."

즐겁다. 갈수록 사람들이 많아졌고 볼거리도 구경하는 사람과 노점들도 많아졌다. 진짜 꽃과 종이꽃이 한데 섞여 가득 떨어진다.

높은 하늘 아래서 꽃을 파는 사람도 있고 아기자기한 공예품을 파는 가게도 있다.

그리고 불카누스의 방랑 신관이라는 한 노점 주인이 직접 불을 일으켜 즉석에서 장신구를 가공해 만들어 팔고 있었다. 노점 주인이 구경 중이던 나를 향해 말을 걸었다.

"하하하. 아가씨, 애인이 참 잘생겼네?"

아저씨의 시선. 시선을 쭉 따라가면 헤르난이 있었다. 보라색 보석을 참 유심히 바라보는 그가 신기했다.

"저랑 이 남자요?"

나도 모르게 눈을 동그랗게 뜨고 물었더니 커다란 웃음소리가 돌아왔다.

"연인이야? 아니면 부부?"

고개를 가로저었다.

"둘 다 아닌데요."

그러자 주인은 털이 숭숭 난 얼굴에다 함지막한 미소를 덧그리며 껄껄 웃더니 그럴 리 없다고 했다. 그가 고개를 까딱인다.

"내가 줄곧 아가씨와 저 남자를 지켜봤는데 말이야."

아저씨가 목소리를 낮췄다.

"조금 전까지 아가씨를 아주 찐한 눈으로 보고 있었다니까? 보아하니 아직인가 보지? 응?"

"아직……, 이라뇨?"

"에이, 이거 말이야. 이거!"

주인이 네 번째 손가락을 들어 올리며 흔들었다.

"그러지 말고 여기서 하나 사라고?"

그러면서 반지의 디자인을 추천해 주었다.

무슨. 난 황급히 고개를 저으며 헤르난을 잡아 당겼다. 어리둥절한 얼굴이면서도 헤르난은 내게 순순히 끌려왔다.

우린 한적한 곳에 멈춰 섰다. 헤르난이 내 손 위로 웬 장신구를 내밀었다. 다름 아닌 노점에서 그가 구경하던 것이었다. 나도 모르게 그를 올려다봤다.

"이걸 왜 저 주세요?"

"가지고 싶으셨던 것 아니었나요?"

그가 태연하게 물었다. 도대체 이걸 언제 계산한 거냐고 묻자 끌려 오면서 돈을 두고 왔다는 대수롭지 않은 대답이 돌아왔다.

"안 받습니까?"

손바닥 위에 놓인 팔찌를 보며 생경함에 사로잡혔다. 이거 꼭 그거 같잖아.

"저기, 짐작 가는 게 있는데, 말해도 되나요?"

"네."

"저한테 반하셨어요?"

"아니요?"

한없이 진지한 낯으로 물었는데, 헤르난은 푸훗, 하고 웃었다.

"그럼 왜 이걸 저 주세요?"

꼭 연애라도 하는 것처럼.

"그저 비슷해서."

진짜 작가는 주인공과 서브 남을 잘못 만든 것 같다. 왜 이 남자를 주인공 삼지 않았을까? 하다못해 서브 남으로라도 내세웠다면 전쟁은 이 남자 얼굴 때문에라도 일어나지 않았을 거다.

"아무에게나 사 주지 마세요. 오해를 산다고요."

"오해?"

"반하지도 않은 상대에게 착각을 불러일으킨다고요. 성인이 돼서 그런 것도 몰라요?"

그러자 그는 퍽 순진한 강아지 같은 얼굴로 고개를 갸웃 기울였다.

"몰랐습니다."

곰곰이 생각하는 듯 입술을 툭툭 두드리던 그는 곧 알았다는 듯 나직하게 웃었다.

"오해를 사고 싶은 상대에게 주면 되는 거군요?"

"……그러면서 왜 다시 주는 건데요?"

"좋은 걸 배운 값이라 치죠. 싫다면 점심값이라 생각해도 좋고."

"빚지고는 못 사는 성격이죠?"

"아마도."

"저랑 비슷하시네요."

"그런가요?"

"이 원한도 오래오래 기억해 주죠. 당신 때문에 오해를 받았으니까."

미남이 소리 내어 웃었다. 걸음을 멈추고서 이쪽을 보던 사람들이 날 보며 고개를 끄덕인다. 아니, 당신들이 생각하는 그런 장면 아니니까 위로와 응원의 눈빛 보내지 말아 주세요. 고백 아니란 말이야.

"저기요. 헤르난. 왜 웃으세요?"

"네?"

"지금 웃고 있잖아요."

"……제가 웃었습니까?"

"그럼 울었을까요?"

그를 심드렁하게 바라보며 대꾸했다. 헤르난은 한참이나 제 입을 만졌다.

이후 광장에서 조금 벗어나자 노점 거리가 이어졌다. 노점과 가게마다 황금색 깃발과 작은 뱀 장식이 눈에 띄었다. 전부 주신 유피테르를 상징하는 것이었고 누군가는 기념품으로 팔고 있기도 했다.

헤르난이 다가오는 수레에서 슬쩍 고기 꼬치를 집어 들더니 값을 치르곤 내게 하나 건넸다.

"맛있어요!"

"이 시기에만 먹을 수 있죠."

이런 길거리 음식을 먹는 공작님은 한 번도 떠올려 본 적 없는데. 어울린다면 또 어울린다는 게 신기하다.

어느새 구역이 넘어가 온갖 희귀한 동물이 가득한 거리가 눈앞에 보였다. 눈앞에 가축 시장에서 봤던 오골계를 끌고 가는 사람이 있었다. 오골계치고는 색이 꽤 화려한 새였는데 무척이나 맛이 좋다고 한다.

먹기에는 좀 아까운 새인데.

새가 많다 보니 깃털이 광장에서 봤던 꽃잎처럼 나풀나풀 흔들거렸다. 별생각 없이 날아가는 깃털을 향해 손을 내밀어 봤지만 휙 날아가 버렸다. 대신 깃털을 잡은 것은 헤르난이었다.

그는 그걸 내게 내밀었는데, 왜 이런 걸 가지고 싶어 하느냐는 얼굴이었다.

"고마워요."

"별말씀을."

그 미지근한 낮에 살짝 웃어 주었다. 궁 밖에서 본 헤르난은 궁 안에서 그보다 솔직한 느낌이다.

"있잖아요. 왜 내가 가진 것으론 예쁜 것들을 살 수 없는지 모르겠네요."

"혹시 무지개를 보고서 하는 말인가요? 돈으로 살 수 없는 것을 꼽자면 수도 없이 나오겠죠. 이를테면 자유라거나."

"그런가요."

인간의 기본권 중 하나는 거주의 자유라던데. 한 번도 느껴 본 적 없는 것에 대해 신이 해명 좀 해 줬으면 좋겠다. 왜 나는 한정된 하늘만 바라보며 살았나? 세상엔 이토록 평화로운 공간도 있었는데.

함께 나눠 먹은 것을 버리고서 그가 마지막으로 볼 곳이 있다며 한곳으로 데려갔다. 저 멀리 보이는 것은 공연장처럼 한 겹 쌓아올린 대리석 바닥이다. 어딘지 알 것 같았다.

내가 공연할 무대구나. 제국의 가장 신성한 행사이자 백성 모두가 기대한다는 「프리모 살바티오」. 웅장하고 어마어마한 규모에 침을 꼴깍 삼켰다.

"황녀님께서 저곳에서 춤을 추시겠죠?"

"그날 광장은 사람으로 가득할 거요. 미리 자리를 맡아 두는 게 좋겠소."

사람들의 말소리는 하나같이 부담스러운 내용뿐이었다.

"정말 많네요. 사람들……."

"기대하고 있으니까요. 모두."

대리석 타일 옆으로 울타리가 쳐져 있었다. 병사 몇이 하품을 하거나 이야기를 주고받으며 앞을 지키고 있었다.

"그동안 '성녀'가 대신 췄던 춤이 매우 불만스러웠을 겁니다."

"성녀? 제국에 성녀가 있었나요?"

"아. 당신은 이주민이라 모르겠군요. 황녀님 부재를 대신한 대리 황녀입니다. 진짜 황녀가 아닌 임시직이지요."

"임시직……."

"네. 오랫동안 춤을 출 사람이 없었으니까요. 성녀가 대신해 췄던 춤은 만족도가 굉장히 낮았습니다."

"진짜가 아니라서?"

"그렇죠. 그래서 한 달 뒤 모두가 바라왔던 '진짜' 황녀님의 춤을 보게 된다고 기대하는 것이고."

가까이서 보겠냐는 헤르난의 제안을 조심스럽게 거절했다. 주눅 들고 싶지 않다. 멀리서 봐도 충분한 위용이 느껴졌기 때문이다.

왜인지 헤르난은 내 거절에 묘하게 안심하는 것처럼 보였다. 마치 저곳에 가고 싶지 않은 사람처럼.

"역사상 황녀들의 파트로누스는 미래의 부군이 되었습니다."

그는 눈을 툭 내리깔았다가 눈을 느리게 깜빡인다.

"다시 말해 황녀는 파트로누스와 혼인하곤 하죠."

"그런가요?"

"지금의 황녀님도."

잘생긴 낯에 어쩐지 미묘한 짜증이랄까 엷은 분노 같은 것이 스쳐 지나갔다.

"황녀님도?"

"역사는 반복된다. 이 미명하에…… 혼인하실지 모르는 일입니다."

그가 툭 대꾸했다.

"이번에 춤을 추신다는 황녀님 말인가요? 그런데 표정이 왜 그렇게 굳었어요?"

"제가요?"

"아. 아닌가요?"

응? 나는 고개를 갸웃했다.

"전혀요."

그가 고개를 저었다. 왜인지 그는 조금 전 제 얼굴이 어떠했는지 전혀 모르는 것 같은 낯이었다. 난 어깨를 으쓱해 보였다.

"흐음, 황녀님의 파트로누스라……. 어떤 분이 될지 궁금하네요."

궁금하긴 뭐가 궁금해. 아직 정하지 못한 상황인데. 레베카가 대체 언제 정할 거냐며 무시무시한 독촉장을 보내고 있다.

<황자님은 안 됩니다. 절대.>

레베카는 오라버니랑 함께하는 건 뜯어말렸다. 같이 갈 남자가 없는 형편없는 사교 능력을 보이는 거란다. ……레이 경은 왜 싫다고 거부해서.

"저기 보이십니까?"

나는 눈을 굴려 툭 공연장 위로 내려놓았다. 헤르난이 설명을 이었다.

"신성한 무대는 초대 황제가 있던 무렵부터 있던 주신의 「신물」로 신력으로 무엇이든 할 수 있는 공간입니다. 또한 신력을 무한히 증폭시키는 공간이지요."

노래의 신관이 올라가면 그 어떤 때보다 아름답고 호소력 있는 노래를 부를 수 있게 된다. 꿈의 신관이 오르면 영원히 깨지 못하는 강력한 환상을 보이며, 강의 신관이 올라가면 강을 범람시킬 정도의 많은 양의 물을 만들어 낼 수 있다.

요컨대 평범한 신력을 폭발적으로 증폭시킨다. 오래전 후계자의 신력을 과시하는 데 쓰였다더니. 대단하긴 했다.

문제는 내가 신력 없는 황족이라는 것이지만.

"저기에 평범한 사람이 올라가면 어떻게 되나요?"

"그저 평범한 무대가 되겠지요. 신력으로 움직이는 거니까요."

큰일이다. 무대를 멋들어지게 꾸밀 신력도 돈도 없는데 내가 황녀라니 망한 것 같다. 역대 최악의 춤 자리는 내가 예약한 꼴이군.

……지금이라도 포기할까.

"구경은 다 했으니 그만 가 볼래요."

저 멀리 술의 신관들이 포도주 시음회를 여는 중이었다. 농익은 향기는 벌을 꾀는 꽃술처럼 사람들을 꾀고 있다.

"꺼져!"

구경해 볼까 싶어 가까이 간 순간 짝! 거친 소리가 들려왔다.

"어디 계집애 따위가 신성한 신전에 발을 들이느냐!"

"아, 아닙니다. 나리, 그저 전 축복을 바라고자……."

"닥쳐! 썩 꺼지지 못해?! 여긴 우뢰의 신전이다! 천한 계집이 올 곳이 아니야!"

어디선가 흥겨운 음악 소리가 들려오는 것과 전혀 맞지 않는 살벌한 풍경에 사람들이 하나둘씩 멈춰 서 바라봤다.

남자에게 거칠게 내동댕이쳐진 여자는 신전 계단 밑에 엎어진 그대로 우는 것 같았다. 서럽게 흐느껴 우는 소리. 옆에서 바라보는 내게 툭툭 떨어지는 눈물이 또렷하게 보였다.

"어, 억울해요! 나도……. 나도 신력을 가졌는데! 왜 신관이 될 수 없는 건데! 왜!"

여자의 처절한 울부짖음에 누군가는 움찔하거나 시선을 피했다. 혹은 안타깝게 쳐다보는 사람도 있었다. 그들은 대부분 나이 든 남자이거나 여자였지만 나서는 사람은 없었다.

이어 여자는 경갑을 걸친 사내 둘에게 끌려갔다. 여자를 뒤로하고, 모였던 사람들이 하나둘씩 흩어졌다. 나도 어느새 사람 사이에서 헤르난의 뒤를 쫓아가고 있었다.

움직이는 거리 속 다시 보이는 사람들의 표정은 모두 밝았다. 더욱 다양해진 노점과 가판대에는 구수한 향을 품은 빵이나 고기 파이를 올려놓았고, 처음 본 거리에서보다 더욱 신기한 종류의 물건을 판매하고 있었다. 그러나 더 이상 즐겁지만은 않았다.

기묘한 느낌이 들었다. 아주 작은 거스러미가 수없이 생긴 기분. 소름이 뒤를 콕콕 찌르며 점차 등을 오르는 것처럼 성가시면서 무시할 수는 없는 그런 느낌.

등 뒤가 저릿했다.

이런 황홀한 광경을 언제 또 구경할 수 있을지 모르니까 지금 많이 봐 두어야 하는데 집중할 수가 없다. 순찰대와 다니면 이렇게 마음껏 구경할 수 없을 텐데도.

"여자는 신관이 될 수 없나요?"

크지 않은 소리였는데 헤르난은 뒤를 돌아보았다. 이 시끄러운 거리 중간에서 내 목소리를 정확히 들었다는 듯이.

"특별한 경우를 제외하고는요."

"왜요?"

"법으로 금지되어 있으니까요."

제국에는 남신도 있고 여신도 있다. 그들 사이에 차이를 두는 것 같진 않다. 그런데 왜 사람엔 차이를 둘까?

나는 눈으로 풍경을 헤맨다.

거리에서 아름다운 선율로 노래하는 신관은 남자였다. 내게 분수대의 물줄기를 솟구치게 해 멋진 쇼를 보여 주었던 신관은 남자였다. 거리에서 제국민을 상대로 술을 권하는 신관도, 거리를 청소하는 신관 또한 남자였으며, 조금 전 거대한 신전에서 여자를 쫓아낸 신관이 남자였다.

한 번도 떠올려 본 적 없는 생각.

신관은 남자만 될 수 있다.

하지만 오래전에는 남녀 구분 없이 될 수 있다고 들었다. 300년 전 제국의 제2 부흥기를 이끌었다던 '태양 황제'로부터 기형적 변화가 시작되었다고 했다.

그 이후 한동안은 다시 유명무실해졌던 이 제도는 현재 황제가 다시 부활시켰다고도 말했다.

헤르난의 설명 뒤로 물었다.

"……황제 폐하와 신관은 뗄 수 없는 관계죠?"

"예. 그렇죠."

황제의 힘이 강력할수록 신관은 강해진다. 신관이 강할수록 국력은 강해진다.

"신관은…… 언제 어디서나 황제 폐하의 존재를 느끼나요?"

신관에게 절대적인 동력이자 심장이 황제였다. 신력의 근원은 제국 궁성에 있는 수정에 있으며, 수정은 오직 황제와 후계자만 다룰 수 있다.

"예. 하늘에 떠 있는 태양처럼 당연한 일이죠."

신력은 최초의 황제와 주신이 나눈 계약에서부터 시작되었기 때문이다.

<신관이 되려면 '자격'이 필요해요. 황궁에서 이것을 받죠.>

따라서 모든 신관은 황제의 허락 하에 자신들이 믿는 신이 주는 힘을 완전히 빌릴 수 있다. 황제가 주신의 대리자이니까.

<신관은 본능적으로 황족을 해칠 수 없어요. 심장이 아프거든요.>

주신의 능력을 차지한 황제는 완전한 통제권을 가진다. 즉 신관 개개인을 무력하게 만든다. 그러나 혼자서 모든 힘을 통제해도 나라 하나를 홀로 이끌어 갈 수는 없다. 고로 황제의 정치적 권한엔 한계가 있다.

몇 세대 전의 '태양 황제'가 신관을 남자로 한정한 데는 황제의 힘이 너무나도 강력하여서 신관 개개인이 강해지는 바람에 펼친 정책이었다고 한다.

어째서 대상을 여성으로 한정하고, 그것이 여성 탄압으로 이어졌는지는 일단 제쳐 두고서. 황제가 이리한 것은 그들의 정치적 권력이 강해질 것을 걱정해 내린 결정이었다.

신관들의 권한이 강해지면 황제를 정치에서 내몰아 내고 신력 건전지로만 쓰려는 시도가 늘 있었다고 한다. 언젠가 헤르난데즈가 말했다. 헌 황제는 역대 최약이라 평가받는다고, 그래서 카스토르의 즉위를 모두가 기다리고 있다고.

펜네의 말에 따르면, 약한 황제는 제국의 풍요를 보장하지 못하며 보호할 수 없다. '태양 황제'야 초대 황제를 제외하고 가장 강력했던 황제여서 미친 척 신관을 남자로만 한정해도 힘이 워낙 강하니까 평화를 유지할 수 있었다. 그러나 현 황제는 아니었다.

제국 역사상 최약체.

황제의 힘이 비교적 약한 경우에는 황실이 나서 힘이 미미한 자들을 억지로 각성시키는 방법을 썼다. 국력을 떨어트리지 않기 위해 비윤리적인 수를 써서라도 신관의 수를 무리해서 늘렸다는 얘기를 안다.

그러나 이건 자충수에 가까우므로, 긴 역사 동안 황제의 자리는 신력이 강한 자에게로 이어졌다. 카스토르가 그 엿 같은 성정에도 자리를 유지하는 것도 이런 이유에서이다.

'간단한 계산이네.'

제국에서 정식 신관은 자격을 갖춘 자. 즉, 신력 '운전면허증'을 가진 자들이다. 내 궁의 하녀처럼 신력은 있지만 자격증을 받지 못했거나 잠재력만 가진 자를 신관이라 부르지 않는다. 신관 후보라 부르지.

"헤르난. 신관이 많을수록 제국은 강해지겠죠?"

"어째서 묻는 것인지 모르겠지만, 예. 그러합니다."

요컨대 황제가 약할 경우 신관의 수를 늘려야 총량을 유지하거나 이전보다 증가한다. 황제의 힘이 아주 약하다면 신관이 아주 많이 필요하다. 그래야 제국 전체의 전력을 유지하게 해 주니까.

그런데 제국은 '여성' 신관 후보를 버려두고 있다.

"궁금해서 물어봤어요. 앞으로 내가 살 나라니까."

신학 시간에는 이런 것을 알려 주지 않았다. 언제나 나 하나 살기 벅 찼던 나는 생각할 수 없었다. 수학이나 물리와 비슷하다. 수식을 가르 칠 수 있지만 실질적 응용은 스스로 문제를 마주하며 깨우쳐야 한다. 제국에 있으면서 늘 궁전 한쪽에 갇혀 있었기에 나는 몰랐다. 비로소 현실을 마주하면서 알았다.

현 황제 치세가 약 60년. 신력을 모든 동력으로 삼은 나라에서 최약 체 황제가 이끌고 있다. 신관의 수가 하나라도 급한 상황에서 여자는 신관이 될 수 없다.

나만 이상하게 여기는 걸까?

제국민의 반을 제외시키고도 신력은 결함 없이 멀쩡히 돌아가고 있다니.

* * *

석양이 진다. 일찍이 어둑해진 거리에는 신력 등불이 자리했고 노점 상 중에도 일찍이 등을 켠 곳이 있었다.

'어째서 메타가 날 찾지 않는 거지?'

구경하는 것은 무척이나 즐거웠지만 그렇다고 메타를 잊지는 않았다.

'내게 건 추적 주술이 있으니 쉽게 찾아오리라 여겼는데…….'

메타에게 무슨 일이 생긴 거라 보는 게 타당하다. 곤란하네.

"광장에서 열리는 야시장이 장관이라더군요."

"그런가요?"

"구경하시겠습니까?"

나는 고개를 저었다.

"오늘은 무리고, 다음에, 다음을 기약해도 될까요?"

가지고 있는 것 중 가장 편한 신발을 신고 왔음에도 고단함을 견디지 못한 발이 비명을 지르고 있다.

다행스럽게도 아모르가 준 변신약이 참 효과가 좋아 갑자기 변신이 풀리는 불상사는 일어나지 않았다. 고운 빛 아래 이마가 땀에 잠겼을 뿐.

"바쁘신가요?"

"네. 일행이 기다리고 있거든요."

나는 좀 아쉬웠지만, 이 정체 모를 약이 얼마나 갈지도 모르는 상황에서 도박을 할 생각은 없었다.

"약속이 있습니까?"

"네. 저녁엔 다른 남자와 만날 거라."

이 정도면 다시 묻지 않겠지. 적절하게 둘러댔다고 생각했을 때였다.

"그럼 내일을 약속할까요?"

그가 훅 치고 들어왔다.

"네?"

무슨. 완곡하게 거절한 거 몰라? 나는 얼른 그에게 작별을 고했다. 아니 고하려고 했다.

"잠깐."

"웁, 어, 어, 어딜 가요?!"

"따라와요!"

그가 휙 나를 이끌었다. 너무 빨라! 넘어지지 않기 위해 별수 없이 그의 손에 의지했다. 분명 빠르게 걸었는데 어느 순간 이미 나는 뛰고 있었다.

대체, 어딜 가는 거야. 숨이 차오른다. 엉뚱한 것을 밟고 넘어지지 않기만을 기도하며 그의 손이 이끄는 대로 달렸다.

"이리로."

좁은 골목, 그가 나를 뒤에서 안은 채로 입을 가로막았다. 숨이 턱 끝까지 차오르는데 입을 막으니 답답했다. 등을 덮은 체온은 묘하게 현실적이어서 긴장을 불러왔다.

"……한 번만 더 뛰어요."

손목이 잡혀 그에게 다시 이끌렸다. 옆으로 활짝 열린 가게 문을 지나며 드디어 한번 뒤를 돌아보았다. 그리고 경악했다.

"저, 저게 뭐죠?"

정체를 알 수 없는 무리가 우릴 쫓고 있다. 괴물 같아서일까. 쫓기는 광경이 몹시 비현실적이다. 기묘한 형상을 가진 사람들 뒤로 멀리 보이는 흥겨운 축제. 화려하고 흥겨운 세계가 좁은 골목을 몇 개나 지나서 경계 저 너머에 있었다.

"당신은 몰라도 되는 것이죠."

그는 불이 전부 꺼진 어느 거주 구역 좁은 벽 틈에서 멈춰 섰다. 드디어 멈추게 되었단 생각에 가쁜 숨을 내쉬었다. 헤르난의 손이 손목을 단단히 감았다.

"지금부터 당신과 나의 모습을 감출 겁니다."

"……네?"

우리는 겹쳐진 채 서 있었다. 석양빛 아래 헤르난의 얼굴이 똑똑히 보였다. 그는 내가 아닌 큰길 쪽을 바라봤다.

"실례하겠다는 소리입니다."

헤르난이 나를 잡아당겼다. 놀랄 겨를도 없이 커다란 손이 뒤통수를 감쌌다. 딸꾹. 숨을 크게 내쉬지 않으려 했지만 가쁜 숨 때문에 역부족이었다. 뺨에 닿은 가슴 안에서 쿵쿵 심장이 뛰고 있었다.

"쉿. 숨을 크게 쉬어요."

곧 어깨를 붙든 손이 죄여 든다. 숨을 몇 번이나 몰아쉬었을까.

"사라졌다!"

낯선 목소리가 골목을 울렸다.

"어디야?"

"기척이 사라졌어! 짐승이다! 잘못 본 게 아니야. 짐승 그놈이 분명해!"

"웬 여자와 함께였다고 합니다!"

품에 안긴 그대로 눈만 굴린다. 그곳에 동물도 사람도 아닌 기묘한 형상을 가진 생물과 법의를 입은 자들이 있었다.

괴생물체. 담색이었고 움직이는 모양새는 꼭 젤라틴 같았다. 그리고 그것들을 부리는 듯 보이는 회색 법의의 사람들. 머리 위에 쓴 가시나무 관이 뚜렷하게 보였다.

"짐승의 신관이 낌새를 알아차린 것 같습니다."

법의를 입은 사람이 쉴 새 없이 나타났다. 그와 나는 꼼짝도 못하고 좁은 골목에서 숨을 죽여야 했다.

"추적 주술을 쓸까요."

"좋아. 얼른 찾아내!"

"넷!"

서로를 보며 쑥덕대던 그들은 단 다섯 걸음 정도 떨어진 곳에 있는 우리를 알아보지 못하고 마침내 다른 곳으로 달려갔다.

"저쪽이다!"

마지막으로 나타났던 남자마저 사라지자 골목은 다시 고요했다. 죄이던 팔이 느슨해졌다. 조금 안심해도 된다는 걸까? 그러자 달리는 동안 긴장했던 것이 한 번에 와르르 풀어진다.

"하아……. 미쳤어."

그에게 기댄 채로 받은 숨을 내쉬다 다리가 풀려 바람 빠진 풍선처럼 픽 쓰러지려 했다. 커다란 손이 쓰러지는 나를 잡아당긴다.

"아직 쓰러지면 안 됩니다."

그가 미간을 찌푸렸다.

"약하기 짝이 없네요."

본디 3분만 전력 질주해도 픽 쓰러지는 나약한 황녀의 몸인데 뭘 바라. 이 몸은 그 몸보다 코딱지만큼 나은 수준이었다.

"……너무하시네요. 저는 운동 같은 거에 쥐약이에요."

"그런 것 같아 보이는군요."

"……알면 데려오지 말았어야지."

그에게 거의 기댄 상태에서 그대로 늘어졌다.

"이봐요. 나는 당신 말대로 발바닥에 땀나도록 뛰었어요. 이 수선을 피웠으니까 말하세요. 아무런 설명도 없이 달린 이유를 알아야겠어요."

머리에서 빨래라도 삶듯 김이 나올 것 같다.

"헤르난."

나는 오래전부터 당신이 궁금했어.

"당신은 누구죠?"

이마를 기대며 나온 말은 이미 허덕임에 가깝다.

"말해요. 왜 나를 끌고 왔어요?"

당신은 뭐야? 왜 비밀이 이렇게 많아?

그리고 왜 내게 낯선 모습만 보여 주는 건데?

"일단 숨부터 고르는 게 좋겠군요."

이마를 기댔던 상태에서 천천히 고개를 들었다.

"내 질문에 대꾸하지 않았어요."

헤르난은 힘이 없어 주르륵 흘러내리는 나를 잡고 허리에 팔을 감아 안아 올렸다.

"저런. 살려 줬더니 짐까지 내놓으란 격인가요."

가까이서 보는 그의 눈동자는 평소보다 훨씬 짙고 어두워 보이는 하늘색이었다.

"질문에 질문으로 답하지 말아요."

그는 성의 없이 웃었다.

"제가 아는 분도 꼭 그렇게 말하던데."

나는 대답 없이 그를 바라봤다.

"참 많이 닮았어요. 당신."

해가 완전히 저물지 않았는데 이곳은 어쩜 이렇게 어둡기만 할 수 있을까.

"말해 주는 건 어렵지 않아요. 하지만."

골목에는 오직 나와 헤르난만 있었다. 이 순간 헤르난의 낯이 전부 보이질 않아서 불안했다.

"사실을 듣고 도망치지 않을 자신이 있나요?"

유혹하는 듯 착 가라앉은 음성이었다.

"……네. 말해 줘요."

점차 어둠이 잠식하는 순간에도 하얀 머리카락만은 눈에 새겨지듯이 보였다.

"나는 당신을 납치해서 미끼로 쓰려 했습니다."

잠깐 침묵 끝에 아픈 목이 완화되었다. 입술을 떼어 낼 무렵에 와아아 희미한 함성 소리를 들었다.

"이유 있는 친절이었군요."

"놀라지 않네요."

그가 눈을 살짝 접으며 미소했다.

"네."

새삼 충격 받진 않았다. 이상할 정도로.

"우습게 들릴지 모르겠지만, 당신이 내게 잘해 주는 것부터 이상했으니까요. 이상하다고 생각했어요."

그는 줄곧 나를 의심했다. 그랬던 그가 수도를 안내했다. 당연히 의심을 지우지 않았다. 그러나 기분이 이상했다. 왜 지금 빛바랜 보석을 쥐고 있는 기분이 들까. 반짝이는 보석을 좋아했던 것도 아니었으면서 실망하고 있지?

"안. 지금 기분이 어때요?"

그가 낮게 속삭였다. 난 고개를 기울였다.

"왜…… 물으시는지 모르겠어요."

누가 찬물을 끼얹은 것 같다.

"지금 당신은 꼭 화를 내고 싶어 하는 얼굴이에요."

그런가. 잘 모르겠다. 순간이지만 울컥했던 느낌이 화를 내고 싶었던 것 같기도 하고. 꼭 성공할 줄 알았던 주식이 폭락한 기분이거나 절벽 아래로 누가 떠민 기분이기도 했던 것 같았다. 하지만 화를 낼 이유가 없는데.

"거짓말. 이렇게 깜깜한데 내가 보인다고? 보이지 않잖아요."

"보입니다. 나는 신관이니까요."

어린아이는 쉽게 흥분한다. 제 한계를 모르고 놀다가 다음 날에 신열에 시달리곤 한다. 나는 어린아이처럼 어리고 미숙했기에 한계를 모르고 만끽한 대가를 치르고 있는 것이다.

"나는 아주 위험한 신관이라 할 수 있는 일이 아주 많습니다. 건물을 무너트릴 수도 있고, 광장에 있는 이들을 단번에 죽일 수도 있고……. 당신도 아주 잘 보입니다."

갑자기 주어진 자유가 반가워서 무심코 그가 누구였는지 내가 누구인지, 어떤 상황인지 잊고 싶다고 생각했다.

"당신의 울고 싶어 하는 그 얼굴마저도."

거짓말. 몸이 바뀌었다고 갑자기 펑펑 울 수 있게 될 리가 없다.

"……거짓말을 뻔뻔하게 잘 하시네요."

"글쎄요. 거짓일까요?"

툭 건드린 손이 망토를 벗겨 낸다. 어둡지만 그가 가까이 있음을 알 수 있다.

"안."

그가 숨죽인 목소리로 속삭였다.

"왜 내가 이 수고를 들이는지 생각해 봐요. 내가 어째서 안, 당신을 구한 것인지."

음성은 어느새 나긋하게 달라졌다.

"……모르겠어요."

나는 아직도 당신이 내게 다정하게 대하는 이유를 알지 못한다. 한때 방관자였던 사내가 돌변한 이유도 모르는데 지금 다시 변한 그의 의중을 짐작할 수 있을 리 없다.

"궁금하지 않아요. 지, 지, 집에 갈래요."

그의 품에서 벗어나 뒷걸음질 쳤다. 환한 대로 쪽으로 가고 싶었지만 유감스럽게도 헤르난이 몸을 돌려 입구를 막아 버렸다.

"안. 당신에게 원하는 것이 있습니다."

어느새 그는 나를 다정히 불렀다.

"비켜요."

숨소리가 정적을 채우는 거리에서 언뜻 희미한 푸른빛이 보였다. 기울어지는 얼굴.

"당신에게서 눈을 뗄 수가 없습니다. 왜일까요?"

"……."

"제가 아는 분과 비슷해서예요."

나는 숨을 죽이고 그를 바라봤다. 인상적인 하얀 머리칼이 아무렇게나 나부끼고 있다.

"무슨 말이에요? 할 말이 그게 다라면 나를 보내 줘요."

머리칼이 휙 뒤로 날아간다. 가지런한 눈썹 아래로 보이는 하늘색 눈동자. 아, 역시나 시선에 온도가 없다. 궁전에서 나를 바라보던 눈동자가 달달함에 젖어 있었다면, 지금은 재색 벽을 바라보고 있는 것 같았다.

"그분도 눈을 피하지 않고 바라보셨죠."

"그분……."

"네."

'그분'이라고 입에 담는 순간 헤르난의 낯이 꽃처럼 피었다. 그 일상적인 표정에 가슴이 묘하게 울렁였다.

"유쾌한 이야기는 아닌데요."

헤르난의 그분이 누구일지 짐작했다. 하지만 믿고 싶지 않았다. 정말 내가 아닌가? 눈을 감았다.

"본래 미끼로 쓰려 해 놓고 누군지 모를 사람을 닮았다는 이유로…… 나를 살렸다고 하는 건가요?"

"네. 그렇지 않았다면 당신은 다쳤겠지요."

그가 말하는 저들이란 조금 전 괴상한 젤라틴을 이끌던 회색 법의 남자들을 말하는 게 분명했다.

"이 상황에…… 묻는 것도 우습지만 물어도 될까요?"

"네."

그에게서 뒷걸음질 쳤다. 더는 어두운 쪽으로 가고 싶지 않았지만 더 보고 싶지 않았다.

"그분을 사랑하시나요?"

"아니요."

내가 보지 못한 시선을 가진 그가, 망설임 없이 모든 걸 드러내는 그를 보고 싶지 않았다.

그가 꽃같이 웃었다.

"그분은 나의 성지聖地입니다."

나는 어째야 할지 모르겠다는 얼굴일 것이 분명했다.

"내 세상에 달과 같은 그분을 경애합니다."

기울어진 석양 속 누군가에 대해 말을 하는 얼굴은 행복을 담고 있었다. 나는 세상을 전부 가진 것처럼 행복하게 미소한 헤르난의 낯을 보았다.

"경애……?"

"네."

그는 대꾸를 바란 게 아니었다는 듯 태연하게 말을 돌렸다.

"나는 본래 사람을 싫어합니다. 남자든 여자든, 어린아이든 노인이든 모두 같아요. 그런데 당신은."

가슴이 울렁거렸고 속이 아픈 것처럼 더부룩했다.

"이렇게 손을 잡아도 가까이 있어도 싫다는 생각은 들지 않았습니다."

그가 한 걸음 다가왔다.

"그분과 비슷해서 끌렸습니다."

그의 눈동자가 미지근한 온기를 띠고서 나를 바라보고 있었다. 왜 꼭 그냥 지나쳤던 진열장의 신발과 비슷한 대체품을 찾은 것 같은 눈으로 나를 바라보는 걸까.

"모든 것이 다른데도 닮았습니다."

소름이 돋았다.

"미안하지만 도망은 포기해요."

보랏빛 아지랑이를 품은 눈동자는 어둠 속에서 느릿하게 깜빡이면서 홰홰 돌았다. 야생에서 마주친 짐승의 안광 같았다. 나는 얼른 뒤로 돌았다. 내딛는 것보다 잡히는 것이 빨랐다.

"놓치지 않을 거니까."

그가 대수롭지 않게 손으로 나를 당긴다. 그의 얼굴을 앞둔 순간 그가 부드럽게 미소했다. 지는 해가 만들어 낸 그림자가 하나로 겹쳤다.

"그분 외의 사람에게 호의를 느껴 본 적이 처음입니다. 하지만 싫진 않습니다."

난 그의 가슴을 꾹꾹 밀어내며 소리쳤다.

"다, 닮은 것 따위에 혹하지 말아요! 그분을 경애한다며!"

"아니요. 내겐 중요합니다. 처음으로 그분이 아닌 사람에게 심장이 뛰고 있어요."

방만한 차림의 사내가 날것을 드러내며 고개를 기울인다.

"놓치기 싫습니다."

그가 내 턱을 들어 올렸다.

"당신을 가지고 싶습니다."

이런 와중에도 우아한 빛이 감도는 하늘색 눈동자가 가늘게 접힌다. 어둠 속에서 짐승을 마주한 듯 새파란 안광은 푸른얼음 같다. 홍채로 언뜻 보라색 아지랑이가 일렁였다. 나는 참지 못하고 소리를 더 높였다.

"우, 웃기는 소리 하지 말아요. 그 사람을 사랑하잖아!"

"사랑? 사랑 따위일 리 없지 않습니까."

그의 얼굴이 내려앉은 곳은 입술이 아닌 더 위. 부드러운 머리칼이 귀를 스치고 지나갔다.

"그것이 얼마나 하찮고 순간뿐인 감정인데."

서늘하고 낯선 감각에 놀라 몸을 움찔하고 떨었다. 고개를 든 헤르난이 날 가둔 채 속삭였다.

"하지만 당신을 갖고 싶은 욕심은 사랑이 아닙니까? 사랑은 욕망하는 것이니까."

그가 내 손목에 입을 맞췄다.

"그러니 오히려, '사랑'은 이쪽이겠군요."

나는 이 비슷한 대사를 들었던 기억이 있다. 얼굴도 느낌도 전혀 다르지만 그가 사랑일지도 모른다고 말하는 대상은 내가 아니어야 했다.

그는 나를 좋아하는 걸까.

어디에 반했지? 지금까지 헤르난이 봐 왔을 수많은 미인들과 비교했을 때 지금 '안'의 외양은 한없이 모자라다. 외양으로 사람을 낮잡는 건 별로 좋지 못하지만, 첫인상에 영향을 끼치는 건 인지한다.

"지금 날더러 '누군가' 대신할 사람이 되란 건가요?"

아니, 소용없다. 이 눈이 돌아 버린 남자에게는 이성도 논리도 듣지 않음을 안다.

"네."

나는 시선으로 내 얼굴을 더듬는 헤르난의 얼굴을 보았다. 사랑을 입에 담은 얼굴치고는 기이할 정도로 온도가 없었다.

"이민자인 당신은 제국에서 어려움이 많겠죠. 많은 걸 주겠습니다. 무엇이 필요합니까? 국적? 돈? 사랑?"

헤르난은 숨소리 나는 목소리로 말했다.

"그러니 그 눈에 나를 담아요."

달짝지근한 숨이 턱밑과 목 언저리를 간지럽혔다.

"왜 나는 당신을 보면 갈증이 나지?"

그가 귀 바로 옆에서 속삭였다. 고개를 내리자 나보다 아래에서 눈만 들어 날 응시하는 헤르난을 보았다.

"미안하지만, 누군가의 대체라니 싫어요."

내가 아는 모든 새하얀 꽃이 꼭 눈앞의 이 남자를 닮았다.

"당신의 그분은 당신의 이런 모습을 아시나요?"

"평생 모르시겠죠."

그는 묘한 낯으로 대꾸했다. 내가 평생 모를 거라는 소리인지, 그가 평생 모르게 할 것이라는 소리인지 잘 모르겠다.

지금 나는 황녀 아실리 로제가 아닌 그와 처음 만난 여자 안이다.

그가 하는 모든 말은 실로 무례하다. 한 사람을 마음에 담고 그 사람을 잊지 못하겠으니 네가 그 자릴 대신해 달라고 하다니.

난폭한 말조차 얼굴로 승화하는 그가 대단하면서 동시에 조금 서글퍼졌다. 대체 당신에게 사랑은 어떤 것이기에 이렇게 하찮게 저당 잡히는가. 감정은 선택할 수 없다. 그래서 누군가 내게 헤어진 애인을 잊지 못하는 사람은 절대 만나지 말라는 조언을 하곤 했다.

"헤르난, 미안하지만 당신이 귀찮고 순간적인 감정이라고 말했던 그 사랑. 나는 믿어요."

낮이 긴 계절이라 차양 사이로 언뜻 석양이 보인다. 초조해졌다.

"정말 좋아한다면 진심을 담아 전해야 한다고 생각해요. 그런 단어 대신에."

"……."

왜 메타는 날 찾지 않는 거지? 정문이 몇 시에 닫힌다더라?

"당신은 내게 잘생겼다고 하지 않았습니까?"

헤르난은 고개를 숙였다.

"굳이 호오를 가리자면 당신에게 호감을 주는 것이 아니었습니까."

그는 내 손을 들어 올려 제 뺨에 가져다 대고 바다처럼 고요하고 짙은 시선으로 나를 보았다. 나는 입술을 살짝 깨물었다.

"감정을 우습게 보지 말아요. 제가 정말 당신에게 반했다면 그건 더욱 해서는 안 될 말이었어요."

우습지만, 나는 사랑을 믿지 않으면서 믿는다. 내가 이야기 속 주인공이 될 일은 평생 없으리라 믿으면서도 책 속 아모르의 사랑을 응원한다. 이 지경이 돼서도 사랑을 부정하는 사람만은 되지 못했다.

"날 보내 주세요."

그는 책 『루스벨라의 빛』 속 전쟁에서 장군이자 영웅이요 폭군의 검이었다고 했다. 이 얼굴로 칼을 휘둘러 사람들을 학살하고 보는 이의 간담을 서늘하게 했을까?

폭군을 따라서 놀라운 능력으로 공을 세웠다던 얼굴은 너무나 청초하고 유려해서 잔인한 일과는 어울리지 않게 보인다.

그가 직접 검을 휘둘러 사람을 해치는 광경을 보지 못했기 때문인지, 내가 봤던 그의 가장 잔인했던 모습이 단지 내가 죽는 것을 고스란히 지켜보기만 했던 방관자에서 그쳤기 때문인지는 잘 모르겠다.

사람에게는 보여 주고 싶지 않은 얼굴이 있다. 어쩌면 지금 그의 모습은 내게 가장 보여 주고 싶지 않던 모습일지도 모른다.

"어서 놔요. 당신에겐 그분이 있잖아요. 날 보내 줘요."

그는 미미하게 찌푸렸다. 한순간 낭패 어린 표정이었다.

"다그치는 모습조차 비슷하군요. 분명 향기가 다른데, 어째서?"

뭔가 뼈가 있는 말이 지나간 것 같은데 의미를 알고 싶지 않았다.

해가 뉘엿뉘엿 지는 동안 남아 있던 빛이 자취를 감추며, 초저녁 새파란 빛이 자리를 대신했다. 저쪽 차양 아래 빛이 닿지 못한 곳부터 그림자가 짙어지며 새카만 어둠이 몰려온다.

그는 잠시 날 빤히 내려다보다가 조용히 고개를 기울여 미소했다.

"혹시 떠돌이 개를 길들이는 법을 아십니까?"

헤르난은 의미 모를 말을 토해 냈다.

"⋯⋯떠돌이 개? 갑자기 무슨 말이죠?"

"인간처럼 말을 못하고 본능만 남은 짐승을 길들이는 방법은 간단합니다. 먹이와 약간의 훈육과 체벌. 이렇게 이루어져 있다고 할 수 있겠군요."

나는 알 수 없다는 얼굴로 그를 응시했다.

"죽지 않을 만큼 채찍을 맞은 개는 파공음에도 꼬리를 내리고 복종합니다. 야성과 본능을 그렇게 억누르면서 집에서 얌전히 기를 수 있는 개로 탈바꿈하죠. 나는 그렇게 살았습니다."

"……."

"이처럼 그분을 보기 전 내 삶은 정해져 있었습니다. 내가 속한 곳의 선조들은 전부 그렇게 살았다고 하더군요. 그러다 나는 그분을 만났습니다."

내 표정을 정확히 알아본 헤르난이 온도 없이 미지근히 웃으며 이어 말했다.

"말주변이 없어 그 순간을 무어라 표현해야 할지 모르겠지만 따뜻한 봄에서 무척 아름다운 소풍을 하는 기분이었습니다. 꽃이 그분을 위해 피고, 태양이 그분을 위해 하늘에 떴으며, 밤에는 달이 그분의 눈동자에 오래도록 떠 있었습니다. 모든 것이 내게 그분을 경애하라 종용했습니다. 처음 본 날, 짧고도 긴 순간 그분을 담았습니다."

행복. 지금 그가 그린 표정을 정의 내리면 그렇게 말할 수 있지 않을까. 누군가에 대해 말을 하는 얼굴은 행복을 담고 있었다. 그는 대꾸를 바란 게 아니었다는 듯 태연하게 말을 돌렸다.

"그분은 내 세상에서 가장 아름다운 사람입니다. 대신이 아닙니다."

물처럼 고요하고 맑은 시선이었다. 그러니까 눈앞의 나는 비교도 안될 만큼 우위에 있는 경애하는 '그분'이라는 말을 하고 싶은 걸까.

"……그렇게 들렸어요."

아름다운 이야기를 하는 사람의 표정 또한 동화 속 요정처럼 아름답다. 나는 목구멍이 콱 막히며 버석버석 황폐해지는 속을 느꼈다. 가슴이 울렁거렸고 속이 아픈 것처럼 더부룩했다.

"헤르난."

믿고도 안타까운 사람.

그에게서는 은은하면서 달짝지근한 향기가 났다. 살아 있는 것의 풋풋한 냄새가 함께였다.

"당신을 소유하고 싶습니다."

헤르난은 담백한 눈으로 나를 보았다. 뜨겁지도 차갑지도 않은 눈빛이었지만 밑으로 깔린 것을 모르지 않았다.

그는 '안'이라는 여자를 보지 않는다. 자신이 생각하는 누군가를 보고 있다. 그래서 나를 거울처럼 투영하는 눈은 열기와 애수를 담았다.

어째서일까. 이전이라면 냉정하게 뿌리쳤다.

하지만 남들이 즐겁게 살고 행복한 축제를 즐기는 모습을 본 지금은 나도 그렇게 한번쯤 살고 싶었다. 조금 아프고 달콤한 기분이었다. 마치 나도 평범하게 삶을 누려 볼 것처럼.

손목에 둘둘 묶어 놓은 작은 손가방 끈을 쥐었다가 놓았다. 바삐 달리는 중에도 끝내 손에서 놓지 않았던 일기장의 묵직한 무게가 내게 사실을 일깨운다.

나는 지금 궁전의 공주님이 아니다. 그러니 지금 난 돌아가야 한다.

"당신이 내게 한 말은 아주 무례했다는 걸 알았으면 하네요."

난 헤르난 앞에서 낯선 모습을 한 '안'이라는 여자였고 그저 오늘 처음 만난 근사한 미남이 괴한에게 쫓기는 위험한 사람이었고, 나를 미끼로 삼으려고 했다는 말을 아무렇지 않게 하는 사람이어서 당황스러운 평민 여자였다.

낯선 탈을 뒤집어쓰고서야 단면을 볼 수 있었다니 아이러니하다.

잠시지만, 내가 아닌 사람이 되어 느껴 본 로맨스는 달콤하긴 했다. 과연 이걸 로맨스라고 불러도 될지 모르겠지만.

"이런 상황에서도 태연하군요. 당신을 위협 중인데."

"강도를 만나면 도리어 침착해진단 말이 있듯이. 그런 척하는 걸지도 모르죠."

헤르난이 눈을 가늘게 떴다. 안에서 흔들리는 건 역시 호기심일까. 헤르난은 취향조차 부숴 버리는 미남이었다. 거기에 음울함이 더해지니 가히 여심을 쥐고 흔들어 놓는 남자가 있었다. 왜 지나가던 남녀가 그의 얼굴에서 그토록 눈을 떼지 못하였는지 절실히 이해했다.

"잘생겼네요. 그렇지만 당신은 못 먹는 감이야."

"감?"

"신 포도라고. 당신은 내가 가질 수 없는 사람이니까."

그래도 지금이 애달프리만치 달콤하고 애타게 쳐다보던 궁 안에서의 얼굴보다 편안하게 느껴졌다.

"그 말이 나로 하여금 당신을 더 갖고 싶게 하는군요."

한편으로는 어느 쪽이든 책 속에서와는 다른 그의 모습이 살짝 불안했다.

피식, 그가 미소 지었다.

"당신의 일행은 지금쯤 돌아갔다고 봐도 좋겠군요."

이제 그만 돌아가고 싶은데, 아무래도 순찰대원들에게 문제가 생겨도 아주 단단히 생겼다고 보는 게 맞겠지? 일이 꼬였다. 황녀의 실종은 비단 테레나 궁만의 문제가 아니었다.

내가 무어라 속삭이는 순간 어디서 두두두두다 하는 땅울림이 들려왔다. 가까워지는 이건 분명 발소리였다.

"쉿."

그것도 단 한 사람이 아닌 아주 여러 사람의.

'설마 아까 그 사람들인가?'

짧은 순간 예상한 것이 맞았는지 헤르난이 나를 잡아당기며 속삭였다.

"저들을 따돌리고 오겠습니다."

"잠깐. 헤르난!"

나는 그의 옷자락을 쥐었고, 그는 퍽 부드럽게 그 손을 떼어 냈다.

"돌아와서 듣겠습니다. 이곳에 잠시 내 신력을 걸어 두고 갈 겁니다."

푸른 홍채 안 휘휘 도는 회오리 속에 위험한 보랏빛이 스며드는 것이 똑똑히 보였다.

"경고하는데, 움직이지 마세요. 위험하니까 여기 그대로 있는 편이 좋을 겁니다."

헤르난이 내 옆의 벽을 짚으며 무어라 중얼거리더니, 다시 한 번 나를 복잡한 눈으로 보고는 골목 밖으로 뛰어나간다.

"저기다! 잡아!"

한동안 밖이 몹시도 소란스러웠다. 저기다. 쫓아. 죽여! 흡사 영화 속 추격 신에 어울릴 법한 큰 언어들이 오고 가며 기이한 빛이 내가 있는 골목까지 모습을 드러낸다.

소란은 오래가지 않았다. 소음은 점차 멀어지고 이내 침묵으로 잠겨 든다.

'전부 헤르난을 쫓아간 걸까?'

너무 어두워서 앞이 잘 보이지 않았다. 헤르난은 이곳에 있으란 경고를 주었지만 마냥 그를 기다릴 수는 없다. 나는 돌아가야 했고 기다리는 이들이 있다.

무엇보다 헤르난이 내게 보인 호감은 호감이라기엔 소름 돋는 종류의 것이다. 고비를 넘어온 감으로 보건대 돌아온 그는 나를 얌전히 보내 줄 것 같지 않다.

고개를 쑥 내밀어 보았다. 고요한 골목이 보였다.

"……돌아가자."

싸움의 흔적들을 피해 조심스럽게 발을 뗴었다. 오크통들이 산산조각 나서 파편만 남아 있었다. 벽에는 커다란 홈이 파여 있었는데, 손가락 두 마디만큼 푹 파인 흔적은 흡사 거대한 짐승의 손톱자국 같았다. 소름이 돋는 것을 참으며 필사적으로 걸었다.

'……노랫소리다!'

낮에 들어본 음률을 쫓아 걸어갈수록 노랫소리가 가까워진다. 대로가 지척에 있었다. 하지만 왜일까. 누군가 머리카락 하나만 잡고 들어 올린 것처럼 묘하게 오소소 소름이 돋았다.

"거기, 아가씨!"

고개를 돌리자 포근한 인상의 중년 여성이 나를 불렀다. 내가 있던 골목 쪽에서 걸어오는데 모로 보나 평범한 차림새에 안도의 한숨을 내쉬었다.

"에구머니나, 세상에! 혹시 이곳에서 무슨 일 있었는지 알아? 외출했다 돌아왔더니 우리 집 앞이 엉망이 됐지 뭐야! 원, 지금 무서워서 야시장 쪽으로 가는 길이야. 아가씨는 알아?"

"아뇨, 저도 잘. 싸움이라도 있었던 게 아닐까요……."

"싸움?"

"네. 추측이지만."

무서웠다며 호들갑 떠는 여자의 모습은 푸근해 보이고, 전생의 주인집 아줌마와 비슷한 연배였다. 나는 그녀가 내 옆으로 올쯤에 완전히 긴장을 풀어 버렸다.

"먼저 살펴본 우리 아들 말로는, 흰 머리 남자가 그렇게 만들었다던데…… 신관인가? 막 거대한 손톱 같은 걸 꺼냈다고 하던데. 봤어요?"

"네? 네네. 커다란 손톱자국 말이죠?"

일순 여자의 손이 멈칫했다. 잘못 봤나?

"그래! 손톱자국!"

여자는 웃고 있었다.

"어휴, 요즘 세상이 흉흉하다더니 아가씨처럼 예쁜 아가씨도 조심해."

"네? 하하하……."

여자가 투박한 손으로 어깨를 토닥토닥 두드렸다. 그 모습이 김장 김치를 가져다주던 주인집 아줌마와 겹쳐 보여 막 고맙다 건네려 하는 순간이었다. 나는 웃다 말고 딱딱하게 몸을 굳혔다.

몸이 억지로 돌아간다. 여자가 내 어깨를 우악스럽게 잡고 있다. 자연히 시선도 따라간다. 머릿속이 회전한다.

'조금 전 이곳에서 무슨 일이 일어났는지 아무것도 모른다고 했지 않았나?'

그런데 '손톱자국'이라는 말에 대답했다…….

"이런. 생각지도 않은 대어를 건졌네."

영화 속 CG처럼 껍데기가 퍼즐처럼 부서진다. 중년 여성의 모습을 탈피한 젊은 여자가 어깨에 힘을 주어 웃었다.

"아가씨가 짐승의 신관과 함께했다는 여자 맞지?"

길거리를 지나가다가 10분에 한 번은 볼 법한 수수한 얼굴이었다.

"결계 속 흔적이 보였다니, 평범한 인간은 아니구나. 아가씨?"

그러나 가시나무로 된 관. 목에서 흔들리는 목걸이. 낯익은 물건이라 생각한 순간 여자의 옆으로 거대한 것이 모습을 드러냈다.

쏟아지는 소름에 머리에 과부하가 걸렸지만, 난 알아봤다. 조금 전 나와 헤르난을 쫓던 괴상한 젤라틴 덩어리 같은 괴물이었다.

"아가씨. 상당히 질이 나쁜 놈이랑 함께하는구나. 그놈이 어떤 놈인지 모르기 때문인가? 아니면 알면서? 그 반반한 얼굴에 반해서?"

여자는 갓 서른을 넘겼을 법한 얼굴로 구수한 느낌이 드는 말씨를 구사했다. 여자는 거기에 신경 쓰지 않는 듯 대수롭지 않은 얼굴로 씨익 웃었다. 그녀의 손짓에 바닥으로 엎어진 아이스크림처럼 녹아든 젤라틴 덩어리가 나의 발을 붙들었다. 옴짝달싹 못할 처지에 황망한 낯으로 그녀를 보았다.

"용기 있는 아가씨네. 눈이 전혀 날 두려워하지 않아."

그녀가 저벅저벅 걸어왔다. 난 품에 있는 손가방을 꼭 껴안았다.

"누구죠? 당신은?"

"하하하. 날 무슨 악당처럼 보는데 말이야. 난 아가씨를 구원해 주러 온 사도라고 할 수 있지."

여자는 대수롭지 않은 얼굴로 크게 손을 내저어 보였다.

"뭐랄까 나이깨나 먹은 사람의 눈으로 보자면 꽤 황폐한 얼굴이야. 고생 좀 하며 살았나 봐?"

그녀가 휙 고개를 기울였다.

"혹시 듣지 못했어? 수도에서 연신 사라지는 여성들의 이야기."

이상한 일이었다. 어째서인지 다리가 꽁꽁 묶여 있는 상황인데도 여자는 전혀 위협적이지 않았다. 붙잡은 것도 도주를 막기 위해서일 뿐, 해치지 않을 듯한 느낌이 들었다.

"어머? 얼굴을 보아하니 아는가 보네. 그럼 잘된 일이야. 거기엔 꽤 재미난 사정이 숨겨져 있거든."

"사정이라니요?"

한차례 찡그린 여자가 진한 웃음을 담았다.

"결론부터 말하자면, 난 아가씨를 해칠 생각이 없어. 오히려 도운 거야. 짐승의 신관이 무어라 속삭이던? 그건 진실이 아니야. 왜냐고? 아가씨를 납치범들에게 던져 줬을 테니까."

"어떻게 확신하죠?"

"나는 무지개와 환상의 신관이야. 지금은 모두 죽고 다섯 사람만 남았지만. 스틱스강에 내 신과 나의 이름을 걸고 맹세하지."

그녀가 자신의 가슴에 손을 얹었다.

"신관의 맹세쯤은 알고 있겠지?"

도리어 친절하게 느껴지는 목소리에서 알 수 없는 호감이 느껴졌다.

"시간이 조금 있으니. 아가씨에게 진실을 알려 주려 해. 지금 이 납치, 실종 사건의 전말을."

여자의 말이 조금 전부터 묘하게 나를 지칭하고 있다는 것이 마음에 걸렸다.

"무차별 연쇄 실종 사건. 말은 거창하게 하지만 말이야. 사실 수십 년간 사라지는 여자는 정해져 있거든. 바로 「신관의 자질을 가진 여자」 이지."

몹시 혼란스러운 내 표정이 걸렸는지 여자는 가볍게 어깨를 으쓱거렸다.

"자, 어린 양을 위해 잠깐 역사 강의를 해 볼까?"

여자는 수수한 얼굴에 핏기 없는 입술을 그러모아 빙긋이 웃었다.

"신력은 건축, 기술, 농사, 예술 모든 분야에 공통으로 사용되는 힘. 이 원천이 어디서 나오는 거지?"

"……황제?"

"맞아. 바로 황제야. 정확히는 황제만이 다룰 수 있는 주신의 수정이지. 그런데 현재 역사상 최약체라 불리는 황제는 기이할 정도로 이상한 법을 다시 끌고 왔어."

"……여자는 신관이 될 수 없다."

"정답."

여자가 방긋 웃었다.

"힘이 오직 여자로만 계승되는 신관은 제외야. 과거 이 법에 신전들은 각기 달리 대응했었지. 불카누스처럼 무시하고 멋대로 하는 곳도 있지만 황궁은 그들에게서 유일한 '여성' 후계자를 강탈하는 것으로 그들의 기반을 무너트렸어. 본보기를 보여 준 거였지. 거역하면 이리 될 거라고."

나는 희미하게 웃던 6황비님을 떠올렸다. 아주 어린 시절에나 잠시 봤던 얼굴이었다.

"24신이나 있어. 신관이 어느 정도 황제를 견제해야 정상이지. 그러나 젊은 시절부터 꾸준히 공포 정치를 펼친 현 황제의 행태로 인해 눈과 바다의 신관을 제외한 모든 신전이 황제의 발밑으로 엎드렸지. 이 시점에 반항은 의미가 없어. 결국 가장 약한 신력을 지닌 황제가 잔혹과 잔인성으로 가장 큰 황권을 지니게 된 어처구니없는 이야기지."

"……."

"자, 문제야. 여기서 끌려간 여자들은 어디로 갔으며, 어떻게 됐을까?"

그래서 지금 그게 나랑 무슨 상관인데? 낯을 찌푸렸다. 그러다 문득 섬뜩한 기분이 들어 어깨를 떨었다.

"나와 관련 있나요?"

날 만족스럽게 바라본 여자가 툭 내던지듯 한마디 했다.

"언제부터인가 황녀는 황제가 될 수 없게 됐다. 더는 제국에 여성 황제가 나타나지 않아."

그리 말하며 여자는 어깨를 으쓱했다.

"그렇다면 과거 후계자의 힘을 가진 황녀는 어떻게 되었나? 이조차 아무도 모르지."

"……."

"하지만 짐작은 할 수 있단다. 닥치는 대로 신력을 지닌 여자들만 납치한 그들이 어디로 갔느냐."

천천히 뻗은 손가락이 한곳을 가리켰다.

"황궁이지."

손가락이 향했던 방향을 멍하니 따라갔다. 다시 돌아보니 여자가 섬뜩하게 웃고 있었다.

"황궁에는 오직 황제만이 다룰 수 있는 태초의 수정이 있다. 황제는 이 수정을 매개로 제국의 모든 신력을 좌지우지하는 '심장'이 된다. 신관이라면 누구나 아는 말이지."

여자는 어린아이에게 타이르듯이 조곤조곤한 목소리로 떠들었다.

"수정을 사용하려면 황족만이 가지는 「후계자의 힘」이 필요해. 그러나 그 수정에 담긴 성질은 신력이야. 황제는 반드시 거대한 바다를 그곳에 담아 놓아야 해."

범죄자에게는 자신의 죄를 떠들고 싶은 욕구가 있다고 했다. 그런 타입인 걸까? 그러나 나는 옴짝달싹 못하고 들었다. 그런 나를 두고 여자는 웅장한 연설을 하듯 점차 소리를 높였다.

"보통 황제들은 태어나면서 강력한 신력을 타고나기에 수정에 힘을 불어넣고, 제국의 모든 힘을 대수롭지 않게 관리하지만 그렇지 않은 황제는 모자란 힘을 비윤리적인 힘으로 충당한다."

순간 얼굴도 한 번 보지 못한 황제의 모습이 머리 위로 덧그려졌다가 스러져 갔다.

"수정에 신관을 제물로 바치면 수정의 신력이 늘어나지. 이를 위해 황제의 휘하 집단. '황제의 그림자'는 여성들을 납치해 제물로 바쳐. 신관 후보인 여성들을 말이지."

자고 일어난 것처럼 정신이 확 들었다. 모든 것이 얼떨떨했다. 여기에 헤르난은 또 어떻게 관련된 건지, 나는 왜 여기서 이런 소릴 듣고 있는 것인지, 지금 묶인 이 상황 전부.

"어렵게 생각할 거 없어. 이대로 그놈에게 끌려갔다면 아가씨는 그 수정의 일부가 되거나 사로잡혀 평생 착취당하는 처지가 되었겠지. 그러다 늙거나 약해지면 어느 귀족의 첩이 되어서 원치 않는 아이를 낳았을까?"

"어째서?"

"신관의 밑에서 신관이 나온다는 정설을 믿는 자들이니까."

침묵 속에서 침이 꿀꺽 넘어간다.

"……당신은 대체 누구죠?"

소설이나 만화에서, 이런 장면에 정체를 물으면 악당의 정체만 독자에게 알려 주고 물어본 사람은 슥삭 처분당했다. 나는 그 전철을 밟고 있음을 알고 있으면서도 묻고 말았다.

<데인, 이게 뭔지 알아?>

조금 전부터 그녀의 가슴에서 작게 흔들리는 저거. 신경 쓰였다.

<혼돈의 씨앗이란 거야.>

잠깐 입을 다물었던 여자는 찬찬히 나를 훑으면서 길게 숨을 쉬었다.

"난 혼돈의 신관이기도 하단다."

재미있다는 듯 나를 보는 얼굴 뒤로 찡그림이 언뜻 스쳐 지나간다. 그녀는 긴 숨 뒤로 아주 느린 음성으로 대꾸했다.

"그중 과격파라 불리는 '가시나무 관'이지. 아, 참고로 우리는 신관이 되는 데 성별의 구분을 두지 않는단다."

여자가 제 목걸이를 쥐고 빙글빙글 돌리며 웃었다.

"이 전부를 아가씨에게 알려 주는 이유는."

"……."

"아가씨는 우리와 함께 갈 거기 때문이야."

나를 찾아온 암살자들. 레이 경이 때려눕힌 수많은 사람 사이에서 주워 들었던 목걸이. 그게 지금 여자의 목에서 흔들리고 있었다.

서늘한 바람이 분다.

"누구 맘대로?"

큰 천을 대충 두른 것 같은 법의 소매 밑으로 여자의 손가락이 뻗어 나왔다. 뺨과 반창고를 스치는 손에 흠칫 몸을 떨었다.

"아가씨에게서 희미한 신력의 흔적이 느껴져……. 외양은 이민자인데 말이야. 혼혈인가?"

"그건 당신이 알 바 아니겠죠."

"꽤 앙칼지구나."

여자의 짙은 갈색 눈동자가 휘었다.

"내 능력은 환상을 보여 주지."

장판처럼 반질반질하던 눈동자가 점차 혼탁해진다.

"혼돈의 신관은 죽음의 신전을 필두로 한 버려지거나 멸망한 신전들의 연합."

요요하게 일렁이며 여자의 눈동자를 반 이상 차지한 짙은 보랏빛은, 지금까지 홍채의 일부를 차지했던 다른 신관의 눈동자와는 느낌을 달리했다.

"우리의 목표는 지금 황실의 전복. 모든 후계의 말살."

바꿔 말하면, 반란이었다.

"우리는 기회를 노리고 있어. 최근 납치 횟수가 늘어났다. 왜일까? 힘이 모자라기 때문이지."

"어째서죠? 황제에게는 후계자가 있는데."

"호오, 그런 것도 아니? 강력한 황태자는 그저 지켜보기만 한단다. 간간이 짐승의 신관을 보내 관리할 뿐."

"……헤르난이 납치범이라고? 그 사람은 그런 사람이 아냐."

그 순간 여자의 눈동자가 변했다.

"납치범 '황제의 그림자'는 황제의 은밀한 비밀 기관이야. 이들의 행보는 크게 두 가지로 나뉘지. 납치하는 자와 관망하는 자. 둘 중 관망하는 자가 네가 함께했던 짐승의 신관이야. 하지만 '방관'도 죄라는 것을 모르진 않겠지?"

여자의 눈은 어둠을 빨아들이기 시작한 것처럼 이글거렸다.

"네 말대로 짐승의 신관은 딱히 납치에 끼어들지 않아. 하지만 우리를 가만두지도 않지. 그 마약에 찌들고 무식할 정도로 강력한 작자는 우리로서도 처리해야 할 골칫덩이야."

요요한 보랏빛이 혼탁해지며 원래의 갈색 눈동자가 나를 물끄러미 보고 있었다.

"황태자와 그자가 우리의 목표에 가장 큰 걸림돌이지. 아직 믿기지 않는다는 얼굴이구나. 영 의심이 많은 아가씨야."

난 입술을 꾹 깨물며 여자를 응시했다.

"나, 난 신관이 아니에요. 아무것도 몰라요."

"아가씨에겐 신관의 자질이 있어. 내가 자취를 숨겼음에도 싸움의 흔적을 알아본 것이 그 증거야."

침착하자. 조금만 더 틈을 보면 도망칠 수 있을지도 몰라.

"도망가려고?"

그러나 여자의 얼굴을 본 순간 소용없다는 것을 알았다.

"아가씨. 난 지금까지 납치당했거나 납치될 뻔한 모든 여자에게 이 얘길 해 줬어."

"……."

"여기까지 말해 줬는데 이렇게 차분한 사람은 당신이 처음이야."

나는 참지 못하고 토해 냈다.

"황제가 사라지면, 제국도 멸망하잖아!"

"어머, 그런 것도 알아?"

여자는 신기하다는 듯 미소를 지었다.

"그래. 제국은 '황제' 없이 지탱될 수 없지. 하나 황제와 황태자가 반목하는 지금이 우리에겐 최고의 적기."

그녀의 눈이 섬뜩한 빛을 냈다. 고개를 돌려 먼 골목 쪽을 한 번 슬쩍 넘겨다보고, 그녀는 목소리를 낮추어 소곤거렸다.

"우린 머지않아 손에 넣을 거란다. 황제를 대신할 '그 사람.'"

"……."

"또 다른 후계자를."

여자는 흡족한 얼굴로 혼자 고개를 주억이더니 고개를 기울여 흐릿한 미소를 지었다.

"대화는 여기까지야."

그리고 바람이 살랑이며 머리칼을 스친 순간 모든 미소를 싹 지워냈다. 이어 목소리가 사무원같이 건조하고 단호하게 변했다.

"한숨 자 둬."

"잠깐, 잠깐만요!"

다급하게 그녀를 불렀다.

"모든 것이 달라져 있을 거야."

그녀는 내 부름에도 아랑곳하지 않고 자기 말만 던지고 돌아섰다. 스멀스멀 기어오르는 젤라틴이 온몸을 잠식하기 시작했다.

잠깐, 싫어!

생긴 것은 꼭 푸딩 같았으나 느낌은 물에 잠긴 느낌과 비슷했다. 발버둥 쳤지만 점차 올라와 배를 넘어 상반신까지 침범했다.

어떡하지? 그냥 죽을까? 그러나 당장 죽을 수단이 없다는 게 문제다.

'혀를 깨무는 건 별로던데…….'

문득, 태연하게 죽음을 생각하던 나를 깨닫곤 헛헛한 웃음을 터트렸다. 항상 이런 식. 일기장을 얻은 순간부터 무엇 하나 내손대로 뜻대로 되는 것이 없다. 이게 나를 미치게 한다.

왜? 왜 나는 항상 힘없이 당하는데?

미치지 않고서는 도저히 견디지 못했을 일들을 겪고도 아직 내가 정상이란 것이 신기했다. 어쩌면 이미 미쳐서 그런 판단조차 못하는 걸까? 아니. 생각하고 싶지 않다.

왜냐면 살고자 발버둥치는 나는 지극히 인간적이었으니까.

'일기장!'

뭐라도 좀 해 봐. 나는 손가락이 부러질 것처럼 품속의 일기장을 꽉 부여잡았다. 젠장, 개 같은 일기장. 내 삶에 멋대로 나타나서 휘두를 거라면 적어도 너 말고는 휘두를 수 없게 하란 말이야! 제발!

그 순간 눈 속에서 횃불처럼 무언가 반짝하고 스쳐 지나간 것 같았다. 쾅. 거대한 폭발음이었다. 폭음에 깜짝 놀라 아래를 봤다.

막 목 아래까지 올라왔던 젤라틴이 그대로 조각조각 흩어져 돌바닥에 뒹굴었다. 젤라틴은 다시 한 번 내게 달려들었다. 그 순간 눈에서 홧홧한 고통이 느껴지면서, 다시 한 번 젤라틴을 향해 거대한 힘이 모여들었다.

'쏴 버려.'

쾅. 굵게 쏘아진 빛이 젤라틴을 찍어 눌렀다.

"뭐, 뭐야? 너!"

나를 감싼 빛. 그 빛은 자욱한 보라색이었다.

"저기다!"

"붙잡아!"

손가방의 찢어진 천 사이로 희미하게 드러난 빛을 보았다. 카스토르와 만났던 밤, 그를 극렬히 거부하던 빛과 같은 색이었다. 본능적으로 일기장이 내게 대답한 것을 알았다. 천천히 입을 떼었다가 찾아오는 극심한 두통에 입술을 꽉 깨물었다.

"망할."

순간순간 시야가 어둠에 뒤집혔다. 다시 불이 켜지듯 눈앞의 풍경을 담아냈다가, 곧이어 전원이 나간 것처럼 점멸했다.

<훌쩍. 훌쩍. 살고 싶어.>

어둠 속에서 폭발하듯이 터져 나오는 빛 사이로 나는 자그만 아이가 엉엉 울고 있는 모습을 보았다.

<왜? 왜 아픈 거야?>

막 수확한 밀알의 색처럼 바랜 금색 머리칼을 등까지 늘어트린 소녀는 세상이 떠나갈 것처럼 엉엉 울다가 나를 올려다봤다. 눈물로 젖은 뺨과 목, 둥글게 감싸 안은 통통한 팔까지. 생채기와 멍으로 가득한 소녀의 모습에 잠깐 입을 벌렸다가 꾹 다물었다.

소녀는 끈질기게 이쪽을 바라봤다. 아니, 시선이 묘하게 빗겨나가 나를 보는지 허공을 응시하는지 헷갈렸다.

<이건 뭘까?>

꼭 내 옆에 무언가라도 있다는 듯이 진득한 시선에 고개를 돌려볼 수밖에 없었다.

그리고 환상은 거기까지였다.

눈을 뜨자, 여전히 고요한 골목이 나를 기다리고 있었다. 혼돈의 신관은 사라지고 없었다. 대신 잘게 잘린 푸딩 덩어리 잔해 사이로 또 다른 남자들이 나를 둘러싸고 있었다. 조금 전 여자 뒤로 들렸던 희미한 고성을 지른 사람들이었다.

"부대장님, 혼돈의 신관과 함께 있던 여자입니다 아무래도……."

"그래, '자질'을 지녔다 이거지?"

"어린애 같은데, 일단 로브를 벗겨 볼까요? 성의 놈들에게 넘겨줄 수 있다면."

"말조심해, 멍청아!"

"뭐 어때. 아무도 없잖아?"

덩치 큰 남자가 나를 응시했다. 담담하고 무기적인 시선. 나는 덜덜 떠는 손으로 손가방을 끌어안았다. 왜인지 힘이 쭉 빠지고 나른했다.

'조금 전 일기장이 뿜었던 빛과 관련 있나?'

상황이 전혀 좋지 않았다.

<자, 문제. 여기서 끌려간 여자들은 어디로 갔으며, 어떻게 됐을까?>

헤르난은 누군가에게 쫓겼다. 황제를 싫어하는 혼돈의 신관은 진실을 말했다. 비밀 기관 '황제의 그림자'가 명을 받아 신관의 자질을 가진 여자들을 납치했다고.

그렇다면 지금 혼돈의 신관을 쫓아낸 이 무리는 누구인가.

"황제의 그림자······."

아무래도 이들이 진짜 납치범인 모양이다.

나를 구출한 빛은 흔적도 없이 사라졌다. 일기장은 잠잠해졌고, 불에 데는 듯 홧홧했던 눈동자도 원래대로 돌아왔다. 마치 도움은 1회용이라는 듯이.

<어째서 이렇게 무모하신 겁니까?>

그건 내 탓이 아니야, 경.

"뭐 해? 빨리 데려와!"

······어쩐지 생전 처음 남의 피를 뒤집어쓰고 달달 떨던 날이 떠올랐다. 검을 든 남자들에게 둘러싸여 수십 쌍의 눈이 나를 향한 지금. 그날과 비슷한가 싶기도 하다.

"부대장, 저 계집 웃는데요?"

어째서 내 삶은 하나가 끝나면 다른 하나가 줄줄이 이어져 나오는지 모르겠다. 불행은 복리인가? 그렇다면 묻고 싶다. 다 갚고 나면 무엇이 남느냐고.

"미친 건가? 상관없지. 일단 잡아."

"네."

소릭스, 들리나요? 메타는요? 왜 아무도 오지 않는 거예요. 지금 나타나 주면 누구든 파트로누스 자릴 줄게요. 그러나 소릭스는 끝내 나타나지 않았고 사내가 손을 뻗었다.

"이거 놔!"

몸부림 속에서도 점차 힘없이 시야가 감겼다. 억센 손에 와르르 쏟아진 가방 속 물건 중 팔찌가 눈에 띄었다.

"아…… 모르……."

속삭이면서 손을 뻗는다. 애석하게도 팔찌는 누군가의 발에 치여 굴러갔다. 마지막으로 본 것은 초저녁 새하얗게 뜬 달이었다. 아, 모두 걱정할 텐데.

눈이 감기던 그때였다.

"이런 곳에서 주무시지 마십시오. 감기 걸립니다."

몹시도 그립고 그리웠던 목소리가 일깨웠다. 고개를 든 순간 흑색과 남색이 뒤섞인 망토 자락이 그의 등 뒤로 너울너울 흔들렸다. 차마 울지 못하고 웃음을 터트린다.

어둠 속에서 남빛 머리칼이 바람에 흔들거리며 그 사이로 레이 경이 있었다.

"……경, 혹시 부마에 관심 있어?"

담담하던 얼굴이 어처구니없는 표정을 띤다. 대체 이 검사님은 어디서 위기 순간만을 골라서 나타나는지.

"안아 줘."

그가 한숨을 쉬며 나를 들어 올렸다.

"저기다! 잡아!"

"제길, 다들 도망쳐"

그의 품에 안긴 채 순찰 대원들이 남자를 제압하는 광경을 봤다.

"피피오!"

난투 속 다급히 다가온 사람은 메타였다.

"어디 있었어?! 신호가 잡히질 않았어! 꼭 네가 증발한 것처럼."

그는 어째서인지 낮부터 내 신호가 잡히질 않았다며 좀처럼 드러내지 않았던 당혹과 함께 사과를 건네며 어쩔 줄 몰라 했다.

'약 때문인가.'

나는 손가방을 만지작거리며 물었다. 아모르가 그러길, 신관의 힘은 더 강한 힘으로 덮인다고 했었다. 그렇다면 아모르의 약이 메타의 힘을 덮었거나, 헤르난이 몸을 숨긴다며 내게 건 힘 때문에 메타의 힘이 제 기능을 못한 걸지도 모른다. 그래서 날 찾지 못했던 거고.

"……미안해. 피피오."

일단 레이 경을 보고 딱히 무어라 말이 없는 걸 보면 내 정체를 안 건 아닌 것 같고. 그저 정말 미안한가 보다. 나는 괜찮다며 고개를 저었다. 메타가 다시 돌아갔다.

"경은 어떻게 알고 온 거야?"

"아무리 기다려도 당신께서 오지 않아서 찾으러 나섰습니다. 그러다 순찰대를 만나서 따라왔고요."

"……그렇구나. 일단 이곳을 벗어나자."

하늘을 보니 깜깜했다. 그 말인 즉 뒤집어진 건 순찰대만은 아니라는 소리다. 황녀가 빠져나갔다고 아는 사람이 몇이나 되는지 모른다. 일이 이 이상 커지면 않았으면 한다. 사라지는 쪽이 좋을 것 같다.

'순찰대와 같이 황궁으로 돌아가면 수상할 테니.'

레이 경 또한 그게 좋다고 생각했는지 몰래 자리를 뜬다. 우린 잠시 뒤 한적한 길을 걸었다. 정확히는 그에게 안겨서.

"야시장이 유명하다고 했는데."

"……그 말이 나오십니까?"

혼잡하지 않은 길을 택해서 가다 보니 시장을 구경할 일은 없었다.

"경, 혹시나 해서 묻는 건데."

"네."

"지금 나. 내 얼굴이야?"

레이 경은 이상하다는 듯이 한쪽 눈썹을 꺾어 올렸다.

"낮보다 조금 초췌해지셨지만, 제가 아는 그 얼굴입니다만."

"아. 역시 풀린 건가."

대체 언제 풀린 걸까. 추측하기론 일기장이 기묘한 빛을 뿌리며 젤라틴을 해치웠을 때가 아닐까. 어쨌거나 대단한 약이다.

'거의 종일 변신하게 해 주는 약이라니.'

눈 감고 편히 기댔다.

"지친다."

"앞으로 더 지치실 예정입니다."

"뭐? 왜?"

눈을 번쩍 떴다. 날 보며 담담히 웃어 버린 레이 경이 무뚝뚝한 목소리로 속삭였다. 왜인지 아주 고소하다는 듯이.

"황자님들이 아셨습니다."

이런.

* * *

"왔니?"

데인은 사근사근한 낯으로 반겨 주었다. 망했다. 지금 날 보는 눈이 따갑고 공기가 소름 돋도록 차가운 건 착각이 아니겠지.

"이리 와. 이 망할 못난아."

플뢰온까지 함께였다. 살벌한 플뢰온의 시선을 피해 착잡함에 사로잡혔다. 슬그머니 데인 옆에 슬쩍 엉덩이를 비빈다. 나를 보는 플뢰온과 레이 경의 얼굴이 어처구니없다는 듯 변했다.

"많이 늦었어. 아실리."

데인은 변함없이 다정한 목소리였다. 하지만 귀로는 이 음성이 네 죄를 네가 고하렷다로 변환해서 들려왔다. 내가 밖으로 나간걸 알고 있을 텐데 데인은 왜 태연한 낯일까.

화났나?

나는 단 한 번도 데인이 제대로 화를 낸 모습을 본 적이 없었다.

"데인."

"오늘 여기서 널 기다렸어. 언제부터 기다렸는지 물어 줄래?"

"……언제부터?"

난 고개를 돌려 레이 경이 서 있는 쪽을 보는 체했다.

"오후 4시부터."

작게 중얼거리는 나를 향해 데인이 대꾸했다. 최소 5시간 이상 기다렸다는 이야기였다. 난 난처한 웃음을 흘렸다.

"처음엔 차를 마셨어. 2잔이 3잔이 되고 주전자를 비울 때쯤, 겨우 2시간이 지났더라."

데인이 짤막하게 뇌까렸지만, 그 말에는 기묘한 울림이 있었다.

"왜 넌 오지 않을까? 단순히……. 늦을 뿐이라고 생각하려 했지.

하지만 곧 그 생각은 걱정이 됐어."

데인이 천천히 눈을 감았다.

"점점 날은 저물어 가고, 별이 뜰 때쯤 덜컥 겁이 나더라."

"……."

"네가 다쳤을까 봐."

"……."

"아실리, 내가 정말 무서웠던 순간은, 그럼에도 내가 네가 어디 있는지 모른다는 거였어. 알지 못하는 곳에서 네가 다쳤을 때 나는 이를 모른다는 걸 알게 됐을 때였어."

다정한 오라비는 다그치지도 혼쭐을 내지도 않았다.

나는 잠시 아득함에 숨을 삼켰다.

어째서인지 다정하면서 담담히 읊조리는 것이 마구 혼내는 것보다 크게 다가왔다. 나그네의 옷을 벗기는 데는 폭풍 같은 플뢰온의 꾸지람이 아닌 데인의 햇살이 이겼다.

"……잘못했어."

내 잘못은 없다. 그럼에도 미안했다. 데인 너는 걱정마저 성실했겠지.

"너는 알까? 네가 수도 밖으로 나갔다가 그대로 사라졌다는 얘길 듣는 순간 심장이 멎었던 기분을. 당장 모든 수단을 동원해서라도 수도를 뒤집어엎고 싶었어."

눈을 뜬 데인이 날 바라봤다.

"규칙 같은 건 아무래도 좋아. 네가 답답했다면 얼마든지 나갈 수 있는 거겠지. 누구도 너를 강제할 순 없어. 하지만 아실리……."

데인이 내손을 쥐었다.

"난 네가 편히 털어놓기를 바랐어. 힘든 일은 함께 나누기를. 아주 오랫동안. 하지만 나는 네게, 이렇게 보잘것없는 사람이었어?"

데인이 옅게 숨을 쉬었다.

"아니야, 데인."

이 순간 황제도, 헤르난과 혼돈의 신관도 떠오르지 않았다.

"저놈이 더럽게 얌전히 말하긴 했지만 나도 저 생각에 동의해."

플뢰온이 거칠지 않는 어투로 툭 끼어들었다.

"넌 혼자 사냐? 아니면 우린 안중에도 없는 거냐?"

그 말이 푹 가슴을 찔렀다. 나는 마음을 가라앉히고 질문에 답했다.

"그럴 리가 없잖아. 너도 데인도 내게 소중해. 전부."

생각했던 것보다 다급한 목소리에 나도 놀라고 말았다.

"너희가, 내게……."

보잘것없을 리가 없잖아.

나는 끔찍한 악몽을 헤쳐 나왔다. 더는 누구도 기억하지 못하는 세계를 안다. 눈물도 행복도 사라져 황폐해진 세상. 40번의 죽음 끝에 마침내 도달한 미래에 단비 같은 너희가 있었다. 내게 얼마 남지 않은 소중한 사람들. 바라만 봐도 행복하다고 믿고 싶었다.

그런데 이게 아니었어.

"널 탓하려는 것이 아니야."

다정한 오라비.

"들…… 어 줘. 데인."

조심스럽게 감싸 오는 손마저 다정했다. 그 사근사근한 감정에 기대어 절대로 꺼낼 수 없던 것이 고개를 내밀었다.

"오늘 나, 축제를 봤어. 시장을 구경하며 맛난 것을 사먹고 돌아가는 바람개비를 봤어. 고기 꼬치도 먹고 커다란 광장에서 분수도 봤어.

마주 보는 사람마다 전부 행복해 보였고 나마저 행복해지는 풍경 속에서 들었던 노랫가락이 잊히질 않아."

나는 고개를 들었다. 지금 내 표정은 어떤 표정일까? 거울을 보지 않아도 알 수 있었다. 지금 내 얼굴은 엉망이리라고.

"있잖아, 데인. 그런데 지금 말한 모두를 나는 평생 동안 볼 수 없잖아. 원래라면 그렇잖아."

아득한 시간 속에 버려두고 왔던 자유로움이 오늘 그곳에 있었다. 나는 자유로워지고 싶었다. 그리고 행복해지고 싶었다.

행복. 입속으로만 그 말을 되뇌어 보았다. 누구도 정확히 의미를 꼬집어 말할 순 없지만 무엇인지는 아는 것. 하나쯤은 기억을 품고 사는 것.

그러나 나의 희망은 고치이며 알이었다. 나비가 깨어난 순간 사라진다. 알은 새가 태어난 순간 깨지고 마는 것이었다.

내가 품은 희망은 너무 오래 고였고, 너무 오래 혼자서만 품어서 썩어 버렸다. 이대로 살아도 괜찮다 여겼다. 스스로 무엇을 바라는지 몰랐다. 분수대 앞에서 무지개를 보기 전까지 나는 내가 자유를 원했다는 것조차 모르고 있었다.

죽고 살아남고, 살아남는 이 삶이 너무 당연해서.

"네가 이곳을 나가길 원했다면 난 그리해 줬을 거야. 어떻게든."

나는 억지로 고개를 끄덕였다. 미소 지으려 애쓰면서 대수롭지 않게 넘어가기 위해 맥없는 말들을 던진다.

"나 도망가게 하면 데인은 무슨 죄인데? 황녀 탈제국 방조죄?"

"농담하는 것처럼 보여?"

데인은 웃어 버렸지만 그 웃음은 전과 같지 않았다.

"내가 어디까지 할 수 있을지 알려 주길 바라?"

"아니. 탈출이라면 플뢰온도 제안했어."

다 싫으면 멀리 떠나서 살라고. 난 초탈하게 웃었다.

"그런데 어떻게 그래. 내가 어떻게 그걸 바라."

그럴 수 있을까? 너희를 좋아하고 아끼던 마음은 결코 지울 수 없다.

"그런 게 아냐, 데인. 난 함께 행복해지고 싶은 거야."

축제에서 다양한 인간 군상을 보며 느꼈다. 사람은 함께하며 행복해진다.

"황녀며 이름이며 모든 걸 버리면? 지겹도록 죽음을 피하며, 나 하나 안위를 챙긴 채 살 수는 있겠지. 하지만 그럴 순 없어. 혼자 행복할 순 없다는 걸 알아 버렸으니까."

아마 일기장에 너와 이곳의 누군가 이름이 적히면 난 참을 수 없이 괴로워질 거야.

"데인. 너와 플뢰온을 잃으면 난 분명 견디지 못할 거야."

위장할 수 있는 시간은 지나가 버렸다.

"다들…… 내 얘길 들어 줘."

수십 번 죽었다가 살아난 순간 인간이길 바랐다. 난 괴물이 아니라고. 애정을 갈구했다. 이제 와서 비정한 인간은 될 수는 없다. 되고 싶지 않다. 그 모습은 나를 죽였던 카스토르의 모습이니까.

"내겐 비밀이 있어. 아무에게도 말하지 못한."

뻑뻑한 눈을 비비며 서글피 웃는다. 어디까지 꺼내질지 모를 슬픔을 담담히 꺼내기 위해.

"나는 열두 살에 평생 잊을 수 없을 것 같은 일을 겪었고, 이건 아마 평생 가도 말 못 할 거라고 생각했어. 오랫동안."

손으로 일기장의 책등을 쓸어내리며 끊어질 듯 작은 목소리로 말했다.

"지금 꺼내는 건 생각이 달라졌기 때문이냐?"

침묵하던 플뢰온이 물었다.

"글쎄……. 달라진 건 아닌 것 같아."

끔찍한 기억을 이들이 알지 않았으면 하는 마음은 여전하다.

눈 감으면 아주 하얗기만 한 공간이 펼쳐진다. 수십의 도열한 검사들과 바람에 너울너울 흩날리던 검은 머리칼. 마지막 하녀가 명을 달리한다. 저벅저벅 발소리. 그 꿈을 수백, 수천 번 꿨다.

<네게 난 어떤 의미지?>

어쩌면 나는 지금의 결정을 후회할지도 모른다. 그러나 그만 웃고 싶어진 건 지금 속이 후련한 탓에.

"난 미래를 알아."

그 말과 함께 빠르게 덧붙였다.

"주로 죽음과 연관된 아주, 불길한 것을."

데인은 알 수 없는 표정으로 나를 물끄러미 바라보았다.

"열세 살부터 줄곧 나의 죽음을 봤어."

그 표정은 서글퍼 보이기도 했고 측은히 여기는 것 같기도 했지만, 또 어떻게 보면 모든 것을 알고 있었다는 듯이 초연하고 무덤덤해 보이기도 했다.

어린 시절부터 지나치게 어른스러웠던 오라비다. 가끔 먼 곳을 바라보며 한 번씩 나이에 완벽히 걸맞지 않은 표정을 짓곤 했다.

지금처럼.

"그리고 난 아주 많이."

태양같이 빛나던 눈이 오롯이 나를 바라보면서 조금 더 또렷하게 뜨기 시작했다. 나는 몰랐던 조각과 내가 알 수 없던 태엽이 데인에게 만 돌아간 것 같았다.

"앞으로도 볼 거야. 나와 주변 사람의 죽음을."

"알고 있었어."

너무 태연자약한 그의 대꾸에 당황한 사람은 나만이 아니었다.

"……난 몰랐는데?"

"형이잖아."

"저도…… 몰랐습니다만."

"레이잖아."

내 머리가 그렇게 돌인가 고민하는 두 사람을 바라보며, 그 반응이 정상적이라고 말해 주고 싶었다.

고요히 미소 짓는 데인을 황망히 바라보며 무슨 말을 해야 할지 몰라 딱히 말이 나오지 않았다.

'넌 왜 놀라지 않아?'

데인은 그저 그래 왔듯 나를 잡아당겨 내 뺨을 그러모아 쥐었다. 퍼 즐 조각을 맞춘 그는 기뻐 보이지 않았다.

"힘들었지?"

데인은 다정하고도 나지막한 목소리로 내게 말했다.

"데인 왜, 그렇게 말하는 거야? 이상한 거잖아."

"이상하지 않아."

데인은 나도 모르는 사이 내 표정을 알아챘는지도 몰랐다.

"……내가 죽는 걸 알아도?"

순간 어리광을 부리고 있다는 생각이 들었다.

"응. 이상하지 않아. 네 잘못이 아니잖아."

나는 천천히 데인을 바라보다가 눈을 깜박였다. 언어가 되지 못한 수많은 것들이 지나가며 사그라진다. 달싹거린 입을 끝내 열지 못했다.

입천장도 목구멍도 뜨거운 수프에 데여 버린 것처럼 뜨겁다. 열기를 삼키기 위해 눈을 감았다. 다시 떴을 때 그를 응시한다.

처음 받은 위로는 벅차고 슬펐다. 이제야 들어서인지, 생각만큼 와 닿지 않아서 슬펐다.

함께 헤쳐 나가는 아모르와는 나눌 수 없는 말이 있다. 우리는 서로 동정하지 않기 위해서 아픔을 꺼내지 않았다. 자연히 위로도 없었다. 아모르와 나는 암묵적으로 세운 규칙을 강제하지도 않았으나 이를 따랐다.

그렇기에 동료가 될 순 있어도 기대는 고목은 되어 주지 못했다. 서로의 처지가 나쁘고 바쁘고 힘했으니까. 아니, 어쩌면 나만 그랬을지도 모르겠다.

실시간으로 당황하는 플뢰온의 반응에서 데인이 지나치게 태연하다고 알았다. 플뢰온은 이쪽을 바라보며 믿기지 않는 얼굴로 뺨을 쓸어내렸으니까.

"막을 방법은 있는 거지?"

"……피하면 돼. 난 그렇게 살아남아 왔어."

생각보다 모든 얘기가 술술 얘기가 끝났다. 처음 아모르에게 털어놓았을 때 무척이나 망설였고 고뇌했던 것에 비하면 쉽게 튀어나왔다. 너무 쉬워서 김이 빠질 지경이었다.

이것도 경험이라는 걸까.

눈을 지그시 감았다. 사실 아직 그들에게 털어놓지 않은 죽음에 대한 사실은 천천히 토로할 작정이었다. 모든 것을 한 번에 털어놓지 못한 데에는 여러 이유가 있었다. 그렇지 않아도 나를 자기 자신보다 걱정하는 사람들이었다. 내가 죽었다가 살아났다고 하면 지금 충격에 얼마나 더 강한 충격을 줄지 몰랐다.

그렇기에 내가 미래를 본 사실에 적응한다면 다음은 용기를 내서 꺼내고 싶었다. 사실 나는 죽었다가 살아났다고. 아직은 쉬이 상상할 수 없지만. 무엇이든 단계를 밟아 바라보는 게 좋겠지. 그래도 미래를 털어놓은 것만으로도 너무나도 후련했다.

눈을 뜨고 내 일기장을 관찰하는 플뢰온과 레이를 보았다.

"……이 뒷장에 미래가 적혀 있다는 겁니까."

"정말 안 보여……?"

"네. 제 눈엔 그저 빈 낱장일 뿐입니다."

나는 심각해진 낯을 물끄러미 바라봤다.

"진짜 안 보이는구나……."

일기장을 보여 주며 알게 된 사실인데, 타인에게 이 수첩은 평범한 일기처럼 보였다.

'평범하진 않을 거라 생각했지만.'

한숨을 쉬며 고개를 돌리자, 테이블 너머로 홀로 고민에 빠진 데인의 유려한 옆모습이 보였다.

그러니까 그들에겐 평범한 황녀의 일기장이고 일상만을 기록했고, 죽음에 대한 문장은커녕 밥 먹는 얘기나 보인다고 한다. 내일이나 내일모레 페이지는 빈 낱장처럼 보인다고도 했다.

"너만 볼 수 있다니 왜지?"

한창 뒤적거리던 플뢰온에게서 일기장을 돌려받았다. 그는 착잡한 눈으로 책등을 응시했다.

"이거 혹시 신력으로 만든 물건 아니냐?"

"아니, 형. 이런 물건이 있단 얘기는 처음 들어."

이거 아모르에게도 안 보였던 건데. 안 보이길 잘했다. 이상한 취급 받을지도…… 아니 아모르는 나를 이미 좀 이상한 사람으로 취급했던가.

"하지만 그동안 알려지지 않았을지도 모르지."

데인이 턱을 살살 문질렀다.

"신의 성물과 신물에 관해서는 알려진 것보다 알려지지 않고 사장된 것이 훨씬 많아. 그러니 이것도 그중 하나일지도 모르지."

파라락. 데인이 다시 펼쳐도 나에겐 선명하게만 보이는 일기들. 문장은 정확히 내일 날짜부터 쭉 1개월 반 뒤 일이 소상히 쓰여 있을 거였다.

'이게 내게만 보인다는 거지?'

처음 볼 때부터 범상치 않았던 물건이었다. 그런데 어째서 나를 제외한 사람의 눈에는 지극히 평범한 일기로 보이는 것일까? 의구심은 커져 간다.

사실 나는 이게 무엇인지 이미 카스토르에게 들은 적 있었다.

<그건 성물이다.>

<성물?>

<그래. 신의 힘을 가지고 있는 물건.>

분명 카스토르는 이리 말했으나 데인과 플뢰온은 이런 물건을 본 적 없다고 한다.

플뢰온이라면 몰라도 데인의 지식량은 나이가 믿기지 않을 정도로 풍부한 편이었다. 학자들도 인정하는 그가 모를 물건이라니. 그럼 카스토르의 말을 믿어야 하는 걸까?

어디서부터 파헤쳐야 할지 정말 모르겠다. 이건 키워드부터 물음표가 붙은 기분이다.

"그러니까 여기에 따르면 네가 한 달 반 뒤에 죽는다고?"

"응."

"정보는 명확한 겁니까?"

"아마도."

죽음에 대한 예지는 빗나간 적이 없다.

"빌어먹을."

플뢰온은 이를 악물고 작은 일기장을 노려본다. 할 수 있다면 일기장을 찢어 놓을 정도로 살벌한 시선이었다.

"그동안 이런 것이 너를 괴롭혔단 말이지?"

플뢰온의 낯은 싸늘하게 식어 있었다.

"괜찮아."

"네가 죽는다는데 뭐가 괜찮아!"

담담한 응수에 플뢰온은 발끈 성을 내면서 확 목소리를 높였다.

"난 괜찮아."

얌전히 기댄 채 보지 않고서 툭 대꾸했다. 씨근거리는 숨소리가 덮치더니 곧 뺨이 억지로 잡혀 올라간다. 뺨이 눌려 입이 붕어처럼 툭 튀어나왔다.

"넌 늘 괜찮아. 뭐가."

"......."

부득불 이를 갈면서 나온 목소리는 분노가 잔뜩 서려 있었다.

"뭐가 괜찮은데?"

시야에 가득 오라비 얼굴만 들어찼는데, 그는 잘생긴 낯에 살벌하고도 위협적인 표정을 하고서 나를 노려보고 있었다. 그러면서 차마 힘을 주지 못한 손에는 떨림과 망설임이 느껴졌다. 그의 입술이 달싹였다.

"……멍청아, 괜찮다고 하는 네 얼굴이 안 괜찮아."

곧 다가올 꼬집힘을 생각했지만 손은 너무 쉽게 떨어졌다. 나도 모르게 플뢰온을 응시했다. 그는 날 바라보며 착잡하고도 괴로운 표정을 지었다.

"아무것도 모르는 얼굴로 쳐다보지 마. 젠장!"

나는 할 말을 언어로 꺼내지 못하는 사람처럼 한참 그렇게 바라보다가 그의 손을 잡았다. 제 얼굴을 짚은 그에게서 숨이 새어 나왔다.

"정말 아무렇지 않은 사람은…… 그딴 얼굴 안 해."

내 얼굴이 어떤데?

가슴 한구석이 따끔 아픈 느낌이었다. 오만하던 얼굴을 무너뜨리며 연신 얼굴을 거칠게 쓰다듬는 오라비를 보는 기분이 나도 좋지만은 않았다.

'미안해.'

겨우 이 정도에 흥분하는 플뢰온이다. 내가 이미 죽었다가 살아난 사실을 알게 되면 어느 정도의 반응을 보일지 예상할 수가 없다. 나는 한없이 치솟는 말들을 바라보며, 고개를 숙였다. 언제나 그랬듯 담았던 말이 입 밖에 나오는 일은 없었다.

흐트러진 잿빛 머리칼이나 침잠한 푸른 눈동자와 함께 입술을 거칠게 깨무는 모습이 전부 하나를 가리키고 있어서. 죽음을 예지하고 죽기를 피해 왔다는 사실이 플뢰온에게는 상당한 충격을 안겨 준 것 같았다. 그는 지금 참담하다고, 온몸으로 외치고 있었다.

"……오빠, 사막의 사절단이 오는 게 언제지?"

"하, 너…… 진짜……"

"오빠."

"건국제 3일 전!"

책 속 미래와 일기장이 예고한 미래. 그리고 목적이 일치한 모든 미래를 본다. 나를 찌를 여자가 이곳으로 오고 있다.

'카스토르.'

천천히 눈을 감는다. 일기장이 나를 카스토르와 엮어도 좋아. 카스토르의 약혼자가 나를 죽이려 한다면 죽지 않게 막으면 그만이다. 더는 도망치지 않아. 이 망할 운명에 대응하기로 했으니까.

"야, 너."

눈을 뜨고 뚫어질듯 쳐다보는 얼굴과 마주쳤다.

"아실리."

바로 정정해 주는 내게 플뢰온이 욕인지 모를 방언을 중얼거렸다.

"나가지 마라."

대꾸 대신 물끄러미 응시하는 나와 눈을 맞춘 플뢰온은 낮게 혀를 차며 대꾸했다.

"무슨 수를 써서든 그 공주인가 뭔가가 오는 날 제일 먼저 보게 해 줄 테니까. 제발 그때까지 쏘다니지 말고 얌전히 지내. 알겠어?"

"누굴 애 취급해?"

"그럼 성인식도 치르지 못한 네가 애새끼가 아니고 뭔데?"

애새끼라니. 미간을 찌푸린다.

"오늘 일은 나도 예상치 못한 일이었어."

"황녀님은 늘 어디서 다쳐 오시곤 '예상치 못한 일'에 휘말렸다고 하시죠."

침묵하던 레이 경의 명치를 훅 찌르는 말에 난 할 말을 잃고 입을 꾹 다물어 버린다.

"지금까지 숨긴 건 이 때문이었습니까? 늘 분주했던 건, 미래를 알기 때문에 막기 위해서?"

까맣게 보일 지경인 남색 눈동자. 그 속이 선명하게 도드라져서. 나는 그를 빤히 바라보다가 천천히 입을 떼었다.

"그래."

기분이 나쁘지만은 않았다. 화를 내든, 말없이 쳐다보든, 나를 걱정하고 있다. 꼭 걸음마를 시작한 애가 된 것 같은 시선들에 흐리게 웃었다. 걱정은 좋지만 갇혀 지낼 생각은 없다.

"좋습니다. 이렇게 하죠."

"뭘?"

"어디든 저도 함께하게 해 주십시오. 어딜 가시든 좋습니다."

이런 데만 눈치가 빠른 기사님은 재빨리 선수를 쳤다.

"앞으로 당신을 따라나서겠습니다."

"……경은 데인이랑 플뢰온의 호위기도 하잖아?"

"황녀님의 호위기도 하죠."

"오빠들은 어쩌고?"

"황자님은 이해해 주실 겁니다."

"그 황자님 중의 하나가 인상을 찡그리면서 경을 노려보고 있는데?"

"그 황자님은 저 같은 호위 하나 없어도 괜찮을 겁니다. 일신의 무용이 뛰어나신 분이니까요."

플뢰온이 저 건방진 놈 하고 중얼거렸다. 늘 운동 부족에 몸치라고 놀리던 기사가 저런 식으로 굴면 나라도 화가 나긴 하겠다.

"매일 밥값 좀 하라 구박하셨으니 이 기회에 활약해 보려는 것뿐입니다."

그러나 경은 아랑곳하지 않고서 특유의 묵직한 낯에 희미한 미소를 띤다.

"말은 참 잘해."

"검도 잘 씁니다."

뻔뻔하게 응수하는 레이 경을 향해 헛웃음을 지었다.

가만 보면 참 청개구리다. 해 줬으면 할 때 그러지 않으면서 이럴 때만 진지한 척이시지. 나는 그를 쳐다보며 모나지 않게 웃었다. 그러고는 툭 던졌다.

"경, 나 좋아해?"

"황녀님을 향한 충정은 늘 진심이죠."

문득, 흰 얼굴에 궁 안에서와 궁 밖에서가 너무나 달랐던 남자를 떠올렸다.

<그분을 경애합니다.>

경애란 이런 감정인가.

"지키는 것이 제 사명입니다."

사람은 누구나 하나 이상의 얼굴을 숨긴다. 헤르난은 직접 만나 보기 전까지는 절대 알지 못했을 얼굴을 하고 있었다.

<오히려, '사랑'은 이쪽이겠군요.>

"늘 생각하니까요."

그렇다면 다른 이들은 어떨까.

"뭐. 나쁘진 않겠다."

가죽 표면을 손바닥으로 가볍게 쓸었다.

일기장.

타임머신에 대해 배웠을 때 죽음을 알고 미래를 알면 좋을 것 같다고 동경했던 때가 있다.

직접 경험해 본 지금 미래를 안다는 건 마냥 기쁘지 않은 일이라고 안다. 알아도 바꿀 수 없는 것이 있고, 이루지 못할 것이 있으며 반복된 시간 속에서 사람은 미쳐 버릴 것 같은 충격을 받는다고 알게 되었다.

그래서 나는 혼자가 편했다. 누구도 알지 못하고, 알아도 이입하지 못하겠다는 얼굴에 상처받느니 외로운 쪽이 낫다고 여겼다. 이전까진.

확실히 레이 경이 함께한다면 안전에서만큼은 신경 쓰지 않아도 되리라. 그렇지만 정말 위험할 때는?

"다음에 나갈 땐 말해 보도록 노력할게."

"노력입니까?"

나야 죽어 버리면 다시 시작이지만 이 날 이 시간의 레이 경은 어떻게 되는 것일까. 문득 내가 죽고 그대로 사라진 시간들 속에 그들이 어떻게 살고 있을지 궁금해졌다. 나 없이도 잘 지낼까. 모르겠다. 부질없는 호기심은 생각의 사해 속에 녹아 사라졌다.

"어이. 멍청한 얼굴."

플뢰온이 손가락을 떼어 낸다. 그대로 내 머리를 헝클었다.

"머리 헝클이지 말라니까."

『루스벨라의 빛』 속의 '6황자'가 어땠느냐 물으면 객관적으로 지금 보는 플뢰온과 같았다.

"오빠는 언제까지나 변하지 않을 것 같다."

"내가 어떤데?"

"오만한 똥고집쟁이."

"뭐야?"

차라리 부러지지 휘지는 못하는 오만한 성정. 사형장 앞에서 그는 전혀 죄인 같지 않은 모습으로 사라진 죄수였다. 플뢰온을 보며 묘한 안도감과 함께 심장 한쪽이 꾹 아려 왔다.

만약 책 속과 똑같은 모습의 황자가 똑같은 결말을 맞이한다면.

"아니다. 오빠는 좀 변해. 변해 주라."

플뢰온이 왜 형장 앞에 끌려갔더라? 플뢰온의 장면은 어떤 다른 사건을 배치하기 위한 작은 징검다리에 불과했다. 이유조차 크게 부각되지 않았던 장면이었다.

'……기록을 뒤져 보면 나오려나.'

고개를 흔들었다. 아직은 1년도 넘게 남은 일이다. 일단은 한 달 반 뒤의 미래부터 어찌하고 보자.

루스벨라와 카스토르 로맨스에 깽판을 놓든.

플뢰온을 도망가게 돕든.

* * *

늦은 밤. 데인과 플뢰온 레이까지 나가고 텅 빈 접견실.

<황제와 황태자가 반목하는 지금이 우리에겐 최고의 적기.>

오늘 만난 여자는 '반목'을 말하며 웃었다. 그 의미심장한 미소가 머릿속을 떠나질 않는다. 책등을 만지며 작게 중얼거렸다.

"첫 만남……."

베누스의 달 17일. 일기장이 예고한 죽는 날. 미래에 영향을 끼칠 만한 많은 일들이 건국제에 일어난다. 실제로 약 두 달의 페이지 내내 건국제 이야기만 지껄이고 있기도 했고.

왜일까. 내 생존에 신경 쓰는 게 맞는 것 같은데. 자꾸만 오늘 일이 생각난다.

<이대로 그놈에게 끌려갔다면 아가씨는 그 수정의 일부가 되거나 사로잡혀 평생 착취당하는 처지가 되었겠지.>

멋대로 납치해 신력을 위해 착취한다. 신관 후보 여자들 입장에서 이건 폭력이다. 어쩌면 나와 같은 누군가가 잔인하게 희생된다는 사실이 견딜 수 없는 걸지도 모른다.

난 폭거에 휘둘리는 기분을 너무 잘 알고 있으니까.

현 황제는 이미 쇠약해져 국정을 황태자에게 넘긴, 예순을 훌쩍 넘긴 노인이었다. 기이할 정도로 신력이 약하다 평을 받고 있었지만 정치 능력은 상당히 괜찮은 편이었다.

오랫동안 신관이 요직을 차지한 제국에서 신관이 아닌 자들에게도 공명정대하게 관직을 내려 평민 사이에서 인망이 두터웠다. 땅을 보호하는 힘이 줄어들고 침략이 잦았으나 60년간 굳건히 국경을 지켜 내는 걸로 보아 외교 능력 또한 딱히 나쁘지 않아 보인다.

그러나 오늘 혼돈의 신관 이야길 떠올리면 어린아이들을 흐뭇하게 바라보던 동네 할아버지가 사실은 기이한 성도착증 사이코패스 살인마였다더라 하는 신문 1면에 나올 법한 얘길 들어 버린 기분이었다.

"아실리."

고개를 들자, 소파에 기대어 서 있는 데인이 보였다.

"……데인? 언제부터 거기 있었어?"

"할 말이 있어서 왔다가. 네가 생각에 잠겨 있어서."

눈을 굴린다. 늦은 밤. 창문 밖 달은 지지 않았다.

"그냥 부르지. 할 말이 뭔데?"

물음에 데인은 말없이 미소했다.

"마음에 걸리는 일이 있어. 혼돈의 신관 때문이야."

그가 느릿하게 말을 꺼냈다.

"잠깐 스치듯이 만났다는 여자가 혼돈의 씨앗을 가지고 있었다고 했지?"

데인이 오늘 만난 여자의 일을 입에 담았다.

"응."

나는 혼돈의 신관에게 들었던 이야기는 그들에게 하지 않았다. 사실인지 판단하기 어렵다는 생각에서였다. 여자가 진실을 말했다는 근거는 어디에도 없었으니까. 하지만, 사실이라면 그땐 어떡해야 할까.

"아실리."

데인이 나를 불렀다.

"말하지 않은 것이 있지?"

순간 눈을 크게 깜빡였다.

데인은 의도를 알아보려는 시선을 숨기지 않았다. 오히려 눈을 피한 건 내 쪽이었다.

"「혼돈의 신관」 얘기라면……. 그게 다야."

"아냐. 내가 말한 건 그쪽이 아니야."

"그쪽이 아니면?"

"다른 쪽."

의중을 알 수 없어 고개를 기울여 비스듬히 그를 올려다봤다.

"다른 거? 뭘 말하는 건데?"

모든 등을 꺼 놨기 때문에 데인의 얼굴은 달빛에 희미하게 보였다.

반쯤 은빛에 잠식된 얼굴이 희고 예뻐서 한참 멍하니 바라봤다. 어쩐지 구미호라거나 사람을 홀리는 요괴가 있다면 지금 데인의 얼굴을 하고 있을 것 같다.

어둠 속에서 검붉은 눈동자를 담은 눈매가 예쁘게 휘어지면서 고운 색 눈동자가 달빛을 반사했다.

"아실리, 난 말이야. 살면서 후회하고 있는 것이 두 가지가 있어."

두 가지?

"뭔데?"

데인이 대꾸를 바라는 것 같아 반문했다.

"하나는 아주 오래전에 일어나 내가 어찌할 수 없었지만, 나머지 하나는 내가 좀 더 빨리 눈치챌 수 있는 것이었어."

그리고 사탕을 문 아이처럼 행복하고 다정했던 얼굴이 빛을 잃고 침잠했다.

"나는 보이지 않는 곳에서 네가 아파하는 것을 보고 싶지 않아."

돌연 데인이 뺨을 감싸 쥐었다. 한마디도 놓치지 않고 들어 달라는 듯 담담하고 다정한 시선이다.

"나는 지겹도록 후회했어. 하베르미아의 달에 너를 두고 간 것을."

그는 뚫어질 정도로 깊숙이 나를 옭아맨다.

"다음엔, 나를 불러 주면 좋겠어. 삼키지 말고."

평소 누가 됐든 뺨을 만지면 좋은 기분은 아니지만 딱히 거부감은 들지 않았다. 하지만 데인이 손을 대자 잠깐, 움찔했다. 데인은 다시 온화하고 다정한 표정을 지었지만 순간이지만 스쳐 지나갔던 것을 똑똑히 보았다.

"그 말 하려고 다시 돌아온 거야?"

"응. 넌 언제나 쉬운 길을 벗어나."

"……."

"너를 괴롭혀."

처음부터 쉬운 길이 주어지지 않았다. 말을 간결하게 하고 싶은데, 이 기구한 사정을 어떻게 풀어내야 할지 모르겠기에 그저 담담하게 다무는 쪽을 택했다.

자학 같은 건 아니다. 너무 깊어 엄두가 나지 않을 뿐. 낡은 가죽의 감촉을 생생하게 새겼다.

"데인, 넌 내가 어떤 모습이라도 나로 볼까?"

나를 보는 새빨간 홍채와 마주쳤다.

"장담할 수 있어? 앞으로 무슨 일이 있어도 변하는 건 없다고?"

내가 죽었다 살아난 사람이라 해도?

세상에 완전한 것은 없다. 달콤하게 속삭인 사랑도 몇 년이 지나면 사라지는 호르몬의 장난이라고들 한다. 난 그래도 믿고 싶다. 어딘가에는 동화 속처럼 행복하게 끝나는 봄이 있다고, 지속되는 사랑도 있다고.

"아실리. 그건 당연한 거야."

데인은 눈을 살짝 깔며 내 손을 아프지 않게 잡았다.

"네게 비밀이 더 있다면."

언제부터인가 서늘하기만 하던 내 손이었다. 데인의 손은 나보다 따뜻했고 난로처럼 포근했다.

"널 더 사랑하겠지."

잠시 눈을 깜빡이며 그를 빤히 바라봤다.

"미래를 아는 사람이라고 해도."

"……."

데인이 뿌리를 찔러 왔다.

"어떤, 일을 겪었더라도."

잠깐 말을 멈춘 간극에서 묘한 느낌을 받았다. 고개를 들자 데인은 언제 그랬냐는 듯 여상한 얼굴로 이어 말할 뿐이었다.

"나는 똑똑해. 아실리."

그가 웃고 있다. 그런데 왜 난 서글프게 느껴지는지 모르겠다.

"그래서 남들은 모르는 걸 알아. 아니 알게 되지."

맞아. 넌 똑똑해. 나는 끄덕였다.

"모든 걸 예상하고 안다는 것이 축복 같으면서도 저주 같다는 생각을 해."

뜻 모를 말을 하며 데인은 찬연히 웃었다.

"하지만 너는 너야. 아실리."

그는 내가 더 말하고 싶지 않은 것을 적당히 넘어가고자 하는 날 정확하게 짚었다.

"네가 어떤 모습이든 내가 아는 아실리 로제. 너야."

"……."

그는 늘 눈치가 빨랐다. 그래서 늘 다정한 목소리로 듣고 싶은 말을 해 주었다. 그런 그를 보며 가끔 나보다도 나를 잘 아는 것처럼 느끼곤 했다.

지금도 마찬가지였다.

"네가 어떤 일을 겪었든 너야."

청춘 드라마에서 사고 친 주인공이 들을 법한 말 같다. 넌 사고 쳤지만, 네 과거는 불우하지만. 넌 괜찮을 거야. 일어날 거야.

물론 모든 말은 누가 하느냐에 따라 달라진다.

"꼭 사춘기 애들이 할 법한 말인데."

"사춘기야."

얕게 웃음이 밴 그의 목소리는 다정하고도 상냥했다.

"네 관심이 필요한걸."

밤이 우울함을 가리며 달빛은 아스라이 우리를 비췄다. 그가 웃을 때 같이 사르르 웃으며 나쁜 것도 아무럼 어떠냐는 생각이 들었다. 어쩌면 나와 데인이 쌓아 온 시간이 만든 마법일지도 모른다. 고개를 들어 올렸다. 달이 밝은 밤. 완전히 차지 않은 보름달인데도 무척 밝아 미려한 얼굴이 전부 보였다.

아침이 되면 다시 우울함이 찾아올지도 모른다. 나는 흐리게 웃었다. 그럼에도 안심이 된다. 끝내 함께 걷지 못한다고 해도 위로하고 받았던 시간이 있다.

"우리가 남매가 아니면 어땠을까. 아실리."

푸른빛이 바다처럼 잠식한 방, 유일한 붉은빛을 품은 눈동자가 달보다 밝게 웃었다.

"그럼 내가 널 가만히 두지 않았겠지."

그리고 보니 엉망인 몰골로 잘도 데인을 보고 있었구나 싶었다.

"데인. 나, 발이 아파. 다리도."

머리는 산발일 테고 얼굴도 꼬질꼬질하겠지. 손으로 얼굴을 만져 보았다. 나갈 때는 멀쩡하니 예뻤는데 분명 지금 내 꼴은 별로겠지.

데인이 뺨을 감싼 손을 잡아 제 뺨으로 가져간다. 손가락 사이로 데인 손가락이 파고드는 게 간지러웠지만 나쁘지 않았다. 그가 고개를 돌려 손에 입술을 가져다 댄다. 무어라 하기도 전에 입술이 달싹이며 속삭인다.

"밖에서 다쳤어?"

"……아니. 그런 건 아니야. 어깨도 아프고 등도 아프고. 허리도 좀 쑤시는 것 같아. 운동 부족인가. 근육통 같기도……."

"아실리."

주절대는 날 보며 데인은 낮게 웃었는데, 그건 웃기보다는 그저 침묵의 공백을 대신한 것이었다.

"웃지 마. 나 정말 아파."

아모르 약의 부작용인 걸까, 정말 온몸이 아프다. 아니면 극심한 피로에 비명을 지르는 신체의 신호인 걸까. 이 몸이든 변신한 그 몸이든 저질에 해당되는 몸임에 분명하다.

"데인."

"응."

"나 더럽거든."

나지막하게 읊조리곤 침묵 뒤에 이어 말했다.

"그래도 나 좀 안아 줄래?"

어둠이 짙게 깔린 그림자 속에서도 붉게 피어난 눈동자는 유리구슬처럼 투명하고 매혹적인 빛을 띠며 나를 담고 있었다. 그는 뺨을 간지럽히던 손가락을 거둬내며 부드럽게 나를 잡아당겼다.

"얼마든지."

말이 끝나자마자 코로 스며든 향기에 잠깐 멍했다.

데인에게서 넘어온 기분 좋은 향기가, 차분한 숨결과 부드럽게 속삭이는 목소리가 안겨 있구나 느끼게 했다.

"넌 너무 물러."

"응. 네게 뭐든 해 줄 수 있어서 기뻐."

그의 손이 나를 붙들었다. 분명 땀이 말라붙고 냄새가 날지 모르지만 그는 나를 싫어하지 않을 것 같았다. 그러니까 이 어리광도 받아 줄 거라고.

왜일까 데인은 늘 뭐든 해 줄 것 같았다. 이대로 시간을 멈춰 달라고 하면 세상 모든 책을 뒤져서라도 방법을 찾아올 것 같고. 별을 따 달라고 말하면 별과 비슷한 걸 정말 찾아올 것 같아.

여덟 살 때인가. 책을 보다가 무의식중에 갖고 싶다고 중얼거렸는데, 다음 날에 두 가지를 선물 받았던 기억이 있다. 하나는 돈을 잔뜩 쓴 플뢰온의 것이었고, 다른 하나는 사진에서 톡 튀어나온 듯이 놀랍도록 똑같은 데인의 거였다. 너무 오래돼서 물건은 기억나지 않는데 데인이 거짓말처럼 그걸 가져다 준 기억만 난다.

데인. 너는 나의 세상에서 가장 다정한 사람이었다.

"있잖아. 나. 딱히, 힘들다고 느끼진 않았어."

"응."

누구든 붙잡고 엉엉 울고 싶었던 날이 있었다. 아무것도 말하고 싶지 않으면서 모든 것을 털어놓고 싶은 날이 있었다.

곁에 아무도 없어서, 지독한 악몽이 나를 찾을 때 별수 없이 외로웠다. 누구와도 공유할 수 없는 감정을 끌어안았다. 울지 못하는 얼굴을 부여잡았다.

"······나는 그저, 조금 외로웠을 뿐이야."

지금처럼 누가 곁에 있으면 털어놓고 싶었다. 그러다가도 누가 곁에 있어서 침묵하고 싶었다.

데인의 어깨에 깊게 얼굴을 묻으며 중얼거렸다.

"······고마워. 똑같다고 해 줘서."

작은 중얼거림에 반응하듯 진동이 느껴졌다.

<황궁은 차가운 곳이야.>

단단할 것만 같은 데인도 힘들었을까? 데인은 힘들고 괴로웠던 시간을 어떻게 이겨냈을까. 네가 행복했으면 좋겠다. 파묻힌 채로 중얼거렸다. 내 목소리지만 속삭여서 거의 들리지 않을 것 같은 목소리로.

잠깐 『루스벨라의 빛』 속 데인을 생각한다.

책 속 '데인'은 어떤 사람이었을까. 나는 그가 죽었다는 단편적인 사실밖에 모른다. 6황자보다도 더욱 적게 등장했던 황자였다. 왜 죽었더라?

그래도 다행이다. 네가 죽는다는 걸 알고 있어서. 미래를 알면 바꿀 수 있다. 내가 무수히 많은 죽음을 피했듯 데인도 그렇게 만들 수 있다고.

그러나 다행이라고 생각은 하면서도 못내 서글프고 가슴이 아프다. 아모르같이 『루스벨라의 빛』 속에서 조연씩이나 되는 사람조차 이렇게 다른데. 스쳐 지나가거나 혹은 등장조차 못한 이들은 어땠을까. 언급되지 않은 부분에서 얼마나 많은 것을 숨기고 있을까.

안타까웠다. 왜 내 주변은 스러지는 사람이 이다지도 많은지.

"데인이라서 다행이다."

"······뭐가 다행이야?"

"지금 눈앞에 있는 사람이 너란 거. 네가 아니었으면 오글거려서 죽었을지도 몰라."

머리카락 사이로 손가락이 파고들더니 날 부드럽게 감싸 안았다. 그리고 어깨를 토닥이는 손이 있었다.

"……새해 첫날 같네."

"그래?"

전생에서 새해 첫날 세배를 하듯 제국에도 새해가 되면 서로의 안녕과 행복을 빌면서 체온을 나누고 포옹을 하는 관습이 있다. 어미를 찾는 새처럼 포근한 것에 기대어 힘든 일은 잠시 잊는 시간.

"시간이 멈췄으면 좋겠다."

해가 밝아 오면 나는 다시 담담하게 내일을 위해 가장하겠지만 이 밤만은 잠깐 내려놓고 싶다. 새하얀 달을 보며 달이 지지 않기를 바라본다.

"멈추길 바라?"

"조금은."

하늘의 끄트머리는 보이지 않는 것처럼 새카만 색이었다.

"멈추는 밤은 없어. 하지만 이런 밤에 널 안아 줄 수 있지."

데인이 흘러내린 머리카락을 어깨 뒤로 넘겨 주었다.

"네가 원한다면 난, 지나가지 않는 밤이 될 거야."

그가 날 안으며 속삭였다.

"혼돈의 신관에 대해서는 생각해 봐야겠다……."

데인이 눈을 스치는 머리카락을 부드럽게 넘기며 눈을 휘었다.

"그들은 네 궁으로 찾아와서 널 노렸던 암살자기도 해. 증거까지 나왔고. 그런데 왜 널 노렸을까? 사실 증거는 가짜일 수도 있어."

"날 노린 암살자가 혼돈의 신관이 아니라고?"

"흉내 낸 걸 수도 있다는 거지."

데인이 눈을 깔았다. 잠시간 침묵 뒤에 데인이 달빛처럼 난연히 웃으며 말했다.

"만약 증거가 가짜가 아니라면. 네가 본 사람이 정말 혼돈의 신관이라면 넌 좀 더 조심할 필요가 있어."

"……나?"

"응, 너."

데인은 돌아가는 오늘 있었던 일에 대해서 먼저 얘길 꺼냈다. 납치범과 혼돈의 신관. 특히나 과거 주신을 거부하고 반란을 모의했던 제국 최악의 적에 대해서.

"그렇지만."

"응. 그렇지만."

맑은 미소를 띤 데인이 천천히 내 말꼬리를 따라 외웠다.

"알아. 급한 일이 있다는 거지? 네 죽음을 막는 것이 중요하지. 그렇지만, 네 안전 또한 중요하단 걸 알아줬으면 좋겠어."

"이대로 갇혀 있으란 얘기야?"

"정 나가고 싶다면 나와 함께 갈래?"

"……데이트 신청은 나중에 해."

데인이 잠깐 멈칫했다가 장난스러운 미소를 걸쳤다.

"받아 줄 생각이나 있고?"

그리곤 고개를 기울여 비스듬히 나를 내려다본다. 만일 평범한 영애였다면 바로 사랑에 빠졌을 미소였다.

데인은 입에 착착 감기는 달콤한 포도주 같다. 입에 녹아들도록 달달한데 한 번에 훅 가기 좋은 술이다. 덕분에 분위기만 애매해졌는데, 나는 슬쩍 웃으며 물러났다.

카스토르에게 40번 죽었던 것도 오늘 혼돈의 신관에게 들었던 얘기도 말하고 싶다.

하지만 지금의 평화를 조금만 더 누리고 싶다는 생각과 이것만은 먼저 얘기할 사람이 따로 있다는 결심이 있었다.

아모르.

어쨌거나 오늘 데인을 만났기에 밖으로 나갈 기회를 놓치고 말았다. 내일은 꼭 나가야 하는데.

아직 난 루스벨라와 카스토르가 만났던 첨탑에 가지 못했다. 그리고 그 사실이 자꾸만 마음에 걸렸다.

* * *

일주일이 지났다. 며칠 내로 입성하겠다는 레베카의 편지를 받았다.

"……끙. 곤란한데."

시녀님이 있을 때 편히 움직일 수 있는 시간은 밤뿐이었다. 그래서 새벽에 쏘다닌다고 아모르에게 잔소리를 듣기도 했다.

"아직 아모르도 만나지 못했고……."

손 안에 쥐고 있는 편지는 모두 두 장이었다. 하나는 아모르가 보낸 편지였다. 무슨 일인지 아모르는 편지를 보내서 일주일 정도 자신을 방문하지 말아 달라고 했다.

수신인. 아실리 로제.

정갈한 글씨로 쓰인 편지는 성격을 고스란히 반영했다. 정말 딱 용건뿐이었다.

바쁜 일이 있으니까 오지 마.

적어도 무슨 일이 있는 건지 어떤 사정인지 말해 줄 수는 없는 건가?

"……우리가 그 정도 배려 못할 사이도 아니고."

혹 많이 아파서 내 방문을 거절하는 건 아닌가 걱정이 들었다. 그도 그럴 것이 아픈 모습 보이기를 정말 싫어했으니까.

이미 참지 못하고 방문했지만 내가 드나들었던 문은 식물로 꽁꽁 묶여 있었다. 명확한 의지에 돌아설 수밖에 없었다. 내가 할 수 있는 일이 없다는 사실에 우울했다.

"……고집불통."

서랍을 열어 작은 병 두 개를 꺼내 손바닥 위에 올렸다. 아모르가 내게 준 병은 3개. 하나를 썼으니 2개 남았다.

약병을 손바닥에서 데굴데굴 굴렸다.

마실까, 말까.

이틀간 나가 본 결과 내 외모는 꽤 눈에 띈다는 사실을 알았다. 금 발은 흔한 색이지만 눈동자가 문제인 것 같다. 카스토르의 눈 색만 하겠냐만, 자색도 꽤 귀한 색이라 심심찮게 시선을 느꼈던 것이다.

또한 궁에서만 자라 창백하리만치 흰 내 피부는 건강한 혈색 사이 에서 도드라진다. 체구가 작아 영락없이 혼자 나온 어린애라고 생각 하던데, 보호자까지 없었다간 사냥꾼 앞에 머리를 내민 꿩이다. 그 점 에서 내가 변한 모습은 본판보다 나은 편이었다.

'기억해 보면 키나 체구는 많이 커지지 않았지만…….'

얼굴이 완연한 성인 여자의 것이었으니까. 그러고 보니 얼굴 하니까 말인데. 대체 그 얼굴은 어디서 어떻게 나온 걸까?

'아모르와 아는 여자였거나, 혹은 아모르 궁의 하녀 얼굴이라거나.'

왜 고심에 빠졌냐 하면 스치듯 봤던 얼굴이 꽤나 익숙한데 기억이 나질 않아서다.

제국에 황색 피부를 가진 사람이 드물긴 했지만 없지는 않았다. 중앙 대륙 사람은 전생의 한국처럼 황인종에 가깝다. 드물지만 제국에 혼혈도 있다고 들었다. 이들은 내게 익숙한 피부색을 지녔다.

다른 인종도 있다. 메타라거나 빨래터에서 봤던 하녀는 사막이 고향인 집시족으로 피부가 검었으니까.

'대체 그 얼굴을 어디서 봤지?'

졸다가 은연중에 놔둔 물건을 찾는 기분이다. 기억날 듯 나지 않고 미묘한 기분. 병을 손바닥 위로 데구루루 굴렸다. 이걸 한 번 더 마시자니 걸리는 얼굴이 있다.

'헤르난을 마주칠 것 같아.'

일기장을 끼고 다니며 예지력이라도 생긴 건지, 이걸 마시고 낯선 헤르난을 또 보게 되리라는 예감을 지울 수가 없다. 고민하다가 꼭 아리송한 두 개를 두고 끙끙대면 처음 찍은 게 정답이라는 말을 믿기로 했다.

"한나, 어딨어?"

"네, 황녀님! 또 어딜 가시나요?"

한나는 애나의 옷을 걸친 나를 보며 걱정스런 얼굴로 물었다.

"레이 경이 오거든 이걸 전해 줘."

대꾸 대신 웃으며 쪽지를 건넸다. 레이 경은 잠깐 데인의 궁으로 외출했다. 곧 온다고 했으니 지금쯤 오고 있을지도 모르겠다. 얼른 궁 밖으로 나왔다.

지금이 기회다. 지난 며칠간 셋이 돌아가며 감시했다. 얼마나 삼엄했던지 숨 쉬는 것조차 눈치를 봤다.

"이해는 하지만……."

그들의 걱정은 이해하는 바이지만 미래를 바꾸는 일은 그들의 생각만큼 녹록지 않다. 누구보다 잘 아는 사람은 바로 나다. 그러니 아무리 생각해도 미친 짓이나 레베카가 돌아오기 전에 꼭 봐 둬야 했다.

시계 첨탑.

카스토르와 루스벨라가 만나는 장소는 앞으로 펼쳐질 원작 깽판 쇼의 시작이자 주인공을 만날 수 있는 기회다. 당장 있을 건국제 전에는 살펴야 한다.

나는 누구의 방해도 받지 않고 내 눈으로 확인해 보고 싶다. 이곳이 진짜 주인공이 등장하고 사랑에 빠지는 이야기인지.

겨우 시계탑 가는 데 이리 거창하냐 싶지만 나는 레이 경에게 거짓말을 하고 싶지 않다. 그러나 진실을 말하면 믿을 수나 있을까?

이곳은 책 속이라고.

지금까지 했던 것처럼 속일 수도 있겠지만, 그리고 싶지 않다. 그러나 내가 무슨 말을 하더라도 알아듣는 사람이 없다. 세상에서 나만 유리 밖의 사람인 것처럼 동떨어진 느낌을 아무도 모를 거다.

내 사람들은 내가 무슨 말을 해도 이해하려고 애쓸 것이다. 하지만 언어가 다른 느낌은 지워지지 않는다.

처음부터 이해를 포기하고 가장하고 꾸며 내는 느낌은 나를 외롭게 한다.

나는 확신하고 싶다.

"정말 루스벨라가 있는지."

책 속 내용을 혼자서 반추하고 되받아 적었다. 그때마다 일어나지 않은 미래를 두고 몇 번이나 내가 미쳤을까 고민했다. 이제는 그만두고 싶다. 끝도 없이 이방인 같은 느낌은 주인공을 보면 나을 것 같다.

적어도 내가 있는 곳에 대해 확신하고 이 세계의 중력에 적응할 수 있다면 숨 쉴 수 있을 것 같다. 루스벨라가 나를 땅에 붙들어 줬으면 좋겠다.

"길을 기억해서 다행이야."

외성 문을 쉽게 통과했다. 이틀 내내 소릭스, 메타와 함께 나온 길이었기 때문이다. 무엇보다 개구멍은 눈에 띄지 않고 빠져나오는 데 큰 도움이 됐다.

"여기서 마실까."

나는 약을 쭉 마셨다. 길거리에서 사람들에게 물어물어 첨탑을 찾아냈다.

"시계탑? 저쪽으로 쭉 가서 두 번째 길! 관광 왔나 봐?"

"감사합니다."

"에구, 이 시기에 젊은 아가씨가 혼자 나왔어? 애인은?"

"하하. 저쪽에 있어요."

약을 먹어 변한 얼굴을 보고 어린애 취급을 하는 사람은 없었다.

"안의 얼굴은 여러모로 편하네."

마침내 도착한 탑 앞에서 고개를 들었다.

"여기인가. 시계탑이……."

까마득한 높이의 탑. 멀리 높이 커다란 종과 시계가 보였다. 초대 황제의 친구였던 불카누스 장인이 공을 들여 만든 평화의 시계탑이다. 2천 년 동안 고장 한 번 나지 않고 정확한 시간을 가리키는 걸로 유명

했다. 혹자는 영원히 움직이는 시계를 두고 영원한 제국을 가리킨다고
했다.

"끙, 찾는 게 이렇게 쉬웠을 줄이야……."

외성에서 상당히 가깝다. 이럴 줄 알았으면 굳이 헤르난에게 데려가
달라 조르지 않았어도 됐을 텐데.

옥상으로 가는 계단에는 들어가면 안 된다는 표지판이 붙어 있었지
만 가볍게 무시하고 들어갔다. 다행히 사람은 없었다. 솔직히 걸리더
라도 내 신분으로 어떻게 되지 않을까. 실없는 생각을 하며, 주변을 살
피곤 계단을 올라갔다. 가팔라서 걷고 쉬고 걷기를 반복하다가. 마침
내 꼭대기에 도달한다.

"윽. 아니 대체, 주인공들은 이딴 곳에 무슨 로망이 있어서 이 고생을
하고 올라온 거지?"

로맨스 소설에 가져선 안 될 의문을 가지게 됐다. 그도 그럴 것이
아무도 없는 옥상은 평범했다. 땀을 닦으며 살펴봤다. 난간과 거대한
시계. 그리고 태엽 돌아가는 소리.

"너무 평범하네."

짧은 감상을 남기고 난간 앞으로 걸었다.

"와……."

한 줄기 바람이 불었다. 제국의 전경이 한눈에 보인다. 드넓은 광장
엔 수많은 사람이 보였다.

뎅그렁.

고개를 들면 주물로 만들어진 거대한 종이 나를 내려다보고 있었다.
금속에 얼굴이 비쳤다. 흩날리는 머리카락을 잡아 귀 뒤로 넘기고 가
만히 지켜본다.

"······정말로 종이 있네."

시간을 고스란히 드러내듯 군데군데 낡은 종이었다. 잘 닦인 걸로 보아 관리가 잘된 것 같다. 거기다 눈이 부실 정도로 반짝이는 금빛에서 누군가를 생각하고 만다.

'카스토르.'

째깍째깍. 시계 소리가 잔잔하게 침묵을 메웠다. 모든 햇살이 하늘을 가로질러 금색 종에 걸렸다. 꼭 카스토르의 눈동자 속에 들어온 것 같은 느낌이 들었다.

난간을 잡고 고개를 비스듬히 기울여 묻었다.

이곳이 바로 카스토르와 루스벨라가 처음 만나는 장소였다. 아마 밤이 되고 아래로 보이는 대로에 걸린 풍등을 생각하면 야경이 꽤 멋진 데이트 장소가 될 것 같다. 로맨틱해.

"다행이다."

카스토르의 눈동자 색을 똑 닮은 종도, 제국에서 가장 오래된 시계도.

"전부 있었어······."

퍼뜩 고개를 들었다.

"아! 맞다."

벌떡 일어나서 한쪽 벽으로 간다. 벽을 더듬다가 움푹 솟아오른 돌을 찾아 잡아당겼다. 쏙 빠지는 벽돌 안으로 손을 집어넣고, 손에 잡힌 걸 쑥 빼냈다. 작은 보석 상자다.

"이것도 있네."

한참 그것을 바라보다가 다시 벽돌을 끼워 넣었다. 바람이 제법 선선하게 불었다. 무릎 사이로 얼굴을 묻고 웃었다. 모든 것이 그대로다. 모든 것이 책 속 그대로. 책 속 장소. 위치. 물건. 장치마저도.

"하하하하."

이곳에 나타날 루스벨라는 먼저 온 카스토르를 만난다. 만나서 그의 호감을 살 것이다. 카스토르는 루스벨라를 잊지 못하고 있다가 윌터의 왕자와 함께 나타난 그녀를 보고, 그때 그 여자임을 알고 놀라겠지. 그렇게 폭군이 사랑에 빠지고 악화 일로를 걷는 내용이었으니까.

"하하……."

모든 것이 완전하다. 그래서 다행이다. 다행인데.

"왜……."

정말 다행이라고 생각하는데 왜 속은 헛헛하고 화가 나는 걸까?

이 세계에 정말 주인공이 있다면. 주인공을 중심으로 돌아가는 세계라면 왜 하찮은 엑스트라가 굳이 죽고 처절하게 살고를 반복할 필요가 있었나? 왜 나는 죽었고 박탈당했고 가로채였나.

왜? 나만? 무엇 때문에?

무릎에 올려 둔 일기장이 나를 짓누르는 것 같다. 그럴 리가 없는데도 숨이 막혀서 가슴을 움켜잡는다. 잇새로 숨을 뱉어 냈다.

"이봐, 아가씨!"

정신을 차려보니 발이 아팠다. 머리는 엉망이었고 망토가 돌아가 있다.

"이거 떨어트렸어. 아가씨 거 맞지?"

어느새 길 한복판이었다. 정신없이 달렸나? 내려가는 길은 올라갔던 길보다 훨씬 빨랐다.

"네……."

나는 이름 모를 남자에게서 손수건을 받아 희미하게 웃었다.

"감사합니다."

수도는 여전히 축제 분위기였고 길 곳곳에 색색의 종이가 떨어져 있었고 먹음직스런 먹거리를 팔았다. 그러나 뻥 뚫린 가슴에 휑하니 공기가 들어온 것 같았다.

순간 혼자여서 다행이라고 여긴다. 아무도 이해 못할 고통이라고 생각하니, 얼굴은 웃고 있어도 텅 빈 통을 두드리는 것처럼 공허한 소리가 들렸다.

"돌아가자."

확인했으니 됐다. 더 이상의 감상은 기억을 좀먹을 뿐. 옥죄듯이 아팠던 가슴은 점점 진정됐다.

한참을 걷고서 한번 돌아봤을 때, 멀리 시계탑이 보였다. 동화 라푼젤처럼 공주가 갇힌 탑 따위를 상상하게 했다. 저곳에 갇히면 나오지 못하겠다. 이 이야기에서 빠져나오지 못하는 나처럼. 그런 점에서 첨탑은 상상 속 탑과 비슷했다.

'……루스벨라가 저곳을 찾는 날은 풍경이 가장 아름다운 날이겠지.'

밤하늘 위에 서 있는 것처럼 색색이 물든 공간을 생각해 본다.

"예뻐야 뭐 하겠나. 나는 보지 못할 텐데, 뭐."

아무리 예뻐도 내게는 신 포도와 같다. 나와는 관련 없는 것이라 우겨대는 건 전부 아쉬움의 잔재다.

발이 아픈 게 느껴졌다. 정신없이 뛰다가 샌들 끈에 발을 베인 모양이다. 내려다보니 깊게 벌어진 상처가 보였다.

"거기 아가씨, 이거 한 번 먹고 가!"

상처가 이 모양인데 아프기는커녕 따끔한 정도인 걸 보니 신기하다.

"둘이 먹다 죽어도 모를 맛이야!"

"고맙지만 사양할게요. 돈이 없거든요."

"흠, 그래? 먹어 봐. 그럼 이건 서비스야."

나는 주인의 친절에 가볍게 웃었다.

평범하고 평소에 있었던 일들. 난데없이 외출한 것이 잊히게 얼른 돌아가고 싶다.

얼른 돌아가자. 돌아가서 오늘밤은 아모르를 꼭 찾아가자.

그러나 인생이 뜻대로만 될 리 없다.

* * *

나는 숨을 참으며 달렸다. 어느 세상에서건 오지랖은 도움이 안 된다. 확실히 느낀다.

"······젠장!"

알고 있다. 내가 불행의 별 아래에서 태어나 세상 온갖 불행은 배 터질 정도로 떠먹고 있다는 걸 말이다. 그렇지만 이런 날까지 필요하진 않잖아! 오늘도 나를 망할 세상에 떨어트린 신에게 욕을 짓씹으며 걸음을 재게 놀렸다.

"거기 서! 이익, 망할 계집이!"

쿵쿵쿵. 뒤따르는 걸음 소리가 가까워진다. 하나가 아니다. 나를 지나가거나 지나친 수많은 행인은 다수가 쫓는 작고 볼품없는 여자에게 아무도 관심을 주지 않는다.

정확히는 눈을 돌려 버린다. 뒤에서 수많은 눈알들을 부라리고 있을 상황을 상상해 본다.

처음엔 순조롭게 궁전으로 돌아가는 길이었다. 돌아가는 길은 어렵지 않았고 실제로도 그랬다.

"까악! 살려 주세요!"

비명에 돌아보자 건장한 남자 다섯이 여자 하나를 에워싸고 끌고 간다. 백주 대낮부터 그리 크지도 작지도 않은 길이었고, 한적하긴 했지만 행인이 아예 없지도 않았는데 버젓이 여자를 끌고 가는 행태에 나도 모르게 멈칫해 버린 건 불가항력이었다.

"살려 주세요. 제발 살려 주세요!"

그 행동이 곱지 않게 보인 건 나뿐이 아니었는지, 지나가는 행인 대부분 걸음을 멈추고 돌아보고 있었다.

"집 나간 년 잡느라 얼마나 고생했는지 알아?"

"네 아버지가 기다리신다고!"

"모, 몰라요! 살려 주세요! 모르는 사람이에요!"

기분 나쁜 전율이 일었다. 소름이 함께 끼친다. 납치범일까? 아니면 그냥 깡패? 지나가는 아녀자에게 시비나 거는 건달이라 보기엔 지나치게 건장하다.

거기다 순찰대 신관들을 오래 보아온 탓인지 묘하게 그들의 기도와 비슷해 보였다. 정말 일기장 예지력이라도 옮겨 온 건지. 저들이 내가 아는 납치범일 것 같다는 생각이 떠나질 않는다.

어쨌거나 저들을 전부 쫓아 버리고 싶은데 당장 난 손에 아무것도 없는 힘없는 사람이었다.

순간, 레이 경의 얼굴이 떠올랐다. 말없이 나온 주인 때문에 화를 꾹꾹 참고 있을 기사님은 지금쯤 목이 빠지게 기다리고 있을 게 분명하다.

"에잇. 망할. 따라오지 못해?"

"아아악!"

그래. 나는 레이 경과 같은 뛰어난 검사도 아니고 아모르같이 신관도 아니잖아. 지나가려 한 순간 눈물범벅이 된 눈과 마주쳤다.

"사, 살려 주세요!"

순간 소름이 돋았다.

"어이 거기, 뭘 봐? 갈 길 가슈!"

저건 거짓을 말하는 눈이 아니다.

눈을 질끈 감았다. 누가 그랬다. 현대인은 불의는 참고 가늘고 비굴하게 사는 거라고. 나는 그랬을지도 모른다.

천천히 고개를 숙이면 손에 잡히는 책등. 분명 난 비굴했지만 어느 날 카스토르 앞에 섰던 나와 같은 이들을 외면하지 못했다. 저 여자는 나였고, 외면한다면 나는 그날 방관했던 사람들이 되겠지.

젠장. 손에 집히는 것을 집어 던졌다.

"도망가요!"

운 좋게도 누군가 돌을 맞고서 새된 비명을 질렀다. 그것이 남자들의 시선을 잡아끌었다. 그 틈을 타 온몸으로 빠져나와 정신없이 달려가는 여자가 보였다.

"어이, 계집 미쳤어? 댁이 대신 잡혀가기라도 할 거냐고!"

"됐고 얼른 저 계집 잡아! 대로로 간다!"

여자는 제 한계를 쥐어짜는 듯 몹시 재게 놀린다. 생존에 급급한 걸음을 쫓아 다섯 중 셋이 뛰어가고 둘이 남았다. 그리고 나는 금방 후회했다. 참견 말고 이곳을 벗어나라는 붉은 경고등의 조언을 따라야 했다.

"어이, 중앙 대륙 사람 같은데. 우리 일을 방해한 대가는 톡톡히 치러야 할 거야."

나를 노려보는 우락부락한 남자의 시선이 나를 서걱 벨 것처럼 섬뜩하다. 장담하건대 저건 사람을 죽여 본 눈이다.

"낄낄. 거기 계집. 곱게 돌아가지 못할 거다."

잠깐 정신이 나가서 무급으로 착취당할 뻔한 불쌍한 여인을 구하고 내 인생이 불쌍해지게 생겼다. 담담하게 눈을 굴리며 살 방도를 굴렸다.

"저 계집이라도 잡아갈까?"

"아서라. 중앙 대륙 계집은 흔치 않은데. 혼혈? 쓸 데도 없겠네. 가자."

"그래도……."

그들은 내게 큰 관심 대신 일을 그르친 짜증 정도로 그치려 하는 듯했다. 손가방을 잡고 있던 손에 힘을 빼는데, 한 남자가 눈을 가늘게 치켜뜨며 고개를 기울였다.

"잠깐."

야비한 인상의 얼굴이 낯익다. 젠장. 혼돈의 신관과 마주친 뒤에 봤던 납치범 중에 하나다. 강렬한 인상을 잊을 리 없다.

"저 여자 어디서 봤지 않아?"

"글쎄……?"

집요한 시선에 소름 돋는 기분과 함께 다시 머릴 굴리며 뭐라도 집어 던지고 도망갈까 최선의 수를 생각한 순간, 남자가 말했다.

"멍청아, 대장이 찾던 여자잖아!"

그 말이 채 끝나기도 전에 발이 먼저 움직였다.

'젠장! 잡히면 안 돼!'

재빠르게 돌아서서 달린 것까진 좋다. 문제는 형편없는 발의 상태였다.

이미 계단을 오르내리며 엉망이 된 발로는 영 속도가 나질 않았다. 시시각각 거리가 좁혀 온다. 금방 붙잡힐 게 뻔했다. 일이 꼬여도 이렇게 꼬일 수가 없지. 이래서 오지랖은 아무나 가지는 게 아니라더니.

"씨발. 붙잡아! 반드시 잡아야 한다!"

돌아가서도 똑같이 행동할 거면서, 그럼에도 나를 원망하지 않을 수가 없어서 욕을 짓씹었다. 짧은 순간 골목으로 빠져 숨을 고른다.

"저기다! 골목으로 들어갔다!"

숨을 몰아쉬며 벽에 바짝 기대어 선다.

'조금만 덜 다치고 덜 피곤했다면 이대로 궁까지 쭉 달려 볼 텐데……!'

제국의 치안은 나쁘지 않다. 외성 근처에는 상시 그곳을 지키는 병사가 있었다. 저들이 여기서 기를 쓰고 잡으려 하는 이유 또한 같을 것이다. 그러나 지금처럼 지친 몸으로는 무리였다.

"헉헉."

머리를 쓰자. 차라리 저기 보이는 오크통 같은 곳에 숨어 볼까? 몸을 숨겼다. 숨을 고르며 청각에 집중하자 타닥타닥 추적자의 걸음 소리가 쫓아왔다.

여기서 들키면 어떤 미래가 도사릴지 모른다. 입을 가로막고 숨소리조차 참아 낸다. 예상치 못한 리셋은 질색이므로 반드시 살아서 나가야 한다.

뚜벅뚜벅.

"젠장. 쥐새끼처럼 어딜 숨은 거야?"

"야, 저리로 가 보자!"

"알겠어!"

발소리가 아주 멀리 지나갈 때까지 침착하게 기다린 뒤, 길게 숨을 쉬었다.

'갔나?'

안심한 순간, 커다란 그림자가 덮치며 괴괴하게 올라간 입꼬리를 보았다. 채 신음이 되지 못한 소리가 잇새로 빠져나간다. 사람은 둘. 지나간 발소리는 하나.

"흐흐, 역시 숨어 있었구만."

추격자가 숨어 있었다.

"아가씨, 우리랑 함께 가 줘야겠어."

남자가 단검을 흔들며 다가왔다. 단검 끝에 묻어 있는 액체. 색이 불길하기만 했다.

"누가, 당신을 찾고 있거든."

기분이 바닥으로 가라앉았다. 역시 레이 경과 함께 와야 했을까? 괜히 여자를 도운 걸까? 아니다. 난 언제 누구와 어디서 봤더라도 그녀 같은 눈을 보게 되면 도울 것이다. 돕지 않았다면 내가 될 수 없다.

서글피 웃는다. 내가 선택한 방식이었다. 강박처럼 나는 카스토르가 되기를 거부했다.

"이리 오라고. 도망칠 곳은 없어."

오늘 하루를 돌려 버릴까? 주머니를 뒤지려는 순간 재빨리 벽을 짚는다. 현기증이 핑 돌았다.

'젠장, 설마하니 체력이 해가 될 줄은!'

피곤이 온몸을 지배했다. 죽는 것에도 체력이 필요함을 깨달은 지금 짜증이 치밀었다. 젠장. 일기장 뭐라도 해 봐! 설마 요상한 힘을 쓰는 데도 체력이 필요한가?

"아프지 않을 거야. 잠깐 잠만 들 거라고."

팔뚝에 따끔한 느낌이 든 순간 고개를 번쩍 든다. 아차, 싶었을 때 이미 스친 뒤였다.

"그러게 곱게 따라오면 좋잖아. 뭐. 그래도 썼을 거지만. 캬악. 퉤."

"젠……장……."

남자의 탐욕스러운 미소를 끝으로 세상이 점차 기울었다. 잿빛의 골목에 덮쳐 오는 안온한 어둠.

"한숨 푹 자두라고."

기절하면 안, 되는데.

"잡았다! 여기야!"

이런 상황에서도 일기장을 잃어버리지 않을까 걱정하는 내가 우스웠다.

* * *

자각몽은 전생에서도 몇 번 꾸지 못했다. 환생하고 나서는 악몽을 제외하곤 체험해 보지 못했다. 그런데 지금 선명하게 알 수 있다. 난 꿈을 꾸고 있다.

"윽. 눈부셔……."

정말 아무것도 없이 새하얀 곳이었다. 조금 더 걸어가자 누에고치처럼 몸을 동그랗게 말고 엉엉 울고 있는 소녀가 보였다.

<엉엉엉. 흑흑흑.>

마르고 작은 몸집은 쉴 새 없이 떨었다. 잠시 망설이다가 소녀 앞에 무릎 꿇고 고개를 숙여 손을 가져다 댔다.

그러나 손을 댄 순간 소녀가 빛처럼 흩어진다. 흩어진 빛은 하나로 합쳐져 느리게 날아 내 옆을 지나간다. 꼭 나비 같았다. 보라색 나비. 천천히 고개를 돌렸다가 아무도 없다는 것을 보고 다시 돌아봤다.

어느새 다른 누군가 서 있었다.

—안녕.

여자의 얼굴과 마주쳤다. 조금 전까지 엉엉 울던 소녀는 어디 가고 새하얀 얼굴과 가느다란 목, 부러질 듯이 가는 팔, 상처 하나 없이 깨끗한 얼굴이 생긋 웃었다.

"……나?"

아니다.

"비슷하지만……. 아니야."

그건 내 얼굴이면서 '내' 얼굴이 아니었다. 나와 비슷하지만 뺨에 상처가 없다. 나와 닮은 여자는 날 향해 무어라 중얼거리다가 천천히 뭔가를 건넸다. 받고서야 일기장이란 걸 알았다.

—소중히 여겨.

그녀가 나긋나긋하고도 부드러운 말투로 속삭였다.

어디서인가 사람은 평생 자기 목소리를 듣지 못한다고 들었다. 공정을 거친 목소리는 내 목소리와 다르기 때문이라고. 여자의 목소리는 꼭 그런 느낌이었다. 시야를 가득 채우는 보랏빛 눈동자가 인상적이었다. 눈동자가 요사스럽게 빛을 반짝인다.

내 눈동자가 이리도 선명한 색이었나? 아연히 올려다보았다.

"넌, 일기장?"

—글쎄.

여자가 비죽이 웃었다. 낭창낭창하게 뻗은 가느다란 팔은 나와 같았지만, 얼굴의 윤곽선도 몸도 나보다는 성숙한 곡선을 가지고 있었다. 웃는 얼굴 또한 낯설었다.

볼수록 나보다 나이를 꽤나 먹은 것처럼 보여서일까. 오히려 나이기보다는 나와 닮은 자매쯤으로 보일 법한 여자는 웃으며 내 뺨에 손을 얹었다.

—살기를 갈망해. 그것이 너를 이끌어 줄 거야.

"어디로?"

—네가 원하는 길로.

"내가 원하는 길이 뭔데?"

일기장 위에 얹은 손에 호응하듯 일기장이 희미한 빛을 냈다.

—반복을 멈추고 행복해지고 싶잖아?

나는 습관적으로 목을 매만지다가 놀랐다. 꿈이지만 레이 경의 목걸이를 그대로 매고 있다.

—네가 날 볼 수 있다는 건, 머지않았다는 거야.

"……뭘?"

—너의 각성과 진실을 아는 날.

그러나 여자는 멋대로 대꾸하고 제가 한 말에 스스로 끄덕이면서 진득한 목소리로 속삭였다.

—너라면, 멋대로 날 버리지 않을 거라 믿고 있어.

쿵, 그때 거대한 소리에 깜짝 놀라 위를 봤다. 천장에 균열이 가고 있었다. 그리고 멀찍이 떨어져 나를 지켜보던 사람이 고개를 들었다.

"아……."

긴 검을 느른히 내린 사람은 나를 향해 싱긋 미소 지었다.

바람 한 점 불지 않는 공간에서 너울너울 흔들리는 새카만 머리칼.

긴 토가 자락. 매혹적인 곡선을 그리던 입이 떨어지며 나를 향해 속삭였다.

—아실리.

카스토르가 몹시도 온화한 낯으로 검을 다시 한 번 들었다. 그리고 눈을 툭 굴려 버리며 웃었다.

—나는 네게 어떤 의미지?

검 끝이 균열을 향한 순간이 꿈의 끝이었다.

* * *

"이런, 정신이 드니?"

누군가 부드럽게 속삭였다. 나는 꿈의 잔상에서 퍼뜩 깨어났다.

"누, 누구……."

벌떡 일어나자 시야에 무언가 얼굴을 스치며 간지럽혔다. 적색 머리칼이었다.

"일어나자마자 그걸 묻다니. 침착하다고 해야 할지?"

나는 나를 내려다보고 있는 여자를 보았다. 살짝 치켜 올라간 눈꼬리에 몹시도 화려한 외양의 미녀. 몹시 익숙하단 생각이 들었다. 내가 아는 사람 중에 레베카 말고 이렇게 예쁜 사람이 있었나?

"아."

곰곰이 생각하던 중에 알았다. 본 기억 있는 사람이었다. 골목에서 나와 부딪쳤던 데인을 닮은 느낌의 남자. 그와 함께 있던 여자였다.

"왜, 여기 있어요?"

"으응, 할 말이 많지만 간단하게 말해야겠지? 애인이 날 배신했어.

여기에 날 팔았지."

고개를 기울인 여자가 요염하게 웃었다.

"그럼 당신도 깨어나자마자?"

"여기였지."

"여긴 위험해요."

난 반사적으로 여자의 팔을 잡고 외쳤다.

"이곳은 납치범의 소굴이에요. 믿기지 않겠지만 위험한 곳이에요. 날 기절시킨 남자는 독을 썼어요."

다급하게 외친 나를 보는 여자는 고개를 기울여 미소를 지은 채 말했다.

"저런, 기절했다 깨어나서 상황 파악이 힘든 줄 알았더니 생각보다 적응이 빠르구나?"

여자는 무엇이 그리 유쾌한지 소리 내어 깔깔 웃다가 나를 등 뒤에 두고서 이끌었다.

"그래, 위험한 곳에서 탈출해 볼까?"

여자가 허리를 펴자, 그녀의 목에 걸려 있던 목걸이가 차르릉 맑은 소리를 냈다.

'보통 납치당한 사람이 이렇게 침착하던가……?'

붉은 머리 여자는 홀로 방을 걸어 다니며 꼼꼼하게 들여다보았다. 고급스러운 옷과 사치스러울 정도로 매단 장식품이 간지럽지도 않은 양 사뿐사뿐 움직이고 있었다.

잠시 뒤 그녀를 따라 살펴본 바로 이곳의 상태가 몹시 심각함을 알았다.

"일단 정문으로는 무리야. 열어 봤는데 잠겨 있었거든."

"잠가 됐군요."

방은 아주 오래전부터 한 번도 이용하지 않은 듯이 먼지가 가득 쌓여 있었다. 선반은 부서지고, 천장 한쪽도 폭삭 무너져 있어 음산하고 공기는 텁텁했다.

"혹시 이것도 문 아닐까요?"

우리는 찬찬히 살펴본 끝에 커다란 오크통과 선반에 가려진 작은 문을 발견했다. 여자가 보더니 끄덕였다.

"그러네? 문이야."

문을 보며 고민하던 여자가 어디선가 긴 봉 같은 것을 가져왔다. 어디 쓰이는 건지 몰라도 끝이 뾰족했다.

"비켜서렴."

쾅. 그녀는 그걸로 문을 툭툭 치며 가늠해 보더니 그대로 휘둘렀다. 간단히 부술 듯한 기세였으나 문은 반쯤 부서지다가 말았다.

"소리를 보아. 못질을 해 뒀구나."

"……힘들까요?"

"아마, 못도 낡았을걸?"

여자가 빙긋 웃었다.

'대체 정체가 뭐지?'

생각보다 움직임이 날렵했다. 도무지 고급스러운 무희의 옷을 입고서 보일 움직임이 아닌 것 같다는 생각에 의문은 더해 간다.

'이곳에 방치된 걸까?'

나도 모르게 치마를 더듬었다. 하지만 찾는 것은 없었다.

'내 일기장.'

희미한 기억 속에서 와르르 쏟아지는 가방을 기억해 냈다. 내 짐, 내

짐은 어디로 갔지? 거기에 들어 있는데. 초조해지는 기분을 참지 못하고 주저앉는 순간 망토 끝에 묵직한 것이 느껴졌다. 모자 속을 손으로 더듬자 익숙한 감각이 엉켜 들었다. 설마.

황급히 망토를 들어 올리자 커다란 것이 툭 떨어졌다.

"말도 안 돼……."

일기장이었다. 뒤집자 낯익은 파레데 상단이란 글씨가 보였다. 스쳐가는 목소리가 있었다.

—소중히 여겨.

헛웃음이 났다. 꿈속의 목소리가 너였어? 한 번쯤 홧김에 강에다 빠트릴까 찢어 버릴까 수십 번 생각했는데 그러지 않길 잘한 건가. 허탈하게 웃어 버리곤 일기장을 펼쳐 들었다.

혹시나 했지만 큰 변화는 없는 것처럼 보였다. 12시가 지나지 않았다는 얘기다. 아니면 자잘하게 변한 것을 눈치 못 채고 있거나.

하지만 하나는 명확했다.

앞으로 잃어버릴 일이 절대 없다는 것.

"……역시, 버리지도 못하는 거구나."

조금 서글펐다.

우리는 잠시 소강 사태에 접어들었다. 성과는 있었다. 부지런히 두드려 만든 구멍. 사람 하나 지나갈 정도로 작았다.

"개구멍이네요."

"그래, 개구멍이지."

막대기 하나로는 이게 한계였다.

"이 상황에서 꺼내기 좀 그렇지만, 통성명이나 할까? 난 마리사."

"안이에요."

"안. 예쁜 이름이네."

여자가 긴 봉을 내려놓았다. 마리사는 눈을 접으며 싱긋 웃었다.

"의미가 있는 이름이야?"

난 눈을 깜빡이다가 천천히 고개를 저었다.

"아니요."

왜인지 나도 이 이름이 자꾸만 생각이 났다. 마음에 들었기보다 그냥 머릿속에 맴도는 느낌. 대충 지은 이름치고는 썩 잘 지은 이름이라서 그런가.

"장갑 답답하지 않아요?"

"흐음. 이거? 괜찮아."

그녀는 장갑을 낀 손을 들어 올려 제 머리끝을 쥐었다가 놓았다. 파격적인 노출을 감행하면서 장갑을 낀 상태였다. 요상한 매치였다.

"일단 생각하는 바를 솔직히 말할게. 실망하지 않기를 바라, 자기."

"……자기?"

"그래, 자기. 저 구멍 보여? 이런 허술한 도구로는 저 크기가 한계야. 다른 도구가 없는 데다 나는 보다시피 사이즈가 안 맞아."

마리사가 가볍게 지껄이며 허리에 손을 짚고 비스듬히 돌아섰다. 굳이 보려던 건 아니었지만 보고만 그녀의 바스트 사이즈에 나도 모르게 고개를 끄덕였다. 굳이 가슴이 아니어도 그녀는 키가 아주 컸다. 그녀가 들어가기엔 구멍이 좁았다.

"제가 들어가야겠군요. 그리고 제가 들어가서 어떡하기를 바라요?"

"이야, 말귀를 알아들어서 좋은데? 웬만한 남자보다 마음에 들어. 좀 더 웃으면 귀여울 것도 같은데."

"장난치지 말구요. 전 빨리 돌아가야 해요."

"뭐야 은근히 꽉 막혔네? 좋아. 점점 더 맘에 드는데 말이지."

마리사가 입술을 끌어당겨 웃었다.

"용건을 말해요."

"뭐. 좋아. 탈출은 빠를수록 좋으니까. 내가 생각하기론 이곳의 구조는 이런 식이야."

마리사는 흩어진 선반 파편을 모아 그럴싸한 도형을 그려 냈다. 건축 평면도와 비슷했지만, 그보다 훨씬 간단했다. 그러고는 뜻밖에 박식한 설명을 시작했다.

"여긴, 아마도 지하가 아닐까 해. 지하실에 주로 쓰이는 재료로 보아 지하 2층쯤?"

마치 보기라도 한 것처럼 줄줄 나오는 이야기에 감탄했다가 놀랐다가를 반복하다가 끝에 가서는 미심쩍은 눈으로 그녀를 바라봤다.

"대체 정체가 뭐예요?"

"멋진 여자?"

가볍게 묻는 말에 그녀는 웃을 뿐이었다. 나는 눈을 가늘게 좁혔다. '수상하지 않다고는 말할 수 없지만.'

당장 목표가 일치하니 협력하는 편이 옳을 것 같다.

"어쨌든 알아들었지? 보통 이런 구조의 지하실은 바깥에서 잠그는 구조가 대부분이야."

나는 마리사가 그린 설계도를 찬찬히 뜯어 살피고는 작게 고개를 끄덕인다.

"옆방으로 넘어가 이 방의 문을 열어 달라고요?"

"그래. 이 개구멍은 식량 파이프. 옆방이 감시 방. 이전에 식사는 여기로 보냈을 거야. 먼지가 쌓인 정도를 보아 지금은 쓰지 않아. 그러니

옆방은 아마 비었을 거야."

조금 전 선반을 부수며 아주 큰 소음이 났는데도 나타나지 않았던 걸로 보아 감시가 느슨하다는 말은 꽤 타당하게 들렸다. 나는 고개를 끄덕이면서 줄곧 궁금하던 것을 물었다.

"그런데 창고를 밖에서 잠그는 이유가 뭐죠?"

"간단하지. 너와 나를 봐."

나는 마리사를 보고, 방을 한번 살폈다. 생각나는 게 있었다.

"설마. 처음부터 가두기 위해?"

"그래, 여긴 사람용이지. 이런 곳에 갇혀 봤단다. 내가 이걸 아는 이유가 되었니?"

내 표정을 눈치챈 듯 마리사가 웃었다. 퍽 어른스러운 낯으로 나긋나긋하게 속삭였다.

"보통 '포주'들이 여자를 잡아 올 때 이런 구조물을 사용하지."

그녀는 웃음을 흘리며, 말했다.

넌지시 덧붙인 말에서 그녀의 사정이 짐작되었지만 본디 개개의 사정은 듣기 전에 모르는 법이다. 섣불리 판단하지 않기로 했다. 대신 내가 할 수 있는 일에 집중하기로 한다.

"일단 제 몸이 들어갈지 실험해 볼게요."

구멍을 가늠해 보는데 마리사가 어깨를 톡톡 두드렸다. 고개를 돌리자 그녀는 대견하다는 얼굴이었다.

"별일이네. 꺅꺅대며 울지도 않고. 울었어도 귀여웠겠지만."

"……편히 울 만한 환경에서 자라질 못해서."

분명 지금쯤 레이 경이 무척이나 걱정하고 있겠지.

"지금은 사랑받는구나?"

"······그래 보여요?"

그녀가 끄덕였다.

"상처를 담담히 얘기하는 자들은 보통 두 가지지. 체념하거나, 직시하거나."

레이 경이 생각난다. 크게 웃지도 크게 찡그리지도 않는 사람. 지금쯤 찡그리고 있을지도 몰라. 피식 웃다가 무의식중에 그런 얼굴이면 한 번쯤 보고 싶다고 생각한다.

"빨리 가야겠네."

치마를 대충 접어 둘둘 동여맨 다음 엎드려 개구멍을 기어갔다. 지금은 원래 몸보다 조금 컸을 뿐인데도 구멍이 여간 작은 게 아니라 불편했다.

"······끙. 본래 몸이었으면 좋을 뻔했다."

약 10여 분 정도 사투를 벌였을까. 비로소 큰 공간에 도착했을 때 마리사의 말대로 옆방은 비어 있었다. 끼익. 손잡이를 잡자 문은 쉽게 열렸다.

복도로 고개만 내밀었다. 마리사의 말처럼 객실 같은 문이 여러 개 보였다. 아마도 각각이 가둬 놓는 용도인 모양인데 대부분 부서지거나 찌그러졌거나 활짝 열려 있다.

조심스럽게 발을 디뎠다. 끼익끼익. 낡은 복도는 기이한 울음소리를 냈다. 찰칵. 문고리를 돌리자마자 문이 채 열리기도 전에 손이 날 잡아당겼다.

"잘했어!"

마리사는 나를 끌어안았다. 꼭 어린 동생을 대하듯 머리를 마구 헝클이고 거칠게 쓰다듬는 손이 익숙하다면 익숙했다.

'꼭 플뢰온 같은 사람이네.'

언제 봤다고 이렇게 친근하게 구는 건지. 나를 끌어안고 있던 여자의 옷자락을 조심스럽게 붙들었다. 어쩐지 불안한 느낌이 들었다.

"금방 누가 올 것 같은데 얼른 나가봐야 하는 것 아닌가요?"

"걱정되니?"

마치 내 의중을 모두 알아챘다는 듯이 녹진한 목소리가 속삭였다.

"용감한 아가야. 잘 해낸 상으로 좋은 걸 알려 줄게. 감시자는 신경 쓰지 않아도 좋아. 이곳에 갇힌 건 아마도 너와 나 둘뿐일 거거든."

"설마요. 당신이 그걸 어떻게 알죠?"

마리사는 표정을 모두 읽혔다는 생각에 굳어진 나를 바라보며 미소했다.

"이 건물은 노예상 중에서도 최상위 수뇌부만 사용하는 건물이니까."

"수뇌부?"

"그래. 수뇌부. 수뇌부 사람에게 중요한 인질들을 가둬 놓는 곳이란다. 나나 안, 너와 같은."

마치 장난치듯이 웃으며 나를 바라보는 모습을 보며 나는 침착하게 대꾸했다. 조금 전부터 침착하고 차분하던 그녀가 마음에 걸렸다. 납치당한 여자가 이렇게 태연할 수 있나?

"알아듣지 못하겠어요. 당신의 말이 대체 어떻게 아느냐는 질문에 대한 답은 되지 않잖아요."

그녀는 자신을 물끄러미 바라보는 것이 기분 나쁘지도 않은지 슬그머니 미소 지었다.

"간단히 말해서. 내가 왜 이걸 잘 아느냐."

마리사는 잠시 뜸을 들였다. 눈매가 가는 호선을 그렸다.

"내가 이곳을 처리하러 온 사람이니까."

마리사가 말을 끝내기 무섭게 위층에서 쾅 소리와 함께 고함이 터져 나왔다.

―제길! 후퇴해라! 전부 도망가!

―2황자다! 검과 정의의 신관들이다!

"봤지?"

위층의 고함소리. 희미한 병장기 소리. 이야기를 따라가지 못하고 천장과 마리사를 번갈아 바라보다가 일기장을 끌어안았다.

"당신은 적인가요?"

"아니."

마리사의 목소리는 홀릴 것처럼 아름다웠지만 웃는 얼굴은 서늘하기만 했다.

"안심해. 난 그저 여길 부수러 온 거니까."

"……나는 안전한가요?"

"……저런. 네 목소린 3일 밤을 꼬박 새운 신관 같구나, 아가."

그녀의 말처럼 너무 피곤했다. 어쨌거나 거짓말을 하는 것 같진 않다. 탈출할 수 있단 소리겠지? 이곳에서 무사히 나갈 수 있다면 아무래도 좋았다.

"내겐 꼭 너만큼, 아니 너보다 어린 조카가 있단다. 널 보면 생각나는걸?"

일기장을 끌어안은 내가 귀엽다는 듯 머리를 쓰다듬는다. 아까 애 취급의 연장인 것 같았다. 변신한 난 아무리 봐도 어린애로 보이지 않는 얼굴인데 말이다.

"그래요. 무사히 나갈 수 있다는 말이겠고. 실례지만 정체가 뭐에요?"

나는 얼굴을 쓸어내리다가 생각나서 물었다. 이건 예의상이라도 물어야 할 것 같다.

위층에서 들려오던 고함 소리가 점차 커지며 가까워지고 있었다. 그녀는 이곳으로 들이닥칠 사람들이 무섭지도 않은지, 몹시도 태연한 기색으로 팔짱을 끼고는 시원하게 미소 지었다.

"나는 제국의 성녀. 베아트리체 마리사."

홀릴 듯이 아름다운 미소를 바라보다가 다음 순간 그녀의 말에 나도 모르게 탄성을 흘렸다.

"취미는 황제 얼굴에 엿 먹이기."

<성녀는 황녀님 부재를 대신한 대리 황녀입니다.>

'진짜 황녀가 아닌 임시직.'

<오랫동안 춤을 출 사람이 없었으니까 성녀가 대신 춤을 췄죠.>

나를 쓰다듬지 않은 손으로 내 턱을 휙 들어 올린 마리사가 진득하게 웃었다.

"약한 자와 여자는 손대지 않아. 정의의 사도가 신조거든."

순간 모든 생각을 전부 접어 둘 정도로 상당히 마음에 드는 말이었다.

"음, 그러니까 당신이 그동안 황녀 대신 춤을 췄다는 성녀라는 거지요……?"

"잘 알고 있네?"

"조금 들은 얘기가 있어서요. 근데, 조금 전부터 날 왜 그렇게 부르세요?"

"아가를 아가라 부르지. 뭐라고 부르런?"

"난 성인이에요."

"감이랄까, 감. 얼굴은 성숙하지만 말과 행동이 어리숙하니까."

쿵쿵거리던 걸음 소리는 아주 가까워졌다. 조금 전까지 한 층 너머에서 들렸다면 이제는 바로 옆에서 듣는 것 같다.

"조언하자면, 평민은 아가씨처럼 앉아만 있어도 태가 나지 않단다. 바꿔 말하면 무의식중에 밸 만큼 오랜 기간을 거쳤다는 얘기겠지, 네 행동은."

"……무슨 말인지 모르겠네요."

"어머, 그 얼굴. 보아하니 전혀 몰랐다는 얼굴이네."

그녀는 내 헝클어진 머리를 가지런하게 넘겨 주면서 손을 떼어 낸다. 찌이익 치마 솔기를 가차 없이 뜯어 버린 마리사는 긴 머리칼을 하나로 잡아 높게 틀어 묶었다.

"신력 중에는 자신의 모습을 감추는 능력이 있다지?"

어느새 허벅지의 검집에서 꺼낸 검을 든 마리사의 모습은 첫인상과는 완전히 다르게 보였다. 웃음을 짓고 있는 낯에서 사람을 유혹하던 퇴폐적인 느낌이 가시고, 그 자리를 경건하고 고결한 느낌이 차지했다. 푹 파인 옷은 여전한데 마치 전혀 다른 사람이 된 것처럼.

"어린 신관을 위해 많은 것에 대답해 주고 싶지만 손님이 오고 있네."

마리사가 검을 시험 삼아 휘둘렀다. 그 모습이 흡사 덤불에 숨죽여 엎드린 맹수의 기도 같기도 해 덩달아 긴장하면서 나는 얘기를 마저 시작했다.

"나는 신관이 아니에요."

"신관이 아니라고?"

뚫어질 정도로 강한 시선에 가만히 끄덕이자 검을 휙 들어 끝을 휘휘 저은 마리사가 미소 짓고 물었다.

"그럼 혹시 신관의 축복을 받은 적 있니?"

"네."

화려한 눈동자를 바라보며 끄덕였다. 굳이 비밀로 할 일은 아니겠지, 이건?

"일단 나가자."

마리사의 검은 내 손목에서 팔뚝까지의 길이였다. 아무래도 허벅지에 숨기다 보니 짧은 검을 쥔 모양이었다. 장갑을 낀 손으로 검을 든 마리사가 검 끝을 복도 끄트머리로 향했다.

"위쪽은 아직 소란스럽구나."

얼른 위층으로 올라가고 싶은 마음이었으나 꾹 참았다. 마리사가 올라가지 않는 이유가 있을 것 같았다.

—쳐라!

더구나 위층의 소란이 좀 잠재워질 때 나가는 편이 좋기도 하다. 싸움 도중 눈먼 칼에 맞아 죽는, 재수 없는 리셋은 하고 싶지 않으니까.

생각하던 도중 마리사가 뚝 끊고 말을 걸었다.

"꼭 잡아."

"네?"

"널 축복한 신관 말하는 거야. 너를 사랑하는 신관이니까."

무슨 말이지? 마리사가 대수롭지 않은 얼굴로 고개를 기울였다.

"네게서 강력한 보호의 힘이 느껴져. 자세히 보니까 이건 네 힘이 아니야."

그녀는 진지한 말투로 읊조렸다.

"축복이란 말인가요?"

"그래. 보통 축복을 통해 보이는 신력은 아주 미미한데 지금 넌 네가 신관인가 싶을 정도로 충만한 상태란다. 신력을 있는 대로 전이한 느낌인데. 어느 쪽이니? 약혼자? 애인? 정혼자? 아니면 남편?"

"……."

침묵을 어찌 알아들었는지 마리사는 한 손으로 어깨를 잡아 톡톡 두드렸다.

"타 신관이 신력을 느낄 정도라면 어느 정도로 쏟은 거야?"

이미 그녀는 날 보고 있지 않았다.

"그건 기원이 클수록 강할수록 강력한 보호를 발휘하는 축복이야."

마침 떠오른 얼굴은 두 사람이었다.

<신관의 축복은 기원이지.>

<신관의 키스는 축복입니다.>

그녀가 하려던 이야기를 계속하려 했을 때였다.

쾅! 폭음이 터지며 눈을 꾹 감았다가 뜨자 마리사가 내 머리를 꾹 누르고 있었다. 앞은 연개가 자욱이 껴서 보이지 않았다. 눈앞의 희끄무레한 형체는 둘이었다. 한 사람은 재빨리 마리사에게 달려들었다.

마리사가 날 잡아당기며 검을 휘둘렀다. 그녀가 피한 그 자리에 꽂힌 검. 천천히 가라앉은 연기 사이로 거친 숨을 내뱉은 사람이 있었다.

"누군가 했더니. 당신이었군요."

검을 아래로 늘어트리고 단추를 잔뜩 풀어 헤친 채, 헝클어진 머리칼을 한 헤르난이 있었다. 서늘하고 청량한 푸른 눈동자와 마주쳤다고 생각하는 순간, 거친 금속 마찰음이 청각을 자극했다.

챙. 허공에서 검이 부딪혔다.

"안을 이리 주세요."

"싫은걸?"

헤르난이 눈을 굴려 나와 시선을 마주쳤다.

"공작. 따지자면 지위는 내가 더 높은데. 안 그래?"

"당신의 것이 아닌 권력을 말하는 거라면. 우스운 일이군요. 당신은 진짜가 될 수 없는 몸이 아닙니까?"

그는 나와 마리사를 번갈아 보다가 천천히 고개를 기울였다. 최근 본 모습 전부 내가 알던 헤르난의 모습과 다르긴 했지만 가장 큰 차이가 느껴지는 건 지금 같았다.

"이리 와요. 안."

눈 밑이 살짝 불그스름하다. 피부가 하얘서 그런지 더 눈에 띄었다. 푸른 유리구슬 같던 눈동자는 혼탁해져서는 보랏빛이 아지랑이처럼 일 렁이고 있었다.

"무례해라."

그리고 나에게로 다가오는 그를 마리사의 검이 막아섰다. 헤르난이 마리사 쪽을 지그시 바라보더니 픽 웃었다.

"어딜 끼어드는 겁니까."

바람 한 점 없는 공간에서 금빛 바람이 발밑을 타고 오르다가 먼지를 날려 버리고 공기 중으로 사라졌다.

"어머, 황태자의 개가 나를 나무란 건가?"

마리사가 진득하게 웃었다.

"이래봬도 꽤 귀한 대접 받는 몸이거든?"

경고하듯 던져진 말에 마리사는 안색 하나 변하지 않고 태연하게 말 했다.

"잘생긴 공작. 이곳을 찾아온 손님이 누군지 알아?"

당장 위협적인 헤르난은 보이지 않는다는 듯이 지껄이는 그녀의 낮은 평온하기만 했다.

"2황자님이겠죠. 보나마나 당신이 정보를 흘렸겠군요."

"맞아. 정의로운 황자님이 착실하게 이곳을 다져 줄 텐데. 네 수하들은 도망치기 바쁘지 않던?"

"여기에 내 수하는 없습니다."

"황제의 그림자를 모른 척할 셈인가?"

"황제 폐하의 수하는 내 수하가 아닙니다. 그러는 당신이야말로 그 잘난 애인을 챙기지 않고서 무슨 볼일이 있어 인질 행세를 하신 건지 모르겠군요."

헤르난이 검을 휘둘렀다. 무심하게 휘두른 일격을 태연하게 받아 내는 마리사였지만, 순간이나마 잘게 떠는 팔을 보았다.

"이럴 때가 아닐 텐데."

마리사가 조롱하듯이 입술을 그러모으며 눈을 찡긋 한번 감았다 뜬다. 그 순간 지금까지와는 전혀 다른 굉음이 터졌다.

"이거 봐."

지축이 흔들리는 느낌에 재빨리 기둥을 잡았다.

"듣자 하니, 정의로운 황자님께서 아주 이곳을 날려 버릴 건가 보더라고."

헤르난에게서 미소가 사라졌다. 마리사가 검을 가볍게 탁탁 휘둘렀다. 조금 전 헤르난이 그랬듯 옅은 금빛 바람이 일어나 주변의 파편과 먼지를 흩어 놓았다.

"폭발과 함께 사라지고 싶지 않다면 얼른 가 보는 편이 좋지 않겠어?"

"비키십시오."

"당신이 집착하는 모습은 처음이라 흥미롭지만 그건 안 돼."

마리사는 나를 붙잡아 뒤로 가두고는 장난스러운 목소리로 말했다. 그러고는 비죽이 웃었다.

"그나저나 재밌네. 아주 오랫동안 봐 온 당신과는 전혀 다른 모습인 걸?"

그때 계단 쪽에서 우르르 뛰어오는 걸음 소리가 들리더니 한꺼번에 나타났다. 하나같이 새까만 옷을 입고 얼굴을 복면으로 가렸다. 그중 한 명이 마리사에게로 달려와 그 앞에 무릎을 꿇었다.

"뒤처리는?"

마리사가 그를 향해 물었다,

"전부 파기했습니다."

몹시도 정중하게 지껄이는 남자 옆으로 누군가의 모습이 눈에 익었다. 복면 사이로 언뜻 보이는 커피색 피부. 나른하게 깜박이는 주황색 눈동자. 골목에서 나와 부딪쳤던 남자였다.

그제야 난 왜 데인을 떠올렸는지 이해했다. 눈매가 데인과 몹시 비슷했다.

"배신인가?"

헤르난이 데인을 닮은 남자를 보며 중얼거렸다. 순간 눈앞으로 나타난 헤르난이 내게 손을 뻗었다.

"그렇게는 안 되지."

누군가 헤르난의 검을 막았다. 마리사 품에서 고개를 들면 헤르난을 막아선 남자가 보였다. 몇 번의 합 뒤에 검을 거둬 내며 아래로 늘어트린 헤르난이 조금 느리다 싶은 목소리로 차분히 뇌까렸다.

"데로스, 비켜."

남자의 이름인 듯 불린 남자가 움찔했다. 그러나 마리사 앞에 선 다리는 굳건했다.

"이이는 네 말을 듣지 않을 걸? 공작, 같은 편이 배신해서 어쩌나?"

"……성녀. 어째서 황제의 그림자의 수뇌가 당신 옆에 있지?"

데로스의 어깨를 짚고 기댄 마리사가 놀리듯 가벼이 웃었다.

"사랑이지. 사랑. 내게 푹 빠졌거든."

"젠장. 누가 배신해. 신전에서는 협박도 사랑이라 가르치나?"

"재미없긴."

그때, 쾅, 한차례 굉음이 한 번 더 터졌다.

"이런."

돌가루가 비처럼 부슬부슬 떨어졌고 보기에도 심각한 균열이 곧 무너질 것처럼 보였다.

쾅! 쾅! 쾅!

연이어 터지는 폭음. 여기서 빨리 나가지 않는다면 명을 달리하겠다. 압사는 사양이었다.

쾅—!

그 순간 눈앞의 돌벽이 무너졌다. 몸이 충격에 기울어졌다.

"도망쳐!"

언뜻 당황한 얼굴이 보인 듯도 했는데 커다란 돌이 막는 바람에 더 그녀를 볼 수 없었다. 나는 넘어지는 순간에도 잡고 있던 일기장을 내려다보다가 천천히 고개를 돌렸다.

"하아. 하아."

나를 잡아당긴 헤르난이 숨을 거칠게 쉬고 있었다. 돌에 깔리기 직전 잡아당기지 않았더라면 압사했을 것이다.

"괜찮은 겁니까?"

"아, 네."

"그럼 얼른 이곳을 빠져나가죠."

끝이 아니었다. 쉴 새 없이 돌이 떨어져 내리고 있었다. 여진에 이어 또 지축이 흔들린다. 누구인진 몰라도 이 건물을 아주 박살을 낼 모양인가.

우르릉 쾅!

헤르난이 굳은 얼굴로 제 망토를 벗어 내 몸 위에 둘러 주고는 잡아 일으켜 손목을 잡고 달렸다. 나는 그를 따라 빠르게 걸었다.

"이 길로 올라가면 바로 1층 출구로 나갈 수 있습니다. 조금만 더 가면 되는데 가능하겠습니까?"

"헉, 헉, 네, 괜찮아요."

그러나 잠시 뒤 우린 곤란한 얼굴로 눈앞의 구멍을 바라봤다. 계단은 형체도 없이 잘게 부서져 난간이었던 나무 조각만 남아 있었다.

"어쩔 수 없군요."

짐짓 표정을 굳힌 헤르난이 팔을 뻗어 내 어깨를 끌어당겼다. 번쩍 나를 들어 올린 후 가벼운 도약으로 위층에 쉽게 도달했다.

"……눈 감고 싶다면 감아도 좋습니다."

그리고 위층에는 굳이 보고 싶지 않았던 풍경이 펼쳐져 있었다. 피로 범벅된 아비규환의 현장이었다. 팔을 둘러 그의 목을 꽉 껴안았다. 헤르난이 움찔했다.

"언제까지 걷나요?"

"……1층에 출구가 있습니다."

자욱한 먼지 사이로 희미한 빛이 보였다. 헤르난은 되었다고 생각했는지 나를 내려 주었다. 그러나 안심한 것이 오산이었다.

출구의 빛이 세 걸음 앞으로 다가온 순간, 전과는 비교도 안 될 정도로 거대한 폭음이 터졌다. 쾅. 귀를 막아 버리며 눈을 찡그린다. 일그러진 시야 몸 위로 거대한 그림자가 덮쳤다.

"피해요!"

누군가 강하게 날 밀어냈고 보고도 믿지 못할 광경을 본 것도 같았다. 천장이 둘로 쪼개지며 내게로 무너지는 순간 검을 든 팔이 번개처럼 내리그어졌다. 기둥이 무너지며 폭삭 내려앉았다.

"뒤로 물러나요! 어서!"

천장을 폭발적인 힘으로 반으로 부숴 버렸지만 그도 온전하지 못했다.

"헤르난!"

황급히 쓰러진 그에게로 달려갔다. 숨이 찬다. 찌릿한 두통과 시큰거리며 이마로 흐르는 감각이 익숙했다.

벌써 두 번이나 나를 구한 헤르난에게서 묘한 느낌을 받았다. 왜? 왜? 당신이 나를 구하는 건데?

쭉 타고 내려온 피가 턱 끝에서 뚝뚝 떨어진다. 눈을 가득 채운 붉은빛은 잊고 있던 악몽을 불러냈다. 도열한 기사들. 죽어 버린 하녀들. 악몽 속에서 나는 나를 방관했던 얼굴을 본다.

죽기 직전 순간이다.

<나는 네게 어떤 의미인가?>

아주 순간이나마 마주친 헤르난의 눈동자는 겨울 호수처럼 푸르다. 그날의 그는 서늘하고 차가웠으며 전혀 관계없는 것을 보듯 무심했다.

검이 천 갈래 만 갈래 찢겨지며 사라진다. 사라진 환상 뒤로 일그러진 푸른 눈동자를 보았다.

"쿨럭, 괜찮습니까?"

나는 괜찮다고도 괜찮지 않다고도 말 못하며 그를 한없이 바라봤다.

'어째서……?'

내가 지금 무슨 얼굴을 하고 있는지 잘 모르겠다.

"아파서 말을 하지 못하는 겁니까? 하아. 피가…… 납니다."

"그, 그건 당신도 마찬가지에요."

나를 구하려다가 피투성이가 된 이 남자를 어떻게 해야 할지 모르겠다. 언젠가 나를 대신해 카스토르의 검을 받아 냈을 때보다 훨씬 엉망이었다.

'그때도 겨우 서 있는 몰골이었는데…….'

더욱 창백한 낯을 하고서 태연히 내 안부나 묻는 모습에 부아가 치밀었다.

"당신이 왜 나를 구해? 날 구하려다 죽을 뻔했어! 지금 상태를 알고 있기나 해? 어, 엉망이잖아……."

헤르난은 한쪽 눈을 찡그리며 나를 응시했다. 엉망인 모습과 다르게 차분한 시선이었다. 날 바라보던 헤르난이 천천히 고개를 기울인다.

"왜 구했을까……. 모르겠네요."

"……."

"분명, 다른 사람인데……."

잔기침을 토하며 그는 담담한 낯으로 대꾸했다. 그러나 어둠 속에서 눈동자는 내게 고정되어 있었다.

"왜일까."

헤르난이 고개를 숙이며 헛웃음을 지었다.

"당신을 죽게 두면, 후회할 것 같았습니다."

헤르난에게서는 비릿한 냄새가 났다. 몇 번이고 맡아도 익숙해지지 않는 피 냄새다. 피가 팔을 흠뻑 적셨다. 그가 천천히 들어 올린 손을 내 뺨으로 가져다 대고는 내 반창고를 문질렀다.

떼어 내기라도 할 것처럼 한참을 배회하는 손. 나는 그의 손을 잡았다.

"……살려 줘서 고마워요."

잡았던 손을 놓았다. 건물을 흔들어 놓던 지진은 멈춘 지 오래였다. 그는 이제 반창고를 떼고자 하면 얼마든지 할 수 있었다. 헤르난은 알고 있을 것이다. 이 반창고를 떼어 낸 순간 내 정체를 확신할 수 있다. 그러나 뺨에 얹어진 손은 그대로 떨어졌다.

"당신은 그분보다 표정이 풍부하군요."

그는 한순간 혼란스러워 보였다.

"……일단, 뭐라도 멀쩡한 게 있나 찾아볼게요. 어두우니까."

커다란 손이 물러나려는 나를 붙들었다.

"하아……. 도망가지, 마십, 시오."

벽에 등을 기댄 채 숨을 몰아쉬던 그가 나를 바라봤다.

"당신이 자꾸, 다른 사람과, 겹쳐 보이는데. 정상이 아닌, 거겠지요."

"……당신은 많이 다쳤어요. 그리고 나도 멀쩡하진 않아요."

그는 거친 기침과 함께 쏟아지는 핏물을 토해 낸 후 벽에 기대 잠시 숨을 골라냈다.

"지금 가물가물해서, 내가 무슨 말을 하고 있는 건지 잘 모르겠습니다……."

"헤르난."

"내가 헛소릴 하면 알아서 흘려들으십시오."

그대로 그의 품으로 안겼다가 쌔액, 쌔액 숨을 토해 낸다. 안, 당신, 지금. 목소리가 점점 아득하게 멀어지는 것은 착각일까. 그는 굳은 얼굴로 나를 내려다보고 있었다.

"우리 갇힌 것 같아요."

윤곽만 겨우 보이는 어둠 속에 더 짙게 보이는 복도를 응시했다.

"일단 지혈부터 할게요. 오래 흘려서 좋을 건 없겠죠."

소매를 쭉 찢어 헤르난의 팔을 잡아 대충 동여맨다. 피가 잔뜩 묻은 손바닥은 소매에 슥슥 문질렀다. 시간이 갈수록 고통은 희미해진다.

이마를 타고 내려가는 땀은 이토록 생생한데 고통만은 희미하게 느껴지다니 너무 아이러니하다 싶었다. 갈수록 죽음을 가볍게 여기는 건 고통에 무뎌진 탓도 있지 않을까.

수건으로 쓰인 로브를 놓았다.

"정신 차려요. 나는 살고 싶으니까. 여길 빠져나가요."

말은 그렇게 했지만 나는 한 걸음도 걷지 못했다. 나를 붙드는 손 때문이었다.

"어딜 가요. 여기 있어."

헤르난이 비틀대는 나를 잡아당겼다. 다시 한 번 안기자 그는 더욱 세게 힘을 주었다.

"어차피, 당신도 나도 꼼짝 못합니다."

천 위로 단단한 가슴팍이 오르락내리락한다. 먼지 냄새 사이로 느껴지는 비릿한 냄새가 몹시 불쾌했다.

"기다려요. 내가 회복될 때까지."

안 돼. 가쁘게 고개를 젓고 거칠게 옷자락을 붙잡았다.

"……싫어. 나가요."

피와 검. 눈 감아도 사라지지 않는 시체의 잔상. 이곳에 있으면 떠올리고 싶지 않은 것들이 나를 괴롭힌다.

"난 나가야 해."

"……고집 피우지 말아요."

"나가야 해! 나가야 해! 나가야 한다고. 이거 놔요!"

숨이 가빠 온다. 내가 피 냄새로 제정신이 아닌 것 같다. 어둠 속에서 죽어 버린 하녀들이 나타날 것 같다. 나는 그녀들이 입을 열고 쏟아낼 원망의 말들을 들을 준비가 되지 않았다.

'한나.'

지나가 버린 시간 속에서 죽은 하녀의 이름을 불렀다. 차마 목소리가 되지 못한 것이 속에서 몇 번이고 부서진다.

"싫어. 싫어. 싫어."

미, 미안해. 내가 너희를 구하지 못했어. 내가. 내가 너흴 40번이나 죽게 했어. 다급하게 일어나려다가 도로 잡혔다.

"진정해!"

헤르난은 손톱이 파고드는 데도 비명 한 번 지르지 않고 나를 붙들었다.

"아……."

어느새 헤르난이 벽을 짚고 나를 가둔 채였다.

"젠장, 당신, 왜, 불안해하는 모습마저 같은 건데?"

그가 으르렁거리며 얼굴을 기울여 일그러뜨렸다. 뚝 떨어지는 땀방울. 피일지도 몰랐다. 깨진 등불에 의지한 희미한 빛 아래서 푸른 눈동자가 고요한 바다처럼 넘실거리고 있었다.

"비켜요. 난 당신의 그 사람이 아니야."

난 그의 가슴을 밀어냈다.

"말했죠. 날 다른 사람으로 보지 말라고. 비슷해? 뭐가 비슷한데?"

"전부 다."

"거짓말. 당신은 말했잖아요. 사랑은 하찮고 순간적인 감정이라고요! 얄팍한 감정으로 나를 가지려 드는 당신은 비겁해요. 당신이 좋아하는 사람은 따로 있잖아. 당신의 사람은 경건하고 고귀한 사람이라며!"

힘들다. 이런 어둠 속에 있고 싶지 않다.

"이런 상황에 할 말은 아니지만, 당신에게 호감을 느끼고 있습니다."

죽고 또 죽고. 무섭고 힘들었던 기억, 지독하게 외로웠던 시간이었다. 악몽에 지친 나를 안아 줄 사람. 일찍이 그럴 수 없음을 알아 포기했지만 항상 간절히 원했다. 하지만. 내 죽음을 방관한 당신은 아니어야 해.

"착각하지 마."

"……."

"누구의 대신은 싫다고 했어."

그의 품에 파고든 난 입술을 뭉그러뜨려 웃고 고개를 들었다.

"속물이야, 당신. 진짜를 가지지 못한 사람이 짝퉁에 집착하는 것처럼 나를 좋아한다 말하고 있다고. 그따위 고백에 좋아할 줄 알았어?"

"당신 또한 내 얼굴을 마음에 들어 하지 않았습니까. 무엇이 문제죠? 내가 속물적이라면 당신과 내가 무엇이 다릅니까?"

정돈된 공작은 온데간데없고 피와 땀으로 젖은 그가 으르렁댔다.

"그리고 난 대신이라 한 적 없습니다."

그는 벽을 짚은 채로 나를 내려다본다. 그가 가까워지며 팔꿈치가 섞이고 무릎과 무릎이 섞인다. 주먹을 쥐고 그를 올려다봤다. 나를 꽉 안아 든 손이 그리 세지도 않은데 아프게 죄어드는 것 같다. 그럴 리가 없는데도 밧줄에 꽁꽁 묶인 것 같다.

나는 무지하지 않다. 전생에 나도 누군가를 열렬히 짝사랑했다. 그가 누구였는지 얼굴도 나이도 이름도 기억나지 않지만 사랑의 희미한 향기를 기억한다.

<당신은 내가 몹시 경애하는 분과 닮았습니다.>

당신은 스스로를 돌아볼 줄 모르는 사람이다. 당신이 가진 시선. 당신이 가진 표정. 몸짓이 무엇을 의미하는가? 아니라고 생각하는가? 나를 보며 깊고 깊게 갈망하던 시선을 사람들은 가장 예쁜 것으로 삼고 이름 지어 부른다.

"당신이 느끼는 것 전부 착각이에요."

"당신은 아는 것처럼 보이는군요."

"……."

그의 시선은 파문을 그렸다.

"……그렇다면 안. 난 무엇을 착각하고 있습니까?"

"……헤르난."

헤르난은 어린아이처럼 무구한 얼굴로 나를 보고 있었다. 나는 희미한 미소를 터트리고 말았다.

희석될 증오가 무서운 이유를 아는가. 당신은 누구도 아닌 카스토르의 기사다. 이것만으로 당신을 미워할 이유는 충분했다.

그러나 언제부터인가 나는 당신의 얼굴 속에서 떨림을 발견하고 말았다. 곤란하다. 당신은 거절하고 또 거절했는데도 같은 눈으로 나를 바라봤다.

사막의 표류자처럼 애타게 갈구하는 시선은 망막에 깊이 새겨질 듯

들어왔다. 처마 밑에서 비 맞고 젖어 버린 개처럼. 당신을 적신 외로움과 갈망을 바라봤다.

아주 조금은, 당신을 불쌍하다고 생각했다. 당신은 성공했나? 나는 당신을 동정하고 말았으니까. 감정에 무뎌진 나마저 자각하게 하는 당신은 대단하다.

바닥을 짚은 손을 움켜잡으며 감았던 눈을 떴다.

"안."

지금도 선연하게 느껴지는 것을 무어라 부를까. 그래. 알고 있다. 인정한다.

"헤르난."

공격적으로 고개를 들었다.

"당신은."

나를.

"사랑하고 있어요."

"……."

"그분을."

빌어먹도록.

"열렬하게."

이미 향기를 품어 버린 눈빛은 숨길 수 없다.

"……그분을 사랑한단 말입니까. 내가?"

그가 혼란스러운 표정을 했다. 얼른 고개를 가로저었다.

"아닙니다. 그럴 리가 없습니다."

"아니요. 당신은 그 사람을 사랑해요."

"하지만 이건."

"믿지 마세요, 내가 보기엔 사랑이니까."

꽉 다문 그 대신 내 입술이 꽃잎이 미끄러져 떨어진 듯 달싹이며 벌어졌다.

"그것이 날 너무 비참하게 해요."

당신은 변한 내 모습에서 나를 찾을 만큼 날 사랑한다. 황폐해진 가슴조차 아프게 하는 당신에게 묻는다. 정말 나를 사랑했다면, 왜 과거 그토록 무심하고 차가웠나? 왜 나를 돕지 않았나? 이 시간의 당신은 절대 모를 것이다. 그 시간 속 내가 힘들었는지.

당신은 내게 잔인했다. 담담해진 지금조차 악몽 속 눈빛이 너무 차가워 나는 얼어붙곤 한다. 당신을 용서해 버리면 죽어 버린 하녀들과 과거의 내가 불쌍하잖아. 그날 방관할 수밖에 없던 어떤 사정도 나는 모르고 싶다.

"아무래도 밀실의 공기가 나를 이상하게 만드는 것 같아요."

나도 모르게 긴 한숨을 쉬며 고개를 들었다.

"나는 사랑 따위 못하는 몸이라서 당신을 질투하고 말아요."

지금 제정신이 아니게 하는 데 피 냄새가 반을 차지하는 것 같다. 밀물같이 밀려오는 악몽의 줄기 속에서 가까스로 이성을 다잡았다.

바닥을 짚었다. 그러나 체력이 바닥난 몸은 정신과 다르게 버티지 못하고 흔들린다.

"보란 듯이 가진 당신을 보면 미워요. 미워지려 한다고요."

몸이 비명을 질렀다. 내 하루는 왜 이렇게 길까. 한때는 너무 짧아서 시간을 돌이키고 싶다는 부질없는 상상을 하곤 했건만 지금은 그저 평범한 하루를 바란다. 알고 있다.

너무나 당연한 것들이 내겐 주어지지 않았어.

괴로운 생각을 애써 잊으려 다른 생각을 필사적으로 했다.

'과거에 헤르난이 딱 한번 이상한 행동을 했을 때가 있었는데……'

희미한 불빛에 의지해 눈이 마주친 순간 스쳐 지나가는 광경이 있었다. 그것이 몇 번째 죽음이었더라. 그때 당신의 시선은 동정과도 같은 것을 담아 보냈다. 그리고. 그리고 다음은? 이상한 기시감이 가슴에 매달린다.

9, 10, 11……. 왜 기억이 나지 않지? 나를 동정한 당신이 어떻게 했더라? 실마리를 건드린 순간 거짓말처럼 머리를 꿰뚫는 고통이 있었다.

'크흡……!'

터져 나오는 신음을 삼킨다.

'방금 뭐였지?'

두통이 마치 생각을 방해라도 하듯 나를 괴롭혔다. 제길, 내 몸은 뒤통수에 돌을 맞아도 끄떡없었잖아. 고통을 참아 내며 고개를 들었다.

"안."

"……."

"괜찮습니까?"

고통을 참는답시고 깨물어서 입 안이 잔뜩 헐었다.

"크흡, 그……래요. 나는 안이지. 누구 대신이 아니에요. 알겠어요?"

비릿한 것을 삼키며 억지로 대꾸했다. 참아 내려 했지만 억눌린 목소리가 튀어나오고 말았다.

"안."

이어지는 부름. 나는 들리지 않는다는 듯 속삭임을 무시했다.

"아무 말도 하지 않을 테니 이리 오십시오. 당신은 피를 너무 많이 흘렸습니다."

아무것도 들리지 않는 품속에서 눈이 감기며, 어둠 속에 점차 잠겨 들었다.

그가 어렴풋이 나가서 얘기하자는 것 같았다.

"난 짐승의 신관입니다."

어두워서인지 그는 내가 점차 허물어짐을 모르는 것 같았다.

"난 신력으로 내 몸을 치료할 수 있고 움직일 수 있게 되면 여길 나갈 수 있습니다."

드문드문했지만 단어들을 대충 알아들었다. 그리고 드디어 그가 무너지는 날 발견한 듯했다.

"안!"

품속에서 힘겹게 고개를 들었다.

"시끄러워요. 잠시만, 잠시만 잘 테니까……."

"안!"

"……깨우지 말아요……."

그는 희미하게 한숨을 쉬었다. 그가 턱을 쥔 손을 들어 올렸다.

"정신 차려요. 자지 말아요. 진심입니다. 두고 갈 겁니다."

"그럼 진짜 나쁜 놈이야. 날 안고 가면 되잖아요……."

짧아진 말에 그가 작게 미소했다.

"공짜로?"

나를 지탱하며 꽉 붙든 손을 보며 피식 웃었다.

"무엇을 해 드려요. 일어나면?"

그리고 나는 그가 그토록 경애해 마지않는 '사람'이 절대로 하지 않을 말이 무엇일까 생각했다.

"살려 준 대가로, 키스라도 해 줄까요?"

다분히 도발적이었다. 그는 픽 웃는 것 같았다. 그리고 고개를 숙인 그가 가까이에서 속삭일 것처럼 입술을 달싹인다.

나는 똑똑히 보았다. 차분하던 눈에 이채가 스민 것을.

"좋습니다. 나는 이제 회복에만 전념할 테니."

찬란한 하늘빛 눈동자가 짙게 가라앉아 보랏빛 아지랑이를 피워 내며 위험할 정도로 아찔한 빛을 띠었다.

"꼭 지켜야 할 겁니다."

"……."

"안."

기절하기 직전, 진득한 잔향 같은 시선 속에서 그의 옷자락을 움켜잡았던 것도 같다.

* * *

하베르미아의 달 10일.

죽고 죽는 것을 반복하는 꿈은 너무나 당연한 것이었다. 잠들면 생생하게 펼쳐지는 세상. 악몽은 이제 그리 특별하지도 않다.

—심판을 시작하지.

여러 가지 유형의 악몽 중에서 나는 지금처럼 카스토르와 나를 소설 밖 독자처럼 지켜보기도 한다.

—제국은 네게 어떤 의미인가?

화창한 날씨. 언제나처럼 맑다.

쏟아지는 햇빛을 반사하는 잎사귀. 싱그러운 봄. 아름답고 눈이 부신 찬란한 날씨. 공간 한쪽에 내가 있었다.

―으, 어, 저, 저는!

검사가 도열한 사이에서 검에 겨눠진 소녀가 어깨를 파르르 떨었다. 사실 한 번도 달라진 적 없는 결과지만 이 시점쯤 바뀌지 않을까 부질없이 기대한다. 겁에 질린 표정의 소녀가 끝내 죽었다.

첫 번째 죽음인가?

나는 눈을 깜박였다. 그런데 어쩐지 이번은 조금 다르다는 생각이 들었다. 항상 내가 죽고 나면 현실로 돌아갔는데 어째서인지 공간이 바뀌고 있었으니까. 이제까지 수많은 악몽을 꿨지만, 처음이다.

공간이 바뀌며, 달라진 것 없는 궁전 안. 두 번째 죽음은 첫 번째 것과 다르지 않았다.

―이 제국은 네게 어떤 의미인가?

푹, 검에 찔리는 나를 마지막으로 3회차로 넘어간다. 금지된 숲이다.

―도, 도망가야 해.

폭군과 조우하는 것을 아예 피하여 순간 이동 비석을 사용하지만, 도착한 곳에 서 있던 카스토르가 웃으며 칼을 들었다. 암전.

―황녀님!

―유모! 아악! 안 돼!

4회차. 흙 묻은 발로 성큼 들어온 황태자가 문 앞에서 안 된다고 애타게 날 부르는 유모의 비명에도 그대로 피 묻은 칼을 내리쳤다. 안 돼. 그만해. 제발. 울면서 빌어도 무자비하게 생명을 앗아 간다. 5회차도 다르지 않다.

"설마 전부 보여 주려고 하는 거야?"

죽음을 전부 체험하다니? 생각만 해도 머리가 아팠다. 찡그리며 지금 몇 번인가 세어 보았다. 6회차. 별다르지 않게 죽었다.

"그다음은 뭐였더라?"

조금 이상하다 싶었다. 그도 그럴 것이 분명 세부 사항까지 기억하진 못해도 내가 어떻게 죽었다 만큼은 기억하는 편이었다. 그런데 순간 7번째 하루는 쭉 기억이 나질 않음을 깨달았다.

6회차가 끝났으니 응당 찾아올 7회차였다. 솔직히 말해서 그다지 보고 싶은 마음이 아니었지만, 당장 꿈에서 깰 차도가 보이지 않으니 봤다. 보다 보면 알겠지.

"뭐지? 왜 기억이 안……, 나는 거야."

그건 편집 테이프로 썩둑 자른 것과 비슷했다. 아무리 되새겨 봐도 7, 8, 9, 10번째 전부 기억나지 않았다. 11번째 하루쯤 작대기를 11번 그었던 기억으로 이어졌다. 그러니까 술에 취해 필름이 뚝 끊긴 것 같은 느낌이었다.

'왜 지금까지 몰랐지?'

기억이 뒤죽박죽이다. 평소에는 습관적으로 죽음을 의식하지 않으려 했기 때문에, 흩어져 조각난 기억에도 그러려니 했다. 그런데 단순한 일이 아니었다. 다음 순간부터 알았다.

눈앞의 공간이 다시 바뀌었다. 화창한 날이었다. 경계 너머로 다시 과거의 내가 보였다. 영화를 보듯이 이 악몽에도 끝은 있다. 그럼 답을 알 수 있겠지. 막 공간에 발을 디딘 순간이었다.

공간이 휙 일그러지며 무언가 눈을 틀어막았다.

"안 돼."

세상이 다시 깜깜해졌다. 천천히 얼굴로 가져가 만져 보니 손이었다.

"누구?"

그러나 내 눈을 가려 버린 낯선 이는 그럴 수 없다는 듯 미동도 없이 나를 놓지 않았다.

"놔."

당황해서 몸부림을 치는 순간 무언가 쐐액 소리를 냈다. 무언가 내 가슴에 부딪쳐 떨어졌다. 나는 재빨리 그것을 붙잡았다. 그때 날 잡은 자가 크게 움직였고 타이밍에 맞춰 내가 격렬하게 뿌리치는 순간, 나직한 비명 소리와 함께 찬란한 보랏빛이 터져 나왔다.

눈앞으로 일기장과 일기장에서 손을 가로막은 카스토르가 보였다.

"봤니? 기억을."

그가 말없이 미소했다.

"아직 보기 전이구나."

그를 노려보았다. 또다시 내 꿈에 나타났구나.

"기억이라니?"

"기억하지 못하게 하려 하는데, 저것이 방해된단 이야기지."

꿈속 카스토르는 얼굴을 가로지른 핏자국을 손으로 문질러 억지로 긁어냈다. 그러고는 비스듬히 고개를 들어 머리칼을 쓸어 넘겼다.

"네 손에 들린 그것 말이다."

찬연한 눈동자 속에서 황금빛이 폭발할 것처럼 요동치는 순간이었다. 일기장이 보랏빛 기운을 줄줄 내뿜으며 뜨겁게 달아오르며 더욱 환한 빛을 펼쳐 냈다.

치이익. 그의 손이 더는 다가오지 못했다.

"아실리."

카스토르가 결계 너머에서 웃었다. 그가 발끝에서부터 천천히 부서지듯 사라진다.

"현실에서 보자꾸나."

꿈에서 깨는 걸까? 본디 이맘때쯤 깨야 할 텐데.

'잠깐 뭐야.'

카스토르의 환상을 저 멀리 사라지게 한 빛이 어느새 나를 에워싸고 있었다. 빛으로 만들어진 바람이 파편처럼 부서졌다가, 나비 모양으로 재조립되어서 나를 향해 말했다.

—알고 싶어?

뭘?

"뭘 알고 싶으냐고 묻는 건데?"

일기장은 답이 없었다. 대신 공간이 일그러진다.

나는 다시 풍경 속에 서 있었다.

"또…… 꿈?"

내 방이다. 손을 뻗어 협탁의 꽃을 만져 보려 한 순간 오싹, 한기가 느껴진다. 손을 내려다봤다.

'감각이 느껴져?'

장식장에 새겨진 포도 넝쿨을 더듬자 울퉁불퉁한 느낌이 생생했다. 생생하게 다시 체험해 보라는 얘기야? 뭐 좋은 일이라고 꿈속에서 다시 반복하라는 거지?

꿈과 현실이 구별이 없음을 느끼고 깨어나지 못할까 두려웠다. 눈앞에 내가 있었다. 그러니까 조금 전까지 무수히 죽던 과거의 내가.

오싹함을 느낀 순간, 손에서 일기장이 희미하게 빛을 뿜었다. 일기장의 농간이 분명했다.

—왜! 왜! 죽기 싫어……. 싫어…….

이젠 과거 속 나에게 감정마저 이입하게 된 모양이었다.

어깨를 잡고 파들파들 떠는 과거의 나는 다시 찾아올 카스토르를 두려워하고 있었다. 40번 반복한 기억을 안고 있었음에도 등골을 잠식하는 공포는 진짜였다. 시간을 되돌려서 다시 삶을 살고 있는 것 같은 착각에 사로잡혔다.

―싫어. 나, 나, 나 또 죽어?

과거에서 혼란이 고스란히 전해져 온다.

"이딴 기분 나쁜 장난 따위……."

겨우 담담해진 기억을 헤집고 억지로 공포에 이입하게 된 기분은 몹시 나빴다.

아니, 더러웠다.

과거의 나는 누군가를 불렀다.

―아모르…….

"……정신 차리자."

신음을 뱉으며 닳고 닳은 이성을 다잡았다. 일기장인지, 무엇인지, 나를 이곳에 던져둔 신인지 알 수 없지만, 휘둘리고 싶은 생각은 없다. 깨어나면 그만이었다.

아모르. 과거의 나는 왜인지 그를 찾아야겠다는 생각을 했다. 그를 보기 위해 금지된 숲으로 달려갔다. 나는 따라가는 것 말고는 아무것도 할 수 없다.

―제, 제, 제발.

한참을 달렸을까, 거대한 비석 앞에 도착했다. 우뚝 선 거대한 비석과 침엽수. 기억과 다르지 않은 풍경에 바람이 불었다. 과거의 나는 헉헉 차오르는 숨을 삼키며 고개를 들었다.

그곳에 '나'보다 먼저 온 손님이 있었다.

―황녀님?

깨끗한 예장을 갖춰 입은 헤르난이었다. 열아홉의 헤르난이 눈을 크게 깜빡거리며 입을 달싹인다.

—어째서 당신이 이곳에 계신 겁니까?

그의 표정은 혼란으로 바뀌었다.

—……누, 누구.

과거의 나는 정신없는 머리를 가다듬으며 하얀 머리의 남자가 누군지 금방 생각해 냈다.

—분명, 카스토르가 당신을 찾아간다고…….

아니. 나를, 내 죽음을 방관했던 사람을 떠올렸다.

—시, 싫어! 오지 마!

과거의 내가 손을 내미는 그를 피해 뒷걸음치다 무너졌다.

—황녀님? 괜찮으신가요!

—싫어. 싫어! 다, 당신도 나를 죽일 건가요? 카스토르처럼?

—무슨 말씀이십니까. 카스토르라니요!

이미 과거의 나는 패닉 상태로 거칠게 고개를 저었다.

—이번에도 바, 바, 방관할 셈, 인가요. 내, 내가 죽는 걸 구경만 하려고!

—……무슨 말씀이십니까?

떨어져서 보던 나는 입을 벌린 채 떨림을 숨기지 못했다. 헤르난이라니. 어째서?

"이, 이건 기억에 없어."

과거의 나에게서 감정이 고스란히 전해졌다. 그만하라고 소리치고 싶을 만큼 처절한 공포였다.

—카, 카스토르가 날 죽여요. 왜? 나, 나……다신 죽고 싶지 않아요.

나, 좀, 살려 주세요.

—······.

—더는, 죽고 싶지 않아요. 네? 제발······.

과거의 나는 헤르난의 옷자락을 잡고 빌었다. 비상한 헤르난은 울며 뱉은 몇 가지 말로 모든 정황을 짐작한 것 같았다.

—말씀하신 것이 정······, 말입니까?

그의 목소리가 떨려 나왔다.

—그동안 누가, 누가······. 누가 죽었습니까?

—나요. 내가······, 내가 죽었어요······.

헤르난의 눈동자가 변했다. 깊게 가라앉기 시작한 눈동자에 보랏빛 아지랑이가 위험할 정도로 일렁거린다.

—황녀님. 울지 마세요.

그러나 헤르난은 입술을 깨물면서도 애써 차분하게 목소리를 낮추며 말했다. 약하고 어리며 처절하던 그때의 '나'는 헤르난이 나를 죽이려 드는 남자의 기사임을 알면서 분별없이 모든 것을 털어놓았다. 옷을 잡고 살려 달라고 엉엉 빌었다.

—꺽, 다, 나는······. 다시는 죽고, 싶지, 않아요. 싫어. 죽고 싶지 않아, 흐, 왜, 왜. 살려 주세요······.

—제발, 나 좀······.

—······.

눈물이 뚝뚝 떨어진 순간, 푸른색 눈 깊은 곳에서 빛이 횃불처럼 솟구쳤다. 그가 얼굴을 일그러트리며 '나'를 끌어당겼다.

—대체 왜 당신이······. 이런 일을.

손때가 탄 일기장이 파르르 떨었다. 애처로울 정도로 공포에 사로

잡힌 과거의 나에게 이입했는지도 모르겠다.

—내가 당신을……, 방관했고……. 카스토르가 당신을……!

그는 한 번도 본 적이 없는 모습으로 화를 내고 있었다. 왜 이런 일을 겪느냐고 '나'를 향해 다그쳤지만, 그 화의 방향은 내가 아니었다.

—미안합니다……. 나는…….

헤르난의 숨소리와 우는 소리가 섞이고 탄식과 같은 목소리가 섞였다. 그 모습을 보며 나는 온갖 생각을 했다가 어지러워졌다.

"이상하다. 이건 분명 꿈인데."

소름이 돋았다. 아릴 정도로 아프게 안긴 건 과거의 나인데. 체온이 느껴진다. 꼭 진짜처럼 느껴진다.

—당신이 모르는 시간 동안. 그토록 당신이 행복하길 그렸는데.

그립고 괴로운 것을 부르듯이 나를 부르는 헤르난에게서 당장 멀어지라 외치고 싶어졌다.

—알고 싶어?

이게 진실이라고? 잘 만들어진, 환상이 아니라?

"기만이야."

저 남자가 이 시간에 나를 저런 식으로 볼 리 없다. 힘을 주어 옷을 잡았다. 소름과 함께 나도 모르게 뒷걸음질 치고 있었다. 혼란스러웠다.

—도망가요. 제가 길을 압니다.

헤르난은 나를 도망치게 했다. 그의 도움을 받아서 벗어나는 길은 순조로웠다. 헤르난은 단숨에 밖으로 나가는 문에 이르렀다.

—마차를 탈 겁니다.

두 사람은 성문 끄트머리에 위치한 차고에 이르렀다. 말과 마차, 진한 오물 냄새가 함께 있는 곳에서 헤르난이 짐마차를 고르는 동안 '나'는 그와 떨어지지 않으려 애를 쓰며 옷자락을 붙들고 있었다.

—필요한 것만 가지고 다시 오겠습니다. 이곳에서 기다려 주십시오.

—자, 자, 잠깐, 가지 말아요!

왜 지금이 잘 만들어진 꿈이라고 생각되는지 모르겠다. 기억 속에서 빼곡히 죽음을 지켜봤던 방관자가 나를 돕는다니 의심스럽다. 왜 나는 잊었을까? 왜?

—안심하세요. 무슨 수를 써서라도 지켜 드릴게요.

그는 새하얀 새를 건네며 부디 이곳에서 기다려 달라 말했다. 저 얼굴을 안다.

'4 행정청에서, 꼭 저렇게 웃었지.'

내 기사가 되게 해 달라 말하던 눈이, 나를 따뜻하게 바라보는 눈동자가 저런 색이었다.

—안심하세요, 황녀님.

그는 새하얗게 질린 손을 옷에서 떼어 냈다.

—저는 오래전부터 당신의 기사가 되고 싶었습니다.

—…….

—당신이 모르는 시간 동안 쭉.

과거의 나는 혼란스러워 보였다. 넘어오는 생각도 그랬다. 열아홉의 헤르난이 안다는 듯 웃었다.

—꼭 지켜 드릴게요.

무척이나 애절하게.

짐마차를 타려는 순간 헤르난은 카스토르를 발견했다. 처음 나타날 즈음 나른하고 세상 무료한 얼굴은 점점 다가오는 걸음 속에서 재미있다는 미소를 띠었다. 마침내 그가 과거의 나와 헤르난 앞에 도달했다.

─안녕.

찬연한 눈 속에 광기를 품은 폭군. 요요한 시선은 식충 식물처럼 치명적인 독을 품고 있었다.

─도망가려 했구나.

그는 짐마차에 기대어 서서 나와 헤르난을 번갈아봤다. 무척 무심하고 냉랭하게. 그러다가 나를 안아드는 헤르난을 본 순간 미묘하게 표정이 변했다.

─간과했어.

고개를 꺾어 내려다보는 그는 중요한 무언가 결여된 사람처럼 텅 빈 얼굴이었다.

─생각지 못한 일이야.

진득한 꿀처럼 유혹적인 향을 뿜어내는 미소가 헤르난을 향했다. 줄을 타듯 팽팽했던 분위기는 카스토르 쪽으로 기울었다. 사르륵, 까만 머리칼 몇 올이 눈을 가렸다가 다시 불어온 바람에 나타난 순간, 헤르난이 검을 뽑은 채 '나'를 막아섰다.

─재밌네.

카스토르는 나긋한 미소를 머금고 금빛 눈동자를 깜박였다.

─나를 상대하려고?

눈동자에 광기와 같은 빛이 덮칠 듯 일렁거렸다. 그 순간 헤르난은 자신이 해야 할 일을 깨달은 것처럼 보였다.

─도망치세요. 황녀님. 어서!

걸음을 반 보 돌려 반만 돌아선 채 헤르난을 바라보는 나. 과거의 나는 혼란스러운 표정을 지었다가, 차차 무너져 내렸다. 그들을 바라보는 난 왜 지금 엉망이 된 얼굴을 가리는지 모르겠다. 어차피 아무도 날 보지 못 할 텐데.

—어서 가세요, 황녀님!

이어 열세 살의 내게 스쳐 간 결심이 단호히 돌아서게 했다.

—미안해요.

멀어지는 과거의 나를 쫓으며 한번 돌아보았을 때, 카스토르를 막는 헤르난을 보았다. 우스울 정도로 격차는 명확했다. 그리고 보았다. 잔악한 검에 마침내 쓰러지고 마는 뒷모습을.

—헉헉…….

애처롭게 뛰는 열세 살의 나를 쫓으며 나는 책 속의 헤르난을 떠올렸다. 루스벨라를 사랑하면서도 결국 카스토르에게 루스벨라를 데려온 남자. 사실 그는 정말 카스토르를 위해 태어난 것이 아닌가 생각했다. 그 정도로 폭군을 모셨고 제 주인밖에 모르는 캐릭터였다.

그런데 왜?

열세 살의 나와 지금의 내가 같은 생각을 했다. 혼란스럽고, 의아하고, 어처구니없고 화가 나고. 끝내는 슬픔으로 요동친다. 과거의 나를 쫓으며 답답할 정도로 숨이 가빠졌다. 일기장은 뜨거웠다.

죽음을 수없이 반복하며 기억은 뒤죽박죽 엉켜 엉망이 되었다. 나조차 정확히 기억하지 못하는 순간이 있지만, 어떻게 죽었는지는 대부분 기억했다.

처음 자살했던 순간을 생생하게 떠올린다. 이런 내가 헤르난이 나를 지켜 주던 기억을 굳이 잊을 리 없다. 그러니 지금 보는 도망은 허탈한 끝을 맞이할 것이다. 곧 볼 것 같다는 직감이 들었다.

'헤르난이 나를 도와서 내가 살아남았다면, 반복하지 않았을 테니까.'

확실하고 확고한, 그래서 서글픈 직감이 들고 있었다.

나는 또 죽을 것이다.

그리고 마침내 직감은 현실이 되어, 어린 나는 한 발자국 뒤로 물러서서 금방 울 것 같은 표정을 지었다.

―숨바꼭질은 여기까지네.

절망한 저 얼굴은 툭 치면 눈물이 후드득 떨어져 내릴 것 같았다. 크고 거대한, 뛰어넘을 수 없을 것만 같던 사람을 앞에 두고.

카스토르는 나를 보며 부드럽게 웃었다.

―전부 잊는 것이 좋겠구나.

내려치는 검은 이미 피로 물들어 있었다. 마지막 순간 나도 눈을 감았다. 저 커다란 검을 피로 잔뜩 적시려면 대체 얼마만큼의 피가 필요했을까.

* * *

"정신이 들었습니까? 안."

누군가 부드럽고 다정한 목소리로 속삭였다. 나는 잔상처럼 남은 꿈에서 깨어났다.

밝게 빛나는 붉은 불이 어둠을 가로지르고 타닥타닥 타고 있었다. 헤르난이 일으킨 것이겠지. 눈을 감고 얼굴을 짚었다. 손과 이마가 흥건했다.

"안. 괜찮습니까."

그가 괜찮으냐고 물었다. 귀를 막았지만 이미 그의 목소리가 잔상이 막은 틈을 파고들어 와 나를 세게 쳤다. 나는 무엇을 본 거지?

"안."

헤르난이 나를 부르는 소리에 기억이 주르륵 떠올랐다. 내가 느낀 건 지독한 두통이었다. 두통은 지독하게 날 괴롭혔다.

"안. 절 보세요. 보입니까?"

그는 아주 엉망이었다. 옷을 피로 빨갛게 물들이려면 얼마나 많은 피를 흘렸던 것일까.

"안."

세찬 비가 나를 후려치는 것처럼 나는 쏟아지는 생각에 익사할 것만 같았다.

"안! 정신 차리십시오. 당신 열이 심합니다."

"……."

"젠장, 어디가 아픕니까?"

붉은 불은 타닥타닥 불티를 튕겨 내며 헤르난의 얼굴을 가로질렀다. 불을 반사하는 눈동자는 달을 담은 호수같이 짙고 선명했다. 그리고 푸르고 옅은 눈동자 안에는 혼란스러움을 가득 담은 내가 가득했다.

"나, 나는……."

그의 눈동자 속 여자는 조금씩 찡그리고 찡그리다가 스스로도 처음 보는 얼굴이 되어 갔다.

"난……."

시선이 정처 없이 허공을 헤매다가. 텁텁한 공기를 삼키며 뜨겁게 치밀어 오르는 숨을 들이켰다. 폐부를 억지로 문지르고 밀어내도 배와 가슴 사이 콕 집어 말할 수 없는 곳이 저릿하게 아파왔다. 꾹 눌러 참아도 억눌린 것이 비명을 지른다.

"……안?"

시선이 아플 수 있다는 걸 인정하고 말았다.

"……왜……."

새액, 새액, 물에 빠진 사람이 가까스로 숨을 토해 내듯이 숨을 몰아쉬었다. 일기장을 움켜쥔 손이 파들파들 떨고 있었다. 와중에도 떨지 않으려고 애썼다. 그 노력은 전부 소용없음에도.

"……왜, 나를 살렸어요? 그럼 당신이 죽잖아."

"안?"

"왜, 이제 와서, 이제 와서!"

"안!"

손아귀에 쥔, 손때를 탄 일기장이 파르르 떨었다.

"그럴 필요 없잖아. 당신이. 왜 당신이. 당신은……."

나는 눈을 들어 진득이 나를 응시하는 눈동자를 바라봤다. 고요하고 따뜻한 물이 출렁거리고 있는 하늘색 눈. 그는 당황한 얼굴을 하고 있었다.

"안. 당신 많이 아픈 것 같습니다."

그는 여기서 벗어나자 했으나, 곧 그 말을 중단할 수밖에 없었다.

"……당신, 우는 겁니까?"

그는 거기까지 말하다가 잠깐 소리 없이 눈을 깜박였다.

"누가 울어요."

"……착각인가 봅니다."

"네. 착각이에요."

주변은 피와 살점과 조각난 건물 파편으로 가득했다. 놀랍도록 같았다. 검만 없을 뿐 시체와 피로 물든 풍경. 내려다보는 그와 올려다봤던 나. 전부 생각나 버렸다.

"당신 말대로 나는 아파요. 그러니까 이건 아파서 하는 헛소리에요."

우리는 11번째 하루 이후로 계속 만났다. 차라리 만나지 않는 편이 헤르난에겐 좋았을지도 모른다. 나를 만나서 다치지 않았을 테니까.

"처음 만났을 때……."

그럼에도 끝내 눈에서 홧홧한 것이 폭발할 듯 치밀었다.

"왜 내게 차갑게 굴었어? 왜 그렇게 쳐다봤어? 나를 살리려고 했으면서. 그랬으면서……."

카스토르가 전부 잊게 했다. 꿈에서 깨어나며 뒤죽박죽 섞이고 또 가물가물했지만, 그 뒤로도 몇 번 당신이 나를 살리려 했던 기억들이 전부 파도처럼 나를 덮쳤다. 우리는 만났고 도망쳤고 끝에서 죽었다. 늘 먼저 죽은 쪽은 당신이었다.

새파란 돌풍이 불었다. 눈에는 보이지 않는 마음속에서만 부는 바람이다. 그러나 폭풍은 모든 것을 엎어 버리고 엉망으로 만들기에 충분했다.

"싫었어. 차가웠던 당신이 갑자기 한순간에 잘해 준다는 게."

다시 한 번 입술을 달싹였다.

"그래서 잘해 주는 당신에게 흔들리기 싫었어."

"우리가 처음 봤던 때를 말하는 거라면……. 난 당신이 암살자인 줄 알았습니다."

애달프게 나를 지켜보던 남자는 나를 살리려 했다.

"놀랐다면 미안하군요."

눈물이 날 것 같은데 모르겠다. 조금 전까지 어린 나에게 억지로 이입해 지겹도록 울었던 느낌이 남아 있는지도 모른다.

"일단 나갑시다. 몸이 어느 정도 회복됐으니."

그가 나를 도왔다. 그러나 그렇다고 해서 지워진 하루를 제외한 서른여 번의 하루가 사라지는 걸까?

아프도록 차갑고 매섭고 끝끝내 무심하게 나를 외면했던 시선을 이제와 돌이켜 믿어 버리기에 늦지 않았나? 지금 내가 그것을 알아봤자 나아질 것이 무엇이 있단 말인데?

그에게 붙잡히지 않은 손으로 그를 잡았다. 고개를 든 그와 시선이 얽혔다.

"헤르난, 미안해요."

차갑고 담담했던 그의 얼굴이 누그러지며 묘한 표정이 떠올랐다.

"고마워요."

미루고 미뤘던 말이었다. 어쩌면, 카스토르 검에 나를 대신해 나섰을 때부터 깨어나서 그를 봤을 때까지. 줄곧 치밀었던 말을 드디어 했다.

그는 천천히 고개를 기울여 숨을 뱉고 내 손에 뺨을 기댔다.

"당신, 열이 높아서 제정신이 아닌 것 같습니다."

기억 못했던 하루는 전부 당신을 만났던 날이었다. 카스토르는 내게서 당신을 지워 냈다.

"……울지 마십시오. 열만 더 날 뿐이니까."

운다고? 내가? 눈물은 시야가 뿌옇게 되는 거잖아. 아니야. 아니라고. 왜…… 그가 거짓말을 하는지 모를 일이다.

"괜찮아요? 다친 건."

"괜찮습니다. 눈물은 그쳤습니까?"

"눈물 아니에요. 땀일 따름이지."

뺨을 그러모아 쥔 그가 얼핏 인상을 찡그렸다.

"……그렇군요."

"나가요. 제발, 집으로 가고 싶어요."

헤르난은 나를 지탱하며 내가 걷는 것을 도왔다. 그는 놀랍게도 기절하기 전 성치 않았던 몸이 나은 것같이 보였다. 그의 말대로 그에겐 스스로를 치료할 능력이 있는 모양이었다.

하지만 완전한 몸이 되기엔 부족했는지 그는 간간이 인상을 찡그리고 신음을 낮게 뱉어 냈다.

"안. 많이 아픕니까?"

"괜찮아요. 당신이 더 아파 보이네요."

꼭 다섯 번째 질문이었다. 담담했지만 걱정이 담긴 목소리를 어떻게 받아들여야 할지 혼란스러워 입을 꾹 다물었다. 기억 못하는 편이 나았다. 지독히 외로웠던 시간에 당신이 있었다는 걸 알아 버리기에 늦었다고.

"내려줘요!"

한편 체력을 소진할 대로 쏟아 버려 비틀거리며 걷는 난 그보다도 힘이 없었다. 결국 그는 한사코 사양하는 나를 잡고 억지로 안아 들었다.

"내려달라니까!"

내가 인상을 찡그리며 어깨를 밀어 봤지만 꿈쩍도 하지 않았다. 한마디 더 하려 하자 헤르난은 단호하게 답했다.

"시끄럽습니다. 당신을 위해서가 아닙니다. ……나를 위해서지."

그는 버둥대는 나를 안고서 말했다.

"이렇게 걷는 속도가 부축하며 걷는 속도보다 빠릅니다. 안 그렇습니까?"

그는 부서진 파편 사이를 걸었다.

"이쪽으로 가면 밖입니다. 조금만 더 참아요."

나를 위해 거대한 천장을 가르고, 그 조각에 관통당한 헤르난이다. 멀쩡할 리 없다. 그러니 그는 나를 안고 갈 여력이 되는 게 아니라 그저 참고 있을 뿐이다.

이전에도 지금도 그가 나를 지켰다는 사실이 나를 못 견디게 했다.

'어째서 당신은 희생적이냐고 왜.'

나는 강하고 또 이기적인 사람이 되고 싶었다. 카스토르의 끝없는 광기에 맞서려면 심연이 되지 않더라도 심연을 바라보는 사람이 되어야 했다.

"일부러 멀쩡한 척하는 거죠? 다 알아요. 당신 팔이 떨고 있다고요."

"잘못 본 겁니다."

그래서 나를 향한 그의 시선에서 눈을 감고 귀를 막고, 모르는 척 알지 못하는 척 외면했다.

"……어쩜 이렇게 제멋대로인 거죠, 당신은?"

"당신의 의사는 내 알 바가 아닙니다."

그는 카스토르를 진심을 다해 숭배하고 섬겼던 사람이었다. 끝내 제 사랑을 버려 가며 카스토르를 지키고자 했던 책 속 공작. 나는 그의 최후를 안다.

미련할 정도로 충정을 바쳤던 이 남자는 카스토르를 대신해 전쟁터 눈먼 검을 막고 죽었다.

그러나 그 카스토르마저 결국 죽는다. 헤르난데즈는 친우를 잃고 나라를 잃고 사랑하는 여자를 잃고 마침내 자기 생명마저 잃었다. 그런 이야기 속의 그를 믿고 있었다. 내게 어떤 모습을 보이더라도 주인공이 나타난 순간 달라질 거라고.

그런데 이젠 모르겠다. 정말로 달라질까?

"밖입니다."

오랜만에 쬔 빛에 눈이 부셔 감았다가 뜨노라면 마침내 하얀 빛이 내리는 풍경이 눈에 들어왔다. 상쾌한 공기가 폐부로 들이닥쳤다.

그 순간이었다.

"헤르난!"

은빛 섬광이 확 쇄도하며 번개처럼 내려와 꽂혔다. 나는 그 빛이 내려쳐지는 검이란 걸 알았다.

"괜찮아요?!"

"네……."

헤르난은 나를 끌어안은 그대로 재빠르게 골목으로 도망쳤다.

"저기다!"

"웬 놈이 저기서 나왔어!"

병사들이 우리를 쫓고 있었다. 얼핏 순찰대와 비슷한 옷을 입은 무리도 본 것 같았는데, 이대로 붙잡힌다면 헤르난도 나도 현행범이 될 게 분명했다.

"어, 어떡하죠? 당신을 본 것 같은데."

헤르난에게서 침음이 흘렀다.

"보진 못했을 겁니다. 신력을 썼으니까. 꽉 붙잡아요!"

헤르난의 목을 꽉 끌어안았다. 그는 꽤 힘겨워 보였지만, 놀랍도록 재빠른 몸놀림으로 추격을 벗어났다. 그리고 마침내 동떨어진 골목에서 숨을 몰아쉬었다.

푸른 하늘에 태양이 콕 박혀 있었다. 그 순간 끊어지다시피 몰아쉬는 신음이 떨어져 내렸다.

"······헤르난?"

나는 헤르난의 옆에 주저앉아 상의를 한 겹 들췄다. 돌이 박혀 피를 울컥 토해 내는 상처에 까무러칠 듯이 놀랐다.

"지, 지, 지금까지 이 상처를 그냥 뒀던 거예요? 당신이 뭐 초인이야? 슈퍼맨이야? 치료할 수 있다면서 왜 그냥 둔 거야!"

"······머리 울립니다."

그가 파르르 떠는 손으로 내 얼굴을 더듬다가 푹 숙여 버렸다.

"이것까지 치료하면 당신과 나는 제시간에 저곳에서 빠져나오지 못했습니다."

나는 그를 벽에 기대게 했다. 그가 얼굴만 돌려 나를 바라봤다. 그의 얼굴은 창백했는데, 아무래도 그가 사용한 힘이 그의 기력을 크게 해친 듯했다. 나는 벌떡 일어났다.

"사, 사람을 불러와야겠어요."

하나 그의 손에 손목을 사로잡혔다.

"어디 가지 말고 여기 있어요. 조금 있으면 날 데리러 올 테니까."

누구라는 말은 없었다. 하지만 그 사람이 적어도 카스토르의 사람이거나 황제의 사람이란 건 분명했다.

나는 더욱 사로잡힌 손을 황망하게 보며 입을 달싹였다.

'약의 유효 시간은 언제까지일까.'

하루를 꼬박 지나 낮이 찾아왔다면 원래 모습으로 돌아갈 시간이 얼마 남지 않았단 얘기였다. 반드시 가야만 했다.

"놔주세요."

"싫습니다."

"당신에게 받은 은혜는 잊지 않을게요. 다음에 만나면 꼭, 꼭 갚을 테니까……."

그를 자극하지 않게 나는 차분히 읊조렸다.

"싫다고 했습니다."

그러나 말없이 냉랭하게 응시하는 시선 뒤로 손을 옥죄는 힘을 느낄 수 있었다. 더는 억지로 뿌리치지도 못할 힘이라 왈칵 미간을 일그러 트렸다. 적당한 걸로 그를 후려치기라도 해야 하나 싶은 생각에 자조 적인 한숨을 토해 냈다.

"꼭 신데렐라 같네요."

"신데렐라가 뭐죠?"

그가 달래듯 사근사근한 목소리를 냈다.

"착하고 아름답지만 12시가 되면 사라지는 아가씨예요."

나는 그를 똑바로 마주하며 단호하게 말했다.

"그리고 내가 될 이름이죠."

"다신 나타나지 않나 보죠?"

"아마도요."

"그럼, 그 12시를 없애 버리면 어떤가요?"

멈칫했다.

"당신은 어디에도 가지 못하겠군요."

잠깐, 잘못 들었다는 듯이 눈을 깜빡였다.

"……네?"

휘이잉. 불어온 바람에 흰 구름을 품은 양 폭신한 머리가 바람에 흔들렸다.

"수도의 모든 시계를 부숴 버릴까요."

이어, 맑은 호수를 품은 눈동자가 미풍처럼 곱게 휘었다.

"12시가 없어진 밤, 당신이 영원히 이곳에 머물 수 있게."

남자는 정말 그렇게 할 수 있다는 듯이 아름답게 미소 지었다.

"어떻게요?"

"글쎄, 당신의 눈을 가려 버려도 좋겠군요."

시계를 볼 수 없게. 부드럽게 풀린 낯에 미소를 지은 헤르난이 뇌까렸다.

"농담하지 말아요."

"농담 같아요?"

나는 도전적이고 공격적인 낯에 놀라 흠칫 뒤로 몸을 물렸다.

"농담이 아님을 보이면 됩니까?"

날카롭게 쏘아붙이려고 하는 순간 휙 잡아당기는 팔에 이끌렸다. 허리가 잡히고, 그의 품에 안겼다.

"무, 무슨 짓이에요!"

대체 무슨 힘이, 다 죽어 가는 몰골로 단단히 끌어안아 고개를 숙인 그가 입꼬리를 휜다.

"안."

그가 고개를 기울이며 아주 부드럽고 느리게 속삭였다.

"약속한 걸 내게 주세요."

그를 밀어내려던 손이 그대로 멈췄다. 그의 눈동자에 보랏빛 회오리가 소용돌이치기 시작했다.

"당신을 살렸잖아요."

서늘한 손가락이 내 뺨을 감싸 쥐고 상체를 기울인다. 손끝에서 쿵쿵쿵, 박동이 느껴진다.

"얼른."

땀과 피로 젖어 달라붙은 머리와 굴러가는 피로한 시선은 몹시 나른하고, 퇴폐적이었다. 보랏빛으로 물든 홍채가 끝에서 끝으로 물들어가고 있었다.

잊지는 않을게. 아직 풀리지 않고 궁금한 것이 많지만, 그럼에도 잊지는 않겠다고.

당신은 나를 살리려 했다.

"헤르난. 알았으니까. 한 가지만 들어줘요."

"뭐죠?"

"잊어 주세요. 내가 했던 말."

헤르난이 멈칫했다.

"그 사람을 사랑한다고 한 말. 잊어 버려요, 전부."

그는 반은 보랏빛으로 물든 두 눈을 가늘게 내리떴다가, 의문을 지우지 못한 눈으로 나를 응시했다.

"······어째서죠."

"당신 말대로 그건 사랑이 아닌 것 같으니까요. 당신은 닮았다고 처음 본 여자에게 덥석 사랑한다고 말하니까. 사실은 그 감정도 별로 크지 않은 거예요. 착각하고 있는 거라고."

"당신이야말로 제멋대로군요."

득달같이 쏘아붙인 헤르난이 거칠게 고개를 숙여 내게 입을 맞췄다. 살짝 닿는 정도로 닿았던 입술이 아주 작은 틈을 두고 떨어졌다.

"거짓말을 하고 있어요. 그렇죠? 나를 동정했잖아."

"그런······, 게 아니에요."

"거짓말. 나는 기가 막힐 정도로 그런 냄새는 잘 맡거든. 하찮고 순간적인 감정이면 어때. 내가 당신을 사랑한다는데."

잔잔하던 열기가 올라간다. 이내 그는 얼굴을 차게 일그러트리며 웃었다.

"몇 번이고 사람 속을 뒤집어 놓는 재주가 있네. 절대, 도망 못 가."

"으응……, 잠깐…… 웃!"

마치 잡아먹을 것 같은 키스였다. 혀가 그대로 눌렸다. 간질간질하다가 핥아오는 것에 입술을 내주자 어렴풋하던 감각이 곤두섰다.

혀가 안으로 파고들며 입천장의 주름을 긁듯이 핥고 쓸었다. 목을 쓰다듬는 서늘한 촉각에 반사적으로 움찔 떨었다. 그는 난폭하게 침입했으면서 손으로는 나긋나긋하고 부드럽게 등을 쓸어 주었다. 입으로는 여전히 진득하게 곳곳을 핥고 쓸고 깨물었다.

"으응……."

신음을 토해 내면 그조차 기쁘다는 듯 부딪친 입술이 가벼이 웃곤 전부 삼켜 버렸다. 난 몸에서 힘을 빼고 눈을 감았다. 이미 반쯤 기대어 있었기에 별다른 수가 없었다. 더구나 그와 무사히 빠져나가면 입맞춰 주겠노라 약속했다.

조용히 그의 가슴에 손을 올린 채 멍하니 바라보고 있었더니, 그가 뺨을 쓸며 아랫입술을 핥았다가, 이 끝으로 가볍게 빨고, 물었다.

"좋아요. 안."

떨어진 그가 제 입술을 느른히 쓸며, 타액으로 흠뻑 젖은 내 입술 또한 닦아 주었다. 가슴이 가파르게 오르고 내리는 것을 반복했다.

"이대로 얌전히 있어 줘."

벅찬 숨을 세차게 내쉬고 있으면 그는 언제 난폭하게 굴었냐는 양나를 다정하게 받쳐 주었다. 등을 쓸어내리는 감촉에 나도 모르게 그의 옷자락을 쥐었다.

그가 귀로 숨을 뱉는 순간 등줄기로 오른 오싹한 느낌에 파르르 떨었다. 움켜잡은 옷자락을 놓으며 황급히 그에게서 떨어진다. 어지러웠다. 그가 뒷머리를 감싸며 다시 한 번 입술을 부딪치려던 순간이었다.

"아주 잘도 놀고 계시는군."

차가운 손끝이 반창고와 뺨 아래를 스치며 떨어진다. 몸을 부르르 떨며 갑자기 등장한 남자를 올려다봤다.

"하룻밤 꼬박 어딜 갔나 했더니."

시선 끝에 볕을 등진 남자가 걸렸다. 역광에 잠식되었던 인영이 차차 가까워졌다. 마침내 드러난 모습은 시장에서 나와 부딪쳤으며, 마리사가 달링이라 부른 남자였다.

"돌아와 주시라고, 대장. 지금 새 아지트 분위기가 쑥대밭이 되었거든?"

"데로스."

남자는 데인을 닮은 눈을 느른히 늘어트리며 진득한 미소를 지었다.

"새 아지트에서 대책 위원회가 열렸는데 윗대가리가 없으니 어디 돌아가겠어?"

그는 어제 아지트에서 헤르난에게 했던 행동을 까맣게 잊은 사람처럼 곰살궂게 굴었다. 그러고는 눈이 마주친 나를 향해 자연스럽게 코를 찡긋하며 한쪽 눈을 깜빡인다.

"거기다, 저쪽도 마중 온 사람이 있는 듯한데 말이야."

그 말에 헤르난이 한쪽을 노려봤다. 천천히 고개를 돌려 그의 시선을 따라간 곳에 남색의 긴 망토를 뒤집어쓴 익숙한 실루엣이 보였다.

'레이!'

모자를 푹 눌러쓰고 있다 한들 모를 수가 있을까. 몇 년을 보았던 너무나 익숙한 검을.

"레……!"

헤르난의 손이 느슨해진 틈을 타 격렬하게 발버둥 치며 빠져나와 달려간다. 레이 경의 단단한 팔이 나를 안아드는 것과 함께 쐐액, 소리를 내며 검이 날아들었다.

챙!

품 안에서 고개를 들자 레이 경이 한 팔로 나를 안고, 다른 팔로 헤르난의 맥을 겨누고 있었다. 잘려진 하얀 머리카락이 나풀나풀 공중에서 나부낀다.

제 목에 겨눠진 검을 내려다보던 헤르난이 픽 웃었다. 그의 푸른 홍채로 보랏빛이 넘실거린다. 그는 이쪽으로 쇄도하려 했으나, 뒤에서 달려온 제 부하의 제지에 뜻을 이루지 못했다.

"이 몸으로 무슨 깡패질입니까. 돌아갑시다?"

"……놔."

헤르난이 경고조로 으르렁거렸지만, 데로스가 가진 끈이 무슨 역할을 하는 건지 그는 좀처럼 저를 묶은 끈을 벗어나지 못했다. 이 순간을 놓치지 않고 레이 경이 나를 한 팔에 안아 재빨리 자리를 떠났다.

너른 품에 기댄 채 나는 한 손으로 얼굴을 쓸어내리며 일기장을 든 손에 힘을 주었다. 얼른 레이 경이 이곳을 빠져나가 주기를 기도하며 그의 품에 기대서 눈을 감았다.

헤르난과 이 모습의 내가 만나는 것은 이번이 마지막이다. 단단한 결심이 섰다.

마침내 활짝 개방된 골목을 빠져나가며 나는 단 한 번 뒤를 돌아

보았다. 찬란한 낮의 하늘 아래 골목은 짙고 음울해 보였다. 그 안에 서 그림자처럼 선 헤르난이 나를 보고 있었다.

헤르난의 표정이 똑똑히 보였다. 커다랗게 뜨인 눈, 벌어진 입술. 참 이상한 일이라고 생각하는 순간.

종이 쳤다. 정오를 알리는 종소리 가운데 떠올린다.

신데렐라.

거짓말처럼 마법이 풀려 버렸다.

* * *

"보고 싶었어, 경."

눈을 감았다. 감당할 수 없는 것들은 잠시 내려놓는 편이 좋다.

"······그리 말씀하셔도 화 안 풀 겁니다."

나는 레이 경의 얼굴을 보려 노력했지만 그는 꼿꼿이 앞만을 바라볼 뿐이다.

"화났구나."

"안 나겠습니까?"

내가 왜 거기에 있었는지, 무슨 일로 있었는지 묻지 않는다. 무엇 때문에 혼자 나갔냐 말조차 없다. 성격상 이미 판단을 내렸을지도 모른다. 도리어 눈치 보는 쪽은 나였다.

"경, 여긴 어떻게 왔어?"

그렇다고 이대로 쭉 침묵만 하고 있을 수는 없으니까 조심스럽게 운을 뗐다.

"묻고 싶은 것은 그게 다입니까."

왜일까. 기사님이 아주 많이 화가 난 모양이다. 사실 당연한 일이다.

"그래요."

최대한 변명이나 해명을 해 보려고 각오하고 있었는데, 레이 경의 목소리가 낮아졌다.

"당신은 그런 사람이지요."

그가 한숨을 쉬었다.

"물어보십시오."

어느새 금발로 돌아온 머리칼 끝을 배배 꼬았다가 고개를 들어 그를 응시했다.

"……정말?"

"네. 전부 물어보세요. 아실리 님."

그가 부르는 이름에 움찔 몸을 떨었다.

"이따위 상처를 하시고 무엇이 궁금하신지 저도 궁금하군요. 네, 궁금합니다. 아주."

아. 저 호칭은 약 80%의 확률로 레이 경이 아주, 대단히, 몹시 화가 났을 때 뱉는 대사다.

언제인가. 정문에서 하녀들을 따돌리고 나간 내가 모험을 감행하겠답시고 나무에 올라갔다가 해질녘까지 내려오지 못했던 적이 있는데.

<하아.>

땀투성이가 된 소년 기사가 몹시 어처구니없는 얼굴로 딱 한 번 뱉었다.

<시간을 때우는 방식도 가지가지라고 생각하지 않으십니까, 아실리 님.>

내가 잘못했다고 진저리 치기 전까지 입술에 꿰매 놓기라도 한 듯이

꼬박꼬박 저렇게 불렀는데.

"아실리 님. 당신은 정말 너무하십니다. 지금 하고 싶은 말이 아주 많은데 참게 됩니다. 아십니까? 당신이 제 눈밖에 있음을 알았을 때, 그곳에서 다치거나 위험할 때."

그가 멈춰 섰다.

"그때를 위해서 황제 폐하께서 직접 절 당신의 기사에 임명하셨습니다. 비록 당신께서 늘 다른 황자님의 기사지 않으냐 우스갯소리로 덧붙이시지만, 전 당신을 지키는 기사란 말입니다!"

그치고는 긴말을 했다.

"……안전한 곳에만 계셔 주셨으면 합니다. 제가 너무 큰 걸 바라는 겁니까?"

나를 지키겠다고 말하는, 내 기사라고 말하는 남자. 레이 경 위로 다른 남자가 겹쳤다.

<나를 동정했잖아.>

<나는 기가 막힐 정도로 그런 냄새는 잘 맡거든.>

동화 속 주인공은 유리 구두를 남기고 돌아갔다. 물건을 남겨 왕자가 찾을 수 있게 했다. 영리한 선택이다.

하지만 나는 남겨 두고 싶지 않았다.

유리 구두 대신 눈앞에서 풀려 버리고 만 시간은 헤르난에게 어떻게 남았을까?

눈을 감고 크게 숨을 내쉬었다. 마지막 순간, 그는 어두워진 골목에서 제대로 보았을까? 보았겠지. 커진 눈동자. 한 번도 보지 못한 표정에서 나타난 충격은 말로 다 할 수 없을 만큼 크고 복잡했다.

그는 지하를 빠져나올 때 모든 힘을 소진했는지 끝내 저를 옭아맨

끈에서 벗어나지 못했다. 대신 섬뜩할 정도로 진득하고 아찔한 시선으로 소리 없이 포효했다.

<그 사람을 사랑한다고 한 말. 잊어버려요, 전부.>

그러나 당신 앞에서 솔직했던 '안'은 다신 나타나지 않을 거야.

<하찮고 순간적인 감정이면 어때. 내가 당신을 사랑한다는데.>

다음에 만날 때 헤르난은 어떤 얼굴로 나를 볼까. 궁 밖? 아니면 궁 안에서의 모습? 무수한 도박을 했지만, 이번 도박은 실패인 것 같다. 다시는 아모르가 준 약을 먹지 않겠다고 굳게 결심한다.

"황녀님!"

하얀 머리의 수수께끼 같던 얼굴이 사라지고, 그 자리를 대신한 이는 레이 경이었다. 내 검사님.

"젠장! 황녀님, 무슨 말이든 해 보십시오! 평소 뻔뻔하다시피 대꾸하던 모습은 어디 가셨습니까. 이렇게나 다쳐 와서 기어이 저를 미치게 하십니까!"

뻔뻔하기는 레이 경이 더 그러하면서.

"경. 나 좀 봐 봐."

이미 나에 대한 인식은 바닥을 쳐 심해 마리아나 해구 부럽지 않게 가라앉았겠지만 적어도 이성적인 얘기는 할 수 있길 바라는데.

빛 아래에서 드러난 경의 얼굴은 이미 잔뜩 일그러져 있어서. 나는 그를 물끄러미 바라볼 수밖에 없었다.

"왜 조언을 듣지 않고서 나가 버리셨습니까? 왜 거기 계셨습니까? 몸이 이 지경이 되기까지 무얼 하신 겁니까!"

"경."

"왜……, 그 남자와……!"

말을 하려던 레이 경이 입술을 깨물며 신음을 들이켰다.

"……아니. 마지막은 잊어 주십시오."

어디선가 어렴풋하게 들려오는 소리는 모조리 음소거되고, 또렷한 목소리만 남았다.

"……죄송합니다."

레이 경은 내게서 시선을 피하며 변명하듯이 덧붙였다.

"괜찮아. 계속해도 돼. ……나도 내가 잘못한 거 알아."

힘없이 웃어 보였다. 잠깐, 그의 팔이 딱딱해지는 것이 느껴졌다.

"마지막에 말한 그건 제가 관여할 영역이 아니겠지요."

그는 미간을 일그러트리며 눈을 한 번 감았다가 뜬다.

"……당신께 필요한 건 휴식입니다."

레이 경은 무언가 잔뜩 참는 것처럼 보였다. 그 후 정말로 나를 배려하듯 꾹 다문 뒤로 한마디도 하지 않았다. 한참을 걸었을까. 멀리 궁전이 고개를 빼꼼 내밀었다. 잎사귀 그림자가 아름답게 아롱진 정원에 막 피어나기 시작한 아카시아 꽃이 있었다.

정원을 막 지날 무렵에 나는 고개를 돌렸다. 몹시도 피곤했지만. 이것만은 꼭 물어야겠다.

"경. 묻고 싶은 게 있어."

그제야 그가 멈춰 섰다.

"경은 내 얼굴을 바로 알아봤어. 그렇지?"

"예."

"음……, 날 어떻게 찾았어?"

"당신께 드린 목걸이를 기억하십니까?"

"응. 늘 걸고 있어."

레이 경이 끄덕였다.

"그 목걸이에는 황녀님을 찾을 수 있는 힘이 있습니다."

횟수에 제한이 있지만요. 레이경이 덧붙였다.

"이거도 성물이야?"

"아니요. 저는 비신관입니다. 아울러 저는 신력이라는 힘을 싫어합니다. 성물을 가지고 있을 리 없죠. 이건 타국의 마법사가 가지고 있던 돌입니다. 전쟁 중에 어느 멍청한 작자의 목숨 대신으로 받았죠."

"어, 전에는 집안 대대로 내려오는 거라며."

"그래야 황녀님이 아껴 주며 늘 가지고 계실 것 같아서요."

참 뻔뻔하게도 거짓말을 늘어놓았구나, 레이 경.

"그런 눈으로 보지 마십시오."

"뭐. 거짓말한 건 용서해 줄게. 나도 속이고 나갔으니까. 그런데 어떻게 나인 줄 알아봤어? 나 내 얼굴이 아니었잖아."

"황녀님."

몹시 지쳤으나 가볍게 미소한 그의 얼굴이 천천히 눈 안으로 들어왔다.

"어떻게 알아봤느냐. 이것만큼 멍청한 질문이 또 어디 있겠습니까."

레이 경의 뒤로 아카시아 꽃이 눈처럼 흩날린다. 짙은 머리칼과 초저녁을 담은 눈동자가 더욱 도드라지게 보이고 있었다.

"어떤 얼굴을 하든, 어떤 표정을 짓든 전부 당신인 것을."

그러니까 목걸이를 따라 나를 찾았는데, 골목에 있는 여자를 보고서 바로 나라는 걸 알아챘다는 얘긴가?

"대단하다, 경."

"당신의 검사라면 이 정도는 해야 합니다."

"왜?"

"당신은 늘 빠져나가니까요. 모래처럼."

울퉁불퉁한 길을 걷는 동안 몸이 이리저리 흔들린다. 단단한 팔은 변함없이 안정감을 주었다.

"경."

나는 팔을 뻗어서 경의 목을 끌어안고 머리를 파묻었다. 길게 숨을 쉬면 잠깐, 그가 숨을 멈추는 게 느껴졌다.

"미안해. 그리고 고마워."

"⋯⋯."

"생각해 보니까 한 번도 제대로 말한 적이 없는 것 같아서."

나는 레이 경의 목을 끌어안고 속삭였다.

"⋯⋯당신은 비겁합니다."

피곤해서 그대로 곯아떨어질 것 같다.

'나 몰골이 엉망이겠지?'

납치 미수를 겪은 지 얼마나 됐다고. 데인이 화내도 할 말이 없게 생겼다.

'하지만 마냥 궁 안에서 기다리고 있을 상황은 아니었지.'

데인은 내 죽음에 대해서 함께 헤쳐 나가자고 했지만, 죽음을 겪는 사람은 나였다. 내 삶에서 나의 중요한 결정을 나 말고 누가 내리지? 결정은 내가 해야 한다. 그러니까 다친 것도 내 탓이다.

"경. 경 탓이 아니니까 자책하지 마."

"싫습니다. 앞으로 당신이 싫어하는 일도 뭐든지 다 할 겁니다. 가령, 당신의 꽁무니를 쫓는다던가 하는 것도요."

레이 경이 어느새 옷 밖으로 삐져나온 목걸이를 한 손에 쥐었다.

"당신이 귀찮아하셔도 소용없습니다, 이젠."

그가 천천히 들어 올린 목걸이에 입을 맞췄다. 무뚝뚝하고 성의 없는 그 동작이 레이 경답다는 생각이 들었다.

"제가 화조차 낼 수 없게 만드는 당신이니까요."

하루 만에 다시 보는 궁전이 보이고 있었다. 고작 하루 안 봤을 뿐인데 이토록 반갑다니, 역시 집은 집인가 보다.

10. 상실된 기억

돌 조각에 긁힌 몸은 팔이고 다리고 쳐다보기 힘들 지경이었다. 더구나 피를 많이 흘렸다. 흘리다 못해 철철 넘치도록 뚝뚝 뿌리고서 그 몸으로 뛰기까지 했다. 그 몸을 하고서 궁전으로 돌아갔으니 오라비를 포함해 다들 발칵 뒤집혔다.

"아니, 그래도 그렇지. 이건 좀."

돌아온 날 빈혈로 졸도나 하지 않을까 걱정했다.

<빨리 이 못난이를 치료해! 어서!>

그러나 플뢰온이 갖은 지랄을 하며 치료 신관을 데려온 덕분에 빨리 편해질 수 있었다. 끌려온 치료 신관은 '또 이렇게 다치셨단 말입니까'라는 어처구니없다는 얼굴이었다.

"오라버니. 손 내려도 돼?"

무튼 일찍 치료해서 걱정을 던 것은 좋단 말이야. 그런데, 언제까지 이러고 있어야 하느냔 말이지.

"시끄러워."

애처로운 표정을 담고 플뢰온을 바라봤다.

"오빠, 이건 좀 아닌 것 같아. 내 체면과 나이를 고려해 줬으면 해."

"시끄러워. 이래야 쪽팔려서라도 다신 안 하겠지. 응? 못난아."

안 통한다. 그래서 언젠가 영화에서 보았던 고양이 흉내를 내 봤는데 왜인지 홱 시선을 피해 버렸다.

"이건 오라버니가 그 좋아하는 체통과도 먼 일이라고."

"젠장, 네 체통이지. 내 거냐?"

아무래도 그는 화가 나도 아주 단단히 난 듯했다. 그의 마음은 이해했다. 성치 않은 사람을 상대로 쥐어박을 수도 없고, 잔소리하자면 요리조리 피해 버리니 그로선 도리가 없었겠지.

"넌, 진짜, 아무리 죽는다지만……. 사람이 그러면 안 돼. 알아?"

"미안해."

"젠장, 사과 말고 행동으로 좀 보여. 멍청아."

그나마 데인이 없는 것이 천만다행이랄까.

"데인은 어디 갔어?"

"업무차 궁을 비웠다던데. 맡고 있던 곳에 굉장히 큰 일이 벌어졌다나. 무척 바빠졌다고."

다행이었다.

결국 그는 팔이 아픈 척 낑낑대는 내 모습에 못 이겨 팔을 내리게 했다. 그러나 분이 풀리지 않는지 제 머리를 집요하게 괴롭혔다.

경험이 사람을 만든다고 했던가. 분명 전과 같았으면 길길이 날뛰는 걸로 모자라 사흘 밤낮을 들들 볶았을 이들이 전과 같이 굴지 않는 이유엔 내 '비밀'이 한몫하는 듯하다. 죽지 않기 위해 어쩔 수 없이 나갔다는 말에 누구라고 할 것 없이 한풀 꺾였으니까.

이걸 핑계거리 삼고 싶진 않았지만, 그들이 나를 이해해 주려 애쓰는 행동에서 작은 감동을 느꼈다.

"이렇게까지 하는 이유가 뭐야? 밖으로 꼭 나가야 해? 내가 전부 다 해 준다고 했잖아. 나 못 믿어?"

"아니 무슨 권태기 남자가 할 말을……. 음, 믿고 믿지 않고의 문제가 아니야."

"그럼 뭔데?"

"오빠, 난 지금껏 이 정도 하지 않고서는 내 죽음을 피할 수 없단 걸 알았어."

레이 경과 플뢰온을 번갈아 보며 확신하듯 덧붙였다.

"그렇잖아. 죽음을 피하려면, 이 정도의 위험을 거쳐야 해."

루스벨라와 카스토르가 만나는 장소를 찾은 건 앞으로 있을 죽음과 관련 있는 문제였다.

"나는 알았어. 이렇게까지 해야 피할 수 있는 걸."

이 때문에 나는 반드시 그곳에 다녀와야 했다. 홀로 가서 문제가 됐을 뿐이지 어떻게든 가야 했던 곳이었다. 그리고 상처 말인데, 이미 여태까지 죽음을 피하면서 무수하게 다쳤다. 작은 걸 두려워하면 더 큰 공포를 이겨 낼 수 없다. 죽음은 그런 문제였다.

"쉬울 리가 없다. 이거야?"

"요약하자면. 그런 얼굴 하지 말아."

"시끄러워."

최대한 그가 쓸쓸하지 않게끔 담담하게 웃었다고 생각했는데, 왜인지 더욱 일그러지는 낯에 곤란한 기분이 되었다.

"젠장, 젠장…… 유피테르는 왜 네게만!"

글쎄. 그러게. 나도 궁금하다. 신은 무엇 때문에 나를 이렇게 만들었을까?

"난 괜찮아. 플뢰온. 어렵겠지만 날 이해해 줘. 궁 밖에 나간 걸로 너무 고깝게 생각하지 마. 어쩔 수 없었으니까."

웃음은 해결은 주지 않지만 위안은 주니까.

"빌어먹을. 쥐뿔도 반성 안 하는 태도가 문제라고 생각 안 해? 이런 건 데인 그놈이 잘 조잘거리는데 하필 없어서……! 두고 보자. 울타리를 짓든가 해서라도 감금해야지."

"애꿎은 데 돈 낭비할 생각 하지 말고 그 돈 네 궁 사람들 위해서 써라. 응? 가뜩이나 너 모시는 것도 고달픈데 복지라도 좋아야지."

진지한 분위기는 무겁고 힘겹다.

"또 때리기만 해 봐. 나, 환자야."

이번에야말로 레이 경이 제지했다. 아직 붕대 때문에 거동이 힘들어 그대로 레이 경 팔에 기대어 얼굴을 벅벅 문질렀다.

"……황녀님은."

손을 내리고 고개를 들면 머리카락 사이로 무뚝뚝한 남색 눈동자와 시선이 스친다.

"확실히. 울타리를 만들어도 기어 나가실 분이죠. 제멋대로시니."

이미 금지된 숲이라는 나의 통로를 알고 있는 바, 레이 경 말에는 뼈가 있었다.

'지금 돌려 깐 거지?'

설마 내가 알아듣지 못할 거라 생각한 건 아니겠고. 레이 경을 노려봤지만 그는 가볍게 어깨를 으쓱인다.

"한 번만 더 오늘처럼 다쳐 와 봐. 그땐 정말 이 궁 밖에다 벽을 지어버릴 테니까."

결국 저녁이 훌쩍 지나서야 플뢰온을 궁에서 보낼 수 있었다. 그는 돌아가면서도 협박 섞인 진심을 잊지 않았다.

"정말 꼬였다니까."

나가지 말라는 말은 않았다. 그에게도 내가 죽는다는 사실이 덜컥 두려움으로 다가온 걸까?

어느새 하늘은 새까만 밤이었다. 일기장을 펼쳐 놓고 곰곰이 생각에 잠겼다.

'이곳은 정말 책 속 세계였어.'

시계탑의 '장지'는 책 속에서 보았던 것과 동일했다. 그런데, 그렇지만. 이곳엔 책 속 내용만이 있는 것이 아니다.

아모르가 다정하고 상냥한 왕자님이 아니었을 때부터 엉키기 시작했던 실타래가 레베카에서 눈덩이처럼 크기를 불리고, 마침내 헤르난에게서 정점을 찍었다.

나는 왜 이곳에 태어난 걸까?

내 삶. 황녀 아실리 로제의 삶이 세계의 주인공 삶보다 가치 없다고는 생각하고 싶지 않다. 창조주는 그렇게 생각하지 않아도 난 그렇다고 믿는다.

<기억하지 못하게 하려 하는데, 저것이 방해된단 이야기지.>

카스토르는 힘을 써서 나를 잊게 하려 했다. 무엇 때문에? 그가 잊게 했던 기억은 내게 중요하면서도 또 그렇지 않기도 했다.

"헤르난이 나를 살리려 했다는 것……."

충격적이지만 냉정히 말해서 현 상황을 변하게 하는 요소는 아니다. 40번 전부도 아니고 고작 몇 번 만나 나를 살리려 했던 건 지난 외로움을 가시게 해 주었으나 이 사실로 타격을 입거나 변하진 않았다. 그런데 왜?

"……넌 아니?"

일기장은 고요하다.

"묻지도 않은 건 척척 대답하더니, 이럴 땐 무척 조용하네. 치사하게."

헤르난과 카스토르. 내게 새로운 문제가 주어졌다.

그나마 멀쩡한 손으로 책등을 만지작거렸다. 뭔가 본 것도 같은데, 멍청한 내 머리로는 무수한 조각들 사이에서 아직 그림을 맞출 자신이 없다.

"아아……. 골 아프네."

발코니에 푹 엎어지는데 사각사각, 밑에서 수풀이 갈라지는 소리가 들렸다. 걸음 소리가 들렸다.

"안 주무십니까?"

원한다면 그림자처럼 기척을 지워 낼 수 있는 사람이니 지금 소리는 일부러 낸 것이 분명했다.

"바람이 찹니다."

고개를 들자, 발코니 아래서 나를 올려다보는 레이 경이 있었다.

"잠이 오질 않네. 경은 왜 안 자."

아래에서 내려다보는 레이 경은 꼭 미니어처 같았다. 늘 나보다 큰 사람이었는데 내려다보니 신기하기도 하고 우습기도 해서 턱을 괸 채로 낮게 미소했다.

"당신의 밤을 지키는 게 제 일입니다."

달빛의 경계선으로 레이 경이 걸어왔다. 2층 발코니를 사이에 두고 비스듬한 수직선으로 마주한 경을 보다가 문득, 떠오르는 게 있었다.

영화 '로미오와 줄리엣'이던가. 여러 번 리메이크되었는데 무지무지 예쁜 배우가 나오던 판이 있었다. 내가 가장 좋아하는 장면이 딱 지금과 같았다.

"경은 책을 좋아하나?"

운명을 기다리던 소녀 앞에 거짓말처럼 잘생긴 청년이 등장해 첫눈에 반했다며 발코니를 사이에 두고 수작을 부리는 장면. 애석하게도 수작을 부리기엔 너무 무뚝뚝한 기사님이 앞에 있었다. 나는 턱을 괸 그대로 입을 말아 올렸다.

"주인공 해 볼 생각 있어? 로미오라거나."

"로미오가 누굽니까."

나무 그림자가 그의 표정을 일부분 감춰 버렸다. 다만 그의 머리카락 일부는 초저녁과 밤 사이 하늘의 색처럼 은은하게 빛을 반사했다.

"내 남자 주인공."

"⋯⋯연모하는 분이라도 생겼습니까?"

"책 속 주인공인데."

말해 놓고 보니 상당히 웃겼다. 지금 책 속 인물에게 책 속 인물을 언급한 거지? 이곳에 있지도 않고 있을 수도 없는 책임에도 그저 웃겨서 키득거리며 한참 웃었다. 어둠 속에서 레이 경이 살짝 찌푸린 것 같기도 했다.

"뭐. 난 주연은 별로더라."

하지만 부른들 레이 경은 주인공이 될 수 없고, 또한 나도 어여쁜 여자 주인공이 될 수 없다.

"있잖아. 경은 내게 숨기는 모습 없어?"

헤르난처럼 말이다. 원체 충격적이라 잊히지 않는다. 만약 레이 경에게 그처럼 저 모습에 반대되는 모습이 숨어 있다면? 나름 큰 충격일 것 같다.

"그냥 던진 말이니까 너무 고민하진 말고. 그냥 그러지 않았으면 한다고."

"숨기지 않는 게 좋은 남자 기준입니까?"

"거창하게 남자까지? 뭐, 그래. 솔직한 사람이 좋겠다."

난 곰곰이 생각해 보다 말했다.

"숨기는 것이 많은 거보단 그쪽이 좋아."

이미 내가 가진 비밀이 너무 많아서 상대의 것까지 함께할 여력이 없을 테니까. 의심하지 않게 하는 사람이 좋겠다 싶었다.

"당신께선 솔직하지 않으시면서 상대에겐 그러길 바라시는군요."

"약았다고?"

"네."

그의 거침없는 솔직함에 뜨끔했다. 생각해 보면 약긴 약았지.

"정말 경은 너무 솔직한 사람이라니까. 어쩔 수 없지. 틀린 말은 아니니까."

속을 들켰다는 멋쩍음에 뺨을 슬슬 긁적였다.

"좋아. 경이 그렇게까지 말하니까 어쩔 수 없이 말해야겠네. 조금 이따가 나 어딜 좀 다녀오려 하거든. 금지된 숲에."

"……안 된다고 해도 다녀오겠다는 의지가 보입니다만."

"잘 아네?"

그러자 시선이 아플 정도로 쿡쿡 나를 찔러 왔다. 이틀 전 그 난리통을 겪고도 잘도 그러는구나 하는 듯한 시선.

"위험할지도 모른다고 생각하는 거라면 괜찮아."

"……확실히 황녀님은 실종자가 대거 발생하는 숲을 아무렇지 않게 다녀오셨죠."

"맞아. 금지된 숲은 위험하진 않아. 뭐 그것도 열에 한 번쯤은 돌발 상황이 있기 마련인데……. 이게 가끔은 나를 지켜 주거든."

난 일기장을 톡톡 건드리며 레이 경이 잘 보게끔 들어 가볍게 흔들었다.

"가끔은."

대체로 안전했지만 가끔 뒤통수를 얻어맞는 일이 있곤 했다. 카스토르를 만난다거나.

"가끔이 아닐 때는 위험하다는 거군요."

난 끄덕였다.

"맞아. 그리고 위험은 대부분 금지된 숲 근처에서 일어나지. 파수꾼 알지?"

"네."

"'가끔'이 아닐 때 경이 나를 지켜 주면 좋고. 어차피 이젠 금지된 숲이 아닌 모든 곳에서 날 쫓을 거잖아? 거기다……."

말을 멈췄다가 차분하게 들이켠 숨을 내쉬며 이어 말했다.

"지금처럼 꾸밈없이 날 봐 주면 더욱 좋고 말이야."

"언제고 진심이 아닌 적 없었습니다만."

한 걸음 다가온 그가 달빛의 경계로 완전히 들어왔다.

"앞으로도 그러겠지요."

담담한 얼굴에서 체념이 느껴졌다.

"어찌 당신을 이기겠습니까. 당신이 변하면 변한 대로, 변하지 않으면 변하지 않는 대로."

"않는 대로?"

"지킬 뿐이죠. 그러니 절 이렇게 만드신 걸 책임지십시오."

청색 빛이 짙게 감도는 눈동자에는 은은한 달이 떠서 눈을 뗄 수 없게 했다.

"경을······?"

"네."

빙글 눈을 굴려 바라보는 내 시선에도 아랑곳하지 않고서 대꾸했다.

"음······ 그거 참······, 여러 의미로 들리는데."

어떻게 해석하든 당신의 자유라는 양 뻔뻔하기 짝이 없는 태도에 헛웃음이 터지고 말았다.

눈동자 속에 뜬 달에서 눈을 떼어 하늘의 진짜 달을 향했다. 독야청청 뜬 달은 새까만 바다 위에 홀로 표류하는 하얀 배였다. 새까만 물결 위로 오직 홀로 외롭게 존재하는 것. 오늘은 먹구름이 집어삼킬 듯이 다가온다. 이를 빤히 바라보다가 이 순간 보고 싶고, 궁금하고, 걱정되는 누군가를 생각한다.

아모르. 달을 닮은 사람.

* * *

공간을 웅장하게 차지한 비석을 통해 빈 공터로 내려섰다. 잠시 뒤 작은 수풀을 헤치고 나는 아모르의 궁에 도착했다.

'또. 잠겼어.'

그가 날 위해 늘 열어 두곤 했던 문은 오늘도 잠긴 채 나를 맞이했다. 문을 묶은 담쟁이 넝쿨이 오늘따라 쇠사슬 같다.

"오라버니."

문을 두드렸다. 직접 잡아당기고 싶지만 날카로운 가시를 가진 식물 때문에 엄두도 내지 못했다.

"……어쩐지 이럴 것 같긴 했지만."

오늘은 단단히 각오했다.

"오라버니."

두 번째로 그를 불렀다.

"듣고 있죠? 듣고 있잖아요."

무시하고 있지만 분명 듣고 있을 것이다. 그가 나를 외면하리란 생각은 들지 않았다.

"……오라버니."

세 번째, 목소리에 물결이 치는 것을 느끼며 나지막이 그의 이름을 담았다.

"오라버니…… 제발."

그리고 대답이 없었다. 고개를 떨구는 순간 손목을 휘감은 넝쿨이 나를 잡아당겼다. 그리고 넝쿨은 의지를 갖추고 바닥을 그었다. 아모르의 의지이자 그의 답이었다.

─돌아가.

대답은 간결했다.

"이…… 이 오라버니가 정말……!"

서러움이 복받친다. 걱정 또한 함께 밀려온다. 왜 날 거절하는데?

왜 피하냐고.

"엣취!"

불현듯 한기가 들었다.

"오라버니....... 나 춥단 말이에요."

공기가 차갑고 바람이 부는 데다, 어둡고 조금도 빛이 닿지 않았다. 늪 한가운데 덩그러니 서 있는 기분이었다. 머릿속이 멍했다. 종일 시달렸다. 피곤하지 않을 수가 없다.

애써 태연한 척하고 있어도 피곤하지 않은 건 아니란 말이야. 심통이 난 속과 달리 나직하고 부드러운 목소리로 계속 말을 걸었다. 그럼에도 잎사귀만이 바람에 사각사각 소리 내어 대꾸할 뿐이었다.

"정말 이럴 거야?"

어느새 내 목소리는 조금씩 작아지다가, 나조차도 겨우 들릴 웅얼거리는 소리처럼 작아졌다.

문에 기대 주르륵 주저앉았을 때 숄이 무언가에 걸려 부욱 긁히고 찢어졌다. 한데 피곤하고 지친 상태라 아무렴 어떠나 싶었다.

"오라버니, 나오지 말아요."

그래, 댁이 이기나 내가 이기나 해 보자고. 오기에 가까운 목소리였다.

"마음대로 해. ......난 오라버니가 만나 줄 때까지 여기서 기다릴 거니까."

바람이 불며 매달린 넝쿨이 어지럽게 흔들린다. 파도 같은 느낌을 자아냈다. 잠깐 숨을 들이켰다가 목소리와 함께 내쉬었다.

"나 알죠? 나 한번 하고자 마음먹은 건 꼭 하는 거. 내 고집 알 거야. 우리의 첫 만남을 잊지 않았을 테니까."

세운 무릎에 턱을 얹고, 느리게 눈을 깜빡였다.

"나 어두운 거 싫어하는데……."

웅크려서인지 그나마 어둠 속에서 덜 추웠다. 왜일까 은은한 향기가 난다.

"그래, 끝까지 나오지 말아 봐. 감기 걸려서 된통 고생하는 사람은 나지, 오라버니가 아니니까. 에취!"

다른 손으로 눈 위를 덮었다. 차가워진 손끝에서 여물지 않은 계절의 향이 눈가에 얹혔다.

몸이 좀 무거운 것 같기도 하다. 바람이 등골을 싸늘하게 훑고 간다. 몸이 파르르 떨었다. 꽤 적적하니 노래라도 불러 볼까. 하지만, 아냐. 깜빡깜빡 끊어졌다가 이어지는 시선으로 넝쿨이 살아 있는 듯 움직인 것 같았다.

아모르.

고개를 들자 넝쿨이 물러나는 게 보였다. 천천히 넝쿨을 잡고 일어나면, 마침내 부드럽게 열린 문이 나를 맞이했다. 나는 꽁꽁 언 몸으로 뛰다시피 걸어 그의 방에 도착했다.

"뭘 그렇게 노려봐. 인사도 안 하나?"

침대에 반쯤 걸터앉아 무릎에 턱을 괴고 있던 그는 문이 열린 쪽으로 고개를 돌린 것과 함께 삐딱하게 턱짓했다.

"이리 와."

"갈 거예요."

뒤에서 문이 스르륵 저절로 닫히며 조금 소름 돋는 소리를 남겼다.

"그런데 여기…… 왜 이렇게 춥죠?"

기묘한 느낌이 들었다. 밖이나 방이나 온도 차가 없었다. 활짝 열린 발코니의 문을 바라본다. 천천히 한숨을 쉬었다.

"……감기 걸려요."

흘끗, 아모르는 날 보더니 빤히 응시했다.

"네가 할 말은 아닌데."

그가 성의 없이 툭 뱉었다. 엣취. 이어진 내 재채기에 위에서 아래로 훑는 시선이 노골적인 빛을 띠었다.

"그러니까 더 빨리 열어 주지 그랬어요."

"분명히 돌아가라고 말했는데, 억지로 고집부린 사람이 누구였지?"

맞다. 그는 내 고집에 못 이겨 열어 주고 만 거나 다름없다.

"여태까지 날 안 봐 줬잖아요."

그렇지만 나도 가끔은 울분을 털어놓고 싶다.

"매일 봐야 하는 건 아니잖나."

"왜 그리 야박하게 말해요?"

이래저래 많은 일을 겪었고 몸은 무겁고 피곤했다. 숨길 수 있지만 아모르는 속일 대상이 아니었다.

"오라버니."

기분 탓이 아니라면 아모르는 평소보다 더 거리를 두고 앉아 있었다. 경계는 전염되었다. 나는 처음처럼 날이 바짝 선, 성마른 낯을 바라보면서 움직일 줄 몰랐다.

"왜 그렇게 나를 봐요?"

억지로 다가가는 건 어렵지 않았지만, 어쩐지 섣불리 다가가면 그가 나를 내칠 것처럼 느껴졌다. 치마를 움켜잡은 손에 힘을 주며 말했다.

"어디 아파요?"

아모르가 나를 빤히 바라본다.

"물을 가치가 없는 질문이로군. 답을 알고 있잖아?"

"내 말은 그게 아니라, 평소보다 더 아픈 것 같단……."

"착각이야."

아모르가 단호하게 끊어 냈다.

"왔으면 용건을 말해."

비약이 지나친 걸지도 모른다. 그가 굳이 내게 이럴 이유를 모르겠다. 나도 모르는 사이에 그를 화나게 했다면 그는 이런 노골적인 무시가 아니라 나를 끊어 낼 사람이었다.

"오라버니."

"잠깐, 거기서 말해."

"아니야. 피곤하더라도 얼굴 보고 들어요. 할 말이 많으니까."

"다…… 오지 마!"

아모르가 머리를 짚으며 말했다.

지금까지 아모르가 나의 방문을 거절한 적은 한 번도 없었다. 귀찮아하면서도 결국 받아 주던 사람이었다.

난 그를 알고, 그는 나를 안다.

난 단숨에 그 앞에 섰고, 그는 날 막지 않았다. 이 방 안에서 가장 어두운 곳은 침대였다. 달빛을 등진 그를 바라봤다.

"……거짓말쟁이."

오래지 않아 눈은 어둠에 익었다. 보이고 싶지 않다는 듯 억지로 얼굴을 가린 노력에도 불구하고 그는 내게 들켜 버렸다.

"날 봐요."

그는 도리가 없다는 듯 한숨과 함께 나를 바라봤다. 울긋불긋 엉망이 된 얼굴. 그의 손을 잡아 힘을 주어서 꽉 잡았다. 손은 뜨거웠다. 불덩어리를 잡은 건지 모르겠다.

그가 들숨을 들이켤 때면 나의 날숨이 흘러나왔다. 깜깜하고 고요한 침묵 속에서 우리의 호흡 소리는 불협화음을 이뤘다.

"아……."

거친 숨결. 만지지 않아도 미지근한 열이 이 차가운 공기를 타고서 전해졌다. 그제야 알았다. 그가 창문을 열어 둔 것도, 나를 가까이 오지 않게 한 것도.

오래전 책 속 구절이 거짓말처럼 내게로 흘러들었다.

「병약하고 다정한 황자님은 극심히 앓았다.」

루스벨라에게 선물을 했기 때문이었다. 사랑하는 여자에게 주는 데 힘을 소진한 미련한 황자님은 그 대가로 크게 앓아누웠다.

<이게 꼭 필요할 거야.>

책 속의 그가 지독히 앓았던가? 그랬다. 그때 며칠이고 앓다가 더 쇠약해졌던가. 그래, 그는 내게 약을 주었다.

"……나, 나 때문이죠?"

"착각도 지나치면 병이라더니."

나를 변화시켰던 약. 위기를 넘기게 했던 약. 그 약을 내게 주었기 때문에 그가 지금 아프다.

"……아니야."

마침내 드러난 붉은 기 가득한 얼굴이 선선히 웃었다.

"아니니까. 그 얼굴 집어치워."

그렇게 말하는 얼굴은 붉게 달아올라 스스로도 견디지 못하는 것처럼 보였다. 대체 왜 이렇게 될 때까지?

어째서? 왜!

나는 다급히 바닥의 러그에 무릎을 꿇고 앉았다.

"지금부터 진실만 말하기로 약속해요."

"너. 이거 봐."

"속일 생각 말아요. 내게 준 약을 만들어서 아픈 거죠? 말해요. 그런 거잖아."

"······."

그가 열에 들뜬 숨을 토해 내는 순간 내 숨도 끊어졌다. 자책이 몰려왔다.

"정말······. 나 때문이구나."

파르르, 싸늘한 공기에 몸을 떨자 그가 쯧 하고 혀를 차더니 고갯짓했다. 커튼이 고요하게 제자리로 내려왔다. 쾅.

그는 닫힌 발코니를 잠깐 바라보다가 고개를 돌렸다.

"내 얘긴 됐어. 네 얘길 해 봐."

"싫어요. 그걸 말이라고 하는 거예요?"

"해."

그는 눈을 한번 감았다 떴다. 천천히 침대 머리에 기대며 고개를 기울인다.

"무어라 더 하면 쫓아내겠어."

그는 별수 없이 입을 꾹 다물게 만들었다.

"치사해요."

할 말이 많다. 그러나 당장 그가 아픈 걸 빼놓고서 할 말이라곤 하나밖에 떠오르지 않았다. 생각해 보니까 아모르는 내가 황궁 밖으로 나간다는 말을 듣고 나서 약을 건넨 거였지?

이미 알고 있었던 거다. 내 얼굴을 알지도 모르는 사람. 어쩌면, 헤르난을 만날지도 모른다는 것을.

사실 약의 효능은 별 게 아니다. 대단한 힘을 쏟았다고 보기엔 부족하다. 그런데 이걸 위험할 때 쓰라고 했다.

내가 내 모습 그대로 헤르난과 밖에서 만났을 때, 어떤 일이 일어날지 알았다는 것일까? 그렇다면 헤르난의 또 다른 모습을 알고 있었다고? 그걸 걱정했고?

"밖에서 공작을 만났어요. 밖은 축제 준비에 한창이었는데, 생각지 못했던 헤르난이 있었어요."

나는 솔직하게 말했다.

"……그래."

"그리고 난 그가 있는 곳에 납치됐어요. 오라버니 그 사람의 모습은 이해하기 힘든 얼굴이었어요……."

"이해하기 힘든 얼굴?"

끄덕였다.

"궁 안에서와 전혀 다른 모습이었어요. ……뭐랄까, 사람이 변한 느낌. 얼굴만 같고 알맹이는 다른 사람이요."

나는 천천히 흐린 미소를 지었다.

"내 주변의 비밀을 알수록 암흑 속에 빠지는 것 같아요."

성녀란 사람을 만났고, 끝내 헤르난이 정체를 알아 버렸다.

'나도 알아 버렸지.'

그가 나를 구하려 했다는 사실은 나를 불행하게 했다.

"나는 나를 둘러싼 비밀을 알고 싶은데. 비밀을 알수록 무서워요."

"왜?"

"내가 예상했던 것과 달라서요."

그는 나를 죽이지도 않았지만 살리지도 못했다. 이제 와서 어떻게 받아들일까?

유감스럽고 곤란한 기분이었다.

"이제는 하나둘씩 알수록……. 모른 척하고 싶어져요."

수많은 혼란과 충격 속에서 난 그를 미워하지도 못하고 그렇다고 용서하지도 못했다. 결국 어중간한 회색에 올려놓고 모른 척 눈을 감아 버렸다.

"그럼 그렇게 해."

이제는 아모르가 왜 약을 주었는지, 어떻게 나와 헤르난이 만날 줄 알고 주었는지에 대해서 궁금하지 않았다.

전부 아는 게 좋지만은 않다. 미래를 알고, 죽음을 알고, 나아가 나라의 멸망조차 알지만 정작 내가 할 수 있는 일은 아주아주 적었다.

"왜 난 여기 있는 걸까요."

나는 늘 궁금하다. 이토록 많은 걸 짊어졌는데 그 이유를 모르고 불행하기만 한 건지.

"오라버니."

감당하지 못할 것들을 안게 된 마음은 무겁기만 했다. 넘어지면 다신 일어나지 못할까 봐 무섭다.

"묻고 싶은 것도 많고 하고 싶은 얘기도 참 많았는데 지금 오라버니 얼굴은 이 말이 쏙 들어갈 정도로 너무 아파 보여요."

"아무렇지 않아. 앉아."

누가 봐도 나 심각할 정도로 아파요 하는 얼굴을 하고서 성마른 낯으로 고집을 피우는 그에게서 나를 본다.

데인과 플뢰온, 그리고 레이 경이 날 바라볼 때 이런 기분일까?

"그런 얼굴은 아무리 잘생겨도 설득력 없다고요."

"앉아."

"아니, 쉬어요."

당신은 볼수록 나와 정말 닮았다. 생각하는 것도, 메마른 성격도, 그럼에도 끝내 외면하지 못하는 것들에 대해서도.

"고집부리지 말고요. 네?"

"……."

언제나 의연하고 이기적인 사람이고 싶었다. 내 불운을 해결하기 위해서라면 주변의 작은 희생쯤은 아무렇지 않게 생각하는 정도면 좋겠다. 그러나 나는 그러지 못했다. 내 불행이 가엾고 힘들고 지겨울 정도로 아픈데 누군가를 먼저 생각하고 만다. 이 순간 힘겨워 보이는 아모르에게 그냥 돌아가겠다 말을 던지고야 마는 것처럼.

"오늘만 날이 아니잖아."

아모르가 내 손을 꽉 잡아 왔다.

"네 할 말만 늘어놓고 가지 마. 나는 아무 말도 하지 않았어."

어둠 속에서 손은 꽉 죄여 오고, 나는 아모르가 어린아이처럼 느껴졌다.

"하지만, 오라버니 얼굴은……."

"시끄러워."

그의 고개가 푹 숙여지며, 동그란 정수리가 고스란히 보였다. 열에 달뜬 그는 견디기 힘들어 보였다.

"오라버니……."

어두웠지만 나는 그의 이마를 찾아 조심스럽게 짚었다.

"조금 더……."

기분 좋은 걸까. 그가 내 손을 잡았다. 그러고는 눈 쪽으로 내리더니 그대로 감았다.

"걱정했다."

"……."

"걱정했다고. 널."

우리는 걱정에 서툴렀다. 나는 표현을 잊었고 아모르는 낯설어했다. 지금 그의 목소리에서 그런 서툰 감정이 느껴졌다.

"네가 밖으로 나가면 널 보호하기 힘들어져."

모든 식물의 얘기를 들을 수 있는 그이지만 범위는 궁 안으로 한정 짓는다고 했다.

그건 한 번에 수백 개의 수화기를 들고 듣는 일과 같다. 오래 지속 하면 피곤하다고. 더욱이 이 능력에 들어가는 신력은 거리가 멀어질 수록 배가 된다. 가뜩이나 약한 몸에 부담스러운 힘을 지니고 있는 그였다.

"……무리를 할 필요는 없었어요."

"무리를 생각할 상황이었나."

아모르가 통명스럽게 뱉었다.

"내가 준 팔찌는 엉뚱한 소리만 들려오지."

"음, 미안해요. 그거 잃어버렸어요……."

납치범들을 피해 도망가던 중에 사라졌지……. 화를 낼 것 같던 그가 피식 웃으며 말했다.

"그럴 것 같았다."

웬일인지. 아파서일까, 아모르가 너그러워진 것 같다.

"헤르난데즈는 짐승의 신관이야. 얼굴을 가리는 정도로는 피할 수 없었어."

그가 느릿하게 말했다.

"역시 오라버니는 내가 그 사람과 마주칠 줄 알았던 거군요."

"그래. 그는 황성 밖으로 자주 나가는 편이니까."

그의 목소리는 까칠했으나 차분했다.

"네가 본 그대로 밖에서의 그는 아주 위험하지. 넌 그를 별로 좋아하지 않으니 엮이려고 하지 않을 거라 생각했지만……. 내 오산이었다. 그의 모습을 봤겠지?"

확실히 그는 궁 안에서와 너무나 달랐다.

"짐승의 신관은 갈망과 욕망을 억누르지 못하기 때문에 억제자가 없는 밖에서 그는 고삐 없는 황소와 같아. 고대 짐승의 피 때문에 본능과 충동에 사로잡힌 불쌍한 신관이지."

"궁 안에서는 카……, 첫째 오라버니가 그 역할을 한다는 건가요? 억제를?"

"그래. 이성적인 판단이 힘들다는 소리가 뭔지 알아? 수틀리면 누구든 다치게 할 수 있다는 거야."

아모르의 눈 위에서 손을 뗐다. 무의식적으로 일기장을 건드렸다. 그가 한숨을 쉬었다.

"헤르난데즈 스스로도 말하지. 억제자가 없을 때 자신은 그저 난폭한 짐승에 가깝다고."

침대 머리에 기대어 내려가는 고개. 이마 위로 사르륵 연하늘빛 머리칼이 쏟아져 내렸다. 그가 숨을 들이마셨다.

"병을 3개씩이나 준 건 돌아간 네가 하나쯤은 시험 삼아 먹어 볼 거라고 생각했기 때문이었어. 너라면 적절히 쓰리라고 믿었지."

한탄에 가까운 목소리였다.

"약을 먹을 만한 겨를이 있다면 몇 분을 다투는 긴급한 상황은 아니겠구나. 내가 생각한 건 딱 이 정도였다."

어둠에 가려진 눈동자는 겨우 녹색만을 알아볼 수 있었다.

"알아서 피하란 말이었지, 네가 이렇게나 엉망으로 돌아올 줄은 몰랐다. ……넌 항상 예상을 뛰어넘는구나."

일기장을 만지던 손이 멈췄다. 결국 그는 내가 헤르난과 마주치지 않길 바랐고, 만나더라도 피하길 바랐다는 소리였다. 고작 이를 위해 제 힘을 소진해 가며 수월하게 할 도구를 만들었고, 앓았다.

"하나의 신력을 상쇄시키려면 그것과 비슷하거나 더욱 강력한 힘을 쏟아 부어야 한다고 했죠?"

"그래."

책에서 보길 짐승의 신관은 더없이 뛰어난 신체 능력과 오감, 짐승과도 같은 감각을 가지고 있었고 이건 일종의 그들만의 능력이라 할 수 있었다.

아모르가 이토록 아픈 건 헤르난이 녹록지 않은 신관이기 때문이다.

"그 약은 강력한 힘을 쏟아 낸 거군요."

"그래."

헤르난의 눈을 속이는 일은 결코 쉽지 않았을 테지.

"……결국, 헤르난데즈에게서 날 숨기겠다고 오라버니가 아픈 거네요. 나, 나 때문에?"

눈앞이 흐렸다. 그에게 미안하지만, 정말 쓸데없는 짓이었다. 그를 아프게 해서까지 급한 건 아니었다고. 그렇게 말하려는 순간이었다.

"그래."

"……."

"네가 다치는 걸 보기 싫었으니까."

나는 입을 벌렸다.

"……내가 하고 싶었고. 그리했을 뿐이다."

그치고는 너무 직설적이고 솔직한 말에 하려던 말 잊어버렸다. 전부.

"헤르난과 마주치는 건 신분을 숨기고 나간 네게 곤란한 일이지. 그놈은 늘 실실거리는 것 같아 보여도 강한 신관이다. 그런 놈의 눈을 속이는 건 생각보다 꽤 까다로운 법이라 애먹은 거고. 지금 골골거리는 건 너와 아무 상관없어."

"그건……."

한참 입을 멍하니 벌리고 있었다.

'그건 날 걱정한 거잖아요.'

"왜."

문틈으로 스민 바람에 커튼 자락도 함께 춤을 추었다.

"왜 그렇게까지 해야 했어요?"

"헤르난은 중요한 일을 맡고 있어. 그런데 황녀인 네가 나타나면 어떨까?"

"나를 해치려 할 거다?"

"그래. 누구도 알아선 안 되는 비밀을 알게 된 황족은 성가시다. 헤르난이 아니라도 다른 놈들이 널 가만두지 않았겠지. 헤르난을 대장이라 부른 자들. 네가 본 자들은 비밀 기관 '황제의 그림자'다."

"알고 있어요. 그들끼리 하는 얘기를 들었어요."

사실 혼돈의 신관에게 들었지만.

"현재 수도 뒷골목에서 벌어지는 일은 전부 그들의 짓이야. 그러나 2황자 형님마저도 어렴풋이 이상하다고 느낄 뿐 실체를 잡지 못했어."

그 말은 꼭 지금 내가 알고 있는 것이 이상하다 느끼게끔 하잖아.

"하지만 난 알고 있잖아요. 아무 힘도 없는 황녀인데요."

"네가 조영관과 손을 잡은 뒤로 그 누구도 그렇게 생각하지 않아."

아모르가 단호하게 말했다.

"그리고 헤르난의 측근들은 네 얼굴을 알고 있지."

"그들에게 얼굴을 들킬 필요는 없다. 그래서 헤르난마저 속이게 한 거라고요?"

"그래. 밖에서 그놈을 보는 건 네게도 달갑지 않은 일 아닌가? 가장 좋은 일은 마주치지 않는 거겠지만 네가 나가는 이유를 듣고 그건 어렵겠다 싶었지. 그리고 헤르난이 아니라도 그의 부하는 언제든 볼 수 있을 거라 예상했다."

"알고 계셨군요. 밖의 헤르난이 무슨 일을 하는지."

"모르진 않아."

여자 하나를 잡고 남자 다섯이서 끌고 가던 장면은 아주 좋지 않은 더러운 기억으로 남아 있었다.

사실 여기 오기 전 납치에 대해서 어떻게 설명해야 할까 궁리했는데. 내가 너무 간과했던 것 같다. 책 속 아모르는 황태자와도 2황자와도 밀접한 관계에 있는 사람이었다.

이곳이 정말 책 속이라면, 내가 아는 다른 내용도 사실이 된다. 성격 하나가 다르다고 해서 모든 것이 달라진 것이 아니었다. 지금은 내게 마음을 주었지만 책 속 아모르의 포지션은 카스토르의 우군이고, 여전히 카스토르에게 생명을 의지하고 있다.

<2황자다!>

<나는 제국의 성녀. 베아트리체 마리사.>

거기다 난 정치에 대해서 잘은 모르지만 지하에서 있었던 일에는 황제와 카스토르가 있었다. 더구나 2황자 또한 관계가 없진 않다.

이런 중요한 사안에, 조영관같이 도덕적이고 정의로운 성격의 귀족과 손을 잡은 내가 이 사실을 알게 되었다면? 황제의 그림자가 날 성가시게 여길지도 모르겠다. 계략은 아무도 모르게 이뤄져야 하는 거니까.

결과적으로 약을 먹고 변한 일이 잘 된 일이었다.

<여성은 신관이 될 수 없습니다. 법으로 금지되어 있으니까요.>

이 나라는 기이하게도 신력에서 여자를 철저히 배격해서 신관의 수가 현저하게 적은 시대였다.

<우리는 이 나라의 멸망을 원한단다.>

헤르난과 카스토르 그리고 황제. 『루스벨라의 빛』에서 주요 인물들이 줄줄이 엮인 일이었다. 그리고 『루스벨라의 빛』에 나오지 않았으나 나와 내 주변, 나아가 내가 있는 곳의 미래를 쥐고 있는 일이었다. 정말로 책 속처럼 나라가 멸망한다면 내가 아는 이들 전부 죽어 버릴 테니까.

그렇지만 지금 아모르와 할 이야기는 이게 아니었다.

"방금 한 말. 앞뒤가 맞지 않는 부분이 있어요. 얼굴이 변했다 쳐요. 그래도 헤르난이 날 해쳤으면 어쩌려고?"

헤르난은 처음에 그러려고 했었다.

"그래서 하나 더 두었지 않나. 보험."

"보험?"

"헤르난이 널 죽일 수나 있을까."

그는 날 비웃었다. 그러나 곧 진지한 얼굴로 바뀌어 말했다.

"내가 네게 내린 보호의 힘이 있지 않나. 헤르난이 널 해치려 들었으면 그게 널 보호했을 거다."

"내게 내린 축복 말인가요?"

"그래."

"그래서 내린 거예요? 헤르난 때문에?"

"……겸사겸사. 헤르난의 눈을 속이려면 적어도 내 신력이 네 몸에 넘칠 정도로 필요했어. 그래야 그 짐승 같은 감각을 속여 넘기겠지."

"만약을 위해서 한 거라고요?"

"그래. 마주칠 가능성은 없는 것 같았지만, 만약을 위해서."

"정말 쓸데없는 짓을 하셨네요."

"글쎄. 결국 도움이 됐지. 같은 편하기로 하지 않았나?"

"미련한 짓이야!"

담담하게 말하려 했지만, 열로 달뜬 얼굴 때문에 크게 뱉어 버렸다. 차오른 울분은 울음 섞인 말이 되었다.

"오라버니를 아프게 하면서 보호받고 싶진 않아요. 그건 싫어요."

그러자 아모르는 제 관자놀이를 짚은 채로, 흉내 낼 수도 없는 우아한 미소와 함께 고개를 숙였다.

"네가 무사히 돌아왔지 않나. 기원은 그런 것이지."

뜨거운 손가락이 뺨을 스치고 사라진다.

"하지만 아프잖아요……!"

신력을 기준 이상으로 사용하면 소진되는 당신의 몸이잖아.

"있을지 없을지 모를 위험을 피하고자 제 살을 깎아 주는 사람이 어딨어요……."

티를 내지 않으려고 애를 쓰지만 쌔액, 쌔액 뱉어지는 숨은 지극히 불규칙했다. 어째서 지금까지 몰랐을까?

이 미련스런 모습은 책 속 모습 그대로였다. 그는 제 울타리 안 사람들에게 너무나 약해진다. 성격은 전혀 다르면서 왜 이런 모습만 책 속과 같은 거냐고.

카스토르는, 황제는 지금까지 쭉 당신에게 이런 일을 시켰나. 이런 모습을 보고도?

"축복이라면……, 헤르난도 내게 내렸어요."

"자주 받을수록 더욱 좋다는 말은 하지 않던가."

그의 손끝에서 식물이 쑥쑥 돋아났다. 자세히 쳐다보자 그건 줄기처럼 선명한 녹색 빛이었다.

"축복은 기원이지."

어둠 속에서 청량한 녹색을 뿜어내는 빛이 내 주변으로 뱅뱅 원을 돌았다.

"신관이 간절히 비는 바람."

빛은 살아 있는 것처럼 꼬물꼬물 움직이며 나를 톡 건드리고는 내 팔목에 뱅뱅 휘감겼다. 나도 모르게 손을 뻗어 만지는 순간 빛은 파앗, 하고 사라지고 익숙한 것을 남겼다.

"아……. 팔찌?"

잃어버린 팔찌와 비슷하면서 더 큰 보석이 달려 있다.

"다신 잃어버리지 마."

이렇게 힘을 막 써도 되는 걸까?

"이깟 걸로 죽지 않아."

내 표정을 알아챈 아모르가 잔뜩 날 선 목소리로 대꾸를 막았다.

"이리 와."

그는 길고 살집이라고는 하나도 없는 섬세한 손가락을 뻗어 나를 툭 건드렸다가, 가까이 오란 손짓을 했다.

"괜찮아. 힘 따위 아깝지 않다. 아파도 상관없어. 익숙하니까."

선선히 미소하는 그를 담았다. 어, 어……. 잠깐. 점점 가까워지다가, 휙 스치고 간 것에 천천히 눈을 깜빡였다.

"그러니 지키기로 한 것을 지킬 수 없게 하지 마."

희미하게 남은 녹색 빛. 빛이 반사된 아모르의 창백한 얼굴이 그림자 속에 잠기고 있었다.

"……왜요?"

"그건 끔찍한 일이니까."

나를 껴안은 고요 속에서 그가 천천히 중얼거렸다.

"잃는 건 지긋지긋해."

아모르의 냄새는 무척이나 은은하고 부드러웠다.

"그러니 넌……. 죽지 마."

그런 생각을 했다. 이 부드러움이 그에게도 스민다면 얼마나 좋을까.

아모르를 안고 생각했다. 『루스벨라의 빛』 안에 언급된 몇 페이지만으로 그를 동정하고 안다고 착각했다.

이 순간 가라앉은 눈동자는 나로서는 상상하지 못할 깊이를 안고 있었다.

"알아요, 잃는 건. 알고 있어요."

서글픈 이야기다. 우리는 열심히 살았지만 불행했다. 살아남고 싶은 나도, 하루하루 해독제를 마시는 아모르도. 앞으로도 불행을 열심히 사는 것 외에 다른 길이 없었다.

"열심히 살았지만, 잃었던 것이 있어요. 오라버니도 나도."

아모르 뺨에 조심스럽게 손을 댔다.

"그렇죠? 우리가 할 수 있는 건 열심히 살아오는 것 말고는 없었으니까."

그의 섬세한 얼굴이 조각난 퍼즐처럼 일그러졌다가 펴졌다가 다시 일그러지기를 반복했다.

"약속할게요. 오라버니는 날 잃지 않을 거예요."

내게 남아 있는 것을 지키자. 더는 잃지 않게.

"오라버니도 내게 약속해요."

"무얼?"

우리. 더는 누구도 슬퍼하지 않게.

"백 살까지 살겠다고. 수명 꽉꽉 채워서 늙어 죽을 때까지 살아줘요."

이 세계의 평균 수명이 몇 살이더라? 일단 못해도 일흔까지는 됐으면 좋겠다.

"이곳에 뺏긴 시간이 얼만데……. 그 이상으로 행복해야 해요."

아모르는 창백하지만 청초한 낯으로 성마르게 웃음을 터트렸다.

"농담 아니에요, 나. 일단 건강해져요. 그래서 가장 먼저 이곳에서 벗어나요. 답답한 궁전에서 나와서."

"나와서?"

"수도 거리도 걸어 보고, 축제도 보고, 야시장도 걸어 보는 거예요."

나는 확신하듯 재깔였다.

"어려운 부탁이구나……."

아모르가 천천히 눈을 깔며 나를 바라봤다.

"노력은 해 보지."

좀 더 성의 있게 들어 줬으면 하는데 심드렁한 낯이다.

"진심이에요."

"그래."

대수롭지 않게 대꾸하는 아모르였다.

"진심이라니까요?"

정말 진심이니까 그렇게 보험 판매 거부하는 눈으로 나를 보지 않았으면 좋겠다.

"그래. 알았다니까."

"흠흠, 그리고 오라버니."

나는 숄을 추어올리며 말을 돌렸다.

"자꾸 내 입술에 입술 가져다 대지 말아요. 깜짝 놀랐잖아요."

고개를 돌린 채 투덜거렸다. 그러다 참지 못하고 흘끗 쳐다보면 그는 행간의 뜻을 읽지 못한 사람인 양 고개를 갸웃했다.

"입술?"

"그래요, 입술."

까칠한 낯으로 눈을 두어 번 깜빡이는 아모르가 있었다. 왜 그렇게 쳐다보는 거야. 꼭 제가 뭘 잘못한 줄 모르고 쳐다보는 고양이 같잖아.

찡그리며 대꾸하려다가 잠깐, 스쳐 가는 생각에 고개를 번쩍 들었다.

'잠깐.'

방금까지 그가 궁 밖에 나가는 상상을 했는데, 불가능하다고만 생각하지 말고 현실로 만들면 되잖아.

"오라버니. 오라버니가 밖에 나가지 못하는 건 병 때문인 거죠?"

"그래."

"공식적으로는 그렇단 말이죠."

나는 생각이 많고 계획한 뒤에 실천해 옮기는 타입이다. 반짝하고 위기의 순간에 순발력이 켜지며 온 우주의 기운을 모아 탈출하는 그런 타입이 아니라는 것이다.

"사람들은 전부 오라버니가 죽을병에 걸린 줄 알죠."

살면서, 특히나 수십 번 죽었다가 살아난 뒤에 난 정말 똑똑하지 않구나 한탄했던 기억이 있다. 조금만 머리를 굴렸다면 더 빨리 눈치 챘을 텐데, 생각이 느려 한참을 걸려 빙빙 돌아서 답을 찾아냈다.

"바꿔 말하면 오라버니가 병에 걸린 것 말고 여기 갇힌 진짜 이유를 아는 사람은 없다는 거죠……."

하지만 지금은 조금 다른 것 같다. 당장 피로한데도 불구하고 확고한 직감이 들었으니까. 지금까지 휴면 상태이던 두뇌가 열 일하는 기분이었다.

아모르가 이 궁에 갇혔다는 사실은 황제와 극소수밖에 모른다. 대부분의 사람들은 4황자를 아파서 궁에만 있는 병약한 황자라고만 알고 있다. 아모르의 힘을 알길 바라지 않는 황제의 계략이었다.

너무 어릴 적에 자각해 버려 스스로를 보호할 수단을 갖추지 못한 그는 그렇게 갇혀 버렸다.

하지만, 이건 어떨까. 비밀은 다수가 알면 더는 비밀이 되지 못한다.

"오라버니! 나 지금 엄청 좋은 생각이 났어요."

황제가 손쓸 틈도 없이 한 번에 크게 키워 버리면?

"나랑 함께 갈래요?"

"어딜?"

아모르는 한쪽 무릎을 꿇은 나를 물끄러미 바라보았다.

"좋은 곳. 아주 좋은 곳에요."

그러자 아모르의 미려한 낯이 순식간에 찡그려진다.

"또 무슨 엉뚱한 짓을 하려는 거냐."

아모르가 손을 뻗었다.

"이리 와. 거기선 네 표정이 보이지 않아."

내가 다가가지 않자 아모르가 눈썹을 휙 꺾어 올렸다. 못마땅한 표정이었다.

"으앗. 잠깐."

결국 난 그의 넝쿨에 꼼짝없이 붙들려 그의 앞으로 끌려왔다.

"할 말이 뭐지?"

무슨 꿍꿍이냐는 듯 나를 바라보는 얼굴에 씩 웃으며 나는 기사들이 하듯 그의 손을 붙잡고 입술을 맞추는 시늉을 했다.

"제국의 4번째 가시님, 내 선국제 파트로누스가 되어 줄래요?"

내 프러포즈에 아모르는 어처구니없다는 표정이었다.

* * *

결론부터 얘기하자면 나는 아모르에게 대차게 차였다.

"레이 경에게 차인 아픔도 채 낫지 않았는데……."

또 차였다.

"이쯤 되면 내게 문제가 있는 걸까."

레베카처럼 절세 미녀는 아니라도 꽤 괜찮은 편인데 뭐가 부족해서 차이는 걸까. 전생에서나 지금이나 인기와 관련 있는 삶을 사는 건 아닌가 보다.

"본격적으로 준비하실 때입니다. 주인님."

오늘 아침 레베카가 돌아왔다. 여전히 아름다운 내 시녀님은 못 보던 사이 조금 더 예뻐진 것 같았다.

"……건국제 말이야?"

예상치 못한 방문 때문에 느슨하게 잠옷에 숄만 대충 걸치고 집무실에 편히 누워 있다가 딱 걸려서 곤란해졌다.

"그렇습니다만. 지금 모습은 대체……."

레베카가 권하던 물건이 아니라 털실로 대충 짠 것 같은 식탁보처럼 생겨 레베카가 경악을 토해 냈던 숄이었다. 대롱벌레처럼 하고 있던 내 몰골을 보고 레베카는 딱 굳었다.

그 뒤 이어진 참사야 뭐.

"주인님! 얼굴이 그게 뭡니까. 대체 무엇을 하셨죠? 또 엉망진창이시라니……. 속상하지 않은 날이 없군요."

"으응……."

"듣고 계십니까? 제가 없는 사이 상황은 안 봐도 빤하군요."

병든 닭처럼 꼬박꼬박 졸다가 목소리에 놀라 퍼뜩 고개를 들었다.

"파트로누스는 정하셨느냐……. 아니 듣지 않아도 알겠네요."

"응? 왜? 왜왜?"

"신나서 말씀하셨겠지요. 정하셨다면 말이지요."

레베카가 사가에 가 있는 동안 보냈던 편지를 떠올렸다. 몇 통이었더라……. 세어 보진 않았는데. 아무튼 무지 많았다.

아마 봉투 색이 붉은색이었다면 보증 잘못 서서 빚 독촉받는 기분이었을 것 같다. 물론 지금 상황이 비슷했지만.

"주인님을 보필하는 과정은 개를 기르는 것과 그리 다르지 않은 것 같습니다."

"그거 욕이야?"

"칭찬이에요."

"……칭찬?"

"적어도 개보다는 말귀를 알아들으시니 칭찬이지요."

시녀님은 눈썹을 휙 꺾어 올리며 우아하게 나를 내려다봤다. 변명이 있으면 해 보라는 표정이었다.

"일단 중요한 게 파트로누스만은 아니라서 넘어가겠습니다. 「태양의 땅」에 대한 이야기 들으셨지요?"

"태양의 땅?"

"네. 주인님이 춤을 추실 제단 말입니다."

그녀가 내 권유에 따라 내 앞에 앉았다.

"시간이 촉박합니다. 지금부터 무대 장식에 대해 이야기 나누기도 바쁘니까요."

무대라면 헤르난과 함께 봤던 거기일까. 눈에 띄었지. 온통 새하얗다 못해 은빛을 드러낸 대리석으로 만들어졌고 신성한 광채를 보였다.

광장 북쪽을 전부 차지한 넓은 무대는 이 땅에 직접 머무른 주신을 위해 세워진 공연장. 신에게 바치기 위해 세워진 곳이자 오직 주신을 경배하기 위한 장소였다.

"주인님께서도 아시겠지만, 「프리모 살바티오」는 예배이자 의식입니다. 단순히 춤이 아닌, 제국민에게 중요한 의미를 가지고 있단 말씀이지요."

"응. 알아."

"하늘과 탄생, 무대는 이 땅이 시작한 모든 존재의 의미를 상징합니다.

쉽게 말해 역사를 한데 집대성한 것이 이 춤이지요."

레베카가 작게 한숨을 쉬었다.

"물론 지금에 와서는 신성시된 이미지는 쇠락하고 오락적인 요소가 강해졌지만요. 그러나 신의 현신을 상징하는 무희는 여전히 가치 있는 존재라고 할 수 있어요."

"무희라. 나 같은 황녀 말이지?"

"네. 따라서 전대 황녀들께서 신관들과 함께 무대를 꾸민 것도 여기서 출발합니다. 무대는 주신을 기리는 것이니 신관이 함께해야 한다는 것이죠."

"과거 황녀들도 신관과 함께 꾸몄으니 나도 신관과 함께 무대를 만들란 얘기야?"

"네."

레베카가 서늘하고 담담한 어조로 재깔이면서 고개를 끄덕였다.

"물론 현재에 와서 황녀가 비신관이라면 의무는 아니지만요. 하지만 공연장, 「태양의 땅」은 신관의 힘을 극대화하는 힘을 갖추고 있습니다. 신관의 힘이 더해졌을 때 더욱 아름다운 춤을 볼 수 있다. 이런 기대를 모든 제국민이 품고 있다는 말이에요."

나는 잠시 대꾸 없이 테이블 끝을 의미 없이 바라보았다.

"스토리를 가진 복합적인 의식이란 말이지?"

"네."

춤과 노래, 무대, 미술이 융합된 종합적인 공연이고. 레베카는 무대감독으로 신관을 추천했다.

"······하지만 내가 아는 신관이 어디 있어?"

떠오르는 얼굴이 있긴 한데, 한 사람은 펜네고 다른 사람은 그라니우스다. 그들은 각각 깃털의 신관과 힘의 신관으로 능력이 화려함과 거리가 멀었다.

"왜 없나요? 일단 황녀님의 오라버니께서 계신데."

"플뢰온?"

"네. 불카누스의 후계자이신걸요."

진심이냐는 물음에 레베카는 서늘한 낯으로 무엇이 문제냐는 듯 고개를 기울였다.

"농담이지?"

"이 바쁜 상황에서 왜 농을 하겠습니까."

진심이구나.

불카누스라면 제국의 모든 유적과 유명 건축물 중 손을 대지 않은 것이 없다고 알려진 대신전. 엄청난 재화와 광맥을 가진 부유한 곳이기도 했다.

"플뢰온은 신관이 아니야."

"압니다. 하지만 지원은 가능하시겠죠."

결국 플뢰온의 외가에 도움을 요청하란 소린데. 이건 그가 외가를 어떻게 생각하는지 안다면 쉬이 꺼낼 수 없는 말이었다.

"으음, 레베카. 아무래도 그 말은 꺼내기 어려울 것 같은데……."

"왜죠?"

"일단 오라버니는 외가 얘기를 꺼내기 싫어해……. 외가를 엄청 싫어할걸……."

"그건 아닐걸요?"

레베카는 의아하다는 듯 대수롭지 않은 어조로 대꾸했다. 난 책등을 쓰다듬다 말고 고개를 들어 그녀를 바라보며 깜박였다.

"그분은 싫어하지 않아요."

묘하게 확신에 찬 어조였다. 무어라 대꾸하기도 전에 레베카는 사근사근한 미소를 띠우고는 이어 말했다.

"「프리모 살바티오」는 황녀님과 파트로누스의 2인무 형태. 또한 보다 흥겨운 분위기를 위해 인파 곳곳에 무희를 배치하기도 하죠. 7황자님의 외가는 '롬의 수레바퀴'예요. 유랑 민족이었다가 제국에 정착한 가문이죠. 전직 집시들답게 기예와 노래, 춤에 능한 이들이랍니다."

"그러니까 레베카 말은 둘 모두에게 요청하라는 거지?"

레베카가 끄덕였다.

"그분들은 당신을 위해 무엇이든 하실 거예요. 어째서 가진 재화와 인력을 사용하려 하지 않으시나요?"

똑똑한 시녀님답게 우리의 관계를 정확히 꿰뚫어 본 레베카였다.

"내키지 않는 얼굴이시네요."

나는 레베카가 오기 전까지 읽고 있던 책으로 시선을 옮겼다. 역대 황녀들이 무대를 어떻게 꾸몄는가에 대한 기록이었다. 사람 심란하게 하는 책이었다.

"레베카. 이거 정말 사실이야? 여기 이 부분 말이야. [300년 전 황녀 라르카치아는 황금과 재화의 신관의 도움을 받아 무대를 금빛으로 물들였다. 그날 비처럼 내린 황금은 한 신전의 무려 1년 치 예산이었다.] 특히 인기가 많았다고……."

"네. 라르카치아 황녀는 그 후로도 3번 더 「태양의 땅」에 오르셨죠. 두 번째는 꽃의 신관과, 세 번째는 미와 사랑의 신관과 함께했다고 알려져 있습니다. 역대 황녀들 중 최고를 보여 주신 분이자 「프리모 살바티오」의 지표를 세운 분이시고요."

레베카는 대수롭지 않은 목소리로 말했다. 그러면서 쳐다보는 표정이 당신도 이 정도는 해야지요? 하고 말하는 것 같았다.

"기대치가 너무 높아. 레베카."

내 아이는 천재가 틀림없다 믿는 부모의 착각같이 느껴지는데.

"저기, 레베카. 이 사람은 뒤에 집정관이 있었다고."

집정관은 제국에서 최고로 높은 관리이다.

"황녀들은 어째서…… 이렇게까지 한 걸까."

현 시대의 집정관은 2황자를 떠받치고 있는 세력이며, 적어도 그런 배경을 지고 있어야 블록버스터급 공연이 나온단 소리다.

요컨대 거대한 공연에는 그만한 예산이 드는 법. 혀를 내두를 정도로 억 소리 나는 예산을 들인 공연이 어찌 화려하지 않을 수가 있겠나.

"역대 황녀들이 어째서 공을 들였냐고요? 당연하지 않습니까. 좋은 혼처가 들어올 가능성이 높아지니까요."

"혼처?"

"실제로 라르카치아 황녀는 북대륙 거대한 왕국의 왕비가 되었답니다. 건국제를 보러 왔던 왕태자가 첫눈에 반해 청혼했다는 이야긴 이미 유명하지요."

300년 전 황녀 라르카치아의 공연 규모에 질려 버리고 나서 뒤로 보게 된 다른 황녀들의 공연은 초라하게만 느껴졌다.

가장 불쌍한 건 이 황녀가 혼인한 뒤 이어받은 사람이다. 신관이 아니고 탄탄한 배경을 갖추지 못한 공연은 처참했겠지.

"잠시만. 이거 뭐야. 말도 안 돼. 춤 때문에 폭풍이 일어났다고?"

"세사르 지방의 폭풍 말씀이신가요?"

레베카가 기록을 흘끗 보고는 말했다.

"여러 경황이 겹쳐 일어난 일이지만. 결론은 그렇습니다. 지금도 대부분의 제국민은 그렇게 생각할 걸요. 황녀님의 춤이 훌륭할 때 재난은 스쳐 지나간 것이 되지만, 그렇지 않을 때 재난은 모두 당신의 탓이 되죠."

"그런 게 어딨어?"

그런데 문제는 황녀의 춤이 그해 민심을 뒷받침한다는 거다.

"그러니 중요하다는 것이지요."

"억울해……."

후계자의 자질을 선보이는 자리에서 오락거리로 전락했지만, 그 의미만은 아직 퇴색되지 않았다. 제국은 아직도 춤이 성공적일수록 주신이 영원토록 축복을 내릴 것이라는 미신을 믿는 나라였다.

아니, 미신은 아니겠지만. 아무튼.

"그런데 이상한데. 기록이 오랫동안 끊겨 있네. 나 이전에 황녀가 없었어?"

"꽤 오랫동안 없었죠? 그러니 누구보다 기대하고 있을 겁니다."

레베카는 날 물끄러미 바라보며 서늘하게 미소했다.

"저는 잘해 내실 거라 믿고 있답니다."

그녀는 담담하고 차분하게 이야기를 늘어놓았다. 지금까지 나를 대신해 춘 성녀에 대한 반작용으로 현재 기대가 어마어마하다는 현재 상황도.

명예. 좋은 혼처. 그런 거 다 필요 없단 말이다. 울 것처럼 얼굴을 흐리고는 애처로이 시녀님을 바라봤다.

"하아. 대충 하고 싶은데."

으레 하듯 순진하고 맹한 인상을 흉내 내면서.

"레베카 다른 방법은 없는 거야? 응?"

그러자 레베카가 싱긋 웃었다.

"황자님께 한시 바삐 도움을 요청해야 마땅하다 생각한답니다."

"……그건 해결책이 아니야."

아마 꼬리가 있다면 식사 시간에 끙끙대는 강아지인 양 추욱 처졌을 것이다. 차마 레베카 앞에서 터트릴 수 없는 것들이 안으로 파고들었다.

상황이 녹록지 않다. 제4 행정청의 수장이자 수많은 순찰대 신관을 거느린 그라니우스가 내 보호자로 나선 데 더해 카스토르가 날 싸고돌았다. 총 2연타로 나는 귀족들 사이에서도 태풍의 눈으로 급부상했다.

현재 화제의 중심이란 얘기였다. 어쩐지 요즘 따라 쌓이는 초대장의 양이 엄청나다 했지.

"……그냥 잠깐 추고 내려오면 되는 거 아니었냐고."

내 인생 하나도 어떻게 하지 못하는데 알고 보니 국운이 내게 달려 있단다. 날벼락이 따로 없다.

'간단하게 하고 내려올 생각이었단 말이야.'

레베카는 체통 없이 엎드린 나를 모른 척해 주었다.

"심각성을 깨달으셨다니 참 기쁘답니다."

아니, 저건 이제야 철이 든 애를 보는 얼굴에 가까워 보이기도 했다.

* * *

"……전 망했어요."

"담담하게 읊조릴 말은 아닌 것 같은데."

"아뇨. 확실해요."

레베카에게서 피신차 아모르의 궁전에 왔다. 침대에 머리를 기대어 나를 바라보던 아모르는 피식 웃었다.

"네 시녀가 유별난 건 아닌데? 전부 그 정도로 해."

"그건 그렇지만요."

레베카가 돌아올 때 가져왔던 짐의 정체는 어마어마한 천이었다. 그것도 내 드레스가 될 예정일 예비 드레스라나. 이렇게나 많을 필요가 있냐는 말에 돌아온 반응은 차가웠다.

<다들 이 정도 한답니다. 주인님.>

아모르가 심드렁하게 대꾸했다.

"미주알고주알 털어놓는 것도 우스워. 애도 아니고."

"차가워요."

"뭐?"

"차갑다고요. 노려보지 말아요. 틀린 말은 아니잖아."

나는 잠시 턱을 괴고 그와 눈을 마주치며 짓궂게 웃었다.

"솔직히 오라버니가 그동안 얼마나 야박했어. 처음에 막다른 길로 가는 약도를 줬지, 나 위협했지. 그저께 새벽엔 밖에 온종일 세워 뒀지."

아모르가 눈을 가늘게 뜨며 날 바라봤다.

"회심의 프러포즈도 거절했고."

말이 끝나자마자 아모르의 고운 미간이 픽 일그러졌다. 신기하게도 아모르가 인상을 쓴 것과 거의 동시에 잎사귀가 사각사각 흔들렸다.

"회심은 누가 회심이야? 다 얼어 죽었군. 장난치느니 돌아가라고 했잖아."

그러고는 잔뜩 기분 나빠 보이는 낯으로 머리를 거칠게 쓸어 올렸다. 그저께 새벽보다 조금 밝아진 혈색이 눈에 들어온다.

"장난 아니라고 해도 안 받아 줬으면서."

"당연하잖아. 앞뒤가 맞는 말을 해."

"이상하네. 왜 불가능하다고 생각해요?"

그의 소맷자락을 잡고 고개를 들었다.

"자꾸 한계를 두지 말아요. 오라버닌 몸이 갇힌 거지 정신마저 갇힌 게 아냐. 불가능, 생각보다 별거 아네요."

벼룩의 실험이란 게 있다. 조그만 병에 가둔 벼룩은 딱 병만큼의 한계를 가진단다. 앞날이 창창한 아모르가 벌써부터 탈출을 포기하고 갑갑함에 갇혀 있으니 안타깝다.

그의 예쁜 눈을 길게 쳐다보면서 단호하게 입을 떼었다.

"나는 당신이 행복했으면 좋겠어."

죽었다가 다시 살아난 사람도 있는데 대수일까. 아모르가 눈을 피하지 않아서 나도 굳이 눈을 돌리지 않고 한참을 바라봤다. 난 그의 소매에서 미끄러지듯 스치다가 손가락을 얽었다. 움찔, 시선이 잠깐 흔들린 것도 같았다.

"우습구나."

"뭐가요."

곧 차분한 그의 시선이 내게 향했을 때, 그가 헛웃음을 터트렸다. 그러고는 무릎을 세워 팔을 걸었다.

"……지금 네가 꽤 귀여워 보이는 것이?"

전혀 그렇지 않아 보이는데?

"……비꼬는 거죠."

"진심인데."

삐뚜름한 미소를 띠면서 잘도 달달한 말을 던지는구나.

아모르가 턱을 비스듬히 괸 채 말했다.

"나는 기대를 버린 거야."

기대란 수명이 정해진 배터리와 같아서 사라지고 나면 다시 충전이 필요했다. 그래서 과거 한창 구직 중일 때, 우수수 떨어지는 만큼 깎여 가는 기대와 자존감을 다시 살리기 위해 얼마나 애썼던가. 나는 아모르에게 사라진 것을 채워 주고 싶었다.

'책 속에서는 어땠더라?'

폭군의 애욕과 집착이 빗발치는 하렘 소설 속에서 아모르란 캐릭터는 여름 바람처럼 청량했다. 루스벨라와 아모르는 소꿉장난하는 어린아이처럼 마냥 풋풋했다.

그저 함께 있는 것으로, 바라보는 것으로, 숨 쉬는 것으로 행복하게 웃는 남자. 책 속 아모르를 보며 세상 사람들이 말하는 사랑의 이상을 그대로 담아 놓은 인물 같다 느꼈다.

그러나 이제 안다고 말할 수 있다. 답답할 정도로 욕심이 없던 남자의 성격은 차곡차곡 쌓아 온 체념의 흔적이었다.

"난 어떤 것에도 기대하지 않는데, 넌 달라. 날 기대하게 만들어."

그가 눈을 내리깔며 미소와 함께 중얼거렸다. 그는 갇혀 지낸 기간이 너무 길어 나가겠단 기대도 의지도 모두 증발한 것 같았다.

"가끔 껌뻑 넘어가고 싶을 때가 있어."

"그럼 부응해 줘요."

"그건 다른 얘기지."

그는 눈을 비죽이 휘었다.

책을 읽을 때, 그때는 뭐 이런 바보같이 착한 남자가 다 있나 했었다. 그러나 실제로 그는 그려 보기도 전에 엉망이 돼 버린 도화지였다.

원하는 게 뭔지 모르고 순응해 버린 사람.

"존경하는 오라버니, 부디 이 영광스런 자리를 받아 주세요. 응? 아무에게나 주어지는 기회가 아니에요."

"내 답은 똑같아. 대체 무슨 꿍꿍이야?"

"오라버니에게도 나쁜 제안이 아닐 텐데."

조심스럽게 진심을 담뿍 담아 말했지만, 통 심드렁한 반응만 돌아왔다.

"대체 뭘로 꾀어야 넘어가 주실까. 내가 성에 안 차시나? 음. 그때 무지무지 예쁜 드레스를 입을 거예요. 봐 줄 만할 걸요. 제 파트로누스가 되는 게 싫어요?"

"글쎄. 그건 좀 보고 싶을지도."

턱을 괸 아모르가 찬찬히 미소했다.

"하지만 안 돼."

돌아가기 전 마지막으로 던져 본 거였는데 반응은 끝까지 같았다.

"이토록 거부하는 이유가 뭐예요? 내게 있는 거예요? 오라버니에게 있는 거예요?"

"글쎄. 알려 주면? 내게 맞춰서 고쳐 오게?"

"나군요. 내가 부끄러워요?"

굳이 어색해지지 않으려 수습했다. 담담하지만 장난치듯 툭 건넨 말에 아모르가 작게 웃음을 터트린다.

"문제가 미모예요?"

루스벨라를 봐. 작중 세계 최고 세계관 최강의 미모를 자랑하는 미녀라고. 악녀였던 레베카도 무지 예쁘고, 초상화로 본 아올레시아도 엄청 예뻤다.

"솔직히 노력으로 될 수 있는…… 부분은 아니네요."

뺨을 문질렀다. 내 얼굴을 보고 질색하던 사람들을 떠올렸다.

'잊고 있었는데. 여기서 꽤 흠결이었지?'

연회에서의 가시 같던 시선들. 언제까지나 가려 둘 수는 없는데, 앞으로 이런 식이면 꽤나 피곤할 것 같다.

어쨌든 미모는 안 되겠고. 어떡하면 이 철옹성 같은 남자를 꾀어 낼 수 있을까. 생각에 잠겨 있을 때였다.

"손 내려."

아모르에게 잡힌 손목이 그에게 잡힌 그대로 아래로 내려간다.

"절대 그것 때문 아니니까."

그가 덧붙이듯 중얼거렸다.

"그냥. 내 문제일 뿐이야."

"……"

"네 일을 누가 대신해 주지 못하듯."

그가 천천히 고개를 돌렸다.

"내게도 있는 거지."

무슨 문제? 내게는 말 못할 일인가? 하지만 나는 끝내 묻지 못했다.

"이만 가 볼게요."

쓰디쓴 실패에 재도전을 다짐하며 궁으로 돌아갔다. 그런데 돌아온 궁이 조금 소란스러웠다.

"낸시? 무슨 일이야?"

하녀장이 분주하게 움직이고 있었다. 그녀가 기웃대던 쪽은 하녀들의 거주 공간 쪽이었다. 톡 건드리자 그녀가 화들짝 놀랐다.

"꺄악! 화, 황녀님? 어, 어째서 뒷문으로 오셨나요? 아, 아. 행정청에

다녀오셨군요······."

"응. 왜 이리 땀을 흘려. 어디 아파?"

평소답지 않게 횡설수설하는 하녀장의 모습이 낯설었다.

"하녀 아이 중 하나가 사라졌습니다."

하녀장이 이마에 손을 짚고 뗐었다.

"사라지다니? 실종?"

"네."

하녀장이 작게 고개를 조아린다. 평소 깐깐한 모습과는 전혀 다르다. 차분하고 이성적인 그녀답지 않은 모습이었다. 그녀를 재촉했다.

"'하이나'라고 침방 하녀인데······. 8일 전 휴가가 끝났는데도 돌아오지 않습니다."

그녀가 망설임 가득한 목소리로 말했다.

"무슨 일이 있는지는 알아봤어? 아프다거나, 큰일이 생겼거나."

오랫동안 돌아오지 않다니 큰일이긴 했지만 문제는 여기서 끝이 아니었다.

"하, 유피테르시여······ 어찌 이런 일이······. 실은 사정을 알아보게 하녀를 하나 보냈습니다. 테베라는 아이인데요. 하이나와 같은 구역에 사는지라 보냈는데 실은 이 아이도 사라졌습니다."

"뭐?"

"또한 하이나의 집에서 말하길 하이나는 8일 전 집을 나섰다고 합니다. 휴가가 끝나는 날에 맞춰서요."

하녀 하나가 말없이 사라지는 일은 흔하지 않지만 완전히 드문 일은 아니었다. 대체로 종신직으로 일하는 이들 중에 불미스러운 일로 모습을 감추는 일이 있긴 했다. 손님으로 온 귀족의 첩이 되거나, 시종과 눈이 맞아 야반도주를 가거나.

"큰일이네."

그러나 내 궁이라면 문제가 다르다. 내 궁에는 방문하는 귀족도 없고 불같은 사랑에 빠질 시종도 없다. 나는 하녀장과 똑같은 얼굴로 찡그렸다.

우울해하는 하녀장을 토닥이며 잠깐, 사라진 하녀들을 생각하는 순간이었다. 등줄기에 쫙 소름이 돋았다. 나는 누가 나를 부르는 것처럼 획 고개를 들었다.

"낸시!"

"네?"

"하이나가 신관⋯⋯, 아니. 신력을 지녔었나?"

하녀장은 얼른 대답했다.

"예? 아, 예. 미약하지만 신의 힘을 쓰는 아이였습니다! 아라크네의 신관 후보로 바느질 솜씨가 놀라울 정도로 대단했죠."

나는 심각해졌다. 신의 힘.

<내 궁에도 신관 후보가 있는 줄은 몰랐는걸.>

<정원 쪽에 테베도 있어요. 갠 아버지 쪽이 힘의 신관이랬나.>

<하이나는 아라크네의 신관 후보에요.>

제국은 국가에서 정식으로 서임을 받은 사람만을 신관으로 인정한다. 정확히는 황궁의 도움을 받아 완전히 각성한 사람을 신관이라 부른다. 서임을 받지 못한 자는 신력을 가져도 신관이라 부르지 않는다.

<그들은 신관의 자질을 가진 여자를 납치하지.>

생각해 보면 명백한 일이었다.

"내, 낸시. 사라진 아이들과 누가 친했지?"

"네? 한나와 레나입니다."

제국에서 신력을 가진 여자를 납치하고 있다. 내 궁에도 신관의 자질을 가진 하녀들이 있다. 한낮 골목에서 여자를 억지로 끌고 가던 남자들. 그저 눈에 띄었다는 이유로 끌려가던 여자는 처절하게 울부짖었다.

"왜, 왜 그러세요?"

"일단 나도 좀 파악을 해야겠어. 한나를 불러 줘."

그 얼굴이 아는 얼굴이 되게 둘 수는 없다. 난 숨을 들이켰다.

"낸시?"

그러나 슬픈 예감은 늘 빗나가는 법이 없다. 돌아온 낸시가 꺼낸 말에 그대로 굳어 버렸다.

"황녀님……. 한나도 사라졌습니다."

* * *

쾅! 문이 열리자마자 가장 먼저 놀란 레베카의 얼굴이 보였다.

"주인님?"

"경! 데인과 플뢰온을 불러 줘. 지금 당장."

아직 저물지 않은 낮이었다. 4시쯤 되었을까? 레이 경은 빠르게 고개를 조아렸다.

"무슨 일입니까, 주인님?"

"아……."

뭐라고 설명해야 하지? 내 하녀가 없어졌어? 찾아야 하니까 잠시만 미루자?

"레베카, 무대 얘기. 며칠만 뒤로 미루자. 괜찮겠지?"

"그게 무슨 말씀입니까?"

너무 흥분했다. 아는데, 알고 있는데.

"일이 생겼어."

나는 깨달았다. 어떤 말로도 레베카를 설득할 순 없을 것이다.

"아주 큰일이야. 한나가 없어졌으니까."

"한나?"

나는 긴 한숨과 함께 단번에 지금 상황을 설명했다. 이윽고 전부 듣고 난 뒤 레베카는 정녕 모르겠다는 듯이 의아한 낯빛이었다.

"저는 이해하지 못하겠어요. 하녀 하나가 사라진 것이 왜요? 하녀가 당신 일보다 중요합니까?"

레베카에게 한나는 얼굴만 익은 하녀 중 하나일 뿐이었다. 평생 고귀한 귀족 영애로 살아온 레베카는 초조한 나를 이해하지 못했다.

"중요해. 이대로 두면 죽거나 다칠 테니까. 그 아인 아주 어렸을 때부터 함께한 사람이야."

이건 환경 차이이니 탓하진 못하겠다. 다만, 물러날 순 없다.

"수도에서 사라졌다면 그건 수도 경비대의 일이에요."

"아니. 레베카. 난 얼마 전에 납치범들의 얼굴을 봤어."

이미 테레나 궁 거의 모든 사람들이 이 소식을 들었을 거고, 순찰대의 귀에도 들어갔겠지.

"같은 사람이라고 어떻게 장담하시나요? 설령 같은 사람이라고 해도 주인님께서 무엇을 할 수 있나요?"

"있을지도 모르잖아. 모르는 거야."

"저와 당신과 같은 힘이 없는 아녀자가 납치같이 흉악한 일에서 할

수 있는 일이 있을까요? 있다고 해도 손에 꼽겠지요. 저는 당신께서
할 수 있는 건 아무것도 없다고 말씀드리고 있습니다."

겨울 바다처럼 시린 눈이 나를 응시했다. 나를 똑바로 쳐다보는 검은
눈동자는 고요했다.

"여기서 고집을 부리신다면, 그건 어리광입니다."

푸른색의 드레스가 차분한 물결을 만들어 낸다.

"주인님."

책을 내려놓은 레베카가 한걸음 앞으로 걸어왔다.

"어찌 모르시나요? 한 달 뒤 있을 예식이 당신에게 얼마나 중요한
것인지?"

"……레베카."

"당장 파트로누스도 없어, 인력도 재력도 부족해. 최악의 상황에서
최선을 다해 준비해도 바쁜 일정입니다. 정녕 당신께는 이것이 아무
것도 아니란 말씀입니까?"

여기까지 이야기한 레베카는 요요한 눈동자로 나를 나긋나긋하게
쳐다보았다.

"다시 한 번 여쭙습니다. 고귀한 황녀님. 고작 하녀 하나의 실종이
당신의 일보다 중요합니까?"

그 시선에는 고목처럼 단단하고 오만하며 단호한 긍지가 서려 있었
다. 나는 대꾸 대신 천천히 시선을 깔았다.

중요하냐고?

굳이 중요하다 말을 할 필요성을 느끼지 못할 정도야. 난 아직 레
베카에게 지켜야 할 비밀이 있다. 전부 털어놓기엔 시기가 좋지 않
았다.

입술을 꾹 깨물었다. 태연하게 행동하는 쪽이 그녀의 호감을 사는 데 좋겠지. 어쩌면 지금까지 쌓아 온 이미지를 잃을지도 모른다. 하지만.

"그래도 난 가야겠어."

과거의 부채감, 죄책감. 이대로, 넘겨 버리면…….

"끝내 고집스런 얼굴이시군요."

그렇게 말하는 레베카 또한 고집스럽게 부채를 움켜쥐고 있었다.

"저는 줄곧 당신의 건국제를 준비하느라 바빴습니다. 이게 제 일이니까요."

레베카가 입술을 깨물었다.

"제가 이것 때문에 어머님이 편찮으신 동안에도 얼마나 노력했는지 아실까요? 지금은 어처구니가 없네요."

레베카 비틀대며 소리 내어 웃었다.

"조금, 조금 철없는 사람이라곤 생각했지만 이 정도일 줄은 몰랐습니다. 당신께선 방금, 조금이나마 당신이 잘되길 바라며 행했던 제 마음을 아무것도 아니게 만드셨어요. 바보 같습니다, 들떴던 제 자신이."

부릅뜬 검은 눈동자가 나를 향했다.

"같잖습니다."

"……."

그 속에 담긴 감정이 선명했다. 원망이었다.

"당신은 무지할 정도로 책임감을 보이지 않아. 이것밖에 안 되는 사람이었던 거예요."

"레베카."

"됐습니다. 제가 당신을 위해 무엇까지 했는지 구질구질하게 늘어

놓을 필요 없지요. 부름이 있을 때까지 방에 가 있겠습니다."

"가지 마. 일단 앉아서 얘기하자, 응?"

한 발을 떼어 놓으려는 레베카를 잡았다. 무척이나 가녀린 손목이었다.

"그러지 마."

레베카는 차마 붙잡힌 손을 떼어 내지는 못하고 나를 한겨울 서리 같은 얼굴로 내려다봤다.

"화내지 마. 레베카."

"화나지 않았습니다."

"났잖아."

그녀를 잡아끌자, 그녀가 이를 악물고 이쪽으로 다가왔다.

"거기 계세요."

예법 중 고귀한 여자는 대리석이 깔린 바닥 어디든 절대 혼자 걷지 말라는 구절이 있다.

"레베카."

실망 가득한 아래 분노와 혼란을 보이면서도 그녀는 시녀로서 최선을 다했다.

고작 하녀 실종에 모든 일을 제쳐 놓고 찾겠다고 고집을 부리는 황녀는 나길 천생 귀족인 레베카에게 별천지 사람으로 보이겠지.

차라리 실종된 이가 열렬히 연모하는 남자였다면 그녀의 부족한 상상력에도 불을 지폈을지 모른다. 그러나 평범한 하녀라는 사실이 레베카의 얼굴을 급속도로 어두워지게 한 모양이었다.

"미안해."

"동정입니까? 동정이 지나치면, 발목을 잡습니다."

사람에겐 평생 이해할 수 없는 선이 있다. 레베카와 나는 정반대의 성향에 가까웠다. 수능 아랍어 지문처럼 보고 있어도 모를 혼란스러운 기분. 레베카가 그런 기분이지 않을까.

"한나라는 하녀가 당신에게 많이 중요한가요?"

"……응."

"……이해하지 못하겠습니다. 처음과 달리 당신의 순진함을 높이 평가합니다. 하지만 그럼에도 이해하기 힘들 때가 있어요. 아무리 생각해도 그저 하녀일 뿐입니다. 얼마든지 다시 구할 수 있습니다."

레베카가 빠르게 읊조렸다.

"그러나 당신은 하나뿐인 황녀님입니다. 부탁드립니다. 실종된 하녀는 수도 경비대에 맡기세요."

"내 소중한 사람이야."

"……이 궁에서 당신보다 소중한 사람은 없어요."

아찔하게 아름다운 시녀님이 고개를 도도하게 치켜들었다. 그러나 미간에 그어진 세로줄은 찡그려지다가 펴지다가를 반복했다.

"레베카. 소중하다는 건 타고난 고귀함으로 재는 게 아니야."

장미처럼 도도한 얼굴은 여전했지만 평소보다 날이 서 있었다.

"레베카는 내게 아주아주 소중한 사람이야. 레베카가 있는 그 울타리에 지금 사라진 아이도 있어. 그러니까 나는 외면할 수 없어. 내가 도움이 되었으면 해. 이게 레베카의 기분을 나쁘게 한 거 알아."

나는 레베카의 손을 내 두 손으로 꼭 잡아 가두었다. 그러고는 그녀와 눈을 마주쳤다.

"레베카 말처럼 도움이 전혀 되지 않을지도 모르지. 하지만, 더는 무기력하게 잃는 기분을 느끼고 싶지 않아. 난 레베카가 없어졌어도 이렇게 했을 거니까."

잠시 숨을 뱉으며 말을 끊었다.

"내가 할 수 있는 일을 외면하면 난 더 이상 내가 아니게 될 거야."

내겐 외면할 수 없는 것이 있다. 지나가 버린 과거, 놓아주지 못한 하녀들의 죽음.

"그러면, 내가 정말 싫어하는 어떤 사람처럼 되는 거야. 숨 쉬지 못할 정도로 괴로워지겠지."

레베카의 손은 차가운 편이었다.

"그러니까 이대로 두는 건 곤란해. 부탁이야, 레베카."

꼭 온기가 전염되는 것 같았다. 손가락 사이를 부드럽게 얽으며 깍지를 꼈다.

"3일. 3일만 미뤄 둘게······. 딱 3일."

"3일."

"응. 그 이상으로 안 미룰 거니까. 그 안에 어떻게든 할 테니까 준비는 잠시만 미뤄 두면 안 될까? 아주 잠시만."

나는 순진을 가장하며 늘 그랬듯 레베카에게 어여쁘게 웃어 주었다.

"레베카. 어떡하면 좋겠어? 무릎이라도 꿇을까?"

아직 내 상처를 보여 주기에 시녀님은 여리게만 보였으므로. 레베카는 웃음기 없는 얼굴로 내게 조용히 물었다.

"······지금 뭐 하시는 건가요?"

빛에 시시각각 붉게 물드는 레베카를 보면서 생각했다. 레베카를 처음 만났을 때부터, 그녀의 목숨을 거래로 이용했을 때에도, 마침내 레베카의 마음을 보게 됐을 때도. 너를 곁에 두길 잘했다고.

"비굴해지지 마세요. 당신이 누구라고 생각하는 건가요?"

그녀의 손에 고개가 들렸다. 레베카는 물끄러미 날 쳐다보았다. 그러더니 시선을 비스듬히 들었다. 아주 가까워진 거리에서 나는 모른 척 순진하게 웃는다.

"당당하게 명령하세요, 내 주인입니다. 누구에게도 숙이지 마세요."

차게 뱉어진 독설 뒤로 제 얼굴을 되찾은 레베카가 있었다. 입을 달싹이다가 꺼내려 하는 순간, 레베카가 가로채듯 단호하게 내뱉었다.

"기억하세요. 당신에게 사람이란 부리는 것입니다."

키가 훌쩍 커 내려다보는 시선과 오만할 정도로 도도한 얼굴은 플뢰온 같았으나 조금 더 서늘하고 우아한 느낌이었다. 레베카는 가슴을 펴고 또렷한 목소리로 말했다.

"레베카여도?"

"네. 설령 저라도."

이 유혈이 난무하는 하렘 소설 속에서 이름난 악녀가 되려면 이 정도는 되어야 하나 보다.

"레베카. 명령이야."

이 순간 저물어 가는 석양에 붉게 물든 레베카가 아주 또렷하게 보였다. 한낱 황녀의 시녀로 두기 아까울 만큼 존재감이 뚜렷한 책 속 악녀님. 그녀에겐 붉은빛이 무척 잘 어울렸다.

내가 올려다보면 레베카는 나를 내려다보았다. 흑요석처럼 요요하게 빛을 내는 눈동자로 순진한 낯을 한 소녀가 보였다. 나는 그녀의 뜻을 읽어 냈다.

"건국제 준비를 3일만 미뤄."

레베카가 원했던 단호한 목소리로 말했다. 레베카는 눈을 내리깔았다.

"명하신 대로."

도도한 낯이 한순간이나마 놀라울 정도로 풀어졌다. 레베카가 쓰게
웃었다.

"줄어든 3일을 메꿀 계획을 세워야겠네요."

레베카의 손안에서 부채가 빙그르르 돌았다.

"정말이지, 마음대로 하세요."

체념하듯 던진 말이 어쩐지 어리광 같기도 해서. 나는 잠깐 곤란하게
웃어 버렸다.

"어설픈 말에 휘둘리는 제가 아닌데 이상하지요."

"······."

"당신의 말을 듣다 보면, 제가 바보가 되었다 느낄 때가 있습니다."

우아한 문양의 부채는 마침내 단호히 접혔다. 레베카는 고개를 들
었다.

"제가 없어져도 당신은 그런 얼굴을 할까요?"

그녀로서는 드물게 나직한 목소리로 덧붙였다.

"주인님의 그 바보 같은 낯이 저를 어리석은 선택에 빠지게 하는 것
처럼."

나는 그녀가 보던 해지는 풍경에서 고개를 돌려 그녀를 바라봤다.

"변해 가는 제가 무섭습니다."

* * *

몇 시간 뒤 레이 경이 플뢰온, 데인과 나타났다.

"······한나가 없어졌어."

한나의 이름을 듣는 순간 셋의 표정이 동시에 흐려졌다. 셋 모두 내가 끔찍이 아끼는 하녀의 이름을 알고 있던 탓이었다.

"그리고 난 그곳이 어디인지 알 것 같아."

난 많은 이야기를 하진 않았지만 중요한 이야기들만 골라서 말했다.

"당신께서는 어떻게 하고 싶으신 겁니까?"

"직접 찾으러 가고 싶어. 안 된다는 말은 하지 마."

"안 된다고 말해도 갈 거지?"

업무에 시달린 것이 분명한 얼굴로도 나를 향해 웃는 데인에게 조금 미안해졌다.

"야. 네가 지금 이쪽에 신경 쓸 때야?"

"레베카에겐 미리 말해 뒀어."

"웃기지 마. 네 시녀가 춤추냐?"

그러나 플뢰온은 이미 내 고집을 꺾지 못함을 알고 있는 것 같았다. 지독하게 말 안 듣는 여동생이라며 이를 북북 갈고 있는지도 모른다.

"그래. 우리가 뭘 해 주면 될까?"

"데인!"

플뢰온은 설마하니 데인이 이렇게 나올 줄은 몰랐다는 듯 벌떡 일어났다. 그러거나 말거나 데인은 내 손끝에 가볍게 입을 맞추고는 여전히 나긋한 낯을 하고 있었다.

그 시선은 올곧이 나를 향한 채.

"……도와줄 거야?"

"네가 원한다면."

데인은 어깨로 내려온 머리를 귀 뒤로 넘겨주며 다정하게 속삭였다.

"네가 혼자 가서 위험해 빠지는 것보다 차라리 너를 도울 수 있는 편이 좋아."

그는 내 고집을 알았고, 꺾는 대신 부드럽게 감싸는 쪽을 택했다. 그리고 데인은 그쪽이 진정 행복하다는 얼굴이었다. 나는 의미 없이 바닥을 응시했다.

가끔 내게 쏟아지는 이 시선과 시선이 품고 있는 것에 존경을 느낄 때가 있다.

"내일 오전, 그들의 아지트로 가서 한나와 나머지 하녀들을 찾아볼 거야."

"응."

"위치는 아마, 오늘 밤이 지나면 알 수 있을 거고."

플뢰온이 불쑥 끼어들었다.

"누가 그걸 알려 주는데?"

"음, 어…… 내가 아는 신관이?"

"뭐야. 순찰대가 나불나불 떠들어 대도 되는 거야? 말세로군."

뭐……. 내가 말한 신관은 아모르인데……. 플뢰온을 따라서 다들 알아서 납득한 듯 보였다.

그들이 오기 전 하녀를 시켜 아모르에게 편지를 보냈다. 부디 아모르의 답변이 마음에 들길 바라는 마음이다.

'정말 3일 내에 찾을 수 있을까?'

레베카에게 보란 듯이 으름장을 놓았지만 사실 자신은 없다. 그러나 더 긴 시간을 들여 봤자 크게 달라지는 일은 없겠지.

'오늘 죽으면 언제로 돌아가더라……'

시간은 내 편이었다. 나는 이런 점에서 지나치게 담담한지도 모른다.

"……한나가 주는 차가 없네."

늘 함께 있을 때 그림자처럼 나타나 차를 따라 주는 손이 없으니까 허전하다. 어서 빨리 돌아와 내 세계에 다시 있어 줬으면 좋겠다.

내 가족이 무사하길.

부디, 최악의 방법을 쓰게 되지 않길 바라는 마음이다.

* * *

다음 날 오전, 나는 레이 경과 함께 밖으로 나섰다.

내가 길잡이 노릇까지 해야 하나?

손에는 그들의 아지트로 추정되는 약도와 편지를 손에 들고.

다시 한 번 마주한 수도는 여전히 활기가 넘쳤다. 꽃잎이 살랑거리며 바람마저 활기를 띤 들뜬 분위기에서 얼마 남지 않은 축제가 몸으로 확 느껴지는 기분이었다. 축제 구경만 벌써 네 번째. 질릴 것 같은데 보는 족족 신기하기만 했다.

수많은 천막과 노점상이며, 사람들이 복작복작하게 돌아다니는 길, 세 걸음마다 들려오는 노랫소리. 마치 내가 느끼지 못하는 행복을 대신 느끼는 듯한 흥겨운 사람들.

즐겁고 들뜬 이 분위기는 질리지 않았다.

"경. 이거 봐 봐. 여기인 것 같지?"

"글쎄요. 여기보다는 다음 골목 같습니다만. 그런데 황녀님, 약도 정말 못 보시네요."

"……담담하게 말로 때리지 마."

아모르의 형편없는 그림 실력을 탓해야지. 그러나 웬일인지 레이 경이 귀신같이 길을 찾아서 도착하는 바람에 불평은 쏙 들어갔다.

"와……. 희한한 능력이 있어?"

"그렇습니까."

목적지는 약 6층 높이의 정방형 건물이 모여 있는 곳이었다. 인술라 (공동 주택)가 빼곡하게 들어서 있다.

일정 간격으로 나 있는 창문이나 흙먼지를 잔뜩 입은 벽 때문에 조금 허술해 보였지만, 자세히 보면 섬세한 세부 장식이나 신력으로 쓰는 등 따위가 눈에 띈다.

창문 위에는 작은 아치가 달려 있었다. 여인의 속눈썹처럼 굵고 우아한 그것은 빗물을 떨어트리는 용도의 파이프와 연결되어 있었고, 멀지 않은 개수로에서는 물이 졸졸졸 흘렀다.

이곳은 평민의 주거 공간이었다. 서울의 아파트 단지를 연상케 하는 빽빽한 주택이 블록처럼 차곡차곡 이어져 있었다.

이곳 어딘가에 한나와 다른 하녀들이 있다고? 거주 구역이라 하여 주택만 있는 것은 아니었는지 그릇을 잔뜩 내어놓은 상점 앞에서 작은 키의 뚱뚱한 남자가 우리를 흘끗 쳐다본다.

"거, 그 건물엔 무슨 일이요?"

수염이 듬성듬성 난 주인이 들고 있던 나무 막대기를 휙휙 휘저으며 물었다. 끝이 V 모양으로 갈라진 막대기였는데, 높이 있는 곳에서 물건을 내릴 때 쓰는 물건인 모양이었다.

레이 경이 툭 어깨를 건드리며 들릴 듯 말 듯하게 속삭였다.

"망토를 내리지 마십시오."

나는 작게 끄덕였다.

"친척을 찾고 있는데, 이 건물에 사는 것 같아서요."

"에고, 잘못 찾아왔소. 그 건물은 어떤 상회가 통째로 세를 들어서 직원들이 살게 했거든."

"상회요?"

"그래, 그리 오래되지 않았으니까. 아가씨 친척과는 먼 얘기일걸."

그 순간 땅땅땅 쇠끼리 부딪치는 요란한 소리가 들리기 시작한다. 근처에 대장간이 있다. 시끄러운 망치 소리에 귀를 한번 막았다가 고개를 든다.

'그냥 건물도 아니고 상회라······.'

셀 수 없을 만큼 수많은 발코니와 창문. 블록 같은 거대한 건물에서 차차 시선을 옮긴다. 1층에는 낡고 허름한 글씨로 상호가 새겨져 있었다. 특징 없는 대문이 바람에 살짝 열리며, 위층으로 나 있는 계단 난간이 슬쩍 보인다.

그냥 들어가면 안 될까? 정문을 열고 들어가려니 딱히 이유가 생각나질 않아서 문제다.

'차라리 사람이 사는 곳이면 친척을 찾고 있다고 꺼내 볼 텐데······. 상회라니.'

그것도 오밤중에 나타나 건물을 차지한 상회라니 누가 들어도 수상하지 않은가.

"어쩔까요."

"끙. 모양이 영 건실해서 망설여지네."

영화에서 보면 꼭 악당 아지트는 나 아지트요 티를 팍팍 내던데 현실에선 그렇지 않은 모양이다.

"정말 여기 맞아?"

“약도는 이곳을 가리키고 있습니다만.”

“허어.”

레이 경은 아무 생각 없는 사람처럼 대수롭지 않게 대답하며 심드렁한 얼굴을 했다. 아무리 내가 졸라서 나왔다곤 해도 참 성의 없는 태도가 아닌가.

그러나 줄곧 허리에 얹어서 내려오지 않는 손이 보였다. 경계를 서는 레이 경만의 버릇이었다. 아마 내가 긴장하지 않게끔 부러 평범하게 구는 듯했다.

참 아닌 것 같으면서 이렇게 무뚝뚝한 배려를 보이는 기사님이다.

“역시…… 들어가 보는 건 좀 아니지?”

내 질문에 레이 경이 눈만 아래로 굴렸다. 빤히 쳐다보는 시선.

“끙. 알았어.”

순순히 인정했다. 무모한 짓이라고.

“당신께서 굳이 직접 가 보겠다 고집을 부려 나오긴 했지만…… 행동은 전문가에게 맡기는 편이 좋지 않겠습니까?”

“흐응, 뭐야. 순찰대에게 맡기라는 거지? 왜, 경은 날 지킬 자신이 없어?”

“왜 이야기가 그렇게 되는 겁니까.”

레이 경의 눈썹이 미미하게 곡선을 그렸다.

“그러지 말고 들어가 보면 어떻겠어?”

그가 나를 내려다보는 얼굴에 못 말린다는 표정이 떠올랐다.

“웬만하면 다치지 않는 쪽을 생각해 주셨으면 하는데요.”

그 순간이었다. 레이 경이 내 어깨를 감싸 잡아당겼다.

“거 미안합니다!”

내가 있던 자리로 커다란 수레가 지나갔다. 천천히 고개를 들었다. 무심히 앞을 응시하는 시선과 단단한 턱이 눈에 들어왔다.

레이 경과 있으면 보호받는 게 당연해지는 기분이다. 아니 실제로 역할이 호위긴 하지만.

'인생이 너무 팍팍하다 보니 내 안에 황녀로서 자각이 없지.'

마치 다른 사람의 일인 듯 마냥 신기할 때가 있다.

"어쩌실 건가요? 주인님."

"와, 그 호칭. 방금 소름 돋았어."

팔을 부르르 떨며 그에게서 떨어졌다.

"황녀님이라 부를 수는 없잖습니까."

"그건 그렇긴 한데······."

난 어깨를 으쓱였다.

"어쨌거나 약도가 알려 준 곳은 여기야. 어디로 보나 악의 소굴과는 한참 먼 건물인데."

머리를 잘 썼다. 본래 사람은 사람 속에 숨기는 것이라 하지 않던가. 망설이는 그때였다.

"어? 경, 사람이 오고 있어."

누군가 굳게 닫혀 있던 문을 열고서 나왔다.

"······저 남자는?"

골목길에서 나를 추격해 검으로 기절시켰던 남자다. 급하게 로브를 잡아당기다가 말고 깨달았다.

'잠깐, 지금 안의 모습이 아니잖아?'

조금 떨어진 남자를 바라보다가 얼른 레이 경의 옷자락을 빠르게 잡아당겼다.

"경, 경. 저기 남자 보여? 갈색 머리카락에 눈이 쭉 찢어진 남자. 흉터 있고."

"아, 아아. 네."

"경이 보기에 어때?"

레이 경은 잠시 남자를 바라보는 것 같았다.

"……걸음걸이를 보아 꽤 괜찮은 검사입니다. 아마도 생의 반 이상을 검을 잡았을 겁니다."

"경과 비교하면 어때?"

"누굴 비교하는 겁니까. 제가 이깁니다."

레이 경은 꽤 자존심이 상한 모양이었다. 슬쩍 본 얼굴은 불만스럽단 표정이었다.

"아니, 그걸 물은 건 아닌데."

"……"

"알았어. 경이 제일 세. 제일 멋있어."

나는 그의 손을 톡톡 두드려 주고선 손을 빼내고 고민에 잠겼다.

'어떡할까.'

레이 경이 강하다 한들 일단 신관이 아닌 검사다. 더구나 여럿을 상대할 수는 없겠지? 나는 체력이 약하다. 싸움이 일어나면 제일 민폐덩어리가 되리라. 레이 경이 있는 이상 죽을 수도 없으니 무리할 수도 없어.

'저 안이 너무 궁금한데……'

그러나 깜깜한 건물 안은 마치 동굴 같아 아무것도 보이지 않았다. 인상을 쓰며 고개를 들었다. 그때였다. 창문 너머로 커다란 여자의 모습이 언뜻 보이는가 싶더니 금빛 타래가 어둠 속에서 빛을 반사했다.

'납치된 사람인가?'

스무 살 정도 되어 보이는 여자는 나타난 것보다 빠르게 사라졌다. 한순간이지만 손을 감싸고 있던 묵직한 검은 것은 분명 수갑이거나 쇠사슬에 가까웠다.

"이제 어떡하실 겁니까."

"……돌아가자. 저기가 납치범 소굴이란 게 확실해졌으니까."

레이 경은 죽어도 다시 살아나지 않는다. 더구나 나 때문에 무리할지도 모르는 사람이다.

"그냥 돌아가셔도 괜찮습니까."

일기장을 흘끗 보다가 작게 한숨을 쉬었다.

"당연히…… 괜찮지 않아. 하지만 확실하지 않은 상태에서 들어갈 순 없어."

아모르는 수많은 아지트가 있다고 했고, 인질은 가장 핵심이 되는 곳에 몰려 있을 거라고 했다. 여기 오기 전 잠깐 만났던 소릭스를 떠올렸다.

<친구가 사라졌다고요? 도울게요!>

친구인 척 한나의 실종 얘기를 하며 도움을 청했고 그는 흔쾌히 수락했다.

<뭔가 알게 되면 알려 주세요! 바로 달려갈게요!>

나를 위로할 심산이었겠지만, 어쨌거나 언제든 움직일 병력을 손에 넣었다.

"침착하시네요."

"그러려고 애쓰는 중이야."

이곳은 지나치게 평범했다. 우물가에서 빨래를 하는 아낙들. 방물

장수. 벽을 수리 중인 미장이. 말이 끄는 수레 위에서 채찍을 휘두르는 행상······.

"저라면 절대 그러지 못했을 겁니다."

나는 그를 바라봤다.

"당신이 저곳에 계신다고 생각한다면. 정신 차렸을 때 건물 꼭대기에 있었을 겁니다."

"······."

"뭘 그렇게 보십니까. 당신이 대단하다고 말하고 있는 겁니다."

이건 레이 경만의 위로일까. 올려다보면 그는 날 놀리는 기색도 없었다.

"사실 당신이 저곳에 들어가라 명한다면 어떻게든 혼자서 들어갈 생각이었습니다."

"······무모한 소리 하지 말아."

"주인께서 하실 말씀은 아니로군요."

지난 정적을 꼬집는 말에 입을 꾹 다물며 건물로부터 등을 돌렸다.

"당장 들어가서 확인해 보고픈 마음이 없는 건 아니야."

하지만, 마음에 걸리는 것이 있다.

<그럼 12시를 없애 버리면 어떤가요?>

그날로부터 일주일쯤 지났던가. 아직 헤르난을 만나지 못했다. 이런 저런 핑계를 대고 행정청에도 나가지도 않으니 그가 나를 보기 위해선 내 궁전으로 오는 수밖에 없을 테지만. 그는 오지 않았다.

마지막으로 궁에서 만난 헤르난은 내게 얼마간 바쁠 거라고 했다. '바쁘다'는 게 곧 이곳에서의 일 때문이라면······.

헤르난이 이곳에 있을지도 모른다.

그를 만나서 감당할 수 있을까?

"주인님, 남자가 움직입니다만."

"……쫓자. 어느 정도인지는 알아야겠어."

"알겠습니다."

우린 본격적으로 사내를 쫓았다. 다행히 축제 기간의 인파가 미행을 적절히 가려 주었다. 얼마간 남자를 쫓아갔을까. 레이 경이 멈춰 섰다.

"……어떡합니까?"

레이 경이 내게 덤덤히 물었다.

"골목이라. 썩 반가운 선택지는 아니네."

난 막 사내가 사라진 골목 모퉁이를 가만히 바라보며 끙 앓는 소리를 냈다.

'가야 하나. 말아야 하나.'

며칠 사이 안 좋은 기억 전부 골목에서 겪었다. 그와 같은 침침한 골목이 반가울 리 없다. 든든한 검사님이 함께 있지만 섣불리 들어가기는 힘들었다. 무슨 위험이 있을지 모르니까. 나는 망설였다.

"주인님, 여기는 대로변이고 수도 경비대도 간간이 보이는군요. 이렇게 하는 게 어떻습니까."

내 고민을 알아챈 듯 레이 경이 속삭였다.

"어떻게?"

나는 그를 올려다봤다.

"제가 잠깐 가서 들여다보고 오겠습니다. 당신은 저기, 그래 저기 가서 앉아 계시면 좋겠군요."

"……꽃가게?"

난 설핏 눈을 찡그렸다.

"좋아하지 않습니까. 제법 어울리기도 하고요."

"누가 좋아해. 경, 나 꼬셔? 그냥 같이 가."

레이 경의 손등을 톡톡 두드린 후 앞장서자, 뒤로 들릴 듯 말 듯 작은 숨소리가 들렸다.

"······참으로 눈치가 없으십니다."

이윽고 그가 나를 쫓았다.

"고약한 냄새가 나는데."

건물 뒤편 조용한 골목에서는 참을 수 없을 정도의 악취가 느껴졌다. 근처 식당에서 내다 놓은 듯 문 옆에 놓인 것들. 전부 누가 깔끔하게 베어 버린 것처럼 쭉 찢어져 흐물흐물해진 만두처럼 속을 토해 놓고 있었다.

"저기. 음식물 쓰레기 자루가 전부 터져 있군요. 누군가 일부러 뿌려 놓은 것 같습니다."

레이 경이 눈짓한 곳에 과연 옆구리가 터진 자루들이 곳곳에 있었다.

"일부러 접근하지 못하게 한 겁니다."

"······숨길 것이 있으니까?"

"아마도."

레이 경의 긍정과 함께 침묵이 흘렀다. 침묵은 긴장의 신호탄이었다. 조금 더 걷자 갈림길이 나왔고 경은 멈춰 섰다. 오른쪽 저 멀리서 희미하게 소리가 들려왔다.

챙!

나와 눈이 마주친 레이 경이 무언의 물음에 끄덕인다. 병장기 소리였다.

"난 이곳에 있을게. 다녀와."

"아니, 차라리 함께 가는 편이 좋겠습니다."

난 고개를 저었다.

"싸우는 중에 난 짐이야."

여기까지 확인한 걸로 됐다. 더는 고집을 부릴 순 없다.

"그럼 아까 그 대로로 나가 있을게. 이편이 좋겠지?"

레이 경은 고개를 저었다.

"떨어지기 싫습니다."

그러나 다음 순간 찢어질 듯 비명과 같은 소리가 들려오자 약속이라도 한 듯 표정이 굳어져서 서로를 바라봤다. 워낙에 호불호를 알 수 없는 얼굴이었지만 나는 단번에 그의 표정을 읽어낼 수 있었다.

"부탁해. 저 사람을 구해 줘."

"……."

"그리고 날 데리러 와 줘. 경이 말한 곳에 있을게."

난 레이 경의 손을 살짝 잡았다가 놓았다.

"내게 제일 잘 어울리는 꽃집 옆에서 경을 기다릴게."

레이 경이 무겁게 한숨을 쉬었다.

"알겠습니다."

나는 내 시야에 맞춰 고개 숙인 기사님을 길게 쳐다보다가 까치발을 들어 손을 들어 올렸다. 레이 경은 뺨을 스치는 손에 잠깐 눈을 느리게 깜빡였다.

"……목걸이. 꼭 쥐고 계십시오. 저는 다신 당신을 위험하게 하지 않을 거니까. 더는."

나는 무겁게 끄덕였다. 그가 걸어가는 것과 동시에 나는 얼른 대로변으로 뛰다시피 걸었다. 레이 경과 약속한 이상 무모한 짓을 하진 않을 생각이었다. 다행히 가득 메운 악취와 간간이 발에 치이는 음식물 쓰레기만 제외하면 돌아가는 길은 별 탈 없이 고요했다.

'이쪽 길인가.'

그렇게 눈앞에 대로가 얼마 남지 않았을 때였다.

"서라!"

타다다닥, 거짓말처럼 구두 소리와 급히 뛰는 소리가 들리는가 싶더니, 거친 숨소리가 점차 가까워지며 소름 끼치는 느낌으로 귀를 채웠다.

"이런!"

순식간에 시야를 가득 메우는 옷자락. 정신 차렸을 때 나는 누군가의 손에 잡혀 뛰고 있었다.

"저년! 저년을 잡아!"

"소매치기다!"

가게에서 가게로 풍경이 휙휙 지나갔다. 손아귀 힘이 어찌나 센지 차마 뿌리치지 못할 힘에 잡힌 채로 황망히 뛰고 있었다. 기름때 묻은 벽, 녹색 천막, 과일 상자, 지나가는 행인을 요리조리 잘도 피해 가며 크게 다르지 않은 속도로 빨리 뛴다.

반짝이는 가게를 마구 지나갔다. 사람이 너무 많았다. 순간 시야가 획 꺾인다. 몸을 크게 도는 앞 사람을 따라 나도 휘청거리며 돌았다. 건물과 건물 사이 좁은 틈. 아차, 싶으면 그냥 지나갈 공간이다.

"하아. 하아—."

나는 내 팔을 감아 안은 사람의 품에서 크게 숨을 몰아쉬었다.

"어디야!"

"쥐새끼 같은 년! 저기다!"

바쁜 발걸음 소리가 막 옆을 지나간다. 우리 뒤를 쫓는 사람 같았다. 도대체 무슨 일이지? 차오르는 숨을 참지 않고 내쉬며 황망함에 고개를 들어 올렸다.

"미안, 미안. 괜찮니?"

가까이서 보는 여자의 눈동자는 이 어둠 속에서도 선명한 붉은빛이었다. 눈앞에 보인 얼굴에 당황스러웠다. 마리사였다.

"사정상 쫓기는 몸인데. 그냥 지나치면 너도 분명 잡힐 것 같았거든."

"무슨 소리에요? 대체 저 사람들은 누구죠?"

"내 뒤를 쫓는 사람."

그녀는 놀란 내 표정이 재미있다는 듯 뺨을 톡톡 두드린다. 오늘도 장갑을 낀 손이었다.

"너처럼 귀엽고 예쁜 애들만 골라잡는 나쁜 놈이란다. 무섭지?"

마리사가 왜 여기 있는가. 뭘 물어야 할지 몰라 그녀를 물끄러미 쳐다볼 때였다. 그녀가 망토를 잡아당겼다.

"어머……. 너……."

잠깐. 마주친 눈이 잠깐 커지는가 싶더니 그녀는 천천히 말했다.

"우리, 어디선가 본 적이 있지 않니?"

마치 어르는 것같이 조곤조곤한 목소리였다.

"당신을 알아요."

눈을 깜빡거리며 시원해진 이마를 훔쳤다.

"그래 나도 널 알아. 이 자색. 그때 나와 부딪친 적이 있어. 그렇지?"

정확히는 당신이 애인이라 불렀던 남자랑 부딪친 거지만.

"맞아요."

나는 대충 그렇겠거니 하고 고개를 끄덕였다.

왜 날 끌고 온 거지? 무너지는 건물 안에서 잠깐이나마, 생사고락을 함께했던 사이였지만 그건 안의 모습으로였다.

"아가. 왜 그 골목에 혼자 있었니? 거긴 아무도 오지 않는 곳인데."

"글쎄요. 그냥 걷다 보니 거기였어요."

"예쁜 아가."

그녀의 눈이 사르르 접혔다.

"그냥 알려 주지 않으련? 실수로도, 길을 잃어서도 들어가기 힘든 곳이야. 거긴."

그 말에 나는 대꾸 대신 물끄러미 그녀를 쳐다봤다.

'레이 경을 만나러 가야 하는데.'

그는 잘 구출했을까? 분명 여자 비명이었는데.

"친구가 납치당했어요."

"납치?"

"네."

나를 향한 강렬한 붉은색 눈동자를 본 순간 말이 절로 튀어나왔다.

"나는 친구를 구하러 나왔고. 어떤 남자를 쫓다 보니 거기였어요."

이만하면 훌륭한 설명이다. 생략했을 뿐. 거짓말은 아니잖아?

"아아, 납치."

차분하고 침착하게 마리사를 응시하면 그녀는 나를 빤히 바라보다가 고개를 기울였다.

"이거 참. 기특한 아가. 대단하구나. 하지만…… 거긴 솜털도 가시지 않은 네가 오기에 너무 위험한 곳이란다."

"거기가 어떤 곳인데요?"

붉은 머리칼이 어깨 위로 쏟아지는 사이 마리사는 놀라울 정도로 아름답게 미소했다.

"너와 같은 사람이 상상할 수 없는, 온갖 타락과 더러운 것이 모이는 곳이지."

그게 무슨 말이냐고 묻는 순간이었다. 마리사가 엄청난 속도로 내 어깨를 잡아당겼다. 쐐액! 무시무시한 소리를 내며 내가 있던 자리로 검이 꽂혔다. 일순 단검을 바라본 마리사 얼굴이 굳었다.

"고개 숙여!"

그녀는 내 팔을 밀착시켜 좁은 틈으로 딱 붙었고 우리가 있던 공간에 타다닥 소리를 내며 검이 꽂혔다.

"달링, 여기 있었어?"

마리사가 작게 욕을 지껄였다.

"데로스."

"그래. 나야."

빛을 가리며 역광에 비친 남자를 바라보다가 지하실에서 보았던 데인을 닮은 남자라는 걸 알았다.

"한참 찾았잖아, 자기."

침침한 어둠에 녹은 듯 커피색 피부에 보석처럼 빛을 반사하는 주황색 눈동자가 천천히 나와 마리사를 담았다. 골목으로 들어온 사람은 한 사람이 아니었다.

"그러게. 나를 방해하면 명줄이 길지 못할 거라고 경고했잖아. 우리 아가씨들을 어디로 빼돌렸어? 응?"

그가 눈을 휙 휘었다. 데로스는 영락없이 여자를 꾀는 것처럼 반질반질한 낯에 능글능글한 목소리로 말했다.

"달링은 참 검과 관련이 많은 사람이야. 나를 협박해서 우리 대장에게 검을 겨누게 하더니, 오늘은 달링에게 검을 겨누게 하고 말이야."

시퍼런 예기를 줄줄 내뿜는 검이 마리사를 겨눴다.

"흐응. 감히 누구에게 검을 겨눈 거야?"

순간이지만 지하실에서 헤르난의 검을 막아 냈던 저 남자의 모습을 생각해 냈다. 그와 능히 합을 겨뤘던 남자다. 식은땀이 흘렀다.

"너는 절대 굽히지 않아. 이 점이 참 사랑스럽지만. 오늘은 져 주지 않을 거야."

남녀의 팽팽한 시선이 허공에서 한 치도 지지 않고 맞섰다.

"풉. 웃기지도 않아."

위기가 코앞으로 들이닥쳐도 마리사의 낯은 태연하기만 했다.

"사랑을 속삭이면서 내게 검을 겨누고 말이야. 못난 남자 같으니."

"날 탓하는 거야? 너도 내게 같은 짓을 해 놓고서."

남자가 눈을 접으며 웃었다. 소름이 돋았다. 순간 겹쳐 보인 모습은 분명 데인이었다.

'어째서, 이렇게나 닮은 거지?'

마리사의 가는 손가락이 검집에 닿았다. 치마 아래서 천천히 날을 드러낸다.

"이봐, 데로스. 자기."

마리사가 붉은 입술을 그러모으며 농익은 미소를 머금었다.

"지금이라도 늦지 않았어. 회개해."

그녀는 천천히 입을 떼어 유혹하듯 속삭였다.

"신께선 너 같은 황제의 그림자라는 타락한 개새끼들도 받아들여 주실 거야."

그녀는 비웃듯 웃음을 이어 가더니 조롱하듯 말했다. 나는 순간 남자가 마리사를 날카롭게 노려보는 것을 똑똑히 봤다. 천천히 뒤로 물러나 손을 더듬었다. 묵직하게 일기장이 잡혔다. 그리고 날카로운 단검도.

나설까?

아니다. 좀 더 기다리자. 다시 마리사를 본 순간 거짓말처럼 데로스와 눈이 마주쳤다. 일순 그의 눈동자가 무서울 정도로 커졌다가 다시 자리를 잡았다.

"왜, 저 여자가 여기에……?"

나는 낭패감에 사로잡혔다. 그날 변하는 순간 내 얼굴을 본 건가? 그는 내 이름을 중얼거렸다.

남자는 나를 알고 있다. 아니, 황녀의 얼굴을 알고 있다.

"마침 잘 됐어. 지금 이쪽으로 대장이 오고 있으니 말이야."

"나 하나 잡자고 짐승의 신관까지 불러들였어?"

'헤르난이라니!'

혼란스럽고 당황스럽기 그지없는 상황이지만 이것만은 분명했다. 여기 있어선 안 될 것 같다. 이 자리를 벗어나기 위해서 살금살금 일어날 때였다. 뒷걸음질 치는 순간 내 입을 틀어막은 손이 있었다.

"어허, 도망은 안 되지."

우악스럽고 거칠다. 분명 우호적인 손은 아니었다.

"읍읍! 읍읍읍!"

"아가!"

내 입을 틀어막고 있는 손에서 발버둥 쳤지만 꼼짝도 하지 않았다. 앞에서 데로스와 눈이 마주쳤다.

"어쩌지, 마리사. 의도치 않게 인질을 잡아 버렸네?"

목으로 뾰족하면서 날이 선, 서늘한 감각이 느껴졌다. 본능적으로 검임을 알아차렸다.

"참 어지간히 인재가 없는 모양이야. 기분 더럽게."

그녀가 이를 갈며 말했다.

"어린애를 인질로 잡아야 성이 풀리는 심보가 역겨운걸."

그렇게 말하는 마리사의 눈에 시퍼런 불길이 이는 것 같았다. 그러나 아름다운 눈에 이내 체념이 스친다.

"……좋아. 따라갈게. 저 애는 놔줘. 달링."

그녀는 매혹적인 낯으로 팔짱을 끼며 태연히 뇌까렸다.

"어서."

마리사가 했던 말이 떠오른다.

<약한 자와 여자는 손대지 않아. 정의의 사도가 신조거든.>

나는 입을 틀어막은 손 대신 검을 꽉 잡았다. 푹. 소름 끼치는 소리와 함께 날이 손바닥을 선명하게 파고들었다. 희미하게 아린 감각이 느껴졌다. 나를 잡고 있는 남자가 당황한 것이 느껴졌다.

"이거 놔!"

줄곧 생각했었다. 처음 납치당했을 때, 조금만 힘이 있어서 차라리 죽었다면 손쉽게 하루를 돌릴 수 있지 않았을까 하는 생각. 이곳이 정말 책 속임을 안 이상 이제는 시간이 돌아가도 손해 볼 것이 없었다. 최근 며칠간 힘에 부쳐서 그러지 못했을 뿐이다.

죽는 데도 체력이 필요하다고 알게 됐지. 지금이 그걸 실현할 때가 아닐까.

죽는 것이 무섭지 않느냐고 물으면 잘 모르겠다고 말하겠다. 다만 이건 분명히 말할 수 있다. 죽는 감각은 소름 끼치도록 싫다. 그리고 더 싫은 건 내 의사와 상관없이 멋대로 휘둘리는 상황이다.

미약하고 연약하고 가녀린 사람. 나는 언제나 그런 사람이었다. 약하고 구르고 다치고 휘둘린다. 왜 나는 누군가의 인질이 되어서 협박의 도구가 되어야 하나?

이것이 내게 끊임없이 주어지는 능력이고 저주라면.

단검으로 목을 겨눴다.

'죽고 시간을 돌리면…….'

무얼 해야 하더라. 다시 레베카를 설득하고, 플뢰온을 설득하고, 아모르에게는 편지를 보내야지. 그리고 다시 레이 경이랑 밖으로 나가서…….

목을 향한 검에 힘을 줄 때였다.

"그만둬!"

순간이지만 손아귀가 찢어질 것 같은 아린 고통이 느껴졌다. 챙강. 쇠가 부딪치는 소리가 들렸다. 들고 있던 검이 저 멀리 떨어진다.

"살다 살다 별 광경을 다 보겠구나."

그 목소리는 조금 전과 달랐다. 유혹하듯 꼬리를 올리던 어조와 다르게 더 또렷하고 또박또박하게 들렸다.

"어린애가 죽는 꼴은 절대 못 보지."

고개를 들자 적색 머리칼이 어둠 속에 한들거리며 흩어지고 있었다. 그 아래로 불꽃이 타오르는 것같이 선명한 붉은색 눈동자. 나를 보며 휘는 눈동자 속으로 언뜻 금빛이 스친 것 같았다.

"이거 참, 조용조용하게 넘어가려고 했는데. 이런 건 하나도 귀엽지 않다고."

어느새 그녀는 한 손에 중간 길이의 검을 쥐고 있었다. 지하실에서 봤던 검이었다. 마리사는 검을 잡지 않은 손을 들었다. 입으로 장갑의 끝을 잡고 쭉 잡아당겨 벗는다. 흰 장갑이 발치로 툭 떨어졌다.

검을 꺼내기 위해 찢어진 흰 치맛자락이 넓게 나풀나풀 흔들렸다.

"아가."

장엄한 긴장 속에서 그녀가 입을 열었다.

"어떤 더럽고 치사한 일을 겪어도, 치욕스럽고 굴욕스러워도."

"……."

"죽음은 절대 답이 될 수 없단다."

가슴까지 푹 파인 차림으로도 놀라울 정도로 경건하고 아름다운 그녀가 내 귓가에 새겨 넣듯 말했다.

"긍지를 저버린 자는 살아도 살아 있는 것이 아니야."

꼭 아모르가 충고하던 날과 비슷했다. 표정도, 작은 떨림도, 단호한 눈동자와 목소리도. 아득한 일을 겪어 본 영역에 이른 자만이 할 수 있는 단호함을 느꼈다.

쿵. 마리사가 휘두른 검에 찔린 남자가 쓰러졌다. 조금 전 내 입을 틀어막고 목에 검을 겨눈 남자였다.

"……마리사?"

나는 순간 당황해서 버벅대는 머리를 정리하지 못하고 그녀의 이름을 뱉었다. 동시에 그녀가 놀란 얼굴로 나를 봤다.

"……어머?"

실수했다.

"나를 아니?"

붉은 눈동자가 천천히 위에서 아래로 다시 아래에서 위로 나를 훑었다.

흐응. 끊어지다시피 들려오는 간드러지는 미성.

"아아. 알겠다."

마침내 그녀는 갈구하던 무언가를 손에 넣은 것처럼 미소하며, 나를 새로이 보았다.

"너…… '안'이구나?"

마리사는 고요히 미소를 머금었다.

"일단 이 가소롭고 건방진 것들부터 처리하고 이야기를 해 보자꾸나."

그녀의 음성이 한 꺼풀 벗은 듯 또렷했다. 조금 전 순순히 따라가겠다던 체념은 흔적조차 없었다.

대화는 그것으로 끝이었다. 마리사의 검이 내 주변에서 춤을 추듯 흔들리며 선을 그렸다. 두 사람이 겨우 설 수 있는 좁은 틈은 그녀가 싸우기에 최적의 장소였다. 사내들은 우수수 낙엽처럼 쓰러진다. 마침내 검은 데인을 닮은 남자를 향했다.

"하하, 마리사. 이제 와서 태도를 바꿔 봤자……. 그 몸으로 뭘 할 수 있다고?"

"닥쳐 줄래?"

그녀가 우습다는 듯 검을 위로 퉁겼다. 데로스의 검이 거짓말처럼 위로 튕겨 올라가며 째지는 소리가 났다. 데로스는 검을 놓진 않았지만 낮은 신음을 뱉었다. 그가 다시 뛰어들었다.

마리사는 마치 다른 사람처럼 검을 휘둘렀다. 움직이는 모습이 마치 춤을 추는 것처럼 아름다웠다. 문득, 그녀가 오랫동안 나를 대신해 춤을 췄던 사람임을 떠올렸다.

……이토록 아름다운 사람을 두고서 진짜 황녀를 찾았다고?

아, 이럴 때가 아니야.

"도움을 청해야 해."

무릎으로 엉금 기어 일어나려다가 무언가를 건드렸다. 줄곧 그녀가 끼고 있었던 장갑이었다.

제국은 1년 내내 온화한 날씨가 이어지는 곳이었다. 그러니까 조금만 뛰어도 땀이 나는 계절에, 장갑을 끼면 푹 젖을 날씨였다. 식은땀으로 흠뻑 젖은 내 옷만 봐도 그렇다.

"잠깐."

장갑을 만지던 나는 새로운 것을 알았다.

"이거…… 손가락이?"

손가락 부분에 단단한 것이 잡혔다.

장갑을 거꾸로 들자 툭 튀어나온 것은 원형으로 깎은 나무 조각이었다. 아주 교묘하게 잘 만들어진 손가락 조각 같다……. 고개를 퍼뜩 들었다.

"넌 날 못 이겨. 그렇지?"

"잘도 버티네. '고장 난' 손으로."

"고전하면서 말 많은 남자는 매력 없더라."

"마리사!"

시선이 그녀의 손으로 툭 떨어졌다. 마침내 닿은 곳에서 나는 그만 탄식을 터트리고 말았다. 멈춰 있는 손에는 손가락 하나가 없었다.

"한때 잘나갔던 신관이었다 해도 손가락이 잘린 순간 넌 은퇴한 거나 다름없어. 마리사, 왜 순응하지 못하지?"

데로스가 이를 악물었다.

"넌 아올레시아처럼 그 사람이 죽는 순간 황제에게 굴복했어."

아올레시아? 내 친모?

"네가 여자 몇을 구한다고 해서 큰 줄기는 바뀌지 않아."

데로스는 마리사를 노려보다가 검을 아래로 내렸다. 그리고 긴 한숨을 내쉬고는 고개를 들어 마리사와 나를 동시에 바라보았다.

"여기서 죽고 싶지 않다면 검 내려. 넌 신력을 쓰는 데 한계가 있어. 그 몸으로 힘을 쓰는 건 무리가 갈 텐데?"

빛을 받은 주황색 눈동자가 기묘한 빛을 띠었다. 그에 마리사는 꺾어 비웃듯 눈을 휘며 검 끝을 휘휘 저었다.

"쯧, 못난 남자 같으니. 누구에게 이래라 저래라야?"

반원을 그린 검 끝이 데로스를 향했다.

"내 가치는 내가 정하는 거야."

마리사는 또렷하게 말했다.

"변화는 때로 가장 작은 것부터 시작하지. 오늘 내가 어느 귀여운 아가를 위해 검을 든 것처럼. 어떻게 변하지 않을 거라 장담해? 우스운 일이지. 난 앞으로도 약자를 위해 검을 든다."

"……."

"너와 네 가문처럼 평생 타인을 쥐어짜며 업을 쌓은 사람은 평생 이해 못할 삶이겠지만."

이 상황에 대해서 명확하게는 모른다. 지금 이 두 남녀 사이에 복잡하게 얽힌 여러 감정의 편린도 이해하지 못하겠지만. 그럼에도 마리사의 말은 또렷이 새겨진 것처럼 다가왔다.

깜깜한 골목은 지금까지 내가 걸어온 길 같았다. 항상 있는 듯 없는 듯한 희미한 빛에 의지하는 터널 같은 삶이었다. 겨우 걸어가는 생존만이 전부였던 길이었다고.

아마도 조금 전 그대로 죽었다면 나는 마리사에게서 이 깨달음도 보지 못하고, 깜깜하게 점멸하는 어둠 속에서 반복될 하루를 기다렸을지도 모르겠다.

지금 같은 생각은 하지 못했겠지?

"다시 보게 될 날, 너를 꺾고야 말겠어."

데로스가 이를 갈 듯 낮춘 목소리로 지껄였다. 그리고 돌아서는 순간 그가 비명을 토했다.

"윽!"

데로스는 바닥에 누웠다. 아니, 갑자기 쓰러지는 것처럼 보였다. 눈을 깜빡이자 그를 쓰러트린 사람이 뚜벅뚜벅 걸어왔다.

"화, 아니. 주인님."

걸음 소리마저 익숙한 사람은 내 기사님이었다.

"이쯤 되면 당신께서 가는 곳마다 사건 사고를 일으키신다고 믿고 싶은 심경입니다만."

그는 내 손을 잡아 나를 일으키고는 나를 훑었다. 나는 그의 팔을 잡고 기대듯 늘어졌다. 그는 말없이 내 어깨를 감쌀 뿐이었다.

"별일 없었어. 크게 다치지도 않았고."

"당신의 크게, 라는 기준은 믿을 게 못 되던데요."

"정말이라니까."

나는 문득 마리사를 바라봤다.

"살려 줘서 고마워요."

그녀에게 다가갔다.

"마리사."

『루스벨라의 빛』에 언급되지 않은 삶이다. 나처럼. 문득 떠오른다.

조금은 나 스스로 엑스트라라고 나를 하찮게 여기진 않았나. 이곳이 진짜 책 속 세계란 걸 확인하고, 나는 이 세상에서 스포트라이트 없이 평생을 살겠구나 생각했다.

40번을 죽고도 열렬히 살아야 했나? 갈망해야 했어? 내 삶을 중요치 생각하지 않았던 대가가 존엄해야 했을 삶과 생명에 무뎌진 것이라면 너무 슬펐다. 그리고 슬픔마저 무뎌져 느껴지지 않는단 사실이 서글펐다.

그러나 이 책에서 누군가는 무대 옆에서, 무대 밖에서, 각자 다른 춤을 추고 열렬하게 인생을 살고 있었다. 조금 전 마리사는 내게 책 속 주연과 조연보다도 인상적으로 다가왔다. 마치 폭염처럼.

"당신은 제가 본 검사님 중에 두 번째로 아름답고 예뻤어요."

담담히 그녀를 응시하며 차분하게 말했다.

"두 번째?"

"첫 번째는 이 사람이요. 내 검사님."

난 레이 경을 툭툭 두드렸다. 그가 풍기는 향기가 몸을 이완시킨다. 시장을 지나왔는지 풍겨 오는 고소한 냄새에 나도 모르게 미소 지었다.

"미안해요. 당신의 비밀을 알아 버렸지만, 아무에게도 말 안 할게요."

나는 그녀에게 줄곧 쥐고 있던 것을 조심스럽게 건넸다.

"고마워."

손가락이 없어서 불편하지 않느냐 하는 말이라거나 어쩌다가 이렇게 되었나 하는 나도 모르게 불쑥 튀어나갈 뻔한 것들이 있었다. 그러나 누가 내게 내 인생을 두고 자꾸 죽는다는 예언을 들어서 불편하지 않느냐고 물으면 그 말 때문에 불편해지겠지.

어쩔 수 없이 안고 가는 것에 동정도 안타까움도 전부 짐이다.

마리사는 내가 내민 손을 물끄러미 바라봤다. 그러더니 웃음을 터트렸다.

"아무것도 묻지 않는 사람은 네가 처음이구나."

"그런가요?"

매혹적이지도 유혹하듯 간드러진 것도 아니었으나 몹시도 아름답게 웃음을 터트린 여자는 곧 고개를 기울여 웃음을 갈무리했다.

"그래. 넌 오래전 내 친구를 닮았어. 너와 똑같이 자색 눈동자였지."

그녀는 웃느라 구부러졌던 허리를 꼿꼿하게 펴며, 내가 내민 장갑을 꼈다.

"예쁜 아가."

검을 툭툭 털어 낸 마리사가 사근사근한 낯으로 물었다.

"내 비밀을 알았으니 너도 한 가지 알려 주지 않으련?"

나는 천천히 고개를 끄덕였다.

"너는 누구니?"

긴장했던 것과 다르게 평범한 질문이었다. 그러나 나도 모르게 말문이 탁 막혀 버렸다.

내가 누구더라. 나는 누구지? 환생한 사람? 책 속 엑스트라에 빙의한 사람? 악의가 가득한 일기장의 주인? 죽음을 반복하는 사람? 모든 미래를 아는 사람?

<당당하게 명령하세요. 내 주인입니다. 누구에게도 숙이지 마세요.>

레베카. 지금 내 시녀님이 이 몰골을 봤다면 분명 기함을 했겠지. 하나 이럴 때 누구보다 당당하라 말했다.

나는 눈을 빛내며 입꼬리를 올려 웃었다.

아직 내가 누군지 나는 잘 모르겠다. 그럼에도 나는 온전히 이해하고 앞으로 나아갈 것이다. 자격 없는 모든 것들이 미래를 강탈하려 들 때의 분노와 허탈감 끓어오르는 저항 욕구까지 모두 담아.

"제국의 8번째 가지. 아실리 로제 아올레시아 칼타니아스입니다."

멀리서 축포 터지는 소리가 들렸다. 사람들의 환호와 즐거운 웃음소리가 아스라이 귀를 채웠다.

"나를 대신해 춤을 췄다지요?"

책 속 서술 밖에 있는 수도 어느 거리. 서술 밖에 있는 하녀를 위해 나선 길에서, 강렬한 삶을 살아온 서술 밖 사람이 내게 불꽃을 남겼다.

"많은 얘길 하고 싶지만. 다음으로 미루도록 해요."

레베카가 지금 나를 봤다면, 만족했을까? 나는 웃으며 그렇게 말할 수 있었다.

"또 봐요. 성녀님."

* * *

"경."

"말씀하십시오."

"사람을 구하러 갔었잖아. 그건 잘 됐어?"

왁자지껄한 시장터 속 활기찬 소음이 귀를 가득 채웠다. 조금 전 빨래들이 가득했던 거주 구역과 다르게 전형적인 재래시장이었다.

"경."

"네? 아. 뭡, 읍!"

"맛있지?"

레이 경의 입으로 쏙 들어간 배 조각을 보며 배시시 웃어 주었다. 그가 당황한 모습이 신기하면서 보기 좋았다. 사람이 당황도 하고 웃기도 하고 그래야지.

"우리 지금 어딜 가는 거야?"

평민들이 사는 구역은 서쪽 거주 구역이나, 지금 이 재래시장 근처에도 사람이 거주했다.

"주인님께 드릴 이야기가 있습니다."

그는 내 질문에 대꾸 없이 날 한곳으로 이끌었다. 상점들이 즐비한 곳에 이르렀을까.

"또 시장이네."

"이곳은 채소 시장입니다."

나무로 된 판매대 위엔 대추와 호두, 말린 무화과가 보였고 오이와 양배추도 있었다. 레이 경은 수많은 가게들을 지나 어느 한 가게 앞에 멈춰 섰다.

"아! 오셨군요."

가게 주인인 듯 남자는 나와 레이 경 중 레이 경 쪽으로 향하는가 싶더니, 푸근한 미소와 함께 말을 건넸다.

"으음……"

꼭 스낵바처럼 생긴 바 쪽에 몸을 기댄 주인이 나를 관찰하듯 바라봤다. 그러나 곧 위쪽을 가리켰다.

"2층 안쪽 테라스입니다."

주인은 꼭 골치 아픈 일에 끼어들고 싶지 않다는 듯 조금 질린 표정이다. 나는 눈을 천천히 깜빡이다가 레이 경을 따라 주인이 말한 2층으로 향했다.

방이 쭉 늘어선 2층 한쪽에 테라스가 보였다. 테라스 쪽에는 잠시 쉬어 갈 수 있게 간이 의자와 테이블 그리고 꽤 예쁘장한 테이블보가 깔려 있었다.

눈에 띈 것은 간이 공간이 아닌 의자에 앉아 새빨개진 얼굴로 나를 바라보는 여자였다.

"골목 끝에서 만난 여자입니다."

"경이 구한······?"

레이 경이 끄덕였다.

"방이 아닌 이유는 막힌 곳에 있고 싶지 않다고 해서였습니다."

흙먼지와 건조하게 눌러 붙은 진흙 등 채 씻지도 못한 듯 꼬질꼬질한 모습이었다. 얼굴은 본래의 모습을 알아보기 힘들 만큼 엉망이었다. 산발이 된 머리는 어쩌면 꽤나 예뻤을 푸른색 같았지만 강한 악취가 감상을 가로막았다.

"이상하다······."

문득, 여자를 어디선가 본 것 같은 기시감이 들었다. 알긴 아는데 희미한 느낌?

"저 사람 괜찮은 거야?"

"치명상은 아닙니다."

레이 경은 엉망인 여성 쪽으로 흘끗 시선을 주더니 차분하게 말을 이었다.

"이름은 레네. 놀랍게도······ 황궁의 하녀라고 합니다."

"아, 응."

이름을 곱씹다 말고 수 초 뒤 고개를 번쩍 들었다.

"잠깐, 레네?"

스쳐 가는 잔상.

"설마, 아모르, 아니 테렛 궁의 하녀야? 강의 신관?"

어찌 잊을 수가 있을까.

<나는 강의 신관이란다. 지금은 신전에서 쫓겨났지만.>

열세 살. 일기장을 처음 만났을 무렵 무작정 뛰쳐나간 빨래터에서 물을 뽑아냈던 강의 신관. 인생 최초로 신의 힘을 눈앞에서 본 날이었다.

레네는 자신의 이름을 들은 듯했다. 눈을 동그랗게 뜨고 이쪽을 바라봤다.

"나, 나를 어떻게……?"

나는 잠깐 레이 경을 쳐다보다가 몇 초의 고민 끝에 쓰고 있던 로브를 벗었다.

"날 알아보겠어요?"

몹시도 지쳐 보이는 레네는 의문 섞인 눈으로 나를 위에서 아래로 쭉 훑었다. 다시 올라온 시선이 내 뺨에 걸렸을 때 레네는 눈을 크게 떴다.

"아, 안?!"

"어휴. 기억력도 좋으셔라."

나는 생긋 웃으며 부러 밝은 목소리를 꾸며 냈다.

"어어. 울지 말아요."

아는 사람을 만났다는 안도감 때문인지, 푸른 눈동자가 굵은 눈물을 토해 냈다.

"손수건요!"

뚝뚝, 흐르는 눈물을 보며 얼른 손수건을 건넸다. 말없는 흐느낌의 시간이 지나가고 레네가 고개를 들었다.

"귀족이신가요?"

처음 볼 때도 느꼈지만 그녀는 꽤나 눈치가 빠른 편이었다.

"이쪽은…… 호위 검사님?"

나와 레이 경을 보는 눈에서 깨달음이 반짝 전구의 빛처럼 스치고 지나간다.

"음, 맞아요. 하지만 지금 중요한 건 제가 누구냐가 아니에요 레네. 그러니 말 편히 해요. 중요한 건 나는 레네를 도울 수 있는 사람이라는 거죠. 레네에게 있었던 일을 알려 주세요."

혼란스러운 표정이었지만 그것도 잠시, 레네는 결심한 사람처럼 고개를 끄덕였다.

"……붙잡힌 거, 레네뿐이 아니죠?"

"맞아."

참 심지가 굳은 사람이다. 나는 손수건을 들어 레네의 머리칼과 뺨을 조심스럽게 닦아 주었다. 그녀는 내 손목을 살며시 잡더니 숨을 크게 들이켰다.

"내가 납치……, 이름 모를 남자들에게 끌려간 건 일주일 전의 일이야."

그녀는 모처럼 고향으로 내려가기 위해 조금 일찍 나와서 짐마차를 알아보는 중이었다고 했다.

"그런데 한창 중매인과 실랑이 도중에 웬 남자가 다가와서는 조금 더 싼 곳을 알아봐 주겠다고 했어."

그가 내민 신분증을 보고 믿음이 간 레네는 그가 말하는 짐마차로 향했다. 그녀는 불식간에 잡혀 반항조차 못한 채 짐마차로 옮겨져 기절했다고 한다.

"사람이 많은 데다 대낮이고 거기다 나름의 능력까지 갖췄으니까. 내가 납치될 거라곤 상상도 못했어."

이야기를 들어 보니까 이쯤 되면 납치의 스페셜리스트라 봐도 무방하다. 고약하고 질이 나쁘다.

"맞아, 안. 난 거기서 중요한 얘길 들었어."

그렇게 이야기를 하던 도중 레네가 찡그리며 이마를 짚었다. 그녀는 무언가를 두려워하는 사람처럼 입술을 파르르 떨며 침을 꿀꺽 삼킨다.

"아, 안? 기억해? 너와 내가 만난 날이 무려 4년 전이야."

"네. 레네, 조금 진정하고."

"그때도 하녀들 사이에서 자꾸만 사라지는 사람이 있었고 우린 늘 그 애들에 대해 주고받곤 했어. 야반도주일 거다. 일이 힘들어서 도망간 거다…… 아니야, 안."

레네가 괴로운 목소리로 말했다.

"이미 그때부터 납치가 이어지고 있었던 거야!"

"……납치가 그때도 있었다고요?"

"그래. 납치된 곳에서 만난 여자들. 전부 나와 같은 처지의 여자들이었어. 신관 후보거나 신관이었다가 쫓겨난 자들. 더구나 내, 내가 갇힌 곳은…… 정말 사람을 비참하게 하는 곳이었어. 그저 닭이나 돼지를 사육하듯이……"

"레네. 천천히 말해요."

"매일매일 여자가 하나씩 사라졌어. 숨이 막히는 그 기분. 어찌 끔찍하지 않을 수 있겠어. 왜! 왜 순찰대는 무얼 한 거야? 어째서, 신관이라는 이유로 난 납치되어야 했던 거지? 왜?"

"레네!"

가쁘게 숨을 쉬며 격정적으로 변하는 레네를 말리기 위해 그녀의 이름을 불렀다.

그녀의 어깨를 잡는데 악취 사이로 묘한 냄새가 풍겼다. 꼭 꽃향기 같으면서 코를 마비시킬 것 같은 아찔한 향기. 줄곧 악취에 가려져서 몰랐는데 그녀의 머리며 어깨, 심지어 잠깐 잡았을 뿐인데 내 손에도 고스란히 느껴지는 지독한 향이었다.

'뭐야. 향수를 통째로 쏟아 부어도 이렇게까지 지독하진 않을 것 같은데.'

이 향, 처음 뒷골목에서 느꼈던 향인데?

<저희가 가진 것은 제국에서 가장 강력하지요. 특히 강력한 것은 '신관'도 껌뻑 죽는다지요.>

헤르난을 보고서 헐레벌떡 도망쳤던 그 가게. 가게 안을 가득 메웠던 연기다. 그리고 초점 없는 수많은 눈동자…….

아니. 일단 중요한 건 이게 아니었다. 쥐었던 손을 펴며 고개를 흔들었다.

"계속 말해도 될까?"

그녀는 하, 길게 숨을 들이켜고는 제 얼굴을 부여잡았다.

"안. 그곳엔 아직 많은 여자들이 남아 있어."

조금 흥분했다며. 그녀가 사과할 일이 아닌데 레네는 몇 번이고 중얼거리다가 고개를 들었다.

"그래, 황궁에서 온 시녀들도 있었는데……. 우리는 몰래 탈출을 계획했어. 신관 자격증을 가진 자는 나밖에 없었기 때문에 내가 대표로 탈출해서 순찰대에 알리려고 했지. 비록 금방 들켰지만……."

그녀가 고개를 번쩍 들었다.

"그래. 테레나! 너와 같은 궁에서 온 하녀들도 있었던 것 같아. 하, 하이나와 테베였나…… 참 신관의 힘이 없는 애도 있었던 것 같아."

잠깐. 나는 황급히 그녀를 붙잡았다.

"한나. 한나 말인가요?"

"그래. 맞아. 그런 이름이었어."

기억하는 것으로도 괴로운지 잔뜩 낯을 일그러트린 레네가 이마를 짚으며 재깔였다.

"그 애처럼 보통 여자들도 잡혀 오곤 했어. 사내들이 그런 여자를 두곤 착각했다며 투덜거렸지. 위험해. 그런 애들은 대체로 오래 있지 못 했어……"

"아무래도 그 건물이 맞는 것 같습니다."

그리고 경이 그녀의 말을 뒷받침하듯 툭 던졌다. 이어 레네는 하루 하루마다 여자들이 몇 명씩 묶여 어디론가 사라진다고 말했다.

"사라진다고요?"

나는 고개를 번쩍 들었다. 레이 경도 같은 생각인 것 같았다. 빠르게 그곳을 습격해야 한다. 얼른 구출하지 않으면 내 하녀들이 또 어디로 사라질지 모른단 얘기였다.

"일단 순찰대에게 가자."

"예."

레이 경과 나는 쓰러질 듯 창백한 낯의 레네를 부축해 가장 가까운 수도 경비대 지소로 향했다. 그곳에서 사정을 알리고 본부의 호출을 부탁했다.

"피피오!"

얼마 지나지 않아 소릭스가 나타났다.

"세상에……."

옆에는 그의 파트너인 메타와 다른 순찰대 신관들, 거기에 펜네까지 함께였다.

"정말 알아내 버렸네요. 이거 참……. 대단하다고 할지. 위험했다고 해야 할지……."

"위험하지 않았어요."

"하지만."

"정말이에요."

조심스럽게 레이 경의 옷자락을 잡았다.

"이 사람이 있었는걸요."

소릭스는 레이 경을 보더니 아, 하고 눈을 깜빡이곤 이해한다는 표정이었다.

"하긴 맨몸으로 신관의 검기를 막는 검사가 흔하지 않죠."

레이 경이 이쪽을 쳐다보는 것 같았다. 뭔가 레이 경을 극찬하는 느낌이었는데 옆에서 호들갑 떠는 메타의 음성에 묻혀 뒷말은 듣지 못 했다. 펜네는 줄곧 할 말이 참 많다는 표정이었다.

"으아아. 황, 아니 피피오! 어째서 여기 계시는 겁니까아……."

그가 옆에 와서야 어쩔 줄 모르는 얼굴로 속삭였다. 차마 대놓고 묻지 못 하고 꾹 다문 채 안절부절못하는 얼굴이었다.

"아니. 펜네야말로 왜 여기 있는 거예요? 난 순찰대 신관들만 불러 달랬는데……."

펜네는 그라니우스의 보좌관이다. 어째서 궁에 있을 시간에 여기까지 온 걸까?

"제가 지금 이 사건 총 담당입니다."

"아. 조영관님 대신?"

"그렇죠."

그만큼 행정청이 이 납치 사건을 중요하게 주시하고 있었다는 결론을 내렸다.

"한시바삐 처리하란 명이 있어서요. 건국제 전에 말이죠."

다행히 그는 내가 이전에 순찰대 신관들과 몰래 밖에 나간 걸 모르는 모양이었다.

'빨리 처리라······.'

글쎄. 그의 말을 들으며 동시에 회의적인 생각이 들었다. 지금 이 납치 사건의 배후는 다름 아닌 황제다. 이 나라 최고 권력자의 주도로 일어난 일이다.

더구나 듣자하니 몇 년 전, 아니 어쩌면 그보다 훨씬 전부터 일어난 범죄였다. 과연 이 납치가 고작 한 달 사이에 해결될 수가 있을까······?

'어쩌지. 황제라 말할 수도 없고.'

내게는 증거도 여유도 부족했다. 당장 할 수 있는 일이라곤 소릭스를 비롯한 순찰대의 힘을 빌려 그 건물에 갇혀 있을 내 하녀들을 구하는 것뿐.

"부탁해요. 소릭스."

"걱정하지 마세요!"

내가 참 보잘것없이 느껴진다. 먼치킨이 아니라 직접 구출하는 건 꿈도 못 꾸고, 그렇다고 엄청 똑똑하거나 세기의 계략을 만드는 것도 아니고.

내 스스로가 싫지는 않다. 그건 나를 좋아하는 사람에 대한 실례니까.

다만, 이 평범함이 못내 서러울 때가 있다. 카스토르의 검에 맞았던 때에 그러했듯, 진정한 답을 찾지 못하면 일기장에 적힌 미래는 한없이 반복한다.

오라버니의 약혼자가 나를 찔렀다.

그리고 예언이 다시 나를 찾았다.

이 순간에도 미래는 성큼 다가온다. 그때처럼 죽긴 싫다. 고로 당장 이러고 있을 때가 아닌 것 같은데. 일은 자꾸만 팡팡 여기저기서 터져 버리는지 모르겠다.

이 나라는 왜 멀쩡한 여자를 잡아다가 끌고 가는 걸까. 황제는 이토록 강한 후계자를 두고 왜 물려주지 않고 황제 자리에 앉아 있는 걸까. 권력이 좋아서?

나라도 후계자가 카스토르라면 성격 때문에라도 물려주지 않을 것 같긴 하다. 그렇지만 현 황제도 못지않은 미친놈 아닌가. 납치된 여자들 입장에선 둘 다 똑같이 나쁜 놈이고 개새끼잖아.

"오늘 저녁 7시, 이곳에 다시 모여 습격합니다."

소릭스는 다른 인원들을 데리러 가 보겠다며 내게 인사를 남기고 떠났다. 펜네는 웬 구슬을 쥐고 무어라 속삭이는 중이었다. 그라니우스와 연락 중인 듯했다. 당연하겠지만, 내가 할 일은 없었다. 끼워 달라고 부탁해도 이들이 들어 주지 않았겠지.

'내가 짐이 된다는 사실을 잘 알아서 부탁할 생각도 없긴 했지만.'

그래도 조금은 그런 마음이 있다. 한나가 무사한 모습을 가장 먼저 보고 싶은 마음.

"경. 우린 돌아갈까?"

그러나 모두를 위해 이 욕심은 접어 둬야겠지. 위험한 싸움에 끼여서 다치거나 혹 죽기라도 하면 애먼 하루를 낭비하는 셈이다.

하루를 반복한다고 해서 그 하루가 전부 똑같은 날은 아니다. 절대로. 23번째 하루에 웃었던 사람이 24번째 하루에 화를 내기도 했다. 사람들은 같은 대사를 하는 것 같으면서도 다른 표정을 짓고, 다른 목소리를 내기도 했다.

어쨌거나 내가 할 수 있는 일은 여기까지인 모양이었다.

"기다려 주세요! 화, 아니 피피오."

허겁지겁 달려온 펜네가 작게 속삭였다.

"조영관께서 지금 황녀님을 행정청에서 뵙고 싶다고 청하십니다."

"으."

그라니우스도 내가 여기 있다는 걸 알게 된 모양이다.

돌아가는 길은 나올 때보다 빨랐다. 행정청 건물에서 멀지 않은 짐마차 공터. 레이 경은 으레 그랬듯 차고에서 나를 기다리기로 했다.

"괜찮겠습니까? 제가 같이 가지 않아도."

"괜찮아. 아마도 혼날 것 같은데 봐서 뭐 하려고. 여기서 행정청까지는 겨우 3분 거리잖아."

그렇게 말하곤 행정청으로 향했다. 한참을 걸었을까. 고개를 들자 이름 모를 하얀 꽃이 피어 있다. 딱 은은할 정도의 향기였다.

"아카시아인가……?"

조금 전 악취에 시달렸던지라 은은하고 포근한 꽃향기가 반갑게 느껴졌다. 그리고 하얀 꽃이 흐드러지게 핀 나무 아래, 거짓말처럼 헤르난이 서 있었다.

"황녀님. ……오랜만에 뵙습니다."

그 또한 나를 볼 줄은 몰랐다는 얼굴이다. 잘생긴 얼굴 위로 혼란스러운 표정과 조금은 낭패한 기색이 함께였다.

우리는 그렇게 세 걸음 정도를 사이에 두고 서로를 쳐다봤다. 조금 떤 것 같았던 푸른 눈동자가 나를 비껴 허공을 응시했다. 그는 여태 조금 혼란스러운 얼굴이었다.

"그래요. 오랜만이네요."

이 남자, 궁으로 돌아오자마자 나를 가장 먼저 찾아올 줄 알았는데 사실은 그게 아니었을지도 모르겠다.

"그동안……, 잘 지내셨나요."

조금만 더 걸어가면 행정청 건물이었다. 한 갈래라 그가 비켜서지 않고는 지나갈 수 없는 길이었다.

태연스럽게 가자니 낯설었던 그의 모습이 다리를 잡고 있는 것 같다. 그래서 나는 망설이고 있었다.

"그날……. 부상은 어떠신지 여쭤도 괜찮을까요?"

헤르난이 말했다. 되도록 부드럽고 편안하게 말하려고 애를 쓴 듯했지만 말끝이 살짝 떨렸다. 이상하고 묘한 느낌이었다.

"다가오지 마세요."

그가 멈칫했다.

"딱히…… 아프진 않아요."

머뭇거리며 뻗은 손은 망설임 끝에 나에게 닿지 못하고 허공에서 공기만 움켜쥐었다.

이대로 뒤로 뛰어 도망갈까? 지금은 도망간다 치자. 그럼 다음은? 머릿속이 새하얗게 탈색되는 기분이 들었다.

왜 그래? 새삼스럽게. 언젠가 그를 다시 볼 거라고 생각했잖아. 그때 어떡하기로 결심했더라?

"헤르난."

그를 부른다. 수많은 생각들이 지워지고 오롯이 하나만 남았다.

"이미 모두 보았지?"

"……네."

심장이 천천히 가라앉으며 제 박동을 찾아 느리게 뛰었다. 나는 늘 후회하지 않는 사람이 되고 싶었다. 그러나 선택은 반드시 작거나 큰 후회를 남긴다. 이 때문에 지금 당장은 머리가 시키는 대로 하고 싶었다. 훗날 나올 뒷감당을 생각하고 싶지 않다.

"묻고 싶은 것이 있어. 대답해 줄 거야?"

"……당신이 물으신다면, 무엇이든."

급히 심부름하는 하녀나 시종이 얼굴을 내밀지도 않는 오솔길은 시간마저 멈춘 것처럼 고요했다. 조금 더 걸어가면 더 크고 좋은 짐마차 공터가 있기에 당연했다.

고개를 들어 하늘을 담아 둔 눈동자를 응시했다.

나는 한 걸음 정도를 두고, 더는 다가가지도 다가오지도 않는 거리에서 멈췄다. 만약 그가 돌변해서 나를 해치려 들면 꼼짝없이 당하고 말 거리였다.

"예전에 당신에게 물은 적 있어. 당신은 냉정한 사람이냐고."

"네. 기억합니다. 저는 그럴지도 모른다고 대답했었지요."

"그럼, 다른 질문을 할게. 당신은 악당이야?"

그가 물끄러미 나를 바라봤다.

"악당……. 네. 그럴지도 모르겠군요."

나는 담담하게 그 시선을 인내했다. 잠깐 침묵 뒤로 헤르난이 말했다. 갑자기 튀어나온 단어에 놀랐을지도 모른다. 그러나 자신이 악당이라고 말하는 남자의 얼굴은 후원에 있는 천사 조각만큼이나 아름답고 선했다.

늘 생각하지만, 눈꼬리를 늘어트린 그는 나로 하여금 약한 사람을 괴롭히고 있는 것 같은 기분을 느끼게 했다.

"황녀님."

낮고 탁한 목소리가 날 불렀다. 심장이 조금 박동했다.

"다치신 곳은 괜찮으신지 아직 대답해 주지 않으셨습니다."

그날, 골목 안 어둠 속에서 보았던 눈동자는 맹수의 것처럼 차가웠다.

"……문제없어. 당신이 생각하는 것보다 난 멀쩡해."

그러나 지금 하늘색 눈동자는 정반대였다. 안쪽에 활활 타는 불을 품고 있는 것만 같다.

"……어느 쪽이 진짜 당신이야?"

나를 바라보는 시선엔 한 점 거짓 없이 걱정이 담겨 있었다. 부드럽기만 한 눈동자에 긴장했다.

이전에 나는 그를 어떻게 생각했더라? 나를 몹시 조심스럽게 대하는 지금 이 얼굴을 어떻게 대했었지?

"제가 놀라게 해 드린 모양이군요. 둘 모두 저입니다. 다르지 않아요."

나를 보는 얼굴이 쓸쓸하게 흐려졌다. 수많은 생각이 지나가며 상념을 남겼다. 생각이 그저 마음 가는 대로 넘길 건 넘기고 풀리지 않는 건 그대로 두라고 부추겼다.

<도망치세요. 어서!>

그러나 잊었다가 떠오른 기억들이 마음을 혼란스럽게 어지럽힌다.

<당신이 미소했으면 좋겠습니다. 바라는 것은 이뿐이었습니다
…….>

그가 정말 『루스벨라의 빛』 속 헤르난데즈라면 내게는 적이 될 사람이었다. 하나 지나간 시간들은 한 가지만을 떠올리게 했다. 앞으로도 나는 당신을 흑도 백도 아닌 애매한 회색 언저리에 두고 헤매야 하는가?

아니. 나는 확실하게 하고 싶다. 더는 모호한 것은 싫다.

"제대로 말해 줘. 이것도 금기야?"

"아닙니다."

봄볕이 따뜻하게 쬐는 나무 밑에서, 그는 낙엽이 어울릴 것 같은 얼굴로 미소했다.

"어떻게 말씀 드려야 할지……."

천천히 입술을 달싹이다가 죽였다가. 그 입술은 꼭 말을 하고 싶어 하지 않는 것 같으면서 억지로 떼어 내는 모양이었다.

"궁 밖에서의 저와 궁 안에서의 저는 모두 당신이 아는 제가 맞습니다. 궁 안에서 조금 더……. 이성을 유지할 뿐."

"카스토르, 첫째 오라버니의 힘으로?"

그는 대답하지 않았다. 그가 짓는 미소는 몹시 피로해 보였다. 그 미소가 말 대신 긍정을 나타냈다.

"네. 카스토르는 저와 약조한 것이 있습니다. 오래전 제 소원을 들어 주기로 하는 대신 저는 그에게 충성을 맹세했습니다."

약조? 소원? 그런 단어가 『루스벨라의 빛』 속에 있었던가.

"오라버니와 친구가 아니었어?"

"글쎄요. 친구라."

둘은 단순히 어렸을 적에 만난 친구 관계 아니었어? 계약이라는 단어 대신 약조를 쓴 걸로 보아 정이 없진 않은 듯한데.

그를 떠보기로 했다.

"……내 하녀가 당신 부하들에게 잡혀갔어. 32구역 상회 건물로 알려진 6층 인술라. 오늘 저녁 순찰대가 그곳을 습격할 거야. 여자들을 구하기 위해서."

"그렇습니까?"

그는 태연히 대꾸하면서 오히려 부드럽고 다정하게 미소 지었다.

"제가 무엇을 도와드리면 될까요?"

나는 눈을 가늘게 좁혔다.

"……당신 부하 중에 신관이나 실력이 좋은 자들이 있다면 미리 다른 곳으로 보내 줘."

"그렇게 하겠습니다. 저 또한 유능한 신관이니 그 자리에 없을 구실을 만들어 비워 놓겠습니다."

"잠깐. 정말……날 돕겠다고?"

"네. 그리고 그곳 사람들은 제 부하가 아닙니다. 그 건물에 황태자의 사람은 저밖에 없습니다."

그는 맑게 미소하며 대수롭지 않게 고백했다.

"데로스가 그나마 뛰어난 암살자이니 먼 곳으로 떼어 놓겠습니다."

말을 하는 그는 꼭 말 잘 듣는 강아지처럼 천진난만하기까지 했다. 왜? 궁 밖에서 그가 이를 드러낸 늑대과 짐승이었다면 지금은 주인 앞에서 얌전히 목걸이를 맨 커다란 개처럼 보였다. 착각이 아니었다.

"공작."

"헤르난이라 불러 주세요."

생각과 다른 그의 반응에 혼란스럽다. 나를 위해 자리를 비워 주겠다고? 당신의 일은 어쩌고?

그는 기둥을 부수거나 다수의 검사도 능히 상대했던 신관이었다. 그가 오늘 밤 그 자리에 없다면 순찰대 신관들은 순조롭게 건물에 침입할 수 있다. 그가 순순히 내 말을 따르면 나로선 반길 일이었다. 하지만······.

"헤르난데즈."

나도 모르게 손을 뻗었다.

"아······. 자, 잠깐."

고개를 든 나는 눈을 크게 뜨고 말았다. 믿기지 않는 일이었다. 나를 피해? 헤르난이?

허공을 쥔 손을 물끄러미 바라보다가 그를 쳐다본다. 그가 내 손을 피해 뒷걸음질 쳤다. 지금까지 단 한 번도 그러지 않았던 그가.

"······죄송합니다. 가까이 오시면, 그······."

"그?"

나는 그가 물러난 만큼 좁혔다.

"그만 웃. 생각나고 마니까······. 잠깐······."

그는 얼굴을 감싼 채 얼굴 위 손을 올려둔 그대로 겨우 중얼거렸다.

"생각나다니? 뭐가?"

그는 꼭 지뢰를 밟은 사람처럼 난처해 보이면서 손이 살짝 떨린 것도 같았다.

"이, 이상합니다. 나, 나는 한 번도 당신을 그렇게 본 적이······."

마침내 그가 손을 내리고 내게 무언가 중얼거렸을 때, 귀까지 붉고, 활활 타듯이 온 뺨과 얼굴을 물들인 낯선 얼굴이 있었다.

"죄, 죄송합니다."

그가 재빨리 돌아서 걸어갔다. 멀리 사라지는 뒷모습을 보고서야 조금 전 그 모습이 꿈이나 환상이 아니란 걸 알았다. 얼떨떨한 눈으로 눈을 깜빡였다.

내가…… 뭘 본 거지?

그는 뻔뻔할 정도로 곁을 쫓던 남자였다. 온순한 얼굴로 한결같은 눈으로 마치 신부나 수녀가 제 신의 경건한 동상을 바라보듯이.

<저를 사랑하나요?>

<아니요.>

<당신을 향한 마음은 감히 사랑으로 포장할 수 없습니다. 저는 ……. >

지난 시간 줄곧 나를 향했던 처연한 얼굴은 사랑이라고 하기에는 모자란 죄를 짊어진 순교자의 얼굴이었다.

<당신의 미움마저 달게 느껴집니다.>

마치 고해성사를 하듯 내게 고백하며 곁을 지켰다. 바란 것조차도 그저 곁에 있게만 해 달라는. 십자가를 짊어진 서글프고 비극적인 것에 가까웠다.

그래서 난 착각할 뻔했던 순간을 수없이 넘겼다. 이 부드러운 시선은 나는 모르는 어떤 비밀 때문이라고. 저 남자의 고백은 죄를 짊어진 그의 고해라고.

조금 이해가 가질 않았다. 방금 그건 누구야? 꼬리 말고 사라진 커다란 짐승 같던 남자는 누구냐고.

처음으로 그가 도망치듯 내 앞에서 사라졌다. 잠깐 기분이 아득해졌다.

헤르난. 당신은 '안'인 나를 만나며 몇 번이고 자신을 부정했다. 그 감정이 사랑이 아니라고. 절대 그것일 리 없다고.

안에게 내 이야기를 하는 그는 행복해했다. 나를 앞두고 나를 그리워하며, 마치 공기인 것처럼 나를 담는 얼굴로 나조차도 가슴을 울렁이게 만들었다. 나는 그를 바라보며 단 하나 말고는 답이 될 수 없으리라 생각했다.

하지만, 모르겠다. 내가 아는 사랑은 바라보면 심장이 뛰거나 두근거리고 생각만으로 행복해지며 사람을 바보로도 만드는 것이지, 맹목적인 부정이나 맹신이 아니었다.

'……아니야.'

순간으로 판단할 수는 없다. 나는 생각을 지워 내고 판단을 보류했다.

어쩌면 그런 생각도 든다. 사랑을 모르는 내가 누군가의 사랑을 안다고 할 수 있을까?

* * *

시간은 쭉 흘러 밤이 되었다.

"위험한 일은 마셔야 합니다. 건국제까지 당신의 몸은 황금보다 귀합니다. 아시겠어요?"

레베카는 못마땅한 얼굴을 하면서도 배웅 길에 나섰다.

"으응, 근데 건국제까지만? 그 다음엔?"

"……장난칠 여력이 있으신 것 같으니 연습량을 늘리도록 하지요."

"잠깐. 잘못했어."

"당연히 당신의 몸은 언제가 됐든 귀중하지 않습니까."

그녀는 도도하게 성을 냈다.

"그렇구나. 레베카가 조금은 더 웃어 주면 좋을 텐데."

생긋 웃으며 한 말에 레베카는 말문이 막혔는지 어처구니없다는 시선으로 흘끗, 차게 내려다봤다.

"아실리."

궁 앞에는 데인이 말과 함께 기다리고 있었다. 내 손이 데인의 따뜻한 손에 잡혔다.

"갈까?"

"응."

데인은 나처럼 움직이기 편한 복장에다 가죽으로 된 신발을 신고 있었는데, 어째 평범한 옷을 입어도 얼굴이 평범하지 않으니까 옷마저 튀는 느낌이다.

"응? 왜 그렇게 쳐다봐? 뭐 묻었어?"

"응, 묻었어."

"뭐?"

"잘생김."

데인은 내가 이마까지 뒤집어씌운 망토에 얼떨떨한 얼굴로 눈을 깜빡거렸다.

"그러니까 가리지. 네 미모는 이런 밤에도 빛이 나."

깜빡거리던 데인은 곧 미소를 터트렸다. 소리 내어 웃는 그를 보고 있자니 가려도 시원찮다는 생각이 들었다.

"과찬이야. 아실리."

"아니. 과찬이 아닐걸."

괜히 데인을 수도 한복판에 데려갔다가 동화 속 피리 부는 사나이가 되는 건 아닐까? 사람들을 줄줄 홀리고 말 것 같은데 말이지.

"얼른 가자."

갈색과 조금 더 짙은 흑갈색의 말이 있었다. 데인은 두 마리 말 중 짙은 갈색에다 이마에 흰 다이아 무늬를 가진 말을 데려갔다.

"이 말 안전한 거야?"

"물론이지."

자연히 레이 경은 나머지 옅은 갈색 말을 데려갔는데, 앞굽으로 땅을 긁거나 투레질 하는 말을 보고 있으니 이걸 타도 괜찮을까 하는 생각이 든다. 당연히 레이 경을 따라 옅은 색 말 쪽으로 향하는 나를 누군가 붙들었다.

"데인?"

데인은 미소하며 나를 자신의 말 쪽으로 이끌더니 말 앞에 서게 했다.

"아무리 봐도 레이 경이랑 내가 타야 하지 않을까?"

"어라. 가슴이 조금 아프려고 하네."

"아니, 데인 네가 어떻게 날 들, 앗. 잠깐."

말은 거기까지였다. 데인이 나를 먼저 말 위에 올리고 내 뒤로 올라타 감싸 안듯이 말고삐를 잡았다.

"잘 들지? 이 정도는 가뿐히 들어. 아실리."

귀 바로 옆에서 데인의 낮고 나긋한 웃음소리가 들렸다.

"너라면. 더욱."

투레질을 하던 말이 힘차게 달리기 시작했다.

"꼭 잡아, 안전하게 모실게."

승마는 TV에서 본 올림픽 중계가 전부인데, 이럴 줄 알았으면 수학여행 갔을 때 조랑말이라도 타 볼 걸 그랬다. 옆으로 획획 사라지는 풍경이 어지럽게 느껴졌다. 움직이는 말 위가 얼마나 위태로운 자리인지 약 5분간 얼어붙었다가 간신히 데인의 가슴으로 등을 붙였다.

날 감싼 팔이 더욱 힘주어 나를 안았다. 얼핏 바람결에 작은 웃음소리 같은 게 섞였다.

'나는 범퍼 카도 안타는 사람이었다고!'

미간을 푹 찌푸리다가 문득 허리를 감싸고 있는 손을 흘끗 내려다봤다. 이상한 일이다. 내 안에서 데인은 나와 그리 차이나지 않던 작은 황자님이었는데. 언제 이런 낯선 손을 가지게 된 걸까?

아니, 조금 오래전부터 이런 생각을 했다.

한참 달리던 말이 광장 한복판에 멈춰 섰다.

그와 별개로…… 나는 세상에 차멀미와 뱃멀미, 비행 멀미에 이어 승마 멀미도 있다는 쓸데없는 사실을 알았다.

"조금 늦었나 봐."

이미 도착했을 때 건물은 문이 활짝 열려 있었고, 온 층층 창문마다 주황빛으로 가득 밝혀져 거리까지 닿았다.

비록 순찰대 사람들이 깽판을 놓는 한복판은 허락받지 못했지만, 조금 떨어진 곳에서 관람은 허가받았다. 나를 지킬 검사님의 지도하에 말이다.

<황녀님께선 어떻게 그곳을 아셨습니까?>

조금 전 그라니우스를 만났던 일을 떠올렸다. 간만에 보는 그에게 미안하게도 대형 지뢰를 터트리고 간 헤르난 때문에 도통 집중할 수가

없었다. 결국 그라니우스가 나중에 얘기하자며 우리 대화를 흐지부지 끝내 버렸다.

"무슨 고민을 그렇게 해?"

"응? 아……. 그라니우스에게 어디까지 말하면 좋을까 하는 고민."

어둠 속에서 데인이 살며시 웃었다.

"네가 원하는 만큼 말하면 되지 않을까? 그는 좋은 사람이니까."

"아. 다정하지."

"아니야. 아실리."

눈에 띄면 안 된다고 하여 불도 밝히지 않은 깜깜한 골목이었다. 그런데도 왜인지 데인이 어떤 미소를 하고 있을지 눈에 그려졌다.

"좋은 사람은 너를 좋아하는 사람이야. 다른 이에겐 악독한 이여도 네게는 좋은 사람인."

그때, 누군가 쏘아 보낸 신호탄이 펑 터졌다. 하늘을 수놓은 작은 불꽃에 상황도 잊고 잠시 감탄했다.

"그저 신호로 쓰기엔 예쁘게 수놓인 꽃이네."

"그러게. 하늘에 핀 꽃이야."

이상하지. 궁 밖으로 나오면 일상적인 모든 게 예쁘고 귀엽고 행복하게 느껴졌다. 그렇게 생각하며 시선을 내린 곳에 예쁘게 눈을 접어 웃는 데인이 있었다.

"마음에 들어?"

"응? 아, 응. 왜?"

"네가 너무 예쁘게 웃어서."

데인이 고개를 기울여 슬쩍 눈을 깔았다가 다시 뜨며 나를 응시했다.

"늘 그렇게만 웃어 준다면. 참 좋을 건데."

"그럼 데인이 웃겨 줘 봐."

"뭘 해 줄까?"

"뭘 해 줄 수 있는데?"

"네가 원하는 건 무엇이든."

내 목소리에 스민 장난기를 눈치챈 데인은 동화 속 기사가 하듯 손을 가슴에 가져다 대고 꾸벅 장난스럽게 고개를 숙였다.

"아름다운 황녀님."

그러고는 낯간지러운 호칭으로 날 불렀다. 그림이긴 그림이다. 데인은 새까만 밤에 수놓인 수채화였다. 문득, 나도 모르게 스쳐 가는 얼굴이 있었다.

<데로스.>

그런 이름이었다. 데인과 닮았으면서 전혀 달랐던 사내. 마지막 순간 마리사를 향해 깊고도 어두운 증오와 감정을 품고 사라진 남자가 오래도록 뇌리에 머물렀다.

데인에게 무언가 말을 꺼내려는 순간, 와아아 하고 터진 함성에 고개를 돌렸다.

"나왔나 봐."

눈앞에 보이는 것은 와르르 쏟아져 나오는 신관들이었다. 일부러 싸움이 커질까 싶어 미리 주변 상점을 비워 놓은 탓에 텅 빈 공간에 함성이 비로소 생기를 불어넣었다.

너무 멀어서 잘은 보이지 않지만 아는 얼굴을 찾아보려 찌푸린 끝에 행렬의 뒤쪽에서 추레한 모양새의 여자들을 발견했다.

"아실리!"

데인이나 경이 말릴 틈도 없이 나는 이미 그곳을 향해 달렸다.

"한나!"

건물 앞은 영화 속 재난 현장 본부처럼 아수라장이었다. 기진맥진해서 주저앉은 병사와 철철 피가 나는 손목을 부여잡고 있는 신관. 난병장기를 내려놓는 신관 사이를 헤집듯 지나 한곳으로 뛰어갔다.

"꺄, 꺄아악!"

"죄송해요! 실례합니다!"

얼떨떨한 낯으로 나를 보는 여자들의 얼굴을 하나하나 확인했다. 갈색 머리카락, 고동색 머리카락, 붉은색 머리카락······.

"꺄아악!"

"윽. 죄송합니다."

틈틈이 헤집던 중에 누군가에게 치여서 내 속도를 못 이겨 넘어져 버렸다. 하필 사람이 복작복작 많은 곳을 피하려다 그만 어떤 사람의 위로 넘어진 것 같다. 희미하게 아픈 고통과 함께 푹신한 감촉에서 고개를 들면 잔뜩 찌푸리며 끙끙대는 여자가 있었다.

"헉, 어, 어떡해. 괜찮으세요?"

"으윽."

가까이서 보는 여자의 눈동자는 선명한 녹색이었다. 청포도같이 싱그럽고 예쁜 색이었지만 나를 보는 시선이 그리 곱지 않았다.

"아······. 어떡해. 죄송해요!"

황급히 그녀 위에서 일어나 여자의 팔을 붙잡아 일으켰다.

"아프다. 많이."

여자는 팔을 잡은 나를 아니꼽게 보다가 안절부절 못하는 내 얼굴을 보았는지 침묵 뒤로 한숨을 내쉬었다. 눈짓이 어쩐지 무척 우아하게 느껴지는 여자였다.

"여긴 어디지?"

"수도 서쪽이에요."

그녀는 찬찬히 주홍색 머리카락을 쓸어 올리며 미간을 찌푸렸는데 그 모습이 너무 초조하고 불안해 보여 나도 모르게 손을 잡았다.

"당신은 구출됐어요."

"구출?"

"네. 이제 자유에요. 괜찮아요?"

이 사람도 막 구출된 사람이었고 얼떨떨하고 불안할 터였다. 초췌한 낯의 여자가 물끄러미 나를 보더니 얼굴을 크게 흐렸다.

"도와다오. 나를. 한다. 찾아야. 내 목걸이. 내 부하."

여자의 어투는 음절이라거나 어법에 맞지 않았다. 그저 당황하고 불안하겠거니 생각했는데 그보다는 한국어를 갓 배운 외국인처럼 근본적으로 어색한 느낌이었다.

나는 찬찬히 여자를 훑었다. 더럽혀지긴 했지만 여자의 옷은 몹시도 고급스러운 옷감에 금실로 놓아진 수가 보였다.

'비단이잖아?'

그렇다면 왜 타국인이 여기 있단 말인가.

"화, 황녀님?"

생각은 길지 않았다.

"한나?"

"여기에요! 황녀님! 황녀님!"

얼떨떨하게 고개를 돌린 곳에 엉망이 된 몰골로 내 하녀가 달려오고 있었다.

"한나!"

"어헝헝헝. 황녀님······. 너무 무서웠어요."

산발이 된 한나가 품에 안겨 들었다. 아니 내가 안긴 걸지도 모른다.

"미안해. 늦게 구하러 와서."

"그, 그런 말씀 마셔요. 화, 황녀님만 아니었다면······."

한나는 그동안 무척 마음고생이 심했던지 나를 안고 펑펑 울었다.

"너무 보고 싶었어요······."

"나도."

그녀를 토닥이며 차차 적셔지는 어깨를 느끼다가 눈을 감았다. 이 순간에도 함께 울지 못하는 나를 탓하며.

어렸을 적 한나는 나를 공주님이라고 불렀다. 조금 크면서 그 호칭을 질색하는 나 때문에 더는 부르지 않았지만, 어렸을 적 동화 속에서 보던 공주님을 꼭 한 번 보는 게 꿈이었다며 말갛게 볼을 물들이며 사랑스럽게 웃곤 했다.

"흡······. 다신 못 볼 줄 알았어요."

그런 하녀는 안도감에 넋을 놓고는 엉엉 울었다. 어째서 네가 이런 일을 겪어야 했을까. 또 무사히 돌아와서 다행이라고.

안쓰럽고 안타깝고 또 한편으로는 안도감에 어깨를 토닥이는 순간이었다.

"화, 황녀님······."

그리고 나는 그만 보고야 말았다. 내 앞에서 멍하니 나와 내 하녀를 바라보고 있는 여자를.

고개를 돌려 마주한 눈동자는 절박했다. 동시에 여자가 다가왔다.

"그대. 사람인가. 높은?"

"······."

여자는 천천히 입을 달싹였다.

"도와다오."

흐트러지지 않겠다는 꼿꼿한 자존심이 엿보인 것 같았다. 초연하려 애쓰지만 많아야 채 스무 살이 안 되어 보이는 앳된 얼굴이었다.

"무엇을요?"

여자는 눈을 감싸며 몹시도 지친 음성으로 끊어지다시피 숨을 토해 내며 속삭였다.

"나는 네페르티 하토르 아하시야."

……뭐? 그 순간 흐느끼는 한나도 두고서 얼어붙고 말았다.

정신이 아득한 곳으로 떨어진다. 잠깐. 말도 안 된다고 생각했다. 왜? 여기에? 당신이?

"믿어다오. 나는 왔다. 사막에서."

내 인생에, 어떤 불행도 그냥 스쳐 가는 법이 없었다곤 하지만. 내 하녀를 구하는 길에서 나를 죽이게 될 여자를 만나게 될 줄은 누구도 상상 못했으리라.

"사막의 공주다."

* * *

사람이 너무 놀라면 도리어 차분해진다. 상황에 휘둘리는 경험은 사실 그리 유쾌하지 않은 일이다.

'……끝도 없이 펑펑 터지는구나.'

그리고 지금.

"황녀님……."

근처 빈 여관 2층 방에는 나를 비롯한 관계자들이 한숨을 쉬거나 하나같이 세상 심각한 얼굴로 벽이나 허공을 노려보고 있었다.

"대체 이 상황을 어떻게 받아들여야 합니까?"

내 말이. 여기서 공주라니?

"하녀들을 구하러 온 곳이 아니었나요."

"그러게 말이야."

조금 전 무사히 구출된 여자들 사이에서 막 내 하녀들을 찾아냈다. 다행히도 하이나와 테베는 여자들 사이에 있었다. 하이나의 경우 순찰대의 도움을 받아 큰 부상 없이 돌아갔고, 테베는 반항 도중 팔을 크게 다쳐 의무병이 있는 곳으로 이송됐다.

도대체 어쩌다 이렇게 됐나 생각해 보지만 인과 관계를 가리키는 실은 썩둑 잘려 있다. 네 쌍의 시선이 크게 숨을 들이쉬는 나를 바라본다. 데인. 레이 경. 펜네. 한나.

"황녀님."

펜네를 몰래 불러 이 방으로 사막의 공주 아하시야를 데려온 주범은 나였다.

"무슨 말씀이라도 해 주세요……."

내가 입을 꾹 다물고 있자 펜네가 참지 못하고 조심스럽게 말을 꺼냈다.

"부탁드립니다. 네?"

"본 그대로야, 펜네."

얼굴을 쓸어내리며 끙끙대는 그는 무척 당황스러운 표정이었다.

"외람되지만, 황녀님……. 사막의 사절단은 아직 제국에 도착하지 않은 것으로 압니다만……."

그는 조심스럽게 말했다.

"가짜일지도 모른다고?"

"그럴 가능성이……."

나는 머리카락을 쓸어 넘겼다.

"펜네. 펜네 말은 타당성 있어."

맞는 말이다. 갑자기 웬 여자가 나타나 나 사막의 공주다! 외치면 누가 믿겠냐고.

이 세계에서 귀족 사칭은 엄연한 범죄였다. 그런데도 가짜일까? 펜네의 말마따나 사막의 사절단이 오기까지는 아직 약 한 달의 시간이 있다. 더구나 다른 사람도 아니고 공주의 사절단이다. 보통 규모는 아닐 것이었다.

"정말, 저 방에 있는 사람이……. 사막의 공주란 말입니까?"

"펜네 말대로 가짜일 수도 있지."

오늘은 건국제로부터 약 한 달 반 전. 내 일기장 예지가 실현되는 날도 한 달이나 남아 있다는 얘기다.

……분명 꼼꼼히 읽었던 내용에는 오늘 일이 없었다.

"직접 물어봐."

데인이 간단히 결론을 내렸다.

"……그러게. 그 수밖에 없겠네. 저 방에 있지?"

펜네가 끄덕였다.

"네."

"다녀올게."

문을 열었다.

여자가 이쪽으로 고개를 돌리는 것 같았다. 조금 어둑하다 싶은 방

안에서 그녀의 머리카락은 탁한 주홍색을 띠었다.

"들어갈게요."

아하시야. 선명한 잎사귀 색깔의 눈동자와 마주쳤다.

"안녕하세요."

고집스럽게 입을 꾹 다문 채로 오직 나만을 바라보는 모습이 꼭 길을 잃고 달달달 떠는 강아지 같다.

"기분은 어때요?"

"……."

사막에서 온 공주의 머리칼은 어둠 속에서도 석양 끝을 베어 온 것처럼 반짝반짝했다. 찬란한 그녀의 머리칼을 바라보다가 눈을 떨어트렸다.

과연, 일기장에 정답이 있을까?

나는 그녀 앞임에도 책장을 넘겼다. 답답함을 못 이겨 나온 행동이었다. 어차피 이 공간에서 행위의 뜻을 나만 아리라. 오직 나만 볼 수 있으니까.

파라락, 넘어간 페이지가 바람을 일으킨다. 시선은 춤추듯 그려지는 글자를 담았다.

리리엘의 달 22일

……우연히 만나고 말았다……. 사막의 공주를…….

탁—! 책을 접는 것과 함께 소름이 돋았다.

'바뀌었다고?'

분명 바뀌었다.

지금 날 향한 시선이 아니라면 코 박고 정독하고 싶었다. 젠장. 제 길. 천천히 고개를 들었다. 조금 전부터 나를 향한 꽂힐 듯한 시선을 마주했다.

"사막의 공주님."

"……."

"이만하면 충분한 휴식이 되었겠죠?"

지금의 만남이 정말로 우연이라면. 우연히 그녀와 내가 조우했을 뿐이라면 이것은 변수가 되는 걸까?

"그만, 알려 주지 않겠어요? 어째서 당신이 그곳에 있었는지."

당신은 진짜다. 진짜일 것이다. 잘은 모르겠지만 지금 이 우연한 만남은 기회였다. 그녀가 진짜 사막의 공주 아하시야라면 절대 놓쳐선 안 될 것 같단 예감이 든다. 내겐 스쳐 가는 실마리라도 중요했으니까.

"말해 주세요."

이걸 잡기 위해선 이들 앞에서 그녀가 진짜라는 증거를 찾아야 한다.

"당신에게 어떤 일이 있었는지."

그녀는 눈을 한번 감았다가 뜨며 나를 올려다보았다.

"모르겠다. 눈을 떠 보니 여기였다."

그녀가 천천히 입을 뗐다. 제국인이라 볼 수 없는 독특한 외모에 눈이 간다.

"저들은. 뺏어 갔다. 찾아야 한다. 내. 세셰프안크. 찾지 않으면……."

"셰셰 뭐?"

나는 찌푸리다가 펜네를 불렀다.

"세셰프안크. 사막의 언어로 살아 있는 조각상인데. 부관을 말하는 것 같습니다."

펜네가 말했다.

"혼자서 저곳에 갇혀 있던 게 아니라는 얘기인가?"

"그런 것 같습니다."

처음 봤을 때도 날더러 무엇을 찾아 달라고 그랬었지.

"공주님. 당신은 혼자 갇힌 게 아니라는 소리죠?"

아하시야가 끄덕였다.

"안심해요. 아마 그 건물 안에 함께 있었다면 분명 저 밖 어딘가에 있을 거니까."

난 머릴 긁적였다.

"그러니까…… 당신들도 영문 모를 납치였다 이거네."

납치범들이 닥치는 대로 가리지 않고 잡아들였다는 소린데. 누가 봐도 제국인의 용모가 아닌 여자를 잡아들일 정도로 급하다는 얘길까?

'그러고 보니 내가 '안'일 때도 나를 잡아가려고 했지.'

안 또한 이곳의 외모가 아니었다.

대체 그들이 느끼는 신관의 자질, 기준이 뭐지? 마치 물 위를 걷는 것처럼 아슬아슬한 줄타기였다. 무엇이 얽히고 무엇이 나를 위한 것인지. 하나하나 추리하는 과정이 조심스러웠다.

"놈들은 말했다. 내 세시르나를 두고. 후보일지도 모른다고."

"후보?"

"모른다. 알 수 없는 말이었다."

신관 후보를 말하는 건가. 아마도 공주와 시녀 중에 신관의 자질을 지닌 여자는 부관 쪽이었나 보다. 세시르나가 부관의 이름인 모양이고 말이다. 결국 사막의 공주는 시녀와 같이 있다가 운 없이 함께 잡혀 왔다는 소리였다.

내 삶은 늘 이런 식이다. 불에 타 버리고 뼈대만 남은 건물처럼 자칫 잘못 밟으면 무너질 위태로운 모습으로 헤맨다.

내가 입을 꾹 다물자 제 차례라고 생각했는지 펜네가 나섰다.

"반갑습니다. 아가씨. 제 이름은 펜네입니다. 제국의 관리지요. 실례지만, 지금부터 제가 묻는 질문에 대답해 주시겠습니까?"

공주는 크게 내키는 표정은 아니었다.

"현재 당신의 신분을 증명할 만한 것이 전혀 없는 상태입니다. 부득이하게 취조와 같은 형태를 띤 점 사과드립니다."

내가 고개를 끄덕이자 어떻게 받아들였는지 그녀가 굳어 있던 입술을 떼었다. 그렇게 이어지는 응답을 듣다가 고개를 돌렸다.

이미 일기장이 증명했다. 그녀는 진짜 공주다.

하지만 펜네는 여전히 의심하고 있다. 펜네는 납치 건의 책임자 중하나니까.

'내가 나서서 설득하느니 이쪽이 좋겠지.'

이곳은 펜네에게 맡기고 난 한나에게 다가갔다.

"한나. 괜찮아?"

"네? 네네!"

파르르 떨고 있었던 푸른 눈동자와 시선이 스쳤다. 왜일까. 한나는 함께 구출된 하이나와 테베보다 더 불안정해 보였다.

"황녀님....... 저, 저. 괜찮아요."

나를 보며 억지로 웃으려고 했지만, 치맛자락을 잡고 있는 손은 숨기지 못하고 파들파들 떨었다. 나는 그 손을 물끄러미 바라보다가 내손으로 덮었다.

한나는 팔목까지 내려오는 긴팔 튜닉을 입고 있었는데 왜인지 소매

부분이 팔뚝까지 썩둑 잘려 있었다. 가위같이 예리한 것으로 잘린 절단면을 보다가 그녀의 팔뚝과 팔이 접히는 부근에서 묘한 상처를 발견했다.

'꼭 바늘 자국 같은데……'

왼손이고 오른손이고 간에 온통 상처투성이인 한나가 눈을 크게 껌뻑이면서 상처를 가렸다.

"아…… 이건 그 사람들이……."

"그자들이 낸 거라고?"

"네. 저에게 이상한 약을 주었는데 그걸 먹는 순간 몽롱해졌어요."

한나가 고개를 홱 들어 나를 바라봤다.

"그, 그리고 그 사람들에게서 지독한…… 향수 냄새가 났고, 너무 이상하고 코가 아팠어요."

막 잠에서 깬 사람처럼 몽롱했던 눈동자에 또렷한 빛이 보였다.

"무서웠어요. 그렇지만 지금은 괜찮아요!"

괜찮은 걸까. 괜찮은 척하는 걸까? 들은 적 있는데, 사고의 후유증은 꽤 오랜 시간이 지난 뒤에 물밀듯 밀려오기도 한다고 들었다.

"그리고, 황녀님……."

"황녀님. 잠시만 이곳으로 와 주시겠습니까?"

막 말을 붙이려는 찰나에 펜네가 말을 꺼내는 바람에 한나는 입을 다물어야 했다.

"돌아가서 얘기해."

한나가 끄덕였다. 얘기는 돌아가서 들을 수 있겠지. 펜네는 데인의 도움을 받아 간단한 심문을 끝냈는지 나를 바라보고 있었다. 그런데 왜인지 퍽 복잡해 보였다.

"펜네, 그녀의 처우는 어떻게 되는 거야?"

"일단 조사를 거쳐야겠지요."

"조사? 공주인데? 여성, 거기다 타국의 귀족을 함부로 조사할 수는 없지 않아?"

펜네가 침음을 토해 냈다.

"아직 진짜 공주인지 알 수 없습니다."

심문으로 진짜 공주인지 밝혀낼 수 없는 모양이었다. 그러나 귀족이라는 건 눈치를 챈 모양이었다.

"저 아가씨, 말투가 좀 어눌해서 그렇지, 귀티 나는 모습이 누가 봐도 귀하게 자란 아가씨라고."

"네…… 저도 그렇게 느꼈습니다."

아마도 내내 귀족들을 마주하며 부관으로 지내 온 펜네니까 더욱이 잘 알겠지.

'그리고.'

난 흘끗 아하시야를 바라봤다. 이렇게 보니까 전혀 책 속의 인물이라곤 상상하지 못할 것 같다.

"겁에 질린 것 같은데……."

애써 태연한 척하지만 큰 잘못을 저지르고 어찌할 바를 모르는 어린아이 같은 얼굴이라서…… 정말 날 죽일 사람인지 모르겠다.

"내 궁으로 데려갈래."

미쳤다고 생각할지도 모르겠다. 나를 보는 저 놀란 얼굴 사이에 플뢰온이 없어서 다행이었다.

나는 정보가 필요했다. 책 속의 사람이 나를 죽이려 한다. 책 구절 속에서 황태자를 사랑했던 약혼녀. 그리고 어찌된 영문인지 예지 속

살인자가 내 앞으로 굴러들어 왔다. 살아남기 위해서 무엇이든지 알아내야 했다.

작가가 참 냉정하게 카스토르와 루스벨라의 관계가 아닌 서사는 칼같이 잘라낸 터라 그녀에게 무슨 일이 있었는지 직접 보기 전까지 알 순 없었다.

하지만 예지는 사실이다.

"데려가자. 저분도."

"안 돼."

"안 됩니다."

나를 향한 단호한 두 목소리에 눈을 깜빡거렸다. 데인과 펜네. 순순히 승낙하리라고 생각하진 않았지만 데인까지 반대할 줄은 몰랐는데.

하긴 미래에 나를 죽일지도 모를, 예고된 살인자와 한곳에 자진해서 있겠다니…… 평범한 사고로는 이해 가지 않을지도 모르겠다. 나조차도 내 죽음을 겪지 않았다면 쉬이 생각해 내지 못했을지 모른다.

하지만, 어쩔 수 없지 않은가? 미래를 손에 넣으려면, 죽음이 도사리는 곳에 발을 디뎌야 비로소 앞으로 나아갈 수 있다.

나는 지금까지 이 세계에 그렇게 살아남았다. 쭉.

잠깐 깨물었던 입술을 놓았다가 작게 숨을 내쉬었다.

"그럼 다른 방법이 있어? 설마하니, 이 허름한 여관에 계속 그녀를 둘 것도 아니고. 여기 있는 미혼 청년들이 데려갈 순 없으니까 내가 데려가겠다는 건데."

어떤 게 좋은 일일까? 고개를 돌린 나는 조금 전부터 나를 뚫어지게, 그리고 조금 간절하게 바라보는 아하시야와 시선을 마주쳤다.

복잡하게 보이지만 사실 답은 쉽게 나와 있는지도 모른다.

"데려갈래."

정말 사막의 공주 아하시야라면 한 달 뒤 예고된 살인을 막을 수 있을지 모르는 일인데다 만에 하나라도…… 그녀가 아하시야가 아니라면 사칭한 만큼 연관된 무언가 있지 않을까 한다. 어느 쪽이던 손해 보는 패는 아니다.

그런데 데인과 펜네가 잠깐 시선을 주고받는 것 같았다.

"아실리, 그건 힘들 것 같아."

데인이 의자 기둥에 기댄 채 고개를 기울여 빙그르르 미소했다.

"외성은 몰라도 내성은 이국적 사람이 통과하기 힘들거든."

"얼굴을 가리면 되지 않을까?"

"그래? 그럼 궁으로 데려가서?"

"데려가서 내 궁에서 돌볼 거야."

"언제까지?"

이어지는 문답에 나는 살짝 찡그렸다.

"정체가 밝혀지고 허락이 떨어질 때까지 숨기면 되는 거잖아. 어차피 내 성은 가장 구석에 있어. 데인 너도 알잖아."

"응. 알아. 그리고 아실리 네 맘도 이해해."

예쁘게 올라가는 입술을 바라보자면 그가 다시 이어 말했다.

"어……?"

어느새 일어나 다가온 데인이 내 양손을 자신의 손으로 잡아 들어올렸다.

"아실리, 네 심정을 이해한다고. 형식적인 위로는 절대 하지 않을게."

올려다보면 어둑한 조명 아래로 홀릴 듯 아름다운 붉은 눈동자와 희미한 윤곽이 보였다. 스쳐 가는 시선 속에 많은 말이 담겨 있는 것 같다.

"넌 다친 이 사람을 두고 볼 수 없고, 난 함부로 네게 버리라고 할 수 없어. 그건 내가 가볍게 할 수 있는 것도, 해서는 안 되기도 해."

그가 천천히 눈을 깔았다. 걱정과 연민. 눈 아래로 알고 있는 것도 있었고 가늠하지 못한 것도 있었다.

"하지만…… 우리 조금만 침착해지자."

한쪽 무릎을 굽혀 나를 바라본 그는 나지막하게 말했다.

"당장 우리는 그녀가 사막의 공주라는 어떤 증거도 갖고 있지 않아."

"그건…….."

"그리고 아실리, 잊었어? 궁은 안전한 곳이 아니야."

그때 벽에 기대어 있던 레이 경이 검을 쥐었다가 놓는 것을 보았다. 그도 모르게 나온 행동인 것 같았다.

'암살자.'

데인의 말대로 궁이라고 안전하지만은 않았다.

"안전이라는 건 꼭 신체적 안전만을 말하는 것이 아니야."

"정보의 파장."

"맞아."

아마도 내가 사막의 공주를 데려가는 일이 비밀로 보장받지 못할 것이라 돌려 말하고 있는 것 같다.

확실히 어수선한 시기였다. 지난 연회 나를 감싸고돌았던 황태자로 인해 내 궁에는 수많은 초대장이 쏟아지고 있었다. 내 궁은 보안이 허술한 편이기도 했고.

"그러니까 듣는 귀가 있다는 거야? 내 궁에?"

"그녀를 당장 궁으로 데려가면 네가 더 위험해질 거야."

데인의 말은 일리 있었다. 하지만, 생각하는 것과 믿는 것은 또 다르다.

"내 궁은⋯⋯. 안전하지 않은 거야?"

레베카는 날 향해 말한 적 있다.

<황녀님과 황태자 전하 사이에 돌고 있는 소문의 진상을 알기 위해 이곳에 왔습니다.>

그녀는 솔직하게 자신을 드러냈고 시녀로서 경고했다.

<모든 눈이 당신을 주목하고 있습니다.>

그녀의 조언은 진실했다.

<당신의 행보를 지켜보기 위해서.>

카스토르가 연회에서 폭탄을 던졌다. 그 자리에는 그라니우스도 있었다. 그는 줄곧 2황자와 교섭하기 위해 애쓰고 있었다고 한다.

<황녀님께서는 더는 어린 시절, 그 힘없는 황녀가 아닙니다.>

그라니우스는 나로 인해 복잡해진 자신의 사정을 숨기지 않았다. 그렇다고 내게 짐을 지우지도 않았다. 다만 담담하게 사실을 읊었다.

이상하다. 난 힘이 없던, 그래서 무참하게 죽어 버린 그날과 전혀 다르지 않은데. 주변 사람들은 더 이상 내가 버려진 황녀가 아니라고 말한다.

그것이 온전히 내 힘으로 이뤄 낸 일이 아니라서 큰 파도에 휩쓸리나 보다.

황태자 때문에 모든 귀족이 날 주목하며, 가장 큰 축제에서 춤을 추고, 장관인 그라니우스와 레베카라는 공녀가 나를 더는 약한 사람이 아니라고 말한다. 오늘의 나와 이전의 나는 무엇이 다른데?

"아실리, 날 봐."

데인과 눈을 마주했다.

"안전할 거야. 적어도 너는. 언제나."

그가 손을 잡았다.

"네가 있는 곳이 영원히 갈 길 없는 저승의 끝이라도……. 나는 그곳에서 너를 데려올 테니까."

이상하게도 바람 한 점 없는 퀴퀴한 방 안에서 데인의 머리칼이 살랑살랑 흩날리는 것처럼 보였다. 예쁘게 올라간 입꼬리를 한참 바라보다가 고개를 숙여 차분히 "데인, 미안하지만 그 얘기. 나중에 네 미래 부인이 들으면 분명 슬퍼할 거야." 말하며 웃었다.

이럴 상황이 아니라는 것을 알지만, 방금 유리관 속에 누워 있던 백설 공주가 백마 탄 왕자님을 만난 심정을 알 것도 같다. 사과를 먹고 기절한 것도 아니지만 잠깐 픽 쓰러졌다가 억지로 건져진 기분이었다.

나는 죽었던 어느 날 어떤 시간에 모든 로망을 거기 두고 왔다. 우습게도 낭만이 죽어 버린 순간에 과거의 로망은 착착 이루어진다.

그렇다면 이번 죽음도 무사히 피해서. 언젠가 행복해진다는 최대 로망도 이루어졌으면 좋겠다.

"내가 고집부리지 않길 바라?"

"솔직하게. 이번만큼은."

고개를 숙였다. 불안해하는 게 아닌데. 걱정하는 그의 눈에는 그렇게 보였을지도 모르겠다. 보지 않아도 내 고집을 꺾는 단호한 얼굴을 알 수 있을 것 같다.

"그래, 알았어. 이번엔, 네 얘길 들을게. 데인."

만약 펜네가 아하시야를 두고 가자고 설득했다면 미안하지만 난 들어주지 않았을 거다. 내가 죽음에 대해 지닌 집착과 예민함은 스스로 헤아렸을 때보다 더 크다.

더는 무참히 죽어 주지 않기로 결심했다. 그렇기에 나는 그녀를 내

곁에 두어야 안심하고, 발을 뻗고 잘 수 있다. 하지만 데인은 특별했다. 어쩌면 나보다도 더 나를 걱정하는 사람이다.

<믿음은 참 덧없는 것이지.>

아모르는 그랬다. 그렇지만 아무도 믿지 않고 살아가는 건 무척이나 슬픈 일이다. 누구도 믿지 않고 황폐한 인간. 카스토르랑 난 무엇이 다르지? 적어도 난 인간다움을 포기하고 싶지 않다.

데인은 허튼소리를 하지 않는다. 또한 누구보다 똑똑한 사람이었다. 내가 예상하지 못한 부분까지 생각하고 있겠지.

사막의 공주에 대한 중요성을 누구보다 잘 알고 있는 그가 이렇게 말한다면, 나는 그를 믿어 보기로 했다. 불안하지만, 내색하지 않으며.

"저분은 두고 갈게."

말없이 우리 대화를 듣고 있던 공주의 얼굴이 삽시간에 흐려졌다. 막 이곳을 떠날 무렵이었다.

"······없다고?"

"네. 세시르나라는 여자는 없다고······. 명단을 몇 번이나 뒤져 봤지만 없었습니다."

공주의 부관이라는 여자가 없었던 모양이다. 운 없게도 그녀의 시녀는 이곳이 아닌 다른 곳으로 끌려갔나 보다. 문제는 그 부관이라는 여자를 찾지 못하며, 공주의 처우가 매우 곤란해졌다.

"그래서 곤란합니다."

가짜고 진짜이고를 떠나서 고위 귀족임은 분명했는데. 펜네가 곤란을 느낀 부분이 바로 이 부분이었다.

"현재 순찰대 중에 여성 신관은 없습니다."

여성 귀족은 여성 수행원을 필요로 한다.

"그렇게 수가 많은데 한 명도?"

"현재 귀하디귀한 게 여성 신관이니까요."

수행인이 있다가 없으면 상당히 불편해진다. 거기다 만약 그녀가 진짜 사막의 공주일 경우 부족한 대우가 외교 문제로 번질 위험이 있었다.

"그래서 말입니다, 황녀님. 하녀 한 사람을 빌릴 수 있을까요?"

"내 하녀를?"

좋다. 하녀가 필요한 건 알겠는데 그게 어째서 막 고생고생하다 지옥에서 돌아온 내 하녀들이 되어야 하나? 상당히 심기가 불편한 나를 향해 펜네가 쩔쩔매는 얼굴로 변명하듯 덧붙였다.

"공주가…… 음. 사막의 공주로 추정되는 사람이 이곳에 있는 건 현재 기밀에 속합니다. 특히 외교에 위협적이죠. 가짜 왕녀란 위험 요소가 큰 문제이니까요."

"그렇지."

지금 이곳에 아하시야가 있다고 알고 있는 사람은 펜네와 순찰대 대장 초소네, 부대장 소릭스와 메타 정도뿐이다.

"더구나 현재 사막의 왕국 사정이 복잡해 공표는 뒤로 미루려고 합니다."

사정은 알겠지만, 받아들이는 건 조금 다른 문제다. 시름시름 앓다가 돌아온 사람더러 일을 하라니. 악질이다.

"펜네의 말은 옳아."

펜네와 마주 보고 섰다. 이곳은 골목 안 한적하고 고요한 곳이었다. 그의 말은 일부 타당하다.

"하지만 옳다고 해서 내 하녀들이 희생할 필요는 없어."

펜네는 내가 당연히 받아들일 거라고 생각했던 모양인지 얼굴을 흐렸다. 펜네가 생각하는 것과 실제 나 사이에는 간극이 있다. 나는 내 하녀들을 아낀다. 힘든 일을 겪은 하녀들을 일하게 하고 싶지 않다. 이게 그를 곤란하게 해도.

"황녀님."

다시 한 번 단호하게 거절하려 할 때였다. 소매 끝을 누가 잡아당긴다.

"제가 여기 있겠어요."

초췌한 얼굴의 한나가 배시시 웃어 보였다.

"저는 테베처럼 다치지 않았으니까. 할 수 있어요."

"뭐? 무슨 소리야, 한나!"

"신관님께서 곤란해하시는 걸요."

오랫동안 함께했기 때문일까. 한나는 빠르게 눈치챈 모양이었다. 이럴수록 곤란해지는 사람은 나라는 걸.

"꼭 필요한 것이지요? 저는 황녀님을 오래 보필하기도 했고."

난 얼굴을 찌푸렸다.

"안 돼. 넌 다쳤잖아, 한나."

"앗, 아니. 제 몸은 멀쩡해요."

"사람은 몸만 멀쩡한 게 아니라 정신도 함께 멀쩡한 걸 멀쩡하다고 하는 거야. 넌 쉬어야 하고……. 그리고 옷 밑에 바늘 자국 같은 것이 있었지?"

"아 그거……. 아프지 않아요."

한나가 눈을 도로록 굴리다가 자신의 손을 마주잡았다.

"황녀님은 좋은 분이니까요. 그분을 걱정하고 계신 거죠? 제가 도울게요."

그녀는 놀라울 정도로 부드럽게 웃었다. 푸른 눈은 어린 나를 보던 것과 전혀 다르지 않은 모습으로 휘었다. 그 얼굴에 대고 나는 차마 지금 네가 보이는 눈이 싫다고 말할 수 없었다.

너는 지금 언젠가 나를 대신해 죽던 날 얼굴을 하고 있노라고.

"펜네."

"네?"

"치료 신관 정도는 수배해 주겠지? 해 주리라 믿어."

단호한 내 눈에 펜네가 얼른 끄덕였다. 순찰대 중에 그런 이가 하나 있다면서, 곧 바로 한나에게 보내겠다고 했다. 그 말에 조금 안심했지만 완전히 마음을 놓을 수는 없었다.

어쩔 수 없는 일이라는 것이 마음 쓰렸다.

"⋯⋯얼른 데리러 올게."

"네!"

살아가는 데 있어서 확신할 수 있는 게 뭐가 있을까. 공주를 데려가서 필요 이상의 주목을 받기보다 이곳에 두고 믿을 수 있는 사람을 붙여 두는 쪽이 낫다.

"⋯⋯공주를 잘 부탁해. 내게 중요한 사람이야."

한나는 이내 비장하게 끄덕였다.

"걱정하지 마세요."

역시 난 내가 아닌 다른 누군가를 위험하게 두는 것이 싫다. 이런 것에 익숙해지고 싶지 않다. 모르는 척 고개 돌리고 나를 위하는 사람들을 이용하면 나 하나는 편히 살지도 모른다.

그래도 누군가의 희생을 당연하게 여기고 싶지 않아. 그렇기에 나는 지금 이 불편함을 안고 가기로 했다.

한나에게 그리 비장할 필요는 없다고 웃어 주었다.

"돌아갈 시간이야. 아실리."

"응."

마침내 도착한 성에는 밤바람이 거세게 불고 있었다. 아무래도 수도의 한적한 거리보다 높다 보니 조금 쌀쌀한 느낌이다.

"으. 깜깜하네."

망토가 펄럭펄럭 깃발처럼 나부낀다. 머리카락이 기다렸다는 듯 산발적으로 휘적거렸다. 인상을 쓰며 머리카락을 잡았을 때 어깨로 커다란 망토가 덮인다. 고개를 들자 곰처럼 우직하게 서 있는 기사님이다.

"어라. 선수를 뺏겼네."

뒤에서 데인이 장난치듯 간지럽게 웃었다.

"둘이 이런 걸로 경쟁도 해?"

"그럼."

두 남자를 보다가 함께 픽 웃었다.

"피곤하지?"

데인이 다가와 물었다.

"……조금?"

"본래 첫 승마가 힘들어."

그는 옅게 미소했다. 그러고 보니 허리가 살짝 욱신욱신하고 다리가 후들거리는 것도 같고.

'어. 잠깐. 다리가 진짜 떨고 있잖아?'

감각이 무뎌서 몰랐다. 치마가 길어서 다행이었다. 과거의 나라면 죽는다고 앓았을 고통일지도 모르겠다. 고통에 무뎌졌다 보니 가끔 아파도 아픈 줄 모를 때가 있다.

"데인."

"응."

"공주를 데려오지 않은 거 말이야…… 다른 이유가 있지?"

한 손으로 레이 경이 준 망토를 여미다 문득 말을 꺼냈다.

"왜 그렇게 생각해?"

"그냥. 넌 내 의견에 반대하는 법이 없었잖아."

고개를 돌리자 살랑살랑 흔들거리는 머리카락이 보였다.

"넌 뭔가 알고 있지?"

그 순간 미풍이 지나간 뒤로 거센 바람이 휙 스치며 거칠게 흔들었다.

"말 안 해도 좋아. 내가 굳이 알아야 하는 게 아니라면. 몰라도 상관없어."

기억하는 한 데인은 아주 어릴 때부터 타인을 위한 선택을 하곤 했다. 맛난 건 그냥 내게 줘 버렸다. 좋다 싶은 것도 내게 줬다. 그에겐 어린아이가 으레 부릴 법한 욕심이 없었다.

똑같이 나를 아낀 플뢰온도 제 몫은 챙겼건만, 데인은 이상하게 욕심이 없어서. 가끔은 그가 어린애처럼 보이지 않곤 했다.

아무리 착한 사람이라도 살면서 열에 한 번은 화를 낼 법한데 데인은 그런 게 없었다.

"가끔 네가 그렇게 선을 그을 때, 나는 어떡해야 할지 모르겠어."

데인 쪽에서 옅은 숨소리가 터져 나왔다.

"3일 전, 제국 외교부로 서신이 도착했어."

"……데인?"

"사막의 사절단이 무사히 중계 무역지 아히스란에 도착했다는 서신.

그리고 난 은밀한 이야기를 하나 더 들을 수 있었어. 바로 사막의 공주가 수행원 몇을 이끌고 홀연히 사라졌다는 이야기였지."

나를 흘끗 바라본 데인은 고요하게 말을 이었다.

"사막의 나라와 제국까지는 말이 전속력으로 달렸을 때 약 20일이야. 느긋하게 오는 사절단의 경우 약 한 달 반이 소요되곤 해."

건국제를 한 달 반쯤 남긴 지금 그들이 교역 도시에 도착했으니, 이제 곧 제국에 입성한다는 얘기였다. 그런데 공주가 사라졌다고?

"그럼 내가 본 사람은……."

"진짜일지도 모르지."

이미 아하시야가 진짠 줄 알고 있었단 말이야?

입을 꾹 다문 채 그를 쳐다보면, 그 마음 전부 알고 있다는 듯 데인은 눈을 예쁘게 휘었다.

"이상하지 않아? 어째서 공주가 사절단의 보호를 벗어나 은밀하게 이곳에 왔을까?"

"넌 그 이유를 아는 거구나."

데인이 고개를 살짝 흔들었다.

"아직은 몰라. 하지만 곧 알게 되겠지?"

그가 나직하게 말했다.

"아실리. 위험한 것에 미리 손댈 필요는 없다고 생각해."

윤기 나는 밤색 머리칼이 눈앞에 쏟아졌다. 데인이 내 머리칼을 흐트러지게 놓아 버리며 고요하게 웃고 있었다. 그는 서운하거나 서글픈 건 아닌데 쓸쓸함이 묻어나는 얼굴로.

"나는."

물에 젖은 꽃처럼 처연히 고개를 기울였다.

"네가 죽기를 바라지 않아."

사절단과 움직이지 않고 사라진 공주. 납치범들의 소굴 한복판에서 예지 속 그녀를 만났다.

울기 직전의 아이 같은 얼굴로 애써 태연을 가장하던 여자는 그저 귀하게 자란 아가씨일 뿐이었는데.

"……나도 내가 죽기를 바라지 않아."

나는 제국의 황녀고, 그녀는 제국의 손님이었다. 그녀에게 나를 죽일 이유는 없을뿐더러 우리에겐 개인적 원한도 없다.

"데인, 난 한 번도 내가 죽기를 바란 적 없어."

그럼에도 그녀는 나를 죽일 것이다. 카스토르와 그랬듯 예지 속 일은 이루어지고야 만다. 막아야 했다.

감았던 눈을 뜬다. 정보가 필요했다. 그녀가 어떤 이유로 나를 죽이려 했는지. 카스토르가 촉발한 일이라고는 알았지만, 그와 무슨 일이 있었는지는 알 수가 없었다.

작가가 쳐내 버리고, 내가 기억하지 못하는 이야기 속 그녀의 이유를 찾아야만 한다.

"고마워."

어둠 속에서 보석보다 찬란한 붉은 눈동자. 젖은 꽃 같은 데인을 보며 미소했다.

이렇게 보니까 인생은 참 쓰리다. 판도라의 상자에 제일 마지막까지 남아 있던 것은 희망이라던데 내 상자 속에는 오로지 불행만 남은 것 같다. 뒤집어서 탈탈 털어 내면 밑바닥쯤에는 내 행복이 있을까?

머리를 탈탈 흔들어서 우울한 생각의 파편들을 튕겨 냈다. 우울은 만약의 독이다.

"있잖아, 데인. 혹시 잃어버린 형이라든가, 어릴 때 헤어진 형이라든가, 숨겨진 형이라든가 있어?"

"······전부 같은 얘기 아니야?"

우울할 땐 잡담으로 떨쳐 내는 게 최고다.

"뭐 어쨌든. 있어?"

죽음을 반복할 적, 난 항상 아모르를 찾아가 이렇게 실없는 수다를 떨곤 했다. 물론 아모르는 그다지 반기지도 좋아하지도 않았지만.

"글쎄."

"너처럼 잘생긴 사람이 또 있을까 해서."

"푸흡. 농담이 지나쳐, 아실리."

문득 아무 말이나 던진 것에 데인은 눈을 동그랗게 뜨며 퍽 진지하게 대꾸했다.

"무슨 말을 하고 싶은 건지 잘 모르겠어. 음······ 내게 형은 플뢰온 하나뿐인걸."

그러고 보니 그런 일이 있긴 했지. 말하고 보니 진지해졌다. 수도에서 만났던 남자. 성녀인 마리사와 보통 관계가 아니었던 데인을 닮은 남자.

"형이라. 다른 황자들이랑 딱히 친분이 있는 것도 아니고."

데인은 카스토르를 형으로 생각하지 않는 모양이다. 하기야 차기 황제로 유력한 황태자와 한미한 황자. 교류가 없는 것이 당연했다.

그런데 카스토르야 그렇다 치고 데인은 제2 행정청에서 일하지 않던가?

'그럼 2황자는 꽤 봤을 텐데.'

난 고개를 갸웃했다.

"아, 그러고 보니 사촌 형이 하나 있긴 해."

"사촌?"

"응."

데인의 밤색 머리칼은 어둠을 모두 잡아먹은 것처럼 까맣게 물들었지만, 붉은 눈동자만은 빛을 담은 보석처럼 예쁜 광채를 담고 희미한 신력의 빛을 반사했다.

"딱히 친하진 않아."

왜일까. 반쯤 어둠에 잠긴 얼굴은 잠깐이지만 딱딱하게 보였다.

* * *

"얌전히 돌아오기로 약속하셨지 않았습니까, 주인님?"

레베카는 돌아온 내 몰골을 어처구니없는 얼굴로 바라보는 동시에 한숨을 쉬었다. 이윽고 침묵 뒤로 그녀가 조용하게 말했다.

"……정말 3일 만에 해결하셨네요."

이미 들은 모양이다.

레베카는 정말로 기한 내에 하녀를 찾아 버린 수완에 혀를 내둘렀다. 아울러 나를 조금 다른 눈으로 바라보고 있었는데. 레베카 안의 내 레벨이 오르는 소리가 들린 것도 같기도 하다.

"지금까지 이런 능력을 숨기고 계셨나요?"

"피. 그럴 리가. 놀리는 거지? 난 한 게 전혀 없다고. 사라진 하녀들은 순찰대원들이 찾았다고 이미 들었으면서."

"이런 능력을 건국제에서도 보여 주셨으면 하네요."

그녀는 도도하게 손을 모아 고개를 까딱였다.

"내일부터 본격적인 준비에 들어가겠습니다. 쉬세요. 주인님."

어째 정중해 보이는 그 태도가 더 놀리는 것처럼 보이는 걸까. 한마디 하려다가, 그냥 희미하게 웃으며 그녀를 보냈다.

"……하."

피곤하지 않은 건 아닌데 그렇다고 잠이 올 것 같지도 않다.

"……이제 어떡한다?"

할 수 만 있다면 먼저 도착했다던 하이나를 불러다 이런 저런 걸 묻고 싶다. 하나 그녀의 몰골이 말이 아닌지라 차마 잡지 못하고 방으로 보냈다. 납치뿐 아니라 사막의 공주도 호기심만 잔뜩 불러일으켰다.

"아아. 그 부분 좀 더 잘 읽어 둘걸……."

책 속에서 '사막의 공주와 카스토르의 약혼'은 카스토르와 루스벨라의 대화 속에 나온다. 아무리 내가 마침표 하나까지 핥을 기세로 읽었다곤 하지만 정말 따옴표까지 기억할 수는 없지 않나. 하필 누락된 부분이 사막의 공주와 관련되었다는 게 아쉽다.

언제 어디서 약혼하는지 어디서 하는지를 알고 있지만, 좀 더 세부적인 것. 그녀가 어떤 사람이었는지를 모른다는 게 아쉽다.

'스치듯 지나간 조연이 뭐 얼마나 나왔겠느냐마는.'

그때는 몰랐지. 그 한 줄이 아쉬워질 줄이야.

일기장을 펼치자, 오늘 일이 조금 다른 서술로 적혀 있었다.

리리엘의 달 22일

……우연히 놀러간 시장에서 세상에나 나는 아주 예쁜 사람을 만나고 말았다. 그런데 그 사람은 알고 보니 사막의 공주님이었다.

이건 무슨 우연일까. 인연? 인연인가?

일기장 속 나는 혼자 몰래 밖으로 나갔다가 사막의 공주를 만났다는 건가.

"늘 생각하는 건데. 말투가 왜 이래?"

이따금 느끼는 거지만 일기장 속 나는 되게 이질적이라고 할까. 카메라에 찍힌 나를 보는 기분이다. 화면 속 나는 나지만 내가 아닌 것 같은 묘한 느낌.

아마도 자신이 연기한 드라마를 보는 기분이 이런 기분이지 않을까.

책장을 넘겼다.

리리엘의 달 25일

······(중략)······

사막의 공주님이 나를 불러서 조심스럽게 부탁했다. 자신이 꼭 이루고픈 소원이 있어서 이곳에 왔노라고.

─부탁, 합니다.

그것이 뭐냐고 묻자, 공주님은 망설이더니 끝내 입을 다물어 버리셨다.

머리를 거칠게 쓸어 올렸다.

"리리엘의 달 25일······."

이틀 뒤다.

"공주에게 이유가 있다고."

끝내 입을 다물었다는 건 적어도 목구멍까지 차오른 간절함이 있단 얘기다. 이것이 미래와 관련된 걸까?

'이틀 뒤에 찾아가 추궁해 보면 알겠지.'

일기장을 덮어 버렸다.

"······윽. 또 머리가······."

다시금 찾아온 두통에 관자놀이가 지끈거렸다. 왜일까. 갈수록 주기가 짧아지는 느낌인데······. 바늘이 통과하는 소름 돋는 고통을 참고 억지로 잠을 청하자 잠이 오는 것 같아 눈을 꼭 감았다.

* * *

다음 날. 해가 어깨 너머로 넘어가 막 오후 티타임이 지났을 무렵 플뢰온과 데인이 나타났다. 둘 다 공무 중에 빠져나오기라도 했는지 각자 희거나 푸른 예장 차림이었다.

"······어쩐 일이야?"

둘을 멀뚱히 바라보고 있자 플뢰온이 툭 뱉었다.

"뭘 멍청한 얼굴 하고 있어? 네 시녀에게 못 들었어?"

"······레베카? 못 들었는데."

"뭐? 네 시녀가 무대를 도와달라고 불렀다고."

오라비가 아프지 않게 이마를 툭툭 치다가 꾹 밀어냈다.

"불청객 보듯이 보지 말란 말이다."

나는 그의 검지를 잡아 내리며 고개를 돌려 레베카를 바라봤다.

"무슨 영문인지 모르겠는데."

태연하게 시선을 받아 낸 레베카가 눈을 깔았다.

"제가 황자님들을 초대했습니다. 주인님."

"설마, 지난번에 얘기했던······. 준비?"

"네."

건국제 「프리모 살바티오」 무대 준비를 위해서는 천문학적인 비용과

인원이 필요하다. 국가적 행사인 만큼 중앙 궁에서 지원을 아끼지 않지만, 사실 그 퀄리티는 춤을 추는 공주 뒤에 얼마나 큰 뒷배가 존재하느냐에 달려 있다. 당연히 따로 사적 재산이 있을수록 유리하다.

하여 연락 한 번 없는 친모와 있기는 한가 싶은 외가를 가진 비신관 공주가 만들 무대란 뻔했다.

그리고 난 거기에 딱히 불만이 없던 차였다.

"……저기 난 딱히 불만 없는데 왜들 그래."

"그, 욕심 없는 자세가 문제인겁니다. 문제!"

"깜짝이야."

나는 눈을 깜빡거리며 박력 넘치는 레베카, 아니 내 시녀님을 바라봤다.

"당신은 늘 이런 식입니다."

참고 참았다며 허리에 짚은 손이며 반대편 손으로 탁자를 짚은 레베카가 나를 가두듯 눈을 마주했다.

"자꾸 이런 식으로 허물의 신이 껍데기 버리는 소리 하실 겁니까?"

"아, 아, 아니. 그게."

묘하게 박력 넘치는 그녀에게 놀라 어깨를 움츠린 채 고개를 저었다.

"제가 있는 이상 대충이란 건 존재하지 않습니다. 아시겠어요?"

그녀는 더는 두고 보지 않겠다며 단호하게 분노를 드러냈다.

레베카의 모습 뒤로 플뢰온의 만족스러운 얼굴이 시선 끝에 걸렸다. 왜 만족스러워 하는 건데? 황당했다.

"이거 참 누가 황녀인지 모를 풍경이네. 안 그래?"

플뢰온이 씩 웃더니 고개를 돌려 데인을 바라봤다.

"데인, 네놈은 뭐가 그리 바쁘냐?"

"아. 조금. 일이 밀려서?"

데인이 옆구리에 뭘 그렇게 끼고 왔나 했더니 세상에. 전부 「프리모 살바티오」 무대와 관련된 서류였다. 인적 계약서, 물적 재산 지원 기록서, 신력 장치 설명서······.

'서류 작업만 해도 일인 것 같은데?'

그런데 데인은 몇 번 보더니 손쉽게 슥슥 쓰며 채워 간다.

"······플뢰온이 일을 하긴 해?"

데인이 슬쩍 미소하며 어깨를 으쓱했다.

"놀랍게도."

데인이야 그렇다 치고 플뢰온은 대체 무슨 일로 나를 찾아왔나 싶었더니 놀랍게도 플뢰온이 하는 일이 가장 많았다.

"물적 재산적 지원 책임은 전부 내가 진다고 했다."

무슨 말일까. 그는 잠시 회계 자료를 보고 고민하더니 억 소리 나는 금액을 적어서 나를 기함하게 했다.

"아니, 미쳤어! 그 돈을 왜 여기다가 써! 그냥 오빠 가져! 아니 겨우 폭죽에 무슨 그런 돈을 들여?"

"시끄러워."

플뢰온이 귀찮다는 듯 인상을 찡그렸다.

"이봐, 신력 장치는 굳이 낡은 걸 쓸 필요 없을 것 같은데?"

"같은 생각입니다. 좋은 생각 있으신지요? 황자님."

약 10년 전 모 황녀가 사용했다던 꽃가루를 휘날리게 하는 꽃의 신성물을 바라보며 유행에 뒤처진다는 둥 낡았다는 둥 하나하나 트집 잡던 플뢰온이 털썩 앉아 다리를 꼬았다. 그러고는 고개를 꺾어 오만하게 이쪽을 향해 툭 던졌다.

“하나 만들어.”

“뭘 만들어!”

아니. 남자 친구가 사랑한다며 섬을 통째로 사 줬다던 모 재벌 드라마 서민 주인공의 기분이 절실하게 이해될 것 같은 기분이다. 그때 왜 그냥 받지 좋으면서 싫은 척이냐고 아빠랑 욕을 하며 봤는데 반성한다.

“이봐, 못난아.”

월드컵을 개최한다고 경기장을 짓고, 올림픽을 한다고 경기장을 짓고. 처음부터 없으면 그럴 수 있다고 생각한다. 그런데 멀쩡히 있는 걸 두고 하나 만들겠다고 하는 걸 속된 말로 돈지랄이라고 한다.

성물이라는 천문학적 액수가 드는 물건을 두고 만들자는, 눈앞에 펼쳐진 돈지랄. 제국에서 가장 돈이 많다는 금광의 신전 후계자님께서 말씀하셨다.

“내 신전에 이런 거 널렸어.”

고개를 숙였던 그가 투두둑 떨어지는 잿빛 머리칼을 쓸어 넘긴다. 마침내 나를 바라본 그가 거만하게 미소하며 툭 던졌다. 말만 해.

“사 줘?”

확실히 사람이 하나도 아니고 둘, 셋이나 함께 거들게 되니까 일은 순조롭게 술술 풀려 갔다.

특히 플뢰온은 며칠 전 예고한 돈지랄이 그저 허투루 한 말이 아니라는 듯 다음 날, 웬 낯선 남자와 함께 내 집무실에 나타났다.

“오빠, 이 사람은……?”

플뢰온이 남자에게 성의 없이 시선을 주는가 싶더니 심드렁히 뱉었다.

"내 부관."

토해진 말은 전혀 심드렁하게 받아들일 소리가 아니었지만.

"이름은 렉스고. 성은 뭐…… 있긴 한데. 굳이 알 필요는 없어."

"끙, 황자님. 적어도 소개만이라도 제대로……."

곰처럼 몹시 큰 덩치의 남자는 얼떨떨하면서 예의 바른 표정으로 나를 바라봤는데, 덩치에 맞지 않게 소처럼 퍽 순진해 보이는 눈망울이 인상적이었다. 남자는 당황스럽다는 듯 쩔쩔매면서 솥뚜껑 같은 손으로 얼굴을 문질렀다.

'그런데 플뢰온에게 부관이 있었나?'

금시초문이다. 부관이란 황자의 이런저런 시중을 들며 잡일을 함께하는 존재다. 요컨대 레베카 같은 사람. 내가 알기로 플뢰온은 어릴 적 모 영애를 호되게 쫓은 뒤로 오랫동안 그 자리를 비워 둔 걸로 알고 있었는데?

"불카누스에서 보낸 거야."

내 표정을 눈치챈 듯 플뢰온은 대수롭지 않게 던졌다.

"뭐……. 성격은 어떨지 몰라도 나름 쓸 만한 능력이니까. 막 써도 돼. 부려."

옆에서 렉스가 중얼거리는 소리를 얼핏 들었다.

"칭찬이 아닌 것 같은데요……."

그의 외가, 불카누스의 대신관이 손자를 무척 아끼는 사람이라고는 들어 봤다. 플뢰온이 펑펑 쓰는 돈이 어디서 나왔겠어. 씀씀이를 눈감아 주는 데다 사람까지 붙여 주는 좋은 외할아버지인 모양이었다.

"들으셨겠지만, 렉스입니다. 6황자님의 부관입니다."

"반가워요. 아실리 로제예요."

"예, 반갑습니다. 부족하지만 불카누스의 관리 신관을 맡고 있습니다."

불카누스에서는 뛰어난 대장장이에게 망치 모양을 한 장식을 매단다고 들었다. 아마도 그의 허리끈에 달린 것이 그것인 모양이었다.

"관리 신관이라. 뛰어난 대장장이인가 보네요. 잘 어울려요, 장식."

그의 허리 장식을 콕 짚어 그렇게 말하자 살짝 놀란 듯 그가 큰 눈을 껌뻑거리더니 고개를 끄덕였다.

"아…… 눈썰미가 좋으시군요. 저도 말씀 많이 들었습니다. 설마……. 제가 살아생전 황녀님의 용안을 직접 보게 될 줄은……."

"네?"

"그게, 황자님이 저더러 황녀님께 접근 말……. 악, 아픕니다, 황자님!"

"시끄러워, 누가 쓸데없는 소리하래?"

플뢰온이 막 대하는 건 나뿐이 아니리라 익히 짐작하고 있던 바다. 무릎을 잡고 끙끙대는 남자를 안쓰럽게 바라봤다.

"끙…… 설명을 계속하자면 불카누스의 신관은 신력을 매개로 무엇이든 만들 수 있는 자들입니다. 황녀님."

"들었어요. 신의 대장장이라지요?"

"네? 하하하."

뛰어난 대장장이라는 말은 허언이 아니었는지 렉스는 곧바로 무대 준비를 거들었다. 그리고 곧 자신이 무척이나 유능한 남자임을 증명했다. 무대에 대한 얘기를 듣고 곰곰이 생각에 잠기는가 싶더니 제 능력을 가감 없이 선보였던 것이다.

"제 능력을 먼저 보여 드리겠습니다. 이건 꽃의 신의 성물입니다."

그가 들어 보이는 건 작은 브로치처럼 생긴 장치였다.

"성물에 대해서는 아시죠?"

"신의 힘이 깃든 물건."

"네, 맞습니다. 성물을 만들거나 고치기 위해선 특별한 도구가 필요합니다. 바로 이것이죠."

그의 손가락에 서려 있던 약한 불빛이 잡고 있던 성물을 휘감았다가 사라졌다. 빛이 사라진 뒤로 그는 대장장이용 망치를 쥐고 있었다.

"와!"

이 세계에서 신관들의 능력은 주문도 없나 보다.

"원래 이 성물은 사용 시 꽃잎을 흩날리게 합니다. 하지만 낡았지요."

그가 망치로 성물을 가리켰다. 그러고는 작은 불꽃을 만들어 내더니 바닥에 내려놓은 성물을 쾅쾅 두드렸다.

쾅쾅! 쨍! 이어 금이 가기 시작한 성물이 두 조각, 세 조각, 곧 산산조각 났다. 그가 파편 하나를 들어 올렸다.

"이게 바로, 성물의 핵심인 수정입니다. 오직 수정만이 신력을 담을 수 있는데, 저희는 이 수정을 핵심 부품 삼아 무엇이든 만들 수 있지요."

"무엇이든?"

"이를테면 조금 전까지 이건 꽃잎을 흩날리게 했던 꽃의 신 성물이었지요? 이걸 간단하게나마 이렇게 조립하면……."

완성된 건 아까와는 다른 모양의 브로치였다. 그의 손가락에서 희미한 빛이 생겨나나 싶더니 브로치를 잡고 바닥으로 흔들었다.

그리고 그는 작은 줄을 꺼내 브로치에 그걸 획획 감았다. 무얼 하나 싶어 눈을 깜빡이는 순간, 줄에서 거짓말처럼 꽃이 만개하며 피었다.

"와……! 꽃이 피었어."

마치 크리스마스트리에 장식하는 전구 같았다. 전구 대신 진짜 꽃이 흩날렸지만 말이다.

"간단한 '변형'입니다. 보통 불카누스의 수습 신관들이 하는 일이지요."

만개한 꽃을 장식 삼은 의자를 바라보며 고개를 끄덕였다.

"그러니까 핵심이 되는 신력 수정이 있으면 뭐든 만들 수 있다는 거지?"

"예. 그것이 저희 능력이지요."

궁전도, 수도에서 봤던 거대한 시계탑도 모두 불카누스의 작품이었다.

"「프리모 살바티오」는 해마다 테마를 각기 달리하여 만든다 알고 있습니다. 조립, 신력의 재구성. 불카누스의 특기와 통하는 부분이 있지요."

렉스가 나를 보며 웃었다.

"제 밑에 불카누스들과 제가 아는 모든 능력을 동원하겠습니다."

그가 잠시 말을 멈췄다가 코를 찡긋했다.

"이미 황자님께서 불카누스의 신전 예산을 끌어다 쓰고 계시지만 말입니다."

"어어, 본의는 아니지만 미안해요."

"네? 아닙니다. 이 정도야 새 발의 피도 안 되는 금액입니다. 괜히 굴러다니는 돌마저 금이란 소리가 나오는 게 아니라…… 아, 물론 농담입니다."

렉스는 퍽 순진하게 웃었다.

"……어쩌다 황녀님의 무대 총괄을 맡게 됐는지는 모르겠지만요."

플뢰온을 흘끗 바라보는 것도 같았다. 흐린 눈이었다.

"까라면 까야죠."

"음."

······설명도 안 하고 데려온 거야? 나는 그를 짠한 눈으로 바라봤다.

"무대 장식 인원과 바람잡이들은 내 가문 사람들을 써도 좋아."

지나가던 데인이 불쑥 끼어들었다.

"데인."

내 의사와는 상관없이 일은 일사천리로 진행되었다. 축제 중에는 '파도잡이'라고 하여 축제 당일, 무대의 흥을 돋우거나 사람들 사이에서 섞여서 춤을 추는 남녀 무희가 있다. 소위 바람잡이랄까. 보통 황녀 측에서 사람을 풀어서 축제의 분위기를 주도했다.

보통 기예에 능한 노래의 신관이나 악기와 음악의 신관, 그리고 술의 신관들이 맡곤 했고, 데인은 그런 파도잡이에 자신의 외가 사람을 쓰겠노라 말했다.

"롬의 수레바퀴라······. 확실히 흥을 돋우는 노래나 춤의 신관만큼이나 유능한 무희들입니다."

레베카가 끄덕였다.

"칭찬 고마워."

대체 내가 없는 사이 무슨 일이라도 있었던 걸까. 플뢰온과 데인, 레베카에게서 묘한 유대가 보이는 것 같다.

'아무래도 셋 다 직업을 잘못 선택한 것 같아.'

신분을 직업이라 할지 애매하긴 한데, 이들의 얘기를 듣고 있자니 꼭 숙련된 웨딩 플래너들과 함께 일하는 기분이다.

머리부터 발끝까지 전부 책임져 드립니다. 앉아만 계세요.

춤에 가장 중요한 재료는 나지만, 나만 쏙 빼놓고 이야기가 돌아간다.

하기야 내가 회계 자료를 본다고 데인보다 빠르겠나, 레베카보다 의상에 박식하겠나, 그렇다고 금광의 후계자만큼 돈이 많길 해. 안타깝게도 내 쓸모없음을 자각한다.

조금 있자 공작가 사람들과 렉스가 부른 불카누스 신관들이 도착해 집무실이 복작복작해졌다. 물론 집무실은 넓고 넓어 사람들을 수용하고도 남았다.

"안녕, 경."

난 흘끗 옆을 바라봤다.

"나와 같은 잉여 인간이 된 기분이 어때?"

"제가 왜 잉여입니까?"

그곳엔 나와 마찬가지로 이곳에 잉여인 레이 경이 서 있었다.

"공녀께서 당신의 연습 상대로 절 보내지 않았습니까."

그게 그거 아닌가.

"무슨 생각을 그리 하십니까?"

"……세상은 참 불공평하다는 생각?"

"어째서요?"

"뭐. 그냥."

수십 억이 왔다 갔다 하는 주식 시장을 목도한 소시민의 기분이 이럴까.

"주변에 넘쳐나는 인력들로 나를 대신하게 하면 어떨까 싶어서."

나보다 황녀다운 레베카를 황녀 자리에 앉히고 춤도 추게 하고. 파트로누스는 플뢰온과 데인 중에 한 명을 붙여 주고.

'그리고 나는 한적하게 가게나 하나 차려 소시민의 삶을 사는 거지.'

내 허리를 잡고 있는 레이 경을 바라봤다.

"경……. 나는 내가 아니라 다른 누군가 황녀였다면 좋았을 것 같아."

내가 평범하게 그대로 자랐다면 어땠을까 생각을 하곤 한다. 내 인생은 슬프고 너무 슬퍼서 이젠 이런 생각도 사치가 된 것 같은 기분이 든다.

"날 대신한 사람은 현명하게 대처하지 않았을까? 그런 생각을 해."

모두가 죽고 혼자 남은 풍경 속에서 몇 번이고 되풀이해서 생각했다. 내가 '내'가 아니었다면 너희는 살았을까? 살아서 행복했을까?

꿈 속 죽어 버린 하녀들은 끝내 대답하지 않았다.

"제 생각은 다릅니다."

"……."

"당신이 황녀였기 때문에 곁에 머문 사람도 있다고 생각합니다."

고개를 들었다.

"누가 날 위해 남았는데?"

"……저는 당신이 황녀이셨기 때문에 당신의 기사가 되었습니다."

건방지고 무뚝뚝한 내 검사님이 주인을 위한 말도 할 줄 아는 사람이었나 보다.

"당신은 그런 사람입니다."

그는 우직한 얼굴로 말했다.

"그 자리에 서 계시는 것이. 내려다보는 것이 불편하십니까."

"응…… 조금?"

"불편하셔도 어쩔 수 없습니다."

레이 경이 무뚝뚝하게 고했다.

"사람을 부리는 것에 익숙해지셔야 합니다."

나는 살짝 웃었다.

"레베카와 같은 소릴 하네."

감히 호위가 뻔뻔히 황녀, 황녀 하고 날 담았지만 딱히 기분 나쁘거나 하진 않았다. 내가 황녀로서 자각이 부족하단 소리기도 했다. 그래, 나는 과분하다 느꼈다.

내 삶을 책임지는 것도 힘겨운데 갈수록 더 크고 무거운 역할이 주어지는 것 같으니까.

"그렇습니까."

당신은 황녀라는 역할과 나를 따로 떼어 볼 수 있을까? 당신은 처음부터 황녀인 나와 만난 사람이었고, 황녀가 아닌 나를 모르는 사람이었다.

그런데 왜일까. 지금 그의 무뚝뚝한 얼굴이 잠깐이지만 놀라울 정도로 풀어져 다정하게 보였다.

"당신은 더는, 저희만의 황녀님이 아니지 않습니까."

내 어린 시절을 쭉 함께했던 기사가 그렇게 말했다.

"두려워할 것은 아무것도 없습니다."

그건 꼭 아무 쓸모없다고 상심한 나를 위로하는 듯 느껴졌다.

"황녀님. 머무르지 말고 자라 주십시오."

빙그르르, 그의 손에서 오르골 속 인형처럼 빙글빙글 돈다. 단단한 팔이 허리를 잡았다.

"당신의 곁에는 제가 있습니다."

한자리에서 어쩌지 못하는 나를 살짝 밀어 주는 듯한 음성이었다. 고개를 들면 목을 덮은 남빛 머리칼이 한들거리는 것이 보였다. 목울대가 움직이는 것과 단단한 턱이 겨우 보였을 때.

"……어떤 곳에 서 있어도."

중저음의 목소리가 귀를 저릿하게 파고들었다.

"당신은 당신입니다."

음악의 마지막에서 레이 경은 그림 속 기사처럼 손가락을 잡고 입맞출 듯 가까워졌지만 끝내 닿지는 않았다.

* * *

시간은 빠르게 흘렀다. 이전 황녀들이 어떻게 무대를 꾸몄나 좀 더 상세한 자료를 살펴보고 있을 때였다.

"4행정청에서 전갈이 왔습니다."

"전갈?"

나는 오늘도 내 방에 모인 사람들을 쭉 훑다가 서신을 열어 보았다.

"펜네가 보낸 거네."

잠깐 행정청에 들러 주십사 하는 내용이었다. 나는 곧 채비를 차려 행정청으로 향했다.

"찾아오시게 해서 죄송합니다."

"괜찮아."

펜네가 피로해 보이는 얼굴로 웃었다.

"사실 보시다시피 요즘."

"어? 피피오!"

"저 망할 신관들과 함께 있어서요."

내게만 들릴 정도로 속삭인 펜네가 한숨을 쉬었다.

"더럽게 자유분방해서 말이죠."

펜네는 곧 짧은 숨을 내쉬며 납치 사건에 대한 애기를 간단하게 추렸다.

"그날, 순찰대가 찾아간 곳이 납치범들의 가장 큰 아지트였던 것 같습니다. 그런 것치고는 너무 허술하게 뚫어졌지만⋯⋯."

그건 아마 헤르난 때문이겠지.

"그곳에서 발견한 자료로 나머지 근거지를 찾아 하나하나 습격 중입니다."

희미하지만 조금 밝은 얼굴로 사건이 거의 마무리되고 있는 중이라며 말했다.

글쎄, 과연 그럴까? 회의감이 고개를 들었다. 그들 꼭대기에 황제가 있다. 이건 눈속임에 불과할지도 모른다. 소위 말하는 꼬리 자르기. 하지만, 당장 내가 할 수 있는 부분이 없었다. 증거도 갖추지 않은 상황이니까.

"그러고 보니 춤 준비에 한창이시겠군요."

난 고개를 끄덕였다.

"미진한 능력이지만, 저도 도움이 되고 싶습니다."

"펜네가? 바쁘지 않아?"

"납치 건, 마무리 단계니까요. 저 대신 다른 신관이 부관을 겸하고 있어 괜찮을 겁니다. 조영관께서도 좋아하실 거고요. 필요하시면 언제든 불러 주십시오."

그는 내 표정을 어떻게 해석했는지 엷게 웃었다.

"그리고 황녀님, 오늘 꼭 드릴 말씀이 있습니다."

그는 곧 얼굴을 문지르며 한숨을 쉬었다.

"무슨 일 있어?"

"예. 그, 사막의 공주로 추정되는 분 말입니다⋯⋯."

그가 조심스럽게 꺼낸 용건은 사막의 공주 아하시야였다.

"통 말을 하지 않습니다. 아니 아예 어떤 말도 하지 않습니다."

미간을 찌푸린 펜네는 난처한 얼굴이었다. 그는 다갈색 머리카락을 흩트리며 헤집었다.

"아무 말도 하지 않는다고?"

"예. 분명, 말을 하긴 하는데 꼭 필요한 말만. 그것도 황녀님이 남겨 준 하녀하고만 합니다. 그래서 말인데, 황녀님께서 한번 만나 보시겠습니까?"

"내가?"

펜네가 끄덕였다.

"그날 황녀님께서 떠나기 전까지 황녀님의 말씀에만 반응하지 않았습니까."

고개를 들었다. 굳이 거절할 필요는 없지 않나?

"좋아. 그라니우스도 동의한 거야?"

"네. 조영관께선 또래인 황녀님께 편히 털어놓지 않겠냐고 동의하셨습니다."

사막의 공주는 조사를 위해 잠깐 순찰대 건물 중 한곳에 있는 모양이었다. 그와 걷는 동안 이런저런 얘기를 나눴다.

"그라니우스는 요즘 뭐 하느라 통 얼굴이 보이질 않아?"

"아. 2황자님과 회담을 진행하고 계십니다. 거기에 대해선 그분께서 직접 말씀해 주실 겁니다."

그거 2황자에게 제대로 책잡혀서 열심히 굴려지고 있다는 소리로 들리는데. 그라니우스에게 미안해졌다.

"미안해. 그거 나 때문이지?"

"……네? 아닙니다."

펜네가 고개만 돌려 나를 바라봤다.

"왜 그렇게 생각하십니까."

"연회."

역시 연회. 카스토르가 내게 했던 수작 때문에 그의 입장이 곤란해진 모양이다.

"아……. 아닙니다. 황녀님께서는 아무 잘못도 하지 않으셨습니다."

순간 왜인지 모르게 가슴이 따끔따끔했다.

"감히 제가 이런 말씀 드리면 안 되지만……. 세상엔 어쩔 수 없는 일이란 게 있지 않습니까? 제가 그 망할 순찰대 하고 욕을 하면서도 그들 뒤치다꺼리를 하는 것처럼요."

그는 아무것도 모르는 눈치였다. 부드러운 음성에 마음이 편해지는 기분이었다.

"그보다, 저는 무척이나 궁금합니다. 황녀님을 아끼는 사람으로서……. 파트로누스 말입니다. 정하셨습니까?"

펜네가 흘끔 나를 바라보며 호기심을 드러냈다.

"보통 춤의 상대는 비밀로 했다가 축제날에 공개하는 게 전통입니다만 알음알음 알려지곤 합니다. 그런데 아직 황녀님 파트로누스에 대한 얘기는 들려오지 않더군요."

"으응, 그게 말이지."

"역시, 공작님인가요?"

"뭐? 헤르난?"

왜 그 이름이 여기서 나오느냐고 물으려다가 입을 다물 수밖에 없었다.

"이름을 부르는 사이시로군요. 두 분은 잘 어울리십니다."

날 바라보는 퍽 장난스러운 얼굴을 발견했기 때문이다. 그는 마치 가상 연애 예능을 보는 시청자의 얼굴로 나를 보고 있었다.

그러고 보니 행정청 신관 대부분 체르난이 팬이 아니었던가.

"아아, 펜네."

네가 잡았던 납치범 우두머리 중 하나가 그 사람이다 하고 터트리고 싶어졌다.

"비밀로 하겠습니다."

오해를 바로잡기 전에 공주가 있다는 방에 도착해 버렸다. 편하게 얘기 나누라며 그가 밖으로 나가 버렸고, 나는 애석하게도 해명의 기회를 잃은 채 공주를 마주해야 했다.

"안녕하세요?"

나를 보며 주인 본 강아지처럼 화색을 띤 한나에게 눈인사하며 천천히 눈을 데굴데굴 굴렸다.

며칠 만에 다시 보는 사막의 공주는 카우치 한쪽에 앉아 창문을 물끄러미 바라보고 있다. 기울어진 옆얼굴이 앳되면서 우아한 곡선을 그렸다.

"아."

사막의 공주는 날 보며 잠깐 눈을 크게 떴다가 황급히 표정을 수습했다. 그 서툰 행동에 왜일까, 가슴이 따끔했다.

"잘 지냈어요?"

이런 사람이 나를 죽인다고?

"나 기억하죠?"

그녀가 작게 고개를 끄덕였다. 공주는 처음 봤을 때보다 조금 떨어지는 옷을 입고 있었다.

"그날 당신과 함께 가고 싶었지만 상황의 여의치 않아서. 내 사람이 그걸 원하지 않았거든요."

솔직하게 말해서 카스토르가 나를 죽인다는 예지를 봤을 때 그놈은 그럴 수 있어 이해했다. 책 속 폭군은 그런 미치광이였으니까.

만약 책 속처럼 시종일관 난폭한 사람이라면 거리를 재고 방법을 찾아 피하면 될 텐데 지금 보는 여자는 그렇지가 않다.

"이해…… 한다."

"고마워요. 음, 차 마실래요?"

믿기지 않는다. 벌레나 잡을 수 있을까 싶은 가느다란 팔로 검을 들어 나를 찌른다니. 그녀는 그저 조금 겁에 질린 평범한 여자처럼 보일 따름이다. 그래서 혼란스럽다.

마침 타이밍 좋게 차가 등장했다. 공주가 개나리색 찻물을 물끄러미 눈에 담았다. 길 잃은 강아지처럼 배회하던 시선과 떨림이 가라앉았다. 몇 모금 뒤로 돌아볼 여유를 되찾은 것 같아 보였다.

"당신의 이야기를 듣고 싶어요. 어려울까요?"

본래 사절단과 이곳을 찾았어야 할 사람이었다. 그런데 한 달이나 앞당겨서 수행원도 데려오지 않고 왜 이곳에 온 걸까?

다행히 그녀는 나와 대화를 피할 마음은 없는지 얌전히 앉아서 나를 쳐다봤다.

"공주님. 이 예쁜 손이 상처투성이가 되면서까지 바라는 게 당신에게 있었어요. 그렇죠?"

찻잔을 내려놓고 천천히, 경계하는 길고양이에게 다가가듯 조심스럽게 뻗어 손을 잡았다.

제국과는 다른 커피색 피부가 내 것과 대조를 이루었다. 이윽고 흐려졌다, 펴졌다가, 다시 흐려지기를 반복했던 얼굴에 단단한 것이 스치며 꼭 깨문 입술이 벌어졌다.

"부탁이, 있다."

빠르게 일기장의 한 구절이 스쳐 간다.

"묻고 싶다."

꼭 레베카를 처음 봤던 날이 떠오른다. 경계와 혼란이 어린 얼굴이 비슷해서일지도 모르겠다.

"정말 황녀인가? 당신은."

"네."

내 끄덕임에 그녀에게 안도의 기색이 스친 것 같아 보였다. 의문이 스치며 고개를 기울인 순간 그녀가 말을 꺼냈다.

"혹시, 세시르나는, 내 세셰프안크는 찾지 못했나?"

난 고개를 저었다.

"아직요. 어쩌면 남은 아지트에 있을지도 몰라요."

입술을 잘근잘근 깨물던 그녀가 조금 얼굴을 풀었다. 그러더니 천천히 허리를 세웠다.

"나는 사막의 공주 네페르티 하토르 아하시야."

아, 진짜 공주님은 이런 느낌이구나. 가슴에 손을 얹고 당당하게 나를 바라보는 여자는 수 초 전까지 겁먹었던 모습이 온데간데없었다.

"나의 나라 라 하트를 대신해 제국에 제안을 하러 왔다."

단단하고 또렷한 목소리였다.

"잠깐, 왜 그 말을 당신을 조사하러 온 순찰대 신관 대신 제게 하는 거예요?"

사막의 공주 입장에서 빠르게 자신을 증명하는 것이 중요했다. 그런데도 그녀는 순찰대 신관들 앞에서 입을 굳게 다물었다고 했다. 덧붙여 내가 찾아오길 기다렸다. 나는 당황했다. 내가 언제 찾아올 줄 알고?

"아무도 믿을 수 없었다."

그녀가 떨리는 눈으로 날 응시했다.

"우리에게 처음 접근한 남자. 그 남자도 말했다. 자신은 제국의 순찰대라고. 그리고 나와 세시르나를 기절시켰다. 눈을 뜨니 그곳이었다."

"아…… . 그래서 믿을 수 없었다는 거군요. 사칭한 남자 때문에."

주홍색 머리칼을 가진 공주가 웃었다. 처음 보는 미소였다.

"……그래요. 당신이 순찰대 신관들을 믿을 수 없었던 이유는 알겠어요. 그런데 어째서 당신은 사절단이 아닌 홀몸으로 이곳을 찾은 건가요?"

"내 의지는 그들과는 다르기 때문이다."

"그들이라면, 사절단 말인가요?"

"그렇다. 그들은 재상의 앞잡이들. 반란을 도모하는 잔악무도한 자들이다."

나는 잠시 그녀를 바라보았다.

"정말 황녀라면 들어다오. 나의…… 뜻이 곧 라 하트 왕을 대신한 것이다."

나는 그제야 그녀가 억지로 태연한 척 가장하고 있음을 알았다.

"나와 내 나라를 도와다오."

"당신이 말한 제안이 그건가요?"

"아니다."

오랫동안 누군가를 속여 왔던 나는, 누군가를 속이는 연기를 알아채는 눈썰미를 갖게 되었다. 이 순간, 언젠가 일기장 속 예지처럼 나를 죽일 사람이라는 딱지만 떼어 내면 그녀는 꼭 갓 태어난 강아지 같았다.

하지만, 예지는 한 번도 빗겨 나간 적이 없다. 내가 모르는 원한이라거나 이유가 그녀가 나를 죽일 때 완성될지도 모르는 것이다.

이대로 아무것도 하지 않고 시간을 보낸다면 예정된 날에 그녀는 지금과는 다른 얼굴로 나를 살해하겠지. 피하는 것도, 바꾸는 것도 내 몫. 그래. 내 몫이었다.

"제발 들어줬으면 한다. 당신이."

"말씀하세요."

새싹같이 파릇한 연두색 눈동자가 나를 쳐다봤다. 빛을 쬔 그녀의 눈동자는 싱그러운 청포도 같았다. 카스토르 옆에 서기에 무척 생기가 넘치는 얼굴이라는 생각이 들고 말았다.

"나는 청혼하고 싶다."

"청혼?"

"그렇다."

미래를 안다는 게 참 우습고 신기하다. 알아도 통제할 수 없기 때문이다. 이 순간 그녀에게서 나올 말을 예상했다.

"제국 황태자. 카스토르 드제 칼타니아스에게 청혼하려 한다."

나는 눈 감은 채 탄식을 삼켰다.

"……왜 황태자와 결혼하고 싶으신 거예요?"

오랫동안 예지와 일기장 속 내 죽음을 거치고 또 극복했지만, 알아도 아무것도 하지 못하는 두려움에 사로잡히곤 한다.

"그와 만나고 싶다."

이 순간처럼.

"당신은 그를, 내…… 오라버니를 아나요? 왜 그랬죠?"

"생각나지 않았다. 그 말고는."

말하다가 불쑥 깨달았다. 이미 그녀는 카스토르에 대한 걸 알고 있다.

"내 오라버니와 결혼하기 위해 이 먼 제국까지 온 거에요?"

머나먼 타국까지 카스토르의 애기가 전부 뻗은 걸지도 모르지만, 이 혼인은 막아야 했다. 악독함과는 여전히 거리가 멀어 보이는 낯, 막스쳐 간 표정이 그녀를 말해 주었다.

"미안하지만, 아하시야. 당신의 뜻은 알겠지만, 그건 곤란해요."

"어째서?"

나는 눈감은 채 작게 숨을 내쉬었다.

"당신이 이대로 카스토르를 만나면 곤란해지니까."

서툴고 짧은 말 속에 적지 않은 의미가 섞였다. 이전에 카스토르를 만난 적 있는 걸까? 책 속에서는 쓰임이 단순했던 조연이었다. 무척이나 알기 어려웠다.

"일단, 나는 오라버니를 함부로 만나러 갈 수 없는 처지예요. 또한 당신의 신분은 아직까지 밝혀지지 않았고요. 아니, 그런 표정 하지 말아요. 당신의 정체를 의심하는 건 아니니까."

책 속 당신은 카스토르를 사랑했을지도 모르고 당신이 원한대로 약혼녀가 되었다. 짧은 기간이었지만 그리되었다.

"……"

한때 좋아했던 소설 속에 이런 단어가 쓰였다. 억제력. 원작이 원작대로 진행하게 하는 힘이 있으면 아무리 바꾸려고 애써도 결국 흐름대로 진행된다. 짜증나고 고약한 힘이다.

"당신의 처지는 딱하지만, 당신은 스스로를 증명할 수 있는 어떤 것도 가지고 있지 않아요. 불행히도 납치가 그렇게 만들었고, 보상은 내가 해 줄 수 있어요. 하지만 오라버니는 안 돼요."

"제발. 어렵겠는가? 부탁이다. 이건 중요한 일이다. 나와 나의 나라에……, 나는 그를 꼭 만나야……."

"네. 그렇게 말할 것 같았어요."

큰 줄기가 정해졌다면 내 노력은 아무 의미가 없다는 걸까?

"나는 황태자를 만나야 한다. 왕국을 위해."

아하시야는 조금 상처 입은 표정으로 나를 바라봤다. 곧이어 고개를 숙이고 꼬리를 만 강아지처럼 손가락을 꼼지락거리며 치마를 놓았다가 잡았다.

"정처 없이 사막을 헤맸다. 급하게 구한 길잡이는 돈주머니를 가지고 도망가 버렸고, 전사들과 나, 내 세셰프안크는 사막의 더위와 추위, 짐승들의 습격 속에서 오랫동안 헤맨 끝에 이곳에 올 수 있었다."

"……전사들은 어딜 갔죠?"

"전사들은 사절단의 도착을 막기 위해 교역 도시로 보냈고 나와 세셰프안크만이 남아 궁으로 향했다."

"네."

"결코 편한 길이 아니었고 순탄하지도 않았다. 끔찍한 시간이었다. 마침내 도착한 외성 앞에서……."

"납치당했군요."

"……그래. 그때부터 얼마나 지난 건지 모르겠다. 하지만 일이 틀어져 버려서."

눈 밑이 까만 이유를 알았다. 먼 타국까지 오는 길이 얼마나 험했을 것이며 여행에 서툰 거야 당연한 일이었다. 나는 한숨을 쉬었다.

고귀한 여자들은 예법에 대해 배울 때, 명령어를 가장 먼저 깨우친다. 확실한 의지를 프라이드로써 다져 주는 과정이라고 했다. 두려움 가득한 표정과 달리 그녀가 이토록 또렷하고 또박또박한 목소리를 유지하는 것은 교육의 산물이 아닐까 했다.

그리고 그녀는 타국의 황녀에게 굽혀 가며 부탁할 수밖에 없는 자신의 처지를 익히 아는 듯했다.

"공주님."

나는 자리에서 일어나 치마를 정돈하며 머리를 쓸어 넘겼다. 아직 멍하니 앉아 있는 사막의 공주를 보았다. 날씨는 빌어먹게도 좋아서 초조해하는 표정이 선명하게 보였다.

"말씀해 주신다면 당신을 도울게요."

왜 불운은 눈물이 날 정도로 화창한 날씨와 함께인 걸까. 나는 눈을 감았다.

나는 한 달 뒤 힘없이 스러지고 싶지 않았다. 그렇다고 사지로 뛰어들 사람을 마냥 모르는 척할 수 있을 정도로 모진 사람이 되고 싶지도 않았다. 살기 위해서. 카스토르처럼은 되지 않기 위해서.

"······무엇이 이 먼 제국까지 당신을 오게 했나요?"

상처 입은 아이처럼 고개를 떨궜던 커피색 낯이 말간 윤기를 띠었다. 웃는다면 꽤 귀엽게 보일 얼굴이라 생각했다.

"나는······."

열어 둔 창문으로 바람이 불었다. 곧 쏴아아 소리를 내며 제법 강한 솔개바람이 머리칼을 어지럽혔다.

"······첫눈에 반했다."

시선이 마주쳤다.

"그에게."

당신은 진실을 숨기고 있구나.

* * *

나는 팔짱을 낀 채 등을 기댔다.

"황녀님."

옷걸이에 눈부실 정도로 하얀 예복이 걸려 있었다. 바람이 불며 비단 끝에 달린 보석들이 청명한 소리를 낸다.

"천이 마음에 들지 않으십니까? 아직 시간이 있으니 바꾸는 것도……."

"아니야."

"썩 내키는 표정이 아니십니다."

"그래서가 아니야, 레베카."

레베카가 들고 있던 서류를 내려놓고 나를 향해 돌아섰다.

"레베카, 사랑에 빠진 사람은 어떤 얼굴일까?"

"네? 갑자기 무슨……."

그녀가 살짝 찌푸렸다.

"글쎄요. 잘은 모르겠지만 멍청하고 우유부단한 낯을 하고 있지 않을까요?"

"눈이 몽롱하고 볼도 발그레하고?"

"그렇죠."

"응. 사랑스러울 것 같아."

그러자 레베카가 턱을 도도하게 치켜들고 툭 한마디 던졌다.

"……당신께서도 꽤나 사랑스럽습니다. 주인님."

미안하지만 그렇게 싸늘한 얼굴로 던져 봐야 딱히 칭찬처럼 느껴지지 않아.

"무슨 일인가요. 혹 찍어 둔 파트로누스가 다른 여성을 사랑한다 하던가요?"

"어, 오해…… 는 아닌…… 가?"

"예?"

"뭐 대충 비슷한 것 같아."

예지가 나를 죽일 거라 찍어 둔 공주가 카스토르에게 반했다고 했으니 딱히 틀린 말은 아닌 것 같긴 해.

"세상에."

레베카가 눈썹을 모로 꺾으며 작게 뭐라고 중얼거렸는데 설마하니 진짜인 줄은 몰랐다 뭐 이런 얘기 같다.

"……주인님. 당신은 충분히 매력적입니다."

"으응?"

"쟁취하는 거여요."

"으으응?"

"아시나요? 사교계는 보이지 않는 전쟁임. 그러니 가지시는 겁니다."

전직 악녀답게 그녀는 진취적이었다.

"당신이 뭐가 부족하다고 뺏기셨습니까? 어느 영애입니까? 어느 집안입니까?"

"아냐. 레베카 이건."

"이것은 칼 대신 혀와 드레스로 싸우는 전쟁입니다."

눈을 깜빡거리며 그녀를 바라봤다. 그러거나 말거나 레베카는 내게 사교계가 얼마나 치열한 곳인지 내게 익히 일렀다.

"두고 보지 못할 일이로군요. 당신이 나서면 모양새가 우스워지니 제가 해결하겠습니다. 말하세요. 아벤타 이름으로 해결 가능할지도 모릅니다."

아무래도 내가 입을 잘못 놀린 듯한데 곤란해졌다.

"어어……. 누군지 말하면 레베카가 혼내 주게?"

나는 달랑달랑 다리를 흔들며 탁자에 턱을 기댄 그대로 레베카를 올려다봤다.

이 가냘픈 몸으로 그녀는 수많은 일을 해냈다. 웃음을 애써 참으며 최대한 불쌍한 표정을 지어 보였다.

"혼내다니요? 무슨 말씀이십니까."

"어……. 아냐?"

"무르십니다."

레베카가 단호하게 고했다.

"본디 건방지게 기어오른 자는 다신 쳐다볼 수도 없게 만드는 겁니다. 주인님."

"……하하하하하. 든든하네."

레베카가 시녀로 나타났을 때부터, 줄곧 가슴 한구석을 좀먹고 생겨난 의문이 있다.

"레베카. 레베카는 건국제에서 정해진 파트로누스가 있다고 했지?"

사랑이란 무엇인가?

"예. 그렇게 말했지요."

"넌 내가 어떤 사람을 데려와도 예쁘게 봐 줄 거야?"

"글쎄요⋯⋯. 누구를 데려오시든 성에 차지 않을 것 같습니다."

눈부시도록 아름다운 시녀님이 고개를 오만하게 기울여 나를 응시했다.

"하지만 주인님을 위해 그 남자를 최고로 만들겠어요."

사랑을 하는 사람의 얼굴은 예쁘게 말린 단풍처럼 사랑스러울까. 그래서 보고만 있어도 전염될까? 결혼을 앞둔 전 직장 상사의 얼굴이 그랬고, 자랑하던 풋풋한 친구의 얼굴이 그랬듯. 내가 하지 못했다고 하여 모르지는 않는다.

<부탁한다.>

아하시야가 내게 말했다.

<건국제. 그곳에 황태자의 파트로누스가 되고 싶다. 나를 데려가 줄 수 있나?>

카스토르의 파트로누스가 되어 자신의 청혼 사실을 알리고 싶다. 그녀의 의도가 무엇인지 난 모른다. 하지만 이렇게 될 경우 내 죽음이 보다 확실해지리라고 알았다.

아하시야, 당신의 얼굴이 정말로 사랑에 빠진 사람의 것인지 나는 모르겠다. 어쩌면 사랑의 다른 얼굴이 있을지도 모른다. 하지만 사랑이라 하여도 나는 그걸 이뤄줄 수 없다.

"레베카, 종이와 펜을 가져다줘."

영원히 행복해지지 못할 삶이 아파 악몽에 사로잡힌 밤에, 원망하며 잠들기 힘든 날이 있었다. 눈 감으면 쨍쨍하게 내리쬐는 볕. 붉은 피, 마지막으로 바라본 새파랗게 푸른 하늘.

다가오는 지나간 시간이 너무 힘들던 밤. 나는 괴로워서 차마 울지 못하는 얼굴을 베개에 묻었었다.

그러나 시간이 다시 흘러 오래도록 비어 있던 궁에 이토록 많은 사람이 오가며 사람이 사는 숨소리가 들려온다. 따뜻한 오라비들의 사랑과 나를 따르는 레베카가 언제부터인가 나를 지탱하고 있었다.

"여기 있습니다."

혼자 꾸는 악몽은 힘들고 슬프고 아팠지만, 깨어났을 때 누군가 곁에 있다면 내 밤은 아프지 않다. 언젠가 슬프지 않은 날이 올지도 모른다.

"……초대장이로군요."

"응. 이렇게 보내는 것 맞지?"

"네."

보통의 경우 황녀가 직접 파트로누스를 신청하는 일은 아주 오래전을 제외하면 없다.

물론 세력 구도를 따라 은밀하게 정해지거나 정략처럼 정해지거나 하는 경우가 있다. 이 경우 비밀스럽게 편지를 보내기도 한다는데 내가 쓰는 것은 그것과 달랐다.

"황녀의 파트로누스 신청이라니 누군지 몰라도 복 받은 사내로군요."

그 말은 꼭 주인님 네가 어쩌다가 그 위치까지 갔냐는 구박하는 소리처럼 들렸다. 나는 대꾸하는 대신 모르는 척 웃어 버렸다.

"아직 수신인을 적지 않으셨군요."

"궁금해?"

"네, 궁금합니다."

이를테면 이건 사람이 꽉 차 있는 공개 강의실에 들어가 너 나랑 사귀자 하는 공개 고백이나 마찬가지랄까.

레베카는 초대장을 마무리할 때까지 끝내 비워진 수신인 란을 보다가 한숨을 쉬었다. 한탄하듯 말했다.

"주인님. ⋯⋯상대는 누군지 알려 주지 않으실 건가요?"

"비밀인 게 재밌잖아."

"재미를 따질 문제가 아니잖습니까."

그녀는 바삐 달려온 공작가 심부름꾼의 요청에 잠깐 자리를 떴다.

"으음⋯⋯ 다 됐다."

홀로 남은 방 안에서 나는 마침내 완성한 초대장을 두고 물끄러미 그것을 바라봤다.

열어 둔 창문으로 산들바람이 불며 한쪽으로 넘겨놨던 머리카락이 한들거리며 뺨을 간지럽힌다. 누군가 사랑은 이렇게 가슴을 간지럽히는 기분이라던데. 지금 느끼는 간지러운 감각이 심장으로 옮겨 간다면 난 어떤 기분일까.

"미안, 레베카."

어째서 인생이 격변을 맞이하는 순간에 이리도 날이 좋은지 모르겠다.

초대장을 보냈고 며칠 뒤 답장을 받았다.

'이 세계에 억지력이란 게 정말로 존재한다면⋯⋯.'

지금쯤 『루스벨라의 빛』 모든 책의 페이지는 부르르 진동할지도 모른다. 그만하라고 소리를 들을 수 있을지도 모른다.

<본래 제 파트로누스는 오래전부터 정해져 있었습니다. 주인님.>

건국제는 책 속 악녀 '레베카'가 마침내 황태자에게 반해 악녀로 거듭나는 시간이었다. 본래 사절단과 도착했을 책 속 사막의 공주는 그저 사절단으로 머물러야 했다.

그러나 달랐다.

어그러진 책 속 페이지 위해서 침착하고 차분하게, 그리고 조금 서글프게 웃었다.

나는 원작을 하나 뒤트는 데 성공했다. 보류되었던 목표 중 하나가 이루어질 날이 다가오고 있다. 눈을 감았다.

[기대되는구나. 내 사랑스런 아실리.]

내가 파트로누스로 택한 사람은 카스토르였다.

* * *

"오늘은 시동의 옷이 아니로군요, 황녀님."

나는 편한 옷을 좋아했다. 그러나 오늘은 주름이 잡힌 전통 드레스를 입었다. 그라니우스는 시시콜콜한 안부 인사가 끝나자 본론을 꺼냈다.

"사막의 공주가 황태자 전하께 알현을 요청했다지요."

"응. 그리고 그녀가 진짜 공주란 거 말이지?"

"허허……. 펜네에게 들으셨습니까? 목적은 청혼이라 합니다."

"응."

"예."

나도 며칠 전에야 알게 된 것인데, 순찰대 신관들이 납치범들의 아지트 습격 중에 그들의 창고에서 라 하트의 인장을 찾아냈다. 그것은 사막의 공주가 처음 내게 찾아 달라고 부탁했던 물건 중 하나였다. 오직 라 하트의 왕족만이 가질 수 있는 것이라고 한다.

납치범은 몰랐거나 섣불리 처분해서는 안 된다는 생각이었는지 창고

한구석에 보관해 두었는데, 덕분에 그녀가 진짜 공주라고 밝혀졌다. 이미 나야 예지로 그녀가 진짜임을 알았지만 증명할 자신이 없어 다무는 쪽을 택했는데 기다림은 옳았다.

"이 때문에 순찰대 사이에 비상이 걸려 그녀의 거처 때문에 한바탕 뒤집어졌다가 난리통을 겪었지요."

"하기야 밝혀지기 전 조사인의 신분이라면 모를까, 한 나라의 공주를 허름한 방에 재울 수는 없으니까."

"네. 그렇습니다. 지금도 황녀님의 알현을 요구하고 있습니다. 감사 인사를 하고 싶다는 군요."

그녀는 이 모든 것이 내 덕택이라 생각한 모양이었다. 이후로도 나를 계속 찾고 있었다.

"미안하게도 사실상 내가 한 것은 아무것도 없는데 말이지."

그곳을 찾아낸 것은 아모르의 정보 덕분이다. 인질을 구출한 사람은 순찰대 신관들이다. 그리고 이 모든 건 오로지 한나와 내 하녀들을 찾기 위한 목적에서였다.

그녀를 위한 일은 아니었고 그녀를 만날 것이라고 생각도 못해 당황스러움만 있는데도. 그녀는 나를 은인이라 생각했다.

"더 정확해지면 한 번에 말씀드리려 했습니다만. 상황이 복잡해졌습니다."

"복잡해지다니, 뭐 때문에?"

"사실 약 보름 전, 라 하트 사절단 측에서 은밀한 전서를 받았습니다."

"전서?"

"네. 고위직 사이에만 퍼진 이야기입니다. 사막의 공주가 사라졌다.

혹시 발견되면 즉시 연락해 달라는 내용이었습니다. 짧고 강렬한 경고였지요."

"……그럼 그라니우스는 이미 알고 있었다는 거야?"

잠깐 말을 멈췄던 그라니우스가 이어 말했다.

"네. 죄송합니다. 큰일이 아니라 생각하여 말씀 드리지 않았습니다. 그러나 일이 이렇게 될 줄은 몰랐군요."

그가 살짝 고개를 조아렸다. 나는 차분하게 생각한 바를 꺼냈다.

"그라니우스가 말한 '큰일'은 나와 관련 없는 일이라는 소리지?"

"예. 예리하시군요. 흐뭇한 마음입니다."

사절단이 왕족의 실종을 알렸다. 고이고이 모셔야 할 귀중한 이야길 고스란히 알렸다는 건 두 가지 상황을 뜻한다. 하나는 국가적 망신을 각오하고 협조를 요청한 것이거나, 다른 하나는 공주가 이곳에 먼저 나타날 것을 경계했음이다. 그라니우스의 불쾌한 어조에서 나는 후자이리라 짐작했다.

"협조를 요청한 문서가 구구절절했으면 했지 짧고 강렬할 이유가 없지."

"네. 그렇습니다."

그라니우스가 이를 드러내며 웃었다. 옆에서 펜네가 체통을 지켜 달라는 얼굴로 쳐다보고 있었지만 거기에 연연할 그라니우스가 아니었다.

"이제 어쩌면 좋겠습니까?"

그라니우스가 양손을 턱에 괸 채 유쾌한 웃음을 덧그리고는 말했다.

"저와, 4행정청 모든 신관과 관리들, 그리고 순찰대 신관들. 황녀님의 판단을 기다리고 있습니다."

"그라니우스."

“예.”

나는 그라니우스가 웃을 때일수록 더 호락호락하지 않는 사람임을 안다.

“……그걸 왜 내게 묻지?”

나는 순진하게 눈을 깜빡였다. 그가 나를 시험함을 눈치챘다.

“물으면 아니 되는지요?”

“이곳 4행정청.”

나는 그를 바라보며 깨물었던 입술을 놓고 말했다.

“솔레토리움의 수장은 내가 아니야.”

“고귀하신 8번째 가지시여, 곧 성인이 되실 당신께 여쭙습니다.”

눈부시도록 반짝이는 대리석 책상 위로 품이 넉넉한 흰 비단이 주름을 겹겹이 지며 늘어졌다. 새하얗게 빛나는 튜닉 위로 푸른 토가가 파도처럼 덮었다. 몸을 감싼 채 비스듬히 턱을 괸 남자. 그는 편히 늘어진 듯 보였지만 주름지도록 웃는 눈 사이로 푸른 눈동자가 진지한 빛을 띠었다.

그라니우스가 깍지 낀 손을 떼어 냈다.

“제가 당신을 보호하겠다 나선 그 순간부터 이곳의 모든 사람은 당신과 함께하는 자들입니다. 모른다고 말씀하시겠습니까?”

“…….”

“저는 이미 연회에서 당신의 현명한 대처를 보았습니다. 그것은 저를 대할 때와 달랐습니다.”

그가 등을 세웠다.

“당신에게는 그런 가면이 몇이나 됩니까?”

“……글쎄. 무슨 말을 하는 건지.”

그는 한 발자국도 움직이지 않았지만 나는 강한 압박을 느꼈다.

"당신을 경계하게 하고자 한 말이 아닙니다. 그렇게, 무지의 가면을 쓰고 저를 대하시겠다면. 그 또한 당신의 선택이라 믿겠습니다."

순간 휘이 풀릴 뻔한 다리에 힘을 주고 휙 고개를 들었다.

"그 말은 이상해. 그라니우스."

"무엇이 이상합니까."

"꼭 그대가 나를 따르겠다는 소리 같잖아?"

"어찌하여 당신이 제 주인이 아니십니까?"

나는 그에게는 카스토르에게 그랬듯 백치처럼 굴지 않았다. 굳이 그럴 필요가 없었으니까. 그렇다고 딱히 무언가 활약하거나 뛰어난 모습을 보여 준 적 없다.

"농담하지 마. 왜?"

"글쎄요. 황녀님, 저야말로 알고 싶습니다."

그가 웃음을 지워 냈다.

"제가 황녀님을 알기 전, 이미 당신께서는 두 황자님의 마음을 얻으셨습니다. 그 뒤로 저는 고고한 아벤타의 공녀가 당신을 따르는 것을 보았으며, 누구에게도 사근한 적 없던 짐승의 공작이 손해를 감수하며 이곳을 고집하는 것을 보았습니다. 당신의 능력이 아니라 하시겠습니까?"

"그거야……."

사람은 능력 이상의 기대를 받을 때 부담을 가진다. 나는 그가 2황자와 다른 황자들을 제쳐 두고 굳이 내게 이러는 이유를 알지 못해 혼란스러웠다.

"나는 내가 제일 잘 알아."

나는 또박또박 말했다.

"나는, 그라니우스가 생각하는 그런 사람이 아니야."

모든 것이 우연히 겹겹이 쌓인 것이다. 이를 두고 내가 잘났다고는 도저히 말할 수 없다.

"혼란스러워하실 것 없습니다. 부담을 드리려 한 말은 아니었으니까요."

알 수 없다는 시선으로 그라니우스를 봤지만 그라니우스는 전혀 개의치 않았다.

"음, 긴 얘기를 짧게 하겠습니다. 소신에게는 후회하는 것이 있고 과거 어느 날 구하지 못한 분이 있습니다. 신에겐 이에 대한 소회가…… 오래도록 남아 있습니다. 더는 후회하려 하지 않고 싶은 한 늙은이의 변덕이라고 생각하시지요."

"……나는 황녀예요. 잊지 않았겠지요?"

"잊지 않았습니다."

"누군가의 반려가 되면 황궁에 남지 못하는 사람이에요."

"그럼 가시기 전까지 모시겠습니다."

그는 인자하게 웃었다.

"……당신의 손해예요. 왜 굳이 손해를 보려 하지?"

"황녀님."

"그라니우스는 지금처럼 2황자 오라버니를 따르는 것이 좋아."

"소신은 아주 젊을 적 이미 최고 직위를 누렸습니다. 더는 권력에 대한 욕심이 남아 있지 않지요. 그러니 금방 가실 분을 보필하는 것 정도야 괜찮지 않습니까?"

아니, 괜찮지 않다. 그것이 그에게 무슨 이득이 있다고?

"그 말은 못 들은 것으로 하겠어."

그와 눈을 마주했다.

"……당신이 원하신다면 그렇게 하지요."

"그래 앞으로도 쭉. ……그게 그라니우스에게도 좋아."

카스토르가, 날 주시하고 있으니까.

인자한 눈에서 시선을 휙 크게 돌려 버렸다.

"죄송합니다. 이 얘기는 일렀을지도 모르겠습니다."

가끔 나는 순찰대 신관들에게서, 펜네에게서, 아무것도 해 준 게 없는데 신기할 정도로 넘치는 호의에 대해서 의문을 느낀다. 어떻게 반응하면 좋을지 모르겠다고.

내 표정을 눈치챘는지 그는 다정하지만 조금 전보단 사무적인 목소리로 말했다.

"이야기로 돌아가서 말입니다, 사막의 공주에 대해서 입장을 확실히 하는 것이 좋겠습니다."

"입장?"

"네. 사절단과 공주의 사이엔 마찰이 있어 보입니다."

"알아."

공주가 말했다. 사절단은 현재 반란을 일으킬 재상의 수하들이라고.

"흐음, 지금 사막의 사정을 생각해 볼 때 이해가 가는 바이긴 하지요. 그러나 이대로 저희 쪽에서 숨기고 있는 기간이 길어지면 곤란해집니다. 황궁이란 본디 소문이 빠른 곳. 머지않아 도착할 사절단 쪽에서 납치라 주장하면 골치 아파진단 말이지요."

그라니우스가 지긋지긋하다는 어조로 뱉었다. 사막의 장사치들은 대체로 지독한 자들입니다. 윗머리들이야 말도 못한다며 그는 솥뚜껑 같은 손으로 얼굴을 문질렀다.

"그렇다면, 그리니우스의 의견은 이때?"

"저는 공표하는 것을 추천하고 싶군요."

"사막의 공주를 우리가 보호하고 있다고?"

"예."

그가 괴었던 손을 풀어내며 산만 한 덩치를 쭉 밀어 등을 기대 유쾌하게 소리 내어 웃었다.

"물론 선택은 당신의 몫이지만. 제 생각에 황녀님께선 공주를 황태자 전하께 보내는 것이 달가워 보이지 않아 보이십니다. 그렇지 않습니까?"

"……맞아."

"사절단이 요란하게 움직였기 때문에, 이미 알 만한 자들은 제국에 사막의 공주가 있음을 알 것입니다. 그리고 4행정청 보호 아래 있다는 사실은 금방 알려지겠지요."

난 끄덕였다.

"우리가 소문을 내기 전에 소문이 나선 안 된다는 거고."

"네. 이쪽에 결코 유리하게 돌아가지 않을 겁니다. 이래저래 지금 4행정청은 적이 많아서 말입니다. 허허허. 뭐 이런 건 유능한 부관이 어련히 알아서 하겠냐마는."

펜네가 화들짝 놀랐다.

"무슨? 제게 떠넘기지 마십시오, 아델리스."

"어허, 꼬박꼬박 대꾸하는 것 좀 보게? 흠흠. 어쨌든 황녀님, 정보의 선점은 중요합니다."

"……내 생각도 같아. 음, 공표하는 것까진 생각 못했지만. 나쁘지 않을 것 같네."

확실히 오랫동안 행정청의 수장으로 앉아온 귀족답게 그는 판단이
빨랐다.

사실 오늘 그라니우스를 찾은 것은 어떻게든 사막의 공주와 황태
자를 만나게 하지 말아 달라 부탁하기 위해서였다.

그런데 그녀를 숨기는 대신에 차라리 완전히 공개해 버리면?

"공식적으로, 황녀가 구했다고 하면 어떨까. 무대를 견학차 나왔던
황녀와 황녀의 호위가 우연히 공주를 구하게 됐다면? 어때?"

엄밀히 따지면 순찰대가 구한 거지만.

"오호. 그리고 또래끼리는 금방 친구가 되는 법이지요. 어색하지도
않고요."

"그렇지. '친구'가 되었다면. 황궁 견학이나 소소한 담소를 나누는
것도 나쁘지 않겠지."

아하시야의 목적은 황태자에게 청혼하는 것. 그러기 위해서 아하시
야는 단 한 번이라도 황태자와 독대해야만 했다.

하지만 그녀의 스케줄이 모두 공개되면 그녀는 어찌 움직일까? 모든
눈이 그녀를 향하면, 움직이기 쉽지 않으리라.

"나는 그녀가 오라버니께 청혼하길 원하지 않아."

"2황자께서도 바라지 않는 일입니다."

그라니우스가 인자하게 덧붙였다.

"신은 당신을 보호하며, 따릅니다. 당신께서 원하신 대로 움직이겠
습니다."

현재 라 하트의 자세한 상황은 모르나 그곳은 수백 년간 부국이었다.

사막의 나라는 본디 사막으로 둘러싸여 물이 무척이나 귀하고 농사

짓기에 척박한 땅이었다. 하여 이곳에선 농사를 포기하고 수많은 황금을 모았다. 질 좋은 비단은 그러기 위한 가장 큰 수단이었다.

본래 뽕잎을 기르는 데는 물이 필요하지만 그들은 특별한 힘으로 뽕나무를 기르고 누에를 길렀다. 그렇게 만든 라 하트의 비단은 대륙 최고 사치품이었다. 왕국은 장인들을 엄격한 보호 아래 두고 유출을 막았다. 왕가가 비단 기술을 쥐었고, 그래서 왕권이 강했다. 반란이 믿기지 않을 정도로.

2황자는 카스토르가 아하시야라는 사막의 힘을 얻어 입지가 단단해지길 바라지 않을 것이다.

"그럼, 2황자 오라버니께도 알려 줘. 이번엔 율리안 오라버니의 도움을 받겠네."

"그리하겠습니다. 흐음, 재밌군요."

그라니우스가 수염을 쓰다듬었다.

"2황자님께 황녀님은 참으로 신기한 분일 겁니다."

"왜?"

"목적은 일치하면서 동시에 당신은 황태자 전하의 파트로누스가 아니십니까."

"……."

나는 말을 잇지 못했다. 그의 말 속에는 묵직한 뼈가 있었다. 어찌해서, 어떻게, 왜, 당신이 황태자의 파트로누스냐는.

어떤 질문도 하지 않았으나 그의 눈은 수백 가지 물음을 대신한다. 나는 꾸며 말할 수 있다. 그러나 우묵하고 깊은 눈동자를 본 순간 신뢰를 잃지 않고 싶다고 생각했다.

"내가 오라버니의 파트로누스가 되어서 살릴 수 있는 사람이 있어."

"아벤타의 공녀입니까?"

나는 대답 대신 흐리게 미소 지었다.

"반쯤. 정답이야."

그리고 나도. 살고 싶으니까.

* * *

행정청을 나온 나는 계단 옆에 주르륵 기대 한숨을 내쉬었다.

"하아…… 기 빨린다."

마음 같아선 그냥 주저앉고 싶은데, 황녀가 행정청 계단에 털썩 주저 앉아 머리를 벅벅 헤집더라는 소문나면 어떡해.

"경은 언제 오나……."

그것도 지금처럼 황녀에 대한 기대로 제국 안팎으로 들뜬 건국제 전에 말이다.

몹시 화려한 차림을 한 황녀는 생각보다 더 눈에 띄는 존재였다. 보는 사람마다 고개를 조아리는 게 부담스러워졌다.

"다시 생각해 보니까 이럴 게 아니라 경이 오기 전까지 잠깐이나마 앉아서 기다리는 쪽이 낫겠다."

나는 치마를 잡으며 행정청 근처로 조성된 정원 쪽으로 들어갔다. 확실히 행정청 근처 정원이라 사람이 없었다. 한창 바쁠 시간이었다.

"봄이구나."

깔끔하게 조성된 정원은 아름다웠다. 꽃봉오리를 보다가 곧 장미가 필 때구나 싶었다.

곧 베누스의 달. 베누스는 미와 사랑의 여신으로, 이 달은 12달 중 가장 아름다움을 자랑한다. 모든 꽃이 피기도 해서 꽃의 달이라고 부르기도 한다.

'한국에선 벚꽃이 만개할 무렵이네.'

화단을 걷다가 더 깊숙한 곳에서 미로 정원을 발견했다. 반대편은 또 다른 궁인지 금빛 지붕이 언뜻 보였다.

중앙 궁은 대부분 금빛 지붕이었다. 어느 궁인지 모를 새하얀 벽을 바라보다가 돌아서려 했다. 그러다 문뜩 묘한 구두 소리를 들었다.

"뭐지?"

사람이 있었나? 일순 그르렁대는 짐승의 울음소리 같은 것을 들은 것 같았다.

"······울음소리?"

짐승하면 금지된 숲을 지키는 파수꾼밖에 생각나지 않았다. 설마 이런 곳에 그런 걸 풀어 두진 않았겠지? 여긴 대부분 신관이잖아······.

"······신관들 심심풀이로 풀어 놓은 건 아니겠지."

그때였다. 풀이 마구 헝클어지며 눈앞에 뭔가가 쏜살같이 지나갔다.

"으윽!"

너무 빠르게 지나가 털빛이 새하얗더라는 것밖에 남지 않았다.

"놀라라. 엇?"

놀란 마음에 주춤주춤 걷다가 턱을 짚었는데 그게 화단의 끝이었나 보다. 정원 주제에 비탈길이 왜 있는 거냐고 원망하기엔 이미 늦었다. 하필 몸도 가누지 못할 만큼 무거운 드레스 차림이었다.

레베카에게 제대로 혼나겠구나!

균형을 잃고 데굴데굴 구르겠구나 싶어 눈을 감았다. 그러나 웬걸. 예상했던 충격이 오직 한곳에서만 느껴졌다. 무릎이나 등이 아니라 허리. 허리……?

"간만에 보는 것인데, 이런 모습이구나."

"……오……, 라버니?"

눈앞에서 보이는 새까만 머리카락에 눈을 크게 떴다. 카스토르가 나를 물끄러미 내려다보고 있었다.

"아실리."

땅에서 얼마 떨어지지 않던 나는 그의 힘으로 일어났다. 그를 바라 봤다.

"아……오, 오라."

얼떨떨함이 사라진 뒤로 오싹함이 자리를 차지했다.

"오라버니."

그는 시선을 느꼈는지 나를 잡은 그대로 무척 농밀한 미소를 지었다. 왈칵 소름이 돋았다. 그의 어깨 뒤로 보이는 붉은 태양이, 푸른 하늘 이……, 빌어먹을. 날씨가 좋았다.

감았던 눈을 뜨며 갈무리했다. 정신 차려.

"덕분에……, 감사해요."

"그래."

"어딜 가시는 중이었나요? 왜, 왜. 이 시간에 여기 계셔요?"

"흐응, 어째서 그리 놀라는지 모르겠구나. 난 궁 어디든 갈 수 있 다만……."

그가 내 팔을 잡은 그대로 고개를 숙여 간격을 좁혔다. 좁혀진 간격 안에서 다정하게 속삭였다.

"네가 날 궁금해하는 것이 즐겁구나."

귀를 녹진하게 적시는 목소리에 녹아내릴 것 같았다. 그와 함께 피가 식는 기분이었다. 왜? 왜? 그가 이곳에 있는 거지? 가까스로 생각했다. 이곳은 행정청 및 기관들이 밀집한 구역이다. 황태자가 정무로 한 번은 들를 만한가? 그러나 그래도 멀었다.

바닥에 구르지는 않았지만 그가 억세게 쥐었던 허리로 아릿한 느낌이 남았다.

"너야말로, 어디를 가는 길이었지?"

"저, 저는 궁에……."

"궁에?"

물론 비탈길에 한바탕 구르는 것보다는 낫지만, 아니 사실 그와 만나 도움을 얻을 바에는 구르는 것이 나았다.

"궁에 돌아가는 길이었지요. 그, 그라니우스를 만났거든요. 그런데 오라버니 그만 이것 좀 놓아……."

"잠깐."

시야가 휙 흔들렸다. 카스토르가 비탈길에서 날 들어 올려 화단 위에 내려놓았다. 눈높이에 그의 얼굴이 있었다. 카스토르가 눈을 마주하며 휘었다.

"드레스가 길어, 바닥에 끌리는구나."

금빛 눈동자를 따라간 곳에는 풀물이 들었는지 얼룩진 끝자락이 보였다. 나는 그의 손을 벗어나려 끙끙대면서 주춤 뒤로 물러났다. 그래봐야 엉덩이 걸칠 곳이 없어 거기서 거기였지만.

"피하는 것이냐."

"아. 아, 아니에요."

그는 빈손을 바라보다가 고개를 숙이며 나른하게 웃어 버렸다. 고개를 들자 나를 내려다보는 금빛 눈동자와 마주쳤다.

"그래. 아니겠지."

그는 들어 올린 손을 천천히 내게 뻗었다.

"내 파트로누스가 될 네가."

"……."

"날 피하다니. 이상하지 않으냐."

그는 보통 여자가 보았다면 얼굴이 달아오를 정도로 부드럽게 미소하며 내 뺨을 쓸어내렸다. 검은 머리칼이 바람에 너울너울 춤을 추며 이질적인 눈동자가 사라졌다가 드러난다.

"옳지."

금빛 홍채로 나른하고 위험한 빛이 순간 어렸다.

"다음에 만날 때는 그러지 않았으면 좋겠구나."

그는 내가 물러선 만큼 다가와 속삭였다.

"내 너를 얼마나 아끼거늘."

"……."

"아실리."

그가 홀릴 것처럼 아름답게 미소했다.

"왜 여기 있느냐 물었던가?"

"……네."

그가 뺨을 지나 머리카락을 건드렸다가 쭉 내려가 내 손을 들어 올리곤, 휙 눈을 휘었다.

"내 짐승이 화가 났기에 찾으러 왔단다."

"짐승?"

"그래."

짐승 하는 순간 헤르난을 떠올렸다. 당연한 수순이었다.

경황이 없어 보지 못했지만, 카스토르는 상당히 느슨한 차림새였다. 헐렁한 옷자락으로 탄탄한 목선과 가슴까지의 선이 언뜻 보였다.

"여기 있으면 찾을 것 같았는데, 정말이구나."

금빛 눈동자가 서늘하게 가라앉았다.

"아실리."

"네."

"나보다도 따르는 사람이 있는 짐승은 어찌하면 좋을까?"

햇살이 한들거리는 검은 머리칼에 맺히며 금빛 눈동자는 찬연하게 빛을 냈다.

"고민이란다."

카스토르는 나른함이 느껴지는 목소리로 느릿하게 재깔였다.

"내 파트로누스 얘길 듣고 무척 화가 났더구나."

그는 마치 어디서 들어 온 먼 타인의 얘기를 하듯 대수롭지 않게 속삭이다가 내게서 손을 떼어 냈다.

"아. 아······. 저!"

그는 멀어지는 나를 쫓지 않았다. 나는 그렇게 뒷걸음질 치다가 돌아섰다.

"저, 제가 급해서 실례할게요, 오라버니."

"그래."

그가 단조롭게 대꾸했다. 그러나 나른한 목소리에는 장난기라 할 것이 스며 있었다. 물러나다가 말고 멈칫했다.

어째서?

버릇처럼 떨리는 손가락을 꽉 쥐었다.

나는 이상한 것이 아니다. 물에 빠졌던 사람이 웅덩이를 보고 두려움에 사로잡히는 것은 이상하지 않다. 저 사람을 무서워하는 건 당연한 거야.

그렇게 주먹을 쥐고 고개를 들어 카스토르 쪽을 향해 돌아섰다. 치마 끝을 잡고 내가 아는 가장 정중한 예를 올렸다.

이번 선택은, 내가 했다.

"오라버니, 보고 싶을 거예요."

제국의 황태자이자 한 달 뒤 가장 숭고한 축제의 내 파트로누스에게.

결정은.

네가 한 게 아냐.

"......."

우리는 3일 뒤 다시 만날 것이다.

"다시 볼 날을 기대할게요."

카스토르가 웃으며 비스듬히 시선을 기울였다.

"......그래, 볼 날이 많으니."

뚫어질 듯 이어진 시선을 쳐다보다가 돌아섰다. 떨림은 어느새 멎어 있었다.

* * *

성에 갇힌 공주님은 용을 무찌른 기사님과 오래오래 행복하게 살았습니다.

동화란 대체로 해피엔딩을 지향한다. 하지만 내가 갇힌 시간성에는 나를 죽였던 악당과 죽은 하녀들만이 존재했다.

그래서일까. 눈 감으면 가장 먼저 그려지는 얼굴은 아이러니하게도 카스토르다. 눈부시도록 아름다운 그는 검을 내려치는 순간에도 매혹적이었다.

죽어 가는 하녀들. 피로 물든 얼굴. 이따금 지금 웃는 그녀들에게서도 언뜻 비치곤 해서, 깜짝 놀랄 때가 있다.

그리고…… 다음을 꼽자면 희고 가는 머리칼. 희미한 색채와 다르게 알수록 강렬한 존재를 선사했던 아모르가 다음이었다.

그는 멈춘 시간에 빼곡하게 함께했었다.

"전부 기억하진 못하겠지만……."

"뭐?"

"아니에요."

나는 테라스에 쪼그려 앉은 채 난간에 기대며, 한창 바쁜 아모르를 바라봤다.

"……풀 냄새."

"……불쾌한가?"

나는 고개를 저었다.

"아뇨. 좋아요."

모처럼 찾아온 밤에 아모르는 무척이나 바빴다. 나 편하고자 그의 일을 방해하긴 싫어서 그를 기다렸다.

아직 사람들은 카스토르가 파트로누스가 되었다고 알지 못했고 그래서 평화로웠다. 이것도 이틀 뒤 정식으로 문서가 내려오면 달라질 거다.

"이 냄새는 딱 오라버니 냄새 같아서 좋아요."

"그런가."

그가 픽 웃었다.

아모르의 방은 꼭 필요한 가구들과 약간의 장식품이 전부였다. 우아한 무늬가 그려진 가구들은 좋은 재질이었지만, 역시 이 넓은 방을 채우기에 부족했고 그래서 휑한 느낌이 있었다.

넘치는 공백을 녹색 식물이 차지했는데, 특히나 여기저기 매달린 넝쿨이 부족한 생기를 메우는 것 같았다.

"잘 돼 가요?"

"나름."

침대에 상체를 기대어 앉은 그는 탁자에 놓인 것들과 씨름하느라 바빠 보였다.

색색이 다른 작은 병 안에는 각기 다른 액체나 씨앗 등이 담겨 있었는데, 아모르는 이것의 익숙한 위치를 아는 듯 툭 집어 가루를 내거나 액체로 만들어 허공에 띄우며 조정했다.

이런 말하면 이상하지만 뭐랄까 실험실 같다. 그리고 보면 아모르는 하얀 가운 같은 것도 참 잘 어울리겠다. 그리고 플라스크나 커다란 안경도.

"뭘 만드시나요?"

"심심해졌나?"

그는 나를 물끄러미 응시했다.

"기다린다더니. 지루해졌나 보지?"

"……그런 건 아닌데."

그런 나를 보며 병을 내려놓은 아모르가 피식 웃었다.

"그러게. 고집부리지 말고 하고 싶은 말 하라 하지 않았나."

"기다리고 싶어서요."

고개를 들자 새파란 빛이 마구 쏟아졌다. 나는 곧 시퍼런 빛에 눈이 아파 비비고 말았다.

만월이었다.

"얼마 전, 두통이 있다고 했나."

"어, 그랬죠. 편지에 썼던 것 같기도 하고……."

"썼다."

"그렇구나. 그래서 무엇을 만드시는데요? 2시간쯤 기다린 사람에게 말해 줄 수 있지 않아요?"

그가 나를 쳐다보는 게 느껴졌다.

"……언제부터 내게 궁금한 게 있었다고."

"으음, 무슨 말씀을. 저는 항상 오라버닐 궁금해해요."

"나를?"

등에 반사된 얼굴이 몹시 희었다. 그는 나를 지그시 응시하다가 병을 내려놓았다.

일순 날이 선 얼굴이 부드럽게 풀어지며 나긋하게 미소했다.

"그래, 뭘 하고 놀아 주면 되지?"

그 일상적인 태도에 순간 가슴 한구석이 울렁였다. 당신이 언제부터 이렇게 편하게 웃었지? 변화는 개미가 파먹듯 조금씩 다가왔다. 다시금 까칠한 낯으로 돌아간 얼굴이었으나 이미 보았다. 생경함에 사로잡혔다. 내가 말이 없자 아모르는 어떻게 받아들였는지 먼저 말을 꺼냈다.

"그렇지 않아도 네게 할 말이 있었는데 잘됐어."

"……2시간이나 지나서요?"

"오늘따라 대꾸가 꽤나 거친데, 무슨 일 있나?"

감았던 눈을 뜨며 그를 쳐다봤다.

"무슨 일이라. 무슨 일이 없던 날이 있던가요."

그는 내 시선에 잠깐 고개를 기울이다가 턱을 괴었다.

"이리 와."

나는 그의 침대 맡에 자리를 잡고 앉았다.

"요즘 잠깐 바빠 살피지 못한 것이 있기 한데 심통을 부릴 건 없지 않나."

"누가 심통을 부려요."

까칠한 목소리에 웃음이 배었다.

"그동안 다치진 않은 모양이군."

"누가 들으면 제가 매번 다쳐 오는 줄 알겠어요."

"아니었나?"

오늘따라 그가 조금 잘 웃는 것 같은데 이게 자연스러워 보이지 않았다.

"흠흠."

나는 넝쿨들이 치워 내는 병들을 바라봤다.

"그동안 소식이 통 없더라니, 이것 때문이었어요? 아니다, 아팠던 거죠?"

"그래. 바빴다."

"아팠죠?"

그가 찡그렸다.

"뭐로 들었나. 바빴다니까."

그를 따라 덩달아 불편한 표정을 지었을까, 아모르가 이마를 툭툭 쳤다.

"네가 지겹도록 편지를 보내도 안 되는 건 안 되는 거야."

"뭐요? 제 파트로누스 신청 말이에요?"

"그래."

"너무한 게 누군데. 편지에 답도 안 했잖아요."

"대신 다른 좋은 걸 해 주지. 그전에."

나를 내려다보는 아모르의 얼굴을 보았다.

"아까부터 이게 뭐냐고 물었지. 너는 꼭 무엇인지 알고 묻는 것 같았고."

아니, 알고 있어서 물은 건 아닌데…… 옅은 신력의 등불 아래 흰 낯은 창백하면서 가냘프고 유려했다.

"네가 무슨 생각을 하는 건지 모르겠지만, 아마도 맞을 거다. 이건 사람을 죽이는 독이다."

그는 담담히 말했다.

"이제는 기억도 나지 않는 날부터 만들어 온 것이다. 어때, 내가 무섭나?"

"무서워하길 바라요?"

"……."

"글쎄요. 오라버니가 원하는 답을 모르겠어요. 내가 탓해 주길 바라요?"

순간 아모르의 시선이 흔들렸다.

"……하하. 하. 그래……. 넌 그런 사람이지."

"오라버니?"

"알고 있나? 그렇기에 나는 처음으로 축복을 내리고. 네 덕에 기원이란 것도 해 보았다. 너는 내게 하고 싶은 것이 생기게 하는구나."

"하고 싶은 것?"

서늘하다 싶은 손끝이 뺨을 스쳤다.

"그래. 하고 싶은 것."

그의 손이 뺨을 지나 어깨로 내려가 팔목을 잡고 나를 끌어당길 때까지, 나는 그를 멀거니 바라봤다.

"아실리 로제."

"……."

"아실리."

청명할 정도로 옅고 예쁜 녹색 눈동자 속에 달이 떠 있었다. 눈동자가 희미한 신력 등을 반사해 만든 것임을 알면서 몹시 잘 어울린다고 생각했다. 마침내 눈이 휘어지며 그가 내게 속삭일 때까지 멍하니 쳐다본 것 같다.

"너를 위해 최고의 무대를 만들어 주마."

이상하다. 그가 나를 보는 눈매도, 얼굴도 여전이 날이 선 듯 까칠한 모양새인데…… 낯설었다. 그는 어떤 때보다 나를 부드럽게 바라보고 있었다.

"나는 이곳에서 떠날 수 없다."

"……."

"네 파트로누스는 될 수 없어."

아마도 책 속에서도 이곳에서도 자신이 할 수 없는 것을 말하는 얼굴은 덤덤했다. 그 담담함이 서글퍼 순간 울컥 차올랐다.

그는 책 속과 성격뿐만이 아니라 불행을 받아들이는 방식도 달랐다. 담백했다. 책 속에 유일한 구원이었던 루스벨라가 있었다면, 지금 그에겐 아무도 없는데도.

"그러니, 내 너의 무대만은 가장 아름답게 선물해 줄게."

아모르의 미소는 은은했다. 가을바람처럼 쓸쓸함을 남겼다. 그를 가둔 사람도, 그가 독을 먹게 한 사람과 독을 만들게 한 사람도 전부 그가 아닌데 어째서 괴로움만은 아모르의 몫인가.

"오라버니, 미안해요. 미안해요……. 고맙지만, 그 선물은 내게 너무 과분해요."

이렇게 말하고 싶지는 않았다.

"내 파트로누스가 정해졌어요."

조금 더 긴장을 풀고 농을 던지다가 넌지시 장난처럼 말하려 했다. 농담 같죠? 진짜에요 하하하 웃고. 이상은 이상일 뿐이었다.

어찌 그럴 수 있을까? 그와 내게 불운의 스위치가 있다면 처음 스위치를 누른 사람은 카스토르였다.

"내 파트로누스는 카스토르……, 오라버니에요."

플뢰온도, 데인도, 레베카도. 그리고 이름 모를 공작가 사람들과 여타 신관들도 나를 위해 무척이나 애쓰는 그 무대 위에 카스토르와 함께하는 것이 무척이나 죄스럽고 억울하다.

어째서 그 길이었냐고 물어도 그 길밖에 없었다고 말하겠다. 원망하기엔 이젠 불행에 너무 익숙해져 버린 정신은 그저 담담히 미래를 위해 택했다.

"그런 표정 말아요. 오라버니, 내가……."

"어째서?"

언제나 그랬듯 내가 희생하는 길이었지만 이제까지와는 다르게 나는 죽고 싶지 않다. 그러니까 당신도 내 뜻을 알아주면 좋겠다.

"왜?"

나는 죽기 위해 이 길을 택한 것이 아니라 살고 싶은 거라고.

"……바꾸기 위해서요."

"무엇을? 무엇을 바꾸는데?"

"미래를요."

예지 속 미래를 바꾸기 위해서. 그리고 내 아름다운 시녀를 위해서.

"미래?"

"네. 미래요. 황태자의 희생양이 되었을 내 시녀의 미래. 나는 그것을 바꿀 거예요."

레베카에게 카스토르의 파트로누스 자리를 내어 주면 그녀는 『루스벨라의 빛』처럼 불운한 악녀의 길을 걸을지도 모르지. 절대 안 될 말이었다.

"아울러 나의 미래도."

동화 속 공주님은 한없이 구원을 기다렸다. 백마와 왕자가 나타나길 기다리면서. 하지만 나에게는 백마도 없어서, 스스로 일어나 그 지옥 속을 빠져나왔다.

나만 아는 지옥.

나만 알았던 지옥.

나는 자리에서 일어나 벽이 있는 쪽으로 돌아섰다.

"오라버니. 혼란스럽겠지만 들어 주세요."

커다란 태피스트리가 걸린 벽은 이 방에서 가장 어두운 곳이었다. 자물쇠가 달린 작은 장식장이 있었고, 나는 그걸 살짝 잡았다.

"모든 얘기를 하기 전에요. 기억나요? 나는 오라버니에게 꼭 하고 싶은 얘기가 있다고."

아마도 그에게 지금 내 표정이 보이지 않겠지. 그랬으면 좋겠다고 생각하며.

"……기억해."

"오라버닌 성급하게 말라며 저를 막았잖아요."

나는 잃고, 잃고, 수없이 잃었다. 잃었던 사람과 내가 매일 보는 지금의 사람은 같지 않다.

나는 40번 이상 사랑하는 사람을 잃었다. 그리고 얼마 전 한나를 다시 잃는단 생각에 덜컥 가슴이 내려앉으며 깨달았다.

이 시간 속에서 만난 사랑하는 사람들 또한 잃으면 영영 이별이구나.

"이제는 말할 수 있어요."

벽에 붙어 아모르를 바라보면 달이 아모르의 머리와 어깨 사이에 달랑 걸려 있었다. 새파란 빛이 하늘색 머리카락 끝에 매달려 조각조각 은은하게 빛났다.

"사실 저는……"

나는 담담하게 그를 응시하며 속삭였다.

"—40번 죽었어요."

생각보다 심장은 크게 뛰지 않았다. 아모르는 세상에서 나를 빼놓고 나를 알며 나와 가장 비슷한 사람이었다. 언젠가 거친 풍랑 속에서 같은 배를 탄 그에게 내 처지를 고백하고 싶었다. 나만 그의 비밀을 아는 것은 비겁하니까.

"다시 말해."

그럼에도 생각한다. 나는 이 고백을 후회할까.

"오라버니가 보는 나는 되살아난 아실리 로제예요."

그는 그대로 굳어져서 동상처럼 움직이지 않았다.

"오라버니가 나에게 눈이 죽었다고 말하던 그때. 이미 저는 40번을 죽고 살아난 사람이었어요."

말해 봐, 아모르. 나는 이 고백을 후회할까?

"어쩌면 저는 이미 그때 죽고 껍데기만 남은 게 아닐까 생각하지만. 아직은 아프고, 힘들고, 괴로운 걸 보면 그렇지는 않은 것 같아요."

나는 단 한 번도 내가 밟은 땅이 무른 곳일지 단단하게 받쳐 줄 돌다리일지 확신하지 못하고 디뎠다. 하루하루 무섭고 초조한 걸음을 디뎠다.

그 순간들에 비교하면 지금은 놀라울 정도로 고요했다. 짐 하나를 내려놓은 것처럼 후련한 기분이 들었다.

그래서 나는 그에게 웃을 수 있었다.

"나는 이제 오라버니에게 비밀이 없어요."

희미하지만 담백하게. 흘러내린 머리칼을 주워 담지 않고 그대로 웃으며. 달은 여전히 새파랗다.

"나를 보고 도망치고."

희미하게 웃음 짓다가 손으로 얼굴을 가려 버렸다.

"두려워해도 괜찮아요."

나는 지금 어떤 표정을 하고 있을까?

"나도 내가 사람일까 수없이 고민하니까."

손을 떼어 내는데 손가락 사이로 달이 잡힐 듯 작게 걸려 있었다.

"아니. 사실 나는 때로 내가 무서워요……."

괴물이 될까 봐.

바람이 머리칼을 살랑살랑 흔든다. 고요했기 때문일까. 모두가 잠든 시간 속 나와 아모르 둘만 깨어 있는 것처럼 느껴졌다.

아. 그러고 보니 이곳이 책 속이라는 것은 말 안 했구나. 한차례 씁쓸하게 웃다가 장난처럼 말을 건네려던 때였다.

"오라, 읔!"

"아실리!"

그가 토해 내는 소리가 멀었다.

아, 아아. 머리가 거짓말처럼 욱신거리며 격통이 찾아왔다. 아, 거짓말쟁이. 아픈 거 맞잖아.

달이 유화처럼 물결을 치며 녹아내리고 있었다. 나보다도 침대에서 힘겨워하는 그가 걱정되었다. 나 괜찮다고 말하고 싶은데 고통 때문에 말이 채 나오질 않았다.

"젠장. 아실리, 들려? 대답할 필요 없어. 네 옆에 있는 장식장!"

"장, 장식장……."

"그래! 그게 내 약 보관함이다. 지금 넝쿨로 건넬 테니까 건네는 것 중 '분홍색' 병을 마셔. 이쪽에선 색이 보이질 않아……."

달이 멀어지고, 아모르의 목소리가 멀어지며, 세상은 검은색으로 물들었다. 불을 껐다 켜는 것처럼 깜빡이는 시야 앞으로 약이 밀어지는 것 같았다. 넝쿨이 휘감은 여러 개의 병을 보다가 간신히 몇 개를 골라냈다.

분홍색……, 분홍색……, 분홍색…….

두 개의 병을 놓고 더욱 심해진 고통에 결국 침음을 터트렸다.

병은 두 개였다.

어둠 속에서 두 개의 병은 비슷한 빛을 띠었다. 하나는 동백같이 붉은빛을 띤 분홍 같았고, 하나는 보랏빛이 섞인 분홍이었다.

"으윽."

왜인지 여태까지와는 정도가 심한 고통에 참지 못하고 하나를 집었다. 꿀꺽 그것이 넘어가는 순간, 잠깐이지만 시야가 딱 점멸한 것 같다.

                                    * * *

"그거 알아? 나는 기억을 지우는 약도 만들 수 있다."
"기억을요?"
"정확히는 가장 잊고 싶은 기억 하나를 지워 내는 약이지."

                                    * * *

다시 눈을 떴을 때, 새파란 달이 나를 반겼다. 오랜 시간이 흐르지
않았나 보다.
  달이 조금 기운 것 같기도 한데. 1시간쯤 흘렀나? 기절하기 직전
먹먹하던 공기는 사라졌다. 질식할 것 같던 머리에 투명한 바람이
분다.
  "……아실리."
  왜일까. 아주 오랫동안 자고 일어난 것처럼 기분이 몹시도 상쾌했다.
  "네."
  마치 숙면하고 일어났을 때 개운한 느낌. 바람이 발목에 서늘하게
감기고 있었다.
  창문이 열려 있나? 다시 한 번 바라본 하늘에 달은 몹시도 밝았다.
그러고 보니 야근 길에 달을 보며 다음 생엔 야근 없는 삶을 살게 해
주세요. 빌곤 했었는데. 이 소원은 이뤄진 걸까. 아닐까.
  "오라버니, 내가 좀 피곤했나 봐요."
  나는 그를 바라보며 활짝 웃었다.
  어째서일까 머리 한구석이 뻥 비어 있는 느낌이다. 나쁜 건 아니고

그냥 시원하게 뚫려 있는 느낌.

"보통 아프다 말고 기절까지 가진 않는데."

배시시 미소했다. 그런데 왜일까. 웃음이 아주 쉽게 나오는 기분, 그런데 입 근육이 땅겼다. 마치 거의 웃지 않았던 사람처럼.

"기절은 처음 해 봐요."

베란다 문을 열어 놓고 난간 앞에 쪼그려 앉아서 시원한 맥주 한 캔 마셨을 때와 같은 기분이다. 서늘하고 상쾌하다. 조금은 후련하면서. 시원섭섭한 기분이 들었다. 반쯤 어둠에 가린 얼굴을 보며 씩 웃었다.

"내가 침대를 뺏었네요? 미안해요. 그래도 넓으니까 괜찮죠?"

어라, 늘 까칠하던 낯이 오늘따라 더 딱딱하게 굳어 있는 느낌이다. 왜일까. 조금 전까진 잘만 예쁘게 웃어 줘 놓고.

"아실리."

그가 이름으로 부르는 게 퍽 낯설다 싶다가 고개를 들었다.

"네. 오라버니."

왜인지 그는 혼란스러워 보이는 얼굴이었다. 그가 쥐고 있는 것은 작은 약병이었는데 조금 전 내가 먹었던 것과 색이 같았다.

"불렀으면 말을 하셔야죠."

"……."

"오라버니?"

난 침대에서 일어났다. 막 휘어지는 넝쿨을 보았다. 저게 약을 가져 간 건가? 바람에 하늘하늘하게 머리카락이 한들거리며, 녹색 눈동자가 가려졌다 보였다가 가려지길 반복했다.

나는 침대에 걸터앉은 그를 한참 바라보다가 섬세한 얼굴에서 시선을 떼어 내며 살짝 웃었다.

"알았어요. 비켜 줄게요. 그렇게 보지 말아요."

"……."

"그런데, 달 진짜 참 밝다. 그거 알아요?"

"뭐를?"

내일 무얼 하면 되더라? 나는 이제는 많이 넘어간 달을 올려다보았다.

"달이 밝은 다음 날엔 날씨가 좋을 거래요. 내일 날씨가 맑겠네요."

"……."

"전 맑은 게 좋아요."

책 속 폭군이랑 춤을 추게 되었구나. 가만, 책 속 폭군과 내가 춤을 춘다고? 아, 내가 초대장을 보냈지. 하긴 레베카를 살리려면 이 수밖에 없는 것 같긴 하다.

그런데 왜 뭔가 잊은 것 같지. 아냐. 나중에 기억나겠지.

술을 마신 것도 아닌데 머리가 몽롱하니 삐걱삐걱 돌아가는 기분이다. 문득 뭔가 콕콕 찌를 것 같아서 고개를 돌렸다. 태피스트리가 걸린 벽 앞에 조그만 것이 있었다.

눈을 가늘게 좁히며 바라보자 작은 병이었다. 옆으로 쓰러진 병이 보였다. 어렵지 않게 내가 마셨던 것임을 알았다.

'그러고 보니 머리가 개운한 게 약 때문이었나?'

편한 옷차림으로 아모르 방에 온 나는 조금 흐트러진 차림이었지만 그대로였다. 그런데 왜일까 자꾸만 저 병이 시선을 잡아당긴다. 나는 내 몸 이곳저곳을 만져 보거나 살폈다.

이상한 건 없는데. 왜일까 느낌이 꼭 중요한 서류를 빼먹고 나온 것처럼 찝찝했다. 이내 그 기분은 가볍게 사라졌다.

음, 그래. 날이 좋으니까.

"기분 좋은 하루가 되겠어요."

나는 아모르를 보며 밝게 웃었다.

"……그래. 아실리."

"네?"

품이 넉넉한 새하얗고 포근한 재질의 소매로 얼굴을 감싼 채, 몇 번이고 문지른 아모르가, 말할 듯, 말을 할 듯 입을 벌렸다가 닫았다.

"……아무것도."

눈을 가렸지만 그 얼굴은 괴로우면서 기뻐 보여서. 나는 영문을 몰라 눈을 깜빡였다.

*　*　*

한때, 삶이 괴로워 자신의 고통을 잠시라도 잊고자 만든 간절함의 산물이었다.

간절하지 않은 사람에겐 그저 흘러가는 물과 같게 작용한다.

아모르는 이것을 만들 때 그렇게 빌었다. 오직 죽도록, 죽고 싶도록 치가 떨리게 잊고 싶은 기억이 있는 자에게만 들도록.

"……그래. 아실리."

"네?"

그런데, 왜, 어째서. 너는 이토록 행복하게 웃고 있나.

모를 수가 없었다. 지금의 웃음은 그녀가 줄곧 얼마나 괴로웠는지에 대한 증명이었다.

잊는 쪽이 나은가?

아모르는 눈을 감았다. 잠시라도 행복한 안락이 네게 위안이라면.

나는.

"……아무것도."

아모르는 알았다.

<나는 40번 죽었어요.>

세상에 그녀의 비밀을 알고 있는 사람은 오직 자신뿐임을.

그녀는 기억을 잃었다.

10.5 아모르(amor)

"정말로 가시겠습니까?"

그날, 많은 것이 교차했다.

지금까지 쌓아 왔던 것과 품어 왔던 것. 걸러내지 못하고 오랜 시간 그를 괴롭힌 것. 조각은 여전히 건재한데 그럼에도 그날, 아모르는 줄곧 선택하지 않았던 길을 택했다.

"궁 밖을 나서는 것. 당신에겐 단 두 번밖에 없는 기회입니다."

눅눅한 밤이었다. 유달리 습기가 차서 아침이 아님에도 이슬이 똑똑 떨어지는 소리를 들었다.

아모르는 내리 답을 기다리는 눈부시도록 아름다운 새를 바라봤다.

"황자님."

아마도 그는 아모르가 가지 않기를 바랄 것이다.

"정말로 버리시겠습니까."

염려가 섞여 퍽 다정한 헤르난의 목소리를 한 길로 보내며, 아모르는 돌연 오래지 않은 과거로 돌아갔다.

* * *

아모르는 지금의 그가 되기까지 수많은 나락을 겪었다. 세상일에 무뎌졌다. 동시에 그는 반발하듯 주변에 흥미를 느꼈다. 때로는 패악을 부렸다.

어린 하녀들에게 식사를 나르게 하고 당황하는 것을 즐긴다는 소문이 돌았다. 괴악하고 이상한 악취미를 가졌다고 들었지만, 그는 작은 아이들 특유의 생동감이 좋았다. 푸릇한 식물과 같은 느낌이었으니까.

"아, 아, 안입니다."

어느 날 하녀 복장을 하고서 갑작스럽게 나타난 소녀는 흥미로웠다.

하녀답지 않게 되바라진 것이 독특하다 싶더니 예법이 깃든 몸짓, 그리고 눈동자 색에서 어렵지 않게 알아챌 수 있었다.

'황녀인가.'

황제의 옆에서 종종 보았던 여자, 아올레시아를 좀 닮았나 싶어 꼼꼼히 살펴봤다. 신기하게도 안의 눈동자는 때 묻지 않은 무구함 속에 특이한 것이 섞여 있었다. 종종 성인 하녀에게서나 보이는 권태가 보인다.

이윽고, 안이 카스토르의 이름을 꺼내는 순간에 그의 흥미에 불이 붙었다. 지금껏 그가 보았던 인간 대부분이 욕망에 찌들어 있어서일까.

"감히 청하건대, 황태자 전하에 대해 얘기해 주세요."

소녀가 당돌하게 재깔였을 때 그는 감탄했다. 소녀가 보였던 절박함이 그의 마음을 흔들었다.

카스토르. 제 형이 바깥에서 어떤 소리를 듣는지 모르지 않았다. 제 귀를 대신한 식물들로 들었다.

소문에는 카스토르가 행한 것과 행하지 않은 것이 섞여 있었다. 물론 대부분이 행한 일이었지만, 자극적이고 더욱 강렬하게 극대화되어서 돌아다녔다. 그리고 그것은 황제의 뜻이었다.

<카스토르가 본인 평판에 관심 없는 것에 더해 날로 흉악해지는 소문을 막을 길이 없습니다.>

이따금 그의 부관이자 수호자인 헤르난이 한숨 쉬듯 던졌다.

그렇다고 제 형이 자비롭거나 따스한 사람인가 하면 그거야말로 절대, 아니었다. 이따금 짓는 미소를 제외하면 권태로운 얼굴과 좀처럼 표정 변화조차 없는 낮은 사람들로 하여금 생각을 알 수 없는 이라 멀리하게 했다.

그러나 사실 카스토르는 잔악성이나 잔혹함을 제외하면 큰 욕망이나 방향성을 보이지 않았다.

아모르가 본 10년 내내, 거대한 제국의 후계자이면서 황제가 되고 싶다는 생각이나 야망 욕망 같은 당연한 욕심을 보인 적이 없었다. 그래서 아모르는 좀처럼 제 형의 잔악성이 아니면 그의 사고를 읽어 낼 수가 없었다.

형이 미소를 지을 때는 흥미로운 것을 보았을 때. 그리고 그럴 때는 대체로 피를 불렀다.

"형이라……."

이름조차 몰랐던 여동생이 카스토르에게 관심을 가졌다. 그렇다면 빠른 시일 내 이 소녀는 죽게 될까?

"좋아, 알려 주지."

아모르에게는 형제와 같이 정감 있는 단어들에 대한 관념이 희박했다. 채 누리기도 전에 모조리 잃었고, 누군가 그에게서 앗아가 버렸기 때문이다.

이제 와서 나타난 여동생이라 한들 크게 달라질 건 없었다. 얼굴 한번 보지 못한 황녀란 딱 그 정도였다.

처음엔 그랬었다.

그 밤. 소녀가 자신을 찾아와 제 목숨을 살리겠다 독을 들이켜려고 하기 전까지 아모르는 한 번도 소녀의 이름을 떠올리려 해 본 적이 없었다.

"빨리 뱉어! 뱉으라고!"

지금까지 그에게 스쳐 지나간 사람들. 죽거나 죽어 가거나 울부짖던 모든 이들을 잊듯이 소녀도 그렇게 사라지리라 생각했다.

"나 오라버니가 죽기를 바라지 않아요."

그는 많은 것을 잃었고 또 잃을 것이고, 앞으로도 잃을 것이기에. 정을 주는 것에 의미가 없다 생각했다.

'너도 곧 죽겠지. 여태 모든 이들이 그랬듯.'

이제까지 그랬듯 혹독하고 냉철한 형의 앞에, 여리고 작던 소녀라고 별다르지 않으리라 생각했기 때문에. 그렇기에 좀처럼 움직이지 않는 카스토르가 돌연 관심을 가졌을 때도 그저 눈감으며 알았노라 대꾸했다.

그는 소극적인 변덕을 부렸지만, 소녀가 살아나리라고는 생각하지 않았다.

그러나 기적적으로 형님 앞에서 살아난 소녀가 눈앞에 나타났을 때, 아모르는 자신도 모르게 혀끝이 아릿했다. 딱히 꼬집어 말할 수 없는 가슴 한 부분이 욱신거렸다.

왜?

<다녀왔어요. 황자님.>

그래 저 눈. 저 눈 때문이다. 언제부터인가 다 죽어 버린 꼴을 하고 건조하게 재깔이는 낮이.

제 아픔도, 자신을 덮치는 수많은 위기도 전부 대수롭지 않은 이야기를 떠들듯 툭 뱉는 입이.

<너. 왜. 눈이 죽어 있지?>

아이 티를 채 벗어나지 못한 소녀의 얼굴엔 이전에 보았던 무구한 아이다움이 남아 있지 않았다.

선심 쓰듯 던진 그의 말로 소녀는 살았다. 그로 그녀는 큰 도움을 받았다 여기는 듯했다. 그러나 굳이 형의 일에 끼어들고 싶지 않아 방관했고, 나서 주지 않은 것에 대한 원망은 어디에도 없었다. 그의 불편은 커져만 갔다. 왜? 어째서?

소녀는 해를 거듭하며 담담하고 황폐한 빛을 숨김없이 드러냈다. 그것이 그의 앞이기 때문인지, 그저 성정인지 알 수는 없지만 소녀는 황폐한 얼굴로 자신을 향해 우린 동료라며 소탈하게 웃었다.

그때마다, 아모르는 알 수 없는 갈증을 느꼈다. 알고 있을까?

'죽어 버린 눈으로 웃지 마라.'

네 그 미소는 바짝 말라 사막의 모래처럼 퍼석퍼석하다. 그는 말할 수 없었다. 그리고 자격이 있다고 생각하지 않았다. 스스로 행복하지 못한 자신이 어찌 누군가에게 행복을 담을 수 있을까.

오랜 시간 카스토르와 함께 보냈다. 아니, 카스토르가 그를 키웠다. 카스토르의 성격, 버릇, 말씨, 말투, 손짓과 작은 고갯짓. 사고와 가치관. 자신도 모르게 스며들어 형을 닮았을지도 모른다고 여겼다.

그렇다면, 그에게 조언할 자격은 더더욱 없으리라 생각했다.

<미래를 알아요. 그중에서도 주변의 죽음과 오직 나의 죽음을 알고. 어쩌면, 수많은 죽음을 거쳤을지도 모르죠.>

시체처럼 죽어 버린 눈으로, 담담하게 재깔이던 눈을 되새겨 보았다.

문득 생각이 나 트집 잡듯 공작 부인들을 불러내 억지로 시녀를 손에 쥐어 주던 날. 어쩌면 그때부터였을까. 아니면 이전으로 더 거슬러야 할까.

돌고 돌아 그는 헤르난에게 말했다.

"그래. 나가게 해 줘."

아모르가 고개를 숙여 작게 웃었다. 스스로도 작은 불씨를 느꼈다. 결국 천금 같은 기회를 버리고, 그는 인정했다.

"나는 나가겠어."

아프면 아프다 말도 않고, 그저 바보처럼 앓고 마는 소녀를 향해서 줄곧 미루고 다시 미뤄 온 것.

"목적지는 테레나 궁."

바야흐로, 가슴에 들어서 버린 의미를 인정하고야 말았다.

네가 죽어 버리면, 내 삶은 무채색이 되고 말겠구나.

그리고 평생에 약속된 두 번의 기회를 썼다. 밖으로 향하는 공기는 서늘하고 따뜻했다. 어느 봄처럼.

그때는 그저 안타까워, 가엾게 여긴 동정이리라 생각했다.

마음은 자꾸만 커져 가는데 안타깝게도 그는 이것을 몰랐다. 그를 괴롭히는 이것이 무엇인지를. 감정이 물을 불린 스펀지처럼 몸을 불리고, 비대해져 가도 아모르는 알 수 없었다.

그저 가끔, 문득 답답함을 느낄 때. 그럴 때면 의문만 커져 갈 뿐이었다.

아모르는 소녀가 방문하지 않을 때에 하루 종일 소녀를 떠올렸다. 그리고 소녀를 떠올리는 자기 자신을 생각했다.

필요하다 생각해 시녀를 주었다. 제 신력을 담은 성물을 주었다. 그는 단 한 번도 이 행위에 대한 완전하고도 온전한 생각을 해 본 적이 없었다.

스스로를 파헤쳐 나온 답이 자신을 두렵게 하는 것이라면? 어렴풋이 지각하는 그것이라면. 두려웠다.

줄곧 스스로에 대한 자아도 존재에 대한 욕구도 모두 놓고 살아 있되 흘러가는 대로, 죽은 것처럼 지냈다. 지금의 이 불씨를 보기 무서웠다. 아모르는 기대하는 법을 몰랐다. 가지고 싶은 욕구를 몰랐다.

오래전 거대한 이기심에 물든 황제의 손 아래 소년은 망가졌다. 그는 강요를 알고, 묶어 두는 방법을 알았으며, 소유와 타락한 욕망을 알았다. 그의 세상은 편협하고 난폭하며 폭력과 억압이 존재하는 세상이었다.

식물은 토양의 영양에 따라 만개하기도 하고, 채 피지 못하고 죽기도 했다. 그가 가진 대지는 이미 오래전에 오염되어 쓰지 못할 땅이었다.

그래서 그는 쉬이 묻지도 바라지도 못했다. 다가오는 위로에 답하지 못했다. 소녀에게 솔직한 자신은 적어도 망가지고 어그러지고 엉망이어선 안 됐다.

애정에 대해서 온건하고 온전한 방법을 몰랐다. 그는 소녀에게 강요하고 싶지도 않고, 가둬 두지도 않고 억지로 가지려고 하지도 않으면서 보기 싫은 것을 보게 하지 않고. 대가를 바라지 않는 감정을 쏟았다.

그랬다.

족쇄와 철퇴 같았던 욕망 속에서 방치된 소년이 사랑을 알기란 어려웠다. 그를 구성하는 태초의 기억에 악의가 스며 있기 때문이었다.

아실리에게 약을 건네고 돌아오는 오솔길. 코끝에 풀 내음이 스쳤다.

'곧, 봄인가…….'

아직은 겨울의 끝자락이었다. 하지만 꽃 피는 계절이 오는 것에 대해선 그에게 속삭이는 식물 소리 때문에 알아차릴 수밖에 없다.

아모르는 나뭇가지 끝에 달린 겨울눈에서 눈을 떼어 내며 창문에서 고개를 돌렸다.

* * *

이것은, 그를 구성하는 태초의 기억이다.

"오늘도 먹지 않니?"

감았다 뜨면 작은 소년과 그 앞으로 훌쩍 키가 큰 검은 머리칼의 소년이 있었다.

"네가 줄곧 아무것도 먹지 않는다는 애기를 하녀들에게 들었단다."

"……."

카스토르는 수저를 놓고 턱을 괸 채 심드렁히 고개를 기울었다.

"그릇을 던져서 하녀가 다쳤다지. 네 손은 다치지 않았니?"

어린 날의 그와 형이었다.

"아모르, 날 보렴."

작은 아모르는 텅 비어 있었다. 눈부시도록 따뜻했던 추억은 상실 뒤에 가시가 되었다.

이때 그는 죽어 간 이들을 떠올리며 눈물로 밤을 지새웠다. 이미 그를 구성했던 다정한 세상의 모든 것이 부서지고, 남김없이 격랑에 휩쓸려 아무것도 남지 않았기에.

아모르는 죽음이 무엇인지 몰랐다. 그저 차갑게 식어서 다시는 뜨지 않는 눈과 움직이지 않는 손을 보며 영영 보지 못하는 이별을 죽음이라고 체득한 어린 소년이었다. 그는 하늘거리는 검은 머리칼을 바라봤다. 온도 없는 시선 속에는 다분한 권태가 묻어 나왔다.

'흐음. 어쩔까.'

둘의 모습은 너무나 달랐다. 서로 다른 색을 가진 형제의 차이는 비단 다섯 살이라는 나이 차이뿐만은 아닐 것이다.

"있잖아. 힘이 불안정할 시기에 잘 먹어 두는 게 좋아. 넌 막 각성했잖니?"

"각……, 성?"

흐린 회녹색 눈이 굴러 카스토르의 얼굴을 향했다.

"그래. 신관은 먹지 않아도 살 수 있긴 한데, 그건 네 생명을 갉아 먹는 어리석은 짓이란다."

"……."

"넌 가뜩이나 병을 앓고 독에 중독되었잖니?"

그렇게 말하는 카스토르는 아모르를 바라보고 있지 않았다. 카스토르의 흰 얼굴은 도통 무슨 생각을 하는지 알 수 없다.

"아모르."

사람들은 그의 형을 피의 황태자라 불렀다. 고작해야 그와 다섯 살 차이 나는 소년은 이미 이전부터 다른 이름보다 앞서 그렇게 불리었다.

"앞으로 네 삶은 고통스러울 거야."

하루는 대수롭지 않게 말했다. 하녀 하나를 죽이고서.

"넌 절대 고통을 피할 수도, 도망갈 수도 없을 거고."

"……."

"너는 나와 형제야. 아모르."

형제. 형제라고 했다. 그의 궁에 있던 사람들을 죽이라 한 소년이 형제라고.

아모르는 잠깐 울컥하는 감정을 이기지 못하고 밭은 숨을 들이쉬다가, 곧 숨소리를 토해 냈다.

"흐, 어머니……."

울음 섞인 엷은 소리였다.

"흐, 흐흑……."

카스토르는 어느새 눈물이 번져 나무 밑 이끼처럼 번진 흐린 녹색 눈동자를 바라봤다. 툭, 아모르의 머리 위로 손을 얹었다. 나른한 목소리로 물었다.

"죽고 싶으니?"

울다 말고 아모르는 오싹 소름이 돋았다. 그날의 밤. 피 웅덩이를 밟고 자신에게 속삭였던 카스토르를 떠올렸기 때문이었다.

물기 어린, 지독한 두려움과 서툰 분노를 담은 시선에 카스토르가 선선히 미소했다.

"죽기를 바란다면 그리하렴."

그때와 같이 나긋나긋하고도 다정한 목소리였다.

"나는 죽는 것이 나쁘다고 생각하지 않는단다."

카스토르는 당장 아모르가 고개를 끄덕이면 해 줄 생각이었다.

"때로 사는 것이 지옥이며 선택한 죽음이 축복일 때가 있거든. 억지로 사는 것만큼 비극이 또 어디 있을까?"

신력은 신관을 구성하는 요소 중 가장 커다란 것이다. 이 때문에 뛰어난 신관은 타인에게 신력을 불어넣을 수 있었는데, 보통은 이 형태를 '신관의 축복'이라 불렀다. 아모르는 지금 이 충만한 성력이 카스토르의 것임을 알았다.

"노려볼 힘이 남아 있다는 건…… 감정이 죽지 않았다는 얘기구나."

신력이 지독한 허기를 물러나게 하고 흥건히 적셨다. 그렇게 굶었던 소년의 몸은 스펀지처럼 신력을 흡수했다.

제 머리칼을 툭툭 털어 내며 자리에서 일어난 카스토르가 식은 게 분명한 그릇의 뚜껑을 덮었다.

"그건 나쁘지 않아."

그는 고개를 들어 빙그레 미소했다.

"받으렴."

그리고 그가 꺼낸 것은 작은 주머니였다. 아모르가 삼킨 독의 해독제였다.

"언젠가 죽기를 각오하면 내게 말해. 나는 너를 꽤 좋아한단다."

팔랑팔랑. 카스토르는 편안한 튜닉 차림이다. 잔뜩 헝클어지고 단추도 채 잠겨 있지 않은 채였다.

"자, 잠깐."

아모르는 사라지려 하는 카스토르의 소매 끝을 잡았다. 그러고는 따지듯이, 그러나 애원하듯이 물었다.

"왜 나를 살, 살려 두는데? 왜 자꾸 살려 줘?"

아모르는 두려우면서, 동시에 흐느껴 울었다.

"나도, 어머니처럼, 흐끅, 로벤테누스 경처럼 죽일 거잖아."

"그래. 살고 싶구나."

"아니야. 아니야……! 왜, 왜 나만……!"

아모르는 하루도 빠짐없이 그렇게 생각했다. 어차피 나도 죽을 거라고. 자신을 빼고 모든 사람이 죽었다. 자신만 살아 있는 것이 이상하게 느껴졌다.

"너만 살았느냐고? 삶은 선택할 수 있는 게 아냐, 아모르."

"……"

"너와 나. 누구도 태어나길 원해서 태어나지 않았잖니."

카스토르는 죽고 싶으면서 살고 싶은 아모르의 심정을 알아챘다.

"우리가 원해서 신의 선택을 받은 것이 아니듯. 앞으로도 네 앞에는 수많은 부조리가 나타나겠지."

그러나 그럼에도 아모르는 살고 싶었다. 끝내 살아서 희미한 꽃향기를 오래 맡고 싶고 오래도록 계절을 보고 싶었다. 이런 자신이 나쁜 것 같아서, 참을 수가 없었다.

"그러니. 그리하렴. 살고 싶으면 사는 거야."

카스토르는 소매를 잡은 작고 여린 손에게 미소와 함께 대꾸했다.

"나는 작고 여린 것을 아낀단다."

카스토르는 아모르가 원한다면 정말 죽게 해 줄 생각이었다. 아모르를 죽였다간 황제가 가만있지 않겠지만 뭐 어떠랴. 파들파들 떠는 제

동생의 어깨를 바라보면서 카스토르는 나지막하게 속삭였다.

"나를 거역하지 않으면, 내 너를 버리지 않을게."

아모르에게 있어 잊지 못할 낙인과 같은 기억이었다.

* * *

이미 카스토르라는 사람에게 어떻게든 영향을 받은 아모르가 처음과 같이 다정한 소년이 되기란 불가능할지도 모른다.

<크으윽……!>

살아가는 대가로 얻은 고통은 어린 몸을 좀먹고, 새벽 내내 몸부림치다가 일어나기도 했다.

그럴 때면 그는 눈물이 뚝뚝 흐르는 얼굴을 파묻으며 모든 것을 원망했다. 삼키지 못한 분노와 너덜너덜해지는 몸을 가지고도 하루하루를 살아가면서. 그럼에도 왜 난 죽고 싶지 않은 걸까. 원망하면서.

그래서 아실리가 처음 원망을 쏟아 냈을 때 그는 그녀를 이해했다.

"오라버니는 나를 탓하지 말아요."

숙여지는 머리를 따라 밀이 빼곡한 들녘의 색을 품은 금발이 사르르 떨어졌다. 그녀의 속눈썹이 파르르 떨었다.

아모르는 잠깐 내밀던 손을 멈췄고, 시선은 허공을 헤맸다.

'어딜…… 잡아야 할지 모르겠어.'

자신보다 머리 하나는 더 작은 체구의, 떨고 있는 어깨는 너무 가녀려서. 잡으면 파스스 부서질 것처럼 보였다.

"어쩔 수 없잖아요?"

쉬이 잡지 못한 채 흐른 침묵 뒤를 끊어질 듯이 가는 목소리가 이었다.

"오라버니는 눈앞으로 다가온 빛을 포기할 수 있어요? 아른거리는데? 결국 오라버니도 매일 독을 먹으면서 악착같이 살잖아!"

언제나처럼 담담하던 목소리가 아닌 마구 떨리며 흔들리는 목소리가, 소년 또한 마구 뒤흔들었다.

"봐요. 나 좀 봐. 오라버니. 이 손 보여요? 나는 가진 게 아무것도 없어요."

소녀는 늘 모든 것에 초연한 것처럼 굴었다. 늘 대수롭지 않게 지껄이는 낯이 실제로도 그녀가 그럴 것이라 믿게 했다.

＜전 괜찮아요.＞

아모르는 소녀가 세뇌하듯 피워 내는 미소를 그대로 믿었다. 그러나 밥 먹듯 재깔이는 그 괜찮다는 말이 사실은 그렇지 않다고 어렴풋이 깨달았을 때. 꼭 울 것처럼 눈을 가려 버린 손을 깨달았다.

"손에 쥔 건 겨우 한 줌인데, 그 한 줌조차 지킬 힘이 없어……."

충격이 마구 그를 헤집어 놓았다. 아릿하고 울컥하는 감정이 그를 파고들었다.

"할 말은 그게 다인가? 너무 멍청해서 할 말을 잃게 하는군. 미쳤어. 미친 게 분명해. 네 이유는 전혀 정당하지 않아. 순 엉터리다. 그까짓 시녀 마음이 뭐라고 몸을 다쳐!"

왈칵 터트리듯 소리를 높였다. 지금 폭발할 듯 터지는 감정을 스스로도 주체할 수 없었다. 가진 게 몸밖에 없다는 그 말에 왜 이다지도 화가 나는지 그는 몰랐다.

지금까지 인내하고 참고 또 참아 내는 계절과 시간 속에 있었다.

그래서 토해 낼 줄도 폭발할 줄도 모르고 저를 꽁꽁 숨기고 포장하는 법만 알았다.

'왜, 왜 네 편이 없어? 왜!'

오랜 시간 참아 온 소년은 그래서 몰아붙이기만 했다.

'내가 있는데!'

마구 끓는 감정에 휘둘려 어쩔 줄 몰랐다. 겨우 시녀란 계집의 마음 하나 얻고자 제 몸을 다치고도 아픈 줄 모르는 소녀가 미웠다. 자기 자신을 부정하는 소녀가 자신이 부정당하는 것보다 더욱더 싫었고 끔찍하게 싫었다.

"대답해."

소녀의 뺨과 코. 마지막으로 눈동자를 마주하며, 짓씹듯 토해 냈다.

"내가 마음 전부 주면. 다신, 계집애 하나 구하겠다고 뛰어들지 않을 거냐고."

대답해. 왜? 널 보는 나는 갈증이 나고 마는 거냐고. 지금 끓는 이것 은, 그가 아는 저속한 욕망과 다를 것이 없다. 그런데 왜 그는 가슴이 아픈가?

무엇이든 해 주고 싶다. 기뻐 웃는 모습을 보고 싶고, 네가 어쩔 줄 몰라 할 정도로 행복해져서 더는 울지도 못하는 눈을 하지 않았으면 좋겠다.

그는 왈칵 겁이 났다. 뜨거워진 머리로 생각하고 묻고 표현을 찾고 다시 고민했다.

세상에 어여쁜 것을 전부 따다 네 앞에 두어도 모자랄 것 같은 이 기분은.

눈감으면 떠오르고 마는 네 얼굴은.

답을 알고 있잖아?

'그렇지 않아.'

거짓말.

아모르, 세상은 이를 무엇이라 부르지?

* * *

소녀가 자신을 어떻게 생각하는지 잘 알고 있었다. 가끔씩 담담하고 모든 것에 대수롭지 않던 얼굴이 안타까운 연민에 물들 때가 있었다.

"내 주변엔 안타까운 것이 너무 많아요."

모를 수가 없는 빈도로 스쳐 가니 모른 척하기도 힘들었다.

"나 말인가?"

"꼭 오라버니만을 얘기한 건 아니에요. 하지만 포함되기는 하죠."

다른 누군가 그를 연민하면 당장 얼굴을 일그러트리고 가만있지 않았다. 그러나 소녀에겐 그런 마음이 도통 들지 않는 것 역시. 턱을 괸 아모르가 빙긋이 웃으며 고개를 스르륵 기울였다.

"그럼 연민과 동정 대신 다른 걸 주지 그래."

그의 손 대신 움직인 넝쿨이 소녀를 자신과 가까운 곳으로 이끌었다.

"제가 오라버니에게 무엇을 줄 수 있는데요?"

소녀는 단정한 낯으로 눈을 깜빡이며 물었다.

"글쎄."

문득, 생각했다. 소녀가 자신의 이름을 불러 준다면, 답을 알 수 있을지도 모른다고.

'이름.'

아모르는 보일 듯 말듯 웃다가 바짝 마른 입술을 뗐다.

"이름을 불러 봐."

"……"

"아모르— 하고."

소녀는 난처하게 웃었다. 끝내 이름을 부르지 않았던 소녀는, 가슴 아프도록 말갛게 웃었다.

그러면서도 이내 그녀는 얼굴을 굳히며 담담하게 거절했다. 굳이 고집 세울 일이 아님에도.

그건 꽤 색다른 변화였다. 지금까지 제게 동정하듯 약하게 굴던 소녀가 처음으로 단호하게 그걸 거부했기 때문이었다. 그러니 이를 관철시키면 무언가 달라지며, 오랫동안 헤매고 찾아왔던 것에 답이 될지도 모른다.

"불러, 줘."

"……안 돼요."

왜일까. 작지만 단호하게 속삭이는 그 목소리가 너무나 달콤하게 들려서, 아모르는 조금 더 듣고 싶다고 생각했다.

'이름이라.'

이때까지 아모르에게 큰 뜻을 가지지 못했다. 이제는 희미해진 모친이 불렀던 이름이었다.

너무 한순간에 겪어 꿈만 같은. 어처구니없을 정도로 빨리 죽어 버린 어머니와 사랑하는 이들의 죽음이 늘 꿈에 등장했다. 그래서 한때는 복수를 꿈꾸기도 했다. 어머니를 죽인 남자, 유스난 폰 디볼로를 향해서. 그러나 날이 갈수록 칼날은 무뎌졌다.

<짐승의 신관이 전부 죽었다고?>

<네. 제 아버지가 죽었습니다, 황자님.>

자아가 정립되기 전 무자비한 폭력을 겪은 아모르는 건조한 사람이

되었다. 그래서 어느 날 눈앞에 어머니를 죽였던 남자와 똑 닮은 소년을 두고도 눈을 멀거니 깜빡거릴 수 있었다.

<저는 그의 아들 헤르난데즈입니다.>

새하얀 머리칼의 소년이 웃고 있었다.

<저는 황자님이 싫지 않습니다. 그러나 황자님은 제가 미우시겠지요. 황자님께서 끝내 저를 미워하신다고 해도 이해하겠습니다.>

짐승의 도시가 모조리 불에 타 멸망했다. 살아남은 사람은 이 소년 혼자였다. 모든 신관이 죽었다는 말에서 아모르는 흠칫 떨며 고개를 들었다.

<……네, 아비가, 정말로 죽었다고.>

소년은 스스로 밝혔다. 그는 탑 지하실 아주아주 깊은 지하에 갇혀 있었기 때문에 살아남았다고.

<당신은 저를 원망하셔도 됩니다.>

유스난. 지금은 전대 공작이 된 그는 황제의 오른팔이었다. 황제를 위해 무엇이든 했고, 손을 더럽히길 주저하지 않는 충실한 개를 자처했다. 비열했으나 본인의 목적보다는 황제의 뜻을 최우선하는 족속이었다. 어느 순간부터 보이지 않았던 그가 죽었구나.

<카스토르에게 당신의 보호를 명 받았습니다.>

온순하게 웃는 미려한 낯에 아모르는 묻고 싶어졌다.

너는 어떻게 담담할 수 있나?

<……보호는 무슨. 감시겠지.>

<설마요. 카스토르는 당신을 아낍니다. 아무튼 절대, 눈에 띄지 않게 하겠습니다.>

하얀 머리칼의 소년은 약속한 대로 숨죽이며 지냈다. 있어도 없는

것처럼. 숨 쉬는 것조차 차분하게 눈치 보는 소년은 사람이기보다 잘 훈련된 짐승 같았다.

그러나 아모르가 종종 고개를 들면 물끄러미 밖을 바라보는 흰 옆얼굴을 보이곤 했다.

<저건 뭘까…….>

마치 흩날리는 아카시아 잎을 처음 본 사람처럼 살짝 벌어진 잎과 순진하도록 무구한 눈동자.

때때로 헤르난은 사탕 따위의 조잡한 주전부리에 꼬리가 있다면 홰홰 저을 것 같은 얼굴로 얼굴을 붉히기도 했다. 짐승의 피를 억누르기 위해 자아를 찾을 때까지 갇혀 지낸 소년. 헤르난에게 이 모든 게 처음 보는 세상임을 알았다.

아모르는 끝내 헤르난데즈라는 사람을 미워하지 못했다. 이렇게 주변의 탐욕이나 욕망, 악의 같은 것에 물들기에는 바탕이 너무 선한 이였다. 아모르 또한 사람을 죽이는 독을 만들며, 그 고통을 알았기에 괴로워했다. 그는 약했기에 흔들리는 꽃이었다. 한없이 시들어 가는 꽃이었다.

<갇혀 지내시는 황자님이 안타깝습니다. 돕지 못해서 죄송합니다.>

헤르난이 조금 슬픈 얼굴로 웃었다.

소년은 나무와 꽃을 다뤘고 또 다른 소년은 새를 다뤘다. 나무와 새의 관계처럼 둘은 자리를 내어 주고 채우되 관여하지 않았다.

그럼에도 시간이 흐르면서 알게 되는 사실들이 있었다. 그의 고향 브룸트로젠이 혼돈의 신관들에게 하루아침에 멸망했다는 것. 그것이 헤르난의 아버지 유스난이 했던 악업에 대한 혼돈의 신관들의 보복이었다고.

<당신은 제 아버지의 죽음을 비웃어도 됩니다.>

그는 담담했다.

<전대 공작의 죽음은……. 당연한 결과였으니까.>

<헤르난.>

<하지만, 10만의 백성은, 그저 짐승의 신을 믿었던 그들에겐 무슨 잘못이 있습니까?>

헤르난은 선선히 제 아버지의 악업을 받아들였지만. 죄 없는 이들의 죽음을 가여워하고 안타까워했으며 분노했다.

<저는 아버지가 죽는 순간 짐승의 신의 대신관이 되었습니다.>

대신관은 피를 나누지 않았어도 같은 신을 믿는 신관들의 죽음을 보지 않고도 느끼게 된다.

<아버지가 죽은 뒤에도 살아 있던 신관이 있었습니다. 몇몇은 죄가 없었으나 잔인하게 살해되었습니다.>

그는 그렇게 죽어 가는 짐승의 신관들의 죽음을 겪었다.

<그렇기에, 저는 카스토르를 따릅니다.>

<네 힘의 억제를 위해서가 아니라?>

<물론, 「동반자」를 포기한 저는 당장 카스토르가 없다면 폭주하여 본능만 남은 짐승이 되겠지요. 지금도 그와 멀어지면 견디기 힘듭니다.>

헤르난이 희미하게 웃었다.

<하지만 돌아갈 곳이 사라졌는데 이리 살아 무엇 하겠습니까? 따라서 제가 그를 따르는 것은 억제 때문이 아닙니다.>

<그럼 무엇 때문이지?>

헤르난이 눈을 감았다.

<눈 감으면, 폐허가 떠오릅니다. 지금은 잔혹한 황태자에게 멸망당했다 알려진 도시는 한때 무척이나 아름다운 곳이었습니다.>

혜르난은 무언가를 억지로 우겨 넣고 있었다.

<카스토르를 따르기로 한 것은 아주, 아주 귀중한 것을 포기한 선택이었습니다.>

그르렁, 짐승 같은 끓는 소리가 그의 목소리에 함께했던 것 같다.

<폐허가 된 도시 위에서 저는 복수를 결심했습니다. 카스토르는 언젠가 영지를 멸망시킨 혼돈의 신관을 사로잡아 제게 주겠다고 하더군요. 그래서 저는 그의 개가 되기로 하였습니다.>

그의 목에 막 아물고 있는 상처는 그 맹세를 대신한 상징이었을 것이다.

순간이지만, 아모르는 혜르난에게 끓는 것 같은 질투를 느꼈다. 그는 잃었으되 자유롭다. 그를 보며 처음으로 자신의 처지를 되새겼다.

'나는 이곳에서 나갈 수 없어.'

과연 언제까지? 죽을 때까지인가? 그저 봄을 바라보고, 꽃이 피는 계절을 기다리며, 창문을 보는 것에 만족하자고 했다. 그러나 그건 정말 진심이었나?

<황자님, 당신은 가엾은 것을 두고 보지 못합니다. 끝내 저를 미워하지 못한 것처럼.>

혜르난을 안타까운 것을 보듯 그를 바라보았다.

<그래서 걱정됩니다.>

그가 스치듯 흘렸던 말은 정말로 예언이 되어 사실로 돌아왔다.

루시.

마음을 내주고 배신이란 칼로 돌려주었던 하녀가 카스토르의 손에 죽었다. 한때 어머니를 떠오르게 하는 해사한 낯에 고동색 머리를 묶어 올린 여자였다.

수개월 뒤에도 지워지지 않는 아득한 상실에 사로잡혔던 아모르는 불현듯 헤르난의 말을 떠올렸다.

'잃어서, 죽어서 허전한 거라면······. 차라리 잊으면 전부 해결되지 않는가!'

모든 걸 망각하고 싶었다. 그의 세상이 부서진 날을, 차라리 모든 걸 잊고, 새 삶을 산다면 어떨까? 그렇게 몸부림치던 날이 있었다고. 차라리 모든 걸 잊고서 온전히 존재하고 싶었다.

행복이 찾아올 거라 믿었지만, 끝끝내 잃었기 때문일까. 망가질 대로 망가져 한계에 부딪친 아모르는 정신없이 연구에 몰두했다.

마침내 만들어진 것은 기억을 잃는 약이었다. 가장 괴롭고, 가장 추하며, 뼈를 파고드는 기억만을 지워 내는 약이었다. 그는 이것을 먹고 온전한 사람이고 싶었다. 더는 흔들리지 않고, 휘둘리지 않는, 그래 카스토르 같은 사람이라도 괜찮겠다.

그토록 절박했다. 이 시릴 정도로 차가운 궁에서 밀려오는 배신감과 고독에서 그만 괴롭고 싶었다.

<아모르, 이게 바로 한 가지 기억을 지우는 약이라고?>

<네.>

결과적으로 그는 실패했다.

<이건 가장 잊고 싶은, 정말로 절박한 기억만을 잊게 합니다.>

<완전히 지워 내는 건가?>

<아니요. 기억은 유기적이라 한 가지를 완전히 지워 낼 순 없습니다.>

<흐음…….>

<다만, 기억 하나를 잃으면 그와 관련한 기억에마저 희미한 거부감을 심어 줍니다.>

엄지 손가락만한 병. 색은 동백꽃과 비슷한 엷은 분홍색이었다.

<물에 빠진 기억을 잊었다면, 물만 떠올려도 본능적으로 피하게 됩니다. 떠올리려 하다가도 본능적으로 꺼리는 것이죠.>

<효과는 영원히?>

아모르는 고개를 저었다.

<아니요.>

<……그렇구나.>

어느 날 찾아와 기억에 대한 약을 여상스럽게 꺼낸 카스토르였다. 그는 아모르의 말을 듣고 천천히 고개를 기울였다.

<영원했다면 좋을 텐데.>

<그럼 마셨을 겁니까?>

<글쎄.>

카스토르는 나른하고 권태로운 낯에 미미한 미소를 띠고 높낮이 없는 목소리로 읊조렸다.

<마시고픈 충동은 드는구나.>

그러나 왜일까. 그날 카스토르는 처음 보는 낯으로 아모르를 스쳐 허공을 응시했다.

<그러나 안타깝게도 영원이란 건 없는 모양이구나.>

그는 검지와 중지로 이마를 툭 기대며, 눈만 느른히 굴려 병과 제 동생을 바라보았다.

그날 카스토르는 드물게 미소했다. 많은 것이 얼룩진 얼굴로.

아모르는 그 광오한 얼굴을 이해할 수 없었다. 그는 때때로 넓고 텅 빈 자신의 방을 찾는 사람이 카스토르와 헤르난이라는 게 아이러 니했다.

하루도 빠짐없이 그가 죽지 않게 해독약을 가져오는 형과 끝끝내 감 시를 보호라 우기며 자신을 연민하는 헤르난. 이들은 꾸역꾸역 시간 속에 비집고 들어와서 채워 버렸다.

이렇게 그의 세상에 단둘밖에 없는 자들이 이토록 잔혹하거나 사람 답지 못했기에 그는 끝내 사랑을 모를 수밖에 없었다.

* * *

"좋아. 오라버니가 나 먹여 살려 주면, 나는 세상에서 가장 뛰어난 화가를 데려올게요."

"화가? 왜 그런 쓸데없는 짓을 하지?"

"오라버니가 보지 못하는 세상을 알려 주려고요."

희미하게 웃으며 별거 아닌 말 한마디로 그의 세상에 파고들었던 소녀는.

"알아요, 잃는 건. 알고 있어요. 그렇죠? 우리가 할 수 있는 건 열심히 살아오는 것 말고는 없었으니까."

상실을 이해한 단 한 명의 이해자.

"열심히 살았지만, 잃었던 것이 있어요. 오라버니도 나도."

더없이 달콤한 목소리로. 덧없는 미래를 이야기하는 그의 파랑새. 이뤄질 것처럼 말하지만 환상에서만 덧그려지는 미래가 달콤한 독배임 을 알면서도.

"나랑 함께할래요?"

끝내는 눈을 깔고 특유의 낭랑하고 음율 섞인 목소리로 눈을 깜빡이는 얼굴에 빠져들고.

"제국의 4번째 가지님, 내 건국제 파트로누스가 되어 줄래요?"

꿈꾸고 말했다.

그가 사랑을 몰랐던 것은 그를 사랑하는 모든 이들이 너무 일찍 죽었기 때문에.

그래서 그는 스스로 깨달았다.

이것이 사랑이구나.

이미 알고 있던 사실을 불현듯 깨달았을 때, 썰물처럼 빠져나가는 서늘함이 가슴 구석구석을 지배했다.

이상했다.

처음 독을 먹었을 때부터, 쭉 이어져 온 저주는 그를 좀먹고, 그를 갉아먹는 악재였다.

그리고 어느 순간부터 이미 깨닫고 있었다. 결코 오래 살지 못할 것이다. 보통 사람보다 훨씬 짧은 인생을 살 것이다. 이로 인한 원망은 이미 오래전에 퇴색했다 생각했다.

하지만 갑작스럽게 치켜든 강렬한 감정은 무엇이란 말인가. 그렇게 죽음을 수없이 가정했는데. 두려웠다가 괴로웠으며 끝끝내 담담해졌는데.

그런데 왜일까, 눈앞의 소녀가 돌연 죽어 버린다면, 살해당하면…….가정하는 것만으로 숨 쉬는 것이 힘들어졌다.

아니, 크게 다쳐 쓰러진 소녀를 볼 때마다 제정신일 수가 없었다.

아실리는 늘 다쳤다. 끝내는 제국 중심에 서고 말았다. 전부 카스토르 때문이었다. 이처럼 소녀의 길은 위태롭고 낭떠러지를 앞둔 흔들다리처럼 아슬아슬하기만 했다.

어째서 이 가녀린 몸을 하고서 이토록 격동하는 삶을 사는 것인가.

"힘 따위 아깝지 않다. 아파도 상관없어. 익숙하니까."

"……."

모르겠다. 죽지 말거라. 내가 죽을 것만 같아.

"그러니 지키기로 한 것을 지킬 수 없게 하지 마라. 그건 참 끔찍한 일이니까."

축복은 기원이었다. 간절히 바라는 것을 기적으로 행하는 힘.

아모르는 입술을 포개며 들릴 듯 말 듯 속삭였다.

'죽기 전에 네가 행복해지는 것을 보고 싶다.'

희미하게 남은 녹색 빛. 빛이 반사된 아모르의 창백한 얼굴이 그림자 속에 잠기고 있었다.

"잃는 건 지긋지긋해."

할 수만 있다면 가장 안전한 곳에 귀히 두고 싶은 마음이었다.

그러나 끝내 말하지 못한 것은.

그가 일찍 죽을지 모르기 때문이었다.

* * *

당신으로 말미암은 텔루스(tellus)의 언어는 곧 '희생'입니다.

그를 신관으로 만든 빛이 예언했다.

* * *

아모르는 희고 깨끗한 것을 좋아했다. 또한 타인과의 접촉을 좋아하지 않았다.

황자인 그가 누군가와 마주할 일이 얼마나 있겠느냐마는 때때로 자신을 찾아오는 2황자라거나 고위 신관들에게 어쩔 수 없이 손을 내주어야 할 때마다 그는 지독한 불쾌감을 느꼈다.

그렇다면 왜 지금은 그렇지 않을까. 풀이 잔뜩 엉킨 차림으로 나타나 구겨진 치마 그대로 누워 있는 소녀는 불쾌하다 못해 끔찍하게 싫어 마땅해야 할 텐데 오히려 좋았다.

소녀와 함께하는 밤과 새벽 사이는 누구도 방해할 수 없는 시간이었다. 저를 향한 보랏빛 꽃잎 같은, 자수정 같은 제비꽃색 눈동자를 오래도록 바라봤다.

젖살이 빠졌으나 여직 살이 아직 통통하게 남은 뺨과, 가느다란 손가락, 툭 잡으면 부러질 것처럼 여린 손목.

늘 차분하고 담담하게 투덜대는 입술은 막 봉오리 진 장미와 색이 같았다.

희미하지만 진심을 다했던 미소와 낭랑하게 재깔이던 목소리. 수없이 지나간 밤들을 떠올렸다.

그러나 그 밤들과 지금의 소녀가 다름을 알았다.

'어째서, 그것을 마신 것이냐.'

아모르는 덜컥, 숨을 쉬지 못할 정도로 조급한 감정에 사로잡혔다. 그가 내민 약 중에는 두통을 멈추는 진통제와 그가 만든 가장 절박하고 끔찍한 약이 함께였다.

그라고 마구 쓸어 담듯 주고 싶었던 것은 아니었다. 일순 고통에 사로잡혀 앞이 보이지 않았고, 숨넘어가듯 괴로워하는 아실리의 모습에 조급해진 마음을 따라 넝쿨이 제멋대로 움직였다.

수십 개의 약병. 그 안에 하나. 이 희박한 확률 속에서, 소녀가 마신 것은 한때, 삶이 괴로워 자신의 고통을 잠시라도 잊고자 만든 기억을 잊는 약이었다.

"……그래. 아실리."

"네?"

왜, 어째서. 괴로움을 잊은 너는 그렇게 행복하게 웃는 것인가. 그 웃음이 줄곧 그녀가 얼마나 괴로웠는지, 아모르에게 증명했다.

<저는 40번을 죽었어요.>

그는 소녀가 쓰러지기 직전 고백했던 것을 기억했다. 그 얼굴은…….
담담해서 처절했다.

아모르는 아실리가 그동안 치열하게 살아온 삶을 가늠할 수 없어 아득해졌다. 무심히 담기까지 무엇을 거쳤을까? 이것이야말로 소녀를 살아 있되 죽어 버린 눈을 하게 했던 원인이었다.

그는 격랑에 휩싸이듯 자신을 사로잡은 충격에서 나오지 못했다. 끝내 자신을 바라보는 소녀와 마주쳤다. 자신을 바라보는 낯이 어처구니없을 정도로 맑았다.

"오라버니?"

죽음을 잊은 너는 이토록, 무구하고, 낮별처럼 빛이 나고 있다.

'너는…….'

그의 눈이 파르르 떨리는 것도 잠시, 신록 같은 눈동자가 아실리를 가득 담았다.

시간은 고요히 흘러가는 밤과 새벽 사이였다. 타래처럼 얽힌 남녀의 시선은 너무나 달랐다.

"왜 그래요?"

아모르는 웃었다. 가슴에 통증이 일었다. 괴롭고 심장이 아팠다.

이것은 행복인가? 맑은 미소를 띤 소녀를 보며, 행복이리라 생각했다.

잠시라도 행복한 안락이 네게 위안이라면.

나는.

"……아무것도."

너를 위해 뭐든 하리라.

"네."

아모르는 알았다.

끝내 네가 나의 이름을 부르지 않아도 이미 네가 내게 다정한 이름이 되었으니.

"밤이 늦었으니."

비정한 세상에서 불현듯이 나타나 그를 구원한 소녀. 울지도 못해 눈을 습관처럼 비비던 소녀가 마침내 함박 미소를 지었을 때.

"자거라."

다시 사랑에 빠졌다.

* * *

스치듯 무심하게 쌓아온 시간 속에서 삶에, 스스로에게 무뎌진 두 사람이 만났다.

죽음을 앞둔 이와 죽음을 반복한 이의 삶은 놀랍도록 닮아서 서로에게 연민과 동정을 불러일으키다가 끝내는 한쪽으로 기울기 시작했다.

밀실에 갇혀 한없이 기다리는 시간마저 사랑스러워질 때, 그녀의 목소리가, 시선이, 표정이, 말투, 몸짓, 손짓 하나가 모조리 사랑스러워 견디지 못하고, 소중해졌다.

결국 그의 심장을 부수고 튀어나온 것들은 사랑을 외쳤다. 끝내 인정하게 만들었다.

아모르는, 처음으로 제 삶을 원망했다. 왜 오래 살지 못하나. 분노했다. 참지 못한 설움과 슬픔을 억지로 내리 눌러 가둬 버렸다.

죽을 자의 애정이 아닌가.

만에 하나라도 소녀가 그의 부재에 슬퍼한다면 그에겐 서글픈 기쁨이요, 황홀한 슬픔일 테지.

이윽고 그의 삶은 희생으로 끝나더라도. 끝끝내 손 닿은 한 사람이 그를 기억하기를.

소녀를 만나기 전에는 죽지 못해 살았던 부유하는 삶이었다. 그저 아무도 모르고 궁에서 풍화되었을, 그랬을 자신을 찾아서 살아 달라고 외쳐 주었던 소녀에게.

그는 감았던 눈을 떴다.

'영원한 것은 없어.'

아니, 정말로 없을까? 아는 것은 오직 자신뿐인 진실. 세상에 그녀의 죽음을 알고 있는 사람은 자신뿐이다.

잊는 쪽이 나은가?

그런 것 같다. 그녀가 원한다면, 그리하기로 하자.

모두 바쳐도 좋다. 죽지 못해 살아가던 한 목숨 아니었던가.

카스토르.

긴 시간 동안 그가 주었던 두려움과 증오, 약간의 위안을 떠올렸다.

그리고 가늠할 수 없는 것으로 범벅된, 삶의 기둥이었던 자에게 이별을 고했다.

"안녕, 네가 나를 부를 줄은 몰랐구나."

네가 행복해질 수 있다면.

"드릴 말씀이 있습니다. 율리안 형님."

고난도 달게 느껴질 것이다.

11. 건국제 II (1)

사극이나 시대물에서는 왕이나 높은 사람이 상석에 앉아서 내려다봤다. 그런데 왜 그녀는 높은 곳에 앉아서도 높은 곳에 있다는 느낌이 들지 않을까?

레베카는 무릎을 꿇고 있어도 우아함이라거나 위압이 철철 넘쳐흐르는데 말이다.

"레베카……. 제발 일어나."

그렇게 생각하며 아실리는 도리어 쩔쩔매면서 레베카를 일으켜 세우려 했다.

"몇 번을 말씀드렸나요. 익숙해지셔야 한다고."

글쎄, 아무리 몇십이고 몇백의 대신 앞에 나설 거라고는 하지만, 그게 하루아침에 익숙해질 일일까?

껍데기야 어찌 됐든 그녀의 알맹이는 전생의 소시민을 벗어나지 못했다. 더구나 스스로 황녀라고 자각할 만한 일이라곤 연회에 다녀온 것밖에 없었다.

"하아……. 천천히 익숙해지시지요."

레베카도 그를 알아서인지 아실리에게 실제에 가까운 체험을 시켜 주려 했다.

'아니, 고맙긴 고마운데…….'

레베카의 노력은 고맙지만 접견실에서 열 명쯤 되는 신관과 레이경, 거기에 레베카까지 주르륵 꿇고 올려다보는 광경은 영 익숙해지기 힘들었다.

아니, 좀 애매하다. 그녀는 곧 무대에 선다.

'무대는 수만의 사람 앞에 나서는 것이지 섬김과는 영 멀단 말이야…….'

그런데 왜 누가 꿇고, 올려다보는 것에 익숙해져야 하는 걸까. 솔직히 그녀가 상석에 앉을 일이 뭐가 있겠나. 그녀의 위로 황자만 일곱이 있을 것을.

어쨌거나 시키니까 하긴 하는데, 딱딱하게 굳는 것은 어찌할 수가 없었다. 그런데 왜인지 렉스가 감격해서 쳐다봤다.

"위엄이 넘치십니다. 황녀님!"

그가 경망스럽게 속삭이고서야 아실리는 아, 저들이 보는 것에 착각 렌즈가 끼었구나 생각했다.

저들 눈엔 굳어 있는 모습이 오히려 적응한 걸로 보였나 보다. 현재 그녀의 속은 아주 쭈구리가 되어서 설설 기는 기분이었다.

"의상 완성까지 얼마 남지 않았다고 합니다."

아실리는 레베카의 낯을 보며 끄덕였다. 레베카가 수도의 유명 의상 담당자들을 전부 끌어 모아 닦달해 만들었다던 예복은 플뢰온의 아낌없는 돈지랄에 힘입어 여느 것과는 다른 품질로 완성되었다.

'아니……, 옷만 퀄리티가 높으면 뭐 하냐고.'

입는 사람은 전혀 고려하지 않은 대우였다. 옷에게 미안해야 하는 거 아닌가.

"이틀 뒤부터는 기술자를 겸한 신관들과 함께 직접 나가서 맞춰 볼 예정입니다. 주인님."

리허설이었다.

"으응, 근데, 여기 모인 이유가 따로 있지 않다고 하지 않았어?"

그러자 신관들이 일사분란하게 움직였다. 그들이 내려놓은 건 작은 모형이었다. 광장과 무대를 세팅한 듯 모형은 매우 섬세했다.

'와……. 멋지다.'

작게 감탄하는 아실리를 보고서 신관 중 하나가 으쓱한 표정을 지었다.

"부, 부, 불카누스의 사제라면 이 정도 기본이지요!"

아실리가 생긋 웃었다. 다 큰 남자가 수줍어하는 모습이 퍽 귀여워서였다. 그러자 신관들이 앞다투어 이건 제가 만들었습니다! 하며 자랑을 늘어놓는 게 아닌가.

"푸핫, 다들 천천히 얘기해. 천천히."

그녀는 연예인 삼촌 부대를 보는 듯한 열기에 놀라 소리 내어 웃음을 터트리고 말았다.

'나이 먹은 아저씨들이 귀엽기도 참 힘든데. 진짜 귀엽네. 이 사람들.'

그러던 중 아실리는 뺨을 쿡쿡 찌르는 시선에 이끌리듯 고개를 돌렸다. 그리고 오묘한 표정으로 그녀를 바라보는 플뢰온과 마주쳤다.

"……왜? 할 말 있어?"

플뢰온이 잠깐 미간을 찌푸리더니 됐다며 고개를 저었다.

"그러고 보니 데인은 어디 갔어? 안 보이네."

"그놈은 바빠. 2황자 형님이 불렀다나."

"그래? 별일이네."

2황자는 데인과 같은 곳에서 일하지만 맡은 일이 전혀 달라 거의 보는 일이 없었다. 그래서 데인은 '형임에도 참 낯선 사람이다.' 이렇게 말한 적 있었다.

'제국에서 적잖이 위치를 차지한 그가 데인을 불렀다니.'

쉬이 지나갈 일이 아닌 듯했다. 물론 그녀가 생각해서 뭐가 나오는 것도 아니지만 말이다.

"신성한 무대에 걸맞은 장식이나 인원 구성, 대부분의 일이 아주 순조롭게 진행되고 있습니다. 이건 전부 불카누스의 열렬한 투자와 공작가의 아낌없는 정보……."

"됐고. 본론부터 말해."

플뢰온이 말을 끊었다.

"오빠, 좀 더 사근사근하게 말을 하는 게 어떨까. 오빠의 부관이라며."

그러자 기술자 대표로 설명을 이어 가다 말고 렉스가 감읍하다는 표정을 지었다. 그에 아실리는 생긋 웃었다. 인간관계든 비스니스든 곤란할 때는 웃는 게 최고다. 거기다 불카누스 신관들은 플뢰온에게 끌려온 열정 페이 피해자들 아닌가.

"황녀님을 위한 모든 것이 불편 없이 준비되어 가는데……."

"가는데?"

가만 보면 첫째 오라비에게는 상도덕이란 게 없다. 상식을 심어 줘야 하는 거 아닌가 싶다. 다른 말로 양심이라고 들어 보셨나 모르겠다.

"다만, 한 가지 큰 문제가 남아 있습니다."

"문제?"

아실리는 플뢰온을 흘끗 쳐다보다 말고 고개를 돌렸다.

"예."

렉스가 조금 곤란하다 싶은 목소리로 조심스럽게 꺼냈다.

"아벤타 공작가는 검의 신관들입니다. 그리고 불카누스는 대장장이고요. 무대의 부가적인 요소를 꾸미는 것은 가능합니다만, 무대 자체를 장식하는 신관은 줄곧 꽃의 신관과 눈과 바다의 신관, 그리고 강의 신관이었던지라……."

"화려함이 부족하다?"

"네. 그리고 신력도요."

요컨대 메인 요리가 턱없이 부족하다는 얘기였다.

"곤란하다 이거지?"

"네."

그녀의 할머니뻘 되는 황녀가 지금은 세상에서 없어진 불의 신관을 데려다가 세상 화려한 불꽃놀이로 하늘에 수를 놓았다고 들었다. 이와 같은 큰 한 방이 필요하다는 소리였다.

사실 메인 요리를 불의 신관이나 꽃의 신관, 눈과 바다의 신관처럼 강력한 신관들이 하는 이유가 있다. 바로 신물인 무대를 쓰기 위해서는 강력한 신관이 필요하기 때문이다.

"모든 장치의 신력을 맡아 줄 신관이 필요합니다."

이를테면 자동차의 엔진과 같은 역할이다. 강력한 신관이 많은 신력을 불어넣을수록 무대는 생동감 있고, 더 화려하게 피어난다.

"강력한 신관을 부리기 위해서는 그만한 배경이 필요하거나 그들을 부릴 만큼의 돈이 필요한데……."

문제는 이들 신관이 이미 돈으로 부릴 수 없을 정도로 풍족하다는 사실이다. 레베카와 플뢰온을 포함한 모든 이들이 고심하는 얼굴이었다. 하나 아실리는 그들의 고민이 무색해지게 이미 방법을 알고 있었다.

"저기."

그녀는 마음속으로 내키지 않았음에도, 입술은 착실히 준비된 말을 토해 냈다.

"메인이 되는 '동력 신관'이라면 걱정할 것 없어. 그건 내 오라버니가 해 줄 거야."

이상하게도 그녀는 말을 꺼내면서 차분해졌다.

"오라버니시라뇨? 두 분 황자님께서는 신관이 아니신 걸로 압니다만……."

본래 붕붕 뜨고 싶게 뜨고 가라앉는 성격은 아니긴 했지만 왜일까. 그녀 스스로 느끼기에 의아할 정도로 차분하고 침착했다.

아실리는 녹색의 잎이 겹쳐 그려진 비단 주머니를 올려놓았다.

"이건 뭡니까?"

"무슨 말씀입니까, 주인님."

"응응. 다들 진정해."

신관들과 플뢰온, 레베카까지 한데 섞인 목소리를 한길로 흘리며 그녀는 씨익 웃었다.

이 순간 아실리는 오래전, 보고서를 제출할 때 획기적인 생각을 해냈다는 고취감에 푹 빠졌던 신입 사원 시절이 생각났다. 그땐 참 뭐든 할 수 있을 것 같았지. 와장창 깨지는 데 단 일주일도 걸리지 않았지만.

어쨌거나 새로 시작하는 느낌이 몹시도 기분 좋게 느껴지는 건 사실이다.

'내가 언제부터 이런 상쾌한 기분을 반겼더라?'

아실리는 고개를 들었다.

"물론, 내가 말한 오라버니는 데인도 플뢰온도 아냐. 바로 4황자 아모르 오라버니시지."

"4황자님이요? 그 늘 편찮으신?"

"응. 어느 신전인지 밝힐 순 없지만 그분은 강력한 신관이셔. 렉스 말대도 그분이 몸이 편찮으시다는 얘긴 들어 봤을 거야. 그래서 직접 나서는 대신 내게 이걸 주셨고."

그녀는 아모르가 준 주머니를 흔들어 보였다.

"함께해 주기로 하셨어. 잘은 모르지만 신력이 담긴 물건이래."

"설마. 신력 전이 장치인가요?"

"응. 이걸 매개로 직접 동력 신관을 맡아 주시기로 했어. 좋지?"

동력 신관. 아모르는 기꺼이 가장 고되고 힘든 메인 요리를 맡아 주기로 했다.

신관들은 뜬금없는 황자의 등장과 그가 동력 신관이 된다는 말에 당황을 숨기지 못했지만, 그러면서 한마디 꺼내지도 못했다.

'신분이 깡패구나.'

갑자기 낙하산이랍시고 나타난 이가 황자였으니 더욱 그렇겠지. 그들 또한 달리 방법이 없다 느꼈는지 하나둘씩 수긍했다.

그러나 끝내 끄덕이지 못한 두 사람이 플뢰온과 레베카였다.

"안 됩니다."

"안 돼!"

아실리는 그 둘이 이렇게 나올 걸 예상 못 한 바는 아니어서 태연히 그들을 설득했다.

"저기, 나 4황자 오라버니가 아니면 맡을 사람이 없다 생각해. 그리고 참고로 거부하면 당일에 잠적해 버릴 거야."

"협박이냐?"

"농담이지. 아무튼 각오가 이렇다고."

언제부터 이렇게 간이 커졌을까. 폭군에게서 죽기 살기로 살아남았을 때부터인가? 아실리는 자신의 배를 쭉 갈라 보면 간이 퉁퉁 불어 있을 것 같다고 생각했다.

아실리는 그들에게 천천히 아모르와 만나게 된 계기부터 시작해 오랜 기간 이어 온 만남에 대해서 차분히 털어놓았다. 플뢰온은 어렵지 않게 일기장이 관계된 내용이란 걸 알아챈 것 같았다. 레베카만은 여전히 어처구니없다는 얼굴이었지만 결국 수긍했다.

"4황자 오라버니는 여태까지 내게 아주 많은 도움을 주셨어. 너무 너무 좋은 분이야."

부정할 수 없는 사실이다. 그녀에게 귀띔해 준 것부터 해서 지금 보고 있는 레베카 또한 그를 통해서 알게 되지 않았던가.

늘 불행에 시달린다는 비슷한 처지여서일까. 참 고마운 사람이었다.

'그래, 고마운 사람인데 왜일까……'

아실리는 고맙다는 말을 곱씹을수록 부족하다는 느낌이 들었다. 하긴 이런 생각할 때가 아니다. 그녀는 훌훌 털어 내면서 고개를 바로 세웠다.

"걱정하지 마. 전부 잘될 테니까!"

레베카와 플뢰온은 그녀를 오래 잡고 있으려고 했지만 각기 정말 바빴던 탓에 그들을 찾는 이들의 부름에 금방 돌아가야 했다.

하는 수 없이 둘은 재촉을 뒤로 미루고 돌아갔는데, 이들 중 플뢰온은 궁을 나서기 직전 돌연 아실리를 잡았다.

"너, 이상해."

아실리는 눈을 가득 채운 잿빛 머리와 한들거리는 머리카락 아래로 짙푸른 눈을 바라보면서 의아함이 들었다.

'이상해? 뭐가?'

플뢰온은 자신을 똑바로 마주하는 눈동자를 꽤 오랫동안 바라봤다.

고개를 비스듬히 기울인 여동생은 말이 없는 그가 이상한 듯 빤히 마주보면서 천천히 눈을 깜빡거렸다.

"뭐가 이상해?"

플뢰온은 그 스스로 생각하기에도 촉이 좋다거나 감이 좋은 편은 아니었다.

'아니, 데인이나 망할 기사 놈의 말을 듣자하면 느린 편이라고 했던가.'

제가 눈치 없다는 사실을 굳이 인정하고 싶진 않지만 일부는 수용하는 플뢰온이었다.

그런데 그런 자신이 묘한 위화감을 느끼고 있었다.

'이상해.'

며칠 전이었나. 사흘, 아니 나흘쯤 된 것 같다. 여동생이 묘하게 달라졌다고 알게 된 게.

젠장, 플뢰온이 욕을 뱉었다.

'이런 건 데인 그놈의 주특기지 난 잘 모른단 말이다.'

그나마 도움을 청하고자 한 곳이 저 무뚝뚝한 검사 새끼였건만. 저놈의 주둥이는 확실치 않으면 절대 입 밖에 꺼내지 않는 무거운 주둥아리인걸.

플뢰온이 머리를 거칠게 쓸어 올렸다. 확신이 없는데 마구 몰아붙일 수는 없으니까.

"플뢰온?"

무엇보다도 속없이 웃는 저 얼굴이 싫지 않았다.

"뭐야. 왜 말이 없어? 내가 너무 예뻐서 할 말을 잃었나."

기억하는 한 어딘가 건조하고 메마른 시선으로 허공을 보던 여동생이었다. 미소마저 겨울 가지처럼 처연하고 희미해졌다. 그래서 그는 이런 맑은 웃음을 참으로 오랜만에 보는 것 같다 생각했다. 그러니 굳이 초를 칠 필요는 없지 않을까.

"개소리."

"앗. 잠깐."

아실리가 뒷걸음질 쳤다.

"피해?"

플뢰온이 찡그렸다.

"뭐야. 그럴 땐 통보가 아니라 이유를 말해 줘야지. 4황자 오라버니 때문에 삐졌어?"

"삐지긴 누가!"

역시, 이런 건 제 특기가 아니다. 그는 데인의 자리가 절실해졌다.

* * *

며칠 뒤, 본궁. 중앙 궁에서 대단히 길고 화려한 행렬이 궁을 찾아왔다.

"고귀하신 8번째 가지, 황궁의 꽃을 뵙습니다."

레베카도 오라버니들도 신관들도 모두 수도의 무대를 실측하러 간 참이었다. 맞이한 것은 아실리와 하녀들뿐.

아실리는 눈이 멀 정도로 화려한 가마를 보며 순간 아무도 없어서 다행이라는 생각을 했다. 만일 이 자리에 레베카가 있었다면 무슨 생각을 했을까? 어쨌거나 그녀의 공식 파트로누스를 가로챈 것이나 마찬가지였는데.

이미 그녀가 모르리라고는 생각하지 않았다. 며칠간 도도한 낯이 묘해졌다가 일그러졌다가 혹은 안타까움에 물든다. 다채로운 표정이 그 증거였다.

<어째서입니까?>

글쎄. 모든 걸 털어놓았을 때 그녀가 어디까지 믿을 수 있을까.

너를 살리기 위한 방법이었다고 변명하고 싶지는 않았다. 고고한 사람이었으니, 동정과 연민을 모욕으로 받아들일 사람이었다.

그래서 네가 좋다고 하면 조금은 예쁘게 봐 주려나?

아실리는 고개를 기울였다. 아름답고 도도한 시녀님. 황녀보다 더 황녀 같은 우아함으로 무장하고 맡은 일에 주저하지 않으며, 언제나 당당한. 끝내 나를 따르기로 결정한 그녀에게 보답하고 싶었다.

만연한 봄이었다. 궁전 앞 아카시아 나무에는 흐드러지게 꽃이 만개해 꽃잎이 흩날렸다.

"모두 물러나게."

소녀는 가마에 앉은 그대로 봄의 눈이 내리는 광경을 그대로 바라보다가 양손을 잡은 그대로 배시시 웃어 버렸다.

'그래, 내 삶이 불행했던 게 하루 이틀 일이었나.'

굳이 자신과 레베카를 두고 쑥덕거릴 밖의 반응이 아니라도 생각할 것이 너무 많았다. 조금 있으면 찾아올 건국제나 지금쯤 그라니우스의 저택에 머무르고 있을 사막의 공주까지. 멈춰서 만끽하거나 즐길 시간도 없었다. 바짝 쫓는 불행과 일기장은 언제나처럼 소녀를 부추기고 있었다.

가마에 올라타 흔들거림에 차차 익숙해질 무렵이었을까, 화려한 꽃으로 장식된 가마가 꽃잎을 꼬리 삼아 살랑살랑 내려놓은 길 끝에서.

그가 기다리고 있었다.

"고귀하신 첫 번째 가지를 뵙습니다."

"다시 만났구나. 내 아실리."

카스토르였다.

"이리 오렴."

그는 기사 대신 아실리를 직접 안아서 내렸다.

"잘 지냈니?"

"……네."

떨어지지 않은 그대로 나른한 숨이 황홀한 목소리와 함께 귀를 적신다.

"널 기다렸단다. 쭉⋯⋯."

건국제 15일 전.

"⋯⋯영광입니다. 오라버니."

본격적인 무대 연습의 시작이었다.

* * *

처마에서 물이 떨어지고 있었다. 물길을 뚫는 용도로 만든 배관에서 나는 소리이리라.

바람이 불었다. 빛을 머금은 커튼은 찬연한 흰빛을 품었다. 바람이 들춘 커튼 뒤로 화가의 캔버스처럼 수채화를 그대로 옮겨 둔 것 같은 하늘이 드러났다

눈부시도록 찬란한 하늘이었다. 언제나와 같이 그의 마음에 들지 않는 그런 하늘.

'곧 아실리가 올 시간인가.'

카스토르는 가끔 시간이 멈춘 듯 모든 것이 느리게 느껴질 때가 있다. 창문에 등을 기대 나른히 숨을 토해 냈다.

오래전, 황제가 정성을 들였던 궁이 있다. 황제 자신이 기거하는 궁과 황태자 궁 솔레 헬리오스페라였다.

이곳은 방마다 계절의 신들을 상징하는 조각이 있다. 달마다 회전하며 돌아가는 홀의 천장은 불카누스 당대 최고의 기술자가 지었으며, 꽃의 신관, 향수를 다루는 롬의 조향사들의 합작품이다.

완공 당시 어린 황자에게 하사하기에 과분한 것이었다.

'쓸데없는 짓 아니던가.'

카스토르는 비웃었다.

벌떡 일어난 그가 걸었다.

"저, 전하."

"산책하지."

황궁, 도무스 아우레아가 있는 땅은 수천 년 전 텅 빈 황무지였다. 특히 중앙 궁이 있는 곳은 늪지대였다. 그러나 주신의 은혜로 땅이 뒤집히고 초대 황제는 천혜의 도시를 세웠다.

늪지대였던 탓에 본디 이 땅에는 깨끗한 물이 없었다. 주신은 늪 말고는 작은 연못조차 없는 이곳에 눈과 바다의 신으로 하여금 기적을 일으켜 거대한 인공 호수를 만들었다.

눈과 바다의 신은 범람하는 도시 세베테이아에 터를 잡았다. 서쪽의 호수와 동쪽의 언덕, 그리고 북쪽의 산. 모든 게 수천 년이 지난 지금도 신이 이 땅에 내린 기적의 상징으로서 이곳에 있었다. 신과 신관이 건재한 한 영원히 마를 날이 없을 것이다.

이처럼 산이 생겨나고 호수가 생겼다. 모든 것은 단 한 사람. 신이 지독하게 아끼던 한 사람을 위해서.

<아름다운 도시입니다. 그러나 단 하나 아쉬운 점이 있나이다.>

<그것이 무엇이더냐? 원하는 것을 말해 보라.>

<저의 후손까지 이 영광을 누릴 수 있나이까?>

초대 황제는 오만한 소원을 빌었다. 이를 들어준 신이 어리석게 느껴질 정도로.

<그대뿐 아니라 그대의 후손에게 주신의 힘을 내리겠다. 대대손손 이어지리.>

카스토르는 조소했다.

본디 기적이란 평생에 반복하지 않기에 기적인 것을. 황제는 기적을 이 땅에 묶어 두는 데 성공했다.

그러나 초대 황제는 예상하지 못했으리라. 인간의 것이 아닌 것을 탐낸 대가는 후손들이 치르리라고.

그것은 수천 년이 지나 재앙이 되었다.

쇠락해 가는 힘을 억지로 잡기 위해 어느 이의 희생이 당연한 시대.

모든 것은 초대 황제의 지나친 욕심으로부터 시작했다. 마침내 돌고 돌아 탐욕과 이기가 낳은 수많은 희생자를 만들었으며, 바야흐로 업보가 눈앞으로 다가왔다.

어느 때보다 혼돈의 신관 수가 많은 시대, 아이러니하게도 최약체 황제 밑에는 역대 최강 후계자라 불리는 카스토르가 있다.

"전하, 황녀께서 도착하셨습니다."

감흥 없던 눈이 천천히 이채를 띠었다.

'아실리 로제.'

카스토르는 저도 모르게 탁자를 치다 말고 손끝에서 느껴지는 이질적인 감각에 눈을 깔았다.

검지에 쭉 그어진 상처는 붉은 살이 도드라져 꼭 피를 흘리는 모양새기도 했다.

'……수첩이었나.'

오래지 않은 날 소녀가 가진 기묘한 책이 낸 상처이다. 카스토르의 금빛 눈동자가 기묘한 빛을 띤다.

"어, 어, 어찌하면 되겠습니까."

"들라 하여라."

카스토르는 바닥에 납작하게 엎드린 시종을 바라보았다.

"아니······. 내가 가지."

즐거워질 시간이다.

"오, 오라버니를 뵙습니다."

그는 천천히 눈앞의 소녀에게로 눈을 내리깔았다.

"그래."

소녀를 바라보자, 미소가 절로 피어 나왔다. 몇 년 만이더라. 정식으로 무대가 다시 시작되는 것이 말이다. 그는 지난 시간 내내 공석을 채웠던 성녀를 떠올렸다.

성녀는 오래전 검의 신관이었다. 지금이야 사정상 더는 힘을 쓰지 못하는 처지가 되었지만 한때 대단하던 이였다.

<쯧, 더는 성녀의 춤을 보고 싶지 않습니다. 그 형편없는 춤이라니.>

<본래 검사였던 자 아닙니까.>

그럼에도 그녀가 선보이는 검무는 화려함에 익숙한 제국민들의 눈에 차지 않았다. 그럴 만도 한 것이 성녀는 줄곧 2인무로 추는 춤을 홀로 추었다. 당연하게도 무대가 비어 보였다.

'올해는······, 제대로 된 춤을 볼 수 있는가.'

카스토르는 지난 시간을 꼬박 세어 보다가 이내 겹쳐 오는 다른 기억에 치여 전부 잊어버렸다.

올해가 몇 년이었던가. 그는 시간을 세어 보는 것과 그런 관념에 대해 희박했다.

"시작하지."

악공들의 연주가 시작되었다.

"······긴장했나?"

"아니. 아니에요!"

카스토르가 소녀의 허리를 잡아당겨 제 품에 넣고 손을 겹쳐 잡았다. 그러고는 곧 미미하게 찌푸렸다.

'얇다.'

여자의 허리는 마른 가지처럼 과장을 조금 더해서 한 줌에 잡혔다.

'아, 떨려.'

제국에 하나밖에 없다는 황녀, 아실리 로제가 파르르 몸을 떨었다. 떨림이 근육을 통해 선명히 전해진다. 카스토르가 물끄러미 내려다보다가 피식 웃었다.

그녀는 침을 꿀꺽 삼켰다. 그러고는 저를 내려다보는 얼굴과 마주했다.

"사실은 조금 긴장했어요……."

마치 제비꽃의 중심 부분처럼 말간 보랏빛 눈동자가 그의 금빛 눈동자로 담겼다. 카스토르는 뱅그르르 도는 소녀를 잡아당겼다.

'긴장할 만도 한가.'

가까이 다가온 그의 얼굴에 소녀가 놀라며 눈을 크게 깜빡거렸다.

"왜 그러지?"

"아, 아무것도 아니어요. 동안…… 잘, 지내셨나요?"

소녀는 조금 더듬었지만, 가녀린 목소리로 그리 말했다. 카스토르가 물끄러미 바라보며, 미소를 머금었다.

"빨리도 묻는구나. 내가 궁금한가?"

그는 흥미를 쫓았다. 즐겁다면 무엇이든 상관없었다. 그리고 지금 그의 손에서 어린 새처럼 파들파들 떠는 여자는 그의 가장 큰 흥밋거리였다.

그는 눈을 깔아 부드러이 미소했다. 이 눈이 절망으로 물들면 어떨까. 처음은 아니다. 오래전에 그는 이와 같은 생각을 한 적 있었다.

"아실리."

그가 말투를 고쳤다. 오래전 하베르미아의 달처럼.

"오늘따라 말이 없다 싶어 이상하던 참이었단다."

"네, 네?"

"언제나 나를 보며 재잘재잘 이야기하던 너였지 않나."

"……하하, 기, 긴장했나 봐요."

"그런가?"

"네. 어린아이처럼 잠을 설쳤지 뭐예요."

카스토르는 빠짐없이 기억했다.

＜저, 저는 죄를 짓지 않았어요!＞

그날의 표정, 몸짓, 눈짓, 당황에 흐려지는 시선도. 입술을 깨물었다가 단호하게 읊조리는 얼굴까지.

＜나를 위해 무엇이든 할 수 있다고?＞

＜……물론, 이에요.＞

모든 것을 포기한 사람처럼 짙게 가라앉은 눈동자는 아이러니하게도 무구함을 띠었다.

그렇기에, 그는 즐거이 미소를 담았다. 그를 또 어떻게 기쁘게 해 줄 것인가. 카스토르는 원하지 않아도 문제 속에서 어렵지 않게 답을 찾았다. 그가 가진 능력 때문이었다. 애석하게도 그를 몹시 지루하고 권태롭게 하는 능력이었다.

이 '흥미'를 놓치고 싶지 않다.

지금껏 몹시도 바빠, 옆에 두고도 볼 시간이 없어 아쉬웠던 차에 제

발로 그에게 들어왔다.

"전 지금 기뻐요."

"왜지?"

"그도 그럴 게……. 오라버니께서 제 파트로누스 신청을 받아 주실 거라고 생각하지 않았거든요."

"그런데?"

"받아 주시지 않아도 실망하지 말자. 그렇게 생각했는데 오라버니께서는 받아 주셨어요. 어찌 영광이 아닐 수가 있겠어요."

얇은 눈꺼풀이 눈동자를 덮었다가 다시 뜨인 눈은 보석 같은 보랏빛이었다.

"덕분에 제국에서 가장 귀한 분과 춤을 추게 된 걸요. 제 시녀와 함께 빠짐없이 자료를 찾아봤답니다."

그는 나비의 날갯짓 같은 여린 움직임을 빠짐없이 담았다. 자칫 잘못 쥐면 부러질 것만 같은 얇은 팔목에서부터 거미줄처럼 진득한 시선이 타고 올라가 흰 목덜미에 멈췄다.

"조사해 보니 어땠지?"

"으음. 「프리모 살바티오」는 두 사람이 각각 초대 황제와 주신이 되어서 꾸미는 무대예요."

조금 더 올라가면 희고 고운 뺨과 뺨에는 어울리지 않은 크고 하얀 습포가 보인다. 깜빡임마다 눈꺼풀에 나비가 내려앉은 듯 가녀렸다.

"그리고 둘의 관계는 각각 황녀들의 다양한 해석 속에 재해석되고요. 이를테면, 전대 황녀님은 초대 황제와 주신의 관계를 '친구' 사이로 해석해서 무대를 꾸몄어요. 당시의 약혼자였던 부군과 몹시 화려한 무대였다고 들었어요."

아실리가 지저귀는 새처럼 재잘재잘 떠들었다.

"이전에는 군신, 그리고 다음은 다시 친구……."

"보편적인 이름은 사랑이지."

순간이지만 아실리의 표정이 딱딱하게 굳었다.

"네. 그렇죠. 사랑……. 가장 많이 해석된 것은 사랑이에요."

그녀는 간신히 미소 지었다.

'아. 토할 것 같아.'

아실리는 하베르미아의 달처럼 밝았다. 환히 미소하며 모두가 무서워하는 광기의 황자를 상대했고, 그것은 이 광경을 바라보는 시종과 몇몇 춤과 관련한 많은 이들을 놀라게 했다.

물론 그녀의 속은 아무도 몰랐다.

"와, 대단해요. 오라버니는 춤도 잘 추시는군요! 역시 오라버니여요!"

"그래."

그가 황홀할 정도로 아름다운 미소를 피워 내며 소녀를 끌어당겼다. 다시 가까워지는 구간이었다.

카스토르는 아실리에게 왜 자신을 파트로누스를 택했냐고 물을 수 있다. 내정된 아벤타 공녀를 밀어내고 황태자를 차지했다는, 밖에서 도는 소문을 알고 있느냐고 물을 수도 있다.

그리고 굳이 묻지 않아도 알고자 하면 알 수 있었다. 그에게는 「주신의 힘」이 있었으니까.

'어떡할까.'

흐르는 피에 광기가 스몄다던가. 피를 부르는 자라 불리는 그는 사실 세상에 알려진 것과 다르게 욕심과 거리가 멀었다. 오히려 게으른 오만에 사로잡힌 남자인지라. 딱히 가지고 싶은 것도 없었고, 소유하겠다 마음먹은 것도 없었다.

아주 오랜 시간을 그리 살았다.

그런데. 눈에 띄어 버린 것이 있었다. 가지고 싶은 것이 생겼다. 눈에 들었으니 어찌 가지지 않을 수가 있겠는가.

<황녀님이 안타깝습니다.>

그라니우스는 소녀가 불쌍하다 말했다. 어찌 그러시느냐고. 놓아달라 말했다. 글쎄, 카스토르는 품에 갇힌 여자를 내려다보며 고개를 숙였다.

"아실리."

카스토르가 웃었다. 눈에 띈 네 탓이다.

주신과 초대 황제를 빗댄 춤의 마지막은 아주 가까이서 마무리된다. 이는 제국의 안녕을 약속한 신과 황제의 결합을 상징했다.

"알고 있나?"

"……무……, 엇을요?"

한순간이지만 무구한 얼굴이 찡그려졌다. 퍼지는 순간, 언제 그랬냐는 듯 미소만이 소녀의 얼굴에 자리했다.

그것이 그에게 쾌락을 가져다주었다.

"무대에 대해서 듣고 조사했다면."

아주 오래전, 소녀를 만났을 때 그의 감이 말했다. 소녀에게는 그녀가 의미가 될 수밖에 없는 특별함이 있다고. 손쓸 수 없을 정도로 권태와 태만에 찌들어 버린 그에 눈에 띌 정도로 특별함이.

소녀는 지난 시간 내내 쭉 이어지며 그에게 끊임없는 흥미를 느끼게 했다.

이는 비단 배꽃같이 하얀 낯으로 순진하고 무구히 백치처럼 굴어서
만은 아니었다.

그의 능력은 사람을 매혹시키고, 진실을 보는 힘. 힘은 때론 재앙이
다 싶을 정도로 그에게 많은 것을 부여했다. 그는 자꾸만 드는 묘한
느낌을 더듬어 보다가 문득 충동적인 생각이 들었다.

"황녀는 파트로누스와 혼인했다고도 들어 봤겠구나."

그녀가 이전과는 다르다.

카스토르는 얇게 저미듯 그의 감각을 파고드는 경고를 무시했다.
오랜 시간 그를 이끌어온 본능에 따르면, 그쪽이 더 그를 재밌게 할
것이다.

모든 건.

그의 손 안에서 일어날 테니까.

* * *

아실리는 오래전 기억을 떠올렸다. 환생 전 기억이었다. 사내 엠티
랍시고 소백산 등정을 간 적 있었는데 그녀로 말할 것 같으면 뒷산도
오른 적 없는 허약한 체력의 대표자였고, 전문가 코스는 지옥의 맛이
었다.

땀에 눈이 가리고 여기가 꿈인가 현실인가 어지러울 쯤에 그만 삐끗
하고 코스 옆으로 굴렀다. 다치지는 않았다. 다만, 맨 뒤에서 갑자기
사라진 자신을 아무도 알아채지 못했다. 그대로 밤까지 남겨진 것이
충격이었다.

코스 옆에 넘어져 작은 풀 사이에서 끙끙대고 있는데 옆에서 들려

오는 건 동료와 상사의 왁자지껄한 목소리. 껄껄하는 웃음소리가 멀어지고 스스로가 죽은 것처럼 홀로 동떨어진 충격에서 빠져나오질 못했다.

일어나서 몇 걸음만 가면 동료가 있는데 자신만 홀로 세상에 남은 것 같은 상실과 유리된 감각이 어찌나 낯설고 소름 돋던지.

지금이 그러했다.

분명, 이 넓디넓은 홀에는 수많은 이가 있었다. 그리고 춤에 대한 조언을 아끼지 않았던 신관 귀족과 악단까지 있다.

'어째서?'

분명 적지 않은 사람이 있는데 커다란 함정에 빠진 채 동그란 하늘을 올려다보는 기분이다.

"하아. 하아……."

"힘들어 보이는구나."

"괜찮, 아요."

몇 번을 반복해서 췄는지 등이 땀으로 흠뻑 젖었다.

'힘들어. 몸도 힘들고 정신은…… 더 지치고.'

여기 오자마자 춤 선생에게 혹독하게 배웠다. 그나마 레베카에게 배웠고, 강렬하고 격렬하게 움직이는 춤 덕분에 카스토르와 말을 나눌 틈이 그리 많지 않은 것이 장점이었다.

묻는 말에만 그저 웃으며 답하고 헉헉 턱까지 올라온 숨을 간신히 삼켰다. 첫날의 기억이 다시금 떠올랐다.

<황녀는 파트로누스와 혼인했다고도 들어 봤겠구나.>

'……담아 두지 말자. 폭군이 하는 말이야.'

황족인 이상 결혼이 '너, 나랑 해.' 가볍게 던질 말이 아니었다. 특히 제국의 하나뿐인 후계자가 꺼낼 말은 더더욱.

그의 말처럼, 황녀들은 대체로 파트로누스와 혼인하거나 이미 약혼자였던 이와 춤을 췄다. 하지만 모든 이가 그런 것은 아니었고 그녀처럼 핏줄과 함께한 자가 없지는 않았다.

물론 이들은 제국의 미의 기준에서 동떨어졌다거나 치명적인 결함이 있었다거나 하는 가슴 아픈 이유가 있었지만 일단 지금은 잠시 떼어 놓고 생각해야 했다.

아실리는 눈을 감았다가 뜨며 카스토르를 바라봤다. 지금 홀은 경계를 반으로 나눠 상관없는 자들이 이쪽을 보고 있다. 자신에게 꽂힌 수많은 시선 속에서 어항 속 열대어가 된 기분이었다.

"구경은, 다 했나?"

그녀는 얼른 멍한 표정을 수습했다.

"아. 네! 오, 오라버니는 춤마저 잘 추시네요."

남자의 손을 슬그머니 놓은 그대로 뒷걸음질로 물러났다.

"멋있어요. 어찌 저를 번쩍번쩍 드시나요? 깜짝 놀랐답니다."

그녀는 해사한 미소를 피워 냈다. 뻔뻔하게 웃어넘긴 그녀가 창문을 바라봤다.

"어머, 해가 지네요. 언제 시간이 이렇게 흘렀을까요?"

시간은 훌쩍 지나 석양이 저물 무렵이었다.

"돌아가고 싶은가?"

오싹 정도를 알 수 없는 소름이 돋았다. 온도가 다른 시선이 허공에서 마주했다.

"……그럴 리가요. 오라버니와 함께하는 것이 즐거워서 시간이 이렇게나 흐른 줄도 몰랐다는 이야기였어요."

왜일까. 책 속 폭군의 시선은 진득하여 그녀는 달아나고 싶은 충동을 느꼈다.

"그런가? 어쨌거나 시간이 꽤 지난 건 맞구나."

이상하다. 본래도 이랬던가? 낯선 기시감이 머리칼을 쭉 잡아당기는 것 같은 기분이었다. 뭘까, 이 불쾌한 기분은?

"여기까지 하지."

천천히 눈을 떼어 낸 것은 카스토르 쪽이었다. 그는 습관인 듯 왼손으로 머리를 천천히 쓸어 올리며 천천히 입술을 끌어 올렸다.

"고…… 생하셨습니다."

"다음에 또 보지."

그는 교본 속 예의바른 신사처럼 허리를 숙인 채 입술을 가져다 댄 그대로 바라보다가 떨어졌다. 오싹한 온기를 두고 멀어지는 거리였다. 그가 입술을 떼어 낼 때까지 꼼짝없이 그 유려한 얼굴을 바라보며, 아실리는 파르르 눈을 잘게 떨었다.

아주 길게 느껴졌지만, 실제로는 짧았던 시간이 지나간 뒤였다.

'이상해. 그저 인사뿐인데 왜 손이 이렇게 떨리는 건지 모르겠어.'

손을 겹쳐 꾹 눌러 잡고는 고개를 숙인다.

'한나 때문인가…….'

미세하게 떨리는 손이나 바싹 타는 입술이나 전부 몸이 먼저 기억하고 먼저 반응한 것같이. 의아할 정도로 떨렸다.

그는 피를 보는데 사람 가리지 않는 폭군이지만 적어도 그녀가 본 그와 책 속 '그'는 냉철한 동시에 광기가 공존하는 사람이었다.

'지금은 날 죽이지 않을 거야.'

황태자인 그가 건국제를 앞두고 애꿎은 황녀를 죽일 이유가 없다.

아무리 광기라는 무시 못 할 요소가 있다지만, 제국민 대부분을 적으로 돌리지 않을 게 아니라면 말이다. 적어도 당장 자신은 무사하다. 아실리는 그렇게 판단했다.

"아실리. 최근 몇 년간 내일을 기대한 적이 없거늘."

죽이러 찾아왔던 하루가 자꾸만 앞을 가렸지만 애써 지워 내며 고개를 들었다.

"이젠 그렇지 않게 되었구나."

"아······."

"가 보렴."

대꾸하려는 순간 홀의 커다란 문이 열리며 어떤 남자가 들어왔다.

"전하."

왕국식 정복을 입고 하얀 머리칼을 전부 넘겨 올린 헤르난이었다.

"황제께서 기다리고 계십니다."

군더더기 없이 인사를 올린 헤르난데즈가 고했다.

"아, 오늘이 그날인가."

"네."

이상하게도 눈이 부실 정도로 흰 머리칼의 그가 말하는 순간, 아실리는 그와 눈이 마주친 기분이 들었다.

"고귀하신 8번째 가지를 뵙습니다."

"아, 네."

그가 낯설 이유는 없었다. 얼마 전 수도 밖에서 그런 일이 있지 않았던가.

그런데 왜일까. 그 일이 아주 오래진에 있었던 것처럼 아득했다.

'윽. 머리가······.'

아니, 공작과 함께했던 기억이 무채색처럼 흐릿해지는데 몸에 힘이 하나도 없는 듯 무력했고 기억하고 싶은 마음이 들지 않았다.

스스로 생각하기에도 의아한 반응이었으나 이는 몸 안에 도는 약효로 그저 본능적으로 잊었다. 당장 그녀에게 우선시되는 것은 기억하고자 하는 의지보다도 약의 효과였다.

이후, 연습 시간은 길지 않았다.

아실리의 파트로누스, 황제를 대신해 정무를 보는 황태자는 제국에서 가장 바쁜 사람 중에 하나였다. 이 때문에 연습에 낼 수 있는 시간은 드물었다.

"아주 훌륭하십니다."

이를 두고 소녀를 비롯한 담당 귀족 대부분이 염려했으나 기우였다. 파트로누스에게는 혀를 내두를 정도로 뛰어난 감각과 운동 능력이 있었다.

'춤이란 게 검이나 검 실력과 관련 있던가?'

레이 경을 보면 딱히 그런 것도 아니라고 생각했는데, 카스토르를 보면 또 맞는 말 같다.

"실력이 많이 늘었구나."

오늘도 허리를 잡고 있던 팔은 몹시도 단단했다. 도무지 떨어지지 않을 것처럼.

"감사합니다."

나른히 접히는 눈이 소름 돋도록 황홀하게 느껴졌다.

'부드러워? 폭군이?'

순간 거미줄에 묶인 듯 찝찝한 느낌이 손끝까지 따라붙었다.

'내가 미친 건가.'

그녀는 이유 모를 혼란에 사로잡혔다. 그래도 금세 갈무리하며 무구하고 순진하게 웃었다.

"소녀 또한 영광이어요."

방긋, 미소 지으며.

'오늘로 3일째.'

어서 이 순간이 끝나기를. 어쩐 일인지 폭군은 너무 조용하기만 했다. 당장이라도 죽일 것처럼 굴었던 긴장감과 내가 네게 무슨 의미냐 묻던 나른히 소용돌이치던 광기도. 어느 것도 보이지 않는다.

평온하기에 도리어 불안했다.

오늘도 춤이 끝나고 헤르난이 찾아왔다.

"폐하께서 또 나를 찾는다고? 뭐. 좋아."

카스토르는 그녀를 오래 잡고 있지 않았다.

"헤르난, 아실리를 데려다주도록 해."

"……네."

인사를 나눈 뒤로 그는 헐렁한 차림 그대로 먼저 홀을 나서고, 헤르난데즈는 그녀를 밖으로 인도했다.

"데려다주지 않아도 괜찮아요."

"아닙니다. 명에 따르게 해 주세요."

순간 그녀는 헤르난데즈의 친근한 어조에 멈칫했다. 잠시 의아했지만 별말 없이 그의 뒤를 따랐다.

어쩐지 땀에 흠뻑 젖은 채 걷는 자신이 좀 채신머리없지 않나 하는 생각을 했지만 그녀는 숄을 추어올리며 그러려니 했다.

'이미 체면 차리기엔 늦은 것 같고.'

긴 회랑 복도를 지나 저 멀리 정문이 보일 쯤, 헤르난데즈가 기둥 앞에 멈춰서 그녀 쪽을 돌아봤다.

"괜찮으신지요."

"네?"

아실리는 멀리 보이는 거대한 문을 바라보다 말고 고개를 위로 쭉 올렸다. 어찌 된 게 제국의 남자들은 하나같이 큰 키를 자랑하는지라 그녀는 늘 이렇게 목을 빼고 올려다봐야 했다.

"무엇이요? 주어를 빼놓았어요."

아실리는 잠깐, 경청과 반어 중 고민했다가 보는 눈이 많은 중앙 궁이라 싶어 전자를 택했다. 그러고 보니 이 잘생긴 공작님도 참으로 오랜만에 보는 얼굴이었다.

"지금 이…… 상황이……, 괜찮으신지 여쭸습니다."

"이 상황?"

"카스토르와 춤을 추는 것 말입니다."

낮과 밤 사이 해가 저무는 시간 속 흰머리에 석양 조각이 부딪쳐 산산이 부서졌다.

"당신은……, 황태자 전하를 싫어하지 않으셨습니까."

그는 이곳이 황태자 궁임을 의식했는지 카스토르 이름을 언급한 부분에서 극히 목소리를 낮췄다. 간신히 알아들은 아실리는 어느새 헤르난데즈에게 바짝 붙어 있었다. 어떻게든 들어 보고자 슬금슬금 걷다가 붙어 버린 것이다.

"……싫어해."

아실리는 생각해 보는 듯 고개를 갸웃 기울였다.

'틀린 말은 아닌데…….'

다시 고개를 들었다.

"그러네요."

문득 하늘빛 눈동자와 시선이 마주쳤다. 화들짝 놀란 남자를 의아하다는 듯이 바라봤다.

"왜 그래요?"

헤르난이 얼굴을 돌린 채 손을 비스듬히 내저었다.

"아, 아무것도 아닙니다. 못 본 걸로 하십시오."

아실리는 헤르난데즈가 멀어진 두 걸음에서 한 걸음만 좁혔다.

"아니, 다가오지……."

"안 들려요."

"그, 아직, 너무 가까워지면……."

"가까워지면요?"

웅얼거리며 하는 말을 듣기 위해선 거리를 좁힐 필요가 있었다. 그러나 새하얀 머리칼의 공작님은 좁힌 거리가 무색하게 물러난다. 도저히 가까워질 생각이 없는 것처럼 보였다. 그래도 결국 아실리가 이겼다. 그녀는 한 걸음 비워 둔 채로 남자를 바라보았다.

"왜 그러는 거예요?"

"으읏, 황녀님."

아실리가 볼 수 있었던 건 얼굴을 가린 손이 전부였다.

"거기, 거기서 들어 주세요……."

그때에야 하얀 머리칼 사이로 유독 도드라진 잔뜩 붉어진 귀를 발견했다. 그는 머리칼로 피부도 하얬기 때문에 빨간 귀가 더욱 눈에 띄었다.

'……더한 일도 해 놓고서.'

참으로 이상한 일이었다. 이 사람과 그녀는, 그녀가 '안'이라는 모습일 때 위기 속에서 더한 일도 하지 않았던가. 아실리는 일부러 흰 얼굴에 무구한 표정을 띠며 고개를 비스듬히 기울였다.

'이상한 사람이야.'

그냥 물러날까 싶었지만, 그러지 못한 건 조금 전부터 빨개진 얼굴의 이 남자가 자신에게 무척 하고 싶은 말이 있는 것처럼 보였기 때문에…….

이때 어렴풋한 것이 머릿속을 스치고 지나갔다. 아주 오래전에 그녀는 그를 미워했지 않았나?

'왜 미워했지?'

그때 자신은 그를 미워했던가? 왜?

이유 없는 거북한 느낌은 무엇인가. 이유는 뭘까 생각했지만, 기억에 공백을 가진 채로는 무엇도 생각해 낼 수 없었다.

'……머리가 아파.'

아니, 생각할수록 머리가 지끈거리며 아득해지는 기분이었다.

"공작, 더 할 말이 없으면 가 보고 싶은데요. 지금 나 꽤 춥거든요."

폭군의 거처에서 넋을 빼놓고 있을 순 없다.

"……그, ……예. 모시겠습니다."

그는 할 말이 무척이나 많은 얼굴이었으나 참기로 한 듯 보였다. 아실리는 어느 쪽이든 상관없지만, 꽤 궁금하긴 했다.

'피부가 희어서 더욱 눈에 띄는지도 모르겠다.'

걷다가 줄곧 졸졸졸, 소리가 들렸다. 시내였다. 헤르난데즈가 고개를 돌리느라 보지 못한 잠깐 사이 그녀는 쪼르르 달려간다. 맑은 물에 손수건을 적셔 그에게 내밀었다.

"이건 뭡니까?"

"보면 몰라요?"

아실리가 받지 않느냐는 듯 손을 살짝 흔들자 그제야 묘한 신음을 흘린 그가 손수건을 받았다.

"식혀요. 누가 보면 나랑 연애하는 줄 알겠다."

손수건을 받아 든 헤르난은 잠시 멈칫했다. 이대로 나가면 둘 다 곤란해진다. 지금 헤르난은 그 정도로 발갰다.

"돌려주지 않아도 괜찮아요."

다시 한참을 걸어 정문과 닿은 계단에 도착했다. 새하얗고 깨끗한 수십 개의 계단이 눈앞에 있다. 소녀는 고개를 돌려 계단 아래로 펼쳐진 풍경을 한 눈에 담았다.

"와……."

만연한 봄이었다. 궁전 앞 아카시아 나무에는 흐드러지게 꽃이 만개해 꽃잎이 흩날렸다.

"꽃이 피었네."

"늦봄이니까요."

"그러게. 봄이네요."

그렇게 말했지만 헤르난은 아실리에게 시선을 고정했다.

나긋한 몸짓, 자태, 눈 깜빡임, 입술의 움직임……. 시선을 쭉 따라가다가, 눈을 깜빡이는 아실리 위로 새까만 머리칼을 가진 안이란 여자의 모습이 겹쳤다. 눈을 뜨면 다시 사라진다.

"너무 예쁘다."

아실리가 저도 모르게 중얼거렸다.

찬연한 봄이었다. 봄의 눈이 내리는 광경을 그대로 바라보던 그녀가 꽃잎을 잡은 손 그대로 배시시 웃어 버렸다.

<너무 아름다워서 눈물이 날 것 같아요.>

그에게는 아무것도 아닌 무지개를 보고서 마치 울 것처럼 웃었던 여자를 떠올리게 했다.

'안.'

눈앞의 소녀는 그때와는 전혀 다른 얼굴로 웃고 있었다.

'정말, 이전과 같은 사람인가?'

헤르난은 얼굴을 가리는 대신 낯을 한껏 찡그렸다.

그로서는 처음 보는, 아니 아마도 먼 과거에 한번은 먼발치에서만 보았던 미소였다. 그녀는 하얗게 피어난 배꽃 같았다.

"기억하시나요?"

"네?"

"황녀님께서 '안'의 모습으로 저를 만났을 때. 당신은 지금과는 다른 얼굴로 미소했습니다."

그의 가슴 속에서 난폭한 바람이 소용돌이쳤다.

"아……. 기억해요. 당신이 날 구했죠?"

미소한 소녀가 덧붙였다.

"……."

그는 한 번도 자신이 이런 미소를 볼 수 있으리라고 기대하지 않았다.

"왜, 듬성듬성한지 모르겠지만 음. 그랬던 것 같아."

"……듬성듬성?"

"아. 아니에요."

옅은 금색 머리칼이 바람에 구불구불 흩어져 깃발처럼 나부끼고 있었다. 어쩐지 그날의 일이 꼭 10년도 전의 앨범을 뒤적이는 것처럼 멀게 느껴졌기에. 소녀는 시선을 깔며 의미 없이 바닥을 응시하다가 조용히 고개를 숙였다.

살랑거리며 머리칼을 넘겨주는 봄바람. 따뜻했다. 봄이 다가오는 풍경 속에서 잠시 꽃잎이 내려앉는 것을 멀거니 바라봤다.

'이유 없이 아쉽고 상쾌한 기분을 무어라 해야 할지 모르겠다.'

좋긴 한편 웃을 수만은 없는 기분처럼 느껴졌다. 그렇게 자꾸만 따라 오는 묘한 찝찝함을 털어내면서 소녀는 푸스스 웃었다.

'별거 아니겠지.'

굳이 이 찝찝함이 아니더라도 생각할 것이 너무 많았다. 조금 있으면 찾아올 건국제나 각국의 사신들. 루스벨라의 나라에서 오는 사신들도 있을 것이다. 사막의 공주를 다시 볼 날도 다가오고 있다.

일기장은 여전히 소녀를 옭아매고 있었으니까. 기억을 잃은 그녀에겐 봄을 즐길 새도 없이 불행이 다가오고 있었다.

"당신은 저를 싫어하지 않으셨습니까?"

아실리는 멀리 떨어지는 꽃을 바라보느라 멍했던 초점을 찾지 못한 눈으로 그를 바라봤다.

'왜, 절박하게 보일까.'

남자의 낯이 벼랑 끝에 몰린 사람처럼 몹시도 절박해서 자신도 모 르게 생각했다. 그는 자신을 죽이러 왔던 카스토르의 옆에 있었지만, 그것만으론 미움의 이유가 될 수 없다.

어쨌거나 그는 무너지는 잔해 속에서 자신을 구해 줬던 사람 아닌가.

'헤르난을 왜 미워했지?'

그때 자신이 왜 그를 치를 떨며 거부했더라……. 생각하려 하면 다시 시야가 아득해졌다.

그녀는 무의식중에 죽음과 관계된 모든 것을 배제했다. 따라서 헤르난에 대한 증오를 잊었다. 아울러 떠올리려 할수록 혼탁해졌다.

너덜너덜한 기억을 주워 담아 억지로 기워 만든 것이 현재의 소녀였다.

'싫어했나? 싫어하는 쪽보다는……'

관계란 천칭 같아서 반대쪽에 올려 둘 사유가 필요했다. 이유 없는 감정이란 없다.

"내가 왜 공작을 싫어해요?"

"네?"

데인을 좋아하듯, 플뢰온과 레이, 한나를 좋아하듯 헤르난데즈를 좋아하지는 않는다. 그러나 딱 평범한 기준. 보통 사람이 사람을 대하는 평균적인 기준은 부합했다. 아니 살려 줬으니 조금 더 긍정적인 쪽.

"나는 공작을 싫어하지 않아요."

소녀가 부드럽게 미소하며 꽃잎을 후 불어 날리고는 고개를 들어 흔들리는 푸른 눈동자를 응시했다.

"헤르난."

그녀는 꽤 사랑스러운 낯으로 빙그레 웃더니 사근사근 목소리로 낭랑히 재깔였다.

석양을 반사한 눈동자 속에 해가 지고 있었다.

"하, 한 번 더."

"네?"

"한 번만 더 불러 주시겠습니까?"

그는 숨이 막힌 사람처럼 부탁했다.

"아……"

부드러운 천처럼 흘러내린 빛이 청년의 머리칼에 내려앉았다.

"그만 가요."

교차하는 시선 속 유화 같은 풍경과 봄바람이 한들한들 머리칼을 스쳤다. 그녀가 빙그르르 돌아섰다.

"헤르난."

봄바람 속 소녀의 미소는 아마도, 헤르난이 평생 보지 못할 것이라 생각했던 얼굴이었다.

* * *

다음 날, 카스토르가 정무로 바빠 연습이 미뤄졌다.

아실리는 빈 시간을 대신해 4황자 궁을 찾았다. 봄이라 그런지 새하얀 외벽 위로 넝쿨과 식물들이 잔뜩 얽히고 엉킨 궁은 장관이었다.

"여기도 꽃이네."

넝쿨 곳곳에 작고 귀여운 노란 꽃이 피었다. 무더운 날이 찾아올 때쯤, 무성한 잎으로 휩싸이리라.

그녀는 방 안으로 들어갔다.

"……왜, 정문으로 들어와?"

예쁜 회녹색 눈으로 자신을 아니꼬운 듯 훑던 아모르가 툭 내던졌다. 그 말에 아실리는 저도 모르게 문을 바라봤다.

"……그러게요?"

의문이 들었다. 왜 자신이 평소처럼 뒷문을 이용하지 않고 굳이 정문으로 왔더라?

"이상하네. 잊어버렸나 봐요."

"······."

여전히 창백할 정도로 하얀 낯이었다. 그녀는 섬세한 낯에 잡힌 주름을 하나하나 펴 주고 싶어졌다. 하긴 아모르 입장에서 좀 바보 같아 보였으려나? 하는 생각이 들기도 했다.

"렉스, 아니 불카누스 신관들이 가져다주라는 것이 있어서 찾아왔어요."

용건은 동력 신관이었다. 방문 이유가 이유이다 보니 이런 식의 정식 방문도 그리 나쁘지만은 않았다.

"이리 가져와."

보통, 아모르와 불카누스 신관들은 통신 구슬로 이야기를 주고받았다.

"······그리고 찾아온 이유를, 일일이 대지 않아도 돼."

아모르가 자신이 내민 양피지를 받으며 재깔였다.

"언제부터 그런 걸 신경 썼어?"

"최소한의 예의죠. 예의."

"······예의?"

청량한 미성이 송충이 털처럼 까슬까슬함을 가득 담아 반박했다.

"그렇죠."

"우리가 언제부터 예의를 차렸지?"

아실리는 그저 차분하고 난감히 웃을 뿐이었다. 저만하면 정말 잘생긴 얼굴인데 늘 찌푸리고 있으니 조금 아쉽다 생각하면서.

"······그런 거. 차릴 필요 없어."

아실리가 꺾인 목소리에 움찔 떨었다.

'또 저 얼굴.'

자신의 말 어디가 그의 심기를 거슬렀는지 모르겠지만, 그는 기분이 몹시 좋지 않아 보였다.

'아니 기분이 좋지 않다기보다……'

요즘 그의 낯은 처연하거나 무언가 딱히 꼬집을 수 없는 것들이 담겨 있다.

"얼굴색이 좋지 않은데……. 아파요?"

그러자 아모르는 고개를 숙여 피식 웃었다.

"언제는 정상이었나?"

자조적인 중얼거림조차 평소와 다를 것이 없는 듯한데. 왜일까. 그의 옅은 색의 조합엔 미소가 더 어울리는데 말이다.

방을 쭉 훑던 소녀가 정면으로 돌아와 눈앞의 그를 담았다. 섬세하게 깜빡이는 눈썹과 바람에 깃털처럼 보드랍게 한들거리는 머리칼.

당장 스쳐 가는 건 『루스벨라의 빛』에서 그의 머리칼을 하늘빛 새의 깃털로 표현했던 부분이었다.

제국 북쪽에는 그곳에만 사는 은빛 새가 있다. 털이 몹시 고와 생존을 위협받고 아울러 몹시도 예민해 환경이 조금만 변해도 죽었다. 현재는 멸종되다시피 한 희귀한 새였다.

병을 앓는 남주의 약을 찾기 위한 여정에서 이 새를 발견하고, 가까스로 목숨을 건진 루스벨라가 아모르를 떠올리는 장면이 있었다.

그의 헌신과 사랑은 결국 그가 죽은 뒤에도 사랑하는 여자의 순간밖에 차지하지 못하는 가엾은 짝사랑이었다.

"오라버니는 사랑을 해 보신 적 있나요?"

다분히 충동적인 질문이었다. 솔직히 말해 지난 시간 내내 이것이 궁금하지 않았던 것은 아니나 묻기가 좀 그랬다.

그와 그녀는 언제나 거리를 두거나 다른 일로 바빠서.

'어, 바빴다고? 무엇 때문에?'

또다시 아득한 시야. 혼탁한 덩어리가 눈앞에 일렁이는 듯싶다가 언제 그랬냐는 듯 깨끗해졌다. 그녀는 청명한 두 눈동자를 발견했다.

"……그걸 묻는 이유가 뭐지?"

"아……. 무대에 참고할까 해서요."

"무대?"

"창조신과 초대 황제는 다들 그렇게 해석하곤 하잖아요."

"사랑."

"네."

물론 아실리에게 폭군과 그렇고 그런 로맨스를 흉내 낼 생각은 추호도 없지만.

세상일이 항상 원하는 대로만 돌아가지는 않는 법이다. 제 손에 들린 일기장처럼. 그녀 인생에 위해서 들어온 불행은 없다.

"대답하기 전에…… 이리 와. 왜 그리 멀리 있지?"

"아, 뭐. 평소와 다르지 않은데요?"

말과는 다르게 그와 그녀의 사이에는 기묘한 거리가 있었다.

왜인지 아실리는 이 거리를 좁히고 싶다는 생각이 들지 않았다. 그래서 살갑게 말을 붙이며 말을 돌렸었는데. 그러나 집요히 바라보는 시선에 못 이겨 그의 앞에 털썩 주저앉았다.

"이런 말한다고 해서 기분 나빠하지 말아요?"

"뭔데."

"나 오라버니가 조금 멀게 느껴져요."

"……."

"아니, 왜 그런지 모르겠는데……. 그냥 갑자기 시간이 뻥 비어 버린 느낌이에요. 간식을 먹으려고 나왔다가 이유를 잃어서 어색해진 느낌이라고 해야 하나."

매리지 블루라고 결혼 전에 온갖 우울한 생각에 사로잡히는 것처럼 자신도 그런 걸지 모른다.

"음, 무대 준비로 예민한지도 모르고……."

유독 가까운 사람이었던 것 같은데 그가 이토록 멀고 어색하게 느껴지니, 그녀도 마음이 아팠다.

"아픈가?"

"네?"

"아니, 아니, 아니요."

아니. 그가 보여 주는 이런 친근한 접촉들이 너무 어색한 탓일 거다. 왜일까. 기억 속의 그는 이렇게 살갑지 않았다.

기억을 잃은 아실리에게 이런 아모르의 모습은 몹시도 낯설었다.

'기분이 이상해. 왜.'

기억을 잃은 그녀의 감각은 오래전 죽음을 겪기 전으로 돌아가 있었기 때문에 아모르가 간간이 보이는 미소와 자연스러운 스킨십에 익숙하지 못했다.

현재 아실리에게 남아 있는 아모르와의 기억들은 그녀에겐 브라운 관을 통해 보는 것이나 다름없었다.

아모르를 죽음에서 구해 낸 것을 마지막으로, 죽음을 경험하고서 쌓인 감각과 감정이 모조리 사라지고, 남아 있는 기억 또한 죽음이란 다리가 사라진 뒤 실체를 갖지 못했으니까. 이 때문에 아모르를 떠올려 그를 되새겨도 사라진 감정마저 되살릴 수는 없다.

그들의 유대는 '죽음'이었기에.

한쪽에서 일방적으로 끊어진 관계는, 한쪽만이 기억하는 서글픈 관계가 되었다.

"낯설다는 말인가?"

"아니, 그거와는 좀 다른데……. 아니. 그런 얼굴 하지 말아요."

아모르는 말없이 미소하며 그녀를 가까이 오게 했다.

"낯설어도 괜찮아."

늘 서려 있던 예민함과 까칠함을 가라앉힌 회녹색 눈동자로 눅눅한 것이 지나간다.

그녀는 우리가 원래 이랬던가 생각하면서도 좀처럼 그 간격에 적응하지 못했다. 그 탓은 전부 자신이 예민한 탓으로 돌렸다. 그리고 지금 그를 어렵지 않게 눈치챈 아모르였다.

"사랑이라……. 너답지 않는 걸 묻는구나."

턱을 괸 아모르가 싱긋 웃었다. 길게 자란 하늘빛 머리칼이 눈을 가렸다가 드러냈다가 바람에 한들거린다.

"다신 하고 싶지 않은 것이었지. 아프고, 아프게 지나갔기에."

『루스벨라의 빛』은 오직 루스벨라의 이야기만을 담았기 때문에 책 속 조연인 아모르의 이야기까지 자세히 알 방도는 없지만, 지금 그가 보이는 얼굴은 아실리에게 많은 것을 짐작하게 했다.

지나간 어느 시간, 어느 장소에서 그는 사랑을 했을까?

그저 가시처럼 두른 예민함을 잠시 벗었을 뿐인데. 그는 눈앞에 놀라울 정도로 부드러운 얼굴로, 놀랍도록 청아하고 푸릇한 얼굴이 되었다.

아실리는 어쩌면 이것이 루스벨라가 늘 보았던 낯일지도 모른다고 여겼다.

"그런데. 선택할 수 있는 것이 아니었어."

그렇게 말하면서 그는 아실리의 앞으로 손을 내밀었다. 아실리가 물끄러미 보다가 움츠러든 손끝을 가져다 댔을 때였다.

"자, 잠깐."

아모르는 병약한 남자의 것이라고는 믿기지 않을 정도의 힘으로 그녀를 들어 올리더니, 정신 차렸을 때 아실리는 침대에 걸터앉혀져 등을 기대고 있었다.

"언제고 찾아오는 것이. 알아차린 뒤에는 늦어 버린 것이."

그녀는 엉덩이 옆으로 짚은 팔 사이에 갇힌 채, 남자를 올려다봤다.

"사랑이더구나."

한들거리는 머리칼과, 하늘빛 팔랑이는 눈썹과, 창백할 정도로 새하얀 낯 속에 도드라진, 회녹색 눈동자.

그 절절한 시선 속에서, 아실리는 답을 엿본 것 같은 기분을 느꼈다.

"아실리."

그의 눈이 섧게 휘어진다. 그녀가 점점 가까워지는 낯을 저도 모르게 붙잡은 건 알아차리지 못한 사이에 행한 본능적인 행동이었다.

"이건……."

깜빡임에 이는 바람이 느껴지겠다 싶을 정도로 가까운 거리에서 아모르는 천천히 제 입을 막은 아실리의 손을 떼어 냈다.

"축복을 막는 못된 손 아닌가."

"추, 추, 축복은 다른 곳에다 해도 된다고, 그랬잖아요."

"글쎄. 기억에 없는데."

아모르는 저를 잡은 가녀린 그녀의 손에 깍지를 끼워 잡았다.

"네가 사랑을 알려 달라며."

천천히 가까워진 낯과, 코를 맞대고, 숨결이 오고 가는 거리에서, 아실리는 될 대로 되라는 식으로 눈을 감아 버렸다. 입술을 덥히는 가쁜 숨. 보지 않아도 알 수 있다. 닿을 듯 말 듯하던 숨이 더욱 뜨겁게 차오르며 깍지 낀 손에서 힘이 느껴졌다.

그리고 맞닿을 체온을 기다리는데, 그녀의 예상과 달리 푸스스 흩어지는 웃음소리와 함께 드리웠던 그림자가 사라졌다.

"대답이 되었나?"

닿지 못한 것은, 입맞춤이 더는 그에게 신성한 축복이기만 하지 않기 때문에.

아모르가 멀어졌다.

'왜?'

한 줌 모래처럼, 완전히 무너지고 부서진 폐허처럼, 절벽 위의 성처럼, 흩어지고 덧없고 스러지는 그의 미소는 서글프기만 했다.

"오라버니. 착각일까요?"

한편으로 찾아오는 의문을 뒤로 밀어내면서 아실리는 그를 붙잡았다. 잡아야 할 것 같았다.

"……무엇이?"

그녀는 오늘 그에게 조언을 구할 것이 있어 찾아왔지만, 막상 꺼내려 하니 쉽게 말이 나오질 않았다.

이전에 아모르에게 무엇이든 털어놓았던 것 같은데, 입술은 마치 처음으로 돌아간 듯 떨어지지 않았다.

소녀는 결국 핵심을 뱅뱅 돌다가 뭉근한 말로 꺼내 놓았다.

"나 뭔가 잊고 있는 듯한 느낌이 들어요."

"느낌일 뿐이야."

되묻는 아실리의 말에 대꾸한다. 그가 되새기듯 말했다.

"착각이야."

* * *

아실리가 아모르의 궁을 나선 시간은 정오가 막 지났을 무렵이었다.

'길이 한산하네. 미리 하녀들이 자리를 피했기 때문이구나.'

소녀가 쓴웃음을 지었다. 이런 식으로 제 위치를 알게 되는 건 언제나 달갑지 않은 일이다.

그리고 제 위치를 가장 부각시키는 존재가 바로 카스토르였다.

"갈수록 느는구나."

그의 존재는 언제나 아실리에게 가혹하고 고난스러운 삶을 떠올리게 했다. 아실리는 오늘도 부드럽지만 강하게 허리를 붙잡은 손에서 옅은 소름을 느꼈다.

"제 실력이 늘었다니 기뻐요."

오싹한 기분으로 그와 떨어졌다.

"파트로누스의 실력이 워낙 좋아서 그런 거겠죠?"

그녀가 짧은 기간 그와 함께하며 알게 된 것 중 하나가 그는 무척 바쁘다는 사실이다. 그녀와 연습을 하는 도중에도 달려온 신관의 업무를 봐 주었다.

아실리는 카스토르가 진지하게 서류를 보고 있을 때면, 소름 돋았다. 그곳에는 자신에게 검을 들이밀던 광기 어린 눈동자가 사라지고 그림같이 서 있는 황홀한 자태의 남자가 있었으니까.

놀랍게도 그 모습이 건실하게 보였다.

"나와 함께하는데 기쁘다……."

막 춤이 끝나고 냉큼 사라지려 했던 아실리지만, 그의 말을 감히 무시할 수는 없었다.

아직 아실리는 그가 수틀리면 검을 뽑고 말 거라고 굳게 믿었다. 황태자 궁에서 들리는 소문은 그걸 확신으로 바꿔 주었다.

"모두가 날 향해 표정을 숨기지 못하는데. 너는 늘 무척 기쁘고, 행복하게 웃는구나."

순간 휙, 농염하게 휘는 눈동자에 그만 아실리는 욱 올라온 말을 뱉을 뻔했다.

누가, 어딜 봐서. 행복해 보인다는 것인가!

표정이 굳진 않았을까? 아실리가 딱히 대꾸할 말을 찾지 못해 머뭇거리고 있자 카스토르가 손에 입을 맞췄다.

"그만 가자꾸나."

"……네."

항상 먼저 돌아서는 쪽은 카스토르였다. 오늘도 긴 옷자락이 동그랗게 붕 떠올랐다.

"헤르난. 내 아실리를 안내해 줘."

그는 홀을 나섰다.

"……분부대로."

하지만, 순간이지만 아실리는 똑똑히 보았다. 벽에 기대선 하얀 머리칼의 공작님과 카스토르가 시선을 주고받았다는 것을.

'착각인가?'

이유 모를 긴장감에 아실리는 눈을 깜빡이면서 천천히 숄을 고쳐 맸다.

카스토르의 별명은 피에 미친 황태자, 예비 폭군, 카스토르는 피를 보지 않는 날이 드물다고 했다. 그런데 어째서 아실리는 이곳에 온 뒤로 그런 모습을 단 한 번도 보지 못한 것일까?

아실리는 앞에서 걸어가는 뒷모습을 눈에 가득 담았다.

'공작이라면 알 텐데 말이지.'

카스토르와 가장 오래된 친우이자 하나밖에 없는 충성스런 수호자. 책 속에서 모든 충의와 관련된 클리셰는 모두 가졌던 충신이 그녀에게 과연 이야기를 해 줄까?

'그럴 리 없지.'

너무 생각에 잠겨 있었기 때문일까, 아실리는 그만 눈앞에 놓인 계단을 보지 못하고 발을 디뎠다. 휘청, 가녀린 몸이 크게 기울며 중력에 따라 아래로 추락했다.

"괜찮습니까?"

아실리는 눈을 크게 뜨며 자신을 받쳐 든 단단한 몸에서 숨을 헐떡이며 내쉬었다.

아래를 보니, 거대한 궁전답게 수많은 계단이 보인다.

"조심하셔야죠."

헤르난이 부드럽게 미소했다. 자신을 놓고 천천히 떨어지는 헤르난의 움직임은 느릿하여 커다란 짐승이 나른히 움직이는 것처럼 보였다.

'뜨거웠어.'

그제인가 잠시 닿았다고 붉어진 얼굴은 온데간데없고, 새파란 눈에 위험한 빛이 어린 것처럼 보였다.

"황녀님. 오늘 제가 몸이 좋지 못하여, 조금 거칠지도 모르겠습니다."

마음속에서 영문을 알 수 없는 경고등이 빨간 불을 반짝이고 있었다.

"······어디 아픈가요?"

"으레 겪는 고통입니다. 신경 쓰지 않으셔도 됩니다."

헤르난데즈가 나긋나긋하고 상냥하지만 단호하게 선을 긋듯 말했다.

"저, 괜찮지 않아 보이는데요. 몸이 뜨거웠어요."

눈 밑이 붉어져 핏줄이 서고 그렁그렁한 눈으로. 도드라진 핏줄, 목에서 울렁대는 힘줄. 그는 참는 기색이 역력했다.

"······괜찮습니다. 아니요. 괜찮지 않군요. 잠깐 옆에 있어 주시겠습니까?"

"제가요?"

"네. 위험한 일은 아닙니다. 그저 타고난 본능을 억누르는 것뿐."

그러면서 희미하게 웃었다.

"······저를 피하지만 말아 주세요."

그가 애처롭게 말했다.

"······당신을 피할 이유가 없는걸요. 그런데 정말, 괜찮은 거예요? 치료 신관이라도 불러야 할 것 같은데······."

헤르난데즈가 아실리의 손목을 잡은 채 힘겹게 고개를 저었다. 그가 그렇다고 말하니 더는 말하기 곤란했지만 그의 상태는 그리 좋아 보이지 않았다.

아실리는 망설이다가 조심스럽게 쥔 솔의 끝으로 그의 이마를 닦아 주었다.

"저기. 손을 놓아주겠어요?"

"잠시만. 잠시만 더······. 이대로 있어 주세요."

마주한 그의 하늘빛 눈동자에는 심상치 않은 자색 아지랑이가 불길처럼 홧홧하게 홍채를 적시고 있었다.

조금 뒤, 고통이 잦아들었는지 아직 창백하긴 하지만 훨씬 말끔해진 낯으로 남자는 고개를 들어 사과했다. 그녀는 고개를 저었다. 굳이 그가 사과할 일은 아니었으므로.

그는 나긋나긋한 낯을 옅게 찌푸리며 쓴웃음을 보였다.

"저는 짐승의 신관입니다. 그래서 본능적으로 알 수 있습니다. 황녀님이 저를 처음 보셨을 때도, 저를 억지로 멀리하던 때에도 이미 알고 있었지요."

"무엇을요?"

"당신께서 저를 싫어했던 것을요."

부정하지 않는 아실리를 보며 그가 곧 서글프게 웃었다.

"얼굴조차 보기 싫은 거부감을 이미 알고 있었습니다. 본능적인 감 같은 겁니다."

"그랬구나. 신관이란 거 대단하네요."

헤르난이 아실리의 손을 잡았다.

"그런데 지금 당신께는 아무것도 느껴지지 않습니다."

"……좋은 거, 아닌가요?"

"아니요. 이상합니다. 제 감이, 그렇게 말을 하고 있어요."

그가 잡아당겼다. 그의 품에서 숨이 막혔지만 아실리는 그를 탓하는 대신 남자를 올려다보는 쪽을 택했다.

"어, 자, 잠깐."

"당신이 나를 싫어하지 않는다는 말이 왜 전 슬프게 느껴집니까?"

마주한 사내의 얼굴이 서럽게 무너지다가, 마침내 눈 밑을 붉히고 서글프고 황홀하게 피어났다.

아실리는 의문과 무언가 알 수 없는 기분으로 물끄러미 바라봤다.

"......공작?"

"이제 이름으로도 불러 주지 않는 겁니까?"

헤르난데즈는 낯을 흐린 채 울지도 웃지도 않는 표정으로 울먹였다. 그리고 고개를 들어 어설프게 웃는 그의 얼굴은 아니 웃는 것만 못했다.

"당신에게 아무 의미도 되지 못할 바에야, 저를 싫어하는 편이 좋습니다. 차라리 저를 싫어하세요."

아실리는 그가 가여워 보인다고 생각했다.

"당신에게 아무것도 아닌 사람이 되기 싫습니다......."

그녀는 손을 적신 온기에 여기다 딱 짚어 내지 못할 가슴이 왜인지 따끔거렸다.

"황녀님."

아실리는 잡을 것도 아니고 잡지도 않으면서 애매하게 내밀어진 남자의 손을 물끄러미 바라봤다.

'이 사람은 내게 어떤 대답을 바라는 걸까.'

잠깐 그를 바라보다가 눈부신 풍경으로 다시 고개를 돌린다. 눈처럼 흰 머리칼. 부드럽고 고운 낯과는 어울리지 않는 미간의 주름. 어쩐지 참 익숙하다고 생각했다.

'우리가 이렇게 마주 본 적이 있었나?'

솔직히 말해서 그녀는 공작과 거리가 실감나지 않았다. 아니, 어디까지 허용해야 할지, 어디까지 허락해야 할지. 갑자기 모든 기준을 잃은 사람처럼 황망한 기분이었다.

이유를 저도 몰라 당황하던 차에, 헤르난이 황녀님, 황녀님 하고 애달프게 불렀다.

사랑에 미숙하고 서투른 그녀지만, 경험하지 않은 것은 아니었다. 언젠가는 누군가를 좋아했고 뒷모습에도 행복해졌던 때가 있었다.

그리고 아실리는 자신을 바라보는 남자의 눈 속에서 웃고 울었던 자신을 보았다.

'아……'

소녀는 망설이다가 한 가지를 택했다. 외면하는 쪽이었다.

"먼저 가도 될까요?"

말하지 않은 감정에 답을 할 순 없었다.

헤르난데즈는 스쳐 지나가는 그녀를 잡지 않았다. 그리도 애절하게 바라봐 놓고서 어째서 붙잡지 않는 건지 전혀 알 수 없었지만 굳이 애를 써 가며 이해하고 싶은 건 아니었다.

결국 그녀는 홀로 궁을 나갔다. 밖은 해가 지고 있었다. 날이 저물며 바람이 조금 쌀쌀한 느낌이었는데, 땀이 식어서였다.

'무대를 앞둔 시점에 감기라도 걸리면 큰일인데.'

춤은 갈수록 늘었고, 무대는 그녀가 걱정하지 않아도 완성되어 가고 있다고 들었다. 조만간 완성된 드레스도 볼 수 있을 것이다.

아실리가 걸음을 멈추었다.

그런데 왜일까. 가슴이 이렇게나 허전한 것은.

당장 그녀에게 주어진 과업은 큰 구멍 없이 무대를 무사히 해내고 마치는 것. 그리고 준비는 완벽했다.

레베카를 대신해 카스토르의 파트로누스가 된 것은 그녀로서 어쩔 수 없던, 더 나은 미래를 위한 선택이었다.

모든 것이 나쁘지 않았다.

그런데 왜?

기묘한 허전함이 자꾸만 그녀를 괴롭혔다.

팔랑팔랑.

꽃잎이 내려앉는 풍경은 이토록 아름다운데. 그녀는 왜 헛헛한 걸까.

혼란이 담긴 시선이 천천히 떨어진다. 그녀의 손에는 일기장이 있었다. 가죽으로 된 책면을 쓰다듬다 말고 아실리는 자신의 뺨을 쓰다듬었다.

'왜. 가슴에도 해가 지고 있는 것 같을까.'

늘 불행과 함께했던 자신이었다. 살아남고 살아남아 생으로 가는 여정은 강렬하고 어찌 보면 죽는 것보다 더 열렬한 길이었다. 수많은 죽음을 앞뒀다. 죽지 않았다고 하여 죽음을 앞뒀던 공포가 사라지는 건 아니었다.

그런데도 지금 그녀는…… 무언가 잃은 것처럼 허전했다. 뒤죽박죽 섞인 기분으로 혼탁한 것이 앞을 흐리는 것같이 느껴졌다.

'잊자. 신경 쓸 겨를이 없잖아.'

꽃으로 가득했던 길을 지나 공터로 걸어 나갔다.

길 끝에 이를 무렵, 자신이 타고 왔던 마차가 보였다. 그리고 그 옆에는 마차가 하나 더 있었다. 아실리가 여상히 보고서 지나가려는데.

누군가 왁, 하는 소리와 함께 나타났다.

"안녕, 귀여운 황녀님."

붉은색 굵은 실타래가 굽실굽실 거리며 흩어진다. 그것이 꽃이 아닌 머리칼이라는 사실을 알아차리기까진 그리 오래 걸리지 않았다.

"공작이랑 있기에 그냥 가려했더니. 혼자 나왔구나?"

빛 아래, 화사한 빛의 붉은 눈동자가 쭉 휘었다.

'……누구지?'

몹시도 화려한 차림의 여자는 조금 쌀쌀하다 싶은 날씨에도 불구하고 위아래로 푹 파인 차림새였다.

'도무지 눈 둘 곳이……'

풍만한 가슴의 선이 완만한 곡선을 그리며 유백색의 예복인지 모를 천이 꼭 맞게 떨어진다.

"어머. 어딜 보니?"

여자가 턱을 잡아 들어 올렸다.

아실리의 보랏빛 눈동자가 살짝 떨렸다.

"누, 누구?"

쿵쿵쿵 가슴이 뛴다. 그녀는 이토록 화려한 생김새의 여인을 알지 못했다.

'이렇게 예쁜 사람은 레베카 말고는 처음이야.'

미녀라, 주르륵 기억을 거슬러 올라가면 초상화로밖에 보지 못한 제 모친이 있긴 했다.

"세상에. 농담하는 거지? 우리가 얼마나 달콤한 시간을 보냈는데 잊었다고?"

농을 지껄이는 목소리가 낯설었다.

'귀족인가?'

황태자 궁을 방문할 정도로 높은 귀족임에 틀림없다. 하지만 그렇다고 하기엔 차림이 조금 부적절한 것처럼 느껴졌다.

"농담이 지나친데……"

아실리는 가까워진 얼굴에 맞춰 뒤로 물러났지만, 그조차 좁혀 버리는 여자 때문에 소용이 없게 되었다.

옆에서 여자의 수행원처럼 보이는 이들의 난감한 낯이 옆으로 슬쩍 보였지만, 차마 말리지 못하는 것에서 아실리는 깨달았다.

첫째, 높은 신분이다. 둘째, 내게 이럴 정도로 높은 신분이다.

"좀 이상한데?"

까닭 없이 손을 잡힌 터라 도망갈 구석도 없었다. 난감한 낯을 한 아실리가 손과, 미소한 여자의 낯을 번갈아 보았다.

왜, 이러는 거지?

"아가, 잡아먹지 않을 테니, 가만있어 보겠니?"

"······이렇게요?"

"옳지. 예쁘기도 하지. 어머머. 피부가 좋기도 해라. 날 보렴."

결국 아실리는 포기하고서 여자의 낯을 마주했는데, 자세히 들여다 보게 된 눈동자는 웃고 있는 입술과 다르게 한없이 진지했다.

아실리는 붉고 붉은 눈동자 끝에서 불꽃처럼 파파팍, 튀는 금빛 부스러기들을 바라보았다.

'신관이구나.'

여성의 홍채 끝에서부터 발현한 그것은 차차 영역을 넓혀 아지랑이처럼 일렁거리며 금빛으로 물들였다.

"세상에. 너······. 웬 질 나쁜 저주에라도 걸렸나 했더니······."

"저, 저주?"

"왜일까. 네게 신력이 충만하구나."

"신력이 충만하다니요?"

여자가 얼굴을 찌푸렸다.

"그래. 너를 신관으로 착각했을 때보다 더. 흐응, 나쁜 건 아니야. 대체 무엇을 기원한 축복이기에 이런 막돼먹은 짓을 한 건지······. 이유는 둘째 치고 이런 무식한 힘을 때려 박은 상판이 궁금한데."

"······지금 제게 신력이 있단 소리인가요? 그게 누군가 건 거라고?"

신력에 대해 대충 안다. 용케 알아듣게 된 아실리였다. 하지만 의문은 더욱 늘기만 했다.

이 사람은 지금 무슨 말을 하는 거지?

"그래. 놀랐잖니 너를 감싸고 있는 건, 너를 지킨 신관의 축복이라 내가 함부로 할 수가 없구나."

아실리는 제 어깨를 툭툭 두드리는 여자를 물끄러미 바라봤다.

"너 혹시 무언가 잊고 있지는 않니?"

"잊다니요?"

"아마도 네가 나를 잊은 것은 반드시, 분명히, 잊어야만 네가 지금의 너로 있을 수 있기 때문이란다."

"······왜 잊었는데요?"

"모르지."

아실리는 더욱 알 수 없는 기분으로 여자를 담았다.

"정말 몰라. 잊어야만 했을지도. 잊기를 바랐을지도. 네가 아닌 난 알 수 없지 않겠니?"

여자가 장갑을 낀 손으로 제 뺨을 톡톡 두드렸다.

날이 따뜻한데 장갑이라.

'장갑?'

순간 그녀의 시야가 흐려지며 미세한 잔상이 지나간다. 골목이었다. 녹아내린 유화처럼 이지러지고 일그러진 것이라 알아볼 수도 없고 또 너무 빠르게 사라져 버렸다.

"그래, 아가. 너는 잊어서 행복하니?"

"······."

행복. 아실리에게는 참으로 생경한 단어였다. 죽음을 예지하는 끔찍한 물건을 가지고 행복하다 말하는 사람이 있기나 할까.

그러나 행복이란 게 멀리 있는 것만은 아니지 않은가?

아실리는 일기장을 흘끗 바라봤다. 사람은 늘 현재를 살아간다. 그녀는 죽을 정도로 힘들고 '죽을 뻔'했지만 '죽지는 않았다'.

'한 번도 죽지 않은 걸로 됐잖아.'

한때 아실리는 다신 이 계절을 보지 못하리라 생각했다. 두려움에 젖어 들어 하루하루를 보냈다. 그러나 결국엔 봄이 오지 않았던가. 그녀는 많은 욕심을 부리지 않기로 했다.

"행복하냐고요?"

"그래."

"저는 단순히 맛있는 걸 먹어서, 좋아하는 책을 읽어서, 좋아하는 사람의 미소를 보는 것도. 싫어하는 사람을 골탕 먹이는 것도. 이 모든 순간의 행복 또한 행복이라고 생각해요. 그렇다면 나는 행복한 거겠죠."

"그래?"

무슨 생각을 하는지 묘한 낯으로 자신을 바라보던 여자가 설핏 미소했다.

"지금 나는 아주 많은 금기를 어겼단다. 네게 힘을 사용한 것도, 알려 주는 것도, 반칙이긴 하지만……."

성녀, 마리사는 웃음을 뒤로한 채 진지한 표정을 지었다.

"날 기억했으면 좋겠구나. 이전의 네가 더 보기 좋았어."

"……당황스럽네요."

"들어 보렴. 지금 네 상태는 '망각의 물'을 마신 것과 같단다."

마리사는 한껏 경건한 얼굴로 나지막하게 고귀한 황녀에게만 들릴 정도로 속삭였다.

"망각의 물?"

"죽음의 신전에만 있는 저승의 물이지."

숨죽일 정도로 오싹하고 농염한 목소리는 한순간 빠져들게 하는 매력이 있었다.

"아주 오래전에 죽음의 신전이 수도에 남아 있었을 때. 사람들은 행복해지기 위해 망각의 물을 마셨단다."

마리사는 생각했다.

괴롭고 힘든 기억을 잊으면, 사람은 행복해질까? 그 행복은 정말 행복일까.

이 소녀는 가장 괴롭고 힘든 기억만을 잊었을 것이다.

"나는 수많은 사람을 보았고, 만났으며 이별했지. 그렇기에 어렵지 않게 네 상태를 알아봤단다. 주술을 건 이가 무엇을 의도했을까. 네가 행복하다면 어찌할 수 없겠다만. 그럼에도 난 아쉽구나."

여자는 가벼이 미소했다.

"나는 네가 나를 잊어서 아쉬워. 아가야."

아실리는 이 순간 세 가지 생각이 들었다.

첫 번째 생각은 모르는 사람이 그녀를 스스럼없이 부르며 말을 거는 이 상황이 익숙했다는 거다.

'모르는 사람인데 어째서?'

두 번째 생각은 그녀는 이 사람이 싫지 않다는 거다.

세 번째로, 여자의 말은 무척 당황스러웠다.

'기억 상실이라니……'

어디 드라마에서나 들어볼 법한 말로 진지하게 말을 하니, 농이라고 치부할 수도 없다.

'평소 건망증이나 치매와는 거리가 멀다고 생각했는데?'

여자는 이미 자신을 떠나 황태자 궁으로 휙 걸어가 버렸다.

아실리는 아직 온기가 채 식지 않은 어깨를 만지작거리다가 고개를 들었다.

'일단 돌아가자.'

저 멀리 마차와 서 있는 기사님이 보였다.

아실리는 하늘하늘 흔들거리는 남빛 머리칼이 있는 곳을 향해 걸어 나갔다. 한걸음, 두 걸음, 세 걸음⋯⋯.

그녀는 홱 뒤를 돌아보았다.

'잠깐만.'

머나먼 길 끝. 이제는 아주아주 멀어진 꽃잎 속에 섞인 붉은빛 머리칼.

쿵쿵쿵. 가슴이 뛰었다.

<긍지를 저버린 자는 살아도 살아 있는 것이 아니야.>

희미한 함성 소리, 피 내음이 배인 눅눅한 공기. 흰 장갑. 중검을 들었던 농염한 낯의 여성.

성녀. 마리사였다.

"어째서⋯⋯?"

기억났다. 아니, 잊고 있었다는 게 우스울 만큼 쉽게 기억이 났다고 해야 옳았다.

'왜 나는 그녀를 잊고 있었지?'

뒤죽박죽이었다.

사실 아실리를 감싼 기억을 잃게 한 신력은 불안정하여 주기적인 충전을 필요로 했다. 그러나 아모르의 축복을 거절한 것과 더불어 마리사가 끼친 신력의 영향이 굳건하던 상실에 작은 구멍을 뚫었다.

이로 인해 아실리는 마리사를 기억해 냈다.

더불어 그녀는 숭숭 구멍 난 그물 같은 기억을 짚어 보다가 금방 알아차리고 말았다.

성녀를 만난 것부터 쭈욱 돌이켜 보면 문득 낡은 톱니바퀴처럼 기억에 듬성듬성 이가 빠져 있다는 것을.

<무언가 잊고 있지는 않니?>

소름 돋도록 오싹한 감각이 그녀를 찾아왔다.

나는 무엇을 잊었지?

* * *

'오래전, 『루스벨라의 빛』을 빠짐없이 적어 둔 연대표.'

아실리는 양피지를 아무렇게나 펼쳐 두고 생각에 잠겼다. 사건 정리와 인물들, 그리고 보기 쉽게 쭉 정리해 둔 책 속 내용 연대표. 그리고 일기장.

이 세계의 미래와 자신의 미래를 상징하는 것들이 어지럽게 놓여 있다.

무언가 이상하다는 생각이 든 건 최근 일이었다.

그녀가 웃으면 묘하게 바라보는 사람이 있었다. 아실리에게 어제는 오늘이고 다를 바 없는 하루일 뿐인데 어느 날부터 불편한 시선을 느꼈다.

'왜 날 그렇게 보는 거야?'

처음과 달리 지금은 그녀를 묘하게 바라보는 사람을 한 손에 꼽을 수 있었다. 플뢰온과 레이, 그리고 아모르.

성녀는 자신이 무언가를 잊고 있다고 했다. 그것이 자신이 원했던 것일 수도 있다고도.

스스로 잊기를 염원했던 것이 자신에게 있었다? 기묘한 느낌이 들면서 짐작도 가지 않았다.

'여기에 답이 있을까?'

『루스벨라의 빛』을 기록한 것을 쭉 훑었다. 이를 꺼낸 이유는 앞으로 찾아올 이세계의 미래를 되짚어 보기 위함도 있지만, 그보다는 이것이 일종의 그녀의 기록이기도 하기 때문이었다. 이건, 그녀에게 있어 또 하나의 일기장이었다.

이 끔찍한 예지자 말고, 정말로 일기를 쓰는 일기장.

그녀는 줄곧 이것에다 새로 알게 된 것과 생각난 것, 혹은 그때의 잡생각 따위를 함께 적어 놓았다.

"별건 없는 것 같은데…….""

그녀는 헤르난데즈를 생각했다.

'공작은 무언가 더 아는 것 같았는데.'

그는 애절한 눈빛과 함께 자신을 바라봤었다.

'나에게서 무언가 커다란 게 결여된 것처럼 얘기했었지.'

그럼 그는 그녀에게서 무엇이 사라진 것인지 짐작한 것일까?

<이전의 네가 더 보기 좋았어.>

사실 지금 자신이 지금 시점에서 무언가를 찾아야 하나?

'나는 지금도 나쁘지 않다 생각해왔는데.'

짧은 시간 그녀 자신을 부정당한 느낌이었다. 잠깐이지만 울컥 화가 솟기도 했다.

<지금 당신께는 아무것도 느껴지지 않습니다. 저를 싫어하는 마음조차도.>

헤르난데즈는 자신이 짐승의 신관이며 자신이 가진 감각 안에서 그녀의 생각과 기분을 본능적으로 알 수 있다고 했다.

<당신에게 아무 의미도 되지 못할 바에야, 저를 싫어하는 편이 좋습니다. 차라리 저를 싫어하세요.>

그녀가 가졌던 그리고 지금은 잃었다는 '그것'이 그를 애처롭게 만들 정도로 중요한 걸까?

'왜 나를 좋아하면서 싫어하길 바라?'

아실리는 잉크에 찍은 펜을 아무 양피지나 끌어다 찍찍 선을 그었다. 화가 나지는 않았지만 거칠고 삐뚤어진 필체는 분풀이에 가까워 보였다.

그러다 그녀가 귀퉁이 쪽 낙서를 봤다. 우연이었다.

"이게 뭐지? 폭군 주의사항?"

아무 생각 없이 끌어다 온 건 카스토르와 관련된 내용이었다.

자신이 아는 폭군의 모든 내용을 적어 놓고 후에 쓴 것인지 상세히 리플 같은 것이 줄줄 달려 있었는데, 몇 개는 낙서에 가깝고, 몇 개는 거칠고 엉망인 필체였다. 억하심정이 고스란히 느껴지는 흔적이었다.

'하긴 그럴 만도 하지.'

카스토르가 그녀에게 했던 일을 생각하면 충분히 그럴 만했다.

그런데 이건 뭘까?

[43…… 43번째 하루.]

[죽지 못해서 사는 하루. 이번은 어떻게 끝날까?]

[똑같겠지.]

정갈하고 단정한 글씨. 분명 자신의 것이었다.

아실리는 깃펜을 놓고 귀퉁이를 들어 주의 깊게 쳐다보았다.

'분명 이건 내 글씨야.'

알아보지 못할 리가 없다. 하지만 왜? 언제? 자신이 이런 글을 쓴 거지? 기억에 없다.

"43……."

무엇이 43번째라는 것일까? 찬찬히 훑던 도중 또 다른 글씨를 발견했다.

[하베르미아의 달 10일]

단출하게 적힌 날짜였다.

쓰인 날짜에 따라 잉크의 짙기가 조금씩 달랐다. 이 때문에 같은 날짜에 쓰인 거라 어렵지 않게 추측했다.

'단순히 그냥 숫자라고 치부하고 넘어가기에는 찜찜해.'

펜이 양피지를 쿡 찔렀다.

처음 일기장을 얻을 때 느낀 점이 있다면 이거다. 일기장은 언제나 힌트를 줄 뿐 추리하거나 맞추는 것은 언제나 자신이었다.

'나는 정말 일기장과는 맞지 않아.'

그녀는 줄곧 전생에서부터 쭉 시키는 것만 해 온 수동적인 현대인이었다. 추리소설도 미스터리도 추적도 성향에 맞지 않을뿐더러 전부 싫어했다. 환생했다고 그 본질이 어디 가겠나. 이런 추리는 늘 곤욕이었다. 오래오래.

"……하다하다, 나와 관련된 수수께끼라니."

아실리가 헛웃음을 지었다. 하지만 그렇다고 넋 놓고 있을 수만은 없었다.

"43, 그리고 하베르미아의 달 10일……."

서체. 이 어지럽고 감정적인 서체 사이에서 유독 침착하고 차분한 글체가 호기심을 자극했다.

하베르미아의 달 10일은 카스토르가 자신을 찾아온 날이었다. 어느 날 일기장 속에 떠오른 책 속 폭군의 관한 예언이 사실로서 실현된 날.

죽을 거라 생각했지만 끝내 죽지는 않았던 날.

보통의 이야기라면 죽음의 위기를 딛고 '행복하게 살았습니다.' 하며 화려한 엔딩을 맞이할 텐데 그녀의 미래는 전혀 그렇지 않았다.

오히려 네버 엔딩 스토리처럼 더 많은 이야기들이 있었다. 중도 하차는 안 된다고 못 박듯이.

아실리는 푹 한숨을 쉬었다.

답답해. 양피지를 놓고 이제는 일기장을 손에 쥐었다. 과거에 피했던 죽음은 모조리 사라지기에 일기장에는 최근 사막의 공주와 관련된 것만 있을 뿐, 오래전 하베르미아의 달 10일에 있었던 이야기는 전혀 없었다.

참 제멋대로이지 않은가?

화가 나 종이를 거칠게 넘기던 그녀는 그만 손을 베였다.

"아얏."

피가 쭉 배어 나온다. 소녀가 일기장을 내려놓고 아니꼬운 듯 책등을 노려보고 쾅 두드렸다. 기묘하게 신경에 거슬렸다.

기억 상실.

그렇지 않아도 그녀에겐 이 일기장에 관련된 수많은 수수께끼가 있었다. 또한 카스토르가 얌전한 이유, 아하시야에게서 살아남을 방법 등등 알고 싶은 게 넘칠 정도로 많은데, 거기다 스스로에 대한 것까지 잊었다고 한다.

'나는 대체 누구에게 물어봐야 하는데?'

"제발 누구든 좋으니까."

알려 줘.

고통스런 한숨을 내쉴 때였다.

파라락.

바람 한 점 없는 공간에서 책장이 제멋대로 넘어갔다. 아실리가 놀라 몇 번 눈을 깜빡이기도 전에 모서리에 서려 있던 빛이 점점 퍼지며 손과 책등을 감쌌다. 손을 들어 올려 눈을 가린 그녀가 빛이 쏟아지는 일기장을 바라봤다.

빛이 옅어지고 짙어지기를 반복한다. 이윽고 기묘한 보랏빛의 아지랑이가 뻗어 나왔다.

'마법?'

아니, 아니. 그럴 리는 없겠지만 한때 현대인이었던 그녀의 머릿속에 떠오른 것은 그런 단어들뿐이다.

번쩍. 눈을 깜빡인 순간 자신에게로 쏟아진 빛. 아실리는 눈이 녹을 것 같은 고통을 느끼며 천천히 주저앉았다. 도대체 이것이 뭐냐고. 비명은 목구멍 깊이, 아주 깊이 삼켜졌다.

그녀가 눈을 떴을 땐, 이미 눈이 가물가물해지며 앞이 멀어졌다. 아니 점점 책상이 멀어지는 걸로 보아 뒤로 쓰러지는 듯했다.

—원하는 대로 해 줄게.

귀를 웅웅 울리는 목소리. 그건 어디선가 들어본 목소리 같았다. 자신과 아주 비슷한, 소녀 같기도 여자의 것 같기도 한 얇고 청아한 목소리.

—오래는 안 돼.

웅웅. 소리의 진동이 웃음소리 같기도 했다.

수 분의 시간이 지났을까 곳곳에 양피지가 널려 있는 책상 위로 툭, 새하얀 손이 짚고 소녀의 얼굴이 드러났다.

"망할. 이건 대체……."

* * *

지끈거리는 머리를 부여잡으며, 나는 일기장을 노려봤다.

일기장이 혼자 파라락 넘어가는 소리는 꼭 꿈에 악몽이 되어 나올 것만 같았다.

아닌 게 아니라 한때 지겹도록 꾼 꿈에 저 낡고 망할 일기장 또한 빠지지 않고 나오곤 했으니 딱히 틀린 말은 아니다.

솔직히 일기장이 사람으로 툭 튀어나오면 거짓말하지 않고 두들겨 패 주고 싶다. 딱히 폭력을 선호하는 사람은 아닌데, 섯다운제에 분노하는 청소년처럼 일기장은 내재된 분노를 자극하는 게 있다고.

나는 천천히 목을 감싼 손을 떼어 내 머리를 쓸어 넘겼다. 눈앞에 활짝 펼쳐진 일기장을 노려보며 나는 비척비척 뒤로 물러났다.

와르르 쏟아지는 기억들.

지금 기억을 찾은 것은 일기장의 짓일 것이다. 긴 한숨과 입술을 비틀어 웃었다. 손을 그대로 일기장에 내려놓았다.

희미한 빛.

"대답해."

본능적으로 알았다. 지끈거리는 두통과 희미했다가 깨끗해지기를 반복하는 시야. 꼭 배터리가 거의 남지 않은 전자시계처럼 앞이 가물가물했다.

지금 내 상태는 오래가지 못할 것이다.

죽음을 바탕으로 단련된 예민한 촉과 성녀, 마리사에게 들었던 단서들이 조합되며 또 다른 결론을 내어놓는다.

"내 상태, 너도 예상 못한 거지?"

정말로 지금 내 몸에 충만한 성력이 함께하고 있다면, 그건 일기장 또한 쉬이 풀지 못하는 것 같았다. 풀 수 있었다면 차라리 완전히 해방시켰을 테니까.

그저 생각만 했을 뿐인데 파앗, 하고 전구의 불이 켜지듯 환해졌다가 사라지는 빛은 내 생각에 동의하는 것 같았다.

"지금 내 말을 알아듣고 있어 그렇지?"

책등이 빠르게 불을 틔웠다가 사라진다.

"이건 일시적인 거고. 난 다시 기억을 잃을 거야. 그렇지?"

같은 대답에 나는 참지 못하고 인상을 찡그렸다. 찾으려면 완전히 찾게 해 주던가.

"하……, 다시 잃을 거란 말이지?"

병 주고 약 주고 먹기도 전에 뺏는 것도 아니고.

기억을 잃게 만든 건 일기장이 아니긴 하지만, 일기장에게 켜켜이 쌓인 분노와 같은 것들이 파고들었다.

그러나 40번이 넘는 죽음 속 나를 무디고 모래처럼 건조하게 만든 것들이 홧홧하게 타는 불을 꺼트린다. 그렇게 간신히 이성을 유지하며 나는 빠르게 결론을 내렸다.

지금 내가 어쩌다, 무엇으로 기억을 잃게 됐는지 생각할 때가 아니었다.

중요한 건 나는 다시 기억을 잃을 것이고, 지금 그 어느 때보다 살벌한 무대에 아무것도 모르는 나를 보내게 됐다는 거다.

"지금 기억을 잃었을 때의 기억도 난단 말이지."

기억을 잃었던 때의 시간들이 필름 조각처럼 정돈되어 지나간다.

시간이 얼마 없었다.

나는 일기장을 빤히 바라보다가 자조적으로 미소했다. 어쩜 이리도 처연하고 슬프고 화가 나는, 끝이 없는 불행이란 말인가. 설산을 구르는 돌멩이 같았다. 내 손으로는 멈출 수 없다.

나는 일기장을 증오했지만, 또 필요로 했다. 나를 덮친 불행에 의지하다니 이 얼마나 불쌍한 인생인가?

푸스스 희미한 웃음을 흘렸다. 그렇게 웃음을 흘리다가 말고 딱 그친다.

고개를 들어 홧홧하게 타오르는 시선에 서늘한 열기를 담아 허공을 응시한다.

"그래. 일기장도 원한 일이 아니었다 이거지."

곧 기억은 다시 사라진다.

일기장이 내게 기억을 잠시나마 돌려준 것은 지금 상황을 원하지 않기 때문일 거다. 왜인지 힘에 부쳐 잠깐의 시간밖에 주어지지 않긴 했지만.

나 또한 급박하게 돌아가는 지금 상황에서 기억을 잃어서 좋은 거라고 생각하진 않았다.

이것은 내가 걸었던 걸음 중에서 가장 아슬아슬하고 위험한 상황이었다.

맨몸으로 다시 불행과 마주하게 만든 세상을 원망하지 않는 것은 아니지만, 한편으로 이건 또 다른 기회가 될지도 모른다. 위기는 가장 큰 기회라고 하지 않던가? 이번 또한. 다시 기억을 잃는 게 확고하게 정해진 사실이라면, 대비하면 된다. 무리는 하지 않게.

다시 망가지지 않기를 바란다.

나는 펜을 들었다. 가엾은 나에게. 불안한 길을 가는 사람에게 겁을 줄 필요는 없었다.

넌 이미 죽었으니까 죽음을 두려워 말라? 헛소리다. 죽지 않은 사람이 어찌 그를 이해할까. 때로는 겪지 못한 것이 가장 큰 공포를 주기도 한다.

생각이 많아지면 망설임이 끼어든다. 너는 나보다 나은 선택을 하기를.

생각을 하지 말고 발을 내딛을 수 있게 말을 고른다.

그러나 일기장이 잠시 마련해 준 시간은 짧아도 너무나 짧아, 수많은 말을 담을 순 없었다.

어렵지 않게 카스토르가 할지도 모를 것들을 떠올렸지만, 죽지 않아본 '나'는 모를 것들을 제외한다. 그리고 사막의 공주에 대해 하고자 했던 것들을. 아, 이렇게나 많은데. 눈이 가물가물했다.

"……읏, 으읏."

얼굴을 음울하게 꺼트리며, 입술을 비틀어 웃었다. 젠장. 욕을 지껄이며 마지막, 가장 알아주길 바라는 것에 간신히 마침표를 찍을 수 있었다.

바라는 것은 하나였다.

제발, 너는 죽지 말아 줘.

* * *

파라라락, 소녀는 종이가 넘어가는 소리와 바람이 머리칼을 건드리는 듯한 간지러운 감각 속에서 눈을 떴다.

"……갑자기 잠든 건가?"

눈을 뜨자, 가장 먼저 보인 것은 엉망이 된 책상이었다.

누군가 작정하고 어지럽히기라도 한 듯 제자리에 있는 양피지가 없었고 잉크가 책상 밑으로 뚝뚝 떨어지고 있었다.

아, 이런. 황급히 잉크병을 세웠지만, 이미 카펫은 새까만 얼룩으로 흠뻑 젖어 있었다.

'아니 이건 그냥 버리는 게 나을지도.'

금수저의 편한 투정 같지만 이걸 그대로 둘 수도 없었다.

똑똑, 집무실을 노크한 소리에 고개를 돌리면, 문 하나를 사이에 두고 낭랑한 하녀의 목소리가 들렸다.

"황녀님, 6황자님께서 오셨습니다."

벌써 시간이 이렇게 됐나? 그녀는 오라비와 했던 식사 약속을 떠올리곤 자신이 꽤 오랫동안 잠들었음을 알았다.

'이게 언제 펼쳐졌지?'

일기장을 주워 들다 말고 툭. 일기장에서 떨어진 것을 주웠다. 부욱 찢은, 양피지 조각이었다. 그러나 그것을 바라본 소녀의 표정이 새파랗게 질렸다가 차츰 굳어 간다.

"집무실로 안내할까요?"

"아, 아, 아니! 응접실로 안내해 줘! 금방 갈게."

그녀는 비명을 지를 뻔한 입을 가리며 간신히 나지막한 소리를 토해 냈다. 이미 머리는 수많은 것으로 엉키고 얽힌 뒤였다.

그녀는 무엇이든 겪어야 알 수 있다고 믿었고 그렇기에 전생에서도 초자연적인 현상은 믿지 않는 편이었다.

그러나 죽음에 대한 예언 앞에서 그런 감각은 무너졌다. 그럼에도 아직도 경험이란 필터를 넘는 것에 생경함을 느끼곤 했다.

이를테면, 그녀는 쓴 기억이 없는 이 편지에 대해서도.

'정갈하고 차분한 글씨.'

아실리는 황급히 양피지를 조금 전 자신이 봤던 것과 비교했다.

수년간 그녀의 글씨는 조금씩 변해 왔고 그래서 미세한 변화가 있었다.

지금의 글씨와 미세하게 다르다.

언젠가 그녀가 본 책에서 이르길 다중인격인 사람은 각 인격마다 필체마저 다르다고 한 것을 본 적 있었다.

이것도 그러한 종류의 것일까?

'그럼 17년 내내 조용하다가 이제 와서 발현된 또 하나의 인격이라고?'

그녀는 그보다는 좀 더 이성적이고, 그래 믿기지 않지만, 더 신빙성 있는 결론에 도달했다.

이건, 자신이 보내는 경고였다.

증거는 그녀의 상태였다. 식은땀으로 푹 젖어 관자놀이로 달라붙은 머리카락과 푹 젖은 손바닥. 바짝 마른 입술까지. 분명 잠들기 전 자신은 멀쩡했다. 그렇다면 이건 그녀가 아닌 다른 누군가 겪은 것.

짧게, 간결하고 단편적으로, 적힌 글은 오직 자신만이 알 수 있는 정보로, 소녀의 눈이 맨 끝의 문장에서 멈췄다.

[이것으로 마칠게. 마지막으로, 카스토르를 조심해.

그놈은 너를 최악의 길로 빠트릴 수 있는 사람이지. 그 불행은 어쩌면 죽음보다 더한 것일 거라 장담해.]

자신과는 미묘하게 다른 필체.

[절대 잊지 마. 책 속 카스토르가 어떤 모습이었는지.]

어째서인지 끝으로 갈수록 삐뚤빼뚤. 어린아이가 쓴 것처럼 서툴렀다.

[힘내.]

'그녀'는 끝내 진실을 말하지 않았다. 소녀는 어렵지 않게 그것이 말하지 않은 쪽이 나은 거구나 알아차렸다. 그녀는 스스로 머리가 나쁘다 자학하지만 정말로 멍청하지는 않았다.

오랫동안 생각에 잠겼던 소녀가 고개를 들었다.

"기억이라."

태양 아래 맑고 정순한 자색 눈동자가 빛을 반사했다.

소녀가 눈을 깜빡이며 차분하지만 정을 듬뿍 담은, 따뜻한 시선으로 편지를 바라봤다.

'너는 무엇을 알고 있니?'

무엇을 짊어지고 있었을까.

손끝이 마지막 문장을 더듬었다.

[부탁이야. 행복해 줘.]

그렇구나.

정말로 상실된 기억이 있었고, 기억을 잃은 게 사실이며 그녀가 몰랐던 '그녀'가 있었다.

나는 무엇을 잃었을까?

아실리가 스스로 생각하기에 자신은 생각이 느리고 머리가 좋진 않았지만 어리석지는 않았다. 그래서 줄곧 빠져 있던 조각이 무엇인지 알았다. 소란스럽던 기억 조각들이 자리를 잡으며, 죽음을 제외한 모든 기억이 나열되기 시작했다.

'그렇구나, 나는……'

반복된 죽음을 잊은 소녀는 덩달아 죽음의 위기를 거친 순간도 잊었다. 하지만 지금, 지난 몇 년간 암살이나 독살. 위기에 처했던 모든 순간을 떠올렸다.

경각심, 경계, 공포와 용기.

죽었던 기억을 제외하고 신력 때문에 흐려졌던 기억이 차곡차곡 돌아오기 시작했다.

"너무 평화로웠지."

수없이 많은 죽음을 예고했던 일기장. 그리고 오랫동안 죽음을 앞두고 겪었던 격렬한 과정. 불꽃처럼 살아온 시간은 알게 모르게 그녀를 세뇌하고 중독되게 했고, 알아차리지 못한 사이에 소녀를 적셔 긴박하지 않은 삶에 무료를 느끼게 하고 있었다. 평화로운 시간은 소녀를 끈 떨어진 인형처럼 보이게 했다.

마침내 소녀는 고개를 주억였다.

문제의 해결은 언제나 문제를 직시하는 것으로부터 시작한다.

"……카스토르."

생각해 보면, 언제나 공격 받는 쪽은 그녀 자신이었다. 먼저 나서지 못할 이유는 없는데도. 그녀는 줄곧 수동적으로 상대가 터트리기만 바라고 있었다. 솔직히 그녀와는 맞지 않았다.

그녀는 고객의 불만을 예상하고 그에 대한 미리 대책을 만드는 매뉴얼에 적합한 사람이었지 임기응변에 강한 쪽은 아니었다. 일이 터지고 허둥지둥 해결하는 쪽보다는 계획과 예방 쪽이 적성이었으니까.

'그래도 먼저 나서지 말란 법 있어?'

죽이 되든 밥이 되든. 아무것도 하지 않고서는 답을 얻을 수 없다.

자, 이제 어떡할까? 소녀가 나긋나긋한 미소를 지었다.

문제를 알았으니, 해결할 차례다.

'또 다른 내가 남겨둔 답.'

답답하게 감싸고 있던 벽의 일부가 허물어지고, 흐릿한 빛이 보이는 것 같았다.

놓치지 말자.

혼탁하던 소녀의 눈에 새벽별처럼 이지적인 빛이 뱅뱅 돌고 있었다.

* * *

바실리카 율리아.

이 거대한 공간을 지나가는 남자가 있었다. 100미터 이상 쭉 뻗은 회랑을 지나가는 동안 수백 개의 초상화가 남자를 반겼다. 제각기 살아 있는 것처럼 생동감 넘치는 그림은 예술과 화가를 수호하는 신의 신관들이 그린 작품으로 각기 신화의 한 장면, 영웅의 대서사시, 양을 치는 양치기 등 주제가 다양했다.

그리고 회랑의 끝을 장식한 것은 성인 다섯 명이 누웠을 때 꽉 찰 것 같은 거대한 그림. 황궁 도무스 아우레아를 그린 그림이었다.

남자는 흘끗 아래를 보았다. 2층으로 이루어진 건물의 난간 아래로 왁자지껄한 소음이 한데 섞여 시끄러운 교향곡을 만들어 낸다.

이곳은 시민들의 재판이 이루어지고 신관들이 구직 활동을 벌이는 곳이다. 신관과 신관이 아닌 자들이 한데 뒤섞여 늘 북적북적한 곳이었고, 자연히 수많은 상점가가 들어섰다. 매콤한 향기가 코를 찌른다. 그러고 보니 점심시간이었던가?

"……밥은 먹었으려나."

지극히 사무적이던 낯이 한순간 놀라울 정도로 풀어지며 청년이 보일 듯 말 듯 미소했다. 역광이 비추는 곳에 선 낯이 돌아가며, 언뜻 유려한 곡선을 그렸다. 살랑거리는 갈색 머리칼은 꼭 여인의 것처럼 부드럽고 나긋한 물결을 치며 고운 이마를 가렸다.

"형이, 굶기지는 말아야 할 텐데."

설마 플뢰온이 그러하겠느냐마는, 가끔 그의 형은 자기 성질을 못 참고, 쓸데없는 고집을 부리곤 하므로. 그 불균형은 아마도 레이가 잘 잡아 줄 것이다.

그러고 보니 이래저래 일이 바빠 아실리에게 찾아가지 못한 날이 꽤 된 것 같다.

별일이야 있을까 싶지만 그녀에게는 늘 별일이 아닌 일만 잔뜩 일어났기에 쉽게 걱정을 지울 수 없다.

'맡겨 두니 불안하고.'

난간에서 떼어 내는 손을 따라 긴 옷자락이 바람에 펄럭인다. 흰 법의와 위로 걸친 길고 붉은 천은 데인을 무척이나 고아하게 보이게 했지만, 그의 표정은 피로해 보였다.

'그렇기에 얼른 일을 처리하고 돌아가고 싶은데 말이야.'

데인이 바삐 발걸음을 옮겨 기나긴 회랑을 벗어난다. 중앙 광장을 중심으로 북쪽의 관공서 건물을 쭉 따라가면 나오는 곳.

과거 초대 황제를 따라 12 상위신의 힘을 이어받고 제국의 토대를 마련한 권력자들의 머나먼 후손이 한데 모이는 곳.

수천 년 동안 대사제와 한때 대사제였던 자, 대신관들이 모두 모이는 이곳은 원로원 의원들이 모이는 집회장 쿠리아(curia)다.

문은 열려 있었다.

"롬의 수장, 수레바퀴의 후예, 7황자님께서 드십니다!"

반으로 조각난 뱀의 모습이 보인다. 음각으로 또렷이 새겨진 뱀은 주신의 상징이다. 그 오른쪽에는 지혜의 여신의 새끼줄, 눈과 바다의 신을 상징하는 삼지창, 태양의 신을 담은 전차, 왼쪽에 대장장이의 망치와 모루 그리고……. 한창 훑던 데인의 눈이 느릿하게 감겼다.

'죽음의 신의 상징은 수선화였나.'

그리고 다시 떴을 때, 나긋한 미소와 함께였다.

값비싼 대리석으로 만든 바닥에는 우아한 무늬가 굽이치며 음각돼 있다. 저벅저벅. 바닥을 걷는 그에게로 수십 쌍의 눈과 이목이 쏠렸다. 이곳의 구조는 흡사 작은 콜로세움 같아서 아래로 갈수록 낮아지는 계단을 따라 가장 중심이 되는 자리가 있었다.

12인의 원로원 대의원장이 앉는 자리는 높은 단상과 등받이가 달린 의자가 배치되어 있었다. 그리고 의자는 빠짐없이 차 있다.

"오셨습니까, 7황자님."

그중 하나가 입을 열었다. 데인은 발언대 위로 말없이 올라 좌중을 향해 당황하는 것 없이 살며시 미소를 지었다.

여와 남 그리고 노소를 불문하고 홀리듯 아름답고 또한 성스럽기까지 한 미소는 술렁이던 분위기를 금세 잠재웠다. 이들 중 하나는 곧 저 미소야말로 미의 여신조차 홀렸던 미동의 것이리라 생각했다.

그리고 우아하게 제국 전통 복장을 갖춰 입은 데인이 아름다운 낯과 잘 어울리는 나긋하고 부드러운 목소리로 말했다.

"저를 부른 것은, 사막의 공주를 보호하고 있기 때문입니까?"

원로원 대의원장 12인은 각각 12신의 대신전을 상징한다. 이 땅에 내려온 24인의 신 중 상위 12신. 그중에 유명무실해지거나 아예 소식이 사라진 신전을 대신하여 하위 신관이 앉기도 한다.

이를테면 사라진 바람의 대신전 자리에는 공기와 깃털의 신관이 앉는 식이다.

"꼭 그것 때문은 아닙니다."

입을 연 것은 현 집정관인 지혜의 여신의 대신관이었다. 그는 2황자의 외조부이기도 했다.

"오늘 드릴 말씀."

노인이 노련하고 이지적인 시선을 품었다.

"이것은 황자님의 또 다른 정체이며 역할에 관한 이야기이기도 합니다."

* * *

전구를 만들었다던 에디슨은 약 2,000번의 실패를 겪었다고 한다. 이처럼 어떤 구상을 실현시키는 데는 수많은 어려움을 동반한다.

'그러니 나만이 겪는 일이 아니야.'

위기 앞에 선 소녀는 자신을 그렇게 달랬다.

오늘도 카스토르와의 연습이었다.

그들 둘만을 위한 악사가 긴 뿔 나팔을 불었다. 음악의 신관의 지휘에 따라 고고하고 독특한 음률이 악단의 손끝을 악기삼아 홀에 가득 울려 퍼졌다.

소녀는 불편한 표정을 애써 구겨 삼키며, 치마를 잡고 미소했다. 이제부터 저 인간은 창조신이고 나는 초대 황제다, 열심히 되뇌면서.

크고 묵직한 걸음으로 당당히 걸어온 카스토르가 고개를 숙이고는 손을 잡아당겨 입을 맞췄다.

손가락 하나하나에 입을 맞추는 것은 태곳적 한 인간을 사랑했던 주신의 행위이자 귀애의 상징. 인간이 유한한 생명임을 한탄하며 기꺼이 모든 것을 주었던 신의 표현 방식이었다.

그런 주신이 카스토르의 역할이었다.

지고지순한 순애와 폭군이라니, 그녀는 지독히도 어울리지 않는 조합이라 생각하며 스텝이 꼬이지 않게 발을 옮겼다.

사실 두 사람이 처음 췄을 때, 긴장한 소녀의 춤은 정말 형편없는 것이었다. 이 때문에 그녀는 스스로 생각하기에 이 한없이 포악한 폭군이 어느 날 수없이 발을 밟은 자신의 모가지를 댕강 따 버려라 명령해도 이상하지 않을 거라 생각했다.

'사람이 조심한다고 조심되어지는 건 아니더라.'

때때로 몸은 정신의 지배를 벗어나기도 한다. 그토록 연습을 했건만, 실전은 연습과 달랐던 것처럼 말이다.

<괜찮다. 다시 해 볼까?>

그는 무심했다.

도무지 발을 밟히고도 밟힌 사람 같지 않은 그의 표정은 아실리로 하여금 순간 발까지 얼음으로 되어 있나 무심결에 이상한 생각을 하게 만들 정도였다.

"오늘은 실수가 보이지 않구나."

"……부끄러워요."

그녀는 레베카에게 실로 미안해졌다.

"서툰 모습을 너무 많이 보여 드린 것 같아서."

그토록 헌신적이고 열정적으로 가르쳐 났더니 파트로누스를 뺏어 가질 않나. 막상 실전에서 발을 밟다니.

레베카가 얼마나 좋은 선생님이었는지 너무 잘 알아서 더욱 미안했다. 하나를 가르치고 둘을 까먹었다는 소릴 들어도 할 말이 없을 지경이었다.

"어찌하여 오라버니 앞에서만 이리 긴장하는지……."

아실리가 어색하게 웃으며 말을 흐리게 맺었다. 난감한 대화 주제는 얼른 치워 버리는 게 좋다.

"오늘은 바쁘지 아니하신가요? 늘 함께 있던 대신들이며 서류들이 보이질 않아요."

카스토르가 시선을 주었다.

"항상 방해받을 수는 없지 않으니?"

가까워진 거리.

"너와 함께하는."

긴장감이 심장을 조였다.

"이토록, 즐거운 시간에."

아실리는 입술을 깨물지 않으려 애썼다. 그거, 폭군 당신 혼자만 즐거운 시간이 아닌가. 하필 꽉 잡아 안는 동작에서 말이 터진 탓에 황홀한 목소리가 귀를 웅웅 울렸다.

'보이지 않을 거니까 이참에 쌓아 놨던 그대로 가운데 손가락도 날려 줄까.'

소녀는 안긴 그대로 표정을 찌푸렸다. 그러나 그녀는 오래 살고 싶다.

"……저와 함께한 시간을 그리 말씀해 주시어 기뻐요. 저 또한 오라버니와의 시간을 손꼽아 기다리곤 하니까요."

"기다려? 나를 말이니?"

"네."

사실이다. 정확히는 이 시간이 끝나는 순간을 가장 기다리고 있지. 어쨌거나 카스토르랑 함께하는 것이니 틀린 말은 아니었다.

"저희는 같은 마음이로군요?"

그녀가 긴장을 살짝 풀었다. 카스토르가 피식 웃으며 얼굴을 가까이 하기 전까지는.

"진실로, 그리 생각하니?"

"……네?"

"내 아실리, 나는 진실과 거짓을 아주 쉽게 알 수 있단다."

귀로 달콤하게, 이성이 녹아들 정도로 속삭이는 녹녹하고도 끈끈한 목소리인데도 왜일까. 소녀는 순간 확 소름이 돋았다.

"지금 이 홀에 있는 모든 사람의 생각을 알 수 있다. 그리 할 수 있음에도 하지 않지. 왜일까?"

"……어째서인가요?"

"쉽게 읽어 모든 걸 알아버리면 재미없기 때문이야."

단단한 카스토르의 몸은 쉽게 밀리지 않았다.

"너를 아끼니까."

"……."

"쉽게 잃고 싶지 않은 것처럼."

음악은 클라이맥스로 더욱 강렬하게 몰아친다. 폭풍처럼 몰아치는 춤의 절정에서 아실리는 그만 도망가고 싶어졌다.

하지만 여기서 도망가면?

그것은 길일까? 막다른 길이 눈앞에 어른거리는데, 하지만 도망치는 것은 좋은 선택은 아니었다. 그녀는 물러서지 않기로 했지 않나.

소녀는 팽팽하게 맞물린 공기 속에서 남자의 어깨를 잡은 채로 당당히 고개를 들었다.

"저를 왜 아끼시나요?"

"아끼는데 이유가 있던가."

순간, 소녀의 머릿속에는 『루스벨라의 빛』 속 여주인공과 폭군의 대화를 하는 한 장면이 스쳐갔다.

왜일까?

「이리 와. 그 남자가 갈기갈기 찢겨 죽는 꼴이 보기 싫다면.」

이미 파트로누스가 있는 루스벨라를 향해 나긋나긋하게 협박했던 폭군이 떠오른 것은.

아실리는 등에 소름이 오소소 돋았다.

그때, 루스벨라가 무어라 했더라?

"······가끔, 의문이 들어요."

기억을 잃은 소녀와 기억을 잃지 않은 소녀의 차이는 '죽음'이다. 다시 말해 자신을 죽인 자를 기억하지 못한 것과 같다.

"오라버니. 어째서 오라버니는 고작 수년 전 처음 본 저를 아끼신다 말씀하시는 걸까요?"

그렇기에 지금 아실리는 처음으로 자신의 본질에 가까운 모습으로 카스토르와 마주했다. 이 용기는 죽음이란 허무한 공포를 모르기 때문에 나왔다.

40번 넘게 죽고 죽었던 소는 자신을 죽였던 사내에게 사로잡혀 있었다. 그것은 그녀 스스로조차 깨닫지 못한 무의식적인 속박이었다.

기억을 잃기 전에 아실리는 카스토르라는 사람을 책 속 폭군 대신 자신을 죽인 남자로 보았다. 그리고 사로잡혔다. 악몽과도 같은 증오와 분노와 헛헛하고 바스러지는 허무한 감정들에.

'……이상해.'

그러나 그런 속박으로부터 자유로워진 소녀는 전과 다르게 묘한 괴리감을 알았고, 곧 밀물처럼 몰려드는 충격에 몸서리 쳤다.

그랬다.

기억을 잃었기에 카스토르를 책 속과 비교할 수 있었다.

"오, 오라버니는."

설마, 아니겠지. 아니겠지 하고.

"저를 얼마나 아끼시나요?"

음악은 마지막 장을 향해 달려가고 있었다.

카스토르는 한쪽 무릎을 반쯤 꿇고 소녀를 들어올려, 둘은 위와 아래에서 서로를 마주보았다.

그의 고개가 기울어지며 가까워졌다.

"……너를 얼마나 아끼느냐."

오래전 신에게 바치는 제식으로 만들어진 춤은 뒤로 갈수록 변형되고 더욱 녹진하고 몸이 붙는 남녀 간의 교합을 위한 춤이 되었다.

"주신은 단 하나뿐인 사랑과, 동반자와 이해자를 위해 무엇이든 해주었다고 하지."

주신은 초대 황제를 지독하게 사랑했다. 황제는 신의 이해자이며 동반자였고 하나뿐인 사랑이었다.

"이 노래는 주신을 위한 노래."

피리 소리는 사실상 진혼곡이었다. 단 하나의 소원을 위해 석양으로 잠들어 버린 신과 유한한 생명을 이기지 못하고 죽어 대지에 묻힌 초대 황제를 위한 노래.

"이 순간 나는 주신이고 네가 황제이기에 묻고 싶구나."

카스토르는 태양과도 같은 찬연한 금빛이 뱅뱅 도는 눈동자를 농홍하게 휘면서, 오싹하도록 듣기 좋은 목소리로 즐겁게 그녀에게 말했다.

"무엇이든. 해 주겠다 하면, 영원히 이 궁에 남아 있겠니?"

"……."

"초대 황제처럼."

삐끗, 그녀가 실수했다. 완벽하던 춤에 오점처럼 남은 동작은 카스토르가 재빠르게 넘어가는 소녀의 몸을 받치는 것으로 거짓말처럼 가려졌다.

"너를 원해."

수 초간의 침묵. 탄성. 감탄. 그리고 우레와 같은 박수 소리.

선생들의 호들갑 섞인 소음이 시선 사이를 가득 메웠다.

"초대 황제는 주신에게 모든 것을 얻은 대신 이 궁에서 영원히 빠져나가지 못하는 대가를 치렀지. 신의 힘이란 하나같이 그런 대가를 치르는 힘이란다. 속박을, 감시를, 집착을. 한 신관을 오롯이 차지하는 것이지."

아실리가 마지막 연습 날까지 바랐던 게 있다면 그의 발을 밟지도 않고 어떤 동작도 흐트러짐 없이 완벽하게 춤을 마무리하는 거였다. 그녀는 방금 그 바람이 이루어졌다는 것을 알았다.

"그거 아니, 아실리."

꿈은 이루어진다. 그러니 그녀가 이 어처구니없는 폭군에게서 벗어나 언젠가 자유로운 삶을 사는 것 또한 이루어지지 않겠냐고. 그러기 위해서 그녀는 이 달콤한 목소리를 지워 내야 했다.

"이것이야말로 사랑이 아니냐고. 난 생각한단다."

무엇이? 집착이? 신화 속 비정상적인 관계를 사랑이라 치부하는 폭군의 눈동자는 어느 날 보았던 광기로 번득이고 있었다.

어느새 음악은 끝나 있었고 이쪽으로 달려오는 선생들과, 박수를 치는 시종들과, 창을 든 병사들. 그와 그녀는 춤을 시작할 때의 자세로 돌아가 있었다.

"⋯⋯답, 답변 감사해요."

"답변이라니?"

"주, 주신과 초대 황제로 비유해서 답변해 주신 거잖아요?"

"아아. 그리 들렸구나?"

카스토르가 처음처럼 얇은 손에 손가락 하나하나에 입을 맞추고 떨어진다. 아실리는 의문형으로 끝낸 그의 말이 무엇을 뜻하는지 몰라 잠깐 고개를 기울였다.

불행하게도 그의 대한 대답은 금방 알 수 있었다.

"꺄아아악! 저, 전하!"

돌아선 카스토르가 망설임 없이 그녀에게 수건을 건네던 시종을 베어 버린 것이다.

"널 얼마나 아끼느냐 물었니?"

시종의 등 뒤를 찔려 앞으로 쑤욱 빠져나온 검을 보며 아실리는 잠깐 커터 칼에 깊게 베였을 때를 떠올렸다.

"비유가 아니야."

단순히 작게 베였을 때도 쓰라리고 아픈 것을 이렇게 후드득 피가 떨어지는 상처는 얼마나 아픈 것일까?

"거슬리는 것들. 전부 없애 버리고 너와 나만 두고 싶을 만큼. 너를 아낀단다."

아실리는 이 순간 자신을 감싸고 있던 기묘한 위화감의 정체를 알아 냈다.

아니 조금 전 그에게 들었을 때부터, 어쩌면 그 말을 들었을 때부터 이성보다도 먼저 내재된 감이 경고등에 불길할 정도로 새빨간 등을 켜고 그녀의 머리를 연신 찌르고 있었다.

그 대사는 분명, 루스벨라로 향했을 것이었다.

"아……, 낀다고……요?"

지금 이 공기, 자신을 찌르는 것같이 긴장된 소양감, 피와 시종, 붉은 방울이 뚝뚝 떨어지는 검. 활자와 텍스트의 나열로 눈에 익혔던, 눈앞에 생생하게 펼쳐진 장면 속에서 이 자리에 있어야 할 사람은 그녀가 아니었다.

카스토르는 칼을 뽑고 다시금 다른 몸 어딘가에 칼을 찔러 넣었다. 비명 소리가 길게 이어졌다가 부자연스럽게 딱 끊어졌다.

소녀는 비명조차 지르지 못한 채 제 손에도 튄 피를 천천히 바라봤다. 불쾌할 정도로 끈끈하고 미지근한 피. 아실리는 왈칵 터질 것 같은 눈물을 억지로 눌러 참으며 천천히 뒷걸음질 치다가 고개를 들었다.

[절대 잊지 마. 책 속 카스토르가 어떤 모습이었는지.]

굳이 '그녀'가 조언하지 않아도 알 수 있는 거였다. 책 속 폭군은 폭군이었다. 거칠고 사납고 광폭한 미치광이. 침묵한다고 그것이 평화가 될 수 없고 절대 이해할 수도 없을. 하지만 죽음을 겪지 않은 아실리 만이 알 수 있었던 것이 있다.

왜, 당신은 루스벨라를 향해 했던 말과, 의미를 내게 전하는가?

"커헉, 사, 살려 주세요……. 살려……, 살려 주세요……."

검이 파고든 상처에서 뚝뚝 떨어지는 피가 보였다. 왈칵 역류한 피를 울컥 뱉어 낸 시종의 몸이 힘없이 기울었다. 그리고 왜소한 몸 뒤로 보이는 유려한 낯. 찬란한 황금색 눈동자.

"저를 아끼셔서 이 시종이 아픈 건가요?"

"……."

카스토르는 아실리를 물끄러미 바라봤다. 진득한 시선은 그녀를 벗겨 낼 것처럼 집요했다.

"신들이 신관에게 속박과 감시와 집착했던 것이 사랑이라 생각하시나요?"

오늘은 그들의 마지막 연습 날이었다.

"그건 사랑이 아니에요."

카스토르는 저곳에 있었다.

"그렇군. 그게 네 생각인가."

그리고 피식 웃던 그는 자신을 남겨둔 채 멀어지다가 이내 사라졌다.

털썩.

홀로 남겨진 아실리는 끅끅대며 자신을 감싸 안았다. 몸이 주체할 수 없이 떨렸다. 텅 빈 홀 어디에도 그를 볼 수 없는데, 왜 나는 그가 있는 것처럼 무섭지?

죽음을 잊은 소녀는 이전처럼 태연할 수 없었다. 이 공간 전부 그로 채워진 것처럼 두렵고 한 발짝도 옮길 수 없는 것은.

기억을 잃은 소녀는 이전보다 책 속 내용을 더욱 가까이했고 또 선명히 기억하려 노력했다. 그래서 그저 지나가는 대사도 놓치지 않고 알아 버렸다.

언젠가 이 빠짐없는 기억을 버프라 자조했던 적이 있었다. 실로 그랬다. 이 따라붙는 책 속 내용들이, 줄줄이 떠오르는 책 속 폭군의 기억들은 그녀에게 경고등을 울렸으니까.

폭군은 멀리 사라졌다. 그러나 폭군이 남기고 떠난 폭탄의 잔여물이 군데군데 남아, 유리 파편 조각처럼 파고들었다.

[잊지 마. 책 속 폭군을.]

소녀는 채 피를 닦지 못해, 이제는 차갑게 식은 손등을 겹치며 가까스로 숨을 들이쉬었다.

[그는 널 죽음보다 더한 고통으로 이끌어 갈지도 모르니까.]

기억을 잃기 전 자신은 알고 있었을까? 아실리는 이 상황도 예상했냐고 묻고 싶었다.

'침착해.'

아실리가 심호흡했다.

'무슨 꿍꿍이일까.'

폭군의, 그 미치광이 같은 남자의 사고방식은 평범한 자신이 따라갈 수 없다. 하지만 자신에겐 기적처럼 남겨진 책 속 내용이 있었다.

이미 그녀는 무릎을 꿇고 겁박하는 그에게 종이 되겠노라 굴복한 적 있었다.

"……술을 줘."

누가 질 줄 알고. 되새기기 싫은 악몽을 또 한 번 되풀이 할 순 없다.

이 순간에도 두렵고 덜덜 떨리고 미친 듯이 이가 딱딱 부딪쳤지만 그럼에도 온갖 도움을 멀리하고 자신의 다리로 섰다.

새벽별처럼 푸르게, 북극광처럼 아름다운 자색을 띤 눈동자는 이지적인 빛을 띠었다.

루스벨라는 실로 마성이라 불릴 만한 매력을 가진 여자였다. 누구든 그녀에게 빠졌고, 그로 파생된 관계들로 가득했던 소설이었다. 희대의 폭군, 광기의 황제라 불리었던 남자조차 빠진 것은 책 속 창조주가 정한 당연한 결과였을 것이다.

그러나 조금 전 장면으로 돌아가, 그의 대사는 루스벨라에게 사랑에 빠졌을 때가 아니다.

정확하게는 사랑을 깨닫지 못한 채로 달콤함과는 거리가 먼 장면이었다.

그가 사랑에 미친 남자가 되는 순간은 아이러니하게도 따로 있었으니까. 이전까지 루스벨라는 타국에서 나타난 흥미로운 유희에 불과했다.

「저를 얼마나 아끼시나요?」

그 말은 루스벨라가 옥에 가둔 제 연인을 구해 내기 위해 뱉어 낸 절박한 속삭임이었고, 카스토르는 대답을 목숨 하나로 대신했다.

그저 타국에서 들어온 작고 예쁜 장난감에게, 이리도 아끼니, 크게 날뛰지 말고 쥐 죽은 듯이 조용히 있어 달라는 경고의 의미로.

감히 사랑이라 담지 못할 집착을 사랑이라 말하는 남자는 지극히, 평범하게 사랑을 재깔었다. 그것이 그가 미쳤다는 증거였다.

이 순간 아실리는 머리가 차가운지 뜨거운지 모르겠다고 생각했다. 얼음을 댄 것처럼 차가운데 비해 속일 수 없는 열이 마구 어지럽히고 있었다. 차마 소리를 지르지 못한 것은 이성이 마지막으로 해낸 일이었다.

책 속, 수많은 미친 짓을 자행했던 남자가.

—너를 원해.

한때, 제 목숨과, 제 궁의 모든 하녀의 생명을 쥐고 겁박했던 남자가 이렇게 말하다니.

두근거려? 미친 소리다.

그 남자의 유려한 얼굴이, 황홀할 정도로 아찔한 목소리가 귀를 속이지만, 달콤하게 속삭이던 목소리는 사실 그녀를 흥밋거리로밖에 보지 않던 남자의 유희였을 뿐이다.

* * *

"왜, 다 죽은 닭 새끼 꼴이냐?"

궁으로 돌아간 그녀를 반긴 것은 소파에 우아하게 늘어져 저를 바라보는 첫째 오라비였다.

오늘도 말끔하다 못해 강박증이 느껴질 정도로 깨끗하고 정돈된 차림의 그는 다리를 꼰 채 막 들어온 동생을 넘겨다보았다.

'오빠 일이 없어……?'

아실리는 그런 오라비를 물끄러미 바라보다 말고 고개를 저었다. 말해 뭐 하나.

"이따 저녁에 들를 거라던데."

"누가?"

"데인."

플뢰온은 심드렁한 낯으로 뱉었다.

무슨 연유에서인지 한동안 매우 바빠 거의 보지 못했던 데인이 온단 애기에 흐렸던 소녀의 낯이 조금 피기 시작했다.

그런 여동생을 바라보던 플뢰온이 아닌 척 툭 던졌다.

"황태자 전하가 뭐라 하시더냐."

순간 소녀는 깜짝 놀란 표정을 지었다. 아차 싶은 심정으로 얼굴을 가라앉혔다. 등지고 있어 보지 못한 게 다행이었다.

"아니면 4황자 형님이랑 싸웠냐?"

"으응. 그런 거 아니야."

"아니면 뭐. 한동안 헤벌레, 헤벌쭉 잘도 실실거리며 웃는 낯이 죽은 풍뎅이처럼 다 죽어 가는데. 어떻게 신경이 안 쓰여?"

"……오빠는 그 말투만 고치면 정말 사랑 받을 건데."

아실리는 생각했다. 분명 담긴 건 걱정인데 사납기만 한 거친 말씨를 어쩌면 좋을까.

'나이 먹으면 좀 고쳐질까 싶더니 그런 것 같지도 않고.'

어쩜 형제인 데인과 이리도 다를까 싶기도 했다.

'이복이라 그런가.'

이래저래 그를 데려갈 누군가에 대한 걱정만 커지는 그녀였다.

"야. 못난아."

한동안 투덜거리던 플뢰온이 자세를 고쳐 잡고 퍽 진지하게 뇌까렸다.

"사막의 사절단 말이다."

"아, 응."

"건국제 하루 전에 도착할 거라더라. 아마 인사는 건국제 첫날 연회에서 할 모양이고."

"그렇구나."

"'그렇구나'는 뭔 '그렇구나'야."

플뢰온이 성을 냈다.

"지금 네가 속없이 웃을 때냐? 사막의 공주인가 뭐인가 하는 여자는 널더러 지 시녀인가 좀 제발 찾아 달라고 하는데, 아니 목숨 건져다 줬으면 됐지. 이건 무슨 염치냐? 건방진……."

그 말에 아실리는 잠깐 놀란 얼굴로 플뢰온을 응시했다. 이내 그녀는 쓰게 웃으면서 아하시야의 심정을 십분 짐작했다.

"되게 절박한가 보다. 오빠가 직접 만나 본 거야?"

"아니, 데인 놈이 만났어."

"……데인이 공주를 왜 만나?"

"지금 그 공주 그놈 사가에 머물고 있잖아."

"뭐?"

아실리가 눈을 크게 떴다.

이건 또 무슨 상황인걸까? 그녀는 데인이 수도 내에 사가가 있다는 건 알았지만 거기에 공주가 머무르고 있다는 건 몰랐다.

이어 플뢰온을 통해 대충의 사정을 들었다.

"그라니우스가 공식적으로 사막의 공주를 보호하고 있음을 밝히며 데인에게 신병을 양도했다고?"

"그래. 어쨌거나 7황자는 누구도 지지하지 않는 중립의 위치에 있으니까."

중립이라기보다는, 힘이 없어서 누구도 끼워 주지 않았던 형국이지만. 데인의 위치가 요긴하게 쓰였다.

"그런 얘기가 오고 간 거라고."

일단 그의 외가인 '롬의 수레바퀴'는 한때 유랑민족이었고 더 거슬러 올라가 그들의 뿌리가 사막에서 온 탓에 다들 어렵지 않게 수긍했던 것이다.

"어쨌든 너, 몸 좀 사려. 얼마 남지 않았잖아. 그……. 아무튼."

휙, 거칠게 꺾어진 고개를 마구 비볐다. 흐트러진 얼굴. 오랜 시간이 지났지만, 플뢰온은 여전히 여동생의 죽음을 담는 것을 힘겨워했다.

'그냥 말해도 되는걸. 아무렇지 않은데.'

그녀가 지난 무수한 죽음을 피하며 단련된 정신은 완전히 아무렇지 않지는 않지만 적응할 시간은 됐다. 아실리는 사실 이는 아직까지 진짜 죽지 않아서일지도 모른다고 생각했다.

죽으면 어떻게 될까?

아모르를 대신해 독을 마셨던 날처럼 다시 눈을 뜰까? 실험해 보고 싶었던 적이 없다고는 못하겠다.

그렇지만……. 그 뒤의 아실리 로제는, 아실리 로제로서 남아 있을까? 그녀는 무서웠다.

부르르 경련하듯 떠는 손을 꽉 쥐며 머리를 털어 냈다. 그녀는 절대, 생명을 가지고 농락하는 쓰레기가 되고 싶진 않았다.

'루스벨라가 제국에 입국했을까?'

시기상 지금은 루스벨라가 제국 밖 아카데미에 있을 때였다. 우연히 제국에 대한 소문을 듣고 방학 중에 이곳으로 몰래 넘어온 루스벨라는 건국제가 가장 화려하던 밤에 서브 남자 주인공 카스토르를 만난다.

둘의 첫 장면은 두고두고 회자되곤 했다.

이미 만남의 장소에서 비밀의 공간을 확인해 본 그녀였다. 카스토르와 루스벨라가 이곳에 오지 않을 일은 없을 것이다.

그 장소. 시계탑에는 루스벨라에게도 카스토르에게도 가야만 하는 이유가 존재했다.

거기까지 생각하던 아실리는 문득 심장 부근을 움켜쥐었다.

이상했다.

이야기가 흐트러짐 없는 것에 반가워야 할 것인데, 왜 이렇게 심장이 뛰는 것일까. 식은땀이 배어 나왔다.

보다 확실하게, 루스벨라의 행방을 알 수단이 필요했다.

* * *

며칠 뒤.

늦은 오후, 오늘은 최종 완성된 의상을 입어 보기로 한 날이었다. 그러나 플뢰온과 늦은 점심을 함께할 동안 의상을 확인하러 간 레베카는 돌아오지 않았다.

"네 시녀가 올 때까지 함께 기다려 주마."

"응."

요즘 그녀보다도 눈코 뜰 새 없이 바쁜 시녀님이었다. 그녀의 빈자리를 보니 허전하긴 했다.

'허전하다라……'

소녀가 천장의 텅 빈 공간과 가득 메운 벽화를 바라보며 작게 중얼거렸다.

플뢰온도, 데인도, 레베카도. 그리고 그녀가 아는 모든 이들은 주연이 아닌 책의 빈 공간을 채우는 존재들일 것이다.

책 속의 세계라고 해서 자신이 익히 알았던 주인공이 등장하고, 남자들과 사랑에 빠지고 언젠가 전쟁이 일어났습니다가 전부는 아니었다.

'마침내 행복해졌습니다.' 뒤에는 수많은 이야기가 있었으며 사정들이 얽히고 살아가고 있었으니까. 지금 건국제 무대를 위해 노력하는 수많은 사람들처럼 무대 뒤에는 그들의 이야기가 있었다. 문득 아실리는 이것이 참 아득하게 느껴졌다.

그때, 쾅쾅과 똑똑의 중간 즈음의 다급한 노크 소리가 들려왔다.

"본궁에서 서신이 왔습니다! 황녀님을 급히 뵙고 싶다고 합니다."

제4 행정청에서의 부름이었다.

'그라니우스?'

전갈을 살피던 소녀는 발신자가 그라니우스이되 목적지는 중앙 궁임에 의아함을 드러냈다.

"뭐 해, 준비하지 않고서."

"아. 응."

이러나저러나 그녀는 황녀인 이상 부름에 답하지 않을 수가 없다. 플뢰온과 궁을 나섰다. 갈림길에서 헤어질 때였다. 문득 소녀가 플뢰온의 손을 붙들었다. 그러고는 차분하고 정돈된 낯으로 물었다.

"오빠, 황태자 오라버니와 춤을 춘 건 잘한 일일까?"

눈매가 삐죽 올라가 사납지만, 그럼에도 난초처럼 유려하게 잘생긴 얼굴이 찌푸려졌다. 곧이어 그는 하던 대로 생각하는 바를 날것 그대로 뱉었다.

"솔직히 욕하고 싶은 마음은 지금도 저기 불카누스 산의 굴뚝같거든? 데인 그놈도 마찬가지일 거로 생각한다만."

"그런데?"

"네 선택인데. 지지해야지 뭘 어떡해. 못난아."

그는 절대 인정하고 싶지 않은 사람처럼 불퉁했다.

"내가 믿어 주지 않으면 누가 믿냐?"

데인과 플뢰온 또한 밖에서 돌고 있는 소문을 모르지 않았다. 그리고 그녀를 생각해 묵묵히 참았을 것이다. 더구나 인내라곤 쥐뿔도 없던 플뢰온이 말이다. 아실리는 이 배려가 고마웠다.

플뢰온의 손이 그녀의 머리를 헝클었다. 흐트러진 머리카락 사이, 그의 삐딱하게 미소한 얼굴이 보였다. 아실리는 배시시 웃었다.

"고마워."

본궁으로 찾아가는 길은 어렵지 않았다.

황제가 기거하는 궁과 그 옆으로 황후의 궁이 보였다. 원칙상 황족 여성은 성년이 되기까지 중앙 궁에 들어갈 수 없기에 처음 보게 된 거대한 궁이 신기하기만 했다.

황태자 궁이 몹시도 화려했다면, 황제 궁은 아주 웅장한 느낌이었다.

'야상곡과 교향곡의 차이라고 할까.'

지붕은 황금색이었다. 저 색은 제국의 영원한 낮을 상징했다.

석양이 지지 않는 나라. 그러나 책 속에서는 끝내 멸망을 피하지 못했던 나라.

자신을 기다리고 있던 하급 관리를 따라 그녀는 거대한 홀로 안내되었다.

"아실리?"

"……데인?"

대기해 달라며 안내받은 곳에는 놀란 얼굴을 한 데인이 있었다.

"넌 여긴 어쩐 일이야?"

"중앙에서 서신이 왔어. 첫 번째 사절단이 도착했다고 들었어. 아실리 너도 부른 걸 보면 현재 알현 가능한 황족만 불러 모은 모양이네."

오랜만에 보는 얼굴은 조금 수척한 것처럼 보였는데, 아마도 이전과 다름없이 철야로 일을 해서인 것 같다.

'대체 저 국보급 얼굴을 보고도 살벌한 업무를 주는 못된 상사들은 뭐 하는 작자들이야.'

상판이 궁금할 지경이었다. 아실리는 얼굴을 구기다가 그가 내민 손을 잡았다.

"아무래도 난 무대의 주인공이라서 이곳에 불려 온 것 같네."

"맞아."

건국제에서 선보일 「프리모 살바티오」는 다른 나라의 사신들도 큰 관심을 보이는 행사였다. 그래서 그녀도 함께 알현하는 듯했다.

오랜만에 만난 데인이었지만, 이야기할 시간은 길지 않았다.

아실리는 하급 관리를 따라 제 자리로 걸으며 풍경을 한눈에 담았다. 월드컵 경기장은 아니어도 실내 체육관 정도는 되겠다 싶을 거대한 공간이었다. 영화 속 웅장한 신전을 보듯 수십 개의 계단 위로 주신과 주신의 동물이 검은 선으로 새겨져 있다.

고개를 들면 태양을 상징하는 순금으로 된 황제의 옥좌가 가장 먼저 눈에 띄었다. 그리고 양옆에 늘어선 보석이 박힌 황금 의자는 황족의 자리였다. 자세히 보면 의자마다 새겨진 문양과 보석의 색이 달랐다.

아실리가 앉게 된 자리는 옥좌에서 가장 먼 구석의 의자였다. 손잡이에 자수정인지 비취인지 모를 보랏빛 보석이 눈에 들어왔다.

'보라색에다 이건 꽃인가? 그리고 이건 잔?'

의자에는 하얀 꽃과 술잔이 새겨져 있다. 그녀의 것만 급조한 것인지 대칭이 맞지 않은데다 다른 의자에 비해 초라한 느낌이었다.

멀리 떨어지지 않은 곳에 자리한 데인이 보였다. 그의 의자는 흔들거리는 술에 에메랄드가 달려 있고 밑 부분이 수레바퀴처럼 생겼다.

'각각 가문을 상징하는 건가?'

아실리는 외가에 대해 아는 바가 거의 없었다. 차라리 이쪽이 마음 편했다.

중앙의 황제 자리부터 2황자, 3황자, 4황자……, 줄줄이 비어 있는 자리가 보였다.

'황제와 2황자는 없는 건가?'

조금 전에 헤어졌던 플뢰온과 눈인사를 나눈 아실리는 가장 높은 자리. 황제 다음으로 높은 의자에 권태롭게 앉은 카스토르를 바라봤다.

'공작도 함께 있네.'

옆에 굳건히 서 있는 눈부신 하얀 머리칼의 공작 또한 함께 들어왔다. 이윽고 시종 하나가 달려와 카스토르에게 고했다.

"사신들이 준비가 되었다 합니다. 전하."

"들라 하라."

"예!"

중앙의 문이 활짝 열렸다. 약 서른 명의 사람들이 우르르 들어왔는데, 아실리는 그중 가장 앞선 남자에게 시선을 두었다.

"제국의 영원한 우방, 땅과 바다로 맺어진 맹우."

단정한 은발에 체구가 작고 어려 보이는, 실제로도 제 또래로 보이는 남자였다.

"월터 왕국의 제2 왕자 체자르니안 오웬 월터가 인사드립니다."

낭랑한 목소리. 아실리의 눈이 놀라움으로 벌어지고, 한참을 깜빡이지도 못한 채 고정했다.

'책 속 조연.'

소녀는 보이지 않는 책의 책장이 넘어가고 있음을 느꼈다.

'단서다.'

놀라움은 잠깐뿐, 죽음을 멀다 하고 앞두었던 소녀의 눈은 이내 선명한 빛을 드러냈다. 교차하는 당황과 환희.

웃어야 할지 울어야 할지 갈피를 잡지 못하던 사이에서 입술을 비틀었다. 어떻게 지금 저 남자가 거짓말처럼 이 시기에 등장한 걸까? 어째서인지 몰라도, 놓쳐서는 안 될 히든 카드가 등장했다.

제 형의 여자를 사랑했던, 그리고 유능한 기사로 전쟁에서 눈부신 활약을 했다던 은빛의 기사.

책 속 남자 주인공의 동생.

어쩌면, 루스벨라의 행방을 알고 있을지 모를 남자의 등장이었다.

* * *

"하하하. 환대해 주신 것에 감사드립니다!"

문 대신 칸을 나눈 휘장은 여인의 옷자락처럼 하늘하늘 한들거렸다. 중정을 앞에 둔 호화로운 연회장이었다. 바로 앞 정원의 풍경은 그림 같다 말을 해도 좋을 정도로 아름답다.

만개한 하얀 꽃과 이름 모를 연분홍 꽃. 팔랑팔랑 눈처럼 내리는 사이로 싱그러운 햇빛이 고개를 내밀었다.

소녀는 눈을 가늘게 감았다가 뜨며 식기를 잡았다.

식사는 적당히 즐거웠다.

"하하하. 월터의 외교관께서는 재미난 이야기를 많이 아시는구려."

"조영관께 드리고 싶은 말씀입니다. 곧 있을 회담도 몹시도 즐거울 것 같군요!"

"하하. 같은 마음입니다."

아실리는 잔을 홀짝이며, 흘끔, 연회의 중심을 바라봤다. 온순하게 생긴 왕자가 헤벌쭉 웃고 있었다. 그녀와 또래로 보이는 앳된 외모였다.

'나이는 아마, 지금 나보다 두세 살쯤 많다고 했나?'

체자르니안. 그보다는 루스벨라가 기껍게 불렀던 체쟌 쪽이 입에 익었다.

『루스벨라의 빛』 속 남자 주인공 슬로레니안의 동생이자 형의 연인을 사랑한 남자다. 월터 국의 제2 왕자이지만, 일찌감치 기사로 전향하여 후계자와는 거리가 멀었다.

언뜻 들기엔 사랑과 전쟁에 단골 소재로 나오는 치정을 떠올리기 십상이나 그런 농밀한 것과는 거리가 멀었다. 이 남자의 사랑은 풋사랑에서 그치며 두 주인공 간의 큐피드 역할을 하니까.

그녀는 천천히 얽힌 기억을 풀어내며, 소년의 낯을 되새겼다.

눈치 없음, 해맑음, 어리버리함. 신입으로 받고 싶지 않은 최악의 3요소를 갖춘 철부지 기사님은 전형적인 남동생 역할로 소소한 인기를 끌었다.

그러나 자신과는 상성이 좋지 않은 타입이다.

'……어째서일까.'

그녀는 그라니우스와 하하핫 웃고 있는 소년을 보고 있는 내내 기분이 묘했다. 전장에서 활약한다는 남자는 아직 어렸고 남자보다는 청년이라는 말이 잘 어울렸다.

역시 당황스럽다. 설마하니, 제국인이 아닌 남자 인물들을 볼 수 있을 거라곤 생각 못 했으니까.

……이상하긴 했다.

'사절단 대표를 하기에는 조금 과하지 않은가?'

월터에는 훌륭한 귀족들이 많이 있었다. 굳이 왕족인 그가 나타날 정도로 대단한 자리는 아니었다. 최근 역사 동안 월터는 은근히 제국에게 고압적인 위치를 보이려 했고, 그 의사를 매해 건국제에 보내는 귀족의 직위로 드러냈기 때문이었다. 아닌 게 아니라 다른 주변국이 왕녀, 왕자 혹은 왕제를 보내는 것과 상당한 차이를 보였다고.

솔직히 칼타니아스가 천년의 패권을 자랑했다고는 하나 지금에 와서는 쇠락의 길을 걷노라 평가받고 있다. 특히나 보수 신관 귀족층은 지금 황제의 시대에선 넘쳐나는 월터의 문화 물결을 막지 못하고 마구 수용했다고 하여 불만을 가졌다.

물론 그럼에도 황제의 위치가 절대적이기에 겉으로 표출되지 않았지만, 모든 내부 문제가 그렇듯 안으로 곪아 가는 법이다.

'……라고 펜네가 그랬지.'

자리는 점차 무르익었다. 아실리는 남주인공의 동생, 그에게 묻고 싶은 것이 참 많았다.

댁네 형님은 잘 게시니? 아카데미는 재밌으시대? 혹시 거기서 예쁜 장한 여자 친구를 만들지 않았다니? 왜, 이름은 루스벨라라고 하는데.
그녀가 줄줄이 생각을 이었다.

'듣고 나서 제국의 황녀는 미쳤다며 멀리 접근 금지 처분 명령을
내리는 거 아닐까.'

쭉쭉 뻗어 나가던 아실리의 생각이 끽 한 역에 정차했다. 역의 이름이
막장이다.

'그냥 레이 경에게 말해서 으슥한 밤에 납치라도 할까.'

미친 것 같지만, 그녀는 사실 빠르게 처리하면 그리 미친 얘기는 아
닐지도 모른다 생각했다. 왜, 그녀의 궁에도 매일 밤 밤손님이 찾지
않던가. 그렇게 으슥한 밤에 찾아서 싸악. 현 제국과 왕국의 세력은
비등비등하나 제국이 아직은 앞서 있으므로 권력으로 찍어 누르면 어
떻게 되지 않을까?

아실리는 깨달았다. 아, 그 권력이 나에게 없구나.

"……할 수 있는 게 없네."

후식으로 나온 포도를 입에 넣는 둥 마는 둥하며 중얼거리며, 잔을
쳐다봤다. 뱅뱅 소용돌이치는 포도주. 둥둥 떠 있는 포도 껍질 찌꺼기가
꼭 누굴 떠올리게 한다.

'나. 아실리 로제.'

주연을 곳곳에 둔 이름 없는 등장인물.

식탁 모서리 구석 자리가 버프가 없음을, 그녀 스스로 아무것도
아닌 사람임을, 엑스트라라는 것을 자신은 가고 싶어도 가지 못하는
자리임을 말해 주는 듯했다.

묻고 싶은 건 잔뜩 있는데, 자신은 황녀라서, 여자라서, 저곳에 낄
수가 없었다.

지금 자신은 그저 식탁 위 화병처럼 이곳을 장식한 꽃이었다. 그저 배경을 채우는 자리. 저렇게 꺾여서, 살아 있지도 못한.

'참 불공평한 것 같은데. 굳이 소란을 피우기에는…….'

흘끗 상석에 앉은 카스토르를 바라봤다. 지루한 낯으로 권태를 공기처럼 깔고 앉은 그는 금테가 둘러진 등받이에 느슨히 기대어 있었다. 긴 옷자락을 그대로 흘러내리게 둔 채 숨길 수 없는 태만이 묻어났다. 그는 이 자리에 전혀 관심이 없는 게 분명했다.

나른하게 감았던 눈과 마주쳤다. 황급히 고개를 돌린 아실리가 숨을 뱉었다.

'그만 좀 쳐다봤으면 하는데.'

조금 전부터 그는 그녀를 지그시 바라봤다. 하나 카스토르 앞에서 눈에 띄는 행동을 할 순 없었다.

"즐겁게 보내다 가시게."

"영광입니다. 황태자 전하."

식사를 마치고, 형식상 인사를 건넨 카스토르는 기다렸다는 듯이 홀에서 사라졌다.

무례하기 짝이 없는 태도임에도 그 순간을 지배했던 쪽은 카스토르였다. 압도된 월터 측 사람들은 그가 사라지고 난 뒤에야 당혹과 옅은 분노를 숨기지 못하고 드러냈다. 그러나 뭐라 입 밖에 꺼내는 사람은 없었다.

"폐하께서는 귀한 발걸음 하신 사신들을 위해 아끼던 포도주를 내주셨습니다. 한번 맛보시지 않겠습니까?"

놀랍게도 어색한 상황을 수습한 것은 지금까지 죽은 듯 조용했던 헤르난데즈였다. 아실리가 헤르난을 멍하니 쳐다볼 때였다.

"안녕하세요!"

공작이 일을 한다는, 좀처럼 드문 모습에 놀라 쳐다보는 그녀에게 낯선 목소리가 말을 걸었다.

'언제 온 거지?'

분명 멀리 대신들과 있던 소년이 눈앞에서 순진하게 웃고 있었다.

"당신이 멋진 춤을 추는 사람입니까?"

눈이 동글동글하니 크고, 날렵하게 생긴 생김새였다. 그럼에도 아직 숨기지 못한 앳됨과 푸릇함이 말간 눈동자에 담겨 있다.

소녀는 눈을 슬쩍 굴려, 곁눈질한 눈에 월터 측의 대신들과 나이든 귀족과 대화하는 데인, 헤르난 등을 담았다.

'아무도 내게 주목하지 않아.'

카우치가 곳곳에 널려 있는 휴식 공간은 이동이 자유로웠다. 다들 눕거나 앉아 포도주가 든 잔을 후식 삼았다.

"소개는 이미 했지요? 월터의 왕자 체자르니안입니다. 이번 축제를 매우 기대하고 있습니다!"

"어, 어…… 네 감사합니다."

"어릴 적부터 줄곧 축제에 가고 싶어 아바마마와 형님을 졸랐지만, 안 된다는 말을 들었지요. 나는 행운아가 틀림없어요. 올해는 드디어 황녀께서 성인이 되는 해를 맞이해 춘다면서요?"

청년의 말씨는 정중하고 차분하려 했지만, 숨길 수 없는 앳됨과 흥분이 묻어났다.

"기대됩니다. 제국에 다녀온 내 기사가 아주 멋진 말들을 많이 했어요!"

소녀는 잠시 눈을 깜빡이면서, 머릿속을 스쳐 가는 기억들을 점검했다.

'그래, 너는 책 속과 그리 다르지 않다 이거지?'

다행히 아모르처럼 성격이 다른 쪽은 아닌 것 같으니 아실리로서는 천만 다행인 일이었다.

그러나 소녀는 수 초도 지나지 않아 그 평가를 지워 내야 했는데, 바로 체자르니안의 돌발 행동 때문이었다. 그녀는 불쑥 가까워진 얼굴에 놀라 한 발짝 비척비척 뒤로 물러났다.

"앗, 놀라지 마세요. 이건 아무도 들으면 안 되는 얘기라서."

찰랑거리는 은실이 눈앞에 도드라졌다. 그러거나 말거나 이 예의도 모르는 소년 같은 남자는 고개를 숙인 그대로 손을 가져다대고 속닥속닥 속삭였다.

"있잖아요."

중음의 목소리로 말했다. 허리만 기울이고 데굴데굴 눈을 굴리는 폼이, 엄마 몰래 군것질 하는 아이 같기도, 마치 몰래 고자질 하는 모양새이기도 했다.

"부탁할 것이 있는데, 들어주실 수 있겠습니까?"

"부탁?"

소녀는 눈을 동그랗게 떴다. 그와 동시에 체자르니안이 앗, 어디 다쳤습니까? 하고 그제야 발견한 듯 뺨을 가리켰다.

"이건 상처가 아니에요. 괜찮으니까 말씀해 보세요."

소년 같은 남자는 참으로 부산스러웠다.

"건국제 시작 전에 꼭 하고 싶은 것이 있습니다. 저어기, 내 신하들에겐 비밀로요. 알았죠?"

아실리는 황당했다. 부탁이라니, 고작 건국제 개시일이 5일밖에 남지 않은 시점에서?

거기다 황족, 더군다나 황녀에게 부탁하는 부탁이라. 사절단으로 온 왕족의 움직임은 단순히 개인의 것이 아니다. 더구나 상대는 왕국의 대표다.

'이게 나아가 제국과 왕국 관계에 어떤 영향을 끼칠 줄 알고?'

그녀가 어처구니가 없어 바라보면, 제가 들어줄 것처럼 눈을 초롱초롱하게 빛내는 남자가 있었다.

'진심이다. 진심이야.'

아실리는 할 말을 잃었다.

"부탁합니다. 네? 네?"

"왕자님, 이 손은 놓는 게 어때요?"

"아 맞아. 체잔이라 불러 주세요."

다시 말하지만 아실리는 눈치 없음, 지나친 사랑 속에서 자란 천연, 해사하기 짝이 없는 해맑음. 철부지 3종 세트를 가진 사람과는 상성이 맞지 않았다.

알고 있었지만 알고 있는 것보다 심했다. 소년은 들어줄 거라 믿어 의심치 않은 눈치였다. 하지만.

'이게 웬 떡이야.'

소녀는 굴러 들어온 복을 차는 사람이 아니었다. 그렇지 않아도 박복한 인생. 미심쩍은 행운이라도 잡으면 그만이라고 생각했다.

아실리가 무구한 얼굴로, 푸릇한 잎사귀처럼 화사하게 눈을 접어 웃었다.

"좋아요."

* * *

밖의 날씨는 청명하며 구름으로 된 얇은 천을 덮었다.

붉고 연한 꽃잎 사이로 비치는 햇빛이 이제는 조금 따갑다 싶었다. 아마도 축제 뒤로 무더운 여름이 제국을 찾아올 것이다. 사절단과는 회랑에서 헤어졌다. 그들은 그들에게 배정된 거처로 돌아갔다.

왕자는 아쉬워하며 할 말이 남아 있는 눈치였지만 말이 새는 건 바라지 않았는지 대신들을 바라보다가 물러났다.

"먼저 가 보겠어요."

소녀는 흰 머리칼의 공작과 눈이 마주쳤지만, 그쪽에서 먼저 눈을 돌려 버렸다. 그의 외면이 생경했다.

그러나 이내 눈을 돌려 걸음을 옮겨 궁을 나갔다.

"곧 불의 계절이겠다."

고개를 돌려 올려다보면, 옆에서 함께 걷던 데인의 뺨이 보였다.

"맞아. 시간이 금방 가네. 무대가 이렇게 금방 올 줄 몰랐어."

옅은 향기 속에서 데인의 하얀 뺨 위로 부드러운 갈색 머리칼이 팔랑 거렸다. 미소는 보였다가 다시 가려지기를 반복했다.

"떨려?"

"음, 떨리냐고……."

소녀는 제 손을 응시했다.

"솔직히 무서워. 실수할까 봐."

무서운 걸 무섭지 않다고 할 순 없었다.

그녀는 폭군 앞에 서는 내내 피어나는 두려움과 본능적인 거부감과 싸웠다. 더불어 무대에 대한 두려움과 싸우는 길이었다.

"……처음으로 백성들 앞에 나서는 거잖아."

황녀인 이상 어떻게든 한 번은 거칠 일이었다. 그날에 폭군과 함께하게 될 줄은 몰랐지만. 이제 와서 물릴 수도 없는 일이니까.

"데인, 들었어. 사막의 공주를 보호하고 있다며?"

죽음을 벗어나면 다시 닥쳐오는 위기와 새로운 죽음. 소녀에게 하루하루는 기적과도 같았다. 그녀는 놀이공원 롤러코스터를 타는 기분도 제 일상처럼 받아들인 지 오래였다.

'죽지 않을 거야.'

소녀는 고개를 들었다.

"왜 그랬어? 왜 아하시야를 데려간 거야?"

눈앞에는 데인이 있었다.

"데인은 늘 조용하게 살고 싶다고 말했잖아. 알고 있겠지만 아하시야는 지금 오는 사절단과는 완전히 적이, 읍."

"아실리."

데인이 손을 들어 올렸다. 아실리는 입술이 가로막힌 채 눈을 크게 깜빡였다.

천천히 눈을 마주하며 사르르 접어보인 데인이 손가락을 떼어 냈다.

"낮말은 아우토레이아가, 밤말은 쉬스렐이 듣는다고 해. 그렇지?"

각각 아침의 여신과 도둑의 신이다. 이는 황궁에 얼마나 많은 '귀'가 있는지를 말한 것이기도 했다.

'여긴 안전하지 않다.'

지금 그들이 있는 곳은 사람이 가장 많이 오가는 중앙 궁전이었다. 딛고 있는 바닥은 대로의 중간 아니었던가. 제 잘못을 알게 된 아실리가 고개를 주억였다.

하지만 여전히 이해되지 않는 것이 있었다.

"왜 그랬어?"

"뭐가?"

"굳이, 데인이 나서지 않아도……. 방법은 있었잖아."

사막의 공주는 지금 사막과 제국의 관계를 한 손에 쥔 중요한 인물이었다. 여기서 중요하다는 말은 꼭 좋은 것만을 내포하지 않았다.

'그라니우스와 펜네에게 들었던 말이 사실이라면…….'

아실리가 고개를 들었다.

그녀는 지금 데인이 손에 쥔 것은 폭탄일지도 모른다고 여겼다. 아니, 양국의 폭탄이 될지도 모르는 것.

"그라니우스에게는 분명 내가 맡겠다고 했는데, 공표는 왜 데인의 이름으로 된 건지 모르겠어. 공주는 골치 아픈 문제가 될 거야."

왜 공주씩이나 되는 사람이 사절단과 떨어져 사막을 홀로 횡단했는가? 조금만 생각해 보면 답이 나왔다.

"데인 네 말대로 여기서 자세한 애기를 할 수는 없지만, 사막의 나라는 지금 내부 상황이 엉망이야."

그렇지 않고는 배길 수 없는 문제가 사막의 나라에 있다는 것이다. 그리고 그것을 쥐고 국경을 넘은 아하시야.

이는 사막의 문제가 제국에서 터질지도 모른다는 애기기도 했다.

솔직히 아실리는 폭탄을 감수하고 그녀에게 접근해야 했다. 그녀는 좋든 싫든 사막의 공주와 엮일 수밖에 없는 상황이었으니까.

하지만 데인은 다르다.

"있지……. 아실리. 내가 나서지 않았다면 위험해질 사람이 누군지 알아."

좀처럼 말을 흐리지 않던 데인이 이번만은 미려한 낯을 흐렸다.

"너잖아."

데인이 나직하게 재깔였다.

"……그건 나도 알아."

"아니. 너는 몰라. 내가 괜찮지 않아."

그는 편치 않은 얼굴이었다.

"네가 걱정 돼."

우기의 하늘처럼 흐린 얼굴을 보는 아실리 마음도 편치는 않았다.

"난 널 도우면 안 돼?"

그의 목소리는 그윽하고 아련하게 들렸다. 소녀는 그녀를 우뚝하니 응시하는 붉은 눈동자를 차분하게 받아들였다.

"돕지 말라는 얘기가 아니야 데인. 굳이 위험을 자처하면서까지 나설 필요가 없다는 얘기야. 네가 날 위해 위험해지면 난……."

"넌?"

데인이 한 걸음 다가왔다. 왜인지는 모르겠지만, 아실리는 자신도 모르게 두어 걸음 물러났다.

'어라, 왜 물러났지?'

데인 또한 예상 못한 상황이었던지 조금 놀란 얼굴로 보고 있었다.

"아니, 아니……. 난 나 때문에 위험해지는 사람은 절대 못 봐. 차라리 내가 다치는 게 낫지. 거기다 나는 익숙하기도 하고 말이야……."

"뭐에 익숙해?"

"그야, 음, 데인도 알지만 나는 여러 번 위기를 거쳤잖아?"

그녀는 제 목소리가 조금 횡설수설하는 것 같다 느꼈지만 모른 척 애써 밝게 재깔였다.

"응. 그렇게 얘기했지. 그런데 아실리. 왜일까."

깨끗한 빛의 붉은 눈동자와 예쁘게 말려 올라간 입꼬리, 한들거리는 갈색 머리칼까지 전부 자신이 알던 색 그대로인데 어째서일까 높이가 다르게 느껴졌다.

어느새 그는 그녀보다 훌쩍 커 있었다. 지금처럼 데인이 상체를 숙이지 않으면 볼 수 없을 정도로.

"나는 네 말이 예전과 같게 들리지 않네. 착각인가?"

그 말에 소녀는 얼굴에 떨림이 드러나지 않았기를 바라며 차분하게 물었다.

"......뭐가 다른데?"

"너는 지금 더 밝게 웃고, 더 적극적이고, 언제나처럼 예쁘고."

무수한 기억 속에서, 서로에게 어떤 일이 생겼을 때, 언제나 먼저 알아차린 쪽은 데인이었다. 그는 그녀의 미세한 변화조차도 알아채고는 거기에 맞춰 줬던 다정한 사람이었다.

"그래서 이상해?"

아실리는 너도라는 말은 생략했다. 침묵 속에는 더 많은 말이 있었다. 사람들은 그녀를 향해 이상하다 말했다. 전과 같지 않음을 이상하다라고 말했다.

물론 그것이 걱정과 염려 섞인 애정의 종류임을 알지만, 가끔 그녀는 현재의 자신이 부정되고 있다고 느꼈다.

'지금의 나는, 지금처럼 지내면 안 돼?'

가끔 그녀는 플뢰온의 조심스러움이 레이의 신중함이 슬프고 낯설 때가 있었다. 그건 차마 말하지 못한 소녀의 진심이었다.

"넌 어떻게 생각해? 넌 지금의 나를 어떻게 생각하는데?"

다른 이들이 느낄 정도였으니, 지금 데인 또한 느꼈을 것이었다.

'몇 마디 채 나누지 않고도 알 줄은 몰랐지만.'

그 간극이 참 신기하면서 다정해서, 아실리는 처음으로 진심을 담아 물었다.

"응? 어떻게 생각해."

데인은 대답하는 대신 다른 질문을 했다.

"아실리. 넌 지금의 너를 좋아해?"

그렇게 말하는 데인은 봄 녘 햇살을 떼어다가 빚은 듯 다정하고 온화한 낯. 변함없는 낯이다.

"응."

소녀는 끄덕였다.

'나는 늘, 나를 좋아했어.'

누군가는 제 상처를, 누군가는 성장하지 않는 몸을, 또 누군가는 힘없는 처지를 비웃었지만 그럼에도 그녀는 그녀 스스로를 싫어하지 않는다.

그것이 기억을 잃고 중요한 무언가를 상실한 그녀 자신이라 하여도.

"그럼 나도 좋아."

소녀는 고개를 들었다. 그리고 줄줄이 잇던 상념의 허리가 뚝 끊어진 채, 생각의 공백이 눈앞의 미소로 하얗게 덧그려지고 있었다.

"나는 너라면, 무엇이든 좋아. 아실리."

싸운 것도, 화가 난 것도, 하물며 슬픈 것도 아닌데 시원한 맥주같이, 포근한 침대 위 새로 빤 이불에 몸을 푹 파묻은 것과 같이 포근한 기분이었다.

"네가 괜찮은 게 내 생각이고."

전부 괜찮아졌다.

"달라진 것이 무엇이든, 네 지금은 여기잖아?"

그 여상하고 대수롭지 않은 한마디에 위로 받은 기분이었다. 소녀는 눈을 감았다.

"데인, 내일 시간 괜찮아?"

그녀는 한사코 괜찮다고 했지만 자신을 궁 앞까지 데려다준 데인을 올려다봤다.

'키가 더 큰 걸까?'

잠깐 가늘고 얇은 자신의 팔과 손을 본 소녀가 남몰래 한숨을 쉬었다.

'난 왜 한창때인데도 크지 않는 거지?'

데인이 저리도 클 동안에 말이다.

"아무리 바쁘더라도 비어 있어. 네가 나를 부른 시간은 언제나."

아실리는 '……부탁인데, 그런 다정함은 데인의 여자 친구를 위해 남겨 둬.' 하고 목구멍까지 올라온 말을 꾹 참았다.

이건 확신하는데, 분명 저렇게 말하면 더한 양봉 폭탄이 떨어질 게 분명했다. 젊다 못해 어린 나이에 심장 마비로 요절하고 싶은 마음은 없다.

"그래, 그럼 서신 보낼게."

"잠깐."

그렇게 돌아가려는데, 별안간 어깨를 붙잡히고 돌아선 것도 돌아서지 않은 것도 아닌 어정쩡한 자세에서 가까워지는 숨을 느꼈다.

'뭐지?'

크게 뜨인 아실리의 눈이 천천히 깜빡거렸다.

"데, 데인?"

그는 부름에도 푸스스 웃음소리로만 대꾸할 뿐이었다. 그렇게 웃다가 입술을 열었다. 다가온 목소리는 데인이라기엔 조금 놀라운, 조금은 그답지 않은 장난기 가득한 목소리였다.

"근데, 있잖아. 아실리?"

"으, 응?"

"플뢰온에게도, 레이에게도 파트로누스 신청을 했으면서."

그가 그녀의 귀에 속삭였다. 아실리는 어깨를 파르르 떨었다.

기우뚱 계단에서 기운 몸, 어느새 뒤의 단단한 것에 푹 감싸여서 아득하게 느껴지는 꽃향기가 있었다. 바로 위로 나긋나긋한 턱선과 목울대가 보였다.

"왜 내게는 한 번도 진지하게 묻지 않았어?"

허리를 감싸고 있던 그의 손이 스르륵 미끄러져 내려갔다.

"자, 잠깐."

아실리가 당황했다. 확실히 목소리가 좋고 얼굴이 잘생기다 못해 평생에 못 볼 미남이라서 그럴까 죽었던 소녀 감성도 관 뚜껑을 열고 뛰쳐나오는 것 같았다.

'이건 여자들의 로망이라는 백 허그 같은데.'

이런 상황에서 갑자기, 그것도 오래전 잠깐 꿈꾸다 만 로망이 실현되었는데, 어떡하면 좋을까요. 그녀는 저도 모르게 제 안의 지식 창에 물었다.

다행히 데인은 더 가타부타 말없이 그녀를 놓아주었고, 멍하니 올려다보는 아실리의 뺨에 입을 맞추고는 물러섰다.

"……으윽."

살짝 깍지를 꼈다 빼내는 손과 부드럽게 덧그린 미소. 휘어진 눈동자에는 당황한 아실리가 담겨져 있었다. 전과 다를 것 없는 데인이었다.

"지금이라도 마음이 변하면 알려 줘."

"……."

"이만 가 볼게."

그는 마치 답을 알고 있었다는 듯 깔끔했다. 아니 자신의 반응을 예상한 것 같은 그의 반응에 아실리는 할 말을 잃고 멀어지는 뒷모습만 바라봐야 했다.

〈4권에 계속〉